Syl Cheney-Coker · Der Nubier

SYL CHENEY-COKER

Der Nubier

Roman

Aus dem Englischen von Thomas Brückner

P H
V

Titel der Originalausgabe: *The Last Harmattan of Alusine Dunbar*
erschienen bei William Heinemann Ltd., London 1990

Die Deutsche Bibliothek – CIP-Einheitsaufnahme

Cheney-Coker, Syl:
Der Nubier / Syl Cheney-Coker. Aus dem Engl. von
Thomas Brückner. – Wuppertal : Hammer, 1996
ISBN 3-87294-726-5

Die Übersetzung aus dem Englischen wurde mit Mitteln des Auswärtigen Amtes unterstützt durch die Gesellschaft zur Förderung der Literatur aus Afrika, Asien und Lateinamerika e. V. in Zusammenarbeit mit dem Institut für Auslandsbeziehungen.

Umschlaggestaltung: Wolf Erlbruch
Satz: Data System, Wuppertal
Druck: Clausen & Bosse, Leck

Inhalt

Dem Andenken an meine Mutter,
die in jenem Monat starb,
da ich mit der Arbeit an diesem Buch begann,
die mir aber die phantastische Geschichte
über den Goldschmied erzählte, der von den
Toten wiederaufstand, heiratete,
Kinder zeugte und bis zu dem Tage glücklich
lebte, da ihn ein paar Freunde aus seinem
früheren Leben aufspürten.

Prolog

Zwei Nächte, nachdem sein Putsch gescheitert war, saß General Tamba Masimiara auf seinem steinernen Lager und sann über all die Ereignisse nach, die ihn dazu veranlaßt hatten, sich gegen die gesinnungslose Regierung von Malagueta zu erheben. Kurze Zeit zuvor hatte man ihn mit verbundenen Augen in die Gefängniszelle hier auf der Insel gebracht, gefesselt und nur spärlich bekleidet: ein gefangener Leopard, dessen Fell im Halbdunkel der Nacht vor Kraft und Gesundheit bernsteinfarben schimmerte. Als seine Peiniger ihn allein ließen, untersuchte er seine neue Heimstatt – einen grausigen Kerker aus kolonialer Zeit, in dem sich vor vielen Jahrhunderten das Blut seiner Landsleute mit Kot und Erbrochenem vermischte, bevor man sie auf Schiffen über das trügerische Meer in eine andere Welt brachte, in deren sumpfiger Trostlosigkeit sie dann zugrunde gingen. Draußen peitschte brüllend der Atlantik gegen die Felsen und erzeugte noch immer denselben ohrenbetäubenden Lärm, der bereits im fünfzehnten Jahrhundert die portugiesischen Piraten in Angst und Schrecken versetzte hatte, die dem Ort seinen Namen gaben. Später errichteten die Portugiesen die Festung, um die Dämonen jenes grausamsten aller Meere zu beschwichtigen. Sieben Tage und Nächte opferten sie der Schwarzen Madonna und beteten, von den Zähnen der berüchtigten Kannibalen verschont zu bleiben und diesen Höllenschlund von Ozean sicher zu überqueren. Jetzt saß General Masimiara müde, unrasiert und mit Blutergüssen gezeichnet, vom kalten Harmattan seines Unglücks böse zugerichtet, auf seiner steinernen Liegestatt und dachte über die Zukunft seines Heimatlandes nach, das sich im Würgegriff der übelsten Bande von Halsabschneidern befand, die jemals das Land regiert hatte, während die Aristokraten seiner Heimat endlose Stunden darüber verbrachten, den Wahn zu nähren, daß die Macht Gottes das Land verändern würde.

»Die glauben doch tatsächlich daran«, murmelte er, und erst durch die Gewißheit, daß die Aristokraten lediglich Zeitwalter waren, dazu verdammt, in den Betten ihrer eigenen Unfruchtbarkeit zu verrotten, kamen die treibenden Sandkörner seiner Gedanken zur Ruhe. Seit fünf Jahren war die Oberschicht für ihn erledigt. Seiner Überzeugung nach waren selbst die hellsten Köpfe dieser sogenannten Elite von einer verheerenden Gier nach den Fleischtöpfen des Wohlstands besessen und nur zu entschlossen, ihre Töchter zu Huren zu machen und ihre Mütter in die Sklaverei zu verkaufen, nur um an die Fleischtöpfe heranzukommen. Er war kein Politiker, und er maßte sich auch nicht das Wissen an, wie Malaguetas Probleme gelöst werden könnten. Seit fünfundzwanzig Jahren war er nun Soldat, die letzten fünf davon Oberbefehlshaber der Armee eines ehrlosen Regimes, das seine Kritiker ins Gefängnis steckte und seine Gegner aufknüpfte. Immer wieder aber hatte er sich über die hündische Unterwürfigkeit des Volkes und seine Fähigkeit gewundert, die Knute seiner Peiniger mit geradezu endlos anmutender Geduld zu ertragen. Nun, da er mit sich allein war und die Ratten langsam aus ihren Löchern gekrochen kamen, traf ihn schaudernd die Erkenntnis, daß der legendäre Krieger Thomas Bookerman im neunzehnten Jahrhundert für eben diese Menschen gegen die britische Garnison zu Felde gezogen war. Ungebeten kamen die Briten damals und bedrohten die friedliche Stadt, von einer Gruppe schwarzer Menschen nur unweit des Ortes errichtet, von dem aus der General seinen Putsch in Szene gesetzt hatte.

In der Abgeschiedenheit seiner Zelle schloß sich die labyrinthene Dunkelheit seiner Zeitlast um ihn. Er aber war dankbar für diese kostbaren Minuten, in denen er über den Sinn des Lebens nachdenken konnte. In einer Erscheinung der göttlichen Apokalypse kam ihm das Leben wie eine hungergeborene Lawine des Aufbegehrens vor. Genährt vom Wirbelsturm der Verzweifelten, die sich gegen ihre Führer erhoben, hatte es eine schwärende Wut in ihm hervorgerufen, die ekelerregender in ihm aufbrach als der faulende Bauch eines Schweines. Sie war einer der Gründe, warum er sich gegen die Regierung erhoben hatte.

Diese Erkenntnis machte ihm Mut, und General Tamba Masimiara fühlte eine neuerliche Welle der Wut in sich anschwellen. Sie durchflutete seine Adern und überschwemmte sein Herz mit einer unkontrollierbaren Erregung, die ihn dazu treiben wollte, sich von seiner steinernen Liegestatt zu erheben und die Tür seiner Zelle zu zerschmettern. Mit einem Mal aber verließ sie seinen Körper und umkreiste ihn einen schwindelerregenden Augenblick lang, da seine Zelle aussah wie ein verwilderter Garten, der seiner Wut Kraft und Stärke verlieh. So unerwartet, wie sie gekommen war, schwebte die Wut quer durch den winzigen Raum, segelte zum Fenster hinaus und schraubte sich die Gefängnismauern hinan. Voller Verachtung für die Portugiesen, unter denen die Festung erbaut worden war, schwang sie sich über die Mauerkrone und ließ, einer reuigen, ins Meer zurückgleitenden Welle gleich, den General wie versteinert hinter sich. Einen Moment dachte er noch daran, daß er wach sein wollte, wenn sie ihn am vorherbestimmten Tage holen kämen, sei es nun morgen schon oder erst in zwei Wochen. Dann schlief er ein.

Stunden später erwachte General Masimiara mit einem Zittern, das seinen Körper erschütterte. Er schritt die winzige Zelle ab. Wie jemand, der den Lauf der Welt vermißt, trat er an das einzige Fenster und schaute hinaus auf das Meer. Er hatte schlecht geschlafen, seine Knöchel schmerzten, sein Mund schmeckte nach rohen Eiern, und er mußte dringend pinkeln, wußte aber nicht, wo er sich erleichtern sollte. Als man ihn eingekerkert hatte, war ihm gar nicht bewußt geworden, wie klein und verwahrlost die Zelle aussah. Über die Jahrhunderte hatte das Meer das seine getan. Zumal der Ort nicht mehr genutzt worden war seit dem erinnerungsschweren Morgen der Buße, da die Sklavenhändler die letzten Sklaven davongejagt, ihre Namen von den Wänden gewaschen und ihre Ketten ins Meer geworfen hatten. Deutlich leuchteten die Spuren von Vogelkot aus der Dunkelheit. Die winzige Zelle und die Hoffnungslosigkeit, die sie ausstrahlte, standen in unüberbrückbarem Gegensatz zu seinem Haus mit dem üppigen Garten voll wuchernder Bougainvillea, die sich über eine weiße Betonmauer herab auf einen Abhang aus uraltem schwarzen und weißen Gestein ergossen. Kein Zweifel, daß man ihn hierhergebracht hatte, um vor dem Schauprozeß, als dessen Ergebnis man ihn mit Sicherheit hängen würde, seinen Willen und seine Widerstandskraft Stück für Stück zu brechen. So sicher wie das Meer wieder und wieder den Strand spült, so sehr war er davon überzeugt, daß sie ihn umbringen würden. Er hatte einen Pakt mit dem Tod. Innerhalb der dunklen Mauern seiner Zelle gefangen, trug die Gewißheit, daß das Leben in Malagueta auch nach seinem Tode seinen Lauf nehmen und daß man seinen Leichnam vor den Mauern des

Gefängnisses zur Schau stellen würde, wie man es mit dem fortschrittlichen Journalisten getan hatte, der so mutig gewesen war, sich dem Präsidenten zu widersetzen, nur wenig dazu bei, den General auf den Tag vorzubereiten, an dem er Gott gegenübertreten sollte. Ein zweiter Schritt auf dem Weg in die kalte Enge des Grabes. Im ersten Schritt hatte man sein Haus umstellt, seine Frau zusammengeschlagen und ihn auf die Insel verschleppt, damit er fühlte, daß ihre Macht unermeßlich und grausam war wie das Meer. Dieses Meer, das ihm seit seiner Kindheit immer wieder auf dunkle, unerklärliche Weise zugesetzt hatte und das, wovon er seit kurzem überzeugt war, den Schlüssel zu den schrecklichen Wunden und Schmerzen barg, aus denen sich die Geschichte seines Landes zusammensetzte.

Er blickte über die weite Wasserfläche und empfand tiefe Ehrfurcht vor dem portugiesischen Piraten Pedro da Cintra, der dem Begriff Ehre dadurch neue Bedeutung verliehen hatte, daß er auf seinem Raubzug nach dem Gold und den würzenden Schätzen anderer Völker die Erhabenheit des Meeres herausforderte.

»Das Meer bietet Spielraum für uns alle«, dachte er. »Wir müssen ihn nur finden und aufhören, uns wie Bastarde und Feiglinge zu gebärden.«

Er blieb fast eine Ewigkeit am Fenster stehen, ging dann zurück zu seinem steinernen Lager, setzte sich und zog die Stiefel aus. Er warf einen Blick auf sein Handgelenk, um zu sehen, wie spät es war. Doch er hatte keine Uhr mehr. Sie war ihm kurz nach der Verhaftung abgenommen worden. Irgendwie fühlte er sich dadurch befreit. Seine innere Ruhe kehrte zurück. Die Freude über eine vollkommene Zeitlosigkeit, das völlige Fehlen jeglicher Zeitlast, die Freude darüber, sich in der kleinen Zelle zu befinden und von so einem unermeßlichen Gefühl umfangen zu sein, war ihm die größte und reinste Empfindung, die er je verspürt hatte.

In diesem Gemütszustand fiel General Masimiara ein Traum wieder ein, den seine Frau Augusta vierzehn Tage vor dem Putsch hatte. Der Symbolgehalt ihres Traumes hatte ihn mehr als alles andere davon überzeugt, daß die Zeit reif wäre, gegen die gewissenlose Regierung vorzugehen.

Er knüpfte die Fasern des Traums zusammen, vernähte sie zu einem Farbteppich wie die Spitzenklöpplerinnen, deren Kunstfertigkeit er vor vielen Jahren im sowjetischen Zentralasien bewundert hatte. Er wußte, daß ein Traum Hunderte von Bedeutungsschichten besaß wie ein Farbteppich. In ihrem Traum hatte Augusta, so erinnerte er sich, Bilder gesehen: Sie war in die Küche gegangen, hatte das Licht eingeschaltet und war dann beim Anblick eines zischend kochenden Topfes, der mit geschlossenem Deckel auf dem Feuer stand, sprachlos und wie gebannt stehengeblieben. Irgend etwas auf den Herd gestellt zu haben, bevor sie zu Bett ging, daran konnte sie sich nicht erinnern. Außerdem war die Herdflamme nicht angezündet. Wie eine Katze zur Maus schlich sie zum Topf, lüftete den Deckel und erschrak fast zu Tode, als sie den Inhalt sah. In einem Meer kochenden Wassers schwammen unzählige Eidechsen: fette, dünne, blaue, schwarze und Eidechsen von der Farbe ihres Nagellacks. Urplötzlich fiel ihr ein Kindheitserlebnis wieder ein, als einmal eine Maus aus ihrem Loch hervorgekommen und über ihre Zehen gerannt war und sie geschrien hatte. So stieß sie auch jetzt einen Schrei aus, der Tote zu neuem Leben hätte erwecken können. Dann fiel sie in Ohnmacht.

»Das ist ein Zeichen dafür, daß ein Geist uns vor einem bevorstehenden Unheil warnen will. Es wird ein großes Blutvergießen geben. Doch er vermag nicht zu sagen, wann«, lautete die Erklärung, die Augustas Mutter Amina für das rätselhafte Ereignis hatte.

Darauf erweckte sie ihre Tochter mit einer Suppe aus Zwiebelschalen, Alligatorpfeffer und Nelken aus ihrer Ohnmacht und brachte sie dann zu Bett. Vorher aber zeichnete sie noch ein X auf alle Fenster, um den Dämon aus Augustas Träumen zu bannen.

General Masimiara sah im Traum seiner Frau das Zeichen, auf das er gewartet hatte. Schon lange vor dieser Offenbarung war er davon überzeugt gewesen, daß man irgend etwas unternehmen müßte, das Land aus dem Würgegriff der Halsabschneider und Krämerseelen zu befreien, die es beherrschten. Es war weder eine Frage der Ehre noch der Geschichte: Generäle machen keine Geschichte. Sie sind lediglich Werkzeuge der Geschichte, die von den Winden des Aufruhrs zu dem Versuch zusammengerufen werden, die Gezeiten der Ereignisse zu ändern und dem schaurigen Buch vom Kampf der einfachen Menschen eine kleine Seite hinzuzufügen. Zu beschreiben, wie sie Furcht und Ausbeutung besiegen. Nein, es ging ihm auch nicht um Macht und Einfluß. Niemand konnte ihm den Vorwurf machen, nach Macht zu gieren: Machtgier bildete den verabscheuenswürdigen Lebensinhalt jener kleinen Generalissimos, die der Kontinent immer wieder gebar, der Rechtsanwälte und Robenträger, die, einmal an der Macht, zu Politbanditen mutierten. Wenn er den Anspruch erhob, in die Geschichte einzugehen, dann dafür, daß er vor fünf Jahren, als die jungen Soldaten das verhaßte Regime stürzten, die Regierungsgewalt an den Präsidenten übergeben hatte. Der Präsident aber hatte das Land heruntergewirtschaftet, es ausgeplündert und die Beute mit seinen Kumpanen geteilt. Und wenn er nicht gerade damit beschäftigt war, sich selbst zu bereichern, dann lud er libanesische Schmuggler und andere Verbrecher dazu ein, »doch herzukommen und allen Müll abzuladen, denn hier gibt es Platz für alle und alles«. So hatten im Laufe der letzten fünf Jahre Briefmarken wie Banknoten, die das Konterfei des Präsidenten trugen, den niemand haben wollte, aber jeder hinnehmen mußte, den aasigen Gestank des Abfalls angenommen, den üblen Geruch der Müllkippe, zu der das Land verkommen war. Wo man auch hinsah, überall lagen dort, wo sich einst in lichten Gärten Veilchenrabatten hinzogen und Springbrunnen um Statuen aus Alabaster sprudelten, Hundescheiße und tote Hunde herum. Der General spürte, daß irgend etwas geschehen mußte. Müll besitzt die Eigenschaft, sich zu vermehren.

Er befragte einen Wahrsager, der ihm zur Antwort gab: »Sehen Sie sich das Land einmal an. Es durchlebt einen Fluch, schlimmer als die Seuche vor dreißig Jahren, da die verkrüppelten Soldaten vom Burmafeldzug der Briten heimkehrten.«

Damals waren die Soldaten zu ihren Frauen heimgekehrt, die sich, des Wartens müde, in den Betten anderer Männer sielten. Die Soldaten waren zur Vergebung bereit, wollten nur ihre Frauen zurück. Vor dem Krieg waren sie imstande gewesen, Unmengen von Hochprozentigem in sich hineinzuschütten und eine Boa durch einen bloßen Blick zu lähmen, und als sie nun im trüben Dämmer der Lehmhäuser die Trümmer ihrer Ehen um sich versammelten, buken die Frauen Brote aus Weizen und Mais und kochten das Fleisch der Krokodile, auf daß das Feuer in die Lenden ihrer Männer zurückkehre: Soldaten, die Kinder gezeugt hatten, welche keine Furcht vor den fleischlosen Kreaturen in weißem Leinen mit den Melonen auf dem

Kopf empfanden, die sich anmaßten, das Land zu regieren. Wenn jene mutigen Männer ihr Zuhause für ein besseres Leben eingesetzt hatten, dann mußten die heutigen Herrscher beseitigt werden.

Wut durchzuckte General Masimiara, als er an die Demütigung dachte, die er bei einem Besuch in den USA erdulden mußte. Er wollte sich militärisches Gerät ansehen, das die Regierung ankaufte, um sich vor dem Volk zu schützen. Da hielt man ihm die abscheuliche Schlagzeile vor die Nase: US-Konzern kippt Atommüll vor die afrikanische Küste. Kein Zweifel, es ging um sein Land. Er las, daß der Präsident für die Summe von fünfundzwanzig Millionen Dollar die Genehmigung erteilt hatte, Giftmüll in den Gewässern seines Landes zu versenken und damit vielleicht alle Kinder zu töten.

»Der Hundesohn hat den Bogen überspannt«, brach es aus ihm hervor.

Am Abend, als der amerikanische General, sein Gastgeber, einen Toast auf die Gesundheit des afrikanischen Präsidenten ausbrachte, der, anders als jene Marxisten, die das Volk erst hungern ließen und dann auf die amerikanischen Reislieferungen vertrauten, ein verläßlicher Bündnispartner und Anhänger der Politik der freien Marktwirtschaft war, konnte General Masimiara seine Wut nur mit Mühe zügeln. Im Flugzeug achtete er kaum auf die Stimme der reizenden blonden Stewardeß: »Schnallen Sie sich an, General, wir starten.«

Er war zu einem Staatsstreich entschlossen.

Nach der Niederschlagung des Putsches hielt der Präsident über den staatlichen Rundfunk und das Fernsehen eine verzweifelt komische Rede. Er bezeichnete sich als »Ihren untertänigsten Diener und Vater der Nation« und schnaubte, daß »gestern ein paar verstimmte Elemente aus der Armee mit Unterstützung von Wegelagerern und undankbaren Studenten, die auf Kosten des Staates leben«, versucht hätten, die Regierung zu stürzen. Daß sie aber dank der Wachsamkeit und Standhaftigkeit des Volkes ihr Ziel nicht erreicht hätten. Die Männer, die sich gegen die Regierung erhoben hatten, seien allesamt Zwerge und Chamäleons, in dem Wahn befangen, »daß sie einen Elefanten tragen könnten, denn die Regierungsgeschäfte – lassen Sie mich Ihnen das sagen – haben das Gewicht dieses riesigen Tieres, und nur auserwählte Menschen wie ich sind in der Lage, sich einer derartigen Aufgabe zu stellen. Wir haben Grund zu der Annahme, daß diese Lakaien von bestimmten ausländischen Regierungen unterstützt worden sind und auch von Ausländern Hilfe erhalten haben, die in unserem Land leben. Diese werden wir sehr bald ausweisen.« All denen, die die Geschäfte der libanesischen und indischen Händler – »gesetzestreuer Steuerzahler und Diamantenhändler« – geplündert und ausgeraubt hatten, kündigte er strengste Strafmaßnahmen an. Er versicherte, daß man die Rädelsführer unbarmherzig zur Verantwortung ziehen werde: Ihre Schuld sei so offenbar und erwiesen, da könne man sich einen Prozeß sparen. Gott segne das Volk, und er wünsche ihnen allen eine gute Nacht.

Den Putsch schlug ein Colonel mit dem unvergeßlichen Namen Lookdown Akongo nieder. Der hatte die Angewohnheit, immer zu Boden zu blicken, wenn er mit anderen sprach. Dadurch erweckte er den Eindruck, er sei schüchtern und gehemmt. In Wahrheit aber war er Experte auf dem Gebiet der Gegenspionage und ein geheimer Vertrauter des Präsidenten. Anders als General Masimiara war er kein Karrieresoldat und hatte er sein Leben an der zivilen Front des frühen Mannesalters begonnen. Er war Bauingenieur, und man erzählte sich, die Jahre auf dem Bau hätten ihm Herz und Hände derart gestählt, daß er zu dem Zeitpunkt, als er zum Militärdienst eingezogen wurde, bereits in dem Ruf gestanden habe, er könne Eisenstangen mit den bloßen Händen verbiegen. Er stammte aus einer Familie von Gerichtsdienern und Möbeltischlern, und als sich die Gewerkschaften 1951 mit einem Generalstreik gegen die Kolonialregierung erhoben, war er gerade erst zwölf Jahre alt. Damals erschoß die Polizei zwölf Arbeiter, die während des Streiks Eisenbahnschienen herausgerissen und Laternenmasten umgestürzt hatten. Das schreckliche Erlebnis dieses Massakers – der verängstigte Blick in den Augen der Streikenden, die den tödlichen Kugeln zu entkommen suchten – und der Zeit danach, in der eine hochmütige Regierung die Beschwerden über die geringe Entlohnung der Arbeiter dadurch zum Verstummen brachte, daß sie die Anführer ins Gefängnis steckte und den anderen Aufständischen mit Deportation zur berüchtigten Kakao-Plantage auf der moskitoverseuchten Insel Fernando Po drohte, sollte den Jungen einen Großteil seiner Jugend lang begleiten. Fast jede Nacht litt er unter Alpträumen. Männer wandten sich an ihn und flehten um Wasser für ihre ausgedörrten Kehlen. Zu dieser endlosen Abfolge von Bildern, die einiges über seine Stellung im Leben aussagten, gehörte auch eins, das ihm immer wieder vor Augen trat.

Jeden Tag kam er auf dem Heimweg von der Schule in der Circular Road an einem großen, gelben Haus vorbei. Davor saßen Frauen mit grellbunten Stirnbändern, die den Calypsos von Calendar, dem Linkshänder, lauschten. Obwohl es ihm niemand erklärt hatte, begriff Akongo, daß die Frauen die meiste Zeit auf die amerikanischen Matrosen warteten. Die kamen und gingen und knöpften sich manchmal vor aller Augen die Hosen zu.

So sehr er es auch wünschte, er konnte den Einflüsterungen der Schlange, die da Klassenbewußtsein hieß und im Lande umging, nicht widerstehen. Verhaltensweisen, die in den Fabriken und Gossen Englands schon längst vergessen waren, wurden von dem Gesindel, aus dem sich die oberen Schichten der Gesellschaft zusammensetzten, noch immer peinlich genau eingehalten und nachgeahmt. Die oberen Zehntausend seines Landes setzten sich hauptsächlich aus Männern und Frauen zusammen, deren zweitgrößte Leidenschaft darin bestand, nachmittags in der Gluthitze ihrer Wohnstuben und Ankleidezimmer, die sie nach dem Vorbild der vorsintflutlichen Mode Amerikas aus der Zeit vor dem Verbot der Sklaverei ausstaffiert hatten, Tee zu trinken und dabei die Kosten einer Urlaubsreise nach England zu berechnen. Während Besucher versauertem Blut die Schuld an ihrem seltsamen Gebaren gaben, lebten sie in einem derartigen Wirklichkeitsverlust, daß sie die kulturellen Eigenheiten der anderen in Malagueta lebenden Völker für verachtenswert und primitiv hielten. Und Akongo, der nicht zu dieser Klasse unechter, von Grund auf falscher Menschen gehörte, haßte sie und wollte ihnen doch gleichzeitig ähnlich sein. Er weinte bitterlich, als seine Zulassung zur Schule am Meer, die ihren Namen nach einem trunksüchtigen englischen Prinzen führte, der immer hinter den Frauen anderer Männer her war, mit der Begründung abgelehnt wurde, sein Vater sei Möbeltischler und stände zudem unter dem Verdacht, illegal Gin zu brennen. So mußte der Junge, der heranwachsen und zwanzig Jahre später, im frostigen Harmattan des Lebens von General Tamba Masimiara, einen Staatsstreich niederschlagen sollte, die Schule auf dem Berg besuchen, die vorzugsweise mittellosen wie beschränkteren Schülern vorbehalten blieb.

Als er nach dem Desaster von Burma zum Militär gezogen wurde und im Höchstfall darauf hoffen konnte, gegen Ende seiner Laufbahn zum Captain befördert zu werden, leistete er nicht den üblichen Eid auf König und Vaterland. Vielmehr schwor sich der junge Akongo in jenem Augenblick, während der weiße Major seinen Traum vom Eingeborenenschleifer und Großwildjäger träumte, unerschütterlichen Haß auf die Oberklasse.

Bis zum letzten Atemzug!

Wie konnte er überhaupt Mann und Soldat sein, wenn es ihm nicht vergönnt sein sollte, sich eine Welt nach seinen Vorstellungen zu errichten? An jenem Tag wurde er Hellseher, verfügte er über die Fähigkeit, die Zukunft zu schauen. Dort wurde er einer Welt gewahr, in der man seine Wünsche vorausahnte, in der er nicht erst einen Befehl geben mußte, wenn er das Monument für irgendein Würmchen aus der Geschichte eingerissen sehen wollte. Er brauchte sich nur etwas vorzustellen, und seine Leute schritten zur Tat. Und sie waren glücklich, weil er das alles für sie tat und diese Rindviecher mit ihren eigenen Fladen bewarf, diese Hundesöhne von Aristokraten, die man in ihren Betten mit den Kopfkissen hätte ersticken sollen – und ihre Frauen und Kinder gleich mit.

Diese Welt träumte sich Colonel Akongo noch immer. Er träumte von einer lieblichen Landschaft mit Häusern voll güldener Schlafzimmer, träumte von Fabelwesen und Ungeheuern, die von den besten Steinmetzmeistern aus edlem Stein gemeißelt wurden, träumte von Terrassen aus Marmor und kostbar ausgestatteten Schlafzimmern – träumte mit solcher Eindringlichkeit davon, daß er nachts manchmal trotz des Ventilators im Zimmer schweißgebadet aufwachte und hinüber zum Beistelltisch gehen mußte, um sich etwas zu trinken zu holen. Er litt zwar unter Magengeschwüren, die ihn, so hatten seine Ärzte gewarnt, eines Tages umbringen könnten, dennoch trank er leidenschaftlich gern Bloody Maries und frönte den Frauen. Wenn er sie bestieg – vor allem die Frauen der Neureichen, die nun, da er Vorsitzender des *Rice Distribution Board* war, zwischen ihren Orgasmen immer gurrten: »Vergiß unsere Reiszuteilung nicht, Liebster! Du weißt gar nicht, was mein Mann für ein Scheusal ist, der Black Label zerfrißt ihm das Hirn, diesem Bastard. Sorgt nicht ein bißchen für seine Kinder, diese Bestie!« –, wenn er sie bestieg, dann konnte er an den üppigen Brüsten, den ausgefallen frisierten Haaren, den Schwanenhälsen, den Beinen, die ihn wie Schlangen umfingen, erkennen, wie sehr sie sich fürchteten, weil ihre geschichtliche Zeitlast sich dem Ende entgegenneigte.

In der Nacht, bevor er gegen General Masimiara zu Felde zog, besuchte Colonel Akongo seine Mutter. Abgesehen von der zahnlosen Putzfrau, die dreimal in der Woche vorbeikam, lebte seine Mutter allein in einem ansehnlichen Holzhaus in eben der Straße, in der die Briten einst die Bambara-Soldaten und Karibier stationiert hatten, bevor sie sie von dort aus nach Indien und Burma in den Tod schickten. Sie wurde nie müde, allen Leuten zu erzählen: »Das hier war die Straße zum Tod. Ach, die unschuldigen Jungs.«

Klein war sie und lebhaft, und obwohl sie die Siebzig schon hinter sich gelassen hatte, hielt sie sich noch ganz beachtlich, wie eine Schildkröte. Sie kochte noch selbst, stand jeden Morgen um sechs auf und bereitete sich ihren Tee, den sie aus dem Land jenseits des Senegal bezog. Damals, als ihr Mann wieder ins Landesinnere zurückging, weil er mit seiner kleinen Tischlerei der Konkurrenz durch die neuen Importeure nicht länger standhalten konnte, war sie mit ihrem kleinen Sohn in dieses Haus gezogen. Sie widerstand allem Unbill und den ständigen Verunglimpfungen durch die Städterinnen, die argwöhnisch beobachteten, wie sie versuchte, in den Kleinhandel mit Textilien einzusteigen, und zog Akongo mit dem Geld auf, das sie in Jahren der Entsagung und geradezu biblischer Enthaltsamkeit zusammengespart hatte. Deshalb war sie sehr stolz über seinen Aufstieg zur Nummer Zwei in der Armee.

Er kam mit Anbruch der Dunkelheit. Wie seit über fünfzig Jahren bedeckte sie auch diesmal das Radio mit einem weißen Spitzentuch und verhüllte die Spiegel mit weniger kostbaren Tüchern, um »den bösen Blick fernzuhalten«. Der schwere Tritt seiner Stiefel erschreckte sie ein wenig, war er doch noch niemals zu so später Stunde gekommen. Etwas in seinem Blick sagte ihr, daß es sich nicht um einen normalen Besuch des Sohnes bei der Mutter handelte und daß es auch nicht um die Hilfe des Zauberers ging, seine Schränke von den Flaschenteufeln zu befreien, die seine Feinde dort versteckt hatten. Er hatte etwas von einem Falken oder einer *Boa constrictor*, die ihr Opfer lähmt, bevor sie es tötet. An den tief gefurchten Augenbrauen wie dem metallisch harten Glimmen in seinem Blick erkannte sie, daß er alles in sich aufnahm, als sähe er es zum erstenmal. Zum erstenmal in seinem Leben ging er nicht geradewegs in die Küche, um nachzusehen, was sie gekocht hatte, sondern hielt mitten im Wohnzimmer inne und schaute zum Fenster hinaus, durch das er einen guten Blick auf das noch aus Zeiten der Kolonialregierung stammende Denkmal eines berühmten Fußballers hatte.

Colonel Akongo fühlte, daß auch er eine Mannschaft anzuführen hatte, Tore schießen und ein Monument errichten mußte. Er brauchte nur noch den Segen seiner Mutter. Dann wollte er zur Tat schreiten. Sie spürte, daß er etwas mit ihr zu besprechen wünschte, und führte ihn in das Schlafzimmer. Sie schloß die Tür ab und fragte, was ihn bedrückte.

Als sie hörte, was er vorhatte, verhielt sie sich wie jede Mutter und nahm seine Hände. Wie im Traum hörte sie ihm zu. Ihr stand vor Augen, wie vor vielen Jahren ein junger, hübscher und gescheiter Mann in makelloser Khaki-Uniform nach seiner Ausbildung in England im Rang eines Captain zu ihr nach Hause zurückgekommen war. Die warnenden Worte ihres Wahrsagers fielen ihr wieder ein: »Passen Sie gut auf ihn auf, er wird es noch weit bringen!«

Die Erinnerung daran, wie es ihr damals die Kehle zugeschnürt hatte, als er im Dschungel gegen die Schmuggler und Hamsterer kämpfte, kehrte in einer Weise wieder, in der nur Mütter die schrecklichen Augenblicke der Geburt wiederauferstehen lassen können. Sie hatte es sich nie eingestanden, doch in all den Jahren ihrer schmerzvollen Anstrengungen ihn großzuziehen hatte sie immer den Wunsch gehegt, daß er weniger als Soldat Erfolg haben, sondern sich vor allem unter all diesen Zwergen als Mann beweisen möge. Er sollte sich seinem Vater überlegen erweisen, den die unterwürfige Hinnahme seiner sozialen Stellung zerstört hatte.

Zweimal klopfte sie auf ihren Bauch: »Tu es für deine Mutter, mein Sohn! Das ist deine Chance! Tu es für deinen Vater, der ein guter Mann war. Gott schenke ihm Frieden, dort, wo er gerade ist. Er wollte nicht auf mich hören und hat sich mit ihnen eingelassen. Zeig ihnen, daß du aus meinem Schoß kommst! Beweis ihnen, daß ich dich zwölf Monate lang gestillt habe, jawohl, zwölf Monate, mit diesen Brüsten! Daß ich meine Muttermilch nicht in deine Nasenlöcher geträufelt habe, damit ein Narr aus dir werde! Zeig ihnen, daß du ein Mann bist! Jawohl, und beweis es in erster Linie ihren Frauen! Gütiger Gott! Wenn man sie daherschreiten sieht, glaubt man doch glatt, daß sie sich nicht selbst den Arsch abwischen! Doch bevor du handelst, schlachte einen Jungbullen, und salbe dich mit seinem Blut. Dann trockne seine Haut und trage sie unter deinem Waffenrock, damit du gegen die unersättlichen Würmer des Neids geschützt bist.«

Als er das Haus seiner Mutter verließ, beschloß Colonel Akongo, hinunter zum Strand zu fahren, um in der frischen Brise sein Gewissen von allen Zweifeln an der Richtigkeit seiner Entscheidung zu befreien und sich an der Verachtung zu laben, die er für die Angehörigen der herrschenden Klasse empfand. Er lachte auf, als er daran dachte, daß sie trotz ihrer dreiteiligen Wollanzüge und der sonntäglichen Scharade des Kirchgangs die größten Anhänger jedweder Hexerei waren, sich in der narrenhaften Illusion der Geschichte verloren, die sie der Tatsache gegenüber blind machte, daß ihre Küchlein nach Hause kamen, um gebraten zu werden. Er wollte in dem Augenblick zur Stelle sein, wenn das Band zerriß, von sozialen Umbrüchen aufgespleißt, deren Plattheit sich aus den Schulden und Beleidigungen der Vergangenheit speiste, die unauslöschlich im Buch der Geschichte des Landes verzeichnet standen. Er war weder ein geborener Führer, noch mußte er Berge besteigen oder über das Wasser gehen. Doch er wußte genau, wie in dieser gewissenlosen Welt die Würfel geworfen wurden, wer die Asse im Ärmel hatte, und er war fest entschlossen, seine Feinde ganz unbarmherzig zu beseitigen, hatten sie doch einst ihn und andere in die Viertel der Verdammten verbannt. Colonel Akongo wußte aber auch, daß er, wenn er dieses Vorhaben in die Tat umsetzen wollte, zuerst den General beseitigen mußte, der in die Klasse von Neureichen eingeheiratet hatte und manchmal auch deren Arroganz an den Tag legte, selbst wenn ihm niemand den Vorwurf der Korruption machen konnte. Der General war in den frühen Tagen seiner Karriere zu ihnen aufgestiegen, und Colonel Akongo war klar, daß er sehr vorsichtig sein mußte. Darüber hinaus empfand er tiefe Hochachtung vor dem General, der ihn auf seinem Weg durch das Labyrinth der Armee unterstützt hatte. Als junger Leutnant hatte Akongo die Stiefel des älteren mit seiner Spucke poliert und zum Glänzen gebracht, hatte Botengänge für ihn erledigt, seine Kinder von der Schule abgeholt und für ihn seine Frau belogen. Nun aber stand ihm der General im Weg, versperrte ihm den Weg zum Ruhm und mischte schwarze Kiesel unter seinen Reis.

Als der General ihn in sein Vorhaben einweihte und damit seinen Sarg zunagelte, hatte ihm der Colonel zwar Treue geschworen, gleichzeitig aber Pläne geschmiedet, die ihn zum Mann der Stunde machen sollten. Er wollte die fürchterliche Geschichte umschreiben, die 1787 ihren Anfang genommen hatte. Grausam hatte sie sich ihm ins Hirn gebrannt, als er vor vielen Jahren dem fernen Echo seiner Stimme lauschte, das von rauhen Bergen zurückgeworfen wurde. Dabei hatte er sich doch nichts sehnlicher gewünscht, als im Privatschwimmbad der prinzlichen Oberschule baden zu dürfen.

»Ich habe ihn persönlich festgenommen«, prahlte der Colonel, als man seinen früheren Vorgesetzten in die Festung brachte. Als er aber die Verachtung und Wut in den Augen des Gefangenen sah, ging Colonel Akongo eiligst fort, davon überzeugt, daß General Masimiara bald der Vergangenheit angehören würde. Die Tage vergingen, und zwei Wochen nach seiner Festnahme hatte man den General noch immer nicht gehängt oder erschossen. Man hatte ihm Besuche verweigert, und er wußte, daß es sinnlos war, um einen Rechtsanwalt zu bitten. Man hatte ihm die Dienste eines Priesters angeboten für den Fall, daß er mit jemandem sprechen wollte, und ihm seine karge Gefängnisration Essen durch die Eisengitter zugeschoben. Er aber brauchte keinen Priester, weder in dieser noch in der nächsten Welt. Er war der Ansicht, daß er auch ohne fremde Hilfe mit Gott reden könnte, zumal sein Zusammentreffen mit dem Schöpfer zum Klang einer Gewehrkugel erfolgen sollte. Er wollte nur, daß sie ihn holen kämen und es hinter sich brächten, bevor er noch den Glauben an sich selbst verlöre. Er hatte nie an Erlösung geglaubt, denn da die Geistlichen hier im irdischen Reich sich nicht entscheiden konnten, ob sie den Armen oder den Reichen dienen sollten, konnte es Erlösung nicht geben. Schlimmer noch: Jeden Sonntag schlossen die Priester den Präsidenten in ihr Gebet ein.

Trotz der kalten, brüchigen Mauern seines Gefängnisses fühlte der General Unbekümmertheit und Ruhe in sich. Fast glaubte er, sich nie besser gefühlt zu haben. Als die ersten kalten Winde vom Atlantik durch seine Zelle fauchten, war er sicher, auf alles gefaßt zu sein. Den

Gesteinen, den Vögeln, den Stürmen wollte er befehlen, vor aller Welt Zeugnis abzulegen für seine Hinrichtung. Das Exekutionskommando würde keinerlei Macht über ihn haben, weil er bereits die Dinge hinter der Gegenwart schaute, in eine Zeit hineinsah, in der Geburt in den Tod überging und der Tod in das Leben, wo niemand gerichtet und verdammt wurde. Alles war ein Zusammenfluß von Idee und Schöpfung. Wieviel wohler wäre ihm doch, wenn sie endlich mit dieser Farce, dem Affentheater von einer Gerichtsverhandlung, zu Ende kämen. Er streckte sich auf dem kalten Steinbett aus und stellte sich vor, das Gesicht seiner Geliebten erschiene wie in einem Spiegel an der Decke. Ob Sadatu begriff, warum er so gehandelt hatte? Sie war so tief in ihrer eigenen Geschichte verwurzelt, wies in ihrer Beziehung zu ihm einen geradezu zwanghaften Hang zu kleinen Heimlichkeiten und einen ausgeprägten Ordnungssinn auf, sogar im Bett. Er hatte ihr nichts von seinen Plänen für den Staatsstreich gesagt, obwohl er ihr manchmal schon das eine oder andere anvertraut hatte. Sie war verschwiegen. Seine Frau hingegen war offenherzig und redselig. Verstände sie ihn, da sie doch seine Verachtung für die Gauner teilte, die die Regierung bildeten? Plötzlich fühlte er sich einsam und zitterte vor Kälte. Man hatte ihm weder eine Decke noch seine Kleider gegeben. Im gleichen Augenblick durchlebte er eine Offenbarung, die alle Karten des Spiels neu mischte. Eine große Ruhe nahm ihn auf. General Masimiara begriff, daß der Kreis sich schloß in dieser kalten Grotte der Uranfänge, in der der Mensch lernte, das Feuer zu bändigen. Der Mensch, schlußfolgerte General Masimiara, wurde in einer dunklen Höhle geboren und fror. Er war die Frucht einer Tat ohne sonderliche Bedeutung und besonderen Sinn, an Adams Knöchel gekettet, und er handelte manchmal vorschnell und brutal. Für einen Augenblick auf dem Funken seiner Vorstellung davoneilend, zerschlug er die Gitter seines Kerkers und entfachte ein größeres Feuer, um die Welt außerhalb der Höhle zu erkunden. Wenn er bei seiner Suche nach der Reinheit der Ideen und der Unabhängigkeit seiner Persönlichkeit den Weg verfehlt hatte, dann hatte er es aber zumindest versucht. Und darüber war er glücklich. Über diesem Gedanken schlief General Masimiara ein.

Erstes Buch

Schon einhundert Jahre vorher hatte der magische Spiegel des Nubiers Suleiman aus Khartum ihr Erscheinen verkündet. Als sie an jenem Morgen im Mai auf Deck der *Belmont* stand, die in einem englischen Hafen vor Anker lag, bot Jeanette Cromantine den Anblick einer Frau mit geheimnisvoller Vergangenheit. Die Luft war kühl und trocken, dennoch öffnete sie – mehr aus Gewohnheit als der Notwendigkeit wegen – ihren Parasol und starrte auf die Weite des Meeres, als ob in seinem bläulichgrauen Widerschein die Rätsel ihrer Vergangenheit geschrieben ständen. Mit ihren zwanzig Jahren stand sie noch am Anfang des Lebens. Dennoch umwehte Jeanette Cromantine eine Aura, als ob sie einst einem Mann als Geliebte angehört hätte, der den Sinnesfreuden des Orients verfallen war. Die waren damals in Mode und wurden vor allem von jungen englischen Pflanzern nachgeahmt. In hellen Scharen zogen sie gen Westindien, um mit Kaffee, Zucker und Gewürzen zu handeln. Und waren sie erst einmal zu Geld gekommen, kauften sie sich große Anwesen, setzten Verwalter ein und kehrten nach England oder Indien zurück, um von den Gewinnen zu leben.

In Jeanette Cromantines Adern strömte nur zu einem Achtel Sklavenblut. Sie war auf die Verdünnung des schwarzen Bluts stolz, weil es ihr die Ausstrahlung des Lilienbanners verlieh und sie mit ihrem korallengleichen Lächeln für alle rotblütigen Männer zu einer außerordentlich begehrenswerten Frau werden ließ. Ihre Mutter war eine hübsche Mulattin, Köchin auf einer Plantage in Georgia gewesen. Eines Abends, sie hatte sich schon in ihr Zimmer hinter der Küche des Herrenhauses zurückgezogen, wo sie für einen alten Pflanzer, seine Frau und deren Sohn kochte, hörte sie dreimal ein leises Klopfen an der Tür und sah dann, wie der große, blonde, weiße Mann die Tür aufstieß und in ihr Zimmer trat.

»Was wolln Sie, Masta Willie?« fragte sie.

Er ging in Neu-England zur Schule und kam nur einmal im Jahr nach Hause, weil ihn das Geschäft mit den Sklaven nicht interessierte. Obwohl sie zum Besitz der Familie gehörte, seit er ein kleiner Junge gewesen war, hatte er nie so recht gewußt, wie er sich ihr gegenüber verhalten sollte. Dabei war ihr beider Leben weniger von der Vermengung ihrer Schicksale geprägt worden als von der, wie ihm schien, unergründlichen und ruhigen Gegenwart der Frau. Sie hieß Sophie Mahogany. Obwohl die gesellschaftliche Stellung sie voneinander trennte, sah er in ihr einen Teil des bedeutungsschweren Verwirrspiels, aus dem all die Nöte an der Schwelle zum Mannesalter herrühren. Beklemmungen peinigten ihn, und er spürte, daß er, wenn er seinen inneren Frieden finden wollte, eines Tages über den Abgrund springen mußte, der zwischen ihnen stand. In den Jahren, in denen er langsam heranwuchs, hatte er sie dabei beobachtet, wie sie ihm die Mahlzeiten auftrug, die Teller abräumte und danach wieder in ihrem Zimmer verschwand, in dem sie dann mit einer Stimme zu singen anfing, die den warmen Ton von Pinienholz in sich barg und ihn immer wieder in Erstaunen versetzte, weil sie doch eigentlich von niedrigem Stand war. Er wußte, daß er sie nicht anders besitzen konnte als auf die öde, nüchtern langweilige und erniedrigende Weise, die sich für ihn mit der Sklaverei verband und ihm abscheulich und verachtenswert vorkam. Willie Blackburn flüchtete sich in eine Schule im Osten des Landes. Mit einer Entschlossenheit, die über die in seinem Innern tobenden Stürme hinwegtäuschte, vergrub er sich in seine Studien. In nächtlichem Fiebertaumel stürzte er sich auf Lockes philosophische Traktate. Doch auch sie schenkten ihm nicht die geistige Erleuchtung und den Seelenfrieden, die er in Boston zu finden gehofft hatte.

Sophie Mahogany erschien ihm immer dann, wenn er am wenigsten darauf gefaßt war: in den bordenden Formen der Jägerin Diana, deren Skulpturen irgendein reicher Pflanzer der Schule gespendet hatte, um sein Gewissen zu beruhigen, oder auch in Tizians Gemälde der Liebe, das er in seinem Zimmer aufbewahrte. Einmal besuchte er die Vorstellung einer durchreisenden französischen Theatertruppe, zu der auch Mädchen gehörten, die vor Königin Katharina aufgetreten waren. Als sich der Vorhang hob, verspürte Willie Blackburn plötzlich das Verlangen zu weinen. Auf der Bühne stand, verwandelt in eine Schauspielerin, Sophie Mahogany. Sie hatte das gleiche dunkle, an weit entfernte Inseln erinnernde Aussehen, den gleichen leidenschaftlichen und sinnlichen Mund, der sie weit über die faden Jungfern stellte, die Willie Blackburn jeden Tag in Boston sah. Am Ende des Stückes gelang es ihm, die Aufmerksamkeit der Frau auf sich zu ziehen. In ihren Augen erblickte Willie Blackburn die bittersüße Verlorenheit aller Frauen dieser Welt, die gleich ihr in einer Falle saßen, aus der es kein Entrinnen gab – die Schauspielerin wie das Sklavenmädchen waren von der Gnade der Männer abhängig. Er verspürte das brennende Verlangen, diesen Augen zu entrinnen, bis an das Ende der Welt zu rennen, wo er von anderen Dingen träumen konnte, wollte nichts anderes als dem Feuer entfliehen, das ihn verzehrte und ihm fürchterliche Qualen bereitete.

Einen Monat später kam er nach Hause. Er war fest entschlossen, Sophie Mahogany gegenüberzutreten, sie sich in diesem Haus der Knechtschaft ein für allemal aus dem Herzen zu reißen.

Er schloß die Tür hinter sich und schaute sich im Zimmer um. Ihm fiel auf, wie sauber es war und wie wenig sie besaß. Das meiste waren abgelegte Sachen der Herrin des Hauses: der zerschlissene blaue Teppich mit dem Bildnis des Trevi-Brunnens in Rom, die glasierte Keramikschale, das Himmelbett mit der leuchtend bunten Flickendecke sowie die armselige Seemannskiste, auf der sie ihre versilberten Ohrringe und Ketten abgelegt hatte, die sie an ihrem freien Tag tragen durfte. Nun aber, da er in das Zimmer getreten war, fühlte sich Willie Blackburn durch ihre Gegenwart gehemmt, obwohl er es doch war, der den Besitzanspruch verkörperte. Es fiel ihm schwer zu sprechen. Als er schließlich redete, flossen die Worte nur mühsam über seine Lippen.

»Ich wollte sehen, wie es dir geht, Sophie.«

»Gut, Masta Willie«, erwiderte sie.

»Ich wünschte, du würdest mich nicht so anreden, Sophie. Es ist doch nicht so, daß du mir gehörst, und du weißt, wie ich über diese Dinge denke.«

Sie zitterte ein wenig, als er sich neben sie auf das Bett setzte. Sie wollte sich beherrschen, Ruhe bewahren und keinesfalls preisgeben, was sie für diesen Mann empfand, der nie anders als freundlich zu ihr war. Ganz im Gegensatz zu seiner Mutter, von der sie wie ein Stück Dreck behandelt wurde. Ganz anders auch als sein Vater, der, obgleich ein recht großzügiger Mensch, bedingungslos an der verlogenen Vorstellung von der eigenen Überlegenheit über die dunkelhäutigen Männer und Frauen festhielt, die die Vorsehung ihm in die Hände gegeben hatte, damit er sie beaufsichtige und für sie sorge.

»Sie sind de Masta und ich bloßn Sklavenmädchn.«

»Das behauptet meine Mutter auch immer. Doch wie denkst du darüber? Bist du nicht in erster Linie Frau?«

Er konnte ihr nichts über seine Studien erzählen, nichts von den Abenden im Theater oder von der Nacht, in der er eine Schale Kastanien gegessen hatte und fast daran erstickt war, weil er unablässig an sie denken mußte. Das Schicksal hatte sie unter diesem Dach zusammengeführt und in seinem unbegreiflichen Ratschluß ihre Lebenslinien miteinander verschlungen. Nur wenn er sie besaß, konnte er sich von ihr befreien. Gleichzeitig aber wußte er, daß er sein Leben lang in den dunklen Seen ihrer Augen gefangen wäre, wenn er erst einmal getan hätte, was man von ihm erwartete. Er versuchte herauszufinden, was ihm geringere Qualen bereiten würde, kam sich vor wie jemand, der auf zwei verschiedenen Straßen gleichzeitig unterwegs ist, die beide im Abgrund der Schande enden. Und es brachte ihn der Gedanke durcheinander, daß sie imstande war, in ihm ein Gefühl von Ehre wachzurufen, wo doch alles Leben ringsum von Unmenschlichkeit gegen sie und ihresgleichen gebranntmarkt war. Und nicht nur Nichtsnutze begingen solche Verbrechen. Auch die besten Männer seines Standes schlichen sich des Nachts, vom rauchigen Odem ihrer dunkelhäutigen Geliebten umweht, nach Hause zu ihren Frauen zurück.

Er wollte sich erheben und gehen, doch eine unsichtbare Hand hielt ihn auf dem Bett fest. Eine übermächtige Erregung wirbelte ihm durch den Kopf und wühlte in seinen Eingeweiden. Mit einem Mal hatte er das tiefe Verlangen, geliebt zu werden, wie ihn noch nie zuvor jemand geliebt hatte. Und weil der Schmerz in seinem Innern sein Gesicht wie das einer unschuldigen Waise aussehen ließ, bemerkte er nicht, wie sich die Hand des Waisenkindes, das da neben ihm saß, langsam seinem Gesicht näherte und es unter der Berührung erzittern ließ wie einen Halm im Sturm.

»Kleina Masta, kleina Masta«, sagte Sophie Mahogany, als sie sein kaltes, bleiches Fleisch mit den dunklen Feuern ihres Körpers bedeckte, an denen sich sein Blut erwärmte und vor einer Schönheit in Flammen aufging, die ihn stöhnen machte. Willie Blackburn wußte nicht, daß das, was ihm gerade zum Geschenk gemacht wurde, ein Akt jener Liebe und Zärtlichkeit war, die seine Mutter seinem Vater verweigerte, weil ihre Seele von einer tyrannischen Furcht vor dem Ehebett verkrüppelt wurde, in dem sie ihn lieblos empfangen hatte.

Als sie ihre Schwangerschaft bemerkte, täuschte Sophie Mahogany eine Vorliebe für Speisen vor, die sie bislang nicht gegessen hatte. Sie nahm sie mit in ihr Zimmer und bewahrte sie dort auf, bis sie sie abends an die Hunde verfüttern konnte. So konnte sie der Herrin des Hauses einreden, daß sie zuviel aß und deshalb immer dicker wurde. Morgens nahm sie als erstes etwas Ingwer gegen den Brechreiz. Dann schlang sie sich einen doppelten Leibgurt um den Bauch, der die Schwellung ihrer Schwangerschaft etwas eindämmte.

Kurze Zeit nach der Geburt gab sie ihre Tochter Jeanette weg. Unweit des Hauses, in dem sie arbeitete, lebte ein alter schwarzer Prediger, ein Freigelassener, dem man aufgrund eines Herzleidens gestattet hatte, seine letzten Jahre in der Auseinandersetzung mit der Bedeutung des Fluches von Ham und der Zerstreuung seiner Söhne über die Meere und Wüsten zu verbringen. Nachdem er mehrere Jahre über diesem Fluch gebrütet hatte, überraschte er eines Morgens mit einer verblüffenden Offenbarung: »Sie sind jetz dreitausnd Jahre ruhlos gewandert, de gütige HERR hat ihre Tränen erhört und bringt sie bald heim, ja Sah.«

Er war überzeugt, daß die Wiederkehr des Messias unmittelbar bevorstand, daß die Sklaven der Plantagen zu den letzten Vertretern eines mächtigen Geschlechts gehörten und sie in diesem kalten Land erst durch die Feuer der Hölle gehen müßten, bevor man sie ausschickte, die Welt mit den Samen ihrer gesammelten Weisheit neu zu bevölkern.

Er zog das elternlose Kind groß und schwor, es vor dem Schicksal seiner Mutter zu bewahren. Das war keine einfache Aufgabe für ihn, denn da er selbst keine Kinder hatte – seine Frau war nach einem Maultiertritt bei der Feldarbeit jung gestorben –, wußte er nur wenig über Kinder und noch weniger über Säuglingspflege. Es mangelte ihm aber nicht an Unterstützung. Eine Tradition bewahrend, deren Ursprünge in Afrika liegen, wechselten sich die schwarzen Frauen, die seine Gottesdienste besuchten, mit den Ammenpflichten ab. Wann immer sie sich freimachen konnte, besuchte auch die Mutter ihr Kind, achtete aber strengstens darauf, daß niemand im Herrenhaus von ihrem Doppelleben erfuhr. Über die Ereignisse jener Nacht, in der der blonde junge Master, gequält von der Unfähigkeit seiner Mutter, ihn zu lieben, in ihr Zimmer gekommen war, bewahrte sie Stillschweigen. Der Möglichkeit beraubt, ihr eigenes Kind zu stillen, gewöhnte sie ihre Augen daran, die Kinder anderer Leute nicht anzuschauen. Wenn sie spürte, daß die Milch einschoß, legte sie sich große, nasse Handtücher auf die Brüste. Um die Gedanken von ihrer unglückseligen Lage abzulenken, experimentierte sie mit neuen Rezepten und fand heraus, daß die Innereien der Schweine, wenn man sie mit Petersilie garniert, besser schmecken als selbst die beste Lende, derer man auf der Plantage habhaft werden konnte. Für jemanden, der Zeit seines Lebens Angst vor Beerdigungen hat und glaubt, daß der Tod daran erinnern soll, was sich die Menschen schuldig sind, entwickelte sie ein geradezu krankhaftes Interesse daran, wie Menschen starben. Sie erfand Ausreden, um bei Lynch-Aktionen dabei oder in dem Raum zugegen zu sein, in dem ein alter Sklave sich darauf vorbereitete, vor seinen Schöpfer zu treten. Sophie Mahogany hatte Angst vor dem Tod, weil sie wollte, daß ihr Kind lebte. Als sie die Alpträume, in denen eine böse Frau versuchte, das Kind zu töten, nicht mehr ertragen konnte, bekam Sophie Mahogany urplötzlich so entzündete Füße, daß sie nicht mehr laufen konnte.

Der Arzt der weißen Familie im Herrenhaus wurde gerufen. Er untersuchte sie und stellte eine ganz entschiedene Diagnose:

»Es ist Schweinefieber«, meinte er. »Dabei handelt es sich um eine Infektion, die durch zu lange Verbindung mit diesem Tier hervorgerufen wird, das – wie Sie alle wissen – ein Werkzeug des Teufels ist. Es handelt sich hier um eine Strafe Gottes für all jene, die versuchen, ihn zu betrügen. Dem HERRN entgeht nichts«, schloß er.

Sophie Mahogany hatte keinerlei Schwierigkeiten mit Gott, zumal er ihr in der Form, in der ihre Peiniger ihn darstellten, völlig neu und fremd war. Mehr noch, seine Nähe war mehr eine Sache von Mutmaßungen denn irgendeines tief empfundenen Bedürfnisses, an die abstrakte Natur seiner Existenz zu glauben. Wenn Gott noch so wie früher auf der Welt umginge, wie es ihr ihre Großmutter erzählt hatte, dann könnte sie ein rotes Hühnchen opfern und sich nackt auf die Ufersteine des nahen Flusses stellen. Und Gott würde ihr Kind retten. Die Tatsache, daß sie ihr Kind weggegeben hatte, bewies, daß sie nicht an die Unparteilichkeit des fremden Gottes glauben mochte, denn ihr Kind gehörte ihr nicht, weil sie Eigentum des Vaters des Mannes war, der ihr das Kind geschenkt hatte. Der Gang der Dinge ließ einen bitteren Geschmack in ihrem Munde zurück, den nicht einmal das geweihte Wasser des Predigers wegspülen konnte.

Mit den Jahren führten eine Menge Glück, die Freundlichkeit anderer schwarzer Frauen wie die unbedingte Zielstrebigkeit und Entschlossenheit des Predigers dazu, daß Jeanette Mahogany zu einer munteren jungen Frau heranwuchs. Der Prediger liebte sie, und sie nannte ihn Vater. All die Jahre betete er beständig, daß sie den Klauen der Sklavenhändler entginge und eines Tages einen netten schwarzen Mann zum Heiraten fände.

Neben seiner Leidenschaft für den christlichen Glauben verfügte der Prediger über gründliche Kenntnis der Kräuter und benutzte sein Wissen, die Wunden der Schwarzen von den umliegenden Plantagen zu heilen. Er bemühte sich, die Grausamkeit des Lebens vor Jeanette Mahogany zu verbergen, doch fand die junge Frau einen Weg, über die Zerrspiegel ihres jugendlichen Alters hinauszuspähen. Was der Prediger vor ihr zu verbergen suchte, geschah mit solcher Regelmäßigkeit, daß sie es einfach bemerken mußte. So begriff sie im Laufe der Zeit, daß mit dem Begriff »Sägemehl« nichts anderes als ein Schwarzer gemeint war, der sich mit den ledrigsten, unangenehmsten Tabaksorten herumplagen mußte, und daß »Euter« für die schwarzen Frauen stand, die die Kinder der Plantagenbesitzer stillten. In jener zornerfüllten und schmerzvollen Zeit, in der ihr Bewußtsein erwachte, schienen die schwarzen Frauen und Männer an die Pfähle ihrer Ohnmacht geschlagen zu sein.

Sie empfand tiefes Mitgefühl für diese Menschen, die sich zum Sterben in eine Höhle zurückzuziehen schienen, aus den Wunden ihrer wiederholten, aber wirkungslosen Aufstände blutend, die von ihren Herren mit höchster Grausamkeit niedergeschlagen wurden.

Damals hatte sie keine Vorstellung von den Strömen, die sich wütend in den Herzen Bahn brachen, noch wußte sie um die Macheten, die in dunklen Augenblicken, wenn der Mond sein Antlitz verhüllte, aus ihren Scheiden gezogen wurden. Und niemand erklärte ihr, warum die schwarzen Frauen nur so wenige Kinder zur Welt brachten, bis sie eines Morgens eine Unterredung zwischen dem Prediger und einer Glaubensschwester belauschte. Sie erfuhr vom heiligen

Schwur der schwarzen Frauen, so lange ein bitteres Gebräu zu trinken und alle Kinder abzustoßen, die ihre Herren ihnen gewaltsam aufzwangen, bis sie der Ruf der »Herren« der Sümpfe erreichte, kräftige, gesunde Kinder zur Welt zu bringen, die heranwachsen sollten, um Macheten in die Hand zu nehmen und ihren Herren die Kehlen aufzuschlitzen. Jeanette Mahogany war überwältigt und erschüttert.

Zum erstenmal im Leben kam sie mit wirklichen Menschen in Berührung. Sie rochen animalisch, und ihr Leben war von Grausamkeit geprägt. In ihren Stimmen erwachten die Baumwollfelder zum Leben, wenn sie mit ihren dürstenden Lippen das Lob Gottes sangen, überzeugt davon, daß sein Erscheinen nur noch eine Frage der Zeit war. Manchmal zuckte die Sonnenzunge leckend über die Rücken der Männer und ließ sie im Laufe der Jahre braun und staubig werden. Abends, wenn sie nach Hause gingen zu den Frauen, die ihnen nur zum Teil gehörten, fühlten sich ihre Hände rauh und schrundig an auf den bebenden Körpern der Gefährtinnen.

Bald blickte Jeanette Mahogany auf die Jahre im Haus des Predigers zurück wie auf einen großen Betrug, der sich unter dem Gewand einer glücklichen Zeit verborgen hatte. In ihrem übervollen Herzen spürte sie, daß man ihr wirkliches Wissen vorenthalten hatte. Doch ob man ihr nun die Psychologie des Leidens verwehrte oder die Verzückung der Befreiung, die sich inmitten der staubigen Männer und Frauen auf den Feldern erleben ließ, wußte Jeanette Mahogany nicht zu sagen. Später ließ sie sich von einem plötzlich in ihr aufwallenden Haß fortreißen und schrie – erschüttert von dem, was sie in den tränenden Augen der Baumwollpflücker erblickt hatte – aus sich heraus:

»Eines Tags muß de Weißkerl begreifn, daß de Welt zwei Gesichter hat und er nur über eine herrschn kann.«

Jeanette Mahogany wollte den Baumwollpflückern helfen, ihnen dienen, sich für sie aufopfern. Manchmal, wenn sie von einer anderen Welt träumte, in der sie mit ihnen zusammensein konnte, erschien ein lichter Glanz auf ihrem Gesicht. Sie gehörte zu den Frauen, die bereit waren, alle Grenzen zu überschreiten, nur um diese Männer zu retten. Die aber waren innerlich schon abgestumpft und tot, zumindest einige von ihnen, und wenn sich die Sonne aus Jeanettes Gesicht stahl, dann stellte sie sich vor, wie die Männer in den Sümpfen lagen und wie Heimatlose die Köpfe in den Armen bargen.

Sie hatten große, schwielige Hände. Aber sie besaßen auch die Geduld der Unverwüstlichkeit, eine Gabe aus der Kindheit, die nicht einmal die Peitschen vernichten konnten. Sie begann diese Männer zu lieben, und als sie sich bereit glaubte, ließ sie die klösterliche Enge des priesterlichen Hauses hinter sich, gab ihren ruhelosen Körper einem großen, dunkelhäutigen Manne hin und forderte damit den Zorn Gottes heraus.

Er hieß Sebastian Cromantine, war ein Halbfreier und Eigentum einer alten, rheumakranken Frau, die ihm versprochen hatte, ihn freizulassen, bevor sie starb. Jeden Tag lebte er in Vorfreude auf diesen Augenblick und nun, da Gott ihm eine Frau geschenkt hatte, für die er dasein und sorgen konnte, war er fest entschlossen, alles zu tun, die Aussicht auf Freiheit schneller Wirklichkeit werden zu lassen. Dies geschah, bevor die Ereignisse auf der anderen Seite der Erdkugel alles änderten und er beschloß, auf der Seite der Briten zu kämpfen.

Als die aufständischen Bürger zu den Waffen griffen und gegen die Briten zu Felde zogen, brach für die Sklavenhalter eine schwere Zeit an, die ihnen den Nachtschlaf raubte. Aus Angst, die Sklaven könnten sich erheben, ihre Frauen und Töchter vergewaltigen und ihnen die Kehlen durchschneiden, hielten sie ihre Waffen ständig feuerbereit. Aus Angst, ihre Köche könnten sie vergiften, fingen sie an, sich das Essen selbst zuzubereiten. Das erwies sich als nicht so einfach: Diese Menschen, die noch nie zuvor einen Fuß in die Küche gesetzt hatten, schafften es beinahe, bei dem Versuch, auf den offenen Herdfeuern Essen zu kochen, ihre Häuser in Brand zu setzen. Den Köchen hingegen war es niemals besser ergangen. Plötzlich stand ihnen soviel Zeit zur Verfügung wie nie vorher. So blieben sie zu Hause und kochten ihren Familien üppige Mahlzeiten aus Zutaten, die sie bei ihrer Arbeit in den Herrenhäusern abgezweigt hatten. Und sie beteten, daß dieser Krieg möglichst lange dauern möge, damit sie nicht wieder zu ihrer Arbeit zurück müßten.

Als sich die Plantagenbesitzer der Unvermeidlichkeit des Kampfes gegenübersahen, trafen sie sich eines Abends und schworen, bis zum letzten Mann gegen die Kolonialarmee zu kämpfen. Auf die Quäker, denen sie den Niedergang ihrer häuslichen Wonnen und Privilegien zuschrieben, weil sie ihre Sklaven zum Aufruhr angestachelt und sogar nach London um Hilfe geschrieben hätten, riefen sie Verwünschungen herab.

»Die liberaln Yankeehunde versaun uns unsre Nigger«, beschwerte sich ein Farmer, als ihm zwei Sklaven geflohen waren, um sich der Kolonialarmee anzuschließen.

Der Krieg tobte außerhalb des Counties, in dem Sebastian Cromantine und Jeanette Mahogany lebten. Von den verschiedenen Fronten kamen Neuigkeiten über den Fortgang der Kämpfe herein. Auf den Plantagen, wo die Feldarbeit bereits zum Erliegen gekommen war, verabschiedeten Frauen ihre Männer, die ihre Sklaven in den Händen übereifriger Aufseher zurückließen. Viele kehrten nie mehr zurück. Andere kamen verkrüppelt heim und entwickelten dann eine besondere Grausamkeit, nicht nur ihren Sklaven gegenüber, sondern auch gegen ihre Frauen.

Sebastian Cromantine schloß sich der Kolonialarmee an und kämpfte wie ein Besessener. Auf dem Schlachtfeld von Richmond war er zunächst nur Wasserträger. Doch nach einem besonders grausamen Gefecht, bei dem er einem Offizier der Kolonialarmee das Leben rettete, wurde ihm gestattet, Waffen zu tragen. In Richmond lernte er Männer kennen, die wie er selbst große Angst hatten, in Gefangenschaft zu geraten und erneut in Ketten gelegt zu werden. Zum erstenmal in seinem Leben sah er, daß Weiße Schwarze umarmten. Und zum erstenmal in seinem Leben teilten Weiße ihr Essen mit ihm. Sie fochten für eine Sache, die ihm, abgesehen von der Tatsache, daß er nun ein freier Mann und bereit war, für seine Freiheit zu sterben, nur wenig bedeutete. Manchmal in den Kriegswirren stahl er sich die Zeit, Jeanette zu besuchen, die zusammen mit anderen Frauen in einem Lager der Kolonialarmee hauste.

In den wenigen gemeinsamen Stunden liebten sie sich mit einer fieberhaften Leidenschaft, die es ihm immer schwer machte, zur Truppe zurückzukehren.

»Versprich mir, daß du zu mir zurückkommst«, sagte sie immer, wenn sie sich beim Abschied an seinen Hals klammerte.

Obwohl er über die gewonnene Freiheit sehr glücklich war, war sich Sebastian Cromantine doch der Schwierigkeiten bewußt, die noch vor ihm lagen. Wenn er auf das Schlachtfeld zurückkehrte, empfand er eine Mischung aus Furcht und tiefer Besorgnis. Was sollte aus ihm und seiner Frau werden, wenn der Krieg erst einmal vorüber wäre? Er hatte sich bis zu jenem Augenblick noch nie viele Gedanken über sein Leben gemacht, zumal es vollständig von den grillenhaften und launischen Forderungen seiner alten Herrin abhing. Er war dreißig Jahre alt und ein großer, kräftiger Mann, der einsam und zurückgezogen lebte. Bevor er sich der Kolonialarmee anschloß, war sein Leben in geordneten Bahnen verlaufen. Er hatte für seine Herrin gesorgt, ihre Kühe und seine zwei Ziegen gehütet, während der unerträglich heißen Sommermonate sein kleines Feld bestellt, und wenn er abends aus dem Herrenhaus kam, war er in seine Kate gegangen und hatte ein einsames Mahl aus gekochtem Mais mit Spinat und Schweineinnereien gegessen. Er war es zufrieden gewesen, so weiterzuleben und darauf zu warten, daß seine Herrin ihm die Freiheit schenkte. Er war es zufrieden gewesen, bis eines Nachts Schlangen in seiner Kate Zuflucht vor der Hitze suchten.

Er blieb die ganze Nacht wach, tötete die ersten beiden Schlangen und schaffte es, die restlichen wieder in den Hof hinauszutreiben. So sehr er sich aber bemühte, er konnte den Zwischenfall nicht mehr vergessen.

Er begann Stimmen zu hören und ließ jede Nacht die Lampe brennen. Er fürchtete sich nicht unbedingt vor den Schlangen, aber er spürte, daß andere Dinge auf ihn zukamen, und darauf wollte er vorbereitet sein. Eines Nachts hatte er einen schrecklichen Traum. Mitten in einem Wald sah er eine wunderschöne schwarze Frau auf einem weißen Pferd. Das Pferd gelangte an ein Haus und beugte die Knie, damit die Frau bequem absteigen konnte. Als sie die Tür des Hauses öffnete, entdeckte sie eine weitere Tür an der Rückwand. Sie durchquerte das Zimmer und entdeckte hinter dem Haus das schönste Tal, das sie in ihrem Leben jemals gesehen hatte.

Sebastian Cromantine erwachte aus seinem Traum und zitterte wie Espenlaub. Normalerweise schlief er traumlos, und die Tatsache, daß er so kurz nach dem Zwischenfall mit den Schlangen geträumt hatte, ließ ihn noch unruhiger werden. Damals begriff er noch nicht, daß die Bedeutung seines Traumes mehr mit dem zu tun hatte, was ein magischer Kristallspiegel vor langer Zeit und weit entfernt von dem Ort, an dem er lebte, vorhergesagt hatte.

Bald schon brachte er alles durcheinander: Er verwechselte die Medizinfläschchen mit der Suppenterrine seiner Herrin, und in der

Küche sah er die Kartoffeln als Eier an. Die alte Frau, die schon lange von der Gewohnheit gelassen hatte, zunächst ihre Katze zu füttern, um zu sehen, ob das, was Sebastian gekocht hatte, auch nicht vergiftet war, erwachte eines Abends aus dem Dämmerzustand ihres hohen Alters und meinte: »Sebastian, du bist ja ganz wirr im Kopf.«

Als ob ein unsichtbarer Geist über ihn bestimmte, verlor er den Appetit und konnte nicht mehr schlafen. Eines Nachts, als er bereits stundenlang wach lag und verzweifelte Versuche unternahm, die fürchterlichen Stürme seines Unglücks zu vertreiben, rief eine Stimme dreimal nach ihm.

Es war eine tiefe und einsame Stimme, die ihm merkwürdig bekannt vorkam, als ob er sie in anderer Zeit schon einmal gehört hätte. Sie hatte die geistesabwesende Schwere eines entwurzelten Menschen, dem auf der Seele lastete, daß er keinen Ort der Ruhe finden konnte. Als die Stimme ihn zum dritten Male rief, erhob Sebastian Cromantine sich von seinem Bett und öffnete die Tür, um zu sehen, wer da nach ihm rief.

Draußen stand niemand, also ging er in sein Zimmer zurück und bemühte sich einzuschlafen. Da er die Stimme nicht vergessen würde, versuchte er sich zu erinnern, wo er sie schon einmal gehört haben könnte, in welchem Trupp aneinandergeketteter Sklaven, in welcher Ur-Wildnis der Hoffnungslosigkeit, des Zorns oder der Wut, auf welcher Plantage. Welche Demütigung und welches blutbesiegelte Geheimnis verband ihn mit dieser Stimme? In der Bestürzung, die ihn erfaßt hatte, war Sebastian Cromantine froh über die Korbflasche in seinem Zimmer, die ihm den Versuch gestattete, die Stimme mit einem tüchtigen Schluck Rum aus seinem Kopf zu verjagen.

»Dis istn übler Trick, macht mich noch verrückt, wenn ich nicht aufpaß!« rief er aus.

Die ganze Nacht blieb er wach, lauschte dem fernen Lärm der wilden Berglöwen, die überall im County das Vieh der Farmer rissen. Worauf die Farmer sich ihren Sklaven gegenüber noch grausamer verhielten und mit Auspeitschung drohten, wenn sie nicht etwas gegen die räuberischen Bestien unternähmen. Erschöpft und vom fehlenden Schlaf geschwächt, ging Sebastian am nächsten Morgen seinen Verrichtungen nach. Spät am Abend kam er in seine Kate zurück und warf sich auf sein hölzernes Bett. Als er sich aus der irdenen Kanne eine Tasse Wasser schöpfen wollte, sah er, wie sich auf dem Boden der Kanne etwas bewegte. Und er hörte erneut die Stimme. Näher herangehend, erblickte er drei kleine Knochen auf dem Kannengrund. Er ließ die Tasse zu Boden fallen und schrie:

»Ihr jagt mir keine Angst ein, ihr nicht!«

Er kroch in sein Bett zurück, zog sich das Laken über das Gesicht und begann fürchterlich zu schwitzen. In dem Augenblick aber, da er glaubte, von den Knochen angegriffen zu werden, fühlte Sebastian Cromantine, wie ihn jemand an der Schulter berührte und mit freundlicher und vertrauenerweckender Stimme dreimal seinen Namen rief. Starr vor Angst erkannte er, daß es sich um dieselbe Stimme handelte, die ihn schon letztes Mal gerufen hatte.

Obwohl die Hand auf ebenso wundersame Weise verschwand, wie sie erschienen war, war sich Sebastian Cromantine ganz sicher, wem sie gehörte und welch weiten Weg ihr Besitzer hinter sich gebracht hatte, um ihn von seiner unerträglichen Last zu befreien. Es war die Hand eines Toten, der unzählige Sümpfe durchwandert hatte und das eiserne Zeugnis seiner Ketten wie das unversöhnliche Antlitz seines unglückseligen Schicksals hinter sich her zog. Sebastian rannte aus dem Zimmer hinaus. Er hatte Angst zurückzublicken, rannte über die Felder, sprang über giftige Ranken und scharfzahnige Wolfsfallen hinweg, die Schritte des Toten im Nacken. Bei dieser stürmenden Hatz – zwischen dem Hämmern seines rasenden Herzens und seinen verzweifelten Versuchen, den Toten mit den Händen von sich zu stoßen – dämmerte vor ihm wie in einem beschlagenen Spiegel die Bedeutung seiner natürlichen Beziehung zu dem toten Mann auf, und die Einsicht in die Sinnlosigkeit seiner Flucht verlangsamte seine Schritte.

Es war sein Vater.

Er hatte ihn durch die Knochen angeschaut, er hatte ihn mit der Hand eines spirituellen Navigators berührt, mit den Hörnern eines Wahrsagers, den Augen eines ausgelaugten Bullen und den dumpfen Schritten seiner kummervollen Gegenwart da hinter ihm.

Mit einem Mal eröffnete sich Sebastian Cromantine in der erschreckenden Offenbarung, daß sein vor zehn Jahren verstorbener Vater die Gewalt über seine Seele besaß, die unmißverständliche Fortdauer eines alten Ritus, der der Abtötung aller irdischen und vergänglichen Mächte Kraft und Bedeutung verlieh. Von eigener Hand vergiftet, befolgte der Tote den Ruf einer anderen Welt und kehrte in den bezaubernden Garten der Ur-Liebe zurück, in dem sich einst der erste Mann und die erste Frau unschuldig und ungestört zueinandergelegt hatten.

Sebastian beschleunigte seine Schritte. Viel mehr Gelegenheit, die Bedeutung der göttlichen Absicht im Leben zu ergründen, hatte er nicht, denn auf den Stufen zum Haus des Predigers, in das er schon so oft gekommen war, um den Predigten zu lauschen, brach er zusammen. Als er wieder zu sich kam, schwebte im Dunkel über ihm eine schöne Frau. Sie legte ihm gerade ein kaltes Handtuch auf die Stirn, um das Fieber zu bezwingen, das den ganzen Tag in ihm gewütet hatte.

»Wie lange bin ich schon hier?« fragte der Dunkelhäutige.

»Sshh, sshh, nicht sprechn«, erwiderte sie. »Pa holtn paar Heilkräuter.«

Sebastian versuchte, sich von dem Bett aus Rohrgeflecht zu erheben. Er merkte, wie seine Knochen knirschten. In den Händen hatte er im Augenblick keinerlei Kraft, wohingegen er die Beine bewegen konnte. Er schaute sich im Zimmer um und stellte fest, daß anstelle der sonst üblichen einen Kerze drei brannten. Sie tauchten den Raum nicht in strahlendes Licht, verbreiteten aber unter der üppigen Birkenholzverschalung des Hauses einen warmglänzenden Schein. Die Frau saß auf der Bettkante und wechselte die kalten Tücher auf seiner Stirn. Ihre Nähe ließ ihn eigentümlich unruhig werden. Doch nach seinem jüngsten Anfall von Geisterbeschwörung und seiner fortdauernden Melancholie wünschte er sich nichts mehr, als in ihrer Nähe zu sein, von der sanften Aura ihres Wesens umhüllt. Wünschte sich, ihre feine, zimtgoldene Haut zu berühren und, mehr noch, die moosgleichen Flechten zu fühlen, die ihr locker um die Schultern hingen, und sei es nur, um den unerträglichen Aufruhr zu besänftigen, der ihm die Eingeweide aufzufressen drohte. Dann dachte er daran, wer er eigentlich war. Seine unsichtbaren Ketten legten sich wieder um ihn, und er fühlte das schwere Joch seiner Sklaverei, wie er es nie zuvor gespürt hatte.

»Ich muß in meine Kate zurück, Missy vermißt mich«, sagte er.

»Sie weiß schon, daß du hier bist, mußt dich nicht sorgn, sei still und trink de Suppe«, hielt die Frau ihm entgegen. Sebastian Cromantine sah dunkle Schatten. Er glaubte, die Schatten seiner Eltern zu sehen, die Schatten von Kopfjägern und die Skelette seiner toten

Kühe, die eine Quelle vergifteten. Die Trugbilder waren kaum voneinander zu unterscheiden. Als er aber in der Ferne Hunde bellen und die Räder der Kutschen vorüberrumpeln hörte, die die Weißen von einem geheimen Kriegsrat zu ihren Plantagen zurückbrachten, vergaß er die Schatten. Die schmerzliche Bestätigung der bedrohlichen Nähe des Krieges trieb ihn mit einem Schlag aus seiner Versunkenheit. Was, wenn es stimmte, daß die Kolonialarmee und die Rebellen sich gegenseitig umbrachten, die Straßen bedeckt waren mit zerstückelten Gliedern und abgetrennten Köpfen, daß wehklagende Frauen sich im Schmerz die Brust schlugen? Wie ein Blitz aus der Dunkelheit ergriff diese Vorstellung von ihm Besitz, und ihre Eindringlichkeit besaß die wundersame Kraft, ihn zu heilen und von seinem Bett zu erlösen. Warum hatte er bis dahin nicht begriffen, daß die Zeiger der Uhr sich unaufhaltsam drehten? Alles kehrt noch einmal wieder, sogar die Erde, dachte er. Augenblicklich verdrängte er den Gedanken an seine Herrin und nahm sich vor, sich so bald wie möglich der Kolonialarmee anzuschließen. Als er die Frau ansah, fragte er sich, ob er sich auch zu dieser Entscheidung durchgerungen hätte, wenn sie nicht in sein Leben getreten wäre.

Jeanette Mahogany betrachtete den großen schwarzen Mann, dessen Arme so kräftig aussahen, daß sie davon überzeugt war, er könnte es mit einem Bären aufnehmen. Er sah gut aus. Seine Anziehungskraft lag in der Verbindung eines freundlichen, starken Gesichts mit einem bittersüßen Lächeln, das vor allem dann seine Züge prägte, wenn er schlief. Und selbst wenn er schlief, war etwas an ihm, das auf eine ungezügelte Energie hindeutete, deren vollendete Kraft den Raum erfüllte. Sie fühlte sich durch ihn in einer Weise aus der Fassung gebracht, die sie sich nicht erklären konnte. Mit Männern hatte sie noch keinerlei Erfahrungen gesammelt, sah man einmal von den verlorenen Seelen ab, die zu den Gottesdiensten des Predigers pilgerten und denen sie Kaffee kredenzte: Männer, denen die verlorenen Hoffnungen wie Geier auf der Schulter hockten, Männer, die ihre Männlichkeit längst verloren hatten, weil sie sich anderen Männern dienend unterwerfen mußten. Sie hatte sie bedauert, und nachts, in der Stille ihres Zimmers, zog sie – außer sich von dem Verlangen, das in ihr brannte – ihre Kleider aus und betrachtete ihre Brüste, die sie einem Mann hingeben wollte, den sie lieben könnte.

Sebastian Cromantine war anders. In der Vergangenheit war er nur einer von vielen, die kamen, um den Worten des Predigers zu lauschen, wenn der von den dreitausend Jahren erzählte, die schwarze Frauen und Männer dazu verdammt wären, stumm in den Wüsten und auf den Plantagen zu leiden.

»Bet, mein Volk, bet, damit uns de HERR aus dieser sündign Welt führt«, intonierte der Prediger.

Nun aber erfüllte die Gegenwart des großen, dunklen Mannes dort im Zimmer Jeanette Mahogany mit Träumen von einem Leben, das vor ihr liegen könnte. Von jenem Morgen an erfand sie ständig neue Vorwände, um das Zimmer zu betreten. Sie brachte ihm etwas Obst aus dem Garten oder las ihm ein paar von den Geschichten vor, die der Prediger sie vor kurzem lesen gelehrt hatte.

Als Sebastian Cromantine ihr gestand, daß er nicht besonders gut lesen konnte, meinte Jeanette, er solle sich keine Sorgen machen.

»Irgendwann bring ich dirs bei, richtig lesn«, sagte sie ihm.

Ihm erschien die Aussicht verlockend, von einer so bezaubernden Frau unterrichtet zu werden. Deshalb begann er darüber nachzudenken, wie er seinen Aufenthalt im Bett verlängern könnte. Andererseits war die Aussicht, immer nur im Bett zu liegen, nicht sonderlich vielversprechend, zumal seine Herrin schon im Hause des Predigers erschienen war und sich beschwert hatte, daß sie sich ihr Essen selbst kochen mußte.

Das Ganze wäre wohl noch ewig so weitergegangen. Eines Tages aber, als sie begriff, daß sie nicht mehr ohne ihn leben wollte, gestand Jeanette Mahogany ihm ihre Liebe. Er nahm sie in seine kräftigen Arme, küßte ihr Gesicht und dankte Gott dafür, daß er ihm eine so wunderbare Frau geschenkt hatte. Dort, auf dem Fußboden im Haus des Predigers, legte er die Frau sacht nieder, und sie liebten sich zum erstenmal. In der Dunkelheit der gleichen Nacht verließen sie das Haus. Sie hielten sich an die Pfade im Unterholz und schafften es bis zu einem Lager der Kolonialarmee, wo man sie mit Freuden willkommen hieß.

*

Als der Krieg zu Ende war, verschlug es Sebastian und Jeanette Cromantine, die ein schwarzer Geistlicher inzwischen getraut hatte, nach

England. Hier aber brachten sie die Unbilden des englischen Wetters und die erbärmliche Not vieler Menschen, schwarzer wie weißer, aus der Fassung.

»Dis istn schrecklich armes Land hier«, sagte Sebastian Cromantine eines Nachts.

Da zudem die Vorräte zu Ende gingen, die ihnen der Captain der englischen Armee überlassen hatte, mit dem sie nach England gekommen waren, gehörten die Cromantines zu den ersten, die das Angebot annahmen, zu neuen Ufern aufzubrechen. Vier Monate mußten sie warten, bis die Reise begann. Als sie schließlich Segel setzten, trauerten sie der unglückseligen Zeit ihres freudlosen Aufenthalts in London nicht lange nach. Die Menschen an Bord umgab eine Aura der Erwartung, die sich mit bebender Angst mischte, so daß sie nicht unbedingt den Eindruck erweckten, so wagemutig zu sein, eine neue Ansiedlung gründen zu wollen. Als man sie in London abgesetzt hatte, hatten sie nicht geglaubt, jemals wieder ein Schiff zu betreten, das Meer ins Herz zu schließen und sich auf die Reise in ein ungewisses Schicksal zu begeben. Wie durch ein Wunder aber hatten es einige Männer vermocht, ihre Frauen und Kinder mit an Bord zu nehmen. Die Frauen waren sehr schön: Groß gewachsen und schlank, und ihre Hautfarbe reichte von dunklem Kaffeebraun bis zur hellen Hautfarbe der Mulatten. Anders als ihre Männer, die in Vorbereitung auf die Reise scheinbar allesamt einen über den Durst getrunken hatten, hatten die Frauen eine kleine Liste der Dinge aufgestellt, die sie mitnehmen wollten, und an geheimen Orten, die nur Frauen zu finden in der Lage sind, verborgen, lagerten an Bord des Schiffes nun Vorräte an Samen und Keimlingen von Okra, Aubergine, Zwiebel, Rettich und Salat, die sie noch vor den Regen in die Erde zu bringen hofften. Den Vorbereitungen ihrer Eltern gegenüber blind, machten sich die Kinder an die Erkundung der Schiffe und verwandelten sie in große Spielplätze. In dieser aufregenden und aufgeregten Atmosphäre lutschten die Kinder die Bonbons, die ihre Mütter vor der Abreise in London noch schnell gebrannt hatten.

Sebastian Cromantine stand neben seiner Frau. Weit zurück lagen die Schlangen, weit zurück auch die Alpträume der Schlachtfelder, die ihn noch immer von Zeit zu Zeit heimsuchten, obwohl seine Frau sich sehr bemühte, ihn zu besänftigen. Er schaute über das Meer, schloß die Augen und stellte sich das fremde Land vor.

»Was, meinst du, werdn wir tun, wenn wir ankommn?«

»Nun, wir rodn das Land, das wir kriegn, nehm ich an, und dann baun wir an, was wir an Samen mithabn«, erwiderte Jeanette Cromantine, die schon lange auf eine solche Frage ihres Mannes gewartet hatte. Die schöne Frau bereitete sich mit einer Umsicht auf die Zukunft vor, die ihren Mann in Erstaunen setzte. Und sie, die im klösterlichen Fanatismus ihrer Zeit aufgewachsen war, hielt an dem Traum fest, dessen Ursprünge vor hundert Jahren mit dem magischen Spiegel von Suleiman, dem Nubier, zerschellt waren. Zusätzlich zu dem Saatgut hatte sie aus dem aufgegebenen Lager der abziehenden Kolonialsoldaten ein paar Tassen, Töpfe und die abgelegten Kleider der Offiziere gerettet, sie sorgfältig geflickt, gewaschen und dann in einer Kiste verstaut, damit Sebastian etwas zum Anziehen hatte.

»Und was denkst du, wieviel Land sie uns gebn werdn?« wollte sie wissen.

»Keine Ahnung«, erwiderte ihr Mann, »ich hab aber gehört, es ist viel Platz da, genug für uns vierhundert Männer, Fraun und Kinder, genug zum Überlebn«, und fügte hinzu, als es jetzt zu regnen anfing, »Holzhäuser baun und Familien gründn.«

»Und de Leute, sind die böse? Hast du Angst?«

»Ich hab vor niemandem mehr Angst. Wir sind frei jetz und gehn dahin zurück, wo unsre Väter hergekommn sind, und ich hab de Schädel, und wir werdn glücklich sein.«

»Schädel? Was fürn Schädel?« fragte sie Frau.

Sie fühlte einen Schrecken in sich aufsteigen.

»Papas Schädel«, antwortete der Mann. »Er kommt abends zu mir, klappert mit de Knochn, als ob man ihn aufgehängt hätt. Es is, als ob er mir de Glocke läutet. Er weckt mich auf, und seine Kehle is rauh, er is am Ende, weil er nicht schlafn kann, seit sehr langer Zeit nicht, weil er wie Moses wandert, darum hab ich de Schädel ausgegrabn im Krieg.«

Jeanette Cromantine war entgeistert. »Und was willst du damit machn?«

Sebastian Cromantine antwortete nicht sofort. Er hatte noch nie über die Fähigkeit der Geister nachgedacht, nach eigenem Gutdünken zu erscheinen oder zu verschwinden, noch über diese große Last, die sein Vater ihm aufgebürdet hatte. Als er die unerforschte Kluft voller Mutmaßungen sich vorzustellen versuchte, die er überwinden mußte, wenn er die Welt seines Vaters verstehen wollte, erfaßte ihn mit einem Mal das Gefühl unermeßlicher Einsamkeit. Da er es jedoch nach dem Krieg schon so weit geschafft hatte und das neue Land so nah war, verspürte er nun keine Angst mehr vor den Dingen, die ihn innerlich ausgebrannt hatten, keine Angst mehr vor der Zeit, in der er ausgezogen war, gehetzt vom unbarmherzigen, rastlosen Geist seines Vaters. Er war inzwischen in der Lage, über die Kräfte aller Ewigkeiten und die fließende Musik des urväterlichen Wassers, das in seinen Adern pulsierte, eine Ahnenreihe aufzustellen, die nicht auf der Zeit aufbaute, sondern auf dem Geist. Auch war er der festen Überzeugung, daß das Glück auf seiner Seite stände, weil er einem Tode entronnen war, der länger dauerte als der Tod des Sohns jenes Zimmermanns, der seine Ketten nicht hatte brechen wollen. Er aber hatte seine Ketten abgeworfen.

Er fühlte sich wie ein Eroberer, und wenn er auch kein Gewehr besaß, so doch seine blutigen Erfahrungen, die ihn an das gemahnten, was er zu tun hatte. Und er konnte hoffen – eine Hoffnung, die ihre Nahrung aus der Fruchtbarkeit des Samens eines Schwarzen bezog, der im weltengleichen Schoß einer Frau explodiert war und seine Kraft zu entfalten begann. Keine Tür war ihm mehr verschlossen, und er hatte entschieden, daß ihm nie mehr eine Tür verschlossen bleiben sollte, wußte er doch um die magischen Worte: »Sesam, öffne dich!« Und er wollte die Seele seines eigenen Adam entdecken, die, wenn er es sich recht überlegte, bereits im fruchtbaren Bett seiner Seele heranwuchs. Als nun eine stürmische Welle in seine Gedanken brach, antwortete er seiner Frau mit der Aufrichtigkeit eines Mannes, der von der letzten aller Wellen vom Ufer des Todes zurückgeworfen worden war:

»Ich werdn benutzn, weils ne Wunderlampe is.«

2 *Der befleckte Nabel der Skorpionfrau*

Zwei Tage, bevor sie die Küste des Landes Kasila erreichte, suchte eine Tragödie die *Belmont* heim. Bis dahin hatte die Überfahrt einen friedlichen Verlauf genommen. Jetzt, da sie sich der Küste näherten, ermahnten die Männer ihre Frauen, sich vor den Soldaten in acht zu nehmen, darauf zu sehen, daß die Kinder sich nicht zu weit entfernten, und sich auf keinen Fall die Lebensmittelvorräte stehlen zu lassen.

Es war eine mondhelle Nacht, und Sebastian Cromantine wollte sich gerade eine Pfeife anzünden, als er hörte, wie seine Frau nach ihm rief, mit einer Stimme, als hätte sie dem Tod ins Angesicht sehen müssen.

So war es auch. Isabel Smith haßte den Namen, den die Umstände ihr aufgezwungen hatten, und bestand darauf, daß man sie Fatmatta nannte. Sie war die älteste Frau an Bord des Schiffes. Für die meisten Reisenden war sie nur die »Vogelfrau«. Sie starb, nachdem sie dem Kapitän des Schiffes das Versprechen abgerungen hatte, an Land bestattet zu werden. Ihre Mitreisenden aber ließ sie schwören, den Kapitän zu töten, falls er sich nicht an sein Versprechen hielt. Doch davon wußte der Kapitän nichts.

»Laßt auf keinen Fall zu, daß er mich an de Krokodile verfüttert!«

Sie versprachen es ihr. Denn auch sie konnten es kaum noch erwarten, endlich die Spaten, mit denen sie sich ausgerüstet hatten, in die Erde ihrer Vorfahren zu graben. Einige Reisende führten die Gebeine ihrer Angehörigen mit. Sie hielten sie unter ihren Kojen versteckt, damit die Mannschaft sie nicht entdeckte. Während der häufigen Stürme hatte das Klappern der Gebeine in den Säcken deren Besitzer in ihrem Glauben bestärkt, daß sie die Küste wohlbehalten erreichen würden. Mit fünfundachtzig war Fatmatta, die Vogelfrau, eindeutig die älteste an Bord. Sie nannten sie ob ihrer vollen Altstimme die Vogelfrau. Ihr Gesang rührte an die Herzen selbst der traurigsten Mitglieder der dunkelhäutigen Gemeinschaft auf dem Schiff. Keiner wußte, wie sie nach London gekommen war, und mit Ausnahme dessen, was Jeanette Cromantine erzählen konnte, war auch nur sehr wenig über ihr Leben in Amerika bekannt. Ihre reine Stimme erhob sich über die trägen Nachmittage voller Verzweiflung, schwebte über den stürmischen Abenden auf See, wenn die Haie sich den Schiffen näherten, und stieg auf über die rauchgeschwärzten Herde unter Deck, an denen sich die Reisenden so manches Mal versammelten, um die Befürchtungen miteinander zu teilen, die sie auf ihrer Reise begleiteten. Sie war es auch, die sie während der langen Zeit, die sie warten mußten, bis das Schiff in See stechen konnte, mit den Worten getröstet hatte: »Seid nicht traurig, meine Kinder. Dis Leben is kein Spiegel, aber ich sehe, daß wir aus de Unglückswelt herauskommen.«

In dieser Nacht, zwei Tage, bevor sie die Küste erreichten, entschlief sie friedlich in ihrer Koje, den Kopf in Jeanette Cromantines Schoß gebettet. In den letzten Tagen ihres Lebens, als das Aufstehen ihr schon sehr schwer fiel, hatte die junge Frau ihr die Suppe gebracht, die Pfeife angezündet und ihr die Kaschmirstrümpfe hochgezogen. Dankbar hatte Fatmatta Jeanette Cromantine gesegnet. Sie betete zu Gott, daß er ihr Kinder schenke und Sebastian Cromantine ihr ein guter Ehemann bleibe.

Als sich die Nachricht ihres Todes langsam bei den Reisenden herumsprach, senkte sich tiefe Traurigkeit auf sie. Jeanette Cromantine aber befolgte die letzten Wünsche der alten Frau und sagte ihnen, daß sie nicht um sie weinen sollten.

»Fatmatta will keine große Trauer, denn sie hatn erfülltes Lebn gehabt, Mann. Nun is sie bei ihrem Schöpfer. Er is mit seinem Himmelswagn gekommn und hat sie zu sich genommn. Sie is jetz glücklich. Ich hab dis Gesicht unsrer Schwester gesehn, als sie Gott traf, und sie war glücklich, wirklich.«

In der darauffolgenden Nacht hielten sie die Totenwache für Fatmatta. Dem Kapitän und der Mannschaft war die ausgelassene Art, in der die Trauernden ihre Totenwache feierten, nicht vertraut. Sie führten den laut tönenden Gesang auf die Bräuche von Leuten zurück, die ihre Toten anbeten. Der Kapitän tröstete sich mit dem Gedanken, daß sie bald am Ziel waren. Er konnte es kaum noch erwarten, seine lautstarken Passagiere loszuwerden.

Während der Totenwache erzählte Jeanette Cromantine den Mitreisenden die Geschichte von Fatmatta, der Vogelfrau.

Sie wurde in einer geschäftigen Stadt am Ufer eines großen Flusses geboren. Dort fand man soviel Gold, daß »keiners habn will«. Gewachsen wie ein Diamant und laut wie ein Markt am Sonnabend, war die Stadt – sie hieß Kasila wie der Fluß, an dem sie lag – als Außenposten einer alten Handelsstraße ins Leben getreten. Plündernde Banditen tauschten hier ihre Beute. Die Nähe zum Meer, frisches Wasser und Salz im Überfluß ließ die umherziehenden Männer im Laufe der Zeit seßhaft werden. Später gingen sie zurück in die Städte jenseits des Flusses und hinter der Wüste und beluden ihre Kamele mit ihren Frauen und aller sonstigen Habe. Zu der Zeit, da Fatmatta, die Vogelfrau, auf die Welt kam, erfreute sich die Stadt eines solch unvorstellbaren Wohlstands, daß die Bewohner sie einmal im Jahr an beiden Enden abriegelten und allen Fremden den Zutritt verwehrten, während sie sich eine Woche lang in allen möglichen Ausschweifungen ergingen.

Als Kind war Fatmatta, die Vogelfrau, sehr oft Hohn und Spott ausgesetzt gewesen. Der Mann, den sie für ihren Vater hielt, war lediglich der Mann ihrer Mutter. Er belud seine Kamele mit Gold und begab sich mit ihnen oft monatelang auf die Karawanenstraßen. Seine Unternehmungen blieben sehr erfolgreich, bis die Künste eines Wüstenzauberers ihm den Geist verwirrten. Auf seinen Wanderungen durch die Wüste begegnete er Frauen, die waren so schön, daß es Männern nur einen Tag im Jahr gestattet war, sie zu betrachten. Ein Mann konnte erblinden, wenn er sich zu lange einer solch überwältigenden Schönheit aussetzte. Diese Märchenwelt aber beschäftigte den Mann ihrer Mutter so sehr, daß er seine junge Frau nur zu bald arg vernachlässigte. Da sie überdies fürchtete, daß er über der Jagd nach Geld das Interesse an Frauen verlöre, verließ sie sein Haus, schon bald nachdem er in die Wüstenstadt Orphir aufgebrochen war.

Mariamu, seine Frau, war hinreißend schön. Ihr wieselgleicher Körper strahlte wie eine Wüstenrose. Vor ihrer Hochzeit mit dem Karawanenführer hatten die Männer reihenweise den Kopf verloren, wenn sie sie abwies. Nun, da sie unabhängig war, suchte sie sich einen Liebhaber und gab das Geld ihres Mannes mit vollen Händen aus.

N'jai, der Karawanenführer, aber kam nie in Orphir an, weil er sich in der Wüste im Weg irrte. Auch waren die Winde nur schwer abzuschätzen, und da er sich zudem auf die Kameltreiber nicht verlassen konnte, fand er sich schließlich in einer Stadt wieder, die selbst den erfahrensten Reisenden auf den Routen durch das Meer aus Sand unbekannt war. Ein Jahr lang hörte man nichts über seinen Verbleib, und Mariamu, die jetzt jegliche Vorsicht fahren ließ, dachte an ihren Mann nur noch wie an einen bösen Traum und gierte nach nichts anderem, als sich des Nachts mit ihrem Geliebten unter einem Baobab zu lieben. Eines Tages kamen Kaufleute aus Ouagadougou nach Kasila. Sie trieben Handel mit Lederwaren, Alligatorpfeffer und Straußenfedern und brachten die Nachricht mit, daß man ihren Mann im Reich eines berühmten Königs gesehen hätte. Als sie hörte, daß jener König dem Tode geweiht war, schob sie den Gedanken an die Rückkehr ihres Mannes weit von sich.

»Wenn der jemals zurückkommt, dann in einer goldenen Urne«, sagte sie.

Sie konnte nicht ahnen, wie nahe sie mit ihrer leichtfertigen Vorhersage der Wahrheit gekommen war.

In jenem Jahr verspäteten sich die Regen in Kasila. Über endlose Weiten dörrten die einst so saftigen, grünen Täler und Wiesen aus, und erstmals seit Menschengedenken blieben auch die fahrenden maurischen Kaufleute aus mit ihren Ziegenfellen, aus denen sie kleine Fläschchen mit Kräutertinkturen verkauften, die angeblich nach Rezepturen der marokkanischen Juden hergestellt waren.

Anstelle der maurischen Kaufleute fiel eine Schar Bettlerinnen in Kasila ein. Sie ließen sich mitten in der Stadt auf dem Marktplatz nieder und waren auch durch Drohungen nicht zu vertreiben. Von anderen Vertreterinnen ihrer Zunft unterschieden sie sich, denn sie legten das vornehme Verhalten von Frauen an den Tag, die einstmals bessere Zeiten erlebt hatten, dann aber durch eine tiefgreifende Umwälzung gezwungen worden waren, ihre Heimat zu verlassen. Tagsüber schickten die älteren Frauen die jüngeren betteln, und wenn die Männer nichts hergeben wollten, dann schlangen die unverfrorenen Mädchen ihre Beine so lange um die unglücklichen Opfer, bis diese sich schließlich von irgend etwas Wertvollem trennten. Ohne jemanden um Erlaubnis zu bitten, riegelten die Bettlerinnen bald darauf Teile des Marktplatzes ab, vertrieben die Marktschreier und fingen an, sich kleine Kabinen zu bauen, die sie mit Palmwedeln gegen den Regen abdeckten. Sie lebten weiterhin vom Betteln. Die ältesten Frauen aber verdienten sich binnen kurzem mit der Kunst des Tätowierens von Händen und Füßen etwas hinzu. Eines Tages ging Mariamu zu ihnen, um sich die Füße mit Tätowierungen verzieren zu lassen. Die alte Frau war gerade dabei, ihre schwierige Kunst auszuüben, als die tiefen Linien auf Mariamus Handflächen sie innehalten ließen.

»Es wird jemand kommen, der dein ganzes Leben verändert. Ich sehe noch einen zweiten Mann, der einst dein Ehemann war. Über den mach dir keine Gedanken. Er wartet, gemeinsam mit anderen, die genauso sind wie er, darauf, daß der König des Goldes stirbt, damit sie seinen Körper in alchimistische Tinkturen tauchen können. Sie wollen versuchen, das Gold aus ihm herauszufiltern.«

Mariamu begriff nicht, was die Alte ihr da weissagte, ging nach Hause zu ihrem Geliebten und drängte ihren bebenden Körper gegen seinen.

Völlig überraschend aber kehrte eines Tages der Karawanenführer zurück! Jahre waren vergangen, seit er damals ausgezogen war, in die Sonne hinein, auf die Jagd nach den Luftschlössern der Wüste. Getrieben von dem unstillbaren Verlangen, den König des Goldes zu finden, dessen Geschichte ihn sein ganzes Leben gemartert hatte, verlor er sich in den Irrgärten der Luftschlösser und Vermutungen. Nun kehrte er zurück und sah aus wie ein zerzauster Adler. Die Haare waren ihm ausgefallen, und auf seinen Kleidern haftete der rote Sand der Wüste. Was immer ihm auch widerfahren sein mochte, es mußte fürchterlich gewesen sein, denn er sah jetzt weniger umtriebig aus als früher und schien zu einem geheimnisvollen Glauben übergetreten zu sein. Er kehrte nur mit einem der drei Pferdehalter zurück, die ihn ursprünglich begleitet hatten. Den beiden anderen hatte er sein ganzes Geld gegeben und sie entlassen. Am Abend rührte er kaum das Festessen für den verloren geglaubten Heimkehrer an, das seine Zweitfrau ihm bereitet hatte. Irgendwo in der Wüste war sein Magen geschrumpft, in jener fürchterlichen Stunde des Todes, die er an dem demütigenden Nachmittag durchlebte, da der König des Goldes, aufgebahrt in Hermelin und Gold in der alabasterweißen Einsamkeit seines Palastes, verweste, bevor sie ihn noch beerdigen konnten. Am nächsten Morgen schafften sie ihn hinaus in die Wüste und warfen ihn den Geiern zum Fraß vor.

N'jai, der Goldhändler, erzählte am Tage seiner Rückkehr nichts von seiner Reise. Er kündigte lediglich an, daß ein Mann in die Stadt kommen würde, der »das Leben Kasilas aus einem Spiegel lesen kann«.

»Er trifft heute abend hier ein. Darum bereite ihm das beste Zimmer«, sagte er zu seiner bestürzten Frau.

Tatsächlich traf Suleiman, der Nubier, der in aller Welt auch unter dem Namen Alusine Dunbar bekannt ist, am selben Abend ein, begleitet von einem jungen, abgerissen aussehenden Mann mit rastlosen, aber teilnahmslosen Augen. Erst eine Woche zuvor hatte der Nubier ihn aus den Händen der Araber gerettet. Dabei verhielt es sich nicht so, daß sich der Nubier unbedingt einen Schüler gewünscht hätte, nur konnte er den Gedanken nicht ertragen, daß ein anderes menschliches Wesen, wie wesensfremd es ihm auch immer sein mochte, dazu verdammt sein sollte, in einem fremden Land unter der Geißel von Piraten zu leiden.

Der Nubier war alt, doch war sein Altern von der Art, die sich dem Zahn der Zeit und dem schleichenden Verfall entzieht. Obwohl seine Haut mit den ledernen Flecken einer uralten Landschildkröte gezeichnet und sein Gesicht wie bei einem Wüstensohn von pergamentenen Furchen durchzogen war, blickten seine Augen so klar und freundlich wie die eines ehrwürdigen Marabus. Sein Blick hatte die Macht zu lähmen, gerade so, als gehörten ihm all die Legenden seiner und jeder vorhergegangenen Zeitlast. Obwohl er es leid war, sie wieder und wieder vorzutragen, hatte er, der widerspenstigen Natur des Menschen folgend, die Kunst des Wahrsagens nicht aufgegeben. Dennoch trennten ihn Welten von der geheimnisvollen Weisheit eines Abboud von Omdurman, dessen Schriften er ebenso lehrte wie die des Hassan von Basra. Kaum hatte er sich in dem großen Zimmer eingerichtet, das ihm der Goldhändler überlassen hatte, entrang auch schon die erste Weissagung sich seinen Lippen.

»Auf diesem Ort liegt ein Fluch«, sagte er. »Eines Tages wird sich hier ein verheerendes Unglück zutragen. Und viele Jahre später werden schwarze Menschen über das Meer hierherkommen. Sie werden eine barbarische Sprache sprechen und den Ort mit ihren verwahrlosten Manieren bevölkern.«

Er offenbarte ihnen, daß nichts auf der Welt Kasila vor dieser Heimsuchung bewahren könnte, obwohl vor ihm schon die Wahrsager der Almoraviden die Stadt besucht, sie gesegnet und alle bösen Geister vertrieben hatten. Doch sollten sich die Einwohner von Kasila keine Sorgen machen, denn selbst wenn die Fremden einhundertfünfundsiebzig Jahre lang über die Stadt und ihre Umgebung gebieten und eine Scheinherrschaft mit den sonderbarsten Gesetzen errichten sollten und sich eine Zeitlang gar in dem Glauben wiegen würden, ihr Schicksal selbst bestimmen und gestalten zu können, so würde sie letzten Endes doch der »verheerende Ansturm der Menschen mit der Farbe von Speckstein« hinwegfegen. Zwei Jahrhunderte später wären sie nur noch Museumsstücke, schloß er.

Die Deklamationen von Suleiman, dem Nubier, trafen den Karawanenhändler N'jai wie ein Blitz aus heiterem Himmel. Bis zu dem Augenblick, da ihm seine junge Frau davongelaufen war, hatte niemand ihn je überlisten können, denn er hatte sich zehn Monate lang im Schoß seiner Mutter ausgeschlafen. Nicht einmal die falschen Jungfrauen, die man ihm ins Bett legte, konnten ihn übertölpeln, auch wenn sie das Hochzeitslaken mit Kükenblut tränkten. Auch jetzt, unter dem betäubenden Zauber des Nubiers, hielt er mit dem Zweifel des Eingeweihten dagegen. Er versuchte, Ruhe und Sachlichkeit zu bewahren, der Welt treu zu bleiben, in der er aufgewachsen war. Gleichzeitig aber zeigte er sich offen für die Weisheit des nubischen Sehers.

»Jahrhunderte«, hob Suleiman, der Nubier, an, »trennen die Menschen schon von der Zeitlast des Steins. Und dennoch sind sie noch immer Jahrhunderte von der Zeit des ›Großen Buchs aller Zeitlast‹ entfernt, in dem alles verzeichnet steht und aufgehoben ist.«

N'jai hinderte ihn daran fortzufahren. »Der Mensch aber hat sich über das Kamel erhoben. Er hat gelernt, auf zwei Beinen zu gehen.«

»Du glaubst also, nur weil der Mensch gelernt hat, aufrecht zu gehen, stünde er sogleich höher als das Chamäleon, hätte er das Wissen seiner Zeit gemeistert?«

Suleiman richtete sich auf und leckte einen großen Schluck Honig aus einer Schale, um »die Last der Erinnerung und Auslegung erträglich zu machen«.

»Versuche dir vorzustellen, zu welchem Fortschritt das Wachstum des Wissens geführt hat. In den einhundert Büchern des gelehrten Sheikhs werden nur die ersten drei Alphabete der vollkommenen Weisheit und Gelehrsamkeit abgehandelt. Die restlichen dreiundzwanzig aber würden mehrere tausend weitere Bücher notwendig machen. Dergestalt ist die Straße, die der Mensch beschritten hat. Laß dir gesagt sein«, sagte er und holte aus seiner Tasche einen Kristallspiegel und eine Kalebasse hervor, »daß wir ohne die Entdeckung des Kristallspiegels – und der ist nichts anderes als der Wasserspiegel in einer Kalebasse – anstatt Kamele immer noch uns Menschen ritten.«

Er war wieder in Omdurman bei den Sultanen in der Stadt der zehn Dome, wo seine Predigten zum erstenmal erklungen waren und er sich den Ehrennamen »Lehrer der Zeitlasten« errungen hatte. Jetzt sprach er von einer Epoche, in der der Mensch sich geißeln mußte, auf daß ausreichend Blut flösse, ihn zu wärmen in der endlos kalten Zeit, »bevor er das Feuer entdeckte«. In dem tiefen Abgrund zwischen Erkenntnis und Eroberung gefangen, kam der Mensch zu dem Schluß, daß er in den Jahren, die in diesem Universum zu verweilen ihm zugestanden waren, genügend Weisheit horten konnte, um ihm einen Platz unter den Unsterblichen zu sichern.

»Ich aber habe die Menschen kommen und gehen sehen«, Suleiman machte es sich auf der Matte bequem und streckte die Beine, um die Wadenkrämpfe zu lösen, »und ich weiß von Königen und Eroberern wie auch von kleinen Wichten, die auf schönen Pferden reiten und plündern und Sklaven jagen und Geiseln nehmen.«

An jenem Abend, da er den Worten des weisen Nubiers lauschte, wurde der Karawanenführer aller Zweifel über die Kleinlichkeit der Ideen seiner Zeit beraubt. Auf der Jagd nach Gold war er bis in das jenseitige Reich des grenzenlos Unbekannten vorgedrungen, und nun lag es hier vor ihm ausgebreitet, bar aller Fäulnis und Gier der Einbildung. Irgendwo – so verhieß die Heftigkeit, mit der sich der Kristallspiegel auf dem Wasserspiegel in der Kalebasse bewegte – verwandelten sich Menschen in rasselnde Säbel, schlugen sie aus den Schatten die Bruchstücke des Verstehens heraus, die im Zwielicht und in der summenden Melancholie jenes Ortes ein unmißverständliches Gefühl der Schwingungen des Mondes verkörperten. So begab es sich, daß Suleiman weissagte und seinem Gastgeber erklärte, daß die Mauren, die unter ihrer Niederlage gegen die Heerscharen des Christentums litten, die im vierzehnten Jahrhundert Spanien zurückerobert hatten, einen erneuten Angriff auf die iberische Halbinsel planten. Viel später, als der Kristallspiegel des Nubiers im Diesseits wandelte, erblickte er in den unermeßlichen Weiten der Wüste die zwergenwüchsigen Prinzen von Kanem, deren berittene Schwadronen das Königreich am großen See plünderten, wobei sie viele Gefangene machten und unzählige Harems eroberten.

»Bald ist kein Rinderstall mehr übrig, um den sie sich schlagen könnten«, donnerte der Nubier. Er vermochte die Zukunft vorherzusagen, denn er hatte alle widerstreitenden Elemente der Zeitlast in einem Stundenglas der Erkenntnis dergestalt zueinandergefügt, daß die natürlichen Erscheinungen mehr zu einem Gegenstand seiner Erfindungsgabe wurden, denn ein folgerichtiges Ergebnis kosmischer Bewegung auf Erden darstellten. Dadurch bedurfte es nur eines leichten Schlags auf den magischen Spiegel, um Seuchen, Hungersnöte, Dürren und Wirbelstürme auf den Tag genau vorherzusagen.

»Mir ist gegeben, die Zukunft zu schauen, und ich sehe Wirbel auf dem Grund dieses Flusses. Eines Tages wird er anderen Antrieben als denen Kasilas folgen und den schrecklichen Drang verspüren, die Grenzen der menschlichen Erfahrung hinter sich zu lassen.«

Vom Zauber aus Magie und Offenbarung überwältigt, zeigte der Karawanenführer erste Anzeichen von Zweifel und Verunsicherung. Bei seinen Fahrten durch die Wüste war er Männern begegnet, die über die riesigen Kräfte einer Python verfügten. Doch keiner vermochte es, ihn aus der Fassung zu bringen und sein Gedächtnis derart zu betäuben wie der Mann da ihm gegenüber, dessen Auslegungen den unverkennbaren Stempel eines Orakels trugen, so daß es den Kaufmann mehr zu wissen verlangte und er erfahren wollte, warum die Entdeckung des Kristallspiegels eine Veränderung der festgeschriebenen Wortmuster von Balla Faseka, dem Griot, zur Voraussetzung hatte.

Suleiman verheimlichte dem Kaufmann nicht die Grenzen seines Wissens.

»Du willst also Beweise dafür, was die Zukunft den Königen bringen wird? Ich habe ihre Qualen gespürt wie ihre Bestürzung, als sie sich wegen ihres Machtmißbrauchs entthront sahen. Im neunzehnten Jahrhundert wird ein Tribun geboren werden, der wird behaupten, von der Königin von Saba abzustammen. Er wird seine Löwen mit Menschenfleisch füttern. Auf ihn wird ein Schreckgespenst von einem König folgen, an den man sich nur deshalb erinnern wird, weil er gegen Kinder so grausam war und Dieben die Hände abschlagen ließ.«

Dem Kaufmann traten große Schweißperlen auf die Stirn. Obwohl er von seiner Ruhelosigkeit geheilt war und die Verzauberung durch den König des Goldes in der Wüste hinter sich gelassen hatte, so spürte er noch immer eine tiefe Hochachtung vor dem Pantheon der

Könige und konnte sich eine Zukunft ohne sie nicht vorstellen. Also widersprach er, doch Suleiman sagte nur:

»Die Menschen werden keine Furcht mehr haben vor der hohen Geburt und sich dann gegen die Könige erheben.«

»Und was ist mit ihrer Furcht vor Gott?« fragte der Kaufmann.

»Ja, ihre Furcht vor Gott. Gott wird es müde sein, ewig zu Gericht zu sitzen. Und nun, laß es genug sein. Ich brauche meinen Schlaf.«

*

Die Nachricht, daß ihr Gatte mit einem Mann nach Hause zurückgekehrt war, der den Lauf der Flüsse lähmen, mit Spiegeln Zwiesprache halten und dienstbare Geister zum Leben erwecken konnte, löste – wie nicht anders zu erwarten – große Neugier bei der ungetreuen Mariamu aus. Sie hatte ihren Mann verlassen, als sie erkennen mußte, daß er nicht ihres unvergleichlichen Körpers, sondern des wunderbaren Königs des Goldes wegen den Verstand zu verlieren schien. Sie war eine schöne Frau, besaß die Leidenschaftlichkeit der Lust, den formvollendeten Hals der Mandingo und Augen, die einer Gazelle würdig waren. Doch wenn die Natur sie auch mit allen Wahrzeichen der Schönheit ausgestattet hatte, so verweigerte sie ihr die Erfüllung ihres größten Wunsches: ein Kind. Seit sie mit dem Kaufmann verheiratet war, fühlte sie sich fortwährend von ihrer Schwiegermutter gekränkt, die ihren Sohn immer wieder fragte, ob er wohl einen Hahn geheiratet hätte, und ihm mehr als einmal zuredete, sich von seiner jungen Frau zu trennen. Auch ging das Gerücht, daß Mariamu ein Zwitterwesen sei, Frucht einer Liebschaft ihrer Mutter mit einem Geist.

Unter diesen Umständen war es also nicht verwunderlich, daß sie den nachdrücklichen Rat einer alten Frau befolgte, die ihr einen Trank einflößte, um ihren »Schoß für einen neuen Mann aufzuschließen«, und sich in das Bett eines Liebhabers flüchtete. Ihr Verhalten war nicht nur der verzweifelte Versuch, im Bett eines anderen Erfüllung zu finden, sondern gleichzeitig die Antwort der Schwiegertochter auf eine schwierige, unerträgliche Situation. Doch auch in der Zeit, in der sie mit ihrem Liebhaber zusammenlebte, blieb Mariamus Liebeshunger unbefriedigt, obwohl die leidenschaftliche Hingabe an die Ausschweifungen der körperlichen Liebe keineswegs in ihr erloschen war. Weder Zeit noch Leid, weder Enttäuschung noch Rückschläge vermochten den kunstvollen Vorbereitungen etwas anzuhaben, mit denen sie die Begierde ihres Liebhabers anstachelte. Jeden Abend, bevor sie ihn in ihrem Bett empfing, zog sie sich die Lippen mit Henna nach, tränkte ihre Brüste mit Honig, verbrannte Myrrhe in einer silbernen Urne und besprenkelte das Bett mit Lavendelwasser. Ihr Liebhaber gewöhnte sich daran, daß sie dauernd von dem Kind sprach, das sie von einem dunkelhäutigen Mann empfangen sollte, von einem Mann, der ihrem Zauber immer wieder zu entfliehen schien. Eines Abends sagte sie: »Ich habe geglaubt, daß du der dunkelhäutige Mann bist.«

Als er ihr entgegenhielt, sie würde zuviel auf die beschwörenden Kräfte alter Frauen geben, traf ihn eine so gewaltige Tränenflut, daß er ihr schwor, bis in den äußersten Winkeln der Welt nach den Kräutern zu suchen, unter denen ihr Schoß endlich aufblühen, und so lange jeden Abend seine Mannespflicht zu erfüllen, bis sie schwanger würde. So lebten sie miteinander für lange Zeit. Auf seine Weise war er leidenschaftlich, hatte ein gütiges Herz und sanfte Hände.

Er besaß einen Laden, in dem er mit Pantoffeln aus Marokko und Damast aus Mali handelte, die er durchziehenden Arabern abkaufte. Er hieß Modibo Camara, und weil er eine so entzückende Frau gefunden hatte, die ihn liebte, war er es zufrieden und ließ sich auch durch die Befürchtung nicht weiter beunruhigen, daß eines Tages vielleicht ihr Mann käme, ihn zu ermorden. Ihre Neigung, ständig über ihr Versagen als Frau nachzudenken, bereitete ihm weit größere Sorgen.

Mariamu quälte der Gedanke, daß sie trotz der zwei Männer, mit denen sie zusammen gewesen war, zu ewiger Unfruchtbarkeit verdammt sein könnte, und zwar wegen der Liebschaft ihrer Mutter mit einem Dshinn, von der die Gerüchte immer sprachen. Diese Vermutung hätte sie wohl noch bis in unabsehbare Zeiten verfolgt. Doch die Ankunft des Nubiers und seine magischen Künste wässerten die Wüsten ihrer Verzweiflung.

Als sie dann schließlich in das Haus ihres Mannes zurückkehrte, bestürzte es sie, wie ungepflegt er aussah. Er war alles andere als beleidigt durch das, was sie ihm angetan hatte. Sie entdeckte vielmehr, daß er sich nicht mehr wie ein gewöhnlicher Ehemann verhielt, der es übelnahm, wenn seine Frauen nach eigenem Gutdünken verschwanden und zurückkehrten, und daß er nicht begierig war, zu erfahren, wo sie gesteckt hatte. Auf die Frage, wie seine Reise durch die Wüste verlaufen war, erwiderte er: »Ich hatte keine Ahnung, was mir fehlte, bevor ich ihn traf.«

In den umschließenden Wundern von Suleimans Welt gefangen und betört von seiner Zauberkunst, hatte sich des Kaufmanns Verlangen nach Frauen, das ihn einst zum Meister in der Kunst der Verführung gemacht hatte, in einen Winkel seines Herzens verkrochen, der weiblichen Versuchungen gegenüber unempfindlich war. Er war der Welt entrückt, in der sich Mariamu – wie andere Frauen, die er gehabt hatte – in den Schatten vergangener Begierden verlor und verblaßte. Sie kehrte nicht in sein Bett zurück. Bald schon bildete sich zwischen ihnen ein Nebeneinander heraus, in dem jeder der eigenen Wahnvorstellung lebte.

Eine Woche darauf beobachtete Mariamu im Schutz einer gespannten und gebannten Menge, die – von seiner geheimnisvollen Ausstrahlung angezogen – ihm überallhin folgte, wie der Nubier seine Wunder vollbrachte. Mit einer kleinen Hacke grub Suleiman vor verschiedenen Häusern mehrere Löcher und förderte vor den Augen der Menge Papageienfedern, Affenschädel und mittelalterliche Ketten ans Tageslicht, die die ersten Piraten gegen Gold und Salz eingetauscht hatten.

»Noch immer begräbt der Mensch seinen Kopf in der Zauberei«, sagte er.

Als nächstes führte er in einem unglaublichen Experiment, das selbst dem erfahrensten Kenner der okkulten Weisheit der Dogon unbekannt war, vor, daß Tiere dem erstaunlichsten Wesenswandel unterworfen sind und die Schöpfung mehr den Spuren einer geordneten Umwandlung folgt, welche vor lang vergangener Zeit in den letzten Seufzern eines Mannes und einer Frau, die sich in verbotener Liebe zueinanderfügten, niedergelegt worden ist. Er packte einen Enterich am Hals, rieb ihm den ganzen Körper mit heißer Asche ein, spuckte ihm auf den Kopf und schleuderte ihn zu Boden. Dem Enterich wurde schwindlig, und er schwankte wie eine Gottesanbeterin. Dann drehte sich Suleiman zu der neugierigen Menge um und stülpte eine große Kalebasse über den erschöpften Körper. Mit seinen Lippen formte er komplizierte Muster, durch die er an jenem fernen Morgen im Harmattan noch weltabwesender und furchteinflößender aussah, und er begann, in einer fremdartigen Sprache Beschwörungen zu rufen. Der Zauber wurde in den rhythmischen Bewegungen der Kalebasse spürbar, die – als ob sie einer unfreiwilligen Kraft gehorchte – vom Erdboden aufstieg und der erschreckten Menge den Blick auf ein Gürteltier freigab, das schon längst aus diesem Teil der Welt verschwunden war und sich in die entferntesten Winkel des Seins zurückgezogen hatte.

Mariamu stand inmitten der zitternden und zu Tränen gerührten Menge und vergaß, daß es November war und kalt. Sie dachte nicht mehr an das furchteinflößende Donnergrollen jetzt in der unwirtlichen Jahreszeit des Unheils und des Todes. Sie spürte vielmehr eine Erregung in sich, ebenso mächtig wie das Zürnen des Himmels, das von ihrem Schoß Besitz ergriffen zu haben schien. Sie gab sich alle Mühe, die Auswirkung des geheimnisvollen Zaubers von sich zu stoßen, doch hielt sie der panzerummantelte Beweis der magischen Kräfte des Nubiers an ihrem Platz. Plötzlich hatte sie das Verlangen, zu ihm zu eilen und seine Hand zu nehmen, die Lippen zu berühren, die dieses Wunder bewirkt hatten. Ihr Traum wurde jäh unterbrochen, denn Suleiman machte sich daran, die schiere Unermeßlichkeit seiner Macht zu offenbaren.

»Alles liegt in der Natur der göttlichen Lehre begründet, denn das Leben ist ein zwiegesichtiger Spiegel. Was beweist, daß man eine Schlange töten kann, indem man ihren Schwanz mit dem Stiel einer Kassava geißelt, und daß ihr Biß schwangeren Frauen nichts anhaben kann.«

Von der erregten Menge gedrängt, trat eine hinreißend schöne und hochschwangere Frau nach vorn. Sie ließ sich von Suleiman führen und zeigte nicht das kleinste Zögern oder die geringste Furcht, als der Nubier eine Kobra aus einem Korb hervorholte, die an diesem atemlosen Nachmittag der Spannung sofort auf sie zukroch. Zu dem erwarteten Unheil kam es jedoch nicht, denn kurz vor der Frau hielt die Schlange inne und wand sich in schweren Krämpfen. Suleiman übergab der Frau den Stiel einer Kassava. Als sie damit auf den Schwanz der Schlange einschlug, vernahm die verwirrte Menge die schreckenerregende Explosion, mit der die verrenkten Muskeln durch eine straffe Fleischmasse brachen und die Schlange leblos liegenließen, von der proteischen Wirkung der Kräfte Suleimans gelähmt.

Später am Abend suchte sie nach Suleiman, dem Nubier. Sie fand ihn in einem Zimmer, das vom Licht einer kleinen Lampe, in der Haifischöl brannte, erhellt wurde, entspannt und gelassen auf einer kostbaren Decke sitzend. Im Dunkel sah sein Gesicht so sanft und friedlich aus, daß es ihr schwerfiel, in ihm den Mann wiederzuerkennen, der ein paar Stunden zuvor die Schlange gebannt und die schwangere Frau vor ihr bewahrt hatte. Das Bild der Schwangeren stand Mariamu vor Augen, als sie es sich nun auf dem Fußboden bequem machte. Sie war entschlossen, ihn zu verführen, weil sie felsenfest glaubte, er besäße die Macht, das klamme Heu ihres Schoßes zu entzünden und die gefesselten Wurzeln ihrer Fruchtbarkeit zu lösen. Als junges, dem Gespött über verlassene Frauen lauschendes Mädchen hatte sie von heiligen Männern erfahren, die, obwohl nicht verheiratet, die bebenden Körper von Frauen besessen hatten. Von Frauen, die sich sehnlichst Kinder wünschten und deren Ehemänner, welche es als Wunder betrachteten, wenn sie plötzlich schwanger wurden, ihnen keine schenken konnten.

In tiefes Sinnen versunken, ließ sich Suleiman von der Gegenwart der Frau nicht stören. Er war nun schon lange genug in Kasila, um zu wissen, was die Männer und Frauen begehrten, wie sie ihre bewegte Geschichte durchlebten. So schien es ihm denn nur natürlich, daß die Bürger der Stadt, unter dem Eindruck seiner Warnung, sich auf die Ankunft der seltsamen, eine barbarische Sprache sprechenden schwarzen Männer und Frauen vorzubereiten wünschten und daher auf jede erdenkliche Art und Weise in seine Nähe zu gelangen und das, was sie als seine Weisheit ansahen, für sich zu nutzen suchten. Alles war im magischen Kristallspiegel vorgezeichnet: die Frau mit dem Achtel afrikanischen Blutes, die die Süßkartoffelpest mitbringen sollte, der Albino, der die schönste Frau der Welt heiraten würde, der Mann, der sich vor Schlangen fürchtete und den Schädel seines Vaters als wegweisendes Licht verwendete, und auch der Einäugige, der in der atmosphärischen Dunkelheit des Waldes eine wichtige Mission anführen würde, auf der Suche nach den ersten Fremdlingen, die Opfer der Süßkartoffelpest werden sollten. Der Besuch der Frau kam ihm also nicht unerwartet: Er wußte, zu welcher Stunde sie kommen würde, wie auch, daß der sehnsuchtsvolle Duft ihrer fehlgeschlagenen Lieben über ihr hing, der sie einen Großteil ihres Lebens begleiten sollte, bis zu dem Tag, an dem sie schließlich einen Mann fände, der sie liebte, denn ohne Liebe konnte sie nicht leben.

Er hob die Augen von dem Spiegel, in dem er den sehnsüchtigen Herzen nachforschte, und blickte Mariamu an. Sie hielt stand, obwohl der Gedanke an Flucht augenblicklich von ihr Besitz ergriff. Als es ihr endlich gelang, etwas zu sagen, kam nur ein Stottern über ihre Lippen, woraus deutlich wurde, wie sehr sie sich fürchtete.

»Ich hoffe… daß ich… Sie nicht störe«, sagte sie.

»Laß alle Qualen fahren. Man sollte sich seines Herzens nicht schämen«, erwiderte Suleiman.

Sie hatte sich genau überlegt, was sie ihm alles beichten wollte. Daß sie ihm von ihrem Mann erzählen wollte, der sie vernachlässigte. Daß es ihrem Liebhaber auch nicht gelungen war, ihre Lage zu verbessern. Daß sie vergeblich ein ums andere Mal Blumen auf das Grab ihrer Tante gelegt hatte, damit sie ihr das Geheimnis ihres Erfolgs bei den Männern offenbarte. Ihre Tante hatte drei Kinder von Männern, die jünger waren als sie heute, und das Glück erlebt, im Alter von über siebzig Jahren in den Armen eines dieser Männer zu sterben. Doch ihre Willenskräfte verließen sie. In der Gegenwart Suleimans versagte ihr die Zunge den Dienst, und sie begann fürchterlich zu zittern, bis sie der Wahrsager vor dem vollständigen Verlust ihrer Selbstbeherrschung bewahrte.

»Setz dich«, sagte er, »und erzähl mir von deinen Schwierigkeiten.«

Mariamu ließ sich auf dem kostbaren Teppich nieder und musterte erst jetzt eingehender das Zimmer. Es schien auf flüchtige Weise zu Schönheit und Leben erwacht. Über der Tür hing in goldenem Rahmen ein Bild aus Marokko. Es zeigte das Ur-Paar Adam und Eva im fernen Paradies, in dem sie alles Schamgefühl voreinander abwarfen. Die Schlange, die sich auf dem Baum der Verdammnis ringelte, bot der Frau den Apfel der offenbarenden Erkenntnis dar. Auf die Wand über dem Haupt des Nubiers – gerade so, als sollten damit seine Kräfte befördert werden – hatte jemand galoppierende, Turbane tragende Männer aus einer fernen und kriegerischen Vergangenheit gemalt, die von ihren Vollblutpferden herab auf junge, heiratsfähige Frauen sahen, welche gefangenzunehmen sie wild entschlossen schienen. Noch nie vorher hatte Mariamu das Zimmer betreten. In den Jahren ihrer Ehe mit dem Kaufmann hatte der auf seiner Ruhe bestanden und ihr den Zutritt zu diesem Raum verwehrt, in dem er die einsamen Stunden des Harmattans verbrachte, auf den Tag wartend, an dem er zu einem weiteren Zug durch die Wüste aufbrechen könnte. Da er seine Frauen immer in deren Räumen besucht hatte, erblickte Mariamu das Zimmer mit den Augen des Magiers und war überrascht, wie neu es ihr vorkam.

Der Nubier erhob sich von seinem Bett, ging aber nicht zu der Frau hinüber, die da vor ihm auf dem Erdboden saß. Hier im Zwielicht sah er jünger aus als am Nachmittag, da er die Schlange gebannt hatte, doch war die Aura der Größe, die ihn umgab, nicht weniger deutlich spürbar, als wenn er saß. Er schwankte noch, was er mit ihr anfangen sollte. Er könnte sie einfach wegschicken, doch stand das der Natur seines Lebens entgegen. Er hatte begriffen, daß er, je mehr er die Menschen davon abhielt, auf das Eintreten des Unwahrscheinlichen zu hoffen, sie desto eingehender davon überzeugen mußte, daß ihre Verzauberung durch seine Welt ein klareres Verständnis ihrer eigenen Gaben und Fähigkeiten ausschloß und verhinderte. Außerdem fühlte er sich verpflichtet, Mariamu anzuhören. Also setzte er sich neben sie und machte sich bereit, sie zu beruhigen.

Mariamu fand die Sprache wieder. Sie spürte, daß er sie nicht im Stich lassen würde. Auf irgendeine geheimnisvolle Weise erschienen ihr seine magischen Kräfte zusammen mit seiner Männlichkeit der Lohn für das endlose Warten und den Hunger nach Liebe, unter dem sie litt, seit der Karawanenführer sie den Launen ihres Körpers und ihren Träumen überlassen hatte. Mit kaum hörbarer Stimme, die ihr die andere Frau tief in ihrem Innern bewußt werden ließ, sprach sie die ruhigen, sinnlichen Worte, mit denen sie die tiefe Kluft zwischen sich und dem Wahrsager schließen wollte.

»Ich möchte, daß Sie mir ein Kind schenken«, erklärte sie.

Suleiman schaute in die Nacht hinaus, hinaus über die künstlichen Mauern seines Zimmers und hinein in die unermeßliche Unwägbarkeit ihres Vorschlags. Zwar war er ein Meister der betörenden Verse und vermochte aus der unergründlichsten Erinnerung heraus die Bilder von Stolz und Leistung des Hassan von Basra heraufzubeschwören, doch hielt er sich in Bezug auf Frauen für einen nicht sonderlich leidenschaftlichen Mann, auch wenn er immer mit der Befriedigung und der Erregung gelebt hatte, daß die Gabe des Hellsehens eine bestimmte Meisterschaft in fleischlichen Dingen voraussetzt. Er hatte nie geheiratet. In seinem Gedächtnis lebten nur die Bilder der verschleierten Frauen fort, die ihm, umhüllt von den duftenden Gewürzen Arabiens, aus Dankbarkeit für die Veränderungen, die er in ihr Leben getragen hatte, ihren Körper darboten: Er hatte ihre Söhne vom Stottern befreit, von Polio geheilt, hatte ihre Ehemänner von ihren Geliebten zurückgeholt, die wiederum Meister der okkulten Kräfte dafür bezahlt hatten, daß sich die Männer von ihren Ehefrauen abwandten, oder er hatte ihren Lenden die Kraft wiedergegeben. In den spärlich erleuchteten Zimmern der Wüstenstädte, in den Zelten, die nach Kuskus und Ziegenmilch rochen, und unter dem Schutz all der Frauen, die sich wegen eines Rats an ihn gewandt hatten, war Suleiman, der Nubier, sich sicher, daß sein Samen in Söhnen und Töchtern aufgegangen war, die ahnungslosen Ehemännern, glücklich, daß ihre Frauen den »Speichel meines Vaters« erneuert hatten, untergeschoben wurden. Die Frau, die ihm nun anbot, ihn zum Vater zu machen, bestätigte das älteste Geheimnis der weiblichen Welt, demzufolge ein Kind zwar seine Mutter kannte, den Vater aber erst von seiner Mutter gezeigt bekommen mußte.

Die körperliche Gegenwart des Nubiers neben sich spürend, war Mariamu gefangen im Rauch wilder Blumen, der ihn umgab, und im Weihrauch der exotischen Völker von den Ufern des Nil. An diesem Abend, da sein Gesicht jung aussah und sein geheimnisvolles Wesen in den heißen, schmelzflüssigen Feuern seiner Lenden verglühte, trug seine Umarmung sie in die Welt der Mauren, die ihren Samen in die spanische Erde gelegt hatten. Ertrinkend schnappte sie in dem markerschütternden Augenblick, in dem sie zusammen den Höhepunkt erlebten, im Abgrund ihrer Unterwerfung unter den Nubier, nach Luft. Dieser Augenblick wurde dadurch, daß er als Empfängnis gedacht war, nur noch größer und wichtiger. Sie empfand ihre Ehe und die Tändelei mit ihrem Liebhaber als jugendliches Vorspiel für den Glücksstrom, der sich jetzt stöhnend aus ihr herauswand und sich ihren sporengleichen Fingern mitteilte, die sich tief in das dunkle Geheimnis gruben, das den Körper des Nubiers umgab. Der Mann und die Frau, die in jenem verlorenen Paradies, nur mit dem Laub ihrer Unschuld bekleidet, zueinandergefunden und den ersten Säugling gezeugt hatten, sahen auf sie beide herab.

Erst viele Jahre später, als ihre Tochter hellseherische Gaben an den Tag zu legen begann, kam man zu dem Schluß, daß Mariamu die Geliebte des Nubiers gewesen sein mußte. Danach fiel es den Leuten leicht zu erkennen, daß es sich bei dem Mädchen mit den zarten, feinen Zügen um die Tochter des Nubiers handelte, der einen geheimnisvollen Zauber über das Volk von Kasila gelegt hatte. In der Zwischenzeit ereignete sich etwas, das ebenso unerwartet wie unerklärlich über die Stadt und ihre Bewohner hereinbrach. Eines Morgens wachten sie auf und mußten feststellen, daß alle Hunde gestorben waren, die die Stadt vor Banditen schützten und die bösen Geister vertrieben, welche sie des Nachts heimsuchten, um sich an der Milch der Ziegen und Kühe zu laben. Das Massensterben war, so glaubte man, nicht das Werk eines Menschen, sondern einer Dämonin, der zwanzig Saugrüssel aus dem Körper einer Hündin mit den Beinen eines Tausendfüßlers wuchsen. Man fragte einen alten Tuareg um Rat, der der Gewohnheit entsagt hatte, durch die Wüste zu ziehen, und sich auf die Seinsnatur der Dshinns verstand. Er bat um das Herz eines Adlers. Den wollte er an den Baum nageln, in dem die Dämonin hauste, so daß sie des Nachts, wenn sie hervorkäme, das Innerste des erhabensten, ansehnlichsten und schönsten Vogelmannes der Welt erblicken und vor Scham sterben würde. Diese Vorsichtsmaßnahme, zu der man in der Panik nach einer grauenvollen Nacht griff, unterband allerdings nicht das unausweichlich aufkommende Gefühl einer drohenden Katastrophe, von dem die Stadt erschüttert wurde. Denn schon bald, nachdem die Hunde begraben und die Straßen gefegt waren und die Menschen begannen, den Geist der rachelüsternen Moskitos zu vergessen, ließen die Hühner ihre Gelege im Stich und liefen in den Fluß hinein, in dem sie zu Tausenden ertranken. Kaum hatten die Menschen diese neuerliche Tragödie überwunden, als die Affen, die sie normalerweise vor drohenden Invasionen warnten und Purzelbäume schlugen, um ein paar Süßigkeiten zu erhaschen, ausblieben und sich in einen den Menschen unbekannten Teil des Waldes zurückzogen. Da sich niemand erinnern konnte, in jenem Winkel der Welt jemals so seltsame Erscheinungen erlebt zu haben, wandte man sich an Suleiman.

»Hoffentlich überleben wir, was der Spiegel zu sagen hat«, meinte er.

In der Nacht hielt er mit dem magischen Spiegel Zwiesprache und bekam eine derart vernichtende Antwort, daß die beängstigende Deutlichkeit der Omen aus der vergangenen Woche und das Unheil, das er selbst vorausgesagt hatte, ihn völlig durcheinanderbrachten. Beim Blick in den Spiegel wurde ihm bewußt, daß er bei seiner ersten Wahrsagung falsch gedeutet hatte, wann genau das Böse anstürmen würde. Nun aber war es offensichtlich: Das Schwert der Zerstörung schwebte bereits drohend über der Stadt. Er las dies im harten Gesicht der Erde, im Geruch der Dinge, die sich auf ihren Tod vorbereiteten, im Gelächter der Frauen, die nachts auf geflügelten Pferden durch die Stadt galoppierten. Im gleichen Augenblick fiel Suleiman auch auf, daß der Juli angebrochen war, es in diesem Jahr aber noch nicht geregnet hatte. Plötzlich wurde ihm deutlich, daß solch widernatürliche Erscheinungen auf dem Planeten Erde Vorboten waren für den Schwanengesang einer ruhmreichen Zeit in der Geschichte dieses Erdteils. Vorboten, lange vor seiner Zeit von einem Magier prophezeit, zu dem Sogolon, die Büffelfrau, im märchenumwobenen Land der Dogon gegangen war, damit er ihren Sohn das Laufen lehrte. Tiefer tauchte er hinein in die Feuer des Zauberspiegels und schaute das Gesicht Soundjata Keitas, des legendären Königs von Mali, der einen Sturm entfesselte, weil Kasila sich vor seiner Ankunft eine Zeitlang der Faulheit hingegeben hatte. Und Suleiman schlußfolgerte, daß nur jene eine Chance hatten, dem Wirbelsturm zu entkommen, die sich der mündlichen Überlieferung erinnerten, wie Soundjatas Vater zu guter Letzt die Büffelfrau überwältigt hatte.

Ein sintflutartiger Wirbelsturm erfaßte die Stadt, riß die Bambusdächer von den Dachbalken, die Fenster aus den Angeln, tilgte den Marktplatz vom Antlitz der Erde und fällte riesige Bäume, von denen einige die schönen Zuchthengste erschlugen, deretwegen die Männer bis ans Ende der Welt gezogen waren. Unter den Betten, unter die sie sich vor Schreck zusammengeduckt in ihren nutzlos gewordenen Häusern verkrochen hatten, vernahmen die Einwohner der Stadt die gellende Stimme des Wirbelsturms. Sie sahen, wie im schlammigen Fluß der Buße die Köpfe ihrer aufgedunsenen Rinder vorüberschwammen, wie in ein flehentliches Gebet versunken. Einige waren in ihrem Kummer nicht zu trösten. Nicht, weil sie den Tod oder den Verlust ihres Besitzes so sehr fürchteten, sondern weil sie in fremden Betten gelegen hatten, ausgelöscht wurden ohne letzte Waschung. Ihr Tod kam schnell, und sie erwachten daumenlutschend auf der anderen Seite der Erdkugel und dürsteten nach Wasser, obwohl sie doch in der unbezähmbaren Wut des Wassers zu Tode gekommen waren. Wenn sie auf Erlösung hofften, dann suchten sie in ihren Herzen nach Worten, mit denen sie die Abscheu vor ihrer eigenen Erschaffung ungeschehen machen konnten. Doch hatten sie schon vor langer Zeit die Unschuld des Geistes verloren und die magische Formel längst vergessen.

Dann hörten die Regen auf, ebenso überraschend, wie die bösen Vorzeichen sichtbar geworden waren. Suleiman, der die Zeitdauer des Wirbelsturms in einem Zustand der Entspannung verbracht hatte, saß in sinnender Pose, als er das erste Zwitschern der Waldvögel vernahm, die dem Tod entgangen waren. Die Sonne stand am Himmel, und er sah, daß viele Menschen die Katastrophe überlebt hatten, auch wenn einige nur ganz langsam aus ihren zerstörten Häusern hervorkrochen, zitternd wie Diebe, dabei erwischt, wie sie die Steine aus dem Bauch des Krokodils stahlen, das allein nach jenem schrecklichen Aufruhr der Welt sagen konnte, wie alt die Welt wirklich war.

»Es verhält sich so, wie es mir offenbart wurde. Kasila hat sich selbst verschlungen«, sagte Suleiman.

Die Stadt hatte sich nicht nur selbst verschlungen. Als sie sich aus der schrecklichen, ohnmächtigen Wut und der bebenden Zerstörung befreiten, die sie in ihren von der einst so großen Stadt genährten Seelen und Körpern trugen, da stellten die ältesten Männer und Frauen schluchzend fest, daß der Zauber des bösen Omens, das sie fürderhin als »die Zeitlast des Hais« bezeichnen sollten, ihnen buchstäblich alles genommen hatte. Mit Picken und Schaufeln bahnten sie sich ihren Weg durch die schrecklichen und verletzenden Zeugnisse des Wirbelsturms und sahen im silbrigen Schrecken ihrer Augen die Leichen in den Straßen: Da lagen die Leichname von Männern, von Frauen, von Kindern, die Kadaver von Hunden, von Kamelen, von Ziegen, von Rindern, von Pferden, von Katzen, von Hunden. Sie befanden sich in einem derart fortgeschrittenen Zustand der Verwesung, daß der Fluß, der auf das Dreifache seiner normalen Breite angeschwollen war, sechs Monate lang stank.

Suleiman, dessen Ruhmeszeit nun, da er das Unheil vorhergesagt hatte, begann, wurde in seinen Prophezeiungen klarer und apokalyptischer. Durch das zitternde Auge des Kristallspiegels weissagte er den Zeitpunkt, an dem sie die Geißel der umherziehenden Araber treffen sollte, die Korallen mitbrächten und babylonisches Salz, mit dem sie die Stadt in Bann schlagen und die Einwohner verwandeln würden. Mit der schneidenden Schärfe eines Säbels sagte er voraus, daß die Stadt wieder in einen Halbschlaf verfallen sollte. Beim Erwachen dann fände sie die Araber aus den Shouf-Bergen mit ihrem Geruch nach Knoblauch, ihrem zwiebelstinkigen Rülpsen, ihrer Schmarotzerbrut und ihrer Streitsucht als Beherrscher vor, denn trotz der scheinheiligen, öffentlichen Ausstellung von Frömmigkeit seitens der schwarzen Menschen, die vor den Arabern aus Amerika kommen sollten, trotz der geordneten Formel ihrer Taufe im Namen des Vaters, des Sohnes und des Heiligen Geistes, so wahr Gott sein Zeuge war, trotz der possenhaften Wiederaufführung der Geißelung des Judas Ischariot am Karfreitag, sollten sich diese Bastarde im Innern ihrer armseligen Herzen hassen. Und was konnte man schon von den Kindern jener Menschen erwarten, die niemals im Leben ihre schwarzhandaffigen Tricks verlernen sollten und bereit waren, alles, was sie aufgebaut hatten, zu verkaufen, weil sie es nicht besser kannten, weil sie gekauft und verkauft worden waren für hundert Silberlinge, für ein Stück Tuch, für Schießpulver, für Gold und – schlimmer noch – für Schnaps? Menschen, die auf ihren Gott spuckten, bitte verzeihen Sie seine Ausdrucksweise, doch all das reichte aus, selbst einen heiligen Mann wie ihn zum Kotzen zu bringen.

Suleiman konnte den verzweifelten und verdrießlichen Blick nicht ertragen, den er nach dem Sturm auf den Gesichtern entdeckte. Er entschloß sich daher, sie von ihrem gegenwärtigen Unglück zu heilen, indem er sie ganz einfach stromaufwärts führte und damit ihre Verwesung fortspülte. Das war ein althergebrachtes Ritual, das bis in die Zeit zurückging, da der Mensch es an den Ufern des Nil lernte, Werkzeuge zu formen, und seinen Göttern dafür danken wollte. Erleichtert und gereinigt wie Wassermolche kehrten sie von dort zurück und folgerten, daß Suleimans Ruhm die okkulten Möglichkeiten seiner Zeit überstieg. Befreit von ihrer Angst drehten sie in jener Nacht die Gesichter ihrer Spiegel zur Wand.

Suleiman war alt geworden und verließ nur noch selten sein Zimmer. Das wenige, das er benötigte, brachte ihm sein junger Gehilfe Ahmed, der Elefant, der in der entspannteren Atmosphäre der Zeit vor dem Wirbelsturm das gehetzte Aussehen eines eingesperrten Tieres verloren hatte, das ihm vom Leben bei den Arabern von Sansibar aufgedrückt worden war. Die Unermeßlichkeit seiner Kenntnisse wurde Suleiman zur Bürde. Er fürchtete, daß er die Last dieser Gabe schon zu lange getragen hatte. Zudem lauerte die Gefahr, daß er bald in das Reich des Todes überginge, ohne einen Teil seiner Macht und seines Wissens an jemand anderen weitergegeben zu haben. Deshalb rief Suleiman eines Abends Ahmed zu sich ins Zimmer, wies alle anderen an, ihn nicht zu stören, und ging daran, den jungen Mann in die Weisheiten der Lehrer der Zeitlast einzuführen.

*

Sieben Tage nach der Geburt stellte Mariamu ihre Tochter dem alten Brauch gemäß der Großfamilie vor. Sie beachtete die überlieferten Gebote und verließ ihr Zimmer erst, nachdem ein Wahrsager bei ihr gewesen war, das Kind in einem Extrakt aus Zitronen- und Avocadoblättern gewaschen, den Nabel mit Ziegenfett eingerieben und ihr ein Pulver aus verbranntem Schwefel und dem geriebenen Schnabel einer Eule auf die Brauen aufgetragen hatte, das die Hexen fernhalten sollte. Der Säugling war von goldener Hautfarbe, hatte lange Glieder und ein kleines Muttermal über dem rechten Auge. Sein Kopf sah ungewöhnlich klein aus, was jedoch dadurch verhüllt wurde, daß alle Anzeichen auf einen vollen, kräftigen Haarwuchs hindeuteten und seine Augen bereits einen gläsernen und magnetisierenden Glanz hatten. Der Säugling weinte kaum, und wenn das Kind einmal längere Zeit allein gelassen wurde, versuchte es, den großen Zeh seines rechten Fußes in den Mund zu nehmen. Der Wahrsager schloß daraus auf eine erstaunliche Kraft und dominierende Rolle in der Zukunft.

»Du mußt auf sie aufpassen«, erklärte er. »Die da wird die Kraft von drei Frauen in sich tragen.«

Über die geheimnisvollen Ströme, die nur zwischen Eheleuten auftreten, die so lange miteinander leben, daß sie der andere nicht mehr in Erstaunen versetzen kann und sie sich um kein Vergehen des anderen mehr Gedanken machen, hatte sich Mariamu der Mithilfe ihres Mannes versichert, ihre Tochter, der sie den Namen Fatmatta gegeben hatte, als ihr gemeinsames Kind auszugeben. Der Goldhändler hatte sich seit dem Tag, an dem er dem Zauber des Nubiers erlegen war, in eine geheimnisvolle, einsame Welt zurückgezogen. Er verbat sich alle Kontakte mit der Außenwelt, lebte von Ziegenmilch und skandierte den ganzen Tag lang nur noch Beschwörungsformeln. So kam er in den Ruf, von einem Dshinn besessen zu sein. Also war er gegen die stürmische Eifersucht gehörnter Ehemänner gefeit und maß dem eitlen Stolz auf Besitz, zu dem in seinem früheren, ungestümen Leben auch der erbliche Besitz an Frauen gezählt hatte, nur noch geringe Bedeutung bei. Sich dem Vorschlag seiner liebestollen Frau anzuschließen und das Kind als sein eigenes auszugeben, erschien ihm als vergleichsweise geringer Preis für seinen Seelenfrieden und seine Hingabe an Séancen. Andererseits war es für seine Frau undenkbar, daß das Kind, solange sie unter seinem Dach lebte, einen anderen Vater hatte.

Mehr noch: Er zeigte sich außerordentlich großzügig, denn schließlich war er einem ruhmreichen Erbe verpflichtet. An dem Morgen, da Mariamu erstmals mit ihrem Kind vor das Haus trat, brachte sie ihn dazu, sein Festkleid anzulegen und seine goldenen Pantoffeln aus Marokko, sein Schwert, das ihn als Krieger der Wüste auswies, sowie seine Schädelkappe. Sie achtete auch darauf, daß seine Brieftasche wohlgefüllt war, und ließ ihn, den vergebenden Ehemann, das Kind auf seinen Armen tragen. Mit den Augen des stolzerfüllten Vaters lächelte er auf das kleine Wesen herab und verkündete der wartenden Menge: »Sie ist eine wirklich prächtige Blume und jeder, der daran denkt, sie zu heiraten, sollte schon mal anfangen zu sparen, damit er später einhundert Kühe kaufen kann.«

Er übergab das Kind an Mariamu, die die Glückwünsche der anderen im Anwesen lebenden Frauen entgegennahm. Sie teilten alle ein gemeinsames Schicksal: den gleichen Zyklus der Schwangerschaft, das Warten auf die Ehemänner, die für lange Zeit fort blieben, und schließlich die Nichtachtung, sobald sie zum Kinderkriegen nicht mehr taugten. Sie wußten, daß Mariamu lange auf ein Kind gewartet hatte, wußten von ihrer Zeit mit dem Geliebten und verdächtigten sie doch kaum einer Liebschaft mit dem Nubier. Die Überzeugung, daß Gott Mariamus Gebete erhört hatte, ließ sie zusammenströmen, um mit ihr gemeinsam zu feiern. Jemand begann, Mariamu mit Goldmünzen zu bewerfen, und als der Koraspieler einen Akkord auf seiner Harfe anschlug, übergab Mariamu das Kind wieder ihrem Mann und fing an zu tanzen. Sie wiegte sich zu einer Musik, deren Ursprünge sich in mystischer Ferne verloren, schwebte zu einer Musik der dunklen Sümpfe und jungfräulichen Hochzeiten, der Beschwörung göttlicher Macht, die sich aus dem Wettstreit der Trommeln erhob, die die Stimme der Kora verhüllten, und aus dem Wohlklang der Stimmen, die Ruhm und Preis des Vaters des Kindes sangen. N'jai ließ sich von der bebenden Anmaßung des Tanzes fortreißen. Der Tanz zur Feier der Geburt mit seinem Händeklatschen und Füßestampfen, der durch das wallende Auf und Nieder von Mariamus Brüsten, die eine Pavane für Frau und Geist tanzten, noch feierlicher wurde, schützte ihn und Mariamu vor der Bloßstellung.

*

Schon bald, nachdem der erste Zahn durchgebrochen war, begann Fatmatta, getragen von den Lüften ihrer Phantasie, zu sprechen. Mit ihren Augen, die nicht die Augen eines Kindes waren, wies sie auf eine geheime Versammlung von Frauen, die sich vom Blut der Kinder nährten. Sie sprach von seltsamen, buckligen, ehrlosen und aufdringlichen Männern, »die es mit Eseln trieben«, um reich zu werden. Eines Abends, als Mariamu Erdnüsse schälte, sagte sie »sie sind überall« und zeigte auf einen nur undeutlich erkennbaren Gegenstand. So stellte sie ihre geheimnisvollen Kräfte unter Beweis, die von den gewaltigen Nebenflüssen des Nil gespeist wurden, von denen Suleimans Künste herrührten. Der nicht genau auszumachende Gegenstand, von dem ihre Tochter sprach, beunruhigte Mariamu sehr. Schon glaubte sie, sie hätte einer Hexe das Leben geschenkt, sah sie doch in den Augen ihrer Tochter einen Skorpion mit den räuberischen Klauen des bösen Vorzeichens und in der Farbe einer goldenen Kobra. Erschreckt schickte sie nach Rasheeda, der alten Frau, die ihr geraten hatte, ihren Mann nicht weiter zu beachten und ihr Glück im Bett eines anderen zu suchen. Rasheeda war eine kleingewachsene Frau mit Kenntnissen der uralten Weisheit der Dogon aus Mali. Auf der Flucht vor einer Heuschreckenplage, die die Wüste heimsuchte, war sie nach Kasila gekommen und hatte sich ihren Lebensunterhalt damit verdient, daß sie Zähne spitz feilte und die Gesundheit von Männern wiederherstellte, die sich mit Teufelinnen eingelassen hatten. Sie hatte selbst neun Kinder zur Welt gebracht. Sieben hüteten in der Wüste Schafe. Sie hatte sie seit Jahren nicht mehr gesehen. Die beiden Mädchen waren in den Harem eines reichen Rinderzüchters aufgenommen worden. Sie war davon überzeugt, daß jede Frau mit ihrem eigenen Dshinn geboren würde und mit ihm eine Beziehung einginge, die davon bestimmt wurde, welche fleischliche Lust sie ihm im Austausch für die ewigen Feuer ihrer Jugend schenkte. Deshalb befürchtete sie, daß Fatmattas Reden Anzeichen ihrer Frühreife waren, was nichts anderes bedeutete, als daß sie »Gesichte« hatte, mit denen sie in das Leben anderer Menschen hineinschauen konnte, ehe diese es bemerkten.

»Mit dem Mädchen hier ist alles möglich«, sagte sie. »Es ist wie bei einer meiner Töchter, bevor ich ihre Augen blendete.«

Unter Verwendung eben jener Fertigkeiten, mit denen sie die Manneskraft der von den Teufelinnen Besessenen wiederhergestellt hatte, machte sich Rasheeda daran, Fatmatta von ihrer frühen Beziehung mit ihrem Dshinn zu heilen. Zunächst vollzog sie drei Einschnitte in Fatmattas Wangen, rieb dann eine schwarze Salbe aus Honig, Melonensamen und Ziegenfett hinein, die sie mit der zermahlenen Zunge eines Leguans mischte, wedelte mit rauchenden Guavenblättern über dem Kopf des Kindes und sagte voraus, daß Fatmatta nach einer Woche keinerlei unheimliche Gegenstände mehr sehen würde. Nachdem diese Zeitspanne verstrichen war, sah Fatmatta aber nicht nur weiterhin geheimnisvolle Dinge, sondern erhob sich sogar auf eine noch höhere Stufe der Magie. Es ward ihr möglich, Türen zu öffnen, indem sie sie bloß ansah, und die Farbe des Wassers durch ihre Berührung zu ändern. Nun zweifelte niemand mehr daran, daß das Schicksal Mariamu einen bösen Streich gespielt hatte, indem es sie ein Kind gebären ließ, in dem geheimnisvolle Kräfte siedelten. Ihre seherischen Fähigkeiten waren der Beweis dafür, daß sie anders als andere Kinder sowohl im Wirbel der gegenwärtigen Ereignisse als auch für die Zukunft mit einem undurchdringlichen Schutzschild ausgestattet war, der sie der Macht und der Bosheit der Menschen entzog.

Mit den Jahren machte sich Mariamu immer größere Sorgen um ihre Tochter, weil es ihr unmöglich war, zum Herzen des Kindes durchzudringen und ihm die Mutter zu sein, die zu sein sie sich erträumt hatte. Über ihre Schwangerschaft hatte sie sich über alle Maßen gefreut. Nicht so sehr über die Feststellung, daß sie das böse Schicksal der Unfruchtbarkeit überwunden hatte, sondern wegen der Gefühle, die ihr Leid in der Vergangenheit verständlich werden und sie in eine strahlende Zukunft blicken ließen. Sie hatte von einem Kind geträumt, das in seinem Kinderzimmer von den sanften Farben immergrüner Pflanzen umgeben war, von Abenden, an denen die Geigen der Troubadoure, die sich in der Erbfolge der Bewohner der Stadt bestens auskannten, ihnen zur Serenade aufspielten. Als das Kind noch ein Säugling war, hatte sie es, wenn es schlief, leise aus der Wiege genommen, nur um sich zu versichern, daß es noch lebte und nach ihren Brüsten dürstete. Die Reinheit ihrer Muttermilch schenkte dem, was sie und Suleiman gezeugt hatten, Leben. Sie wäre gern glücklich gewesen, doch es sollte nicht sein. Wenn sie überhaupt ein Glücksgefühl kannte, dann in der Erinnerung an Suleiman, der fortgegangen war und später noch einmal für einen Monat zurückkehren sollte, um dann für immer zu verschwinden. Viele Male hatte sie sich vorgestellt, wie er auf dem Rücken eines schwarzen Pferdes mit goldenen Zügeln wiederkehrte, über einen riesigen Kosmos dürstender Wüsten galoppierte und sich eilte, zu ihr zu kommen, auf daß sie erneut in seiner Umarmung aufblühe. Doch der Alltag ihres Lebens sah anders aus. Mit niemandem konnte sie die Einsamkeit ihrer Welt teilen, und nachdem sich die Enttäuschung, eine Tochter zu haben, die ihr dennoch nicht gehörte, tief in ihr Bewußtsein eingegraben hatte, kam sich Mariamu verloren vor, in einem Reich der Ängste und Alpträume gefangen, und verzehrte sich erneut nach Liebe und Verständnis.

Eines Tages, als sie die unmißverständlichen Anzeichen von Verachtung und Hohn in Fatmattas Augen sah, fühlte sie sich von dem fürchterlichen, wütenden Wunsch beseelt, ihre Tochter zu erwürgen. Mit einer ihr völlig fremden Stimme schrie Mariamu das Drama ihres

Unglücks heraus. Sie steigerte sich in eine hochfahrende Streitlust und schlug nach ihrer Tochter.

»Verschwinde, du Hexe«, brach es aus ihr hervor. »Du und ich, wir gehören nicht in den gleichen Harem.«

Fortan gingen sie getrennte Wege, und keiner konnte sich mehr erinnern, wer schließlich das Gerücht in die Welt setzte, daß Mariamu und ihre Tochter nicht mehr miteinander sprächen oder daß die Jüngere gedroht hätte, ihre Mutter vor aller Welt bloßzustellen. Mit sechzehn badete sie noch immer nackt wie ein kleines Kind im Fluß, so daß sich jeder fragte, ob sie zwittrig veranlagt wäre, denn so etwas hatte man noch nicht erlebt. Sie konnte sich mit den Vögeln und den Affen unterhalten, vermochte ihre Katze einzuschläfern, indem sie sie nur ansah, und hatte die klare, melodische Stimme einer Nachtigall, die durch das Haus schwebte wie die ersten Anzeichen für die Rückkehr der Pirole nach der Feuchtigkeit und dem Schimmel der Regenzeit. Mariamu wartete nicht länger auf Suleimans Wiederkehr. Trotzdem bewahrte sie sich ihre Sehnsucht nach Liebe. Doch an eine Rückkehr in das Bett ihres Mannes wollte sie nach so vielen Jahren nicht denken. In der undurchdringlich abgeriegelten Welt, in die N'jai sich zurückgezogen hatte, um in seinen Séancen zu dilettieren, erweckte er nicht den Eindruck, daß es ihn nach einer Frau gelüstete. Selbst die Entfremdung zwischen den beiden Frauen schien er nicht zu bemerken. Erst als der Mann mit dem Gesicht eines anderen erschien, um Fatmatta zu heiraten, und dabei die farbenprächtigen Fasanen erschreckte, erst da tauchte der Goldhändler aus seinem versunkenen Zustand auf und nahm an der Hochzeitsfeier teil, die sich über eine Woche hinzog.

*

An einem Tag, an den sich alle noch lange erinnern sollten, kehrte Suleiman, der Nubier, wieder. Seine Wangen waren eingefallen, seine Zähne hatte sich gelb verfärbt, und er aß nur noch soviel, wie er meinte, in den langen, einsamen Nächten der Meditation und der geheimnisumwobenen Magie zu benötigen. Der erste Hinweis darauf, daß eine Epoche sich dem Ende zuneigte und die Klarsicht dieses Weisen, der mit seiner Macht und Weisheit die ganze Stadt in Erstaunen versetzt hatte, bald der Vergangenheit angehören sollte, offenbarte sich eines Nachts in aller Deutlichkeit, da die Eulen so laut johlten, daß die Hunde sie verjagen mußten, weil die Tiere in den Straßen der Stadt völlig verstört reagierten. Irgend etwas schien all den unbegreiflichen Schöpfungen zugestoßen zu sein, in die sich der Nubier so viele Male vertieft hatte, um die Wunder der sieben Welten in diese einstmals so verschlafene Stadt zu tragen. Wenn er denn tatsächlich vor dem Tode stand, dann vollzog sich sein Abschied auf die gleiche aufregende Weise wie seine Ankunft, an die sich die Einwohner der Stadt noch lebhaft erinnerten: ein Fremder, der ihnen die Wunder des Sultans von Omdurman brachte.

Wie nicht anders zu erwarten, war er an jenem letzten Tag allein, und nachdem er den Lernstoff niedergeschrieben hatte, den Ahmed, der Elefant, finden sollte, wenn Suleiman seinen Abschied genommen hatte, zog der Weise, auf einer Matte ruhend, einen Kreis auf seinem magischen Spiegel, den er zwischen die Beine gelegt hatte. Er befahl dem Zauberspiegel, ihm im Buch der Zeitlasten die Seiten der gelehrten Fakire aufzuschlagen, die Chroniken des Wahrheitssuchenden, wie sie von Mahmud Kati aus Timbuktu verzeichnet worden waren, der Stadt, in der die Entwicklung hin zur Zukunft seit Soundjata Keitas Tagen versiegt war. Soundjata Keita war an einem geheimen Ort beerdigt worden, von dem er nachts auferstand, um sich mit seinem Volk zu vereinigen. Er kannte jeden einzelnen mit Namen, obwohl er lange vor der Zeit der Erinnerung gestorben war. Vor vielen Jahren hatten die ehrwürdigen Lehrer der Wissenschaft und Philosophie jede Nacht seinen Ratschlag eingeholt, bevor sie ausströmten, die Bettler zu unterrichten, die bei der hohen Steinmauer neben dem Tor lagerten, das in die verbotene Stadt führte. Nun, da er die Zeit seines Abgangs nahen fühlte, betrachtete Suleiman den Strom der Zeitlast, den ihm der Spiegel vor Augen führte. Was er erblickte, ließ ihn aufschrecken.

»Die Welt gleicht dem Kopf einer Schildkröte«, rief er aus.

Er schaute den sprichwörtlich güldenen Kamm einer Meerjungfrau. Der Kamm aber war kein Kamm, sondern die Zunge eines Skorpions, die auf dem Grund des Kraters der Weisheit über das Haupt einer schönen, jungen Frau züngelte. Dann, er konnte nichts dagegen tun, mußte er mit anhören, wie die seltsam schöne Frau von einer heimlichen Nacht berichtete, die Suleiman völlig vergessen hatte. Und dadurch wurde ihm mit einem Schlag bewußt, daß das Schicksal aller Menschen schon viele Jahre vor seiner Zeit im Königreich Gottes von einer zitternden Hand niedergelegt worden war, deren Schriftzeichen sich keiner künstlichen Unterteilung von Gegenwart oder Vergangenheit, von Mann oder Frau unterwarfen. Er erkannte, daß die betörende Musik, zu deren Klang sich die Frau im Tanze wiegte, nicht vom lieblichen Ton der Bogenharfen widerhallte, die ihm zu Ehren gespielt worden waren, als er in diesem Winkel der Erde auftauchte, sondern vom Rasseln der Kaurimuscheln, in dem die Musik einer Zauberin zeitlosen Alters und unvorstellbarer Schönheit aufklang. Es durchzuckte ihn die Erkenntnis, daß diese Halbfrau seine eigene Tochter war, deren Antlitz er aus seiner Erinnerung gebannt hatte, als ob ihre Geburt dadurch hätte folgenlos bleiben können. So aber erschuf er ein neues Antlitz, mit dem sich ein Problem verband, viel bedeutender als sein Schicksal, vor lauter Weisheit zu sterben. Um seiner Erregung Herr zu werden, rief er ein weiteres Mal den Strom der Zeitlast an im magischen Spiegel mit den sagenumwobenen Malen seiner schwindelerregenden Weisheit und seinen Augen vergangener Zeiten, mit denen er die große Zerstörung der steinernen Wälle von Simbabwe geschaut hatte, bevor er sich gen Sansibar wandte, wo die arabischen Schimären mit Weihrauch, Papageien, Nelken und eben dem schwermütigen Jungen handelten, den er ihnen dann abkaufte, um ihn in die verborgenen Geheimnisse des Iskander aus Balkh einzuweihen und ihn zu lehren, woran man den Führer einer Epoche erkannte. In jener unermeßlichen Tiefe, die den Kodex aller Ewigkeiten barg, schaute Suleiman die Welt, wie sie vor der Sintflut ausgesehen hatte.

»Während ich hier meine Zeit vergeudet habe«, rief er aus, »ist in anderen Teilen der Welt der Prozeß der Erkenntnis vorangeschritten.«

Er entdeckte, daß es ihm, obwohl er einen Schwan in eine Schlange verwandeln, Männer von Impotenz und Epilepsie heilen sowie Frauen von Unfruchtbarkeit erlösen konnte, nicht gelungen war, die elementaren Gesetze der Übertragung von Weisheit zu meistern. Sie unterlagen ihrer eigenen, absonderlichen Logik und Folgerichtigkeit und entzogen sich deshalb allen niedergelegten und bekannten Deutungsmustern. Deshalb auch trug die Frau im Strom der Zeitlast, die Meerjungfrau, seine Tochter aus den Zeiten seines irdischen Zwischenspiels und weiblicher Verwirrung, bereits einen goldenen Ring an ihrem linken Mittelfinger, obwohl er den seinen noch am Finger hatte. Deshalb fanden die Flammen ihrer Erleuchtung und Aufklärung den Weg an die Oberfläche, wurden, um ihre getrennten Kräfte zu verbinden, zu einer aus Pinien zusammengezimmerten Brücke. Ein großer Feuerball umgab die Frau, als sie sich ihr aus dichten und unbezähmbaren Kräuseln bestehendes Haar kämmte, das in der leuchtenden Nacht erstrahlte. Dadurch erweckte die flammende Aura, die sie umgab, den Anschein, als würde sie sich in den schlagenden Seelilien des Windes, die wie der Anfang eines Wunders zwischen den Palmen hindurchsegelten, noch vervielfältigen. In diesem Augenblick hatte Suleiman eine durchscheinende, alles erhellende Vision.

Die Einsicht, daß Fatmatta mit ihrem skorpionhaften Aussehen eine höhere Stufe der Hellseherei erlangt hatte, ließ ihn schaudern, gehörten doch er und seinesgleichen zum Geschlecht derer, denen es vorherbestimmt war, ihre Kräfte in den hintersten Winkeln der Welt zu entfalten. Und da Fatmatta eines Tages verschwinden und später durch die Irrgärten eines jahrhundertealten Abrakadabra, das sie gegen die Fäulnis der menschlichen Ausbeutung schützte, wiederkehren sollte, stellte das Bild der besessenen Frau da im Strom der Zeitlast lediglich das Vorspiel zur Begründung ihrer Legende dar, das zu verhindern nicht einmal Suleiman imstande war. Deshalb mußte er nachgeben, mußte sie ziehen lassen auf ihre schreckliche Odyssee, die mehr über ihre proteische Zauberkraft aussagte als über die Blutsverwandtschaft, die sie miteinander verband, ihn für den Augenblick jedoch in den tiefsten Wassern der Vergessenheit zu ertränken drohte.

Langsam schwand ihm das Bewußtsein. Kaum, daß er noch den donnernden Tritt der Füße vernahm, die sich dem Hause näherten. Deren Donnerschlag verwandelte harte, störrische Disteln in kraftlose, niedergetretene Halme und erschütterte die Erde wie ein Beben. Er träumte davon, wie er zum erstenmal aus Omdurman ausgezogen war. An jenem Morgen weinte das hübsche nubische Mädchen, das man ihm als jungem Mann geschenkt hatte. Wie eine angeleinte Hündin, die sich losreißen will, preßten sich ihre Brüste gegen das Kleid, das sie trug. Er aber riß sich von ihr los und folgte dem Lauf des Nil hinunter nach Ruanda, wo er im Dienste des Königs der Batutsi zum erstenmal entdeckte, daß er die Macht besaß, Männer mit Impotenz zu schlagen, indem er ihre Umhänge berührte. Weil er aber das seßhafte, geruhsame Leben eines Hofzauberers verabscheute, zog er weiter: wandelte unter den langweiligen Niloten, die Blut tranken und rohes Fleisch aßen, verweilte bei den Raubtierschmugglern, die das Quaken der Frösche nachahmten und damit ihre Opfer anlockten, hauste bei den Elfenbeindieben, saß unter den Opiumrauchern in den arabischen Cafés von Mombasa, wohnte bei den feuerschluckenden Frauen von Karamojo, die in der tückischen und windgebeutelten Wüste auf Regen warteten, bis er schließlich auf den umherziehenden Goldhändler traf, der ihn überredete, mit ihm in jenen moskitoverseuchten Winkel der Welt zu ziehen, in dem die Göttliche Vorsehung ihm eine Tochter mit den Augen eines Skorpions bescherte. Als er bereits einige Zeit in Malagueta lebte, gewöhnten sich die Einwohner der Stadt an, ihn Alusine, den Magier aus dem Hause Dunbars, des Wassergeistes, zu nennen. Nun, da er halb betäubt in dieser Welt lag, deren Abbilder ihm schnell aus der Erinnerung schwanden, vernahm Suleiman, überwältigt vom Gewicht seines Wissens, weder die Fußtritte, die jetzt sein Haus schon fast erreicht hatten, noch das mit ihnen einhergehende gellende Schreien und Ächzen. Eine riesige Pavianherde tauchte unter den Bäumen auf und fiel, wie einer Absprache folgend, in das Haus ein. Sie zerstörten es in kürzester Zeit, verwüsteten die Zimmer und seichten auf den kostbaren marokkanischen Teppich, auf dem Mariamu Fatmatta empfangen hatte. Sie rissen die Gemälde von den Wänden, verbannten Adam und Eva ein zweites Mal aus dem Paradies und ließen dadurch ihre Einsamkeit endgültig und unerklärlich werden. Aus den undeutlichen Umrissen eines fremden Landes, das er kaum ausmachen konnte, sah Suleiman sie in sein Zimmer kommen. Er lächelte wie jemand, der mit ihrem Erscheinen gerechnet hat, und wehrte sich nicht, als sie ihn vom Boden aufhoben wie einen Sack Datteln. Unter größtem Getöse schritten sie mit dem letzten Mauren, der jene Erdengegend mit seinen Geschichten über die Lehrer der Zeitlasten durchwanderte, durch den Schutt aus gebranntem Lehm und den Palmwedeln, die einst das Dach des Hauses bedeckt hatten, tobten heraus aus dem Chaos, in dem er die kummervolle Zeitlast des Seins verkündigt hatte, die auf seine adelnde Epoche folgen sollte. Es war eine leuchtende Nacht, in der sie unter den ebenso überheblich anmutenden wie riesigen Bäumen einer anderen Zeitlast einhergingen, vorbei am bestürzten Starren der nächtlichen Wesen. Als sie die Kreaturen der Nacht hinter sich gelassen hatten, huben sie zu singen an. Ein riesiger Blitz zuckte über den Himmel, als sie mit dem durchscheinenden Körper des alten Mannes unter strömendem Regen, der das unter dem Donner ihrer Füße aufflackernde Feuer löschte, in einer namenlosen, furchteinflößenden Dunkelheit verschwanden.

*

Fünf Jahre darauf trug sich der unglückliche Zwischenfall zu, der das Leben von Ahmed, dem Elefanten, veränderte. Zu jenem Zeitpunkt war er zu einem jungen Mann von zwanzig Jahren herangewachsen, dessen hohe, klare Stirn auf die scharfe Intelligenz eines Adlers deutete. Anders als der Nubier lebte er schweigsam und in sich zurückgezogen. Das war eine Folge der Entführung durch die Araber, die eine Saite in seinem Herzen zerrissen hatte. Als er das Durcheinander entdeckte, das von Suleimans Haus übriggeblieben war, nahm er an, daß ein Unglück vorgefallen sein mußte oder Suleiman selbst das Haus zerstört hätte, im Glauben, die Unwägbarkeiten des magischen Spiegels falsch ausgelegt zu haben. Er empfand eine tiefe und widerspenstige Leere, so ganz anders als die mönchische Unterwürfigkeit und Demut, mit der er die Lehrer der Zeitlasten studiert, ihre umständlichen Ermahnungen an die Schüler befolgt und die Geheimnisse seines Herrn und Meisters bewahrt hatte. Als junger Mann, der in allem die Möglichkeit für ein gutes Ende sah, hielt er sich mit der langweiligen Leere nicht auf. Er hatte die Erinnerung an die beiden Männer, die in seinem Dorf auf Pemba vorgesprochen hatten, hinter sich gelassen und war fest entschlossen, die von Suleimans Verschwinden verursachte Leere mit etwas Nützlichem auszufüllen. Seine lange Vertrautheit mit der Lehre des Weisen und die Entschlossenheit, über das hinauszugelangen, was der Nubier ihm offenbart hatte, bewahrten ihn vor einem länger vorhaltenden Gefühl der Besorgnis.

Sein vordringlichstes Interesse aber galt Fatmatta. Er hatte sie in den zufälligen Jahren seines Waisendaseins heranwachsen sehen, ihre Fähigkeit, mit den Vögeln zu sprechen, bewundert, auch wenn ihre Vorliebe für Würmer ihm den Atem nahm und Übelkeit verursachte. Lange Zeit brachte er es nicht über sich, sich ihr zu erklären. Von Selbstzweifeln geplagt, hatte er jede Begegnung mit ihr vermieden, weil er glaubte, daß seine Stellung als Lehrling eines Zauberers ihn in Mariamus Augen herabsetzte, die – seit Suleiman verschwunden war – an allem die Freude verloren hatte und sich nur noch mit ihrer Tochter stritt. Nachdem er seine Schüchternheit überwunden hatte, suchte er nach einer Möglichkeit, Fatmatta näher kennenzulernen. Er sann über die Wege nach, auf denen er sich ihr nähern wollte: einfach an sie heranzutreten, wenn sie zu ihrem allabendlichen Bad im Fluß ging. Ihr dabei zu helfen, die Wildpilze zu sammeln, die sie so sehr zu mögen schien. Oder sie einfach zu entführen und aus der Stadt zu fliehen. Das aber schien ihm ein derart wahnwitziges Vorhaben, daß er es gleich wieder aus seinen Gedanken strich und sich etwas Besseres einfallen lassen mußte, denn er fühlte die Liebe zu dieser unnahbaren, hochmütigen Frau in sich aufsteigen.

»Verwechsle die Legende der Vergangenheit nicht mit Liebe. Und, vor allem, achte auf den hübschen Fremdling mit dem Gesicht eines Fasans«, hatte Suleiman ihn vor vielen Jahren gewarnt.

Bis jetzt hatte Ahmed noch nicht über diesen eindringlichen Rat nachgedacht. Das Leben war ihm kein Spinnennetz, aus dem man sich freikämpfen muß, will man frische Luft atmen. Wenn er zum Manne reifen sollte, dann mußte er jetzt damit anfangen und nicht erst, wenn er vierundsechzig wäre. Eines Abends paßte er Fatmatta auf dem Weg zum Fluß ab.

»Darf ich dich begleiten?« fragte er sie.

Sie ging weiter. Wenn sie ihn gehört hatte, dann ließ sie es sich nicht anmerken.

»Du solltest so spät nicht mehr ausgehen«, fuhr er fort. »Was werden die Leute sagen – daß die Tochter des Goldhändlers sich abends rumtreibt?«

»Was ich mache, geht dich überhaupt nichts an, und auch niemand anderen«, gab sie giftig zurück.

»Ich wollte nur freundlich sein… und dich auch ein bißchen besser kennenlernen. Weil du dich so zurückgezogen hast, seit Suleiman fort ist, und auch ich mir einsam und verlassen vorkomme, denn für mich war er wie ein Vater.«

Als Ahmed Suleimans Namen erwähnte, traten Tränen in Fatmattas Augen. Was diesen Namen betraf, so war sie sehr verletzlich. Denn auch wenn ihre Mutter ihren wahren Vater vor ihr geheimhielt, war sie doch den Vermutungen gegenüber nicht taub, die um sie herum ihr Unwesen trieben und behaupteten, sie sei die Tochter des Nubiers. Daher bewunderte sie ihre Mutter heimlich wegen ihres guten Geschmacks und der Entscheidung, ihren vertrottelten Mann zu verlassen und sich dem Manne hinzugeben, dessen Blut Fatmatta so stolz und hochmütig machte. Sie wollte nicht, daß Ahmed, der Elefant, ihre Tränen sah. Darum wandte sie ihr Gesicht ab und gab vor, nicht gehört zu haben, was er gesagt hatte.

Ahmed, der Elefant, fühlte sich beseelt. Obwohl er in die Einzelheiten der Beziehung zwischen Fatmatta und Suleiman nicht eingeweiht war, hatte er doch einiges erraten. Das Schicksal hatte es nicht sonderlich gut mit ihm gemeint. Als er entführt wurde, hatte er seine Schwester und seinen Bruder verloren. Aber er besaß ein gutes Herz und gehörte zu den Menschen, die der Liebe den höchsten Rang im Leben einräumen. Er griff seine Chance beim Schopf.

»Wenn du möchtest, kann ich dich jeden Abend begleiten, wenn du zum Fluß gehst, und dann in einiger Entfernung auf dich warten.«

»In Ordnung, nur erwarte nicht, daß ich eine gute Begleiterin bin.«

Nun, da er die Möglichkeit hatte, neben ihr zu gehen, zögerte er nicht und ließ sich auch durch ihr vorhergehendes launisches und abweisendes Verhalten nicht von seinem Ziel abbringen, Fatmatta aus ihrer Ichbezogenheit zu lösen und für sich zu gewinnen. Außerdem, so überlegte er, als Waise brauchte er, wollte er weiter in Kasila glücklich sein, Hilfe von jemandem, der für seine Liebe empfänglich war. Zufrieden, dem Augenblick zu leben und in seiner Hingabe an Fatmatta zu baden, hatte er noch keine klare Vorstellung, was er tun würde, ob er in der Stadt bliebe. Eine Weile gingen sie nebeneinander, und obwohl langsam die Dämmerung hereinbrach, brannte die Sonne noch auf das Land. Jetzt im März waren die Obstgärten voller Mangos und Apfelsinen, und die riesigen Bäume mit ihren grünen und gelben Blättern spendeten etwas Schatten vor der Glut. Irgendwo in der Ferne war das Summen von Fliegen zu hören, die sich an den Mangos gütlich taten. Fatmatta ließ sich unter einem Baum nieder, obwohl es schon spät wurde. Im Schatten des langsam verglimmenden Abends verlieh ihr das säuberlich frisierte Haar mit den eingeflochtenen blauen und weißen Perlen das Aussehen einer viel älteren und weiseren Frau. Ihre stählerne Selbstbeherrschung hielt ihre Gefühle im Zaum. Während Ahmed nach einem Weg suchte, sich ihr zu nähern, konnte es ihm nicht verborgen bleiben, daß ihre Haut die goldbraune Farbe der Menschen aus der Wüste hatte, daß ihre Hände viel länger und schmaler waren als bei den Einwohnern von Kasila, daß ihr Kopf eine ganz bestimmte Haltung hatte, so daß er aus ihrem Profil erkennen konnte, sie führte ihm ihre Ahnenreihe vor und wollte sehen, welche Wirkung diese auf ihn hatte.

Er verhielt sich nicht sonderlich klug.

»Fatmatta«, flüsterte er. »Du bist Suleimans Tochter. Ich möchte dich heiraten!«

Sie wies ihn augenblicklich ab.

»Armer Ahmed, du bist viel zu ernst, als daß du ein guter Liebhaber sein könntest. Warum lebst du nicht unbeweibt wie mein Vater – ich meine N'jai?«

In jener Nacht konnte er nicht schlafen. Zum erstenmal, seit Suleiman, der Nubier, ihn in diesen Teil der Welt geführt hatte, wollte er davonlaufen. Weniger aus der Stadt als vor dem Häufchen Unglück, zu dem er in den spottenden Augen der Frauen geworden war. Er fühlte sich wie ein Ertrinkender, der sich nach einer Hand reckt, um sich vor den unbarmherzigen Wellen der Sehnsucht zu retten. In ihren Augen sah er jedoch, daß sie ihn ertrinken lassen würde, versuchte sie doch selbst ein ebenso trügerisches Ufer zu erreichen. Plötzlich wurde ihm bewußt, daß die Furunkel, die in seinen Achselhöhlen aufgingen, sein Leiden unerträglich machten. Gleichzeitig drohte die Schlange seiner Enttäuschung ihn in der tiefsten Verzweiflung zu ertränken. Ihn schauderte unter der tausendfachen Zerschmetterung seines Selbstvertrauens und der raschen und brutalen Abfuhr, die Fatmatta ihm erteilt hatte. Er suchte Trost bei dem einzigen, was er sich vorstellen konnte: im Antlitz des Nubiers. Der Schüler hatte sich seit der Zeit, da der Nubier verschwunden war, nicht mehr mit dem göttlichen Lauf der Weltendinge und der Handhabung des magischen Kristallspiegels befaßt, weil er jedem Vergleich mit dem Weisen aus dem Weg gehen wollte. Er hatte sich auf die umschreibende Auslegung kleinerer Erscheinungen und Vorahnungen beschränkt, die für gewöhnlich diejenigen, die seinen Rat suchten, verwirrter und hilfloser gehen ließen, als sie gekommen waren. Jetzt aber verspürte er das dringende Bedürfnis, den Kristallspiegel zu berühren und das Rasseln der Glasperlen auf dem Grunde des Stroms der Zeitlasten zu hören, in dem Suleiman immer die andere, die unsichtbare, verborgene Seite der Welt studiert hatte. Er nahm die Schutzhülle vom Kristallspiegel, entstaubte ihn und stellte ihn so auf, daß die Sonnenstrahlen sich in ihm brachen. Dann zog er mit Kreide ein paar Linien, die Tropfsteinen ähnelten, klopfte ein paarmal mit den Knöcheln an den Spiegel, sprach ein paar Verse und wartete.

Suleiman, der Nubier, trat durch die Pforte des Spiegels. Er kam aus einem anderen Land, in dem er, seinem Aussehen nach zu urteilen, in Reichtum schwelgte. Er saß in einem großen Rohrstuhl mit hoher, wie die Schwingen eines Adlers geformter Rückenlehne, war in eine Brokatrobe gekleidet und trug an allen zehn Fingern goldene Ringe. Zur Vervollständigung seiner kostbaren Ausstattung steckten seine Füße in Schuhen aus Leopardenfell. Sie ruhten auf einer zahmen Zibetkatze, deren Hals ein goldenes Kettchen schmückte. Ihr glänzendes schwarz-gelb-weißes Fell stand in herrlichem Kontrast zu dem afghanischen Teppich auf dem Fußboden. Suleiman sah aus, als hätte er einen langen Urlaub hinter sich. Unzweifelhaft umgab ihn die zufriedene Aura eines Mannes, dessen Gelassenheit und Glücksgefühl nicht einmal ein Erdbeben erschüttern konnte. Ahmed war keineswegs überrascht, daß Suleiman wie in früheren Zeiten, da er Mariamu bezaubert hatte, auch jetzt zwei Frauen von der außergewöhnlichen Schönheit der Schafhirtinnen aus dem Lande der Somali neben sich stehen hatte, die auf ihn herablächelten.

Im ersten Augenblick erkannte Suleiman seinen früheren Schüler nicht. Vor langer Zeit fortgegangen, war er nun, da er in der ruhigen Welt der Primaten lebte, den Problemen der Menschen aus seinem früheren Leben gegenüber gleichgültig. Seit er im Reiche der Primaten weilte, waren seine sechzig Lebensjahre von ihm abgefallen, so daß er jetzt wie ein Zwanzigjähriger aussah. Dabei hatte er sich die Würde und das Ansehen seiner Person bewahrt. Den Mann, der ihn heraufbeschworen hatte, erkannte er erst, als er an ihm die gleiche

Verlorenheit bemerkte wie bei dem Jungen, den er in Sansibar vor den Arabern gerettet hatte.

Suleiman war bestürzt über sein ungepflegtes Aussehen.

»Was ist dir widerfahren, mein Sohn?« fragte er. »Du siehst aus wie verbrannte Erde.«

»Es ist diese Frau. Sie hat mich in den Wahnsinn getrieben.«

Aus Suleiman brach ein bittersüßes Lachen hervor. Er hatte nicht vergessen, wie sehr ihn die proteische Kraft in Fatmattas Augen verwirrt hatte. Er empfand ein tiefes, väterliches, kameradschaftliches Mitgefühl mit dem jungen Mann, der ihrem Zauber verfallen war. Seit der Zeit, da Ahmed, ohne es zu wissen, im Schlaf immer davon gesprochen hatte, Fatmatta zur Frau zu nehmen und nach Sansibar zurückzukehren, hatte Suleiman vorhergesehen, daß es dazu kommen würde.

»Sie ist die Tochter des Meeres, ein Albatros, der fliegen muß und nicht in einen Käfig gesperrt werden darf«, sagte der Nubier.

Ahmed hatte sie sich noch nie als Vogel vorgestellt. Mit ihren feurigen Augen, ihrer glatten Haut, ihrem erregenden Mund und ihrer Fähigkeit, ihn zu lähmen, wenn er sie nur ansah, hatte er in ihr eine Leopardin gesehen, die schlau auf den Mann wartete, den sie unterwerfen konnte, gleichzeitig aber von diesem Mann auch unterworfen sein wollte. Und die Kraft, sie zu unterwerfen, wünschte er sich von Suleiman.

»Ihr müßt mir sagen, was ich tun soll. Ich fühle mich, als würde ich ins Bodenlose sinken.«

»Streu etwas Kalk unter dein Kopfkissen, bevor du dich nachts schlafen legst. Dann wirst du sie vergessen. Und schau in den göttlichen Lehren des Nasreddin nach, die du so vernachlässigt hast, seit ich fortgegangen bin,« erwiderte er Nubier.

In eine Rauchwolke gehüllt, kehrte Suleiman in seine Welt zurück, umrahmt von dem Kristallspiegel, der in Ahmeds Händen zu beben begann. Er war dermaßen aufgeregt, daß er ihn beinahe fallen gelassen hätte. Wie gelähmt bemerkte er, daß die Stühle im Zimmer sich bewegten und daß die Fenster des Hauses mit einem Mal offenstanden, obwohl er sie alle geschlossen hatte, bevor er den magischen Spiegel zu Rate zog. Plötzlich sah er den Schatten einer Frau vorübergehen. Ihre Hautfarbe konnte er nicht ausmachen. Ihr Gesicht war länglich und kantig, doch auf eigene Weise schön. Er fühlte sich von unsichtbaren Händen gefesselt, so daß er sich nicht bewegen konnte, als sich die Augen der Frau auf ihn hefteten und ihn einschläferten, mit dem kostbaren Spiegel in der Hand und dem bitteren Geschmack von Aloen im Mund. Es war Fatmatta. Die Wiederkehr ihres Vaters war ihr nicht verborgen geblieben. In der Nacht träumte Ahmed, daß Fatmatta Flügel bekommen hatte und ihn wie ein Küken im Schnabel davontrug, ihn aber plötzlich wegen eines schweren Sturmes inmitten der Wüste, wo nur die Heimatlosen leben, fallen ließ und er tagelang umherirrte, bevor er wieder zurückfand. Er erwachte, entsetzt über seine Gewichtslosigkeit und die Vorstellung, daß der Traum ihn an die Zerbrechlichkeit des eigenen Körpers und die Unwägbarkeit seiner Reise durch das Leben erinnerte. Er folgte Suleimans Rat und blies den Staub von dem Lehrplan, den der alte Weise ihm hinterlassen hatte. In der Legende von Nasreddin fand er eine Seite, auf der er die Geschichte eines unglücklich Liebenden lesen mußte. Ihm war, als handelte es sich bei dem Unglücklichen um ihn selbst, als hätte er selbst die Geschichte geschrieben. Ihm fiel auf, daß es ihm wie jenem legendären Waisenkind ergangen war, das man in den Ebenen zum Rinderhüten ausgesetzt hatte und das eines Tages die Tochter des Sultans erblickte. Der fiel auf, wie hübsch er war, und so nahm sie ihn als Pagen in ihre Dienste. Ein Mädchen aus dem Gefolge der Prinzessin, das er einst abgewiesen hatte, dingte einen durchreisenden Fakir, ihn zu beschneiden, bat ihn aber, ihn auf Jahre hin impotent zu machen. Später ließ die Prinzessin ihn, angetan von seiner staubigen Schönheit und in dem Gefühl, daß er sie besser befriedigen würde als der altersschwache König des Nachbarlandes, den zu heiraten man sie gezwungen hatte, in ihr geheimes Gemach kommen, und dort sah er sich vor der nackten Prinzessin bloßgestellt. Deshalb war er an die Araber von Sansibar verkauft worden, und darum konnte er, auch wenn in späteren Jahren seine Männlichkeit wieder erstarkte, niemals wieder eine Frau richtig besitzen, denn in Fatmatta war das junge Mädchen wiedergeboren, das er einst abgewiesen hatte.

Während er las, spürte Ahmed weder die fürchterliche Hitze, noch daß es durch das Summen der Fliegen, die Symphonie der Zikaden, die Aufdringlichkeit der Moskitos oder den Weihrauch in der Urne in seinem Zimmer unerträglich stickig geworden war. Er spürte, wie ihm Wärme in die Lenden stieg, wie plötzlich und wundersam seine Hoden schwollen und zuckten und sein Glied sich regte. Ein ungeheuer wohliges Gefühl breitete sich in ihm aus, und ihm wurde klar, daß das, wonach er sich sehnte, nicht mit der apokalyptischen Bedeutung dessen, was er in den Schriften des Buches gelesen hatte, in Beziehung stand. Vielmehr waren es die betörenden Sirenen, deren Gesang ihm jede Nacht den Kopf verdrehte. Er mußte ihren Ursprung finden. Er erhob sich von seinem Stuhl und trat nach draußen, ohne zu wissen, wohin er sich wenden sollte. Aus der Dunkelheit bellte ein Hund zu ihm herüber, und der starke, durchdringende Geruch nach gestampften Tamarindenblättern stach ihm in die Nase. Wie ein Schlafwandler ging er dem Geruch nach. Etwas, das mächtiger war als sein Verlangen, ergriff von ihm Besitz, bleichte ihm das Gehirn, und nun, da er seine Schritte beschleunigte, hörte er die klare, betörend schöne Stimme einer singenden Frau. Dunkel war es und still, und der Gesang erfüllte die Nacht mit dem melodischen Reichtum und der göttlichen Ahnung der Stimme eines Preissängers. Er eilte weiter, mehr ein Getriebener als ein Besessener. Seine Schritte wollten sich zu keinem regelmäßigen Muster fügen, und er war sich nicht bewußt, daß er, gedrängt von dem schwellenden Gefühl in seinen Lenden, einem Bereich der Stadt zustrebte, der Männern in dieser Zeit des Jahres verboten war. Es trieb ihn vorwärts, und er näherte sich der Stimme. Dabei übersah er das silbrig schimmernde Wasserband des Flusses, die Quelle seiner Verführung und Gefangenschaft. Im Gegenteil: Er hatte das ungewöhnliche Gefühl, den Zauber entdeckt zu haben, der, wenn er ihm lauschte, den Kerker sprengen würde, in dem seine Manneskraft eingeschlossen lag, hatte er doch schon unendlich lange Zeit darauf gewartet, daß solch ein Zauber ihn zu einem Stelldichein bat.

Er spürte, daß ihm die Zeit davonlief, also rannte er hinter ihr her. Für alles andere um ihn herum und die Folgen dessen, was ihm aufgrund des Ortes, an dem er sich befand, zustoßen konnte, hatte er keinen Gedanken mehr übrig. Auch war er taub für die anderen Stimmen, die da im Chor sangen. Er eilte geradewegs zum Fluß und traf auf ein Bild, mit dem er nicht gerechnet hatte. Am Ufer des Flusses stand Fatmatta. Sie war splitternackt bis auf eine Perlenschnur, die um ihre Hüften lag. Sie kehrte Ahmed den Rücken zu, doch im Zwielicht der weißen und gelben Blumen konnte er einen Körper in üppiger, goldbrauner Nacktheit erkennen. Er sah die weichen, herausfordernden Kurven ihrer Hüften und die feingliedrigen, schönen Hände einer begehrenswerten Frau, die den Geruch eines erregten Tiers und von gegorenem Ingwer verströmte. In einem Aufruhr des Verlangens spürte er, wie sich die blutpumpende Kraft seiner Männlichkeit erhob, die wie ein untätiger Vulkan geschlummert hatte, und gegen den metallischen Aufruhr in seinen Lenden pochte. Ohne jedes Zagen schritt er vorwärts, seine Bewegungen aber waren so schnell und ohne Vorbedacht, daß sich Fatmatta umdrehte. Sie verhüllte sich nicht, und Ahmed sah in das abgründige und trügerische Tal einer Verführerin, über dem die scheinenden Brüste mit ihren dunklen Brustwarzen ritten. Er hatte sie fast erreicht, als er den Skorpion in ihren Augen erblickte. Dem Skorpion war ein Blick eigen, von dem Ahmed nicht wissen konnte, daß er ihm die keimenden Gewebe seiner Jugend gefährlich aufreißen würde. Von einem Augenblick auf den anderen verebbte das heiße, drängende Fieber in seinem Blut, und er spürte, wie sich der standhafte Beweis seiner Männlichkeit in schlaffes, ausgedörrtes Fleisch verwandelte, einem ausgemolkenen Euter ähnlich. Ein unermeßlicher Schmerz bemächtigte sich seiner, und scharfe, nadelspitze Dornen gruben sich in sein Herz. Das grausame Lächeln auf Fatmattas Gesicht sah er nicht mehr, denn er brach zusammen, von seiner bebenden Begierde in einen Sumpf aus Demütigung geworfen.

*

Antonio, der Mulatte, öffnete gerade seinen Laden, als die Frau mit den glänzenden Gazellenaugen hereinkam. Der Laden war aus Lehmziegeln erbaut und besaß eine gußeiserne Tür, die aus einer aufgegebenen Mine stammte. Er stand auf einem Flecken Land nahe der Küste, an dem die Wellen drohend und tückisch an das Ufer donnerten. Tag und Nacht hatte er unermüdlich gearbeitet und sich einen einträglichen Handel mit Rum, Tabak, geräucherten Heringen, Stockfisch und billiger indischer Baumwolle aufgebaut, die er en gros von den Piraten bezog, die häufig in die Man-of-Wharf-Bay dort an der felsigen und ungestümen Küste einliefen. Hinter dem Laden stand ein altes Haus aus Lateritziegeln, mit Palmwedeln gedeckt und vom einem Zaun aus Lianen und Guaven geschützt. Niemand wußte, woher er kam. Doch weil ihn eine warme und offenherzige Ehrlichkeit umgab, die scharfsichtige Aufmerksamkeit des aufrichtigen Menschen, durfte er in der Stadt bleiben. Er war ungefähr vierzig Jahre alt, dunkelhäutig, schweigsam und lebte einsam wie ein Einsiedlerkrebs. Auf dem Rücken seiner leicht gebogenen Nase hatte er eine kleine Narbe, die, wie er sagte, von einem Hai stammte, der ihn gebissen hatte, als er in Portugal im Meer geschwommen war. Und wenn er ging, wurde ein deutliches Hinken sichtbar, das ihm, zusammen mit dem leichten Anflug von Grau auf seinen Schläfen, das Aussehen einer würdevollen Persönlichkeit verlieh. Als er in die Stadt kam, hatte er die Umwege und Sackgassen seiner Vergangenheit hinter sich gelassen: die Verehrung der Schwarzen Jungfrau von Saragossa, die Frauen, die immerwährend in schwarz gekleidet gingen, die heißen, staubigen Straßen, auf denen die Männer neben ihren mit Obst beladenen Eseln herliefen, die ländlichen Tavernen in der portugiesischen Kleinstadt, in die sein Vater zurückgekehrt war, verbittert durch seinen Mißerfolg als Kaffeepflanzer in Lourenço Marquez. Er erzog seinen Sohn, den er einer hübschen mosambikanischen Frau aufgezwungen hatte, die dann im Kindbett gestorben war. Als sein Sohn herangewachsen war, starb er.

Die Flucht vor dem trostlosen Elend und der belastenden Erinnerung an den Tod seines Vaters hatten Antonio in diesen abgeschiedenen Winkel der Welt geführt. Er wollte vor seiner Kindheit in einem Haus ohne Lachen fliehen, in dem die Uhren angehalten worden waren. Manchmal kamen seltsame Frauen in schwarzen Kleidern seinen Vater besuchen. Sie redeten über die Heilige Jungfrau und über seine Frau, die, obwohl sie Afrikanerin war, von den Engeln umsorgt werde. Da sie bei seinem Vater keinerlei andere Interessen als ausschließlich geistige wecken konnten, warfen sie manchmal Antonio lüsterne Blicke zu, faßten ihn, wenn sein Vater betrunken war, an Stellen an, wo es kitzelte, und ließen den Jungen zitternd zurück. Er versuchte, sich die Erregung zu erklären, die ihre Finger in ihm auslösten. Der größte Teil seiner Kindheit war ausgefüllt mit abstrakten Bezügen auf religiöse Gegenstände und Zeichen. Das dauerte noch an, als er zum jungen Mann reifte und zusehen mußte, wie sein Vater zu einem bloßen Schatten des Kaffeepflanzers verkam, der er einst in Afrika gewesen war. Später konnte er den Widerstreit zwischen übersinnlichem Heidentum und Katholizismus nicht länger ertragen und trieb sich in den Bars und Tavernen herum. Dort lauschte er, wenn die Seeleute von den bezaubernden und geheimnisvollen Inseln der Seychellen und Fernando Po erzählten, von endlosen Wochenenden voller Lustbarkeiten, an denen sie die Gefahren der Meere vergessen konnten, von den Priestern, die sie ermahnten, nicht zu lange fernzubleiben und nicht mit seltsamen Angewohnheiten und Lastern, die sie von »heidnischen« Frauen übernommen hatten, deren einziges Anliegen es war, gute Christenmenschen zugrunde zu richten, zu ihren Frauen zurückzukehren.

In Portugal meinte es das Leben nicht gut mit ihm. Er lebte dort regelrecht im Zölibat. Zwar hätte es Frauen für ihn gegeben, doch er ertrug es nicht, sie erst lange überreden zu müssen, ihre ewig schwarzen Kleider abzulegen. So suchte er zunächst in Miguel de Cervantes' Romanen Trost, in den asketischen Schriften des Eusebius Hieronymus und der blumigen Dichtung des Luis Gongora y Argote. Sein Herz aber weigerte sich, sich den Büchern zu vermählen, und da er sich gleichzeitig vor der wachsenden Gewalttätigkeit seines Vaters fürchtete, der, wenn er betrunken war, all die heiligen Reliquien zerstörte, die die schwarzgekleideten Frauen ins Haus geschleppt hatten, riß Antonio eines Nachts aus, heuerte auf einem Fischkutter an und strandete schließlich an der Küste Kasilas.

Er beobachtete, wie die Frau seinen Laden betrat. Was sie so früh am Morgen wollte, wußte er nicht zu sagen. Manchmal hatte er bei den Frauen aus der Umgegend flüchtige, feine, heimliche Freuden genossen und alle Vorsicht walten lassen, nicht entdeckt zu werden. Er lockte sie, wenn sie zum Einkaufen in seinen Laden kamen, in sein Zimmer. Dort bot er ihnen im Austausch für ihre nach Melasse riechenden Körper die Delikatessen für Gaumen und Magen an, die er von den Seeleuten bezog. Mit dieser Frau aber hatte er noch nicht geschlafen, obwohl sie seinen Laden schon ein paarmal besucht, ihn mit ihren Augen gequält und so erreicht hatte, daß er sich nach ihr verzehrte, sobald sie wieder gegangen war.

Er konnte sich kaum noch beherrschen, als er sah, wie sie umständlich den großen Handkoffer abstellte, den sie mit sich führte.

»Sardinen?« fragte er, und zitterte dabei wie ein Zweig im Sturmwind.

»Ich will nichts kaufen. Ich möchte mich nur ein wenig ausruhen. Und ich dachte, ich könnte das hier tun, wenn Sie nichts dagegen haben.«

»Sie können so lange bleiben, wie Sie wollen«, erwiderte er. »Erlauben Sie, daß ich Ihren Koffer beiseite stelle. Darf ich Ihnen etwas zu trinken anbieten?«

Er bot ihr Pitangasaft an. Sie trank mit Appetit, genoß jeden Schluck, schweigsam und in sich gekehrt. Er sprach kein Wort. Er spürte, daß sie sich ihm anvertrauen würde, wenn sie soweit wäre. Er war davon überzeugt, daß sie aus einem besonderen Grund gekommen war und daß dieser Besuch nichts mit der Flüchtigkeit der Rast auf einer Reise zu tun hatte. Wenn sie vor jemandem davonlief, dann war sie offensichtlich nicht in Eile, und als sie nach einer Stunde immer noch nicht gegangen war und er ihr vorschlug, den Koffer ins Hinterzimmer zu bringen, hatte sie nichts dagegen einzuwenden.

Mariamu floh die Freudlosigkeit ihres neuen Lebens, das durch das böse Blut zwischen ihr und ihrer Tochter nur noch verbitterter geworden war. Sie hatte die Hoffnung aufgegeben, je zu diesem unberechenbaren Mädchen durchdringen zu können, und nahm es als ihr Schicksal, daß sie der lebende Beweis für das alte Sprichwort war, das sich die Frauen schon vor ihrer Zeit erzählt hatten: daß die Augen größer waren als der Magen. Sie, die sich so sehr ein Kind gewünscht hatte, die sich durch die Betten dreier Männer geschlafen hatte, nur um schwanger zu werden, war nun wegen der gestörten Beziehung zu ihrer Tochter zu dem Schluß gekommen, daß am Ende tatsächlich das Blatt, auf das die Ziege am meisten Lust verspürt, die schlimmste Magenverstimmung hervorruft. In achtzehn Jahren hatte sie so viele Wahrsager wie nur irgend möglich aufgesucht, damit diese »das Mädchen wieder auf den Erdboden zurückholten«, damit sie »endlich begriffe, daß sie aus ihrem Schoß kam«. Nichts hatte gefruchtet, und in ihrem Herzen nistete ein Rest Schmerz, von dem sie sich nicht befreien konnte.

Was hatte sie schon in ihrem Leben erreicht?

Diese Frage stellte sie sich immer wieder. Aus der klösterlichen Abgeschiedenheit eines muslimischen und polygamen Vaterhauses – ihr

Vater besaß ebenso viele Frauen wie Kamele – war sie zur verfrühten Hochzeit mit einem Mann gedrängt worden, für den die Welt eine einzige, riesige Wüste darstellte, einem Mann, der auf der Suche nach einem sagenumwobenen König alle Winkel des Erdballs durchstreifte, einem Mann, der kam und ging wie die Sandstürme in der Wüste, ohne sich um seine Frauen zu kümmern. Als sie daran dachte, wie oft ihr Körper nach Liebe gelechzt hatte, wie oft sie auf die anderen Männer gewartet hatte, die auf Suleiman folgen sollten, auf die Männer, die sich des Nachts in ihre Träume schlichen, doch am Morgen wieder verschwanden, kam Mariamu zu dem Schluß, die Liebe sei nichts weiter als eine schreckliche Plage, denn sie brächte nicht nur größtes Leid über diejenigen, die liebten, sondern auch, weil sie das Gefühl hatte, daß die ganze Vorstellung von Liebe nur eine Falle darstellte, von Männern erfunden, um die Frauen in Ketten zu legen. Wenn es sich so verhielt, daß sowohl ihr Ehemann wie auch Suleiman sie lediglich für eine Weile benutzt und dann sitzengelassen hatten, wenn es so war, daß ihre eigene Tochter – die sie mit ihren Brüsten genährt, der sie den Po und die Nase geputzt hatte, deren Windpocken, Masern und Malaria sie nachts um den Schlaf gebracht hatten – mit ihr sprach, als schliefen sie mit denselben Männern, dann war das Thema Liebe für sie erledigt. Fürderhin würde sie nach einem Mann suchen, der sich um sie kümmerte, ohne das fragwürdige Gerede von Liebe. Immerhin war sie noch eine außergewöhnlich schöne Frau mit wie Melonen geformten Brüsten. Ihr war nicht verborgen geblieben, daß sie der Mulatte in seinem Laden mehrmals eigenartig angesehen hatte. Jetzt wollte sie fortgehen und einem Mann für immer den Rücken kehren, der erst seinen Kopf in den Sand eines Königs gesteckt hatte, der nichts weiter als ein Zentaur war, um ihn anschließend im Zauber eines reisenden Fakirs zu vergraben, dem sie ein Kind gebar. Sie war mit der Einstellung großgeworden, daß Frauen die Männer in jeder Hinsicht zufriedenzustellen hatten. Deshalb hatte sie auch nicht allzuviel von ihrer lieblosen Ehe erwartet. Als sie Suleimans Kind zur Welt gebracht hatte, war ihr durch die aufblühende Mutterschaft eine kurze Zeit des Glücks beschieden gewesen. Es war also nicht ihr Fehler, das alles ganz anders gekommen war. Sie wollte frei sein von jeder gesellschaftlichen Bindung, frei von hartherzigen und gebieterischen Männern und frei von allen Bräuchen und Überlieferungen, frei von der armseligen Gesellschaft, die ihr die einzige Beziehung genommen hatte, die sie bis an die Grenzen ihrer Sehnsüchte geführt hatte. Sie wollte die jungen Männer vergessen, die sie zwar lüstern ansahen, aber – aus Respekt vor ihrem Mann, der sich auf immer in seinem Zimmer eingeschlossen hatte und den verwehten Spuren Suleimans hinterherjagte – Angst hatten, sich ihr mehr als nur mit Blicken zu nähern. Als sie an jenem Morgen ihr Haus verließ, wollte sie nicht geradewegs zum Haus des Mulatten gehen und seine Geliebte werden, sondern eigentlich nur dem unglücklichen Zauber entfliehen, unter dem sie litt. Der Mulatte hatte auf sie den Eindruck eines Menschen gemacht, der sich – wie sie auch – auf dem Weg zur Offenbarung des wahren Lebensinhalts verloren hatte, der auf der Suche nach jemandem war, dem er all das beichten konnte, was er seiner Mutter, die gestorben sein mußte, als er noch ein Kind war, nicht anvertrauen konnte, der – wie sie auch – in strömenden Regen geraten war. Mit dem Einfühlungsvermögen einer erfahrenen Frau hatte sie die tief eingegrabenen Linien auf dem Pergament seines Gesichts als Zeichen dafür gelesen, daß ihn sein ganzes Leben lang die Ungewißheiten und Doppeldeutigkeiten seiner Männlichkeit ebenso geplagt hatten wie seine Fähigkeit, sein Herz einer Frau zu öffnen. Sie wollte ihn dazu bringen, daß er sich um sie kümmerte. Sie wollte einen Mann aus ihm machen, der sie – anders als die anderen Männer – nie wieder verlassen würde.

Die Sonne legte sich in ihrem blaugrauen Wolkenbett über dem weiten, blauen Meer zur Ruhe. Als Antonio sich an jenem Abend anschickte, seinen Laden zu schließen, ertönte aus seinem Garten der Gesang der Zikaden in den Mimosen und im Oleander. Nach zwei Stunden war er davon überzeugt, daß die Frau bliebe, daß ihm etwas Einzigartiges bevorstünde. Wenn ihm das Schicksal diese Frau gesandt hatte, dann wollte er sich nur weiter von seinem Schutzengel leiten lassen, der ihn auch damals vor den Frauen in Schwarz beschützt hatte, die ihn zur falschen Zeit an der falschen Stelle berührt hatten. In jener Nacht mußte er an seine Mutter denken, daran, ob auch sie so im Dunkeln zu seinem Vater gekommen war, dort, am anderen Ende dieses geheimnisvollen Landstrichs. Er fragte sich, ob sein Vater zärtlich zu seiner Mutter gewesen war, ob sie ihm mehr bedeutet hatte als nur eine Frau, die ihm in der kalten Wüste der körperlichen Beziehungen begrenzte Lust verschaffte. Der Mond ging auf und schien durch das Fenster herein. Deshalb zündete er keine Kerze an. Er ging in ein kleines Zimmer, das vom Wohlgeruch Madeiras erfüllt war. Mariamu folgte ihm. Während sie auspackte und sich in dem fremden Haus einrichtete, kochte Antonio, der Mulatte, zum erstenmal seit vielen Monaten ein vollständiges Gericht. Pilze und Knoblauch erfüllten das Haus mit erdenschwerem, süßem Duft, der auch am nächsten Morgen noch durch die Räume zog. Die Sonne ging wieder auf und legte hinter den Fensterläden bloß, wie Mariamus dunkler, kaffeebrauner Körper mit den schweren Brüsten friedlich in den Armen des behaarten Mulatten schlief. Sie hatten sich gegenseitig vor dem Ertrinken im unermeßlichen Meer der Lieblosigkeit errettet.

So lebten sie viele Jahre lang. Antonio schrieb Briefe an seine Agenten in Portugal und Spanien. Er bat um Lieferungen, die seine Vorräte ergänzen sollten. Liebe, Glück und die Wiederkehr seiner Jugend verdrängten die Sparsamkeit, die seinen Laden vor Mariamus Ankunft gekennzeichnet hatte. Plötzlich empfand er die Buchhaltung nur noch als Last, während er vorher peinlich genau verzeichnet hatte, wer was kaufte und wer ihm wieviel schuldete.

»Wir sollten den Laden allen öffnen«, sagte er eines Morgens zu Mariamu. »Wir können doch unseren Nachbarn Kredit geben und auf die Vorsehung vertrauen, daß sie auch zahlen.«

Je mehr er aber auf Kredit gab, desto mehr wurde ihm aus Spanien geliefert, so daß sein Laden immer wohlgefüllt war. Antonio mußte feststellen, daß er viel mehr Zeit im Laden verbrachte als an dem Ort, an dem er viel lieber sein wollte, nämlich im Bett mit der lebhaften Gespielin, die Gott ihm geschenkt hatte.

Nachdem sie ein Jahr zusammengelebt hatten, zeigte Mariamu die ersten Anzeichen dafür, daß ihre Lebensfreude wiederkehrte. In der Zeit ihrer Ehe mit dem Goldhändler hatte sie es nicht vermocht, ihrem häuslichen Leben etwas Freude einzuhauchen, war er doch immer auf Reisen gewesen durch die Wüste. Antonio war ganz anders: Er mochte die kleinen Gemeinheiten beim Feilschen auf den großen Märkten, lächelte, als sie ihm erzählte, daß sie vor ihrer Ehe nicht kochen konnte, jetzt aber Spaß daran fand, für Antonio zu kochen. Nie war das Leben friedlicher, und die bittersüße Erinnerung an Suleiman versank in ihrem Unterbewußtsein. Bald verlief ihr Leben in gewohnten Bahnen, und sie fanden zu so etwas wie Ehefreuden, obwohl Mariamu sich geschworen hatte, nie wieder zu heiraten oder sich zu verlieben. Viele Jahre später, lange, nachdem sie gestorben waren, fand Thomas Bookerman in ihrem Haus das Tagebuch, das Mariamu geführt hatte, damit es eines Tages jemand in die Hände bekäme und erführe, wie glücklich sie in ihren letzten Lebensjahren war.

*

Fünf Tage, nachdem er den Skorpion in Fatmattas Augen gesehen hatte, schwitzte Ahmed in seinem Zimmer das Fieber aus, das danach von ihm Besitz ergriffen hatte. Ein großer Kohlenkessel loderte in einer Ecke des Zimmers. Auf die Kohlen hatte jemand Guavenlaub gestreut. Der beißende Geruch drang durch den ganzen Raum. Die heilsame Wirkung konnte man daran ablesen, wie sich der Kranke auf dem Bett hin und her wälzte. Seit er krank geworden war, waren zwei unbekannte Frauen bei ihm geblieben, hatten ihn gepflegt, ihn gefüttert und ihn gezwungen, seine Medikamente einzunehmen.

»Du mußt gegen das Fieber ankämpfen, sonst geht es nicht runter«, sagte eine der beiden, als er am dritten Tag zum erstenmal aus seiner Ohnmacht erwachte. In seinem Fieberwahn war er unendlich lange umhergereist. Es war wie eine Odyssee, auf der er wieder und wieder die gleichen Hindernisse überwinden mußte, weil ihn immer wieder dasselbe Trugbild verfolgte und er eine rituelle Reinigung durchlaufen mußte, um seine Nutzlosigkeit zu überwinden. Hatte sich Suleiman von Spiegeln angezogen gefühlt, so übte auf Ahmed Salz eine unwiderstehliche Anziehungskraft aus. Mit Salz reinigte man Wunden, mit Salz schmeckte man das Essen ab, mit Salz wurden Nahrungsmittel haltbar gemacht, und wenn er in diesem Land des Salzes das seine nicht wert war, dann hatte er im Leben nicht allzuviel vorzuweisen. Aus dem Fieber auftauchend, fühlte er sich, als ob er in ein anderes Jahrhundert hineingeboren würde. Es fiel ihm schwer, sich an Ort und Zeit zu erinnern und daran, wohin er gehörte. Alles kam seinen Augen neu vor, war eine Herausforderung, die darauf wartete, von ihm einen Namen zu erhalten. Zum erstenmal wurde ihm bewußt, daß er nichts zurücklassen, daß er sterben könnte und keine Erinnerung an ihn auf Erden bliebe. Wovon sollte sein Name erlöst werden können? Oder aus welchem Grunde bewahrt, wenn er anders als Suleiman starb und nichts zurückblieb? Das Leben war eine Herausforderung, der man mit Ideen, mit großen Taten, mit Eroberungen oder Schöpfungen begegnen mußte. Und er hatte noch nicht einmal zu leben angefangen. Je mehr er darüber nachdachte, desto mehr schlug sich seine Seelenqual auf seinen Brauen nieder.

»Denk nicht soviel nach, das schadet dir«, warnte ihn die zweite Frau.

Da dämmerte es Ahmed, daß in der Zeit, die er hier gelegen hatte, um an Fatmattas Zurückweisung zugrunde zu gehen, die Menschen auf der ganzen Welt tätig gewesen waren: Der Handel ging weiter, Kriege wurden geführt, und nicht weit von der Gegend entfernt, in der er sich befand, waren Männer auf dem Vormarsch, um in einem weiteren Land das Antlitz der Erde zu verändern. Zum erstenmal, seit er erwacht war, sah er sich die beiden Frauen genauer an: Die eine war ungefähr achtunddreißig und noch immer recht ansehnlich, obwohl ihm die Art und Weise, in der sie sich niedersetzte und die Hände im Schoß faltete, verriet, daß sie es im Leben nicht leicht gehabt hatte. Sie strahlte das ruhige Selbstvertrauen einer Mutter aus, die auf ihren Sohn aufpaßt, der sich in sinnlosen Hirngespinsten ergeht. Er hatte das Bedürfnis, sie Mutter zu nennen, sie zu der Mutter zu machen, die er seit dem Tag nicht mehr gesehen hatte, da die Araber ihn in Sansibar weinend und um sich schlagend fortgeschleppt hatten. Die zweite Frau war bedeutend jünger, ungefähr neunzehn, und aus der Ähnlichkeit der beiden folgerte Ahmed, daß die jüngere die Tochter der älteren sein mußte. Auch sie war schön, kam ihm aber wesentlich entspannter vor als ihre Mutter. Die beiden Frauen hatten ihn aus seinem eigenen Erbrochenen gerettet, nachdem Fatmatta vom Ufer des Flusses in die Stadt zurückgekehrt war und ihnen mitgeteilt hatte:

»Am Flußufer liegt ein Mann, der sieht sehr krank aus.«

Sie waren Fulbe aus den Bergen des Fouta-Djalon. Ihre friedvolle Gegenwart bedeutete ihm, daß er einen langen, schrecklichen Kampf hinter sich hatte, dessen Zeuginnen sie geworden waren. Jetzt aber war die Gefahr gebannt. Er würde nicht sterben. Er fragte sich, ob sie um den brodelnden Ursprung seiner Qual wußten, um den Anlaß seines Zusammenbruchs und die unerträgliche Einsamkeit, die er in seinem Leben verspürte. In ihren freundlichen, sanften Gesichtern suchte er nach etwas, das die schreckliche Unruhe von ihm nehmen würde. Ihre Freundlichkeit war wie ein Brunnen, aus dem er eine unverbrauchte Liebe trinken konnte, die ihn, während er so dalag und langsam wieder zu Kraft und Gesundheit kam, nicht lähmte, sondern hoffen ließ, obwohl der Skorpion in Fatmattas Blick ihm noch immer als Schreck in allen Gliedern saß. Er wollte nicht darüber nachdenken, jagte ihm doch die Aussicht, dieser Frau noch einmal zu begegnen, neuerliche Angst ein. Er nahm sich vor, ihr soweit wie möglich aus dem Weg zu gehen, und wandte seine Aufmerksamkeit den beiden Frauen im Zimmer zu und dem Leben ohne Qualen, das sie ihm zu verheißen schienen. In ihren Augen suchte er nach der Bestätigung, daß er noch immer ein Mann war.

»Mir geht es jetzt wieder gut«, sagte er. »Ich glaube, ich kann jetzt für mich selbst sorgen. Und ich danke euch.«

Die ältere Frau sah ihn eine ganze Zeit schweigend an, bevor sie ihm antwortete. Aus ihrem Blick sprach weder Mitleid noch Besorgnis. Vielmehr stand in ihm geschrieben, Männer wären ein schwieriges Volk und Frauen, ihre Mütter und ihre Töchter, müßten ein ganzes Leben lang auf sie aufpassen.

»Dir geht es nicht gut genug, um auch nur irgend etwas zu tun. Und die Idee aufzustehen schlägst du dir besser ganz schnell aus dem Kopf.«

Ahmed fühlte, wie die Einsamkeit zurückkehrte. Doch ging das Gefühl vorüber. Wie Blitze jagten ihm immer neue Überlegungen durch den Kopf, und er dachte daran, was er alles tun würde, wenn sie ihm erlaubten, das Bett zu verlassen, dem Gefühl von Verlorenheit den Rücken zu kehren, das ihn in der Vergangenheit beherrscht hatte. Fortgehen wollte er, doch wußte er nicht wohin. Dort draußen war Raum, den es auszufüllen galt. Aber sein inneres Gleichgewicht war gestört, und ihm schwanden Klarsicht und Sinne. An ihre Stelle trat eine liebliche Schönheit, die ihn regelrecht knebelte. Er fühlte sich in Vorgängen und Ereignissen gefangen, die die Wirklichkeit verhüllten.

Dies und mehr hatte er bereits durchlebt, jetzt aber wollte er von dem Wesen in sich loskommen, das nur in Einzelteilen existierte, nicht aber als Ganzes. Künftig wollte er leben wie ein Gürteltier, von einem Panzer geschützt, der von einer unsichtbaren Kraft zusammengehalten wurde. Aber er nahm den Kampf gegen seine Fieberanfälle wieder auf, überzeugt, daß der Schmerz und die Scham über die erfolglose Liebschaft mit Fatmatta mit der Zeit vergehen würden. Er wollte aufstehen, sobald er die ältere Frau überreden konnte, es zu erlauben. Und dann war da noch die Tochter, deren schweigsame, aber betörende Schönheit Ahmed verunsicherte wie jemanden, der sich nicht zwischen zwei möglichen Wegen entscheiden kann, weil ihm jeder für das Leben neue Einsichten und Aussichten verheißt.

Ungefähr um dieselbe Zeit fand Fatmatta sich mit der Vorstellung ab, daß ihre Mutter mit Antonio, dem Mulatten, zusammenlebte. Von der Zeit aber, da ihre Mutter, des Wartens auf die Rückkehr ihres Mannes mit dem Gold des sagenumwobenen Königs müde, mit einem anderen Mann zusammengelebt hatte, wußte sie nicht. Sie machte ihrer Mutter keinen Vorwurf, weil sie für sie nur ein Medium war, das sie von der Empfängnis zur Geburt getragen hatte, und ihr in keiner Weise nahestand. Wieso sollte eine Geburt so eine bedeutende Angelegenheit sein, wenn ihr die Frau, die sie durch diese schwierige Zeit geleitet hatte, die ihr das Leben geschenkt hatte, überhaupt nichts bedeutete?

Vielleicht lag es daran, daß Fatmatta nicht von dieser Welt und ihr leiblicher Vater mächtiger und strenger war als ihr vermeintlicher Vater. Suleiman hatte ihr das Gefühl hinterlassen, etwas ererbt zu haben: etwas Allgemeingültiges und Herausforderndes. Sie fühlte, daß sie die Bindungen an Clan und Land abstreifen mußte. Erst mußte sie ein neuen Kometen, der ihren Namen tragen sollte, erforschen, dann erst durfte sie es sich gestatten, daß eines anderen Menschen Kleinlichkeit und Forderungen sie prägten. Auf dem Weg zur Erforschung ihres Gestirns aber mußte alles zerstört werden, was sich ihr in den Weg stellte: das Treiben des unglücklichen Ahmed, das Begehren ihrer Mutter. Wenn sie sie langweilten, dann deshalb, weil sie dem erschreckenden Stillstand zugehörten, der Vergangenheit wie Gegenwart kennzeichnete. Sie aber sehnte sich nach Zukunft, wollte sich vom Unbekannten und Ungestümen verführen lassen. Sie träumte Tag und Nacht von ihrem Kometen, von einer Welt aus Wundern und Kristall. Noch ahnte sie nicht, wie bald sich ihr Leben verändern würde, wie sich die Fußstapfen des Wandels bereits mit all dem Schlamm und dem Unheil, das in ihnen angebacken war, ihrer Schwelle nahten.

Es waren die Pfauen, die als erste aus der gelassenen Ruhe ihres Hochmuts hochgeschreckt wurden. Jene Vögel, die wegen ihres vermeintlichen Stolzes auf ihr Gefieder und wegen ihrer Balztänze gehalten wurden, durchlitten an einem wunderschönen Tag einen Alptraum der Angst. Büschel gelber, leuchtend grüner, roter und orangefarbener Federn tanzten durch die Luft, als die normalerweise sehr friedlichen Vögel flüchteten, sich zwischen den Zweigen der Tamarinden versteckten und dort atemlos und aufgeschreckt mit den Flügeln schlugen. Auf der Hauptstraße zur Stadt erhob sich der ausgedörrte, erstickende Staub der Trockenzeit zu einer undurchdringlichen Wolke und verbarg einen Ankömmling vor den Augen der Einwohner. Es näherte sich jemand, und obwohl er noch ziemlich weit von der Stadtmitte entfernt war, erregte seine Ankunft bereits außergewöhnliches Interesse. Er traf genau in dem Augenblick ein, da die Vorbereitungen auf das Verlobungsfest sich ihrem fieberhaften Höhepunkt näherten. Mit ihm wurde ein alter Brauch am Leben gehalten, der die Männer einen Streit um ein Mädchen ihrer Wahl ausfechten ließ. Zwei Gegner standen einander wie die Ringer aus alter Zeit gegenüber. Ihre Familien und die Familie des Mädchens bildeten einen Kreis um die Kämpfer und feuerten sie an, während die beiden mit Okra und Palmöl gesalbten jungen Männer die Sache austrugen. Der Verlierer verlor nicht nur das Mädchen, sondern er mußte auch zwölf Monate lang auf dem Hof des Vaters des Siegers arbeiten. Der Sieger bekam das Mädchen und verbrachte die folgenden zwölf Monate auf dem Hof seines zukünftigen Schwiegervaters. Erst dann wurde die Hochzeit gefeiert.

Als also der Fremdling in die Stadt einzog, glaubte er, die Menge habe sich versammelt, ihn willkommen zu heißen. Sein Gesicht ließ erkennen, daß er einem anderen Volk entstammte, das den Frauen und Männern, mit den Völkern dieser Gegend vertraut, unbekannt war. Unbekannt selbst jenen Männern, die auf der Suche nach Gold auf den Rücken ihrer Kamele und Maultiere durch die Wüsten gezogen und in den flüchtigen Traumwelten der Wälder vom Weg abgekommen waren. Der Fremde hatte einen runden, ungewöhnlich großen Kopf und war auf eben die Art und Weise hübsch anzuschauen, in der die barbarischen Götter hübsch zu nennen sind. Um seinen Hals lagen Ringe, die wie kostbare Geschmeide aussahen. Sein Gesicht war glatt wie ein reifer Granatapfel und pfirsichfarben, seine Haut schwarz und gülden zugleich. Groß und schlank war er, und seine Hände hielten nie still. Seine Augen strahlten so sehr, daß er den Eindruck erweckte, er habe sich auf der Suche nach der verlorenen Königin seiner Träume in diese Welt der undurchdringlichen Zauber verirrt. Wenn er lächelte, entblößte er ein golden glänzendes Gebiß, so wunderschön gebildet, daß jeder glaubte, er sei jener verlorene König von Orphir, nach dem N'jai zwei Jahre lang vergeblich auf den tückischen Pfaden der Wüste gesucht hatte, bevor er dem Zauber Suleimans, des Nubiers, erlag. Da er ausgerechnet in der Zeit der Kakaoernte eintraf, nahm man sein Kommen als Zeichen, daß nach mehreren Mißernten die diesjährige Ernte ertragreich ausfiele.

»Jetzt wird alles anders, wirst du sehen«, sagte die ältere Fulbefrau, die Ahmed zu neuem Leben gepflegt hatte. Nun wollte sie ihn verlassen und dem Ankömmling dienen. Weil er so gut aussah und ganz offensichtlich auch wohlhabend war, hoffte sie insgeheim darauf, er würde ihre Tochter zur Gemahlin nehmen.

Fatmatta befand sich nicht unter den Zuschauern des Ringkampfes. Da sie ohnehin die schönste Frau in diesem Weltenteil war, kam es überhaupt nicht in Frage, daß ein Wettkampf um sie veranstaltet wurde. Sie war sich sicher, im rechten Augenblick würde der strahlendste Stern des ganzen Firmaments für sie aufgehen, um ihr zu verkünden, daß die Zeit zur Hochzeit gekommen sei. Sie brachte den Nachmittag darüber zu, Pilze, Kuskus und Ziegenfleisch für das Abendessen zu kochen, und wollte sich gerade zum Essen an den Tisch setzen, als sie die wilde Aufregung in den Stimmen der Frauen vernahm, die zum Ortseingang eilten. Ehrfurcht und Bezauberung hörte sie aus den Stimmen. Sie sprachen von der Ankunft des schönsten Mannes, den die Stadt je gesehen hatte, über seine elegante Kleidung und sein außergewöhnlich rassiges Pferd. Sie trat an das Fenster. Am Himmel sah sie das Licht des hellsten Sterns leuchten, den je ein Mensch erblickt hatte. Die ganze Stadt war auf den Beinen, von diesem unglaublichen Leuchten entzückt. Sie verließ ihr Zimmer und ging nach draußen, ließ sich von der wogenden Menge mitreißen, die sich ihren Weg zum Marktplatz bahnte. Vorbei an der Stelle, an der Suleiman das erste Mal verkündet hatte, daß die Stadt dem Untergang geweiht war, vorbei an dem Platz, von dem die allgegenwärtigen Bettler vertrieben worden waren, und die Promenade hinunter, auf der ein stattliches Pferd sich seinen Weg durch die größte Menschenansammlung bahnte, die Fatmatta je zu Gesicht bekommen hatte. Dort, auf dem Rücken des Tieres saß der schönste Mann, den Fatmattas Augen je erblickt hatten. Als sich ihre Augen trafen, fühlte sie, wie es sie durch Mark und Bein schauderte, und sie mußte die Zehen tief in den Boden graben, um nicht das Gleichgewicht zu verlieren. Sie ließ einen Augenblick verstreichen. Das schwindelerregende Gefühl, das sie gefangen hielt, das auch die Fasanen verscheucht hatte, überstieg ihr Fassungsvermögen. Dann drängte sich ihr mit aller Macht wieder jener erste Zwischenfall in den Sinn, da der Wirbelsturm ihrer Macht sie in den Tiefen des Flusses umschlossen und Suleiman vor der ungeheuren Dichte ihres Gesangs die Knie gebeugt hatte. Nun war es dem Fremden vorbehalten, ihr mit den Augen seines Skorpions die Maske vom Gesicht zu reißen. Sie konnte seinen Augen nicht widerstehen, weil sie wußte, es war sinnlos, gegen den Riß in ihrem Herzen anzukämpfen, nun, da ihr Weg um den Gipfel jener anderen Welt, von der sie immer geträumt hatte, beginnen sollte.

Als der Fremde zwei Tage später bei N'jai um die Hand seiner Tochter anhielt, antwortete dieser: »Ich gebe sie Ihnen, und ich hoffe, daß Sie mit ihr glücklicher werden als ich mit ihrer Mutter.«

Eine Woche später heirateten sie unter dem von einem Dutzend Männern eiligst errichteten Baldachin. Am Hochzeitsmorgen gingen Fatmatta und ihr Bräutigam, der sich Camara nannte und mit Pferden und Teppichen handelte, vom Anwesen des Brautvaters die schmutzige Straße entlang zum Marktplatz. Dort spornten sich die besten Akrobaten gegenseitig zu solchen Höchstleistungen an, daß sie noch Jahre später an den Vorstellungen jenes Tages gemessen wurden. Auf ihrem Weg zur Hochzeitszeremonie mußten Fatmatta und Camara durch die Gasse der jungen Frauen schreiten, die das Paar mit wohlriechenden Parfums besprühten und kostbare Gewänder vor ihm ausbreiteten. Damit, so hofften sie, würde etwas von dem Zauber, mit dem Fatmatta einen so gutaussehenden Mann eingefangen hatte, auch auf sie übergehen, wenn sie über die Gewänder hinschritt. In der Nacht zuvor hatte sich Fatmatta hundert blaue und weiße Glasperlen ins Haar flechten lassen. Ihre Wimpern waren getuscht und ihre Fersen rot gefärbt. Am Tage ihrer Hochzeit trug sie ein Kleid aus teurer weißer Spitze, goldene Ohrringe in der Gestalt kleiner Adler und Sandalen, die ihr der beste Schuhmacher aus der Haut der seltenen Python gefertigt hatte. Als ihr eine alte Frau raten wollte, wie sie sich zu verhalten hätte, wenn ihr Ehemann in der Hochzeitsnacht in das Schlafzimmer käme, erwiderte Fatmatta, daß sie keine Ratschläge brauche, weil nichts dabei sei, weil es nur um die Preisgabe dessen ginge, was ihr wie ein Brandmal der Kindheit anhänge, obwohl sie schon längst kein Kind mehr sei. So dachte Fatmatta an jenem Morgen, da der altersschwache Priester die Hochzeitslitanei herunterleierte und das Weihrauchfäßchen schwenkte, da der asthmatische Preissänger die Verse des Griots Djeli Momoudo Kouyaté rezitierte und der Koraspieler den Segen der Vorfahren auf das Brautpaar herabflehte, nur an die Freuden, die auf sie warteten, nachdem der Priester ihr und ihrem Bräutigam das gesegnete und geheiligte Wasser dargeboten hätte, das sie zu Mann und Frau vereinte, sobald sie davon gekostet hätten. N'jai, der Goldhändler, für kurze Zeit aus seiner Einsamkeit und aus seiner Sehnsucht nach vergangenen Zeiten erwacht, legte seine Kleider mit der goldenen Borte an und gürtete sein Schwert des Wüstenkriegers, um die Hochzeit seiner Tochter mitzuerleben. Während der Hochzeitszeremonie weinte er heimlich, weinte um die Jugend, die er aus dem klösterlichen Buch seines Herzens gestrichen hatte, weinte, als er sich daran erinnerte, wie er einst Mariamu geheiratet und die ganze Nacht hindurch zur Musik der wandernden Tuareg getanzt hatte. Später, da der Tag in die Nacht überging, brach ihm kalter Schweiß aus den Lenden, als er Fatmatta beobachtete, die die in ihrem Schoß lodernde Lust nicht länger unterdrücken konnte, sich an ihren Mann schmiegte und mit ihm in der Dunkelheit verschwand.

In Ahmed, dem Elefanten, fraß eifersüchtig die Art und Weise, in der Fatmatta ihn abgewiesen hatte. Als erstes dachte er daran, in den Flammen der unerwiderten Liebe den Tod zu suchen. Er fühlte einen tiefen Schmerz in der Brust, wie nach dem Huftritt von einem Gnu, und er fürchtete, verrückt zu werden. In der Nacht, da draußen –

noch lange, nachdem die Jungvermählten verschwunden waren – die lärmenden Festlichkeiten ihren Fortgang nahmen, schlich er in sein Zimmer und schlug mit dem Kopf gegen die Wände. Er hoffte, zu verbluten und am nächsten Morgen nicht mehr aufzuwachen, fiel aber in einen tiefen Schlaf und phantasierte. Ein großer Strauß war er, der auf dem Hochzeitsfest tanzte. Alle lachten, und obwohl er verzweifelt der höhnenden Menge zu entrinnen suchte, kam sie doch näher und näher und kreiste ihn ein. Gerade, als ihm Federn wachsen wollten, auf denen er davonfliegen konnte, hieb ihm jemand den Kopf ab und bot ihn Fatmatta dar.

Aus dem Fiebertraum erwachend, erkannte er im Abbild des Todes, das ihm sein Traum gezeigt hatte, ein unheimliches, grauenvolles Ende der Hochzeit. Den schadenfroh nagenden Wunsch des abgewiesenen Verehrers nach einem solchen Ende unterdrückte er, schlüpfte unter dem Donner der Trommeln nach draußen, an den exotischen Masken vorbei, und folgte dem Paar. Auf dessen Spuren schleppte er sich hinein in die Nacht seines Unglücks. Die zitternde Sorge um das Mädchen, das ihn so tief verletzt hatte, hielt ihn aufrecht auf seinem Weg in eben den undurchdringlichen Wald, in dem Suleiman, der Nubier, zum letztenmal gesehen worden war. Er litt unter einer Magenverstimmung, die ihm das Blut im Herzen aufschäumte. Um die Spuren des Pferdes nicht zu verlieren, die sich auf dem trockenen Boden eingedrückt hatten und bald wieder vergehen würden, beschleunigte er seinen Schritt.

Nach über zwei Stunden Suche entdeckte er sie. Er war gehetzt wie ein Raubtier des Dschungels, nur um sie einzuholen. Als er sich ihnen nun behutsam näherte, damit sie ihn nicht entdeckten, bot sich ihm ein Anblick, auf den er nicht gefaßt war: Dort, inmitten der Wildnis einer vergessenen Zeitlast, stand ein kleines Haus, über und über bewachsen mit einem Jahrhundertdickicht schillernder Pflanzen, die in der feuchten Luft üppig wucherten. Das Haus war gelb und staubig, und wie zum Beweis seines verwahrlosten Zustandes hingen die Fenster schief in den Angeln. Singvögel flogen ungehindert ein und aus, und man hätte meinen können, daß hier seit den Zeiten der Sintflut niemand mehr gelebt hatte, zumal jeden Augenblick das Dach des Hauses, ein üppiger Garten aus Moos und Flechten, einzustürzen drohte.

Auf den Arm ihres Mannes gestützt, schritt Fatmatta die Stufen hinauf. Sie bemerkte die fahl scheinenden Schädel nicht, die auf der Veranda als Blumentöpfe dienten. Vernachlässigung hatte die Pflanzen verdorren lassen. Fatmatta fühlte, wie ihr ein kalter Schauder durch die Glieder rann, als ob sie das verlassene Haus der Lemuren betreten sollte. Als ihr Mann die Tür aufstieß, blickte sie in ein Zimmer, von einem Feuer erhellt, dessen Flammen von einem unsichtbaren und nimmermüden Blasebalg genährt wurden. Ein mit Fellen beladener Diwan nahm eine ganze Wand ein. Die Spiegel, die die anderen Wände des Zimmers bedeckten, warfen ihre Bewegungen zurück. Ohne zu erschrecken, stellte sie fest, das das Zimmer ansonsten bis auf eine Waffensammlung und ausgestopfte Tiere leer war. Er führte sie zum Diwan, und Fatmatta spürte, wie ihre Füße über den dicken Teppich einer betörenden Nacht glitten, die zum Glück die Pusteln verbarg, die sich plötzlich auf ihrem Gesicht abzuzeichnen begannen.

Er zog sie mit peinlicher Sorgfalt aus. Zuerst streifte er ihr den langen, weißen, goldgefaßten Umhang ab, dann das seidene Hemd und die Perlenkette. Als sie mit entblößten Schultern vor ihm stand, ließ er seine Hände über ihren feinen Körper gleiten wie ein Blinder, der sich ein Kunstwerk erschließt. Es war, als bewundere er das Werk eines Meisters. Ihr warmes, biegsames Fleisch zitterte unter seiner Berührung. Mit einer so unerwarteten Bewegung, daß Fatmatta sich von einem Sturmwind erfaßt glaubte, hob er sie vom Boden, drückte sie auf das Bett und hielt sie fest, so daß sie ihre Schwingen nicht mehr ausbreiten konnte. Sie sah, wie sich der Ausdruck unaussprechlicher Pein auf der Landschaft seines Gesichts ausbreitete, da sich ein blutgeladener Pfahl seinen Weg zwischen ihre Beine rammte. Mit schreckerfüllter Geste trommelten die Zikaden ihre Flügel, und die weisen Schimpansen waren es, die in der feuchtgeschwängerten Luft die ersten Spuren von Austrocknung bemerkten, als sie in Ohnmacht fiel, benetzt von ihrem eigenen Blut, das wie aus einer Pustel spritzte, als der zarte Film ihres Jungfernhäutchens platzte.

Fatmatta ahnte nicht, daß der Mann, den sie geheiratet hatte, aus einem Land ohne Namen gekommen war, weil Suleiman, der Nubier, es in einer Nacht der klaren, unmißverständlichen Verkündigungen vorhergesehen hatte. Nur ein Mann mit dem Gesicht eines anderen verfügte über die Macht, sie von ihrer Unschuld zu befreien. Als er kam, um ihre Hand anzuhalten, war niemand imstande, ihm die Maske vom Gesicht zu reißen, nicht einmal Ahmed, den die Gabe des Hellsehens in jenem Augenblick verlassen hatte. Der Goldhändler hatte weder den üblichen Brautpreis verlangt noch darauf bestanden, daß er sich den Riten eines heiratswilligen Mannes unterwürfe.

Gefangen vom bezaubernden Tanz der Fasanen in der Zeitlast der ergreifenden Sehnsucht nach der Zeit vor den sintflutartigen Regenfällen, da die Männer auf dem Rücken ihrer Pferde einhergaloppierten und die Frauen Bogenharfe spielten, hatte man aus der Hochzeit die Throneinführung eines Prinzen und seiner Prinzessin gemacht. Dadurch war er der peinlichen Befragung nach seiner Herkunft entgangen. Nun, da er neben seiner Frau lag, griff die Krankheit nach ihm, die er vor allen geheim gehalten hatte, weil sie die Hochzeit verhindert hätte. Das Fieber, das sich seiner bemächtigte, rührte von einer Nacht, in der seine Mutter, als sie ihn schon unter dem Herzen trug, ins Freie gegangen war. In jener Nacht hatte sie die furchterregenden Masken eines Geheimbundes gesehen, in dem nur Männer Mitglied werden durften. Die Masken hatte keine Frau je zuvor zu Gesicht bekommen, und in ihrem betäubenden Schrecken, gelähmt von einem Wesen, das seinen Weg zum Himmel nahm und den Kopf einer Ziege sowie den Körper eines Menschen hatte, war die Schande über sie gekommen, die ihren Sohn sein kurzes Leben lang quälen sollte. Kurz nach seiner Geburt hatte sie festgestellt, daß er anders war: Er hatte die gelbliche Haut und die hellen Augen eines Albinos, das braune, widerspenstige Haar eines Kamels und roch nach Rettich. Seine Mutter ging mit ihm fort und tat ihr Bestes, ihn vom Stottern zu heilen, das ihn immer wieder heimsuchte, bis sie schließlich von einem alten Mann erfuhr, der die Geheimnisse der Kräuter kannte. Jeden Sonnabend, dem Alten zufolge ein guter Tag, um die Geister des Teufels auszutreiben, gab er dem unglücklichen Jungen das Blut von Puffottern zu trinken, flößte ihm aus einem Kelch Wasser ein und ließ ihn mit Küken zusammen essen, die von seinem Reis naschen durften. Bei seinen Versuchen, die dunkle Hautfarbe des Jungen wiederherzustellen, brachte er die Mutter sogar dazu, sich über einen Hund zu hocken und auf ihn zu pinkeln.

Nichts half.

So war er durch das Leben gegangen, gemieden von der Stadt und verbannt in den geheimnisvollen Wald wie zu den Zeiten, da man neugeborene Zwillinge im Wald aussetzte, weil man glaubte, daß sie Unheil brächten. Nichts ward je mehr von ihm vernommen, und alle vergaßen die Geschichte der unglücklichen Frau und ihres Sohnes, bis sie schließlich tot zu sein schienen, gefangen in der Falle seiner Häßlichkeit. Nun lag er hier in diesem geheimnisumwobenen Haus, stieß das geborgte Gesicht des anderen ab und litt. Er erduldete die Qualen eines Menschen, der die verbotenen Pfade des Lebens gewandelt ist, um die Existenz eines anderen Menschen annehmen zu können.

Wie alle Albinos haßte er die Sonne. Als er jedoch über die Gerüchteküche der Albinos von der schönen Frau erfuhr, die mit den Vögeln sprechen konnte und über die vernichtenden Kräfte eines Skorpions verfügte, lieh er sich den Körper des schönsten Mannes, nach dem sich jede Frau in Liebe verzehren würde, kaufte eine Flasche Tinktur, von der die Marabuts schworen, daß sie ihm seine Hautfarbe wiederbrächte, und zog los, sie zu heiraten. Jetzt machte er den Versuch, sich zu bewegen, um an eine kleine Tasche heranzukommen, die auf dem Fußboden liegen mußte und die Tinktur enthielt, doch hatte er sie im Strudel der Ereignisse um seine Hochzeit verloren. Bald begann er zu zerfallen. Er spürte, daß seine Haut wieder gilbte und sein weiches Haar wieder rauh wurde. Ein kalter Schauder umgab ihn und ließ ihn trotz des Feuers frösteln. Seine Kindheit mit ihren Straßen aus bitteren Klagen und den verhaßten Bechern voller Schlangenblut, die er leeren mußte, kehrte ihm wieder. Verbittert erkannte er, daß er das Schicksal nicht überlisten konnte. Da seine Haut immer schneller verblaßte, verzog sich sein Gesicht zu schrecklichem Grinsen. Er wußte, er starb ein zweites Mal, diesmal jedoch ohne die Kraft zur Wiederauferstehung. Sein zweiter Tod war einsam und ohne die tröstliche Sicherheit vierzigtägiger Trauer, die den Toten sonst zukommt. So dramatisch, wie er an jenem Tag erschienen war, von den farbenprächtigen Vögeln angekündigt, so dramatisch brach er neben seiner Frau auf dem Fußboden zusammen, mit Schaum vor dem Mund.

Und so fand Ahmed, der Elefant, Fatmatta und ihren Prinzen vor, gefangen hinter den Gittern einer Wahnvorstellung von Liebe. Obwohl er eine Vorahnung vom Unglück hinter dieser Hochzeit gehabt hatte, war er nicht auf den Anblick vorbereitet, daß ein Albino die Frau umarmte, die er liebte. Er durchlebte einen fürchterlichen Schrecken, denn der Mann, der da auf dem Boden lag, war alt und sah aus wie ein Faun. Er begriff, daß in dem Augenblick, da sie zueinander gefunden hatten, die Sterblichkeit der Frau und die Kurzlebigkeit des Mannes gemeinsamen Sinn gefunden hatten in den abgründigsten Tiefen eines Flusses, in dem sie mit den aufrührerischen Gewalten einer vorherbestimmten, doch lästerlichen Liebe und eines Wunders gekämpft hatten, so unergründlich, daß selbst der Fluß ihnen keinen Ausweg aus ihrem Unglück zu zeigen vermochte. Und da ihr Unglück seinen Ursprung in einem uralten Geheimbund hatte, der seit langer Zeit die Menschen narrte, stand ihm mit einem Schlag das natürliche Wesen des Heilmittels klar und deutlich vor Augen. Es waren die gegensätzlichen Bedeutungen von Glück und Unglück, die bewirkten, daß solche Dinge möglich wurden. So blieb ihm kein Zweifel darüber, daß die Menschen sich nicht nur deshalb Tauben hielten, weil diese klugen Vögel sie bei den ersten Anzeichen einer Katastrophe warnten, sondern auch, weil sie Angst hatten zu sterben, ohne daß sie ihre Angelegenheiten zu Ende gebracht hätten, sich vor der Einsamkeit fürchteten und der Verbannung aus einer Welt, die von den alten Überlieferungen gleichermaßen regiert wie bedroht wurde, und auch von den unüberwindlichen Spinngeweben ihrer eigenen Ängste. Ahmed konnte den Mann, der ihm Fatmatta genommen hatte, nicht hassen. Vielmehr dämmerte ihm, daß dieser in seinem Leben nur etwas Verständnis und Liebe gesucht hatte. Am nächsten Morgen, als sich die Geier schon auf dem uralten Dach niederließen, beerdigte er den Albino und nahm Fatmatta mit zurück in die Stadt.

In einer mondlosen Nacht langte er mit der noch immer zitternden Frau dort an. Irgendwo in der Ferne heulte eine Hyäne, die Hunde zankten sich mit den umherstreifenden Geistern und trieben auf der Suche nach den Überresten des großen Hochzeitsfestes durch die Straßen. Nach der Erschöpfung, die ihn befallen hatte, als er zusehen mußte, wie seine Tochter weggeheiratet wurde, schlief der Goldhändler tief und schwer, bis Ahmed ihn weckte. Kaum vermochte er in der verwahrlost aussehenden Frau seine Tochter wiederzuerkennen, die erst gestern in einem glitzernden Umhang davongeritten war.

»Was ist passiert?« fragte er, unfähig, seinen Schrecken zu verbergen.

»Beherrsche dich«, erwiderte Ahmed. »Sie ist von einem Albino verführt worden.«

»Du wirst das doch für dich behalten, oder?« entgegnete der Goldhändler.

»Solche Dinge kann man nicht einfach verheimlichen. Sie sind wie eine Schwangerschaft, die man nicht verbergen kann, nicht einmal des Nachts.«

Der Goldhändler sah seine Tochter an, und doch sah er sie nicht. Die Stimme versagte ihm den Dienst. Der unglaubliche Beweis ihres Elends machte ihn sprachlos. Er fragte sich, was er verbrochen hatte, um solche Schmach zu verdienen. Mit der Zeit hatte er die Tochter, die ihm Mariamu untergeschoben hatte, lieben gelernt, und die Erinnerung an jenen Morgen, da er anläßlich ihrer ersten öffentlichen Vorstellung getanzt hatte, war in ihm noch immer lebendiger als die Poesie ihrer Hochzeit. Seine tränenerfüllten Augen waren die eines Mannes, der nun, da seine Hingabe an die Lehren des Suleiman ebenso der Vergangenheit angehörten wie Mariamu, den einzigen Grund seines Lebens verlor.

»Ich kann dir gar nicht sagen, was das für mich bedeutet«, erklärte er Ahmed. »Die Schande bringt mich um, wird mich lange vor meiner Zeit ins Grab schicken.«

Ahmed, der Elefant, dachte an die Vögel. Er stellte sich vor, wie sie im Kreis herumflogen und ein hinreißendes Lied sangen: blaue und violette Vögel, Vögel in der Farbe von Kupferspat, die von Seen voller Fische sangen, Tümmlertauben mit lila Brustlätzchen, die ihn in der Erwartung einer wunderbaren Entdeckung in die Luft hoben und mit ihm davonflogen, wie ihm das nicht vergönnt gewesen war, als er geträumt hatte, ein Strauß zu sein. Sie nahmen ihn auf ihrem Flug mit, und er wußte nicht, wo der Flug hinführte. Von zwei Vögeln getragen, prägte sich in ihm ein klarer Gedanke, der das Spinnennetz der Bestürzung durchbrach, das sich in seinem Hirn gebildet hatte. Er war auf dem Weg zu einer großen Zeit scharfsinniger Klugheit, nicht länger mehr ein unzulänglicher Mann. So vermochte er zu erkennen, als er über das unheilgeplagte Haus flog, daß Fatmatta, sollte der Fluch des Albinos nicht von ihr genommen werden, den Wassertod suchen würde. Der Gedanke an ihren möglichen Selbstmord brachte ihn auf den Boden der Tatsachen zurück, und mit betonter Entschlossenheit verkündete er:

»Ich werde sie heilen.«

»Wenn dir das gelingt, Ahmed, dann kannst du verlangen, was du willst«, erwiderte der Goldhändler.

»Nur eine Bedingung stelle ich. Sie muß mich heiraten.«

Diesmal wies Fatmatta Ahmed, den Elefanten, nicht ab. Nach ihrer Erfahrung mit dem Albino dämmerte sie jenseits aller Gefühle dahin, jenseits allen Mitgefühls, und zumindest für den Augenblick war das Feuer, das ihre Augen geschmückt hatte, zu geschmolzener Asche verbrannt. Es war Sonnabend, und während jedermann seinen Haushaltspflichten nachging, einkaufte und die Spuren der Ausschweifungen anläßlich ihrer Hochzeit beseitigte, grübelte sie über eine plausible Erklärung dafür nach, warum sie so schnell zurückgekommen war – eine Erklärung, die sie den Frauen hätte geben können, deren Töchter von dem Albino verschmäht worden waren. Doch sie fand keinen einleuchtenden Grund. Deshalb beschloß sie bei sich, daß es keine Rolle für sie spielte, was die anderen dachten, denn schließlich hatte sie ja nie wirklich zu dieser Stadt gehört, hatte immer abseits gestanden und die Aussicht, Kasila eines Tages für immer zu verlassen, als unvermeidliche Notwendigkeit betrachtet. Deshalb stand auch ihre Einwilligung in den Vorschlag Ahmeds, des Elefanten, in keinem Zusammenhang zu dem, was sie dachte. Sie würde ihn ertragen, denn ihr Herz war in der lodernden Wüste eines Mannes verblieben, der nichts weiter als ein Chamäleon von einem Albino war. Die Erkenntnis, daß jener sie hinters Licht geführt, daß er sich auf ihre Kosten einen fürchterlichen Scherz erlaubt hatte, rief in ihr nicht das geringste zärtliche Gefühl für den geduldigen Mann hervor, dessen hellseherisches Vermögen sie vor dem sicheren Tod bewahrt hatte.

Eine Woche später, als Fatmatta sich körperlich völlig erholt hatte, erlaubte sie, daß Ahmed, der Elefant, sie nahm, wie er sich das in der Nacht am Fluß erträumt hatte, damals, bevor die machtvolle Kraft ihrer Augen ihn schlug. Doch anstelle zärtlicher Augenblicke auf einem tosenden Meer der Leidenschaft, von denen er in der Vergangenheit geträumt hatte, wenn er sich vorstellte, dieses bezaubernde Mädchen zu lieben, wälzte er sich auf einer Frau, deren Körper ihm vorkam wie ein verendeter Fisch, kalt und fremd und ohne jedes Erwidern seines leidenschaftlichen Bemühens. Er drang weiter in sie, mühte sich auf einem Ozean ohne Wellen und verströmte seinen Saft, doch die einzige Befriedigung, die er am Ende fand, bestand im tauben Gefühl eines Ergusses, der zwar seine Manneskraft bewies, doch sonst nichts.

Bald wurde Ahmed, dem Elefanten, klar, daß er eine Frau geheiratet hatte, deren Herz trotz seiner verzweifelten Bemühungen von dem unglückseligen Zusammentreffen mit dem Albino in Mitleidenschaft gezogen worden war. Er gab sich, trotz ihres undurchdringlichen Schweigens, alle Mühe, gutmütig und liebevoll mit ihr umzugehen.

»Verjag doch die Traurigkeit. Liebe mich, und du wirst sehen, daß wir erst am Anfang stehen«, sagte er. Es gelang ihm nicht, bis zu ihrem Herzen vorzudringen.

Die wenigen Male, die sie mit ihm redete, erschöpften sich in einer Erwiderung auf seine Bitten oder Forderungen.

»Deine Suppe ist fertig. Ißt du deine Hirse heute auf der Veranda?«

Oder sie fragte ihn nach seinen Vergnügungen.

»Gehst du heute auf die Jagd?«

»Gehst du heute abend noch spazieren?«

Er hatte sich angewöhnt, den Abend nicht zu Hause zu verbringen, um nicht über die Weigerung seiner Frau, mit ihm mehr als nur das Notwendigste zu tun haben zu wollen, in unausgesetzte, anhaltende Wut zu geraten. Auf einem seiner Streifzüge fiel ihm Suleimans Warnung wieder ein, das, was er im Kristallspiegel der Beschwörungen sah, nicht mit der Liebe von Sterblichen zu verwechseln. Er aber wollte sich nicht mit einem Leben ohne Liebe abfinden und klammerte sich an die dürftige Hoffnung, eines Tages würden die kummervollen Spinnweben zerreißen, die Fatmattas Herz umschlungen hielten, und er könnte ihrem Leben etwas Glück einhauchen, zumal er inzwischen die Überzeugung hegte, daß der Blick des Skorpions, der ihn einst niedergestreckt hatte, der Vergangenheit angehörte. Obwohl es ihm nicht gelungen war, in ihr ein Verlangen nach ihm zu wecken, genügte ihm im Augenblick der Triumph, die Frau zu besitzen, die ihm noch vor wenigen Monaten die unerreichbarste der Welt gewesen war. Deshalb war er auch auf die plötzliche Wendung seines Schicksals nicht vorbereitet.

Eines Tages verschwand Fatmatta. Ohne Vorwarnung. Sie hatte nichts mitgenommen. Und auch das Haus, das sie immer sauber und ordentlich gehalten hatte, trug keinerlei Anzeichen eines überstürzten Aufbruchs. Niemand hatte sie fortgehen sehen, und nach einer Woche mußte sich Ahmed, der Elefant, der Erkenntnis beugen, daß sie niemals wiederkommen würde.

Das begab sich zu Beginn der Erntezeit. Männer, Frauen und Kinder mähten das Korn und lagerten es in ihren Scheunen ein. Sie dankten Gott für die reiche Ernte und beteten, daß das Glück der Gemeinde anhalte.

Die Freude der anderen aber ließ seine Wunden nur umso stärker bluten. Das Leben meinte es nicht gut mit ihm, und er empfand bitteren Groll gegen die Welt, gegen alle Menschen und vor allem gegen Frauen. An den Lehren des Suleiman hatte er keinerlei Interesse mehr. In einem Anfall von Verzweiflung verbrannte er die Legende von Nasreddin, weil sie so entschieden behauptete, das Leben sei wie ein Baum, dessen Kraft von den Wurzeln her genährt würde und nur dann kräftiges Mark entwickelte. Ihn interessierte das alles nicht mehr. Er war ein Baum ohne Wurzeln. Als das Buch seines gelehrten Meisters in Flammen aufging, ging Ahmed, der Elefant, hinunter an den Fluß, dorthin, wo ihn das unheilvolle Schicksal seiner Liebe getroffen hatte. Die Vögel in den Bäumen blieben stumm, und er fühlte einen riesigen Kloß in der Kehle. Sich an die glücklichen Augenblicke in seinem Leben erinnernd, wurde er sich bewußt, es waren nur sehr wenige gewesen. Plötzlich fühlte er sich wie ein alter Mann, den der Kummer aller Waisen dieser Welt niederdrückt. Mit dieser Last auf dem Haupt wollte er nicht mehr weiterleben. Das Elend, zu dem ihm das Leben verkommen war, überwältigte ihn. Er weinte, weil kein Salz imstande war, seine Wunde zu salben und ihn zu dem vollwertigen Mitglied der menschlichen Rasse zu machen, als das er geliebt werden wollte.

»Ich habe soviel gelitten im Leben«, sprach er bei sich. »Gelitten habe ich, weil ich zur Zeit des Halbmonds geboren wurde.«

Irgend jemand hatte ihm erzählt, daß er in eine Heuschreckenplage hineingeboren worden war. Und so etwas war immer ein Vorbote des Unheils. Die Pestilenz hatte den Ort seiner Geburt plündernd heimgesucht und war am nächsten Tag wieder verschwunden. So war aus ihm ein Wanderer geworden, und so waren auch die, die er geliebt hatte, Suleiman, der Nubier, und Fatmatta, wie Heuschrecken nach kurzer Zeit wieder aus seinem Leben verschwunden. Nun war es an ihm zu verschwinden. Wie ein Besessener schritt er in den stillen, dunklen Fluß hinein, und nie ward wieder etwas von ihm gehört.

Am nächsten Morgen erregte eine Blutspur, die unter der Tür hervorrann, die Aufmerksamkeit der Leute. Mit dem Goldhändler mußte etwas geschehen sein. Sie brachen die Tür auf und fanden N'jai auf dem Erdboden hinter seiner Tür. Er lag mit durchschnittener Kehle auf dem Rücken. Über seinem geronnenen Blut tanzten schillernd die Fliegen.

*

Auch wenn ihre Empfängnis, ihre Ehen und ihr Verschwinden dem Zufall geschuldet waren, war Fatmatta doch dazu verurteilt, alle Männer zu zerstören, die auf den Albino folgten, Männer, die – von den unbezwingbaren Lettern auf dem Grunde des Strudels ihres Seins angezogen – ihr zu nahe kamen. Als sie Ahmed verließ, nahm sie das gepeinigte Wesen der Skorpionfrau mit sich, besessen von Mächten, die ihren Ursprung hatten in der alten Kunst, den Kristallspiegel zu handhaben, wie sie von den Nubiern in den unendlichen Weiten der sudanesischen Wüste vervollkommnet worden war. So geschah es, daß Suleiman lange nach Ablauf der Zeitspanne seines Lebens in die moskitoverseuchte Stadt kam und Vater einer Tochter wurde, die mit ihren Blicken die Männer von ihren Wegen abbringen konnte. Und diese Macht erlangte sie wieder, als sie zu einem heckenden Kaninchen gemacht werden sollte.

Der Mann, dem sie als nächstem in die Fänge geriet, entging der Schande, von dem Skorpion in ihren Augen entmannt zu werden. Wie alle Piratenhunde, die an der Küste von Kasila auf Beute aus waren, interessierte er sich mehr für den wirtschaftlichen Gewinn, den die Menschenjagd bringen konnte, als für den Genußwert einer Frau. Er war ein alter Hund, der nach Terpentin roch, ein Händler, der ohne die geringsten Gewissensbisse plünderte und tötete. Und er hatte das narbengesichtige Aussehen einer Hyäne, die Folge mehrerer heimtückischer Kämpfe, in die er bei dem Versuch, seine menschlichen Opfer einzufangen, verwickelt worden war. Er war über Fatmatta hergefallen, als sie, hinter Binsen versteckt, in einem abgelegenen Fluß badete. Sie trat ihn und rammte ihm das Knie in die Weichteile und wurde doch von seiner rohen Gewalt überwältigt. Das letzte, woran sie sich erinnerte, bevor eine Ohnmacht sie übermannte, war der ranzige Geruch alten Öls auf seiner Haut, von dem sie sich erbrechen mußte. Zum zweitenmal innerhalb von sechs Monaten erwachte sie in einem fremden Raum, als Gefangene des Schicksals, deren zerrissene Kleider den Blick auf ihre wohlgeformten Schenkel freigaben. Ihr schmerzte der Kopf. Der Verbrecher hielt sie mit Schiffszwieback und Dorsch am Leben, und als das Schiff in Virginia ankam, verkaufte er sie für einhundert Dollar an einen jungen Pflanzer. Der Pflanzer warf einen kurzen Blick auf Fatmatta, überzeugt, daß er mit ihrem Körper ein Dutzend Sklaven für seine Plantagen zeugen könnte. Die dreistündige Fahrt vom Sklavenmarkt zu seiner Plantage war die schnellste, an die Andrew McKinley sich erinnern konnte. Es war ein schöner Sommertag, und ein dicker Teppich aus Ahornblättern bedeckte die schmutzige Straße. Er stürmte über die unebenen Wege hinweg, ohne an seine Pferde zu denken. Er trieb sie zu wahnwitzigem Galopp, weil er diesmal eher zu Hause sein wollte als sonst, wenn er Sklaven gekauft hatte. Noch nie hatte er so jemanden wie diese Frau gekauft. Sie setzte seine Adern in Flammen und brachte ihn dazu, in ihr ein menschliches Wesen zu sehen: »Bist ein richtig hübsches Weib, obwohl du schwarz bist«, sagte er zu der verschreckten Frau, »ein Mann kann bei dir den Kopf verlieren, wenn er nicht aufpaßt.«

Seine lüsterne Stimme, die Begierde in seinen Augen verrieten Fatmatta das, was ihr die fremde Sprache nicht vermittelte. Während sie so auf dem Boden des Wagens lag, konnte sie dennoch beobachten, wie der Mann seine Pferde antrieb, wie nervös seine Hände waren, wie bleich er trotz des Sonnenscheins aussah, wie breit sich die schmutzige Straße dahinzog, ganz anders als in Kasila. Alles roch anders, so daß sie eine Zeitlang ihre Lage vergaß und nicht mehr daran dachte, wie schlecht es um sie bestellt war – sie, die, hineingeboren in eine wunderschöne Welt, aufgewachsen bei einem senilen Vater, einen Albino geheiratet und trotzdem, wie die wilde Liebe Ahmeds zu ihr bewies, Respekt genossen hatte.

Andrew McKinley bog auf den Weg zu seiner Plantage ein und ließ den Pferden ihren Lauf. Wenn er früher eine Sklavin gekauft hatte, wurde immer Bessie, die beleibte Köchin, gerufen, sich der Neuen anzunehmen, ihr beizubringen, wie sie den Herrn und seine Frau anzureden, wie sie sich deren Kindern gegenüber zu verhalten hatte, und ihr einzuprägen, daß sie Eigentum des Weißen war, der sie gekauft hatte und jederzeit nachts zu ihr kommen und sie nehmen konnte.

Er ging geradewegs zu der Kate, die er abseits des Herrenhauses gebaut hatte. Sie war für ihn ein Ort der Entspannung, an dem er schon viele Sklavinnen verführt hatte. Seine Überlegenheit und das Gefühl der Eroberung gefiel ihm zwar, doch niemals hatte er darin mehr gesehen als die Erledigung eines natürlichen Bedürfnisses und schon gar nicht eine Vorstellung von Glück damit verbunden. Manche hatten sich gewehrt, um ihre Ehre zu verteidigen, hatten ihm in die Hoden getreten, aber ein oder zwei Ohrfeigen, die Peitsche oder der drohende Ton in seiner Stimme ließen sie schnell vernünftig werden. Er war zu seinen Stößen gekommen und dann fertig mit ihnen. Jetzt aber konnte er sich die Möglichkeit vorstellen, mit dieser Frau Kinder zu zeugen. Gleichermaßen überrascht und befriedigt, daß sie sich nicht wehrte, als er ihr die Fetzen vom Leibe riß, die sie getragen hatte, seit sie vom Sklavenschiff an Land gekommen war, nahm er ihre mangelnde Verteidigungsbereitschaft als Zeichen, daß die Vorsehung ihm genau die richtige Sklavin geschickt hätte, der es gefiele, von ihm beherrscht und genommen zu werden und seine Mulattenkinder zu empfangen. Seine Frau hatte sich, nachdem sie ihm zwei Söhne geschenkt hatte, die sich zu rechten Wegelagerern entwickelten und sich nur für Pferde und Frauen interessierten, mit den Bildern des Heiligen Patrick und der Jungfrau Maria in ihrem Schlafzimmer eingeschlossen.

Als Fatmatta nackt vor ihm stand, sah McKinley die schönste Frau, die er je vor Augen bekommen hatte. Er hatte den Eindruck, daß sie irgendwie anderer Abstammung war als die übrigen Sklaven auf seiner Plantage. Seine frühere Entscheidung, sie als etwas menschlicher zu betrachten als die anderen, änderte sich dahingehend, daß er sie jetzt als ihm fast gleichgestellt sah. Würde und Gelassenheit umgaben sie, und der Anblick ihres nackten schwarzen Körpers ließ ein mächtiges Feuer in ihm lodern, das zu beherrschen ihm unmöglich war. Es ergriff ihn ein derart starkes Verlangen, in sie einzudringen, daß er ihr sein Untier tief in den Schoß trieb und dabei die dünne Reihe Glasperlen nicht bemerkte, die eine braune Schnur um ihren Hüften hielt und die, als sein Glied sich an ihnen rieb, sein Schicksal besiegelten.

Andrew McKinleys Familie besaß die Plantage noch nicht lange. Wie allen Neureichen fehlte ihnen gesellschaftlicher Schliff. Sein Vater war vor der großen Kartoffelpest nach Neuengland aufgebrochen.

»Ich habe es kommen sehen«, sagte er immer.

Lange Jahre hatte er versucht, sich mit einem Gemüseladen über Wasser zu halten. Damals waren sie arm, und das war ihrer Haut wie ihrer Kleidung anzusehen. Um sich im bitteren Frost und dem trübseligen Neuengland warmzuhalten, sammelte Clive McKinley alle abgelegten Lumpen und jedes Holzstück, das er finden konnte, um damit ihren Ofen, der gleichzeitig als Herd diente und vor dem sie auch badeten, zu heizen. Er haderte mit dem Schicksal, das ihm solch eine hoffnungslose Situation zumutete. Unbekannt und von den Glücklicheren verwunschen, schien Irland besser als Neuengland. Doch hatte man dort trotz der Revolution das Joch der Engländer nicht abschütteln können. Schon hatte sich eine Klasse von Frauen und Männern herangebildet, die – als hätten sie von der Rebellion in Boston nichts gehört – ihren eigenen Zirkel bildete: eine verachtenswerte Oberschicht, die ihn und andere in eben die Abhängigkeit zwingen wollte, die sie hinter sich gelassen hatten. Clive McKinley schätzte seine Freiheit über alles, und so zog die Familie südwärts, in der Absicht, eigenes Land zu erwerben, das sie bestellen wollten. McKinley war fest entschlossen, soviel Abstand wie nur irgend möglich zwischen die Beulenpest, als die ihm sein früheres Leben erschien, und die Aussichten auf eine strahlende Zukunft zu bringen. Zunächst arbeitete er mit anderen Glücksrittern beim Eisenbahnbau, später in einer Bautischlerei. Als er ein Stück Land kaufen konnte, pflanzte er Baumwolle und Kaffee an. Wenn in ihm die Saat menschlichen Unglücks angelegt war, dann ging sie allerdings erst auf, als er und sein Sohn begannen, andere um ihres eigenen Reichtums willen genauso auszubeuten, wie sie einst ausgebeutet worden waren. Clive McKinley grub sich mit dem unbedingten Willen zum Erfolg durch den granitenen Fels seiner frühen Jahre im Süden. Er klopfte so lange an die hermetisch abgeriegelten Türen der Reichen, bis sie ihm geöffnet und seine verzweifelten Erwartungen mit unerwartetem Reichtum belohnt wurden. Seine Frau war zutiefst religiös, betete zu den Heiligen, zum Heiligen Patrick und zum Heiligen Christopherus, und verehrte die Madonna. Zwei Jahre lang zündete sie jeden Abend zwölf Kerzen an, bevor sie zu Bett ging.

»Wir waren so arm«, erzählte er den anderen Pflanzern, als er bereits eine große Plantage besaß und einhundert Sklaven hielt, »daß wir wie Schweine Kartoffelschalen gefressen haben.«

Zwanzig Jahre später starb er und ließ seinen Sohn als wohlhabenden Mann zurück. Das Erbe war von den unauslöschlichen Malen seiner Grausamkeit und seiner Niedertracht geprägt. Wie alle Menschen, die dadurch reich geworden sind, daß sie das Leben anderer vernichten, erlitt er einen qualvollen Tod. Bei dem Versuch, einen geflohenen Sklaven wieder einzufangen, wurde er vom Pferd geworfen und war hinfort von der Hüfte an gelähmt. Die letzten fünf Jahre seines Lebens verbrachte er in einem Schaukelstuhl, in dem sich die Unbarmherzigkeit der Zeit tief in sein Herz fraß und sein Gedächtnis vom kindlichen Geist und dem Schwachsinn des Alters ausgehöhlt wurde. Am Vorabend seines Todes bat er darum, ihm noch einmal das Bild seiner Frau am Tage ihrer Hochzeit zu zeigen. Als man ihm sagte, daß sie bereits zwei Jahre tot sei, rief er aus:

»Gottverdammt, ich hab sie doch erst gestern die Kuh melken sehen!«

Er meinte seine alte Dienerin und Köchin, die Mulattin Bessie. Gebrechlichkeit und Altersschwachsinn hatten bei ihm zu einer unbewußten Anerkennung dieser Frau geführt, die zehn Jahre lang seine Sachen gewaschen, ihn gefüttert und gepflegt hatte. Die Einsicht verringerte aber keineswegs die Grausamkeit und Härte, mit denen er auf seiner Plantage regierte. Und sein Sohn sollte diese Schreckensherrschaft fortsetzen.

Als Andrew McKinley später am Nachmittag zur Kate zurückkehrte, um Fatmatta etwas zu essen zu bringen, wartete sie bereits auf ihn. Mit Anstand nahm sie die fremde Nahrung entgegen, schien aber den wühlenden Strom der Leidenschaft in den Adern des Mannes nicht zu bemerken. Er hatte getrunken und bewegte sich schwerfällig. Während er es am Morgen, als er sie hierhergebracht hatte, nicht hatte erwarten können, sie endlich zu nehmen, gedachte er sich jetzt erst etwas zu beruhigen, indem er sich neben sie auf das Holzbett setzte und eine Unterhaltung in Gang zu bringen suchte.

»Hier ists nicht schlecht«, sagte er. »Das wirst du bald sehn. Ich will dich nämlich gut behandeln, nicht wie einen gewöhnlichen Nigger.«

Fatmatta antwortete nicht. Ihr war inzwischen klar geworden, daß sie die Gefangene dieses Mannes war, doch wollte sie sich von ihm nicht brutal behandeln lassen. Obwohl er nahe bei ihr saß, war er ihr so fremd wie das Land, nichtssagend und lächerlich, und seine Gegenwart erfüllte sie mit einem Abscheu, die nicht einmal Ahmed, der Elefant, in den Tagen vor ihrer Hochzeit in ihr hervorgerufen hatte. Davon überzeugt, unverletzlich zu sein, selbst wenn er versuchen sollte, sie erneut zu nehmen, bewahrte sie eine Haltung, die mit der Anspannung, die seine Person in ihr auslöste, unvereinbar war. Als sie nichts erwiderte, ließ McKinley alle künstlich bewahrte Ruhe fahren und packte sie am Handgelenk. Es war weniger seine Begierde als vielmehr die Notwendigkeit, sie zu strafen, ihr zu zeigen, daß es kein Entrinnen gab, keine Erlösung aus der Verdammnis, zu der ihre Hautfarbe und die Knechtschaft sie verurteilt hatten, die Andrew McKinley dazu trieb, sie auf das Bett zu werfen. Als er jedoch daran ging, sie zu nehmen, mußte er feststellen, daß die mächtige Erregung, die am Morgen den Stolz seiner Männlichkeit in die Höhe getrieben hatte, von einem grausamen, kalten Wind lahmgelegt wurde, der ihm durch die Eingeweide pfiff und ihn zitternd aufs Bett warf, vom Schrecken über die Kraft des Windes erfüllt. Er fiel auf den Rücken und konnte nicht ahnen, daß er auf eine unerklärliche Bewegung der Sterne ansprach. Venus stand in Opposition zum Mars. Er konnte auch nicht wissen, daß die Frau in die Umlaufbahn, die sich aus den beiden Hälften ihres Wesens zusammensetzte, eingetreten war und ihn auf dem Grunde eines wogenden Stroms, in dem sein Name wie sein Wohlstand völlig unbekannt waren, ertränken konnte. In ihren Augen sah er einen Skorpion kriechen. Er sah keinerlei Anzeichen von Furcht, und er dachte schamerfüllt an die Verachtung, mit der diese Frau, dieses Bündel schwarzen Fleisches, das ihm gehörte, ihn wohl ansähe. Das mörderische Verlangen, sie zu schlagen, unterdrückend, stürmte er aus der Kate, zum Herrenhaus hinüber. Um seinen Mund arbeitete es wie bei einem Mann, der unter schlimmsten Verdauungsstörungen litt.

In den nächsten zehn Jahren geriet Fatmatta zum Rätsel. Der Glaube daran, daß sie nicht von dieser Welt war, sondern einer Welt angehörte, in der Männer von dem Skorpion in ihren Augen gepeinigt und, sobald sie sie gewaltsam genommen hatten, für immer mit dem Fluch der Impotenz belegt wurden, verbreitete sich in der Umgebung, nachdem sie innerhalb von zwei Jahren ein dutzendmal den Besitzer gewechselt hatte. Nachdem es McKinley nicht gelungen war, eine billige Konkubine aus ihr zu machen, verkaufte er sie schleunigst weiter. Die Motten seiner Schlaffheit und seiner Unfähigkeit, über sie zu triumphieren, fraßen an ihm, und er verfluchte den Tag, da er auf den Sklavenmarkt gefahren war und die Frau gesehen hatte, die ihm jetzt wie eine wahre Schwester des Unheils erschien. Sollen andere Männer sie haben, dachte er erleichtert. Männer, die sie schwängern wollten, Männer, die mit ihr die Ströme durchqueren und die Fronten heidnischen Blutes hinter sich lassen wollten, die von ihrer Macht und ihrer Überlegenheit überzeugt waren, sie alle gerieten in diesen gefährlichen und demütigenden Wirbel.

»In der guten alten Zeit hätten wir dich verbrannt«, erzählte ihr ein aufgebrachter und selbstsicherer Mann, »aber egal, ich habe viel Geld für dich bezahlt, und nun wirst du auf dem Feld arbeiten.«

Mehrere Herren schickten sie zur Arbeit aufs Feld. Sie mußte Baumwolle pflücken. Dabei konnte sie, davon waren ihre Herren überzeugt, wenigstens keinen Schaden anrichten. Als eine Art Bestrafung mußte Fatmatta sich manchmal vor den Augen ihrer Söhne nackt ausziehen. Die jungen Herren starrten mit der unmißverständlichen Gier von Jungen, die es mit dem Erwachsenwerden eilig hatten, doch davon überzeugt waren, daß sie eine Hexe war, auf ihre schönen Brüste, auf ihr Schamhaar und ihren runden Po. Fatmatta ertrug ihr Martyrium mit einer unerschütterlichen Ruhe. Die Ruhe kam so aus sich selbst heraus und verachtete ihre Peiniger derart, daß sie zum Fortbestand der Überzeugung beitrug, Fatmatta sei eine Bestie aus dem Dschungel.

Die Wahrheit jedoch war, daß Fatmatta einen befleckten Nabel hatte. Vor dreißig Jahren, der Vereinigung zwischen dem sudanesischen Zauberer und Mariamu entsprungen, war sie mit diesem Fleck gezeichnet worden. Der Fleck war wie ein Beweis der göttlichen Gewißheit, der Kraft des Menschen. Er schützte sie vor aller irdischen Gewalt und verlieh ihr Macht über andere. Und ihre Macht ließ sie unverletzlich werden, obwohl man – um mit den Worten von Ahmed, dem Elefanten, zu sprechen – »nach ihr streben würde wie nach einem Wunder«. Sie trug die Glasperlen, die ihr Vater mit Krokodilfett getränkt hatte und ihr als ein schützendes Amulett gegen die Brutalität von Männern wie Andrew McKinley und die Gier anderer Sklavenhalter dienten. Auf diese Weise alterte sie und konnte doch den ewigen Kreislauf unterbrechen, Mulattenkinder zur Welt zu bringen, dazu bestimmt, ein Sklavendasein zu fristen.

Obwohl sie von den Anstrengungen der körperlichen Arbeit geschwächt und durch Meere und Kontinente von der Welt ihrer Vorfahren getrennt war, lebte sie mit der stillen Befriedigung, sich mit ihnen in Übereinstimmung zu wissen und von ihnen täglich bestimmte Bilder zugesandt zu bekommen. Die neue Welt war lediglich eine Durchgangsstation von einem Leben zum nächsten, von einer Zeitreise zur nächsten. Manchmal hatte sie das Gefühl, daß die Baumwolle einer befehlsgebenden Gewalt folgte, von selbst von den Pflanzen fiel und sich unter dem Neid der anderen Sklaven zu sauberen Bündeln türmte. Und als sie einmal einen großen Truthahn auf dem Feld erblickte, der seine Halsmuskeln spielen ließ, da wußte Fatmatta, daß das kein Truthahn, sondern ein Geier war, der ihr etwas sagen wollte.

»Du wirst heimkehren«, sagte er.

Ihre Augen trafen die des Vogels, und sie erblickte in ihnen die lange Brücke der Vorfahren. Viele Menschen schritten auf ihr hin von einem Ende zum anderen. Mit einem Mal war ihr alles klar. Abgeschnitten von der Vereinigung von Menschen und Geistern, im Joch der Knechtschaft, hatte sie lediglich ein Schicksal vollendet, das die Vorhersehung ihr bestimmt hatte, das ihr vorgeschrieben war von einem alten, lebenserfüllenden Rhythmus, der wie eine große Flamme das gesamte Universum umspannte. Da wußte sie, daß sie nicht im Land der Blutsauger sterben, sondern heimkehren und alle Zeichen der Entwürdigung und Beleidigung abwerfen würde. Mit der Beständigkeit seines Blicks, der ernsten und Ehrfurcht gebietenden

Entfernung, die er zwischen sich und alle anderen Truthähne gelegt hatte, war der Vogel gekommen, sie heimzuholen in das Land, in dem ihre Nabelschnur vergraben lag.

3 *Die Süßkartoffelpest*

Eines fiel Pedro Almerado auf, als er 1426 auf der Fahrt nach Cabro de Casa, wo er Begründer einer vierhundert Jahre währenden Tyrannei werden sollte, vor der Küste von Kasila ankerte: Die Bewohner dieser Küste ähnelten keinem der Völker, auf die er gestoßen war, seit er Portugal verlassen hatte. Groß gewachsen, behend, dunkel und furchtlos, gaben sie sich Fremden gegenüber verschlossen, ja mißtrauisch bis zur Heimtücke und besaßen einen ausgesprochen kriegerischen Charakter. Vor dreihundert Jahren hatten sie südlich der heutigen Stadt unter der grausamen Schreckensherrschaft eines Ungeheuers gelitten. Eine Reihe blutiger Aufstände brachte ihnen schließlich die so heißgeliebte Freiheit, für die sie bereit waren, ihr Leben zu geben. Bald darauf waren sie durch die jungfräulichen Tiefen dichter Wälder gezogen, hatten Flüsse durchquert, in denen Krokodile ihr Unwesen trieben, und waren durch Täler gekommen, die sich seit der Zeit, da der Mensch die Erde betrat, nur wenig verändert hatten. Sie fanden einen Ort, an dem sie für lange Zeit frei lebten. Fünfzig Jahre lang wehrten sie die wiederholten Angriffe benachbarter Clans und marodierender Banditen ab und schlugen die Panther und Hyänen in die Flucht, die sich über ihre Rinder hermachen wollten. Umtost vom Meer, umgeben von hohen Bergen, wiederholt von Malariaepidemien heimgesucht, gelang es ihnen, eine wohlhabende Stadt aufzubauen, in der die umherreisenden Tuareg Einzug hielten, um ihr Salz, ihre Baumwolle und ihre arabischen Esel gegen Affenfleisch, Gold und Kaffee einzutauschen. In einer friedlichen Zeit zwischen den Kriegen liefen sechs Galeonen in den Hafen ein. Als die Seeleute aber an Land wollten, empfing sie ein Hagel tödlicher Speere und Pfeile und fand mit solch erschreckender Genauigkeit sein Ziel, daß sie zu der der Küste vorgelagerten Insel weitersegelten und ein Fort errichteten. Ebenda sollte vierhundert Jahre später General Tamba Masimiara ein ganzes Jahr in der Unterhaltung mit den

Seekühen verbringen, während sich das Stundenglas seines früheren Ruhms leerte und er schließlich hundert Meilen entfernt im Staatsgefängnis mit dem eigentümlichen Namen Meriweather Palace gehängt wurde.

Dreihundert Jahre nach der Flucht der Portugiesen liefen vier englische Schiffe unter unvorstellbarer Aufregung an einem grauen Morgen aus dem Hafen von Plymouth aus. An Bord befanden sich vierhundert Passagiere, fest entschlossen, sich an jener Küste niederzulassen. Sie erlitten nicht das gleiche Schicksal wie die Portugiesen. Der Kapitän des Flaggschiffs kannte sich mit den Bewohnern ferner Küsten und ihren Bräuchen und Gewohnheiten aus und warnte daher die müden Reisenden vor der Gefahr, in die sie liefen, wenn sie an Land strömten, ohne zuvor die Anwohner um Genehmigung ersucht zu haben.

»Ich gehe zuerst und prüfe, ob sie uns an Land lassen. Wenn nicht, dann suchen wir nach einer anderen Stelle.«

Der Kapitän nährte die Hoffnung, mit dieser Expedition genügend Geld zu machen, um sein bisheriges Leben aufzugeben. Früher hatte er sich als Pirat und später als Sklavenhändler durchgeschlagen, bevor ihn schließlich Reue dazu trieb, diesem unheilvollen Geschäft den Rücken zu kehren und anzubieten, die Expedition zur Küste von Guinea zu führen. Seine Reue hatte ihre Ursache im Tod eines von ihm sehr geliebten Sohnes, der ausgezogen war, um bei den indianischen Bewohnern der Küste von Guyana zu leben. Nach dieser Expedition hatte der Kapitän keine weiteren Fahrten mehr vor. Er freute sich auf ein ruhiges Leben in der Grafschaft Dorset, daheim in seinem geliebten England. Dort hatte er sich aus den Gewinnen seines früheren Lebens ein prächtiges Ziegelhaus gebaut und es mit der Konterbande seines Piratendaseins eingerichtet. Darum also wollte er seine Schiffe nicht wegen des unbedachten Glaubens an die freundliche Natur der Einheimischen aufs Spiel setzen. Er versicherte sich also, als er an Land ging, daß die sechs grimmig aussehenden Matrosen, die ihn begleiteten, unbewaffnet waren. Gewehre hätten nur Anlaß zu Mißtrauen gegeben. Er hatte schon zahllose Expeditionen hinter sich gebracht, Menschen gejagt, Wale zur Strecke gebracht und mit Gold gehandelt. Doch noch niemals zuvor hatte er eine Reise zur Rettung anderer angetreten, damit diejenigen in Freiheit und Würde leben könnten, denen man einstmals alles genommen hatte. Deshalb fiel es ihm auch schwer, die richtigen Worte zu finden. Der König der Stadt beruhigte ihn. Er war alt, und Gesten überraschten ihn kaum mehr. Im Unterschied zu dem überall verbreiteten Glauben, daß die Menschen erst im Alter weise werden, war er bereits weise zur Welt gekommen. Ein König unter den Menschen, ein Seher im Irrwitz und den Auseinandersetzungen seiner Zeit, war er ohne ein einziges schwarzes Haar auf die Welt gekommen. Als man ihn gewaltsam dem Schoß seiner Mutter entriß, die zwei Wochen in den Wehen gelegen hatte, stand ihm ein Zahn im Mund. Er war demzufolge älter als die Sprache und wußte, wann sich Suleimans Vorhersage, daß von der anderen Seite des Seins Schwarze kämen, erfüllen würde, daß sie aussähen wie zerzauste Kraniche nach einem Sturm, wie ihnen die Male der Unreinheit ins Blut geschrieben wären und wie der unerbittliche Wille von Eroberern sie beseelte und dazu trieb, eine neue Art menschlicher Gemeinschaft zu begründen und aufzubauen.

Sebastian Cromantine hatte von seinem Vater eine ungefähre Beschreibung der Gegend erhalten. Da er also mehr über das Land und die unantastbaren Bräuche seiner Bewohner wußte als die anderen, sprach er für die Neuankömmlinge. Er berichtete dem König davon, wie sie in einem Krieg ohne Bedeutung und Ehre gekämpft hatten, der nicht ihr Krieg war, sie dabei aber keine andere Wahl gehabt hätten. Er sprach von der bitteren Enttäuschung, die sie erfahren mußten, als ihnen anstelle des versprochenen guten Landes, auf dem sie nach dem Rückzug der Kolonialarmee in Freiheit hätten leben können, Boden zugewiesen worden war, der sich in jenem Land des Eises und der Marschen nicht zur Viehzucht eignete. Und deshalb seien sie dem Licht ihrer Vorväter gefolgt und zurückgekehrt und bäten nun den König, ihnen Land zuzuweisen, das sie bestellen wollten. Die Bezahlung des Landes wollten sie mit den Ernteerträgen ableisten.

»Hier besitzt niemand irgend etwas, nicht einmal die Steine gehören jemandem«, erwiderte der König.

»Wenn das so ist«, wurde der Kapitän plötzlich lebendig, »dann brauchen wir nicht weiterzuziehen.«

»Nein, ihr könnt bleiben und alles Land bewirtschaften, das ihr braucht, vorausgesetzt, ihr achtet unsere Gesetze und haltet euch von unseren Frauen fern.«

Sebastian Cromantine versprach, daß sie sich den Gesetzen unterwerfen und den Frauen nicht nachstellen wollten. Von den Schiffen hatten sie einige Geschenke mitgebracht: Der König erhielt eine Kiste mit silbernen Löffeln und Porzellantöpfen, die wie Statuen ruhender Buddhas aussahen. Sebastian hatte diese Beutestücke aus einem verlassenen Camp mitgenommen. Sie stammten aus dem Besitz eines Soldaten der Rebellenarmee. Der Soldat war getötet worden, als er sich an einem Bild des Heiligen Georg im Kampf mit dem Drachen zu schaffen machte. Den religiösen Bedeutungsgehalt des Bildes hatte Sebastian damals nicht verstanden. Dann traten die entschlossenen Männer und Frauen unter Führung von Ortskundigen ihre Wanderung an, flußaufwärts hin zu dem Land, das man ihnen überlassen wollte. Captain Thomas betrachtete seine Mission als erfüllt und segelte am nächsten Morgen zurück.

Am Abend jenes Tages erbat sich Sebastian Cromantine vom König die Erlaubnis und beerdigte Fatmatta, die Vogelfrau. Auf ihren befleckten Nabel und die unglaublichen Geschichten von Suleiman, dem Nubier, oder von dem Albino aus der Wüste achtete er nicht. Die Menschen, die mit ihm an Land gegangen waren, hatten keine Zeit, für die Verstorbene eine richtige Totenwache abzuhalten. Nun, da sie zu guter Letzt so beerdigt worden war, wie sie es sich gewünscht hatte, konnte Sebastian Cromantine nur einen Kaffee kochen und ein paar Kekse anbieten. Während die Frauen der Toten ein Lied zur letzten Ruhe sangen, saß Sebastian Cromantine ein wenig abseits und blickte auf das Meer hinaus. Er dachte darüber nach, daß der Tod eigentlich nicht so sehr eine Angelegenheit des Zurücktretens in die Zeit war als vielmehr eine Enthüllung kommender Dinge, bedeutete doch die Welt hier nur eine Erweiterung der Vergangenheit und der Tod einen Spiegel, mit dem man in die Zukunft schauen konnte. Als die Totenwache vorüber war, versuchte Sebastian Cromantine, am Strand etwas Schlaf zu finden. Seinen alten Matrosenmantel benutzte er als Kopfkissen. Das rhapsodische Zirpen der Zikaden wie das Sirren der Moskitos beunruhigten ihn und machten auch allen anderen Neuankömmlingen die erste Nacht in den Tropen zu einem unauslöschlichen Erlebnis. Als er schließlich einschlummerte, träumte ihm, er wäre schon früher an der Stelle gewesen und wüßte um die ganze Geschichte des Landes, wobei nichts ihm verborgen geblieben wäre und er alles erzählen könnte, was sich jemals vorher ereignet hatte. Und so schaute er im Traum, wie ein riesiger Elefant sich einen Weg durch den Wald brach und über den Sand auf das Meer zustrebte. Sebastian sah einen Skorpion, der den Elefanten umrundete und dann wartend einhielt. Sie fingen zu tanzen an, als ob sie sich aus einer anderen Welt her kannten. Als sie sich müde getanzt hatten, kniete der Elefant nieder und erlaubte dem Skorpion, auf seinen Rücken zu klettern. Dann zog sich das riesige Tier leise und sacht in den Wald zurück, trompetete die Erinnerung an frühere Zeiten heraus, in der er die sprichwörtlichen Augen jener Frau geschaut hatte, die ihn nun nicht mehr peinigte, da er sie triumphierend in das silberne Licht des Morgens hineintrug.

Die Tatsache, daß sie nun endlich in ihrer neuen Lebenswelt angekommen waren, rief bei den Reisenden einen beträchtlichen Stimmungswandel hervor. Die grauen Wolken, die der Tod von Fatmatta, der Vogelfrau, über ihren Köpfen zusammengezogen hatte, wichen einer unermeßlichen, grenzenlosen Zuversicht, die sie in dieser strahlend leuchtenden Welt, in der Bestätigung der namenlosen Schöpfung, vorantrieb. Eng zusammengedrängt saßen sie in kleinen Kanus und fuhren den tückischen Fluß hinauf, ins Herz des Landes hinein. In das Herz eines Universums, das ihnen Angst und Schrecken einflößte, weil sie sich von beiden Seiten von einem undurchdringlichem Wald umgeben sahen. Sie erstickten fast, weil die Luft vom giftigen Duft einer bunten Fauna erfüllt war, die sich seit den Tagen der Schöpfung nur wenig verändert hatte, und vom Geruch verwesender Kadaver, die die Erde dieses Landes nährten. Unter dem Eindruck der üppig wuchernden Vegetation, die ihre Fahrt behinderte, verloren sie jedes Zeitgefühl, und es schien ihnen, als kämen sie nur sehr langsam voran. Manchmal konnten sie nichts mehr sehen, weil eine furchteinflößende Dunkelheit sie umschloß, die noch bedrohlicher wurde durch das beständige Anschwellen der Geräusche und die Schreie der Tiere und der rastlos umherstreifenden Geister dieses Landstrichs, die wütend waren, weil menschliche Wesen in ihr Paradies eindrangen, deren Geruch sich nicht mit den Ausdünstungen der Erde mischte. In jenen Breiten gab es unzählige Schlangen, und noch einmal durchlebte Sebastian Cromantine die Schrecken der Sümpfe Georgias. Um die anderen seine Angst nicht spüren zu lassen, sprach er von der Schönheit dieses Landstrichs und den wunderbaren Möglichkeiten, die sich ihnen auftaten.

»Stellt euch mal vor, was wir hier machn könn'n«, sprach er ihnen Mut zu.

Dank der Hilfe ihrer Führer, die vorn in den Booten saßen und sie durch die schwierigen Gewässer steuerten, konnten sie das Gebiet mit seinem einschläfernden Schwefelgestank, seinem Geruch nach Jod, der in den Eingeweiden der Ankömmlinge wie ein starkes Abführmittel wirkte, bald hinter sich lassen.

Als er das Land hinter dem Wald erblickte, vermochte Sebastian Cromantine weder seine Größe zu erfassen noch die Möglichkeiten, die es in sich barg. Alle seine Vorstellungen und Erwartungen wurden übertroffen. Es erstreckte sich zwischen einem schroffen, mit grün und gold schimmerndem Wald bewachsenen Gebirgszug auf der einen und einem Küstenstreifen mit Felsen und weißem Sand auf der anderen Seite. Friedvoll schien es zu sein, nur trug es die Male eines Erdbebens, das vor kurzem die Erde mit schwarzer, fruchtbarer Asche eingedeckt hatte. An den Ufern des Flusses glitzerten Edelsteine wie Sterne in einer mondlosen Nacht. Viele Jahre später würden die Araber aus Nordafrika, weil sie es leid wurden, an der Küste von Kasila mit Korallenperlen zu handeln, sich dem Landesinneren zuwenden. Sie würden die Kinder der Siedler vom praktischen Nutzen der Balsamöle überzeugen und ihnen die märchenhaften Ergebnisse vor Augen führen, die man bei der Behandlung von Rheumatismus und Nervenfieber erzielen konnte, wenn man Verse des Weisen Farouk Baraka aus Damaskus rezitierte. Sie würden die Edelsteine im Flußbett entdecken, und von dem Gewinn, den sie mit dem einträglichen Edelsteinschmuggel erwirtschafteten, würden sie große Häuser bauen mit Glasfenstern und maurischen Portalen, mit italienischem Terrazzo und Marmorfliesen, mit teuren marokkanischen Teppichen belegt.

Unter den Reisenden befand sich ein Junggeselle namens Gustavius Martins. Ungefähr fünfundzwanzig Jahre alt, kräftig gebaut und mit mächtigen Muskeln, war er schüchtern, doch nicht ohne Selbstvertrauen. Er machte sich nichts daraus, den Leuten zu erzählen, daß er im Kolonialkrieg getötet hatte, um sich selbst zu verteidigen. Als einer der ersten hatte er sich entschlossen, die Überfahrt zu wagen, denn er zählte zu den Menschen, für die ein Abenteuer mehr war als nur eine Reise in unbekannte Landstriche. Und außerdem: Malagueta lag ihm im Blut. Vor vielen Jahren, er war noch ein kleiner Junge gewesen, hatte man ihn aus dem Gebiet südlich der Gegend, in der sie nun an Land gegangen waren, verschleppt, und obwohl die Zeit, die unsäglichen Leiden und der Krieg seine Erinnerung verwüsteten, konnten sie ihm doch nicht alle Umrisse des Landes aus dem Herzen löschen. So erinnerte er sich daran, daß einmal im Jahr Männer aus der Dunkelheit gekommen waren, ihre Gesichter hinter Tüchern verborgen, und es den Frauen untersagt war, sie anzusehen. Er hatte nicht vergessen, daß es hier von einigen der todbringendsten Reptilien wimmelte, die die Menschheit kannte. Und daß hier Menschen lebten, deren einziger Zeitvertreib darin bestand, zu musizieren, die einen bestimmten Baum anzapften, aus dem ein süßer, weißer Wein blutete, der vor allen Dingen bei Affen seine Wirkung zeitigte.

Es lag zum Teil an seinen Kindheitserinnerungen, daß er forderte, sie sollten den Ort erst untersuchen, bevor sie sich entschieden, sich dort niederzulassen und die neue Stadt zu errichten. Er erkannte den Geruch der alten Heilkräuter und Insekten wieder und vermochte zu sagen, welcher Baum sich zur Herstellung von Arzneimitteln eignete und welcher das beste Bauholz lieferte. Außerdem wollte Gustavius Martins nichts dem Zufall überlassen, denn noch immer erzählte man sich von Verbrechern, die versuchten, Menschen zu entführen.

»Wir müssn aufpassn, daß wir uns nicht zu weit von de andern trenn'n, weil überall Diebe sind.«

Sie schätzten seinen Rat, und so wurde Gustavius Martins gemeinsam mit Sebastian Cromantine zum Oberhaupt der neuen Siedlung gewählt. Zunächst sahen die Frauen sich in der Gegend um; die Kinder tollten über das Gelände. Viele konnten es noch immer nicht glauben, daß sie ein Leben hinter sich gelassen hatten, in dem immerwährendes Glück außerhalb jeder Vorstellung lag, und sich nun in einem Land befanden, das ganz und gar ihnen gehören sollte. Die unermeßliche Weite des Landes und seine schwarze Erde flößten ihnen ebensolche Ehrfurcht ein, wie die Kälte und das Elend des anderen sie Angst und Schrecken gelehrt hatten. Nach einer Weile dann beschlossen die beiden Anführer, die Männer in Arbeitsgruppen einzuteilen. Einige erhielten die Aufgabe, Bäume zu fällen, ohne dabei die Umgebung zu sehr in Mitleidenschaft zu ziehen. Ihnen lag eine Achtung vor der Erde im Blut, die sie empfangen hatte, der sie sich unterwerfen mußten. Während Gustavius Martins die Konturen der Stadt aufzeichnete, festlegte, wie viele Häuser errichtet werden, wo sich der Marktplatz befinden sollte, welche Straßen im rechten Winkel zu den anderen verlaufen sollten und so weiter und ob die Stadt auf das Meer schauen oder ihm die Flanke zuwenden sollte, zog Sebastian Cromantine mit zwölf Männern hinauf in die Berge, um zu erkunden, ob man sie beobachtete, und zu jagen, bevor die Vorräte knapp wurden.

Bald verwandelte sich das Gebiet in eine Siedlung aus sauber gezimmerten Holzhäusern mit Küchen und Schuppen dahinter. Jeder Haushalt bekam zunächst zwei Parzellen Land zugewiesen, um Gemüse anzubauen. Man hatte sich darauf geeinigt, daß später, wenn alles gerodet wäre, jeder soviel Land nutzen konnte, wie er wollte. Die Häuser schauten hinaus aufs Meer und waren durch ein Netz enger Straßen miteinander verbunden. Vor jedem Haus wurde ein kleiner Blumengarten angelegt.

Jeden Tag bauten sie etwas Neues oder veränderten etwas, verstärkten ihre Dachsparren, um gegen die ersten Regenfälle gewappnet zu sein, die, wie sie wußten, in jenem Teil der Welt manchmal mit fürchterlicher Gewalt niedergingen. Ungefähr eine halbe Meile vom Zentrum der neuen Stadt entfernt, dort, wo die Einwohner von Kasila früher ihre Leprakranken eingesperrt und all jene verbrannt hatten, die im Verdacht standen, Beziehungen zu bösen Geistern zu unterhalten, wollten sie an einem ruhigen Hang des Hügels einen Friedhof anlegen, damit, wie sie sich ausdrückten, die Toten über sie wachen und nach Feinden Ausschau halten konnten. Später, sie lebten schon drei Monate an der Küste von Kasila, leitete Gustavius Martins eine Abordnung ins nächstgelegene Dorf, um ein paar der Dinge, die sie auf den Schiffen mitgebracht hatten, bei den Dorfbewohnern zu tauschen. Töpfe und Pfannen, Macheten und Hacken wurden aus den Häusern der Gründerzeit hervorgeholt und gegen Hühnchen und Ziegen und andere Dinge eingetauscht, die sie benötigten, um ihr erstes Weihnachten als freie Menschen feiern zu können. Auf einem dieser Ausflüge in die umliegenden Dörfer beschloß Gustavius Martins, einen Abstecher die Straße entlang zu unternehmen, die über den nahen Fluß führte. Unterwegs begegnete er der Frau, die sein Leben für immer verändern sollte. Jung war sie und schön, wie sie da im Fluß badete. Um die Hüften trug sie mehrere Schnüre mit buntschillernden Perlen. Gustavius Martins stand wie gebannt. Er konnte seine Augen nicht von ihrem langen, grazilen Hals und dem leuchtenden Gold ihrer Haut lösen, über dem ein Schimmer von Onyx spielte. Er beobachtete, wie sich die Frau ihre runden, festen Brüste mit einer Sorgfalt einseifte, die auf einen alten Brauch verwies. Da wurde Gustavius Martins klar, daß sie sich in jenem Land der Verdammnis, das sie nun endlich hinter sich gelassen hatten, einer völlig unverständlichen und inhaltslosen Vorstellung vom Sündenfall unterworfen hatten. Für immer waren sie von der dunklen Vorstellung gebrandmarkt, sie müßten, um ihre Nacktheit zu verhüllen, die behelfsmäßigen Kleider der Weißen tragen. Ihre Frauen gingen zum Baden in die Waschhäuser und verhinderten, daß die Männer ihre Körper bei Tageslicht zu sehen bekamen. Die Frauen von Kasila hingegen hatten den Akt des Badens in den Rang einer anmutigen Kunst erhoben. Hier und jetzt begriff er, daß man ihn um sein natürlichstes Recht betrogen hatte: das Recht, sich ohne Scham und Begierde an der Schönheit einer Frau zu erfreuen. Plötzlich drehte die Frau sich um. Sie hatte gespürt, daß jemand sie anstarrte. Ihre Augen trafen sich, und in dem kurzen Augenblick, da ihr Blick den seinen festhielt und ihm von wundersamen Geheimnissen und exotischen Gärten sprach, fühlte sich Gustavius, als ob eine schwindelerregende Kraft sich seiner bemächtigte. Er konnte nicht sagen, welche unfreiwilligen Schritte seiner Füße ihn schließlich nach Hause trugen.

Er war der neugierigste junge Mann unter den Siedlern. Langsam kehrte die Erinnerung an den Geruch wilder Blumen zu ihm zurück, der von den Frauen ausging, an das Henna, das sie auf Lippen und Fußsohlen auftrugen. In jener Nacht spürte er, daß diese Frau die Seine werden mußte, damit sie das Brennen in seiner Brust heilte, das sie ihm verursacht hatte. Er mußte diese Frau haben, seiner Überzeugung zum Trotz, daß die Frauen von Kasila für ihn unerreichbar waren und er vielleicht sterben würde, weil ihn ihr sehnsüchtiger Duft nicht mehr schlafen ließ.

*

In den ersten Jahren verlief das Leben der Siedler in Malagueta mehr oder weniger nach ihren Vorstellungen und Plänen. Unter ihrer Ausdauer nahm die Stadt langsam Gestalt an. Einige geschäftstüchtige Siedler baten um die Erlaubnis, ihren Landbesitz zu vergrößern. Dann bauten sie Reis an, weil sie herausgefunden hatten, daß die Bewohner der umliegenden Dörfer Reis der Kassava vorzogen, die die anderen Siedler anpflanzten.

Eines Tages kam ein junger Mann »aus den Tiefen der Wälder«. Er hatte einen Schimpansen bei sich, der auf Befehl Purzelbäume schlug oder dem Publikum seiner Kunststückchen die Hüte vom Kopf nahm und in die Luft warf. Die Leute waren von den Possen des Tieres so begeistert, daß sie seinem Besitzer zu bleiben erlaubten. Er hieß Gabon Kawalley und handelte mit exotischen Vögeln. Eines Tages war er auf der Suche nach seinen Vögeln tief in den Wald eingedrungen. Als er wieder zurückkam, war sein Schiff schon weitergesegelt. Er hatte sich von wilden Beeren und Kassava ernährt, bis ihn schließlich, als er schon fast an der Hitze zugrunde gegangen war, zwei Holzfäller retteten. Sie nahmen ihn mit zu sich nach Hause und pflegten ihn gesund. Dann schenkten sie ihm den Schimpansen, damit er während ihrer Abwesenheit Gesellschaft hätte. Er aber, nicht unerfahren in den Dingen des Geldverdienens, lehrte das Tier verschiedene Kunststücke. Als sich nun die Ankömmlinge in der Gegend niederließen, kam ihm die Idee, die Possen des Tieres als Mittel gegen Anfälle von Heimweh anzupreisen, über das einige Siedler klagten.

Manch einer hatte wirklich Heimweh nach den Menschen, die er in dem fernen Land zurückgelassen hatte. Sebastian hingegen versuchte, seine Sehnsucht nach Einsamkeit vor seiner Frau zu verbergen. Seit ihrer Ankunft in Malagueta betrieb er eine Handelsstation. Die fahrenden maurischen Händler von jenseits der geheimnisvollen Wälder brachten Gewürze und tauschten sie gegen Salzhering und Felle. Bald wurde der Laden zum Treffpunkt der Männer. Jeden Sonnabend fanden sich alle ein und tranken Rum, den Sebastian Cromantine von den Schonern kaufte, die von Zeit zu Zeit an Malaguetas Küste vorüberfuhren. Obwohl er nicht gern Kaufmann war, besaß er doch Sinn für das Geschäft und machte bald ziemlichen Gewinn.

Eines Abends, nach einem erfolgreichen Tag im Laden, beschloß er, aus der Stadt herauszuwandern, um allein zu sein. Seit einiger Zeit geschahen ihm seltsame Dinge. Einmal hatte er vor seinem Laden einen Schafschädel gefunden, ein anderes Mal hatte jemand eine Fledermaus an seine Haustür genagelt. Sebastian Cromantine, der an geheime und geheimnisvolle Mächte glaubte, hatte die beiden Zwischenfälle als Zeichen genommen, daß da jemand versuchte, ihm etwas anzutun. Deshalb zog es ihn in den Wald. Seiner Frau sagte er nichts davon. Er wollte das Gefühl des Unheils, der bösen Vorahnung abschütteln, das ihn innerlich auffraß. Es war das erste Mal, daß er sich über die letzten Häuser der Stadt hinauswagte. Als die gepflegten Gärten mit ihrem Duft nach Jasmin und Gardenie dem wirren Wuchs der Wildnis und den Schreien der nächtlichen Wesen Platz machten, verließ ihn für einen Augenblick der Mut. Doch er wußte, nicht aus freien Stücken war er so weit vorgedrungen, sondern weil die Hand des Schicksals ihn vorwärtstrieb. Zum erstenmal, seit er jenes andere Land hinter sich gelassen hatte, dachte er an die alte Frau, deren Eigentum er gewesen war, dachte an den Krieg, in dem er gekämpft, und an die Reise über das Meer, die ihn mit seiner Frau nach London geführt hatte. Es war ein lieblicher Abend: Scharenweise flogen die Krähen über seinem Kopf dahin und verdunkelten mit ihrem schwarzen Federkleid den Himmel. Als er tiefer in den Wald eindrang, hörte er den Klang der Bogenharfe. Ihm kamen die Tage in Amerika wieder in den Sinn. Dort war er manchmal zum Tanz der Schwarzen gegangen. Jemand spielte Banjo, und hinterher verschwanden die Männer mit den Frauen in den Feldern, schmiegten dort ihre Körper aneinander, bevor sie wieder einzeln in ihre Katen und zu ihren Besitzern zurückkehrten.

Langsam wurde es dunkel. In der Ferne grollte laut ein Gewitter, und Sebastian Cromantine kehrte um. Er fühlte sich erleichtert, auch wenn es nicht gerade die Erwartung von Glück war, die ihn nach Hause trieb. Noch immer quälte ihn ein unbestimmbares Gefühl, zumindest aber war ihm jetzt so, daß er keine Stimmen mehr hörte. Plötzlich vernahm er in einem nahen Baum ein Rascheln. Langsam glitt eine große, grüne Schlange an einem Ast herab, ließ sich auf den Boden sinken und verschwand im Gras der anbrechenden Nacht. Sebastian Cromantine packte schreckliche Angst. Er wollte schreien, doch würde er als Feigling dastehen, wenn er vor einer Schlange Angst hätte. Er hatte große Angst, weil die Schlange Erinnerungen in ihm weckte. Er zitterte bis ins Mark, und die Erinnerung an die Zeit, da er die Schlange schon einmal gesehen hatte, kehrte mit einer Deutlichkeit wieder, die ihn noch mehr aus der Fassung brachte. Plötzlich begann Sebastian Cromantine zu rennen. Er hielt erst inne, als er an seinem Haus anlangte.

*

Kurze Zeit, nachdem ihr Mann vom Schlangenfieber befallen worden war, erwachte Jeanette Cromantine aus dem Dasein einer Frau, die über den unangenehmen Dingen des Lebens steht. Sie stellte sich der Notsituation. Es verhielt sich nicht so, daß Jeanette, hübsch und wohlerzogen, wie sie war, nicht auf die Härten des Lebens vorbereitet gewesen wäre. Doch zwanzig Jahre unter dem Dach des Predigers, der nur seiner Bibel lebte, hatten sie nicht mit dem Handwerkszeug ausgerüstet, auch dann mit dem Leben fertig zu werden, wenn ihrem Mann etwas zustieße. So schien ihr die Last ihrer Niedergeschlagenheit über Sebastians Zustand schwerer zu wiegen als alle Güter, die sie besaßen. Eines Tages aber, als sie ihm seine Suppe auf die Veranda brachte, wo er den ganzen Tag saß, den Duft der Geranien einsog und unter seiner Angst alterte, fand Jeanette Cromantine die Lösung. Bald würde der Regen kommen, und auch ihre Vorräte an Lebensmitteln und anderen wichtigen Dingen mußten vervollständigt werden. Das wenige Geld, das sie besaßen, hatten sie für den Bau des Hauses ausgegeben, und da Sebastian es nicht geschafft hatte, die Sämereien in die Erde zu bringen, die sie auf der Belmont mitgebracht hatten, waren ihre Vorräte geschrumpft und würden, das Geflügel im Hinterhof mitgerechnet, nur noch wenige Wochen reichen. Sie mußte also etwas unternehmen, wollten sie die Regenzeit überleben, wollte sie ihren Mann gut durch die Zeit des Wandels in seinem Leben bringen. Das Schicksal hatte sie zusammengeführt, und das Schicksal gab ihr die Idee ein, aus den reichlich vorhandenen Stoffen, die sie aus dem Wirrwarr des Krieges gerettet hatte, Kleider zu schneidern und ihr kleines Haus in ein Geschäftshaus zu verwandeln.

Das Häuschen entsprach genau ihren Bedürfnissen. Von einem sanften Abhang blickte es auf das Meer hinunter. Es bot einen großartigen Ausblick auf die Jadeinseln, wo die Kinder der Einheimischen nach Kammuscheln tauchten, auf die großen Wellen der Gezeiten, die im Süden kleines Getier auf den Strand warfen, und auf die leuchtend im Abend verglühende Sonne. Nachts strich ein kühlender Bergwind über das Haus hin. Tagsüber sorgten der Schatten einer Jakaranda und ein unterirdischer Fluß für Kühlung. Der Fluß gehörte einem Dshinn, der dafür sorgte, daß er das ganze Jahr über Wasser führte. Zumindest hatte das einer der Arbeiter erzählt, die Sebastian beim Hausbau geholfen hatten.

Wie unter Zwang machte sich Jeanette Cromantine daran, das Haus für ihr Vorhaben herzurichten. Als die Sonne am nächsten Tag in das Wohnzimmer lugte, entdeckte sie einen mit dem Rindensaft des Mangobaumes gebeizten Fußboden, der unter einer Politur aus Wachs, Seife und Öl glänzte. Als nächstes schneiderte sie passende, hellgrüne Vorhänge für das Wohnzimmer sowie die zwei Schlafzimmer und stellte überall Blumen auf. Die Welt war noch friedlich, als die Cromantines nach Malagueta zogen, und Jeanette vertiefte sich in die alte Verehrung der Pflanzen, mit der sich böse Geister austreiben ließen. Auch das Haus ließ sich durch sie verschönern. Es verwandelte sich in ein lebendiges Paradies aus Blättern in Smaragdgrün: Der Duft des Caladium schwebte durch die Räume, Dieffenbachien wetteiferten mit dem wuchernden Grün der von den Affen so geliebten Tradescantien, der Anthurien und verschiedenster Veilchen.

Jeanette Cromantine machte sich Sorgen um ihren Mann, und da sie sich vor Insekten und Eidechsen fürchtete, pflanzte sie, praktisch veranlagt, wie sie war, rings um das Haus Zitronengras. Das, so hatte man ihr gesagt, hielt in der stickigen Glut des Sommers die Moskitos fern. Vor längerer Zeit schon hatte sie Sebastian soweit gebracht, sich von einem Teil der Goldmünzen zu trennen, die er im Kolonialkrieg einem toten Soldaten abgenommen hatte. Von dem Geld hatte sie einen Stuhl aus der Zeit Jakobs I., eine Kommode mit Aufsatz sowie einen Satz Landkarten gekauft, die ein betrunkener Matrose loswerden wollte. Zusätzlich erwarb sie vier lackierte Stühle und ein Sofa aus Flamingofedern mit einer hohen, wie ein Löwenkopf geformten Lehne. Damit vervollständigte sie die Einrichtung. Drei Wochen später stellte Jeanette zufrieden fest, daß das Haus nun den Anschein eines Heims erweckte, in dem eine Frau wohnte, die an ein gutes und anständiges Leben gewöhnt war. Und nach all den fieberhaften Vorbereitungen war sie nun bereit, die Frauen aus den umliegenden Dörfern in die Geheimnisse der Schneiderkunst einzuweihen. Und Puppen wollte sie basteln.

Eines Morgens zog sie eines ihrer schönsten Kleider an, legte sich das Haar zu einer exotischen Frisur, warf einen Schal um die Schultern und lief die Viertelmeile nach Kasila hinüber. Im Schatten einer Tamarinde erklärte sie dort einer Gruppe von zwanzig Frauen, die mehr aus Neugier auf die elegante Dame und ihr feines Benehmen erschienen waren als wegen der Dinge, die sie zu hören bekamen: Wie man eine Schere richtig hält, wie man einen geraden Schnitt macht, wie man zuschneidet und Knöpfe annäht. Die Frauen waren von dieser schwierigen Kunst begeistert. Ihnen gefiel, wie vorsichtig sie mit der gefährlich aussehenden, einem Dolch gleichenden Schere umging. Sie ließen sich fesseln vom sanften Klang ihrer Stimme, von der Art, wie sie mit untergeschlagenen Beinen, die fast ihren Po berührten, im Gras saß, und auch davon, daß sie ihnen die ganze Zeit zulächelte.

Als sie an jenem Abend mit sich und dem Erfolg ihrer Bemühungen zufrieden nach Hause kam, erzählte sie Sebastian, welch schönen Tag sie verlebt hatte und daß sie mit Schneidern und Puppenbasteln Geld verdienen wollte.

»Erhoff dir nicht zuviel«, sagte er. »Was solln de Leute hier mit amerikanischn Kleidern machn?«

»Anziehn, und überhaupt, ich zeig ihn', wie nähn geht, und wir kriegn'n bißchn Geld.«

»Mach nur, aber bring nicht so viele Leute her, de ziehn Schlangn an. Shucks, eh dus merkst, kriechn sie hier rum, überall!«

Langsam erholte sich Sebastian Cromantine von seinem fürchterlichen Fieberwahn. Rum und Lorbeerlaub hatten ein Wunder vollbracht, und als Jeanette Cromantine den Mann anschaute, der jetzt nicht mehr ganz so gehetzt aussah, weinte sie stumm und führte seine Melancholie auf den Schock zurück, den Sebastian erlitten haben mußte, als ihn sein Vater nachts heimgesucht hatte, des Wanderns in den Sümpfen Georgias überdrüssig. Sie hingegen dachte nur noch selten an jene andere Welt, und seit sie in Malagueta angekommen waren, war es ihr auch nicht mehr in den Sinn gekommen zu beten. Jetzt verspürte sie das Bedürfnis, dafür zu beten, daß ihr Mann zu seinem Lebenswillen zurückfände. Viel später, als ihr sorgenumwölktes Haupt wieder etwas klarer war, fiel ihr ein, daß sie die Glasperlen von Fatmatta, der Vogelfrau, schon lange nicht mehr angelegt hatte. Ganz unbewußt spürte sie Furcht vor Fatmattas geheimnisvollen Kräften. Dennoch ging sie, von einer dunklen Kraft getrieben, wie eine aufgestörte Krabbe sofort nach hinten in den Winkel, wo sie die Perlen aufbewahrte. Nun, da ihr Mann der Gegenwart so weit entrückt zu sein schien, war sie glücklich über die Verbindung zu einem anderen Wesen, einem anderen Sein.

Wie sie es sich erträumt hatte, kamen die Frauen aus Kasila eines Morgens, kurz nachdem sie bei ihnen gewesen war, zu ihr. Sie hatten sich schön gemacht, üppig fließende Gewänder übergeworfen, ihre Lippen mit Henna gefärbt und große goldene Ohrringe angelegt – als wollten sie es der fremden Frau gleichtun. Für fast alle war dies der erste Besuch in einem Siedlerhaus. Sie gingen durch alle Räume, betrachteten die Vorhänge, die Patchwork-Tagesdecke auf dem Bett, die Sofaschoner mit ihren Stickereien, die Meeresvögel vor blauem Himmel zeigten, und die Bilder an den Wänden. Ein Bild fiel ihnen besonders auf: eine schöne nackte Frau auf einem Seerosenteppich in einem See. Ihr zu Seiten schwebten zwei Männer auf Wolken daher. Jeanette Cromantine bewirtete die Frauen mit Reisbrot, Kuchen und Ingwerbier, fragte nach den Kindern, sorgte dafür, daß sie sich wohl fühlten, und hatte sie nach kurzer Zeit soweit, daß sie über das Schneidern sprachen und sie baten, sie die vornehme Kunst des Kleidermachens zu lehren.

So wurde Jeanette Cromantine zu einer der bedeutendsten Frauen unter den Siedlern. In späteren Jahren sollte ihr ausgeprägter Geschäftssinn ihren Handel bis nach Fernando Po, Forcados, Lobito und Calabar ausdehnen. Die Frauen kamen jeden Sonnabend und lernten nicht nur nähen, sondern sie besorgten Jeanette auch kostbare Materialien, damit sie daraus kunstvoll gearbeitete Kostüme und Umhänge für die zahllosen Feierlichkeiten schneiderte, an denen sich die Einwohner Kasilas das ganze Jahr über erfreuten. Da standen Feiern für die Sonne und die Flußgottheiten an, Feste bei Geburten und Todesfällen, Donner und Regen, und es fanden feierliche Zeremonien statt, wenn bedeutende Persönlichkeiten sich auf eine lange Reise begaben. Nichts wurde dem Zufall überlassen, und Jeanette Cromantine, die sehr schnell begriff, wie man sich je nach Anlaß richtig zu kleiden hatte, bekam bald schon beide Hände voll zu tun, um allen Bestellungen gerecht zu werden. Mehr noch, sie mußte alsbald zwei Frauen, die sie ausgebildet hatte, als Gesellinnen einstellen. Genau zu der Zeit setzte aber eine völlig unerwartete Entwicklung ein, die ihr Leben verändern, sie für einige Zeit reich werden lassen und die schließlich zu einem überraschenden Ereignis führen sollte, welches die gesamte Ansiedlung dem Erdboden gleichmachte.

Eines Morgens kam ein Seemann zu Sebastians Haus, weil ihn der Geruch von in Ananassauce garendem Speck unwiderstehlich anzog. Er hatte stromaufwärts Krokodile gejagt und war von seinem Schiff zurückgelassen worden. Noch jung, trug er einen verwilderten Bart und hatte grüne, unruhig hin- und herwandernde Augen. Auf seinem rechten Arm war ein Seemannsgrab eintätowiert, auf dem linken reckte sich bunt der indonesische Drache. Er redete in einer dem Portugiesischen ähnlichen Sprache. Man verstand ihn, weil seine Worte der derben Ausdrucksweise glichen, die die Banditen und Piraten als ihr Portugiesisch bezeichneten. Sebastian, der schon früher mit Seeleuten zu tun gehabt hatte, erkannte an ihm die harte Aussprache eines Mannes, der in Brasilien aufgewachsen war. Überhaupt kam die Mehrzahl der Seeleute, die damals die Küste von Kasila ansteuerten, aus Brasilien. Sie gaben ihm zu essen. Er durfte sich bei ihnen waschen und im Gästezimmer übernachten, vor dem Sebastian mit seiner alten Flinte aus dem Krieg Wache hielt. Am nächsten Morgen dankte er den Cromantines für ihre Gastfreundschaft und verschwand. Die Goldmünze, die er ihnen als Bezahlung anbot, lehnten sie ab. Jeanette aber war nicht verborgen geblieben, daß der Matrose die Kleider auf ihrem Arbeitstisch fasziniert betrachtet hatte, daß seine Augen dabei die verschwommene Unbestimmtheit des vorangegangenen Tages verloren und beinahe blaßgraue Farbe angenommen hatten – als ob der Anblick der Kleider ihn an eine schmerzvolle Begebenheit im wilden Meer seines Lebens erinnerte.

Jeanettes Geschäfte entwickelten sich so gut, daß sie es gerade noch schaffte, den nötigsten Pflichten einer Ehefrau gerecht zu werden.

Eines Tages hatte sie die Eingebung, zusätzlich zu ihren Kleidern und Puppen auch Marionetten herzustellen. Zunächst erschien den Frauen von Kasila die Idee ungewohnt, doch dank der mäusegleichen weiblichen Gebärfreudigkeit erfreuten sich die Marionetten bald großer Beliebtheit. Nachdem sie aber erst einmal die gehässigen Deutungsmöglichkeiten erkannt hatten, die man diesen Puppen unterlegen konnte, kamen die Frauen mit ihren eigenen Vorstellungen: Sie wünschten sich, daß die Marionetten aussehen sollten wie die Schwiegermütter, die sie nicht ausstehen konnten, wie ihre im Schlaf sprechenden Ehemänner oder wie Frauen, die man der Hexerei verdächtigte oder die unter Kröpfen litten.

»Mach mir eine, die wie eine Eule aussieht. Die ist für meine Schwiegermutter, wenn sie uns wieder nachts heimsucht«, sagte eine der Kundinnen.

Jede war erpicht auf die allgegenwärtigen Karikaturen, die zum Ausdruck brachten, was sie schon immer für ihre schlimmsten Feinde empfunden hatten. So geschah es, daß Jeanette Cromantine nach kurzer Zeit als die »Rechtsprechende« bekannt wurde. Denn ihre Schöpfungen galten diesen Menschen als Verkündigungen, die nur von Gott inspiriert sein konnten und die richtige Botschaft andeuteten.

Auch wenn sie nun eine Menge Geld verdiente, konnte Jeanette Cromantine doch nicht vergessen, daß Sebastian Cromantine und sie eigentlich nach Malagueta gekommen waren, um ein Zuhause aufzubauen, eine Familie zu gründen und, vielleicht, in gutem Auskommen zu leben. Des Wartens, daß ihr Mann wieder zu sich selbst fand, müde, entschloß sie sich, auf einen alten und erprobten Trick weiblicher Verführungskunst zurückzugreifen, von dem sie hoffte, er würde Sebastians Gedanken von anderen Dingen ablenken und ihn ihr wieder zuführen. Eines Sonntagabends, als er schon wieder fast vier Stunden auf das Meer hinausgestarrt hatte, sah sich er plötzlich von sechs ausnehmend hübschen Mädchen umringt, die Obstschalen trugen und ihm ihre Früchte darboten. Für eine kurze Zeit schien er aus seiner abseitigen Welt herüberzukommen in das Land unendlichen Lachens, in das Diesseits der jungen Mädchen, einzutauchen in den Erdenkreis unendlicher Zärtlichkeit und Fürsorge, die die liebenswerten und wunderbaren Wesen verkörperten.

»Wolln hoffn, daß er jetzt in sein Bett zurückfindet«, sprach Jeanette Cromantine bei sich.

Später am Abend, nachdem sich die Mädchen verabschiedet hatten, zog Jeanette Cromantine die Vorhänge zu, stellte eine Weihrauchschale in das Schlafzimmer, träufelte Lavendelwasser auf die Kopfkissen, kämmte ihr üppiges Haar und spürte, während sie ihren Mann erwartete, wie ihr nackter bebender Körper vor Wärme und Begierde glühte. Sebastian trottete herein wie ein großes Pferd unter der Zeitlast sich türmender Sorgen, die ihm die Beine so schwer werden ließen, daß er kaum noch die Füße vom Boden heben konnte. Als er sich auszuziehen und sein Nachthemd überzustreifen versuchte, waren seine Hände so schwach und nutzlos wie die zurückgebildeten Flügel eines großen Flugsauriers. Die Täler und Hügel brauner Nacktheit in seinem Bett liegen sehend, kam er sich wie ein kleiner Junge vor, der in den Besitz eines großen Schatzes gerät, dessen Wert er nur schwer begreifen kann. Eine Mischung aus Freude, Begierde, Glück und Eroberungsstreben durchflutete ihn, drängte ihn voran. In dem Augenblick jedoch, da er sich nichts mehr wünschte, als die furchteinflößenden und unbarmherzigen Dämonen zu vertreiben, die in seiner Seele nisteten, verließ ihn die Kraft seiner Männlichkeit. Er fiel seiner Frau in die Arme und weinte wie ein Waisenkind.

Da sie Sebastians Appetit auf ein paar Kostproben ehelicher Freuden nicht wiederherstellen konnte, wandte sich Jeanette Cromantine verstärkt ihrer Arbeit zu. Die Zeiten waren vielversprechend, das Geschäft blühte, sie kaufte noch einiges Geflügel und fügte ihrem Viehbestand zwei Kühe hinzu. Die dunklen Regenwolken, die am Himmel gestanden hatten, verschwanden, und die Sonne verlieh dem ganzen Land ein liebenswertes Aussehen. Jeanette spürte, daß es nicht mehr lange dauern konnte, bis ihr Mann die Krankheit abschüttelte. In dem Wunsch, ihm dabei helfen, gewöhnte sie sich an, sich zu ihm auf die Veranda zu setzen, dort ihre Stoffe zuzuschneiden und dabei die Lieder von Fatmatta, der Vogelfrau, zu singen.

Eines Abends dann, als sie auf dem Kohleöfchen auf der Veranda gerade Ingwertee kochte, kehrte der junge Seemann zurück. Diesmal sah er gesund und glücklich aus, braungebrannt wie ein Farbiger. Er hatte sich den Bart geschnitten und erweckte auch nicht mehr den Anschein eines Vagabunden, weil er seine rohe Seemannskluft gegen einen gepflegten beigefarbenen Baumwollanzug, den Hemdkragen eines Büroangestellten, hohe Stiefel aus Korduanleder und einen weißen Strohhut auf dem Kopf vertauscht hatte. Von seiner linken Schulter baumelte ein großer Sack aus rauhem, abgewetztem Leder unbestimmbarer Herkunft, der in scharfem Gegensatz zu seinem sonst so sauberen Aussehen stand. Er stieg mit einer Schüchternheit, die Sebastian sofort auffiel, die Stufen zur Veranda herauf, zog den Hut, verbeugte sich und sprach:

»N'Abend, Mister, n'Abend, Ma'am«, und redete geziert weiter.

»Hab immer an den Ort hier denken müssen, nachdem ich fort war. Wie Sie mich so freundlich aufgenommen haben, mir zu essen gaben, ein Bett, und mir Zuwendung zuteil werden ließen, obwohl Sie nicht mal wußten, woher ich kam und ob ich nicht vielleicht ein Dieb oder Pirat war, ob ich nicht schon jemanden in Ihrer Stadt ausgeraubt hatte, was – Gott ist mein Zeuge – wirklich nicht der Fall ist. Als ich von hier fortging, brachte mich ein Schiff zurück an einen Ort, den man Madagaskar nennt. Das ist die schönste Insel der Welt, und ich weiß, wovon ich spreche, weil ich viele Inseln auf der ganzen Welt gesehen habe. Die Menschen dort sind schön und sanftmütig wie Mönche, und Vögel gibt es in den Farben von zwanzig Regenbögen auf einmal und einen Vogel groß wie ein Elefant, der Eier legt, so groß wie eine Kokosnuß, und Affen, die sind so abgerichtet, daß sie einem die Kleider vom Leibe stehlen, wenn man nicht aufpaßt. Da kann ein Mann schon stranden, Ma'am, bei all den dunkelhäutigen Frauen, die einen zum Bleiben und zu in Kokosmilch gekochten Krabben einladen und die einen mitnehmen wollen in ihre Grashäuser, in denen ein Mann glauben könnte, daß Adam und Eva noch immer im Paradies leben. ›Freu dich des Lebens, Rodrigo! Es ist kurz genug!‹ sagte ich mir. ›Hier ist nicht Brasilien, wo die Priester den Indianern vorschreiben, sich die Kleider der Weißen anzuziehen, ihnen ihre kostbaren Heiligenbilder aus Gold wegnehmen und sie durch nutzlose Bilder von Jesus Christus ersetzen, von dem die Indianer noch nie etwas gehört haben. Zumal noch die Fazienderos aus Portugal ihnen das ganze Land, die Frauen und sogar das Vieh stehlen.‹«

»Warum also kommn Sie wieder her?« fragte Sebastian.

Rodrigo gehörte nicht zu den Männern, die sich an die Vorstellung von Beständigkeit gewöhnen können. Der Gedanke an etwas Gewohntes und Bleibendes war ihm wie ein im Meer gesunkenes Schiff. So lange er sich wohl fühlte, erfreute er sich der Frauen der Insel, ihrer urzeitlichen Kreaturen, ihres Geruchs nach vorgeschichtlicher Zeit und ihrer Uhren, die vor zweihundert Jahren angehalten worden waren, damit die Menschen glücklich wären, ohne sich mit der Erinnerung an vergangene Schwierigkeiten oder Ängste herumschlagen zu müssen. Doch ihm fehlte die Freiheit. Nicht so sehr die Freiheit des Meeres als die seines ureigenen Wesens. Das Paradies war ein Bestandteil der Schöpfung mit eigener Ewigkeit, mit eigener Ordnung und eigener Einsamkeit. So jagte ihm die Vorstellung eines ungetrübten, ewigwährenden Glücks in Madagaskar Angst ein, und darum nahm er eines Tages Abschied und fuhr mit dem nächsten Schiff nach Brasilien. Dort arbeitete er als Bergmann bei den Indianern von Roraima. Das war in einem riesig weiten Gebiet, wo man entweder an Malaria starb oder an Lepra erkrankte. Andere waren dazu verdammt, in der schwefligen Zukunft ihrer Herzen dahinzusiechen oder in den Betten indianischer Frauen zu sterben, die bei Tag billigen Tand und Decken verkauften und des Nachts ihre Körper.

Ein neuerliches Verlangen nach dem Meer trieb ihn schließlich aus dem Bergwerk. Er war ohnehin nie mit ganzem Herzen dabei gewesen und mehr des Geldes wegen eingefahren als aus irgendeinem anderen Grund. Jeden Tag hatte er sich der unersättlichen Gier gegenübergesehen, die die Menschen erfaßte, sobald sie auch nur die Spur einer Möglichkeit entdeckten, ihren Reichtum zu mehren, erlebte er die Grenzen der Freundlichkeit, die brutale Gewalt, mit der der Aufseher die Indianer behandelte, die schmarotzerhafte Ausbeutung der Erde durch Menschen, die von der Zeit vergessen worden waren und mit angeborener Grausamkeit anderen Menschen gegenübertraten. Als er dann fortging, schwor er bei sich, sich nie wieder solchen Menschen anzuschließen, das Glück niemals mehr mit der schnellen und habgierigen Jagd nach dem Glanz des Geldes zu verwechseln. Während er durch die Magellanstraße fuhr, vorüber an den smaragdgrünen Inseln, auf denen die Spanier gerade die Grabstätten der Sonnengötter zerstörten, nistete sich in seinem Kopf der Gedanke ein, noch einmal nach Malagueta zu fahren. Er hatte das Gefühl, daß dort das Leben erst am Anfang stand. Das Land war reich, und es gab viel zu tun in der knospenden Welt von Männern und Frauen, die wie er auf der Suche nach Freiheit vor einer Schreckensherrschaft geflohen waren. Folglich nahm er ein paar Exemplare einer Pflanze mit, die er dort einführen wollte. Er glaubte, daß sie dort gut gediehe. Er aber hätte dann einen Ort, an den er immer zurückkehren könnte, wenn ihm danach wäre.

»Ich bin zurückgekommen, um Sie zu besuchen. Hab was mit, was Ihnen helfen kann, und ein paar Geschenke für Sie und Ihre Frau.«

Jeanette Cromantine betrachtete den glitzernden blauen Stein. Er war rund wie ein Ei und mit grünen und weißen Flecken gesprenkelt, die durchscheinend leuchteten. Sie spürte plötzlich, daß Rodrigo ihr einen Stein mit geheimnisvollen Kräften geschenkt hatte, der sie schützen würde wie die Glasperlen von Fatmatta, der Vogelfrau.

»So was hab ich noch nie gesehn. Sie müssn mir sagn, was das is«, sagte sie.

»Ein Lapislazuli. Sie können ihn in einem Medaillon an einer Kette um den Hals tragen.«

Dieses Wort hatte sie noch nie zuvor gehört. Aber sie bedankte sich bei ihm und versprach, den Stein zu Weihnachten zu tragen. Da war sie sicher, daß »alle Fraun in de Stadt kommn und mich sehn, und Sebastian is mächtig stolz auf seine Frau.«

Die goldene Uhr, die Sebastian Cromantine geschenkt erhielt, sollte viele Jahre später, kurz vor seinem Tode, das Abschiedsgeschenk für seinen Sohn werden. Die Uhr mit ihren Zeigern beeindruckte ihn immer wieder. Sie wurde ihm durch die Art, in der der Mechanismus mit der tickenden Anatomie der Zukunft ihm dabei half, seine Kräfte und ein klares Zeitgefühl zurückzugewinnen, auch zum Sinnbild seiner Bindung an diese erste Siedlung, bevor sie von der Plage befallen und ausradiert wurde.

Doch mehr als für die teuren Geschenke, die Rodrigo ihnen mitgebracht hatte, interessierte sich Jeanette für die Pflanzen. Als sie die rötlichbraunen Knollen erblickte, dachte sie mit einem Mal, etwas zu tun, was weder sie noch Sebastian im Sinn gehabt hatten, bevor sie mit der *Belmont* ausgelaufen waren. Jetzt, da sie geneigt war, ihr Versäumnis als Teil der Verunsicherung zu sehen, die sie überwältigt hatte, als sie zum erstenmal einen Gedanken an die Reise nach Malagueta gefaßt hatten, bemühte sie sich, die verlorenen Jahre aufzuholen, die schwere Krankheit ihres Mannes, das vernachlässigte Land, das denen zur Verfügung stand, die darum baten. Sie wußte aber auch, daß die Zeit für sie arbeitete, und fühlte, daß die Göttliche Vorsehung ihnen den Fremden geschickt hatte. Deshalb würde es ihr nicht schwerfallen, trotz ihrer Erziehung, trotz ihres priesterlichen Pflegevaters und des langen, langen Alptraums von den Äckern in jenem anderen Land, das sie endlich hinter sich gelassen hatten, auf dem Feld zu arbeiten.

»Und wenn ich alles allein machn muß, dann mach ichs allein, so Gott will«, sprach sie sich Mut zu.

Aber eigentlich brauchte sie die Selbstversicherung nicht.

Am nächsten Morgen war Rodrigo schon vor den Cromantines auf den Beinen. Er hatte das Wohnzimmer aufgeräumt, das Kohleöfchen angefeuert und trank gerade Tee, als Jeanette Cromantine das Wohnzimmer betrat. Obwohl nur wenige Jahre älter als er, empfand sie doch, als sie den Brasilianer so sitzen sah, für ihn wie eine Mutter, die es versäumt hat, für ihren Sohn zu sorgen.

»Armer Mann«, sagte sie, »ich will Ihn'n schönes braunes Brot gebn, Honig und Schinkenspeck. Das heißt, wenn Sie nicht Moslem sind.«

»Nein, Ma'am, ich hab noch nie in meinem Leben nen Türken gesehen.«

»Und Ihre Mama?«

»Sie ist vor ner Weile gestorben«, erwiderte er.

»Mein Mama is gestorbn, da war ich schon'n großes Mädchn. Grad bevor wir mit nem Schiff hierhin gekommn sind. Sie fehlt mir sehr, Jassar, sie und auch mein alter Papa.«

Zum erstenmal stellte sie sich die beiden gemeinsam vor: den alten Priester, in dem sie ihren Vater sah, und die schwergewichtige Mulattin, die so oft in seine Kate gekommen war und ihr etwas aus dem großen Haus mitbrachte, in dem sie arbeitete. Eine Träne stahl sich aus ihrem Auge und glitt ihre glatte, hellbraune Wange hinunter, doch sie wischte sie schnell weg, denn sie wollte sich von ihr nicht in eine Sackgasse ziehen lassen, in der es keine Schönheit mehr gab, keine Liebe und keinen Sonnenschein. Sie bereitete Rodrigo das Essen, lauschte den Königsfischern in der Jakarande, ging hinaus, um für Sebastian etwas Wasser zu holen, und ließ sich dann auf der Veranda nieder, um über die unergründlichen Weiten und abgründigen Tiefen des Glücklichseins nachzudenken.

Am Morgen darauf begannen sie, die Löcher für die Süßkartoffeln auszuheben. Rodrigo arbeitete von frühmorgens bis zur Abenddämmerung, setzte die drei Inches tiefen Löcher eins hinter das andere in eine Reihe. Als nächstes legte er einen Kanal an, der sich seinen Weg um die Löcher herumschlängelte und dafür sorgte, daß jedes Loch mit Wasser aus dem Strom der Ewigkeit, der unter dem Haus der Cromantines entlangfloß, bewässert wurde. Nachdem er die jungen Süßkartoffelschößlinge eingepflanzt hatte, fühlte Rodrigo, wie sich eine eigenartige Erschöpfung seiner bemächtigte. Mit einer Tasse kräftigen Tees setzte er sich an den Feldrand. Ihm fiel die Geschichte über den Mann ein, der seine Saat in fruchtbare Erde eingebracht hatte und mit entsprechend reicher Ernte belohnt worden war. Wenn ihm aber von dem, was er in den Boden gebracht hatte, überhaupt eine Ernte zuteil werden sollte, dann hoffte er auf eine andere Art von Befriedigung. Die Tatsache, daß er nach Malagueta gekommen war und die Cromantines getroffen hatte, gab ihm bereits großen Auftrieb und machte ihm Mut. Ein Ereignis aus seiner Kindheit kam ihm wieder in den Sinn. Sein Vater war zum Angeln an den in der Nähe des Dorfes gelegenen Fluß gegangen und kehrte mit dem größten Fisch zurück, den er jemals jemand gefangen hatte. Rodrigo erinnerte sich gern der Güte seines Vaters in jenem Dorf der Sehnsucht nach längst vergangenen und längst vergessenen Zeiten, in jenem Dorf der Frauen, die auf Männer warteten, deren Schiffe nicht zurückkehrten, in jenem Dorf der Kinder, die Arafedern gegen etwas Eßbares eintauschten. Als sein Vater in der Zeit großer Not mit dem Fisch nach Hause kam, wollte seine Mutter, eine matte und verbitterte, unter dem Kreislauf von Geburten, Beerdigungen, Taufen und der Verehrung heidnischer Heiliger, deren Idole sie in ihrem Zimmer aufgestellt hatte, vorzeitig gealterte Frau, daß sie den Fisch für sich allein behielten.

»Aber das geht nicht, Emilia. Wir müssen ihn mit den anderen teilen und auf unseren Glauben vertrauen, daß wir noch mehr bekommen.«

»Denk an deine Kinder. Wegen deines Eigensinns sind sie nur noch auf der Straße«, entgegnete sie.

»Dort lernen sie wenigstens Liebe kennen. Hier bekommen sie doch nur Vorhaltungen und dein heiliges Gerede zu hören.«

Er verschenkte den größten Teil des Fisches. Viele Jahre später, als die Sklerose ihn verkrüppelte, verließen ihn seine Frau und die anderen Kinder. Nur Rodrigo kam jeden Tag vorbei, hob ihn aus dem Bett, setzte ihn in den Korbstuhl, der auf der Holzveranda stand, und deckte ihn mit einer alten indianischen Decke zu. Der Sohn murrte nie, wenn er den Nachttopf leeren mußte oder im Laden etwas zu essen holte. Rodrigo war glücklich. Er wünschte nichts für sich selbst. Er war ein Mensch, und das allein war ihm schon Anlaß zu Optimismus und Dankbarkeit.

Alles verlief nach Plan. Die Süßkartoffelpflänzchen gediehen unter der Pflege und Sorgfalt Rodrigos und Jeanettes, die deswegen ihre Schneiderstunden und das Puppenbasteln für eine Zeit ausgesetzt hatte. Die Frauen aus dem Dorf kamen, um ihr bei den Kleidern ein wenig zu helfen. Sie breiteten ihre schönen, locker fallenden Gewänder auf dem Fußboden im Wohnzimmer aus und schnitten neue Kleider zu, die Jeanette zu späterer Zeit fertigstellen konnte. In der Zwischenzeit tobten ihre Kinder in der Gegend herum. Doch kurz bevor es an der Zeit war, die Süßkartoffeln zu ernten, tilgte ein schrecklicher Wirbelsturm Malagueta fast vom Antlitz der Erde. Schon seit Tagen kündigte er sich an: Schwer und feucht lastete die Julihitze, die Luft schmeckte nach dem Salz des Meeres, und über dem ganzen Ort schwebte große Angst. Jeder tat sein Bestes, Türen und Fensterläden auf Vordermann zu bringen und zu verstärken. Der Sturm brach während der Nacht los. Jeanette Cromantine erwachte davon, daß die Grundpfeiler ihres Hauses unter der Kraft mehrerer Erdbeben erzitterten, die den Bestand der ganzen Siedlung zu vernichten drohten. Sie vernahm das donnernde Bersten der Winde, die sich in die Garben des Daches hineinfraßen und Sebastian, der neben ihr lag, aus dem Bett warfen. Dann hörte sie das heftige Klagen des Flusses unter ihrem Haus. Es klang wie von einem großen, pyramidenartigen Damm herüber, und sie hörte das Rasen einer tobenden Jahreszeit, die die Steine einer maßlosen Flut mit sich führte.

»De Pflanzn! De Pflanzn! Sebastian, de Pflanzn, Rodrigo!« schrie sie auf.

Sie stürmten nach draußen und trafen dort auf ein Knäuel verwirrter Menschen, die der Sturm aus dem Schlaf gerissen hatte und die im Angesicht der Verwüstungen, die er anrichtete, verzweifeln wollten. Männer tappten umher auf der Suche nach ihren Frauen, die erschreckt und verängstigt nach draußen geeilt waren. Kinder versuchten verzweifelt, auf Bäume zu klettern, um den wütenden Fluten zu entkommen, die sogar die Hunde in panische Angst versetzten. Jeanette Cromantine ließ den Mut nicht sinken, obwohl sie bis zu den Knien in wirbelnden Wassern stand, die sie mit sich fortzureißen drohten. Tief grub sie ihre Füße in den aufgewühlten Schlamm. Die Erde zitterte unter der Gewalt des Wirbelsturms. So etwas hatten sie alle noch nie erlebt, und deshalb wußten sie nicht, wie sie sich in solch einer Situation verhalten sollten. Dann war es Rodrigo, der unter der unmittelbaren Gefahr instinktiv einen klaren Entschluß faßte.

»Sammelt Steine«, schallte sein Ruf durch die Menge. »Wir müssen das Wasser ableiten.«

Die Gewalt der Fluten erschütterte die Häuser und brach Bäume. Nichts schien dem Wüten der tosenden Wasser zu widerstehen, als die Anweisung des Brasilianers jeden aus der Angst, die alle ergriffen hatte, herausschleuderte. Jeanette Cromantine befreite sich aus dem Morast und watete zu der Geröllschneise hinüber, die den Berg hinuntergerollt kam. Plötzlich hoben ein Paar Hände sie hoch, als sei sie ein Blatt, und trugen sie aus der Gefahrenzone heraus. Es war ihr Mann. Er hatte sich das Hemd vom Körper gerissen und warf Rodrigo mit einer dämonischen Wut, die der des Sturms in nichts nachstand, Steine zu. Sie versuchten, einen Deich zu errichten. Sebastian Cromantine arbeitete für zehn und schichtete Steine übereinander, die er mit dem Schlamm der schwarzen Erde miteinander verband. Die beiden Männer kämpften gegen die Gewalten des Universums, die offensichtlich dazu entschlossen waren, sie in der Lagune eines vorzeitigen Todes zu ertränken. Sie wandten alle Kräfte auf und stießen den Wassern, die den Deich wieder und wieder wegspülten wie einen nutzlosen Gegenstand, unaufhörlich Steine in den Weg.

Tief im Schoß der Hügel hörten sie die mörderischen Mörser und das gewaltige Röhren der Höhlengottheiten. Es war, als ob sie die Herrscher aller Ewigkeiten erzürnt hatten, die nun Opfer einforderten. Nur der Tod der beiden Narren, die sich ihnen entgegenstellten, konnte noch verhindern, daß das Unheil seinen Höhepunkt erreichte. Dann, als alles schon verloren schien, sah Sebastian Cromantine eine Vielzahl Hände nach Steinen langen. Er hörte den großen, vereinten Aufschrei seines Volkes: der mutigen Männer und Frauen, die bereits einmal eine Grenze hinter sich gelassen hatten, um hierherzukommen, in dieses unbezwingbare und heimtückische Land. Wie durch ein Fenster sah er in eine andere Zeit hinein, begriff die Ursicherheit, daß der Schlüssel aller Schöpfung in Geduld und Standhaftigkeit lag, daß Gott die Geduld aufgebracht hatte, die Welt und den Menschen zu schaffen, und daß es sein Wille war, daß der Mensch geduldig, standhaft und schöpferisch tätig sei. Wie ein riesiger, wütender Elefant hob er einen großen Felsbrocken auf und schleuderte ihn den Wassern entgegen. Die verflüssigte Zunge des Todes war gezwungen, sich zu teilen. Die Männer fuhren mit dem Bau des Deiches fort, standen tief im Schlamm, sahen wie ein paar Verrückte aus und vernahmen mehrere Stunden später erschöpft, wie es im Innern des Berges erneut grollte. Nachdem der Donner erstorben war, folgte ein erneuter Wasserstrom, der sich nun aber einen anderen Weg zum Meer suchte.

Die Süßkartoffelpflanzen waren gerettet, niemand war getötet worden und jeder glücklich darüber, daß sie alle ihre erste Taufe in Malagueta überlebt hatten. Jeder, außer Sebastian. Seit dem Tag, da er wie ein Sack verfaulenden Getreides in sich zusammengefallen war, hatte er sich in einer Welt eingeschlossen, in der nichts zu hören war außer den Spinnen der Dunkelheit. Als es ihm gelang, aus diesem Gefängnis zu fliehen, fand er sich auf einer anderen Bühne des Welttheaters wieder. Er spielte in einem Stück, in dem er als Schauspieler nur die Anweisungen des Regisseurs zu befolgen hatte. Die Hände des Regisseurs waren weiß, sein Gesicht schwarz, die Stimme charakterlos. Es war das Gefühl, nicht zu wissen, wo er sich befand oder wer und was er war, das ihm in diesen mühsamen Zeiten das Leben schwer machte. Niedergeschlagen verbrachte er sein Leben in einer riesigen Höhle aus Einsamkeit und klammerte sich an die letzten Fasern der Hoffnung, die ihn über den Ozean getrieben hatten. Wie bitter war es doch, daß er sich hier im Paradies so kraftlos vorkam! Er dachte an seinen Vater, an die Nacht, in der ihm der Alte erschienen war, wie er seine nicht verrottenden Knochen mit sich schleppte und Durst litt, jedoch weniger nach Wasser dürstete, als vielmehr nach einer Erlösung von seiner hundertjährigen Wanderschaft. Jetzt kam es Sebastian Cromantine so vor, als wäre er dadurch, daß er die Gebeine seines Vaters in Malagueta zur Ruhe gebettet hatte, an einen Scheidepunkt seines Lebens gelangt, an dem nichts mehr sicher war, an dem das Leben in den Anfängen steckte. Und er wollte nichts weiter als Mensch sein, wollte Jeanette glücklich machen und in der Leere, die Jahrhunderte der Ausbeutung gegraben hatten, etwas Neues aufbauen. Manchmal, wenn seine Frau nicht in der Nähe war, kamen ihm die Lieder wieder auf die Lippen, die er auf den Plantagen gesungen und gehört hatte: die Lieder der Kettensklaven, die Lieder von Aufständen, die immer sofort niedergeschlagen worden waren, Lieder, die dazu beitrugen, das Leben im Leid erträglicher zu machen, und versprachen, sie in die Freiheit zu begleiten. Doch war es nicht so sehr das Wesen der Freiheit, das ihm Sorgen bereitete, als vielmehr die Lustlosigkeit, die er an diesem neuen Ort im Weltall seines Lebens empfand.

Als er auf das Unheil zurückschaute, das sie vor kurzem mit den Süßkartoffelpflanzen erlebt hatte, hatte er das Gefühl, es läge vielleicht daran, daß der Wille zur Eroberung dieses Winkels der Erde erst in dem Augenblick von ihm Besitz ergriffen hatte, da alles schon verloren schien, und daß die Tatsache, daß er sich so allein gelassen vorkam, so hilflos wie sein Vater, etwas war, das alle Menschen gemein hatten, die ganze Menschheit. Genau so inniglich, wie er sich danach sehnte, von der Schuld gegenüber seinem Vater befreit zu sein, wünschte er sich, endlich eine Vorstellung davon zu bekommen, wie die Gleichsetzung von Leben und Glücklichsein zu bewerkstelligen war. Und er war glücklich, daß die Frau, die er geheiratet hatte, Verständnis zeigte und seine eigenartigen Anwandlungen hinnahm. Sein schwermütiger Zustand hielt weitere drei Monate an. Allerdings verbrachte er nicht mehr soviel Zeit auf der Veranda im stechenden Duft der Geranien. Stattdessen wanderte er über die Hügel, kam ziemlich spät nach Hause und versuchte zu schlafen. Dann hatte er eines Nachts, als die Moskitos über seinem Kopf summten, einen Traum. Er strandete auf einer abgelegenen Insel. Eine Familie kupferspatfarbener Königsfischer war seine einzige Gesellschaft. In jener farbenfroh leuchtenden Welt überkam ihn eine gewisse Fröhlichkeit, wenn er die Vögel mit den melodischen Stimmen bei ihrem Morgengesang belauschte. Und da die Insel nur Vögel beherbergte, fand er auch leichter in den Schlaf. In jener ländlichen Idylle besuchte ihn erstmals, seit er Amerika verlassen hatte, sein

Vater wieder. Von der Wanderkrankheit geheilt, verbrachte er seine Tage als Fischer, kam manchmal auf die Insel und war überrascht, seinen Sohn hier anzutreffen.

»Du hast nen ziemlich weitn Weg von Westn hierher zurückgelegt, mein Sohn«, sagte er zu ihm.

Sebastian erzählte ihm von seinem Unglück und daß er nicht in der Lage war zu arbeiten, doch der Alte ließ ihn nicht ausreden.

»Mit euch Jungs ists schwer. Denk bloß mal an die Zet, Lebn is Veränderung, jedn Tag. Geh nach Haus und leb endlich.«

Dann erzählte er seinem Sohn, wie glücklich er war. Er fischte nur so viel, wie er täglich brauchte. Er hatte eine Frau gefunden, und sie waren so glücklich miteinander, daß sie wie ein Bartvogel trällerte, während er die schwermütigen Seekühe fütterte und die Heringe lehrte, wie man den Königsfischern aus dem Wege geht. Abends fanden sie keinen schöneren Zeitvertreib, als den heiteren Vögeln zu lauschen, die sich zur Nacht niederließen. Sie spielte dazu Bogenharfe.

»Das Lebn ist so friedlich, Sohn, ich fühl mich stark wien junger Bulle«, sagte er.

Der alte Mann berührte ihn noch einmal, dann verschwand er. Als Sebastian Cromantine aus seinem Traum erwachte, fühlte er sich zehn Jahre jünger, gerade so wie ein Mann, der sich die Haare gefärbt hat, weil er eine neue, junge Frau heiraten will. Er erhob sich aus dem Bett, zündete im Kohleöfchen ein Feuer an, um Ingwertee zu kochen, und vertrieb die lästigen Moskitos. Bislang hatte Jeanette Cromantine immer den Tee für ihren Mann zubereitet, ihn auf der Veranda serviert und ihn anschließend seiner Schwermut überlassen. Sie konnte ihre Überraschung nur schwer verbergen, als sie sah, daß er nicht nur seinen Tee selbst kochte, sondern auch nicht mehr verdrießlich aussah und zudem noch ein leises Liedchen pfiff.

»Was is denn los mit dir?« fragte sie ihn.

»Das Lebn hat nicht nur eine Zeit«, gab er zur Antwort. »Muß sich alles ändern, ändern, ändern, wo immer du hinguckst.«

Der Wandel sollte schneller eintreten, als Jeanette es sich vorstellen konnte.

*

Eines Tages kam Gustavius Martins seinen Freund Sebastian besuchen. In der Zeit, in der Sebastian darum gerungen hatte, seine Bestimmung in Malagueta zu begreifen und anzunehmen und von seinem Vater aus dem Jenseits des Lebens heimgesucht worden war, hatte sich der andere nicht nur auf die neue Umgebung eingestellt, sondern war so sehr zu ihrem Bestandteil geworden, daß sich niemand mehr daran erinnerte, daß sie erst vor kurzer Zeit hierhergekommen waren. Auch konnte sich niemand mehr erinnern, wann er seine Gewohnheit, lange Gabardinehosen zu tragen, zugunsten der lockeren, langen Gewänder aufgegeben hatte, die die Männer von Kasila bevorzugten. Die Veränderung kam nicht unerwartet, denn obwohl er sich als Maurer einigen Wohlstand erarbeitet und für sich eines der schönsten Häuser in Malagueta gebaut hatte, wurde ihm in einem Punkt doch nicht die Anerkennung zuteil, die er sich verdient hatte.

Ihm fehlte eine Frau.

Seit dem Tag, da er die Frau im Fluß baden gesehen hatte, war er ganz langsam ein anderer geworden. Er war nicht der einzige Junggeselle unter den Siedlern, doch während die anderen darauf hofften, daß bald weitere Frauen von jenseits des Ozeans kämen, war er fest entschlossen, diese eine Frau für sich zu gewinnen. Entsprechend verhielt er sich. Ohne daß Sebastian es wußte, hatte er die Sprache des Volkes von Kasila gelernt und seine Eßgewohnheiten angenommen, so daß die Tatsache, daß er ihren langen Umhang trug, nur davon sprach, wie gut er sich auf sein neues Leben vorbereitete. Er vernachlässigte die feste Gewohnheit, seinen Freund zu besuchen und mit ihm über vergangene Zeiten zu plaudern. Stattdessen fiel er in einen melancholisch-traurigen Zustand, weil es ihm nicht gelang, die Liebe jener Frau zu gewinnen. Rastlos wie jemand, der unter der Macht eines Fetischs steht, ahnte er, daß es ihm, wenn er sie nicht bekommen könnte, wie seinem Bruder erginge, der gestorben war, ohne den Stammbaum der Familie fortzusetzen. Viele, viele Wochen danach, als er sich endlich dazu durchgerungen hatte, mit Sebastian darüber zu reden, erblickte er seine Angebetete inmitten der Frauen, die bei Jeanette lernten, wie man Puppen bastelte. Er stand wie vom Donner gerührt da. Mit einem Ernst, der ihm so gar nicht entsprach, berichtete Gustavius Martins seinem Freund, wie er die Frau am Fluß gesehen hatte, wie er mehrmals dorthin zurückgekehrt war in der Hoffnung, sie wiederzusehen, und sich, als ihm kein Glück beschieden war, des Nachts als Dorfbewohner verkleidet ins Dorf geschlichen hatte und von Gehöft zu Gehöft gezogen war, dabei aber darauf achten mußte, nicht die Hühner zu wecken oder die Hunde aufzuscheuchen. Er hatte andere Frauen im Fluß baden sehen, doch sie war nie unter ihnen. Er hatte sich mit der flüchtigen Betäubung getröstet, die der Rum schenkt. Doch war er am nächsten Morgen nur mit umso größerem Verlangen nach jener Frau erwacht und sie suchen gegangen. Er suchte sie in den Frauengruppen, die rhythmisch den Reis stampften, er suchte sie im Zwielicht des Geschichtenerzählens an den Feuern, in der quälenden Schlaflosigkeit regnerischer Nächte. Er dachte, er sähe sie nie wieder. Und nun war sie hier.

Sebastian war entgeistert.

»Du bist verrückt, mein Freund«, sagte er.

»Mag sein, alter Junge, aber so is das Lebn, ‘n bißchn verrückt.«

»Du weißt wohl nicht, was du da anrichtest«, erwiderte Sebastian. »Du brings noch soweit, daß de König herkommt und uns wegschickt.«

Gustavius Martins sah darin keine ernstzunehmende Gefahr. Er war der Ansicht, er könne es wagen, bei dem Wachstum, das die Ansiedlung genommen hatte, bei den neuen Fertigkeiten, mit der die Siedler die Entwicklung der ganzen Gegend nachhaltig beeinflußt hatten, beim König um ihre Hand anzuhalten. Und wenn das nichts helfe, so drohte er, dann wolle er sie entführen und in die Wälder fliehen, um mit ihr zusammenzuleben.

»Tus unds gibt Krieg«, meinte Sebastian.

»Laß ihn in Ruhe, er is immerhin kein Kind mehr, und überhaupt, jeder Mann will ne Frau fürs Leben, bloß du nicht«, mischte Jeanette sich ein und verteidigte Gustavius. Immer voller Zuversicht, hatte sie nie auch nur den geringsten Zweifel daran gehegt, daß die Vorsehung sie nach Malagueta geführt hatte. Im Gegensatz zu ihrem Mann hatte sie sich in ihrem neuen Leben eingerichtet und war davon überzeugt, daß es eine Möglichkeit gab, hier zu überleben und zu Glück und Wohlstand zu gelangen. Ihre Zuversicht zeigte sich in dem feinen Lächeln, das beständig ihre Lippen umspielte, und in der selbstlosen Art, in der sie die Ehefrauen der Männer aus den nahegelegenen Ortschaften dazu brachte, etwas aus sich und ihrer Zeit zu machen. Sie kamen zu ihr und fragten sie um Rat, wenn die Kinder Masern oder Grippe hatten; und wenn die Kleinen mit den Füßen in eine Falle geraten waren, machte sie ihnen Umschläge. Nachdem die Süßkartoffelpflanzen gerettet waren, wandte sie sich mit neuerlicher Leidenschaft wieder ihrem Geschäft mit den Puppen zu, und schon bald besaß jeder Haushalt für jedes der zahlreichen Feste, die über das Jahr verteilt zu feiern waren, ein Exemplar. Gemeinsam mit ein paar anderen Siedlerfrauen unterrichtete sie die Kinder. Nicht nur die eigenen, sondern auch ein paar aus dem Nachbarort. Ihr Rat galt etwas, und obwohl es ihr nicht gelungen war, ihren Mann wieder in ihr Bett zu locken, glaubte Jeanette Cromantine doch an die Liebe als höchstes Gut und an die glückliche Verbindung zwischen Mann und Frau. Daher freute sie sich, daß es einer Frau gelungen war, in Gustavius' Herz das Feuer der Leidenschaft zu entzünden. Sie liebte Gustavius wie einen Bruder und versprach ihm heimlich, so sich eine Möglichkeit dazu ergab, sie beide unter ihrem Dach zusammenzubringen.

Eine Woche später, als sie zusammen mit ihrem Mann und Gustavius Ingwertee trank, erzählte sie dem Liebeskranken:

»Sie kommt dahin, wo du sie zum erstenmal gesehn hast. Sie hat dir nen Korb mit Obst geschickt, den hab ich in de Küche.«

Am Abend traf er sie wirklich am Fluß, wie sie dem wehmütigen Gesang der Zikaden lauschte und auf ihn wartete. Sie hieß Isatu Dambolla. Sie hockte da, hatte die Beine angezogen und mit den Armen umschlungen. Ihr Kopf ruhte auf den Knien, und sie strahlte eine solch ruhige Seligkeit aus, daß die kräuselnden Wellen, die sie mit einem Stöckchen schlug, ihm fast schon als Teil ihrer Schönheit erschienen. Sie war überrascht, daß er ihre Sprache sprach und sie mit ihm selbst über die kleinsten Dinge des Lebens reden konnte. Und sie war überrascht, daß er scheu war wie eine Springmaus. An jenem Abend am Fluß erzählten sie einander davon, wie sie aufgewachsen waren, sie in ständiger Furcht vor Hexen, er unter den schmerzenden Nadeln von Haß und Tod in einem Land ohne Zärtlichkeit.

Nach diesem Stelldichein verlor Gustavius Martins jegliche Beherrschung. Bald wurde deutlich, daß er von dem Gedanken besessen war, sich in Isatu Dambollas Herz zu stehlen. Dabei kamen ihm die wunderschönsten Ideen, die er künstlerisch auszudrücken versuchte, um ihr so seine Liebe zu gestehen. In seiner Werkstatt fertigte er Figuren, schnitzte Holzelefanten und viele andere Dinge, die er ihrer Familie schickte. Er war kein Dichter. Auch niemand, der sich in die Natur zurückzog. Niemals vorher war ihm die liebliche und innige Musik der Webervögel aufgefallen, nie der bezaubernde Werbetanz der Strauße. Jetzt aber fand er nicht nur an diesen Geschöpfen Gefallen, sondern auch an den alltäglichsten Dingen.

Ungefähr um dieselbe Zeit bereiteten die Einwohner des Nachbarortes das jährliche Erntefest vor, das immer mit einem Umzug ausklang. Am Nachmittag des Umzugs bevölkerte der ganze Ort die Hauptstraße, um beim Höhepunkt des Festes, der Krönung der Schönheitskönigin des Jahres, dabei zu sein. Neben Anträgen aller noch unbeweibten jungen Männer erhielt sie einen Großteil der Ernte zugesprochen.

Gustavius Martins beschloß, sich an diesem Umzug zu beteiligen. Von der Tatsache ermutigt, daß seine Geschenke angenommen wurden, kam ihm die phantasievolle Idee, eine hölzerne Sänfte zu bauen, die wie die Arche Noah aussehen sollte. Einen ganzen Monat arbeitete er daran, und erst zwei Tage vor dem Umzug stellte er sie fertig. Jeanette Cromantine brachte all ihr Verhandlungsgeschick zum Einsatz und überredete die schüchterne Isatu, in der Sänfte zu fahren. So begab es sich, daß am Nachmittag des Festumzugs die erstaunten Einwohner Kasilas die aufsehenerregendste Schöpfung zu Gesicht bekamen, die je durch ihre Stadt gezogen war. Sie erblickten ein großes hölzernes Schiff mit Löwengruben und Hyänenhöhlen. Ein Mann, der solch schöne Dinge herstellen kann, muß von Gott beseelt sein, sagten sie. Es war ihnen unmöglich, ihre Blicke von den Volieren abzuwenden, in denen die Vögel zwitscherten. Zwitscherten und versuchten, sich durch Spreizen ihrer Gefieder gegenseitig in den Schatten zu stellen. Daneben tanzten Menschenaffen zur Musik der Xylophone und streckten jedem, der sie ärgerte, den Hintern entgegen.

Die Hauptattraktion aber war die Schönheitskönigin höchstselbst. Ohne Zweifel das hübscheste Mädchen in der Stadt, hatte Isatu Dambolla doch noch nie schöner ausgesehen als an jenem Spätnachmittag auf dem Schiff der bezaubernden Tiere. Sie saß auf einem hohen Thron aus Mahagoni mit goldenen Armlehnen. Zwölf als Mohren verkleidete Diener umgaben sie, und zwei Frauen fächelten ihr mit Straußenwedeln Luft zu, während sie huldvoll wie eine Herrscherin ihren Bewunderern zuwinkte. Löwen duckten sich zu ihren Füßen, und ein Schimpanse im Seemannskostüm schlug eine Glocke und rauchte eine dicke Zigarre.

An jenem Abend wurde Isatu zur Königin des Festes gekrönt. Doch trotz des Triumphes empfand sie die Aufmerksamkeit, die man ihr entgegenbrachte, eher als verwirrend. Sie kannte sich mit Männern noch nicht gut aus, schon gar nicht mit Ausländern, und so nahm sie Gustavius' Bemühungen als der Faszination geschuldet, die ein einheimisches Mädchen, das er noch kaum kannte, bei einem Mann auslösen mochte.

Auf Jeanettes Drängen hin traf sie Gustavius Martins zweimal unten am Fluß, benahm sich aber äußerst schüchtern und zurückhaltend. In jenen flüchtigen Augenblicken, die sie sich für ihn stahl, sah sie klar und deutlich, welche Dämonen sie in ihm entfesselte, wie seine Hand zitterte, wenn er nach ihrer Hand griff, welche Wege er auf endlosen Irrfahrten zurückgelegt hatte, nur um in Malagueta und bei ihr zu stranden.

Es wäre mit ihnen beiden wohl noch lange so weitergegangen. Doch Isatu Dambolla meinte, daß in der Stadt, in der sich der Spott wie ein wildes Buschfeuer ausbreitete, bald jemand das Geheimnis ihrer Verabredungen bei den Binsen am Fluß entdecken würde. Das Gefühl, sie käme von diesem Mann nicht los, verunsicherte und quälte sie. Gleichzeitig aber hatte sie Angst davor, seinem Drängen nachzugeben. Deshalb bat sie Jeanette Cromantine um Rat.

»Er is nicht wie andre«, sagte Jeanette Cromantine. »Und ich mein, er wird dich immer gut behandeln.«

Trotz dieser Versicherung blieb Isatu Dambolla aber wachsam. Sie traf Gustavius weiterhin unten am Fluß, doch nicht mehr so häufig und regelmäßig. Wie in der Vergangenheit bescherten ihr die Begegnungen immer neue Entdeckungen. Sie erfuhr mehr über das Leben in dem fernen Land ohne Namen, aus dem er kam. Sie wollte wissen, ob die Frauen dort auch so aussähen wie in Malagueta, ob sie auf den Feldern arbeiten müßten und ob sie zu viele Kinder hätten. Als Gustavius Martins ihr erzählte, einige Frauen, die er kannte, hätten so große Angst davor, nach der Geburt häßlich zu werden, daß sie sich für ihre Babies Ammen nähmen, meinte sie, das seien keine Frauen, sondern Vogelscheuchen.

Das lange Warten auf Antwort begann sich sichtbar auf Gustavius Martins auszuwirken. Nachdem er monatelang versucht hatte, Isatu die Angst zu nehmen, sie angefleht hatte, ihm doch zu erlauben, sie in den Arm zu schließen, riß er sich eines Abends gewaltsam von ihr los und ging in die einzige Kneipe der Stadt, um einen zu trinken.

Später fand Sebastian Cromantine ihn mit aufgeschlagener Lippe in der Gosse. Nachdem er Isatu Dambolla verlassen hatte, wußte Gustavius nicht wohin. Er wollte nur weit weg von dieser Frau, die ihm solche Qualen bereitete. Sie war ihm ein Gefängnis, das er nicht mehr länger ertragen konnte. Denn nach der dunklen, harten Zeit seines Lebens auf der Plantage sehnte er sich nach der erleuchtenden Kraft der Liebe. Er wollte leben und Kinder haben. Es geschah also aus dem tiefsten Schmerz heraus, den je ein Mensch empfunden, daß er nun das erste Glas Rum in die versengte, ausgedörrte Höhlung seines Mundes kippte, der sich Schluchzer entrangen, die aus dem Land tiefster Verzweiflung in ihm aufstiegen.

Sebastian Cromantine wusch ihm die Wunde aus und brachte ihn zu Bett. Er hatte ein ganz anderes Temperament als Gustavius und war der Meinung, keine Frau sei es wert, daß man ihretwegen so litt. Er beschloß, mit seiner Frau zu reden und sie dazu zu bringen, daß sie sich für seinen Freund verwendete.

»Ich mag de Idee nicht, aber wenn de Frau meinem Freund soviel Leid verursacht, dann müssn wir sie entführn. Unds gibt nix, was de Vater dagegn machn kann«, sagte er.

Jeanette Cromantine antwortete ihm nicht. Sie wartete, bis ihre Freundin sie abends besuchen kam. Isatu Dambolla brachte alle möglichen Materialien mit, aus denen sie neue Puppen herstellen wollten. Während sie an der ersten Puppe arbeiteten, fiel Jeanette auf, daß Isatu die Augen zu Boden gesenkt hielt und nicht aufsah. Ihre Haut hatte etwas von ihrem Glanz verloren, und ihr Gesicht sah aus, als hätte sie tagelang nicht mehr geschlafen. Überhaupt war einiges von dem, was sie noch vor kurzem so liebreizend hatte erscheinen lassen, von ihr gewichen. Daraus zog Jeanette Cromantine mit dem Verständnis einer Frau, die ihrer Freundin bis ins Herz hineinblicken kann, den Schluß, daß auch Isatu litt. Das war die Gelegenheit, auf die sie gewartet hatte.

Als sie das Kinn der jungen Frau hob, sah Jeanette Cromantine in große, tränengefüllte Augen.

»Ich geb dir mein Wort«, sagte sie, »er wird sich benehmn wien Mann, wenn dun Kind von ihm kriegst.«

In jener Nacht konnte Isatu Dambolla nicht einschlafen. Sie saß in ihrem Schlafzimmer am Fenster, biß sich die Lippen wund und schaute in die Sterne am Himmel. Als sie sicher sein konnte, daß ihr Vater im Nachbarzimmer tief und fest schlief, schlug sie alle Vorsicht in den Wind, schloß das Haupttor auf und eilte zum Fluß. Sie flehte, daß Gustavius Martins sie dort erwartete. Sie wollte alles tun, was er verlangte. Als sie ihn mit dem Rücken zu ihr sitzen sah, rannte sie auf ihn zu und warf sich in seine Arme. Ihre Stimme wurde von solch schmerzhaftem Verlangen überschattet, daß er sie aus der offenen Wunde seiner Lippen trinken ließ, als sie ihn zu küssen begann.

»Liebe mich«, sagte sie und legte sich seine Hände auf die Brüste, nahm ihn an die Hand wie ein Kind.

Gustavius Martins ließ sich sein flammendes Herz nicht von seiner Unerfahrenheit löschen. Er streckte sie sacht im Gras aus und spürte, wie in seinem Innern ein Sturm losbrach. Als er in sie drang, entrang sich ihren Lippen ein wilder Schrei, der die in der Nähe nistenden Silberreiher aufschreckte. Schmerz und Lust rasten mit dem Strom ihres heißen Blutes durch ihre Glieder. Sie winkelte ihre Beine um seine Hüften. Gustavius Martins ahnte, daß er in ihr innerstes Geheimnis eindrang, und fühlte sich von den schaumbekronten Wellen einer stürmischen See emporgehoben. Diese Frau war eine Meerjungfrau, und er wehrte sich nicht, als ihre Schenkel sich um seinen Nacken schlossen und ihn auf der Suche nach der Wundermuschel in einen Malstrom hinabzogen. Ihr letzter Widerstand verebbte, als sie ihn auf seiner ersten Reise in die Liebe begleitete, bei der er nicht gleich den Meeresgrund zu erreichen suchte, weil er merkte, daß sie kaum noch Luft bekam. Sie klammerte sich leidenschaftlich an ihn, rief seinen Namen in allen Sprachen ihres Volkes. Und als ihre Körper verschmolzen, umklammerten sie einander wie Seeanemonen, und sie unterwarf sich dem stürmischen Rhythmus seiner endlichen Einkehr.

Eine Woche später heiratete sie den Mann, der sie vom Glück hatte kosten lassen, gegen den wütenden Protest ihres Vaters, der drohte, alle Siedler aus Malagueta zu vertreiben, wenn sie auf ihrem Entschluß beharre. Gemeinsam mit Gustavius stand sie vor einem Mann in weißem Gewand, der die Worte eines Gottes hersagte, von dem sie noch nie gehört hatte, dem sie sich aber mit ihrem Ehemann zusammen zuwenden wollte.

Am Morgen nach der Hochzeit fuhren die beiden Jungvermählten mit dem Sänftenschiff davon, auf dem Isatu Martins zur Königin gekrönt worden war. Niemand anders sollte es je wieder benutzen. Deshalb steuerten sie es in den entlegensten Teil des Waldes und kehrten dann zu Fuß zu Gustavius' Haus zurück. Neun Jahre später sollten Thomas Bookerman und seine Männer auf der Suche nach der Stelle, an der die ersten Malaguetaer ihre Siedlung errichtet hatten, durch jene Gegend kommen. Mit Macheten schlugen sie sich ihren Pfad durch den Wald, folgten den Geräuschen der zwitschernden Vögel und fanden die Sänfte. Sie war noch intakt, nur hatten die Vögel in ihr Nester gebaut. Sie sahen, wie die Löwen sich noch immer duckten und darauf warteten, daß Isatu Martins vom Thron herabstieg. Sie entnahmen dem glücklichen Blick des ersten Affenmatrosen, daß er seine Uniform nur zu gern bis in alle Ewigkeit tragen wollte, denn er wartete darauf, daß die Arche mit all den Millionen Vögeln, die in ihr nisteten, wieder in See stach. Um die Schöpfung des unsterblich verliebten Mannes zu schützen, riegelte Thomas Bookerman das Gelände mit einem hohen Steinwall ab.

Jeanette Cromantine war von der unmittelbaren Wirkung überrascht, die die Liebe zwischen Gustavius und Isatu auf ihren Mann hatte. Er, der wochenlang in einem Gefängnis eingeschlossen gewesen war, zu dem nur er selbst die Schlüssel besaß, er, der in eine Welt vorzeitiger Impotenz versunken war, dem sich Spinnweben über die Seele legten, fand, als er die keimende Beziehung zwischen seinem Freund und der jungen Frau aus Kasila beobachtete, den Antrieb wieder, ein normales Leben zu führen.

»Das Lebn macht kein'n Sinn, wenn du nicht weißt, wohin du gehörst«, sagte er eines Abends unvermittelt, als seine Frau auf die Veranda heraustrat. Erstmals seit Monaten aß er mit Appetit. Er schämte sich seines verwahrlosten Aussehens, badete zum erstenmal seit einer Woche und wechselte die Kleider. Während er sich hinten im Hof wusch, entdeckte er die Neuzugänge in ihrem Viehbestand. Während seiner Krankheit hatte Jeanette von den Einnahmen aus dem Puppengeschäft eine Kuh, zwei Ziegen, unzählige Hühner und ein Schaf gekauft. Sebastian kroch gerade rechtzeitig aus seinem Schneckenhaus hervor. Er hatte sich so lange in sich selbst zurückgezogen, daß ihm die lärmende Atmosphäre, die mittlerweile über der Stadt lag, gar nicht aufgefallen war. Plötzlich schien jeder beschäftigt zu sein, als ob sich alle auf einen wichtigen Anlaß vorbereiteten. Er fragte Jeanette.

»Warum renn'n alle so durch de Gegend?«

»Dummkopf, nächste Woche is doch Weihnachtn.«

Das besserte seine Stimmung weiter. Die Neuigkeit, daß Weihnachten vor der Tür stand, belebte seine Seele und gab ihm ein neues Zeitgefühl. Mit einem Mal wurde ihm bewußt, daß er eine Unmenge zu tun hatte. Seit Ewigkeiten hatte er die Stelle, wo er den Schädel seines Vaters aufbewahrte, nicht mehr aufgesucht. Ein tödlicher Schrecken durchzuckte ihn ob seiner Nachlässigkeit. Er mußte mit ihm reden und sich dann wieder an die Arbeit machen. Doch er wußte nicht, was er tun sollte. Der Laden war eingegangen. Zwar hatte er die Absicht gehabt, seine Felder zu bestellen, doch das Saatgut, das sie mitgebracht hatten, war in der ersten Regenzeit verfault. Nun aber, da seine Lebensgeister zurückkehrten, war er sich sicher, daß er aus seinem vormals umwölkten Leben zu neuer Klarheit gefunden hatte. Die Pein, die seine Sinne gelähmt, die Abneigung, die er diesem Land gegenüber gehegt hatte, obwohl er um keinen Preis in das andere zurückkehren wollte, gehörten nun der Vergangenheit an. Er begriff, daß er eingekehrt war an diesen Zufluchtsort mit seinen Geheimnissen, eingegangen war in seinen Schoß, in dem die Malaria und eine schwermütig drückende Hitze nisteten. Und je mehr er hinnahm, daß das Leben hier auf eigene Weise vollkommen war, desto mehr akzeptierte er auch die Vorstellung von der Existenz eines anderen Gottes, der es ihnen ermöglicht hatte, hierher zurückzukehren und einen neuen Anfang zu wagen. An diesem Punkt seiner Überlegungen fiel ihm wieder ein, daß er vor drei Monaten auf einem seiner Ausflüge über die umliegenden Hügel entdeckt hatte, daß dort Kaffee im Überfluß wuchs. Das Klima hier war dem Klima in Georgia ähnlich, und mit Kaffee war er seit seinen Tagen auf der Plantage vertraut. Bis jetzt aber hatte Sebastian Cromantine über seine Entdeckung noch nicht weiter nachgedacht. Umstrickt vom Labyrinth der Vergangenheit, gefesselt von der trügerischen Macht der Schlangen, hatte er keinen klaren Gedanken fassen können, war es ihm nicht gelungen, durch das Fenster der Trägheit zu künftigen Bemühungen hinüberzuschauen. Wenn er sein Geheimnis bislang für sich behalten hatte, dann nicht aus irgendwelchen geschäftlichen Überlegungen heraus, von denen er zu jenem Zeitpunkt noch keine Ahnung hatte, sondern aus dem Grunde, daß Kaffee wie Baumwolle ihm Erinnerungen zurückbrachten, die er lieber vergessen wollte.

Wer wollte ihn dafür tadeln?

In diesem Licht erschien seine neugewonnene Lebenskraft echt und ließ hoffen. Ein warmes Strahlen ging von ihm aus, das jedem klar werden ließ, daß nicht so sehr die Tatsache, daß Gustavius Liebe gefunden hatte, ihn wieder zum Leben erweckt hatte, sondern daß Sebastian die gewaltige Kraft der Liebe zu seiner Frau wiederentdeckt hatte. Alles, was er sah oder hörte, wurde unter dem starken Gefühl, das er für sie empfand, wie neu: die Frische der Osterglocken, die behagliche Ausstrahlung des Hauses, der Geruch des Brotes, das sie buk, der Duft der Geranien in den Blumentöpfen, die Lieder der Sonnenvögel. Die Blüten der Liebe, die er in der Vergangenheit überhaupt nicht mehr wahrgenommen hatte, eröffneten sich in Gestalt seiner Frau neu seinem Blick. Wenn sie ihn nur ansah, weckte sie in ihm den unbändigen Wunsch, ihren Schoß zum Blühen zu bringen. Später am Abend, als sie sich im Schlafzimmer auszog, schlich sich Sebastian Cromantine, von der Erinnerung an seinen Vater im fernen Glück der anderen Welt angefeuert, von hinten an sie heran. Er überredete sie, den Lapislazuli umzulegen, wollte seinen blauen Widerschein auf ihrem anmutig geschwungenen Hals sehen. Jeanette Cromantine stockte der Atem, als sie den unglaublichen Beweis seiner männlichen Tatbereitschaft berührte.

»Kann das wahr sein?« fragte sie.

»Sagn wir, er mußte schon zu lange wartn«, erwiderte er.

Er blies die Öllampe aus und stieß das Fenster weit auf, damit der kühlende Wind hereinströmte. Als er in den warmen Frieden der Frau eindrang, schwanden Jeanette Cromantine fast die Sinne unter der Leidenschaft ihres atemlosen Mannes, der sie mit der Kraft eines Bullens und der urtümlichen Musik der Schöpfung im Ohr stieß. Neun Monate später schenkte sie einem Sohn das Leben, der später der erste war, der einen weißen Gouverneur erschoß.

Sie feierten ihr erstes Weihnachten, wie es unter ihnen üblich war. Die Familienoberhäupter der Gründerfamilien trafen sich und entschieden, daß es keine großen Zeremonien geben sollte, weil sie alle wie eine große Familie waren. Am Abend wollte man sich auf dem Marktplatz treffen, Essen und Musikinstrumente mitbringen und gemeinsam feiern. Sie hatten eine behelfsmäßige Kirche errichtet, in der sich am Morgen des ersten Weihnachtstages alle Männer, Frauen und Kinder zusammendrängten, um den Herrn zu ehren und das Wunder der Geburt des Christuskindes zu feiern. Jeanette Cromantine dachte an das Christuskind und betete dafür, daß sie bald selbst Mutter wurde.

Die Aufregung um Weihnachten und das Bewußtsein, daß sie für sich selbst kochten, hieß für sie auch, daß sie nicht auf das Peinlichste sparen mußten. Sie brauchten nicht für den morgigen Tag etwas abzuzweigen, und da sie in ihrem ersten Jahr in Malagueta so schwer gearbeitet hatten, war im Dezember auch genügend zu essen vorhanden. Die Süßkartoffeln der Cromantines waren gut gediehen, sie ließen sich zu wohlschmeckenden Pasteten und Aufläufen verarbeiten. Andere hatten Mais, Okra und Bohnen angebaut oder Puten und Perlhühner gezüchtet. Gustavius Martins sorgte für die Getränke. Zwar hatte er nicht wie die anderen Siedler die Felder bestellt, aber er wußte, wie man Korn, Melasse und Ingwer brannte, so daß sie nach kurzer Gärung zu einem hochprozentigen Schnaps reiften. Dann, als die Kinder spielten und die süßen Bonbons des Glücks lutschten, holte ein alter Mann, der die Reise allein angetreten hatte und sich seinen Lebensunterhalt verdiente, indem er aus Ziegenleder Schuhe fertigte, seine Fiedel hervor und begann zu spielen. Dann improvisierten sie einen Tanz in einer ländlich entspannten Atmosphäre, die nur Menschen, die durch den Abgrund der Verzweiflung gegangen sind, empfinden konnten. Sie nahmen das Spiel des Fiedlers auf, tanzten einzeln zunächst, bis sich ihre Hände, als ob sie die innerliche Nähe, die sie füreinander empfanden, nach außen hin beweisen wollten, zu hinreißendem Wirbel fanden, der alle Erinnerungen an das Schicksal auslöschte, das jeder von ihnen in der Vergangenheit erlitten hatte.

Viel später bestand Isatu, deren Volk am Brauch seiner Vorfahren festhielt, jeden Anlaß mit einer Maske zu ehren, darauf, daß auch eine Maske in Erscheinung trat. Sie holte eine und kehrte mit einem Mann zurück, der Papageienfedern im Haar trug und sein Gesicht mit einem roten Tuch verhüllt hatte. In der einen Hand trug er einen Pferdeschweif, die andere hielt einen Spiegel. Ihm auf den Fersen folgte eine hünenhafte Gestalt mit dem Aussehen eines Bärs. Sie war von Kopf bis Fuß in Raphia gehüllt und wurde von zehn Männern begleitet, die mit ihren beringten Fingern auf dem Boden von Kalebassen eine fremdartig anmutende Musik anstimmten. Als die Maske zu tanzen begann, waren die Siedler von ihren wirbelnden Drehungen so beeindruckt, daß einige weinen mußten. Für sie war dieser Tanz, der einer Überlieferung zugehörte, die sie lange schon vergessen hatten, ihnen aber dennoch immer noch im Blut steckte, eine neue Entdeckung. Weil sie sich nicht ausstechen lassen wollten, verschwand ein alter Siedler aus der Menge. Kurz darauf kehrte er zurück, in einen roten Overall gekleidet und einen stolzen weißen, fast bis zum Erdboden reichenden Bart zur Schau tragend. Unter seinem Overall verbarg er eine große Tasche. Er forderte die Kinder auf, die Augen zu schließen, dann sollten sie die großen Wunder dieser Welt zu sehen bekommen. Als sie die Augen wieder öffnen durften, reihten sich vor ihnen Nachbildungen der Krippe des Jesuskindes, der Schiffe, mit denen sie die Überfahrt gemacht, der Banjos, mit denen sich ihre Großväter in den Tagen bittersten Hasses getröstet, und der Trommeln, die die Soldaten der Kolonialarmee getragen hatten, als sie im letzten Kriegsjahr durch die Städte gezogen waren. Der Alte verteilte die Geschenke und erklärte ihnen, daß sie von einem Mann kämen, der »Herr« genannt wurde. Zum erstenmal erlebten die Kinder den Weihnachtsmann. Sie hatten ihn sich als Engel vorgestellt und waren enttäuscht, als er nun seine leere Tasche aufnahm und einfach davonging. Sie hätten sich gewünscht, daß er zum »Herrn« geflogen wäre.

Mit dem Beginn des neuen Jahres verstärkte sich Sebastian Cromantines Zuversicht. Er plante eine Kaffeeplantage. Seit dem Weihnachtsfest träumte er schon davon. Nun, da die schreckliche Mattigkeit, unter der er zuvor gelitten hatte, von einem wunderbaren Gefühl, mit Energie aufgeladen zu sein, verdrängt worden war, fühlte er einen unbändigen Arbeitsdrang in sich. Er spürte, daß ihm die Zeit davonlief. Statt einsam am Strand entlangzuwandern, machte er Ausflüge auf die umliegenden Hügel. Dort rodete er in fieberhafter Arbeit das Unterholz rund um die Kaffeesträucher. Knapp zwei Wochen später hatte er einen Pfad von der Stadtgrenze in die Berge geschlagen und damit die Notwendigkeit beseitigt, durch das Elefantengras wandern zu müssen und Gefahr zu laufen, erneut auf Schlangen zu stoßen. Abends trank er keinen Rum mehr, und so dauerte es nicht lange, bis seiner Frau die täglichen Morgenausflüge und seine Erregung verdächtig vorkamen und sie das Gefühl hatte, daß er etwas vor ihr verbarg. Als sie aber von seinem Vorhaben erfuhr, reagierte Jeanette Cromantine auf eine Weise, auf die ihr Mann nicht vorbereitet war.

»Du kennst nicht mal de einfachn Dinge von diesem Ort«, meinte sie. »Wie kannst du da Kaffee anpflanzn, bist wohl völlig verrückt?«

Sebastian Cromantine gestand ein, daß er nicht allzuviel über das Land wußte. Er sah darin aber kein schwerwiegendes Hindernis, zumal niemand anders von den Kaffeesträuchern wußte oder an ihnen Interesse zeigte. Er wollte sich nicht von seiner Idee abbringen lassen und versuchte, sie mit der Aussicht zu verführen, den Kaffee an die Schiffe zu verkaufen, die Kasila anliefen, und mit dem Traum, das Haus auszubauen.

»Denk dran, wieviel Geld wir verdien'n könn'n. Ich weiß, ich kanns. Unds gibt deinem Mann Selbstachtung. Ein Mann is kein Mann, wenn er nicht arbeitet.«

Er hatte alles geplant. Auf eigenartige Weise für einen Mann, der sich noch vor kurzer Zeit in den Schatten früherer Zeitlast verloren hatte, neben den Trugbildern ahniger Feste verblaßt war, legte Sebastian Cromantine eine erstaunliche Kühnheit an den Tag, wenn es darum ging, seine Glaubwürdigkeit seinem Volk gegenüber und sein Heimatgefühl wiederherzustellen. Es war weniger Stolz, der ihn antrieb, wohl vielmehr eine Art Glauben. Selten hatte er sich seiner selbst so sicher gefühlt, war selten so entschlossen gewesen zu beweisen, daß das Schicksal zu guter Letzt auch ihm die Tore des Erfolgs aufgestoßen hatte. Er fühlte sich Jeanette gegenüber etwas im Vorteil, war doch ihre kürzlich wieder aufgeflammte Liebe tatsächlich mit der Aussicht auf neues Leben gesegnet. Deshalb drang er weiter in sie.

»Ich tu nix Unrechts. Is bloß niemand so schlau und denkt dran und machts. Und bald sollst du nicht mehr so schwer arbeitn, daß deine Adern dick werdn.«

Jeanette Cromantine war nicht die Frau, die sich lange mit ihrem Mann stritt. Sie wußte aus Erfahrung, daß er störrisch sein konnte wie ein Esel. Andererseits war sie aber auch nicht die Frau, die man mit scheinbar einfachen und gefährlichen Plänen leicht auf seine Seite ziehen konnte. Er mußte ihr eines versprechen.

»Versprich mir, Sebastian, daß du nicht wieder krank wirst, wenns mit dem Kaffee nicht klappt, und daß ich mit mein'n Süßkartoffeln weitermachn kann, wenn das Kind da ist.«

Er machte sich wieder an die Arbeit. Jeder Tag brachte neue Überraschungen, neue Entdeckungen: die verborgenen Wasserfälle in den Hügeln, die sich über leuchtend schwarzes Gestein ergossen, die riesigen, hundsgesichtigen Mandrills, die intelligenten Schimpansen, die ihn tief in die bewaldeten Berge führten. In den Pausen zwischen der Pflege, die er den jungen Kaffeesträuchern angedeihen ließ, war er immer wieder überrascht, wie wenig ihm die Einsamkeit fehlte, wie sehr er sich geradezu unvermeidlich in seine Beziehung zur Erde vertiefte. Er konnte nicht aufhören, darüber nachzudenken. Er wollte sehen, wie seine Kaffeesträucher gediehen, und dann vielleicht Avocados, Orangen und Mandarinen anpflanzen. Er war in Hochstimmung.

Die Regen kamen in diesem Jahr früher als sonst nach Malagueta, und Sebastian schien der einzige zu sein, der in dieser Zeit schwer arbeitete. Die feuchten Nächte kamen ihm unnötig lang vor. Tagsüber schliefen die Menschen, abends spielten sie Karten oder würfelten. Jeder schien dazu zu neigen, über Schmerzen in den Gelenken, Migräne und Appetitlosigkeit zu klagen. Einzig die Süßkartoffel, die widerstandsfähig war und bei jedem Wetter wuchs, fanden sie noch essenswert. Jeanette Cromantine rundete sich. Wenn sie über ihre Süßkartoffelfelder hinwegschaute, dann dachte sie, daß sie gut vorangekommen waren. Die Teilnahmslosigkeit der anderen Männer durchlebte Sebastian nicht. Gleichzeitig war er aber auch der Aura des Wohlstands gegenüber gleichgültig, die schon bald in einer geradezu tödlichen Entwicklung enden sollte.

Ganz plötzlich, wie durch einen unkontrollierbaren Mechanismus, der über Drähte mit ihrem Gehirn verbunden war, begannen einige Siedler unter einem seltsamen Fieber zu leiden. Ihr Urin nahm eine grünlichgelbe Farbe an, und sie fühlten sich matt wie Fliegen in Öl. Unerwartet schlug der Tod zu. Rodrigo und der alte Fiedler starben als erste. Am Nachmittag, da Sebastian Cromantine und seine Freunde die beiden Männer zu Grabe trugen, die einen Hauch Glücksgefühl nach Malagueta gebracht hatten, weinte Jeanette Cromantine bittere Tränen, legte den Lapislazuli und die Glasperlen von Fatmatta, der Vogelfrau, um und betete für ihr ungeborenes Kind. Zunächst machte sich Sebastian Cromantine keine großen Sorgen. Er beobachtete die Situation und betrachtete die Staupe der Hunde, die Durchfallepidemie und die Appetitlosigkeit der Erwachsenen sowie die Brechanfälle der Kinder als Zeichen dafür, daß sie in Folge des mörderischen Klimas unter Erschöpfungszuständen litten. Oder daß sie, was schlimmer war, von irgendeiner neuen Geißel heimgesucht wurden. Er ging von Haus zu Haus und gab sich alle erdenkliche Mühe, die Bewohner zu beruhigen und ihnen ein paar gute Ratschläge zu geben.

»Kein Grund zur Panik, is nurn kleines Unglück und geht bald vorbei.«

Er wies sie an, ihre Fenster mit weißer Kreide zu markieren, die Hunde und Hühner unter Verschluß zu halten und nachts ihre Spiegel zur Wand zu drehen. Diese Vorsichtsmaßnahmen erwiesen sich als ebenso unnötig wie nutzlos. Schon zwei Tage darauf starben die nächsten, und Sebastian Cromantine mußte einsehen, daß es sich doch um ein größeres Unheil handelte, als er bislang angenommen hatte. Sie hatten sich mit der Geißel Malaria abgefunden, die – wie es Suleiman, der Nubier, vor langen Jahren vorausgesagt hatte – viele hinraffen sollte. Suleiman hatte vorausgesehen, daß sich nach unzähligen Jahren der unheilschwangere Wirbelsturm erheben würde, der den Jahrestag der Hochzeit zwischen der Skorpionfrau und dem stotternden Albino ins Gedächtnis rief. Nur wenige sollten ihn überleben, denn die Erinnerung an den Albino hatte alle Fremden gebrandmarkt. Zumal sie auf immer von ihrer Tragödie geprägt waren und die Legende von der Skorpionfrau nicht kannten.

Gegen das mulmige Gefühl im Magen, das ihm sagte, zu Hause zu bleiben, entschied sich Sebastian Cromantine eines Morgens doch dafür, nach seinen Kaffeesträuchern zu sehen. Seit dem Tag, an dem Rodrigo gestorben war, war er nicht mehr hingegangen. Es tröstete ihn aber das unauslöschliche Gefühl, daß die Arbeit neben seiner Liebe zu Jeanette den Inhalt seines Lebens darstellte. Auf jenen Hügeln hatte er einen Ort gefunden, dessen Lebensrhythmus und aromatischen Geruch nach Kaffeebohnen er nun kannte. Aus dem beißenden Geruch, der von ihnen ausging, zog er den Schluß, daß sie nun bald reif wären. Jetzt mußte er bedenken, wie er sie transportieren, wo er sie lagern wollte. Seine Sorgen nahmen ihren Anfang.

Der heimtückische Pesthauch ihres Unglücks hob an, als Sebastian sich von der Aussicht auf Erfolg fortreißen ließ. Er hörte, wie er sich mit bebender Gewalttätigkeit aus der geheimnisvollen Einsamkeit jener Berge erhob, von denen Pedro da Cinta seinem König in einem Brief berichtet hatte. Er erkannte ihn in den angsterfüllten und hastig ausgestoßenen Schreien der Rhesusaffen in seinen Kaffeesträuchern und in dem unheilvollen Augenblick, da hinter ihm eine große Schlange auftauchte. Doch anders als früher rannte er diesmal nicht vor dem schrecklichen Erlebnis davon. Er packte seine Axt und ging mit gewaltiger Kraft auf die Schlange los, um sie mit einem einzigen Schlag zu erledigen. Die Schlange bewegte sich auf ihn zu, richtete sich auf und schickte sich an, den wuterfüllten Mann anzugreifen. Sebastian Cromantine verlor nicht einen Augenblick lang die Beherrschung. Er wehrte ihren Angriff ab und wartete, bis sie sich sammelte, um ihn erneut anzufallen. Dann hackte er ihr den Kopf ab. Die Bilder aus der Vergangenheit schreckten ihn nicht mehr.

Ein greller Blitz schnitt sich in seinen Erfolg und brachte ihn in die Gegenwart zurück. In der erhellten Nacht sah er, wie gefräßige Flammen aus der Stadt emporzüngelten. Er ließ die Axt fallen und stürzte los, spürte weder die spitzen Dornen, die sich in seinen Körper gruben, noch die Steine, die ihm den Weg versperrten. Ein zweiter, blitzbegleiteter Donnerschlag fuhr nieder, und es war, als führe er in seinen Unterleib, der einem anderen Menschen gehörte, in dem der Samen seiner Vorfahren in der Eizelle einer Frau aufgegangen war. Ein gewaltiger Schrecken durchzuckte ihn, und er wußte, daß er nicht weiterleben konnte, sollte der Tochter des Predigers etwas zustoßen. Er fand sie zusammengekauert hinter der Schlafzimmertür.

»Jeanette! Jeanette!« rief er. »Alles wird wieder gut.«

Dann hörte er den Lärm. Eine große Horde Männer und Frauen aus Kasila plünderte sich durch Malagueta, und Sebastian Cromantine, der schützend seine Frau unter sich barg, betete, daß Malagueta nicht ganz in Flammen aufginge.

Die Krankheit, an der die Siedler starben, hatte auf den Nachbarort übergegriffen. Zunächst hatten sie sich darüber kaum Gedanken gemacht. Als aber die Kinder, kurz nachdem sie von den Süßkartoffeln gegessen hatten, die die fremde Frau anbaute, dem Tode anheimfielen, zogen sie aus alter Logik und wider alle Vernunft den Schluß, daß die Unglückssaat der Siedler nun in ihrer Welt aufgegangen wäre und nicht einmal die althergebrachte, totemische Kraft ihrer Götter dieser Entwicklung Einhalt gebieten könnte. Sebastian Cromantine floh mit seiner Frau in die Berge. Bestrebt, der Feuersbrunst zu entkommen, sah er nicht die traurigen, toten Augen des Mannes, der vom unmißverständlichen Beweis seiner Fremdheit gepeinigt wurde. Hörte nicht die Stimme von Fatmatta, der Vogelfrau, die sie durch den gefahrvollen Wald leitete, weil genau im selben Augenblick das letzte Haus ihres Anspruchs auf diese Welt mit einem lautem Krachen, der in den Körpern der fliehenden Pilger widerhallte, im grauenerregenden Schmelzofen ihres Unglücks zusammenbrach. Später in jener Nacht löschten die unerbittlichen Gewalten des einsetzenden Regens die letzten Feuer der Erinnerung an Malagueta. Für immer waren ihre Namen an diesem Ort ausgelöscht, trotz der Stimmen, die um Verständnis flehten, derweil die Cromantines und ein paar wenige weitere Einwohner Malaguetas, glücklich entronnen, einer zerfetzenden Einsamkeit zustrebten.

4 *Die Ballade von den zwölf Jungfrauen*

An jenem Morgen, der dem Tag auf dem Fuße folgte, an dem er im Kolonialkrieg sein linkes Auge eingebüßt hatte, glaubte Thomas Bookerman, er hätte alles verloren. Er hegte bitteren Groll gegen die ganze Welt, gegen die Weißen, für die er gekämpft, wie gegen die, die er bekämpft hatte. Wenn er seine Aussichten in dieser Welt überdachte, kam er zu dem Schluß, daß er dadurch, daß er nicht mehr einhundertprozentig gesund war, von der schlimmsten aller möglichen Katastrophen heimgesucht worden wäre. Er hatte nie geheiratet, war ein Jahr vor dem Krieg geflohen, um ein freier Mensch zu sein, und bereit, für seine Freiheit auch zu töten. Daß er jedoch sein Leben für Leute in die Schanze geschlagen hatte, die es nicht verdienten, überhaupt am Leben zu sein, hinterließ in ihm ein taubes, erbitterndes Gefühl. So war er überrascht, als er sich zwei Jahre später trotz seines Gebrechens an der Spitze von zwölfhundert Männern, Frauen und Kindern wiederfand, die es sich am Küstenstreifen eines großen Ozeans in ihren Zelten gemütlich gemacht hatten, so gut es eben ging, und erwartungsvoll auf ihr neues Heimatland schauten. Sie waren ein rauher Haufe, Grenzläufer und Frauen, die über das gesamte Antlitz der Erde gezogen waren und wußten, wie man mit Bluthunden fertig wird – entschlossen und von unbeugsamem Glauben beseelt wie Kreuzfahrer, durchdrungen von der Inbrunst von Priestern, die schwören, einen neuen Tempel zu errichten, weil sie dem Teufel ins Gesicht geschaut und ihn im Kampf niedergerungen haben. Im Morgengrauen legten sie ihre Zelte zusammen, dankten den Seeleuten, die sie hergebracht hatten, und setzten ihre Reise zu Fuß fort.

Angeregt von den wundersam anmutenden Geschichten über die unglaublichen Malaguetaer, die eine Stadt gegründet haben sollten, hatten Thomas Bookerman und seine Leute beschlossen, den Ozean zu überqueren. Ein betrunkener Seemann hatte ihnen von diesem Ort irgendwo in Afrika erzählt, an dem sie leben könnten, ohne von den Weißen gequält zu werden.

Der Matrose hatte seinen Bericht den Worten: »Die leben da im Paradies« beschlossen.

Den Enthusiasmus des Matrosen hatte Thomas Bookerman zunächst einem langen Piratenleben bei leichten Mädchen und Glücksspiel zugeschrieben. Die Vergangenheit hatte ihn gelehrt, vorsichtig zu sein. Das Leben war ein Schlachtfeld, auf dem nur die Starken und Grausamen überlebten. Auch wenn die Gegenwart im Vergleich zur Vergangenheit kaum eine Verbesserung ihrer Situation darstellte, gab sie ihm doch die Möglichkeit nachzudenken, zu hoffen und zu träumen. Über seine Beharrlichkeit fand er auch den Mut, sich mit seiner Behinderung abzufinden und darauf zu hoffen, daß für ihn im Leben noch nicht alles verloren und vorüber wäre. Wenn es nur einen Hinweis auf die Richtung gäbe, in die er sich wenden sollte, irgendein unzweideutiges Zeichen des Schicksals, dann wäre ihm wohler, und er wäre bereit, sich auf größere Dinge einzulassen. Wenn er nur nicht immer so mißtrauisch sein müßte! Trotzdem fiel es ihm schwer, den Gedanken an das ferne Land, den der Betrunkene in ihm erweckt hatte, aus dem Gedächtnis zu löschen. Er würde seinem Gespür für das Richtige vertrauen müssen.

Thomas Bookerman wußte von dem Aufstand in Santo Domingo, hatte von Macandal, dem Linkshänder, gehört, dessen Name sich wie der von Toussaint L'Ouverture mit den furchterregendsten Geschichten über die dämonischen Mächte und die Abgebrühtheit verband, die Menschen ihrer Hautfarbe je in den Herzen der Franzosen hervorgerufen hatte. Als kleiner Junge hatte er von diesen Männern in jenem fernen Land der Schwarzen geträumt, und in einem unzugänglichen Winkel seines Herzens bewahrte er die Erinnerung an sie. Die unübersehbaren Merkmale der Ausbeutung seiner Leute, die sich nach dem Kolonialkrieg jetzt mühsam im Kanadischen durchs Leben schlugen, spornte ihn an, nach Auswegen zu suchen. Plötzlich träumte er wieder davon auszuwandern, stellte sich wieder ein Land am Fuße eines furchteinflößenden, gebieterischen Berges vor, in dem sie sich niederlassen konnten. Die Vorstellung ergriff schließlich vollständig Besitz von ihm, und eines Abends klopfte er an alle Türen der Holzhäuser, entschlossen, die Männer von den Vorteilen seiner Idee zu überzeugen.

»Wir müssn hier weg und auf de Vorsehung baun, daß wir da ankommn«, sagte er.

Er wies in Richtung Meer und versuchte, sie mit der Aussicht auf ein grenzenlos weites Land, das sich hinter den Tiefen des Ozeans erstreckte, auf seine Seite zu ziehen, in dem sie sich bessere Häuser bauen, Familien gründen und sich gegen ihre Feinde zur Wehr setzen würden.

»Denkt drüber nach«, sagte er. »Da müssn unsre Herzn nicht mehr brenn'n wegn de Weißkerle.«

Die Männer saßen in steinernem Schweigen und hörten ihn an. Es waren keine Männer, mit denen man Spielchen treiben konnte. Sie hatten für ihre Freiheit gekämpft und getötet und waren gewöhnt, von ihren früheren Herren wie von allen Propheten betrogen zu werden.

»Guckt euch hier um«, fuhr Thomas Bookerman fort. »Das ist kein Land für Männer, Fraun oder Kinder. De Weißkerle gebn uns, was sie nicht habn wolln, und ihr seid damit zufriedn?«

Ein alter Schwarzer mit dem Aussehen eines furchtlosen afrikanischen Kriegers sprach für die anderen.

»Wie solln wir wissn, daß kein Trick dabei ist? Hier sind wir frei, und wir gehn nicht zurück nach Afrika, damit sie uns wieder einfangn.«

»Ich weiß, was ihr für de Brüder empfindet«, erwiderte Thomas Bookerman, »sie habn euch schon mal im Stich gelassn. Nur, wovor habt ihr Angst? Was is denn die Freiheit, wenn ihr nicht bereit seid zu prüfn, was sie wert ist, die Demütigung abzuwerfn, de Trän'n vom Gesicht abzuwischn? Hier an diesem Ort für Tote werdet ihr nie richtige Männer und Fraun sein. Alle frein Menschn müssn zu nem neuen Ort gehn, wenn sie neue Menschn werdn wolln. Und wir werdn mit Waffn gehn, also kann uns niemand schlagn.«

Die Männer blickten um sich. Keiner traute sich zu sprechen, doch sahen sie in den Augen ihrer Kinder und Frauen, die zusammengedrängt in den furchteinflößend düsteren Ecken hockten, die Male der Verzweiflung, die langen, verhärteten, verhärmten Gesichter aus den Straßen der Verwünschung, die untergeordnete, demütigende Rolle ihres gegenwärtigen Lebens, und so gaben sie unter dem tiefen und durchdringenden Schweigen ihrer Frauen und Kinder nach und stimmten zu, den einäugigen Mann auf seiner wahnwitzigen Reise über das Meer zu begleiten.

Ein Jahr später warf Thomas Bookerman an der Spitze von zwölfhundert Männern, Frauen und Kindern an der Küste von Kasila Anker. Er machte sich mit zweiundvierzig Männern auf die Suche nach dem Paradies, von dem ihm der Seemann erzählt hatte. Die übrigen ließen sie zurück. Die erstaunten Einheimischen hatten angeboten, sich in der Zeit ihrer Abwesenheit um die Zurückbleibenden zu kümmern. Mit Neuigkeiten über den Verbleib der ersten Malaguetaer konnten sie nicht aufwarten. Thomas Bookerman war davon überzeugt, daß sich die Geschichte vom Paradies als Märchen erweisen würde. Trotzdem hoffte er irgendwie darauf, daß die Wirklichkeit ihn Lügen strafte. Sie hielten sich an die Route der Karawanen, der die arabischen Salzhändler auf ihrem Weg ins Innere des Landes folgten, blieben in der Nähe des großen Flusses, der ihnen mit donnerndem Lärm und blauem Widerschein den Weg wies. Gerade erst eine Meile gegangen, stellten die Männer überrascht fest, wie stark die Luft nach Erde duftete. Die Sonne erhob sich aus ihrem Bett, und sie entdeckten prächtige, Reptilien fressende Vögel, die wie riesige Fische aussahen und hier bereits seit dem Ur-Anfang aller Zeiten zu Hause waren. Es waren mutige, abenteuerlustige Männer, die versuchten, sich ihren Weg tief in den dichten und geschwätzigen Wald zu schlagen, und bald schon gelangten Thomas Bookerman und die Seinen in ein Gebiet, in dem die Blätter einen grünen und giftigen Schleim absonderten, der sofort ein riesiges, unbändiges Hungergefühl in ihnen hervorrief. Sie schmeckten das Salz eines Landes, dessen Umrisse auf keiner Karte verzeichnet waren. Nicht einmal in ihren kühnsten Träumen hatten sie sich ausgemalt, daß dieses Land sich so unermeßlich zu ihren Füßen ausdehnte. Dann entdeckte Thomas Bookerman zu seiner Überraschung die Sänfte mit den Tieren, die sich akrobatisch verrenkten, und dem Thron von Isatu. Sie stand noch ebenso dort wie damals, als Gustavius Martins sie unter einer Wolke der Fassungslosigkeit und Unsicherheit über das eigene Glück begraben hatte.

Am Abend des ersten Tages rasteten Thomas Bookerman und seine Männer am Rande eines Wasserfalls, um sich auszuruhen. Sie hatten ausreichend Nahrung im Gepäck – Stockfisch, Brot, Mais und geräuchertes Alligatorenfleisch. Sie aßen mit Behagen und tranken das klare Wasser aus dem kleinen Teich unterhalb des Wasserfalls. Stunden später, während die meisten seiner Männer schliefen, grübelten Thomas Bookerman und zwei andere, die sich als Wache freiwillig gemeldet hatten, über das Wesen des Seins nach und über die Gründe, warum sie die weite Reise gewagt hatten. Für den kräftig gebauten Mann, der bei dem Versuch, seinen kommandierenden Offizier den Klauen des Todes zu entreißen, ein Auge eingebüßt hatte, bestand der Sinn des Lebens darin, die eigenen Wünsche den erhabensten Idealen unterzuordnen: den Geist zu erheben zur Verherrlichung einer dem Wohle der Menschheit gewidmeten Arbeit. Thomas Bookerman war der Überzeugung, daß nichts dem Menschen unmöglich sei, weder die Verschmelzung mystischer und animistischer Glaubensvorstellungen mit der christlichen Religion noch die göttliche Erlösung, da beide im Wesen des allerersten Lebensprinzips begründet lagen: im Glauben an die Bedeutung der Zeit. Und auf die Zeit hatte auch er vertraut, als er vor einem Jahr darauf wartete, diese Expedition zu unternehmen. Er war fest davon überzeugt, daß das Universum einer bestimmten Ordnung unterworfen sei und daß der Mensch aufhören würde, andere Menschen zu unterdrücken, wäre er erst einmal von seiner Furcht befreit. In der Stille der Nacht, die nur vom Geräusch des sich über die urgeschichtlichen Steine ergießenden Wassers durchbrochen wurde, stellte sich Thomas Bookerman die Welt vor, die er erschaffen wollte: frei, gerecht und menschlich. Er hatte die Reise angetreten, um seinen Traum Wirklichkeit werden zu lassen, und nichts sollte ihn aufhalten.

Seine Gefährten träumten sich einen geheimnisvollen und absoluten Gott, der sie für einen göttlichen Zweck geschaffen hatte. So fühlten sie, und das stellte eine große Herausforderung für sie dar. Die Reise in das unbekannte Land hier war ihnen Teil dieser Herausforderung. Plötzlich wurden sie aus ihren Träumen gerissen. Etwas schien sich ihnen zu nähern. Während sie in Gedanken versunken dagesessen hatten, war ihnen entgangen, daß der friedliche Atem der Nacht in eine Vielzahl von Geräuschen übergegangen war. Es schien, als erwache die Erde aus einem langen Schlaf und umzingele sie nun mit den nächtlichen Regimentern der tropischen Breiten – Leguanen, Dachsen, Vipern und Mungos, angezogen vom Schein ihres Lagerfeuers.

Die Wächter verscheuchten sie mit Flammenscheiten, bemüht, ihre schlafenden Kameraden dabei nicht zu wecken. Nun jagte diese Welt ihnen Angst ein: Angst vor ihrem unberechenbaren Antlitz, ihren vielen Tierhöhlen, ihrer unheimlichen Finsternis und unermeßlichen Ausdehnung, ihren schaurigen und urtümlichen Stimmen, die niemals Ruhe gaben, und vor dem bebenden und unberechenbaren Antlitz ihrer Erscheinungen. Nach einer Weile ließen die nächtlichen Besucher sie in angespanntem Zustand zurück.

Als sie nach ihrer Berechnung bereits drei Tage durch den Regenwald gezogen waren, ohne anderen Menschen zu begegnen, begannen einige daran zu zweifeln, ob sie je ihr Ziel erreichen würden, und äußerten ihre Vorbehalte.

»Wir machn uns hierhin auf, damit wir de Brüder und Schwestern findn«, drang Thomas Bookerman in sie, »und wir müssn der Vorsehung traun, damit wir sie findn.«

Am nächsten Tag hatten sie den Regenwald überwunden und sahen wieder auf den Fluß, den sie nach dem ersten Tag aus den Augen verloren hatten. Inzwischen über und über mit den Absonderungen und Ausdünstungen des Waldes bedeckt, beschlossen sie, ein Bad zu nehmen.

»Gebt acht auf de Krokodile, de Viecher fressn Menschn«, warnte Thomas Bookerman seine Männer. Sie glitten ins Wasser und wuschen sich die Male ihres ersten Zusammentreffens mit dieser Welt vom Körper. Es war so angenehm hier, daß die Männer schon bald nicht mehr an Krokodile dachten. Später am Nachmittag, als sie sich am Ufer in der Sonne ausruhten, wurde einer von ihnen von einem großen Reptil ins Wasser gezogen und ward nicht mehr gesehen. Ernüchtert und traurig machte sich die Truppe wieder auf die Suche nach ihren Vorgängern. Es war März; wegen der Regenfälle oder Wirbelstürme, die noch die erste Erforschung dieser Region schmerzvoll behindert hatten, brauchen sie sich also keine Sorgen zu machen. Doch das wußten sie nicht. Die Sonne brannte erbarmungslos auf sie herab und zwang sie, ihren Zug durch die unbekannte Wildnis zu verlangsamen. Manchmal tauchten, angelockt vom Lärm, den die Reisenden auf ihrem Marsch verursachten, ein Leopard oder eine Hyäne aus den Tiefen der fremden Welt auf. Doch gleich darauf waren sie wieder verschwunden. Eines Tages blockierte eine Herde wilder Elefanten ihren Weg. Zum Glück wurden sie nicht angegriffen.

Nach zwölf Tagen bildeten sie sich ein, in der namenlosen, düsteren Welt unerträglicher Einsamkeit, die sie mit ihren säulenhohen Bäumen zu Zwergen machte und einer unüberschaubaren Vielfalt von Pflanzen, Raubtieren und anderen Geschöpfen Heimstatt war, schon sehr weit vorangekommen zu sein. Verwundert, fasziniert und furchtgeschlagen nahmen die Männer die Überfülle der Farben und Gerüche in sich auf. Es war ein wahnwitziger Zug, den nur Menschen unternehmen konnten, die ein dämonisches Schicksal vorantreibt und die nichts über den Erdball wissen. Zwei Tage später, als sie bereits alle Hoffnung fahren gelassen hatten, jemals wieder aus dieser eintönigen Finsternis herauszufinden, und schon glaubten, es wäre nur noch eine Frage der Zeit, bis die wilden Tiere über sie herfielen, öffnete sich der Wald zu einem saftigen und fruchtbaren Tal inmitten sanfter Berghänge, aus denen sich der dunkle Rauchfaden eines Feuers in den klaren blauen Himmel wandt. Zwei Wochen hatten sie für ihre Suche nach den ersten Malaguetaern gebraucht. Sie schliefen gut in dieser Nacht, und als Thomas Bookerman am nächsten Morgen erwachte, machte er sich auf die Suche nach dem Ursprung der Rauchsäule, die sie gesichtet hatten. Dort auf dem Gipfel des Berges bemächtigte sich seiner die maßlose Einsamkeit, die nur Eroberer empfinden können. Mit Schrecken mußte er feststellen, daß sich der unermeßliche und wilde Ozean ihrer jüngsten stürmischen Geschichte mit den noch immer in der Bucht vor Anker liegenden fünfzehn Schiffen klar und deutlich gegen den Himmel abzeichnete.

»Wenn man bedenkt, daß wir nur ne Meile vorangekommn sind«, brach es aus ihm hervor.

Wie ein Blitzschlag traf es Thomas Bookerman, daß er und seine Männer gute zwei Wochen darauf verwendet hatten, nach den verlorenen Malaguetaern zu suchen, und sie das lediglich drei Tage gekostet hätte, wenn sie sich dem Fluß anvertraut hätten. Fürderhin erinnerte er sich immer an jenen Tag als an den Augenblick, in dem er den Entschluß faßte, eine Siedlung anzulegen, die das ganze Ausmaß des Gebietes umschlösse, das sie durchzogen hatten, einschließlich der Küste. Die sollte sie vor Piraten schützen, die früher oder später Versuche anstrengen würden, den Ort zu erobern. Zunächst aber mußten er und seine Männer die Malaguetaer finden.

Zwei weitere Tage drangen sie noch vorwärts, stöhnten und ächzten unter der glühenden Sonne, die mit ihrem roten Auge auf sie herabbrannte. Manchmal erlag der eine oder andere der Hitze, furzte, fluchte und wünschte sich für einen Augenblick den Geruch und Geschmack im Innern der Häuser zurück, die unglücklicherweise jetzt so weit hinter ihnen lagen. Als sie schon glaubten, ihr letztes Stündlein hätte geschlagen, erregte ein riesiger Baum ihre Aufmerksamkeit. Er sah anders aus als alle, die sie bislang gesehen hatten.

Auf seinen Ästen hockten große Vögel. Wie Ghulen sahen sie aus mit ihren nackten Hälsen, an denen die Federn fehlten. Diese urzeitlichen Kreaturen wollten sich anscheinend über ein Festmahl hermachen. Mit letzter Kraft schleppten sich Thomas Bookerman und seine Leute zum Baum. Was sie dort sahen, ließ ihnen die Haare zu Berge stehen. Was sie vorfanden, war nicht das, wonach sie ganze Zeit gesucht hatten.

Statt dessen trafen sie auf eine Gruppe verbittert und mißtrauisch dreinblickender Menschen. Es waren die Überlebenden des ersten Malagueta. Sie hatten die Grenzen des Lebens hinter sich gelassen. Thomas Bookerman führte ihre Zurückhaltung auf die Abgeschiedenheit des Ortes zurück, auf die Tatsache, daß sie von allem menschlichen Kontakt abgeschnitten gewesen waren und von ihrer Ankunft mit Sicherheit nichts wußten.

Noch einmal stand Thomas Bookerman vor der schwierigen Aufgabe, Menschen zu überzeugen, sich ihm anzuschließen. Er verwies auf die zahlenmäßige Stärke der neuen Siedler, führte an, daß sie »mit jedem Übergriff von Tiern und Menschn fertig werdn« könnten, und warnte vor der Gefahr des Todes, der sie sich in den windgeschlagenen Bergen aussetzten. Er versuchte, sie damit zu überreden, daß sich unter den neuen Siedlern Hebammen befanden, Priester, die ganze Gemeinden mitgebracht hatten, Männer, die sich im Feldbau auskannten und alle erdenklichen köstlichen Früchte anbauen würden.

»Wir wolln mit euch teiln, was wir habn«, sagte er.

Mehr als alles andere war es diese letzte Bemerkung, die Sebastian Cromantine zu der Überlegung veranlaßte, sich ihnen anzuschließen. Zwar gediehen seine Kaffeesträucher gut, doch fühlte er sich in ihrem durchdringenden Geruch, in ihrem düsteren Schatten, im warmen, süßlichen Aroma der Bohnen, das sein Haus beherrschte, weil er sie nicht verkaufen konnte, wie in einer Falle. Die Aussicht auf ein mögliches Geschäft an der Küste im Schutze der unbezweifelbaren Möglichkeiten einer neuen Siedlung, ließ ihn schließlich alle Vorbehalte aufgeben, die er gegen einen Wiedereinzug in die Ruinen von Malagueta hatte. Eine Woche, nachdem Thomas Bookerman mit seiner Mannschaft wieder abgezogen war, wies Sebastian Cromantine seine Frau an zu packen.

»Müssn wir dahin zurück?« fragte sie.

»Ja«, erwiderte er. »Weil wir da unsern Sohn gezeugt habn.«

Den anderen ersten Malaguetaer gefiel der Anblick der Neuankömmlinge nicht. Sie waren vielmehr verärgert, weil ihr Versteck entdeckt worden war. Vor acht Jahren, als sie vor den plündernden Horden fliehen mußten, hatten sie sich hierher zurückgezogen und sich geschworen, nie wieder vor irgend jemandem zu fliehen. Sie hatten mit wilder Entschlossenheit und Hartnäckigkeit gearbeitet, ein neues, etwas kleineres Waldstück gerodet und waren nun soweit, fast wieder so etwas wie ihr früheres, normales Leben führen zu können. Sie hatten einen langen Weg hinter sich, sich zunächst von wilden Wurzeln und dem Fleisch von Affen und Eidechsen ernährt, das in ihren Mägen rumorte, und nach nur einem Monat bereits fünf Leute verloren. Als sie flohen, hatten sie nur das mit sich nehmen können, was sie auf dem Leibe trugen, und ein paar Kleinigkeiten. Also mußte alles neu entdeckt und erforscht werden: die Herstellung von Werkzeugen, die Verwendung von Farben, die Auswahl von Fellen zum Gerben, die Errichtung notdürftiger Unterkünfte, alles, was sie benötigten.

Isatu, die gerade mit Gustavius im Bett gelegen hatte, als Malagueta angegriffen wurde, war mit ihm gemeinsam geflohen. Sie führte die Siedlung durch diese schweren Zeiten, brachte den Frauen bei, wie man neue Gerichte kocht, zeigte ihnen, wie man Fleisch einsalzt und damit haltbar macht, so daß man nicht jedesmal, wenn man Hunger hat, auf die Jagd gehen muß. Als Kind der Natur kannte sie die Kräuter, mit deren Hilfe es ihnen gelang, in der schrecklichen Zeit nach ihrer Flucht zu überleben.

Sebastian Cromantine widmete sich, nun, da seine Seele nicht länger mehr in einem Gefängnis aus Schatten und Trugbildern gefangen war, mit unermüdlichem Fleiß seiner Kaffeeplantage. Er arbeitete fieberhaft wie ein Mann, der gegen die Zeit läuft, um noch rechtzeitig an sein Ziel zu gelangen. Und er mußte zu einer Küste vorstoßen, die der unheilschwangere Strom des Mißerfolgs heimsuchte. Eigentlich glaubte er nicht, daß er keinen Erfolg haben würde, denn bisher war ihm alles im Leben gelungen. Er kannte aber weder dieses Land richtig, noch wußte er, welcher unüberwindliche Gegner irgendwo im Hinterhalt lag, um ihm seinen Siegeslohn vor der Nase wegzuschnappen. Die Kaffeebohnen waren sein ein und alles, sein Halt auf dem Weg durch einen langen Tunnel, an dessen Ende er jetzt einen Lichtschein ausmachte. Durch die Veränderungen in ihrem Leben mußte er die Idee aufgeben, bald mit den Weißen Handel zu treiben.

Sobald aber die ersten Bohnen erntereif waren, räumte er ihre geringe Habe aus dem Hinterzimmer ihres notdürftigen Häuschens, baute eine starke Doppeltür ein und machte es zum Lagerraum für seine Bohnen.

Im ersten Jahr nach ihrem Rückzug in die Berge hatte Jeanette Cromantine, erschüttert zwar durch das schreckliche Erlebnis und voller Angst, doch trotzdem immer frohen Mutes, einem Sohn das Leben geschenkt. Die Schwangerschaft war schwierig: die Folge ihrer Mühsal. Sie hatte gewaschen und geputzt, versucht, in der gewalttätigen und ungezähmten Wildnis so etwas wie ein Heim zu schaffen. Ihr gutes Aussehen, ihre überschäumende Zuversicht und ihren Mut hatte sie sich bewahrt. Ihr Körper zeigte aber deutliche Anzeichen einer Mangelernährung, weil ihnen der Ort zuwenig Kohlehydrate bot. Im letzten Schwangerschaftsmonat wurden ihre Krampfadern so hart und schmerzten so sehr, daß sie kaum noch laufen konnte. Ans Bett gefesselt, fühlte sie sich zum erstenmal seit ihrer Ankunft in der neuen Heimat schlecht. Ihre Freundin Isatu Martins tröstete sie. Als die ersten Wehen einsetzten, vergaß sie fast den Mann, ihren Mann, der die ganze Zeit neben ihrem Bett stand.

»Mach dir keine Sorgn, wir werdn hier rauskommn. Und wenn wir erst mal das Schlimmste überstandn habn, bau ich dir das schönste Haus hier in de Bergn.«

Sie machte sich aber Sorgen, daß ihr Baby wegen der schlechten Ernährung krank oder behindert auf die Welt kommen könnte.

»Sieh mich an, Sebastian, sag mir, daß du keine Angst hast.«

Er fürchtete sich nicht. Furcht oder Angst waren etwas, wogegen er Vorsorge getroffen hatte. Als er sie jetzt ansah, war er sich sicher, daß trotz ihrer entwürdigenden Lebensumstände, trotz der Tatsache, daß sie auf einer Matratze aus steifem, stacheligem Gras schliefen, die über ein hartes Bett aus billigem Holz gebreitet war, seine Frau und sein Kind keine weiteren Entbehrungen ertragen müßten. Wenn er sich unbarmherzig durch den dichten, geheimnisvollen Wald schlagen mußte, damit sie nicht hungerten, dann würde er das tun. Er hatte sich nicht davor gefürchtet, in Virginia auf dem Schlachtfeld zu sterben, als er für seine Freiheit kämpfte. Er wußte, wie man kämpfte.

Einen Tag vor der Geburt ihres Sohnes erwachte Jeanette Cromantine mit Fieber, das sie erschöpfte und für den ganzen Tag niederstreckte. Isatu Martins flößte ihr ein Gebräu aus den Wurzeln eines geheiligten Baumes ein, die sie in dem verzauberten Wald ausgegraben hatte, aus Eidechsen, die sie in weißen Schildkröteneiern eingeweicht hatte, damit sie für langes Leben sorgten, aus gemahlenen Adlerschnäbeln, damit das Kind furchtlos aufwuchs, und aus Geieraugen, die ihm die Kraft geben sollten, im Dunkeln zu sehen. Jeanettes Wehen zogen sich über zwanzig Stunden hin. Sie begannen, als sie am holzgefeuerten Herd stand, um Sebastian das Abendessen zu kochen.

»Hol de alte Granny«, forderte sie ihren Mann auf.

Die alte Frau hieß Rosa und hatte in ihrem Leben schon vielen Babies auf die Welt geholfen. Selbst hatte sie einen Sohn geboren, der dafür gelyncht worden war, daß er in Alabama eine weiße Frau lüstern angesehen hatte. Sein Tod hatte sie aber weder verbittert noch mit einem verlorenen Gedächtnis geschlagen.

Als Jeanette Cromantines Wehen sich meldeten, hieß Rosa sie, sich auf das Bett zu legen, und traf die Vorbereitungen für ihre Tätigkeit als Hebamme. Während ihrer schweren Prüfung stellte Jeanette Cromantine fest, daß ihre Sinne sich nicht auf die Schmerzen konzentrierten, die sie verspürte. Eine große Wolke umschloß sie, und sie merkte, wie ihr Körper erschlaffte. Dann, als sie sich auf den langen Weg machte, die wirkliche Welt der Weiblichkeit zu erkunden, sah sie wie durch einen Traum, daß sich eine außergewöhnlich schöne Frau neben sie legte. Die Schmerzen, die sich ziehend in ihrem Unterleib ausgebreitet hatten, vergingen, und Jeanette Cromantine sah das göttliche Gesicht von Fatmatta, der Vogelfrau. Die verfrühten Altersfalten, die jahrelange Arbeit auf den Feldern und in den Küchen hochmütiger Bräute in ihr Gesicht gezeichnet hatte, waren verschwunden. Sie hatte den Körper einer Sechzehnjährigen und die Hände einer Frau, die Arbeit nie kennenlernte. Die Zeit schien spurlos an ihr vorübergegangen zu sein. Sie ließ Jeanette Cromantine keinerlei Muße, sich zu wundern, woher sie so plötzlich aufgetaucht war, noch, warum sie so verändert aussah, denn mit einem Mal fühlte die Schwangere, wie sich das Kind in ihrem Schoß in den Geburtskanal drehte.

»Weiter, Schwester«, sagte Fatmatta, die Vogelfrau.

Sie hielt Jeanette Cromantines Hand. Dann, als übertrage sie der Frau, deren Kräfte nachzulassen begannen, ihre Kraft, fing Fatmatta, die Vogelfrau, an, den gewölbten Bauch Jeanettes zu streicheln, die sich auf dem Bett hin und her warf. Große Schweißperlen standen auf ihrem Gesicht, doch die sanfte Hand der anderen Frau wischte sie weg. Sie waren zwei Frauen, die gemeinsam eine Reise zu Ende brachten, zu der sie vor langer Zeit aufgebrochen waren.

»Trag meine Glasperlen für mich«, hatte Fatmatta, die Vogelfrau, Jeanette Cromantine vor langen Jahren gebeten.

Nun, da die Wehen sich zu den hohen Wellen der Geburt türmten, nahm Fatmatta, die Vogelfrau, eine neue Perlenkette vom Hals. Sacht strich sie damit über Jeanette Cromantines Stirn und murmelte eine Beschwörung.

»Jetzt ist es soweit«, flüsterte sie der sich aufbäumenden Frau zu.

Ein lauter, spitzer Schrei entrang sich den Lippen der Gebärenden, die Schlangen ihrer Krampfadern rollten sich auf, und in dem fürchterlichen Augenblick zwischen Leben und Tod, zwischen Freude und Sorge, wurde ihr Becken von seiner Last entbunden, und der Schweiß, der ihre Brauen umwölkte, lief ihr über das Gesicht, das wie eine unbezahlbar kostbare Maske der Vorfahren in strahlendem Glanz leuchtete. Jeanette Cromantine schlief ein, und als sie erwachte, sah sie Rosa mit dem Baby im Arm neben sich stehen. Dann fiel ihr ihre Freundin wieder ein.

»Wo is Fatmatta, de Vogelfrau?« fragte sie.

»Hier is niemand, bloß du und ich, und du hast nen hübschn klein'n wollhaarign Jungn. Sieht aus wie sein Daddy.«

Sie übergab Jeanette Cromantine ihren Sohn. Die Mutter betrachtete das Baby, das die Hebamme schon von allem Blut befreit hatte. Dann dankte sie Gott für die andere Frau, die bei ihr gewesen, die den schwierigen Weg mit ihr gemeinsam gegangen war. Plötzlich war sie sich sicher, daß sie niemals mehr allein und einsam wäre, weil jemand über sie wachte. Und weil sie ihren Sohn hatte. Sie gab der alten Frau das Baby zurück und war schon fast wieder eingeschlafen, als Rosa sie ermahnte.

»Das Kind muß trinkn, wozu hast du deine Brust?«

Die Sonne brach durch die Wolkendecke. Ein Pirol kam herbeigeflogen und setzte sich auf das Fensterbrett. Als Jeanette Cromantine durch das Fenster in den Himmel schaute, ging die Sonne auf. Ein zweites Mal betrachtete sie ihren Sohn. Ein ungeheures Glücksgefühl durchflutete sie, und es war schön, das neue Leben neben sich zu berühren.

Dieser neue Anfang stand unter günstigem Vorzeichen. Die Geburt des ersten Sohnes stellte bei den Träumern, die vom Meer und dem Verrat des Schicksals hart geworden waren, die seelische Kraft wieder her. Sie hatten ihre Frauen immer mit Sorge betrachtet, schienen diese doch weit mehr für die Arbeit im Freien geeignet als für das Wochenbett. Jeanette Cromantine aber trug den Frauen jetzt neuen Respekt ein. Einen Tag nach der Geburt lag sie im Bett, aß Reissuppe und stimmte nach langem Hin und Her endlich zu, daß ihr Unterleib von der alten Frau, die etwas über nichtsnutzige Ehemänner in sich hineinmurmelte, während sie sich an ihre Arbeit machte, fest mit einer großen Stoffbahn und geräucherten Guavenblättern umwickelt wurde.

»Leg dich hin, und laß dir de Bauch verbindn, oder er wird nie wieder wie vorher«, sagte die Alte.

Jeanette Cromantine spürte, wie die verbrauchte Luft postnataler Schwäche aus ihrem Körper gepreßt wurde. Auch wenn sie sich ein wenig unwohl fühlte, war sie doch glücklich, weil sie jetzt mit dem fleischigen Bündel, das neben ihr lag, einen Anspruch auf die Welt geltend machen konnte. Sie fühlte, wie er atmete, und als er einmal aufschrie, nahm sie ihn hoch und unterwarf sich dem Ritual der Mutterschaft. Und es machte ihr nichts aus, daß ihre Brust ein wenig schmerzte, als sie ihn mit Leben und Liebe tränkte. Als es ihm erlaubt wurde, seinen Sohn zu sehen, küßte Sebastian Cromantine mit seinen aufgeworfenen Lippen seine Frau auf beide Wangen und dankte ihr dafür, daß sie die Fortsetzung seines Stammbaums gesichert hatte. Dann hob er mit seinen federartigen Händen das kleine Wunder hoch, weinte vor Glück und für seinen Vater und fühlte, daß ihm die Last seiner Schuld wie von den Schwingen eines großen Vogels von der Brust genommen wurde.

»Bald läuft er überall rum und sagt Mama, Mama«, stellte er sich vor.

»Nee«, erwiderte die Frau. »der sagt nicht nur mein'n Namn. Er wird rumziehn und uns stolz machn, weil er der Erstgeborne ist.«

Eine Woche später wurde Sebastian vom Engel der Eingebung geküßt, gab seinem Sohn den Namen Emmanuel und ließ ihn, gegen die Einwände seiner Frau und nachdem er einen Bullen geschlachtet und mit Schnaps ein Trankopfer vollzogen hatte, vom ältesten Siedler, der für sich in Anspruch nahm, magische Kräfte zu besitzen, beschneiden. Um zu beweisen, daß er die Wahrheit sagte, ritzte der Alte einen Nasenflügel ein, fuhr mit einem Blatt darüber hinweg, und am nächsten Tag war die Wunde vollständig verschwunden. Sebastian Cromantine zeigte sich tief beeindruckt.

Jeanette Cromantine wachte wie eine Falkin über ihren Sohn. Sie lächelte, wenn er seinen großen Zeh in den Mund zu stecken versuchte, und war beunruhigt, wenn ihm etwas nicht behagte oder er Verdauungsstörungen hatte. Bald darauf aber, als er anfing, zu laufen und Kaulquappen zu fangen, Steine in die Mangobäume zu werfen, und wie ein Mann im Stehen pinkeln konnte, vermißte sie die Idylle seiner frühen Kindheit und dachte an ein zweites Kind.

In dieser entspannten Atmosphäre verbrachten die Cromantines acht Jahre ihres Exils. Da die Männer feste Häuser errichteten und Getreide und Gemüse anbauten, verlor der Ort nach und nach sein behelfsmäßiges Aussehen. Wenn die jüngste Katastrophe je erwähnt wurde, dann verlor sie sich im Rauch der Feuer und in den Essen der Fortschritte, die sie machten. In diesem Zustand traf sie Thomas Bookerman. Sie hatten ihn und seine Truppe schon angreifen wollen, da stellten sie fest, daß sie anders aussahen als das Volk aus dem Flachland, das ihre Flucht verursacht hatte, und daß sie fast so redeten wie sie selbst.

*

Von der ersten Ansiedlung war nichts übrig außer dem Geruch nach den Gebeinen der Toten, deren Wunden nicht geheilt waren, außer der kropfigen Klage jener, die in den Grüften der Unterwelt nach Wasser suchten. Inmitten der Verwesung der toten Augen flackerte jedes Jahr im Januar ein großes Feuer auf, an dem sich ein Mann und eine Frau in Kleidern der Flüchtlinge wärmten, wenn sie vergeblich nach ihren früheren Häusern Ausschau hielten.

»Wir hoffn, sie findn bald Friedn«, sagte Thomas Bookerman, derweil er und seine Leute einen Limonenbaum pflanzten, um dic Geister der Toten zu vertreiben, bevor sie daran gingen, das Land ringsherum zu säubern.

Es dauerte zwei Wochen, bis die Neuankömmlinge ihre Besitztümer von den Schiffen an Land gebracht hatten und mit der mißlichen Lage der ersten Siedler fertig geworden waren. Im Gegensatz zu den ersten Malaguetaern, die sich hinsichtlich ihres Überlebens auf ein Zusammenspiel aus Hoffnung, Glauben und dem Wohlwollen anderer verlassen hatten, wollten die neuen Siedler nichts dem Zufall anheimgeben und hatten sich besser vorbereitet. Aus den Bäuchen der Schiffe kamen die Metallkisten und Kästen jener kurzen Zeit in Kanada sowie eine erstaunliche Vielfalt an Ausrüstungsgegenständen und Materialien zum Vorschein: grimmig aussehende, tigergezahnte Sägen, Äxte und Breitbeile, bronzene Kandelaber und Mokassins, hölzerne Essenskisten und Nachtgeschirre, Bolzen und Macheten, große Krüge mit Pasten und Ölen, in Salz eingelegtes Elchfleisch, zerbrochene kleine Kommoden und Korbflaschen. Sie waren ein bunt zusammengewürfelter Haufe mit einem einzigen gemeinsamen Interesse: das Land unerträglicher Kälte hinter sich zu lassen und so viele Meilen wie nur irgend möglich zwischen sich und die Vergangenheit zu legen. In ihrem gewählten Anführer hatten sie einen Mann gefunden mit der richtigen Mischung aus Leidenschaft und dem Stolz, sie zu führen.

Thomas Bookerman teilte das Land in Parzellen. Er zeichnete die Gegend auf, wie er sie sah, markierte mit rotem Stift alles Land, das an Kasila grenzte, über die Kamelrouten der Gold- und Salzhändler im Osten hinaus, und im Westen zeichnete er mit blauem Stift alles Land ein, das zu einer kleinen Stadt gehörte, von der aus eine Gruppe weißer Kaufleute einen Handel mit Gewehren und Fellen unterhielt. Auf diese Weise erschloß er ein Gelände von reichlich zwanzig Quadratmeilen, in dem die folgenden drei Jahre lang die Luft von den mißtönenden Klängen der Werkzeuge widerhallen sollte, mit denen die Männer Bäume fällten, Brunnen in die Tiefe gruben und Häuser bauten.

»Wir baun für de Zukunft«, sagte Thomas Bookerman.

Sie entwarfen eine schöne Stadt. Im Schatten der hohen, waldbestandenen Berge sollte sie vom Meeresufer mit seinem feuchten, dunstigen Atem hinauf zu den wogenden, grünen Hügeln und den goldenen Hochebenen steigen. Auf der einen Seite erstreckte sich ein Sumpfgebiet, das sie überqueren mußten, wenn sie an den Fluß gelangen wollten. Auf der anderen Seite türmten sich in Felsen und Dünen die Überreste einer vulkanischen Zeit.

Da ihm Namen einheimischer Helden oder Dshinns nicht zu Gebote standen, benannte Thomas Bookerman die zwölf Straßen der Stadt, die auf das Meer hinausschauten, nach den zwölf Monaten des Jahres. Den zwölf Straßen, die sich senkrecht zum Meer in Richtung der Berge erstreckten, gaben zwei Siedler, die hofften, hier ihre Kirche zu verwurzeln, die Namen der zwölf Apostel. Daher wurde das neue Malagueta in späteren Jahren, als amerikanische und britische Seefahrer, die den Hafen auf der Suche nach anderen Dingen als Okapi, Holz, Ingwer und Palmöl anliefen, auch als »Stadt der zwölf Jungfrauen und der zwölf Huren« bekannt. In den Straßen mit Blick auf das Meer wohnten nämlich, befreit von allem Druck der Verdammnis und der Hölle, die jungen, unverheirateten Männer und Frauen. In ihren Häusern mit den windgebeutelten Veranden, auf denen sie afrikanische Veilchen, Geranien und Anthurien in die tropische Meeresbrise stellten, versuchten sie, soviel wie möglich zwischen sich und die Schwermut und Trauer ihrer Vergangenheit zu legen.

In den anderen zwölf Straßen wohnten die verheirateten Männer mit ihren Familien sowie die Frauen, die, in steife schwarze Umhänge gekleidet, sich der Nadelarbeit hingaben und um verlorene Söhne oder Männer trauerten. Hier standen sich die Häuser gegenüber, so daß jeder wußte, was der andere tat, und alle gezwungen waren, sich an eine ungeschriebene, doch von allen gleichermaßen anerkannte Form der Ehrbarkeit und des Anstands zu halten. In der ersten der jungfräulichen Straßen begannen sie mit dem Bau einer Kirche, die sie *Kirche des Volkes* nannten. Einige Jahre später errichtete eine rivalisierende Sekte in der neunten Straße ihre eigene Kirche, die sie nach dem wahnsinnigen König George benannte.

Da er nie geheiratet hatte, baute sich Thomas Bookerman, an einer Stelle, wo das Land sich zur Bucht formte, ein kleines Haus am Ende der January Street, der ersten Straße, die auf das Meer hinausschaute. Hier legte er einen üppigen Garten mit Mimosen, Weihnachtssternen und Bougainvillea an und hielt Hof für die Männer und Frauen, die beinahe wie Pilger zum Meer hinabzogen, um seinen Rat einzuholen.

Ihm fehlte die Familie nicht, denn er gehörte zu den Menschen, denen das unvorhersehbare Leben manchmal eine schreckliche Last auf die Seele lädt, und es war ihm ganz recht, daß er in der Tragödie, die bis zum guten oder schlechten Ende durchzustehen er sich entschlossen hatte, keinen Sohn hatte, dazu verdammt, seinen Namen weiterzutragen. Gestern noch war er ein Mensch ohne Heimatland, nun das Oberhaupt einer Stadt, die er weit entfernt von den Härten seines früheren Daseins ins Leben gerufen hatte. Von Anfang an behandelten sie ihn mit einer Ehrerbietung, die ihn verunsicherte. Sie kamen zu ihm, um über Mittel gegen die neuen Fieberkrankheiten zu sprechen, mit denen sie sich herumplagen mußten, um ihre Streitigkeiten darüber beizulegen, wo eine Schule oder eine Kirche errichtet werden sollte, oder wegen weiterer Landrechte, damit sich keiner benachteiligt fühlte, wenn sie mehr anbauten. So war es anfangs eine sehr friedliche Welt, und da sie alle von derselben Idee beseelt waren – Malagueta von Banditen freizuhalten und zu einer der besten Städte überhaupt werden zu lassen, die auch in Zukunft weitere Zuwanderer anzöge – wich die Angst, die bei der Ankunft noch in ihnen gesteckt hatte, bald einer unerschütterlichen Zuversicht. Nach den ersten fünf Jahren waren Wald und Sumpf, die sich ihren Unternehmungen entgegengestellt hatten, einer betriebsamen Stadt gewichen, in der es geschäftig lärmte.

Die günstige Lage zum Meer brachte einige Frauen auf den Gedanken, sich im Handel zu versuchen. Sie überredeten ihre Ehemänner, ihnen kleine Läden zu bauen. In diesen Läden duftete es stark nach Mahagoni und Bambus. Hier kauften sie von den Händlern aus der Umgebung alle Früchte der Tropen und verkauften Haushaltsgegenstände, die sie von den Matrosen der die Bucht anlaufenden Schiffe erhielten oder gegen Dienstleistungen eintauschten. Mit Fächern aus Pfauenfedern wedelten sie sich Kühlung zu. Unter dem frischen Atem des Meeres und der möglichen Aussicht, unter den vielen jungen Männern den ein oder anderen Ehemann für ihre Töchter zu finden, deren Männer bereits den Weg ins Jenseits angetreten hatten, bevor Malagueta wiedergegründet wurde, blühten diese Frauen im mittleren Alter regelrecht auf und feilschten mit ihren Lieferanten, um soviel Gewinn als möglich herauszuschlagen.

»Wir machn heute Geld, damit wir morgn an unsern Enkeln Freude habn könn'n«, sagte eine Frau, mit einer sehr begehrenswerten Tochter gesegnet, die sie so vorteilhaft wie möglich verheiraten wollte. Wenn sie sich von der Zukunft etwas für ihre Kinder versprechen konnten, waren sie alle bereit, Opfer auf sich zu nehmen. Es war nicht ungewöhnlich, daß man die Händlerinnen an Regentagen, nur dürftig von breiten Kakaoblättern geschützt, triumphierend mit neuen Waren von den Kais kommen sah, wo sie stundenlang im Schlamm gestanden hatten. Dann heizten sie ihre Kohleöfen an und kochten ihren Männern Essen. Sie waren Frauen mit Pioniergeist.

Andere machten Blumengeschäfte oder Bäckereien auf oder versuchten sich als Näherinnen. So wurden die jungen Mädchen bald schon in bräutliche Etikette und Haushaltsführung eingeweiht. Um nicht zurückzustehen, suchten sich die wenigen Männer, die nicht als Tischler oder Zimmermann arbeiteten, Beschäftigung als Schuhmacher. An der Ecke Thomas Street ließ der alte Theophilus seinen Klumpfuß zur Musik seiner Standuhr tanzen und experimentierte mit dem Spürsinn eines Apothekers mit den wilden Kräutern der Gegend. Auf einem Schild über seiner Tür standen die Lettern seines Berufsstandes geschrieben.

*

Nach ihrer Rettung aus dem Exil in den Bergen sahen sich Sebastian und Jeanette Cromantine einer Welt von Diagrammen und Theorien gegenüber, in der sie sich nicht sofort zurechtfanden. Sebastian war kein Mensch, der sich mit der Vorstellung anfreunden konnte, einen Laden zu eröffnen. Ihn hatte die betörende Anziehungskraft des Landes hierhergebracht, dessen unterirdischer Schoß soviel versprach. Hinzu kam, daß in der Welt der Nostalgie mit ihrer verstaubten und verknöcherten Schönheit eine Stadt der Ladenbesitzer und Theologen fehl am Platze war. Vor allem letzteren gegenüber hatte er schon im ersten Jahr der werdenden Siedlung eine heftige Abneigung entwickelt. Er und seine Frau hatten sich in der January Street ein Haus gebaut. Es mußte die January Street sein, weil Sebastian sich der Geschichte der Stadt nur zu bewußt war:

»Wir sind de erstn Menschn, de hergekommn sind. Also werdn wir in de erstn Straße wohn'n«, meinte er zu seiner Frau.

Einen Monat nach ihrem Einzug kam eine Frau aus einem der umliegenden Dörfer zum Haus und erzählte, daß sie Jeanette noch von den Zeiten her kannte, in denen die Frau aus Malagueta mit ihnen Puppen gebastelt hatte. Sie hieß Binta und wollte den Cromantines helfen, sich häuslich einzurichten »wie meine eigene Familie«. Sie fragte, ob sie bleiben könne.

»Is mir recht«, erwiderte Sebastian darauf. »Ein Mund mehr macht kein'n Unterschied.«

Sein Sohn war mittlerweile acht Jahre alt, und die Verantwortung, für seine junge Familie zu sorgen, zwang ihn, darüber nachzudenken, womit er die Zeit ausfüllen könnte, während er darauf wartete, wieder auf seine Felder zurückzukehren.

»Wir könntn Schweine züchtn«, schlug Jeanette vor. »wir könntn welche von de Jordans kaufn und dann, wenn sie sich vermehrt habn, an de Weißn verkaufn, de herkommn.«

»Was glaubst du wohl, wieviel Geld uns das bringt? Daran denkt jeder.«

Wirklich durchlebten einige Malaguetaer schwere Zeiten. Die Ladenbesitzer waren von der Ankunft der Schiffe abhängig, wenn sie Waren einkaufen wollten, und mußten sie an die Leute aus der Umgebung weiterverkaufen. Die kamen einmal die Woche zum Einkauf. Sie waren neugierig, wie die Siedler mit ihrer neuen Umgebung zurechtkamen, und gingen dazu über, den fremden Stil bei Hausbau und Möbeltischlerei nachzuahmen. Die einzige Ausnahme in dieser von der Angst um das tägliche Wohlergehen beherrschten Stadt stellten die Frauen dar, die Schulen eröffnet hatten, weil sie davon überzeugt waren, daß Schulen nicht nur der Vermittlung von Bildung dienen, sondern auch einen gehörigen Gewinn abwerfen könnten. Viele ältere Frauen waren aus diesen Gründen nach Malagueta gekommen. Entsprechend große Aufmerksamkeit wurde der Art der Schulbauten geschenkt, der Frage, wie viele Kinder man aufnehmen und wann der Unterricht beginnen sollte. Und so wurde in der unermeßlichen Einsamkeit einer neuen Welt, in dieser Stadt der Kaufleute, das Gefühl, daß alles möglich und erreichbar war, manchmal von dem Problem getrübt, genügend zu essen zu haben und ausreichend neue Häuser bauen zu können.

Drei Jahre, nachdem Thomas Bookerman das Land in Augenschein genommen und in Parzellen unterteilt hatte, trafen sich die Zwölf Jungfrauen zum erstenmal. Sie versammelten sich im Haus der ältesten. Sie hieß Beatrice und hatte angeboten, den ersten Unterricht hinter ihrem Haus abzuhalten. Beatrice war Witwe und hatte eine Tochter irgendwo »bei Gottes Kinderlein« in Kanada. Die junge Frau hatte ihren Mann, dem man das linke Bein abgenommen hatte, nicht allein zurücklassen wollen, ihrer Mutter aber versprochen nachzukommen, »wenn der liebe Gott mir das Licht zeigt«. Die Witwe führte ein reinliches, adrettes und peinlich ordentliches Haus in der James Street, die vor kurzem in George Street umbenannt worden war. Sie nannte eine zähe, energische Einstellung zum Leben ihr eigen, mit der sie ihre siebzig Jahre Lügen strafte. Nichts zu tun war ihr ein Greuel. Nicht etwa, weil es Spott und Trugbilder in ihr Leben trug, sondern weil es sie einengte, sie sich nutzlos vorkam, wo sie doch neben ihrer inneren religiösen Berufung mit ihren Händen tätig sein wollte, im Freien sein, den Boden umgraben und Korn dreschen. Sie war recht intelligent, konnte mit erstaunlicher Klarheit lesen und schreiben und gehörte zu den wenigen, die sich etwas mit dem Beruf der Krankenschwester auskannten, hatte sie doch in dem ruhmlosen Krieg schwarze wie weiße Soldaten verbunden – Männer, die ohne ihre Fähigkeiten gestorben wären. Ein paar dankbare Soldaten hatten ihr Lesen und Schreiben beigebracht, und diese neue Fertigkeit wollte sie jetzt einsetzen, nun, da sie ihr Heim weit weg von den Gaunereien und der Grausamkeit jener menschlichen Schlachterei gefunden hatte.

Die begeisterte Aufnahme ihrer Idee, die sich die Jungfrauen erhofft hatten, stellte sich nicht ein. Nicht alle Eltern, die man zu der Versammlung gebeten hatte, kamen. Sebastian Cromantine, der Predigern mißtraute, sprach die Meinung der anderen Skeptiker und Freidenker aus, als er seiner Frau seine Einwände auseinandersetzte.

»Nicht, daß ich nicht wollt, daß unser Sohn das Alphabet lernt. Aber ich will nicht, daß de Fraun in schwarz es ihm beibringn.«

»Aber wie soll ers lern'n, wenn sie ihm nicht Unterricht gebn?« fragte seine Frau.

»Guck dir de Jungfraun an«, erwiderte er. »Glaubst du, sie kenn'n de wichtign Dinge über de Menschn, über Schmerz? Glaubst du, sie wissn, wie wir die Stadt hier aufgebaut habn? *Shucks*, sie habn selbst kein Kind, wie wolln sie denn mein'n Sohn was lehrn?«

Doch trotz des Widerstandes von Männern wie ihm begann ein Jahr später in der ersten Klasse der Unterricht. Es war eine einfache

Unterrichtsstunde. Schüler aller Altersgruppen saßen auf roh behauenen Bänken unter einem großen Mangobaum, und Sister Beatrice unterrichtete sie in Grammatik und dem, was sie als Rechnen bezeichnete. Jeanette Cromantine, die ihren Kopf gegen ihren Mann durchsetzte, meldete ihren Sohn in der Klasse an.

Auch die anderen Jungfrauen schienen eine ähnliche Geschichte zu haben. Zäh waren sie und ernst, wünschten Hölle und Verdammnis auf die Männer herab, die Alkohol tranken, und sprachen jedesmal von »Frauen, die in Sünde leben«, wenn sie durch den Bezirk unten am Meeresufer gingen. Es war, als hätte ihr gewählter Beruf alles Gefühl der Weiblichkeit in ihnen ausgelöscht. Übrig blieb eine angestrengte, altjüngferliche Provinzialität, die ihre Ansichten zu allen Angelegenheiten – von den Rechten der Frauen, an die sie nicht glaubten, bis zur Allgegenwart des Teufels, an den sie glaubten – hart und unbeugsam machte. Gott war ihnen eine düstere Person, die der Mensch zu fürchten hat und ihm unerreichbar bleibt. Deshalb sahen sie in ihrer Schule einen Teil der langen Suche nach dem rechten Weg zu seiner Gnade und sich selbst als Engel, die den Kindern im hintersten Winkel des Erdenkreises dabei halfen, ihn zu finden. Zusätzlich zu Grammatik und Rechnen unterrichteten sie ihre Schüler ausgiebig im Alten und Neuen Testament.

Dort in der Grundschule, auf den Bänken, die Gustavius Martins gebaut hatte, hörte Emmanuel Cromantine zum erstenmal die Geschichte von den zwölf Männern, die allem auf der Erde entsagten, um das Paradies im Himmel zu erlangen und einem bärtigen Prediger nachzufolgen, der von sich behauptete, er sei der Sohn Gottes, obwohl er gleichzeitig noch einen anderen Vater hatte, der Zimmermann war.

Solch schwierige Zusammenhänge verwirrten den jungen Emmanuel Cromantine auf das äußerste: Er konnte sich nicht vorstellen, daß ein Mann zwei Väter hatte, zumal noch sein eigener Vater, zu dem er sich sehr hingezogen fühlte, die Verkörperung eben jener Lasterhaftigkeit darstellte, gegen die die Jungfrauen in der Kirche eiferten. In jener Zeit begann er die Ehrfurcht vor den ihn umgebenden Dingen an den Tag zu legen, eine Ehrfurcht, die sein Vater erst viel später entwickelt hatte, als er versuchte, die unbezwingbare Hand abzuschütteln, die sich ihm nachts auf die Schulter legte. Emmanuel

Cromantine wollte wissen, wie die Welt um ihn herum funktionierte, wie es zu Licht und Dunkel kam. Die Belehrungen, die die Jungfrauen gnädigerweise für ihn bereithielten, erwiesen sich allerdings für sein späteres Leben nicht von bleibendem Eindruck.

Die einzige Jungfrau, die nicht in das Bild dieser Amazonen paßte, war eine junge Frau, die erste, die man je mit Brille in Malagueta sah. Sie hieß Sister Louisa Turner und war mit Sicherheit eine der schönsten Frauen der Stadt: grazil gebaut, gertenschlank und anmutig. Sie hatte derart gute Manieren, daß immer, wenn sie einen Raum betrat, jeder auf ihr vollkommenes Aussehen und Benehmen und ihren sittsamen Gang zu sprechen kam. Die Natur hatte ihr die Gabe verliehen, den Menschen zu gefallen, und sie teilte nicht die Meinung der anderen Jungfrauen, die die Vorstellung von der Erbsünde mit unerschütterlicher Strenge wie einen hohen Orden vor sich her trugen. Keiner wußte genau, wie Sister Louisa in die Liga der Jungfrauen geraten war, doch ging das Gerücht, sie sei die einzige Überlebende einer Familie, die in Mississippi von der Plantage eines grausamen Farmers geflohen war, der sich jede Nacht betrank und unter dem Schutz seiner Hunde und bewaffneten Aufseher die hübschesten Sklavinnen auf dem Rücken eines Zuchthengstes festbinden ließ und sie vergewaltigte, während die verängstigten Sklaven dazu Banjo spielen und einen Blues singen mußten. Als sie diesen Demütigungen zu entkommen suchten, waren sie und ihre Eltern in ein Gebiet geraten, in dem es von Giftschlangen und todbringenden Eidechsen wimmelte, deren Bisse ihre Eltern ums Leben brachten. Sie selbst war unter Schock und halb wahnsinnig von ein paar rückständigen Indianern gerettet worden, die sie in den alten Mystizismus von Torlino, dem Priester des Hozonihatál, einweihten, in die Ursprünge des Todes und die sehnsuchtsvollen Klagen des Fuchses. Sie lehrten sie, um die Toten zu wehklagen, ohne traurig zu sein, lehrten sie unerschütterliche Ruhe und Leidenschaft ohne Furcht und Feigheit, da niemand dem Tode entkommen kann. Zuerst stand sie ganz unter der schrecklichen Erinnerung an die Unmenschlichkeit ihres ehemaligen Herrn und lebte in einer Welt, in der jeder Weiße auf einem Pferd sie vergewaltigen wollte, in der allein schon der Anblick eines Hundes riesiges Entsetzen in ihr auslöste. Nach längerer Zeit befreite die Zuneigung der Indianer sie aus ihrer Todesstarre und erlaubte ihr zu leben, ohne ständig von dem gepeinigt zu werden, was sie durchgemacht hatte. Zwei Jahre bei den Indianern schenkten ihr nicht nur Lebenskraft, ihre natürliche Güte und den Lebenshunger zurück, sondern weckten in ihr die unstillbare Leidenschaft, denen zu helfen, die wie sie von den Narben der Ausbeutung gezeichnet waren. Als man sie eines Nachts zu einem verwundeten schwarzen Soldaten führte, der bei den Indianern Zuflucht gesucht hatte, bevor er sich den Männern und Frauen anschloß, die mit Thomas Bookerman segelten, beschloß sie, mit ihm zu gehen, um auf jede mögliche Weise zu helfen und die Dankbarkeit zu zeigen, die sie der göttlichen Gnade schuldete, die die Indianer ihr erwiesen hatten.

Deshalb auch zeichnete sich ihr Unterricht durch Liebe und Hingabe daran aus, die Seele zu erbauen, statt sie mit biblischen Andeutungen und der Verleugnung der fleischlichen Lüste zu vergiften. Weit mehr als jeder Bezug auf fehlende sexuelle Erfahrung waren es die Reinheit ihres Geistes, ihre Schönheit und ihre menschliche Wärme, die ihr den Status einer Jungfrau eintrugen. Was in ihrem Kopf vor sich ging, während sie im Abschlußjahr des fünfjährigen Lehrplans begierige junge Männer und Frauen unterrichtete, stellte ein Geheimnis dar, und niemand erriet es außer Emmanuel Cromantine, zu jenem Zeitpunkt sechzehn Jahre alt und nur vier Jahre jünger als Louisa. Während die anderen Jungfrauen Jahre darüber zubrachten, ihre Kinder an Gott, die Wunder der Geographie und die Verkörperung der Frau im Bild der heiligen Jungfrau Maria heranzuführen, machte Louisa einen wesentlich zeitgemäßeren und diesseitigeren Unterricht. Sie lehrte ihre Schüler die Schönheit der Liebe, die Ausmaße, die ein Opfer aus Liebe annehmen konnte, und die Schönheit, die darin lag, sich der großen Sache der Liebe zu seinen Mitmenschen hinzugeben. An einschläfernden Nachmittagen hielt sie Hof wie ein Königin, die ihre Krone wiedererlangt hatte, wie eine Frau, die die leuchtendsten Geheimnisse der Liebe kannte. So blieb es nicht aus, daß, als Emmanuel Cromantine sich für das, was sie sagte, zu interessieren begann und anfing, Fragen zu stellen, wie solch eine junge Frau unter die Wohltätigen Schwestern geraten sei, ihr die Röte ins Gesicht schoß und sie seinen Augen auswich. Obwohl er sich kaum darüber im klaren war, welche Wirkung er auf seine Lehrerin hatte, gewöhnte Emmanuel Cromantine sich an, nach dem Unterricht noch dazubleiben, um mit Louisa zu sprechen. Er wollte alles über die Gegend wissen, über die gefallene Maria Magdalena, über die Aufstände der Schwarzen und über die freundlichen Indianer.

»Du bist zu gescheit für dein Alter«, sagte sie eines Nachmittags zu ihm, als er schon seit drei Monaten jeden Tag länger blieb.

»Ich will bloß mehr über mein Volk wissen, wenn das kein Verbrechen ist.«

»Was willst du mit all deinem Wissen anfangen, wenn du aus der Schule bist?«

»Lehrer werden wie Sie und genügend Geld verdienen, damit ich dann so ein hübsches Mädchen wie Sie heiraten kann, Miss Louisa.«

In jener Nacht konnte sie nicht einschlafen. Zum erstenmal seit einem Jahr verpaßte Louisa die festgeschriebenen Abendgebete und die Meditation vor dem Essen im erst kürzlich renovierten Wohnhaus der Mission mit seinem portugiesischen Portikus. Die ganze Nacht hindurch flehte sie Gott an, ihr den Rücken gegen die Versuchung zu stärken, die Empfindungen ihres Körpers über die Kraft ihres Willens den Sieg davontragen zu lassen. Zur Erbauung und ihrer Schönheit wegen las sie die Psalmen Davids. Die Liebe aber wucherte wie Efeu am Spalier ihres Herzens, und der unholde Geist der Vergewaltigung, den sie auf der Plantage hatte erleben müssen, beunruhigte sie nicht länger. Vom Ungeheuer Schlaflosigkeit völlig aus der Fassung gebracht, begann sie im Zimmer hin und her zu laufen. Sie hatte ihr Nachthemd angezogen, und der Mondschein fiel gleißend in ihr Zimmer und offenbarte eine außergewöhnlich schöne Frau am Fenster. Plötzlich sah sie im Garten die Gestalt eines Mannes, der ein Buch in der linken Hand hielt. Es war Emmanuel Cromantine, der, ohne daß Louisa es wußte, im Garten die Vögel beobachtete, wie er das seit drei Monaten tat. Hastig trat sie vom Fenster zurück, damit er sie nicht entdeckte, doch hatte seine Erscheinung, die ihre Verunsicherung auf die Spitze trieb, sie noch unruhiger gemacht und ihre Vorsätze geschwächt.

Auf der Kommode in ihrem Zimmer stand eine schwarze Christusfigur, ein Abschiedsgeschenk der Indianer. Kaum wissend, was sie tat, nahm Louisa die Figur, streichelte sie mit den Fingern und drückte sie an die Brust. Sie erschrak, als die Figur bebend zu Leben erwachte. Ihr stockte das Herz, und sie begann zu zittern wie ein Kind, das beim Daumenlutschen erwischt worden ist. Eine unsichtbare Hand geleitete sie zum schmalen, harten Lager ihrer Jungfräulichkeit, ließ sie sacht niedergleiten und liebkoste ihre Brüste, die fest und reif waren wie große Granatäpfel. Das Blut wogte ihr durch die Adern wie ein Strom, der einen Damm durchbricht, überflutete ihr ganzes Wesen und spreizte ihr die Schenkel. Es war, als ob ein Tonkrug zerbräche. Aus den Tiefen einer kaum wahrgenommenen Lust, die ihr wie Hunger vorkam, fühlte sie, wie ihre Hand mit der Porzellanfigur des Christus wie ein Vogel an ihrem Körper hinabglitt in eine Dunkelheit hinein, weich wie ein Pilz, in eine Dunkelheit hinein, die noch nie geflutet worden war, aber unter der unglaublichen Lust, die die Figur ihr bereitete, ihren Körper wie in einem Wirbelsturm erschütterte. Sie schrie auf und erschauderte bei der Erkenntnis, daß dies das Erlebnis war, das Christus der Frau, der Maria Magdalena, am Berg Golgatha versprochen hatte. Es war, trotz des Bildes der Mädchen auf dem großen Zuchthengst, das ihr vor Augen gestanden hatte, und trotz der künstlichen Heiligkeit des Klosters im Innersten ihres Herzens gewachsen. Als sie begriff, was sie getan hatte, weinte sie vor Glück, denn sie hatte Christus geliebt, wie sie es sich immer gewünscht hatte, und war nun bereit, einen Menschen, einen Mann, zu lieben.

Von den spitzen Schreien aus Louisas Zimmer aufgeschreckt, kam Sister Beatrice die Treppen heraufgeeilt. Sie glaubte, ein Mann wäre durch das Fenster eingestiegen und griffe die junge Frau an. Oder eine Schlange. Sie stieß die Tür auf und sah Louisa auf dem Bett liegen, mit dem Gesicht eines himmlischen Engels, doch mit der räkelnden Trägheit einer Mätresse. Als sie den Porzellanchristus zwischen ihren Beinen hervorlugen sah, brauchte die ältere Frau nicht lange, um zu begreifen, was sich ereignet hatte.

»Mein Kind!« rief sie aus. »Der Teufel ist in dich gefahrn. Komm runter und laß uns zum Herrn beten, damit er ihn austreibt.«

Louisa bewegte sich nicht. Sie freute sich noch immer ihrer Entdeckung und wünschte sich, daß der Augenblick nicht vorüberginge, daß alles nicht nur ein Traum wäre, aus dem sie schrecklich erwachen würde, um sich in der kalten Wirklichkeit des Klosterlebens wiederzufinden. Christus, dessen Blut am Kreuze geflossen war, bestätigte, daß das Erlebte Wirklichkeit war, denn sie merkte, wie ihr eigenes Blut warm und angenehm ihre Schenkel herabrann. Sie fühlte sich Meilen und Abermeilen von dem Kind entfernt, das sie noch vor wenigen Augenblicken gewesen war. Die da drüben stehende Frau kam ihr nicht wie ein Racheengel aus früherer Zeitlast vor, der über die Macht verfügte, sie wieder in die Herde zurückzurufen, sondern eher wie ein Kuckuck, der zwischen den kostbaren Eiern ihrer gereiften Weiblichkeit geschlüpft war. Sie sah Sister Beatrice mit einem Lächeln an, das einer Blüte glich, die an einem Sommermorgen aufgeht, war stolz auf sich, wie ein Pfau so schön. Und ruhig wie ein junger Zelebrant antwortete sie:

»Ich dachte, es sei Sonntag und ER wolle mir sein Paradies zeigen.«

Eine Woche später, als Phyllis Dundas sich vor der Kirche mit einer der Schwestern herumstritt, verließ Louisa das »Haus, in dem man seine Seele dem Herrn weiht« und zog bei ihr ein. Dort saßen sie in der warmen Brise der saphirenen See, aus dem vergeblichen Flehen der Vergangenheit gerettet, jeden Tag auf der Veranda und bastelten Drachen aus den regenbogenfarbenen Flügeln senegalesischer Schmetterlinge.

*

Ungefähr zur gleichen Zeit begab es sich, daß einige Einwohner der Stadt über die Maßen tranken, daß Gelbfieber und Malaria ihre Opfer einforderten und die weniger gottesfürchtigen Männer aus dem kirchlichen Teil der Stadt dazu übergingen, durch das »Nest des Bösen« zu streunen, als das die Jungfrauen das Viertel bezeichneten, das auf das Meer hinausblickte. In der Atmosphäre aus Klatsch und Verdächtigungen schien ein Zusammenstoß unausweichlich. An einem langweiligen Sonnabendnachmittag fand sich ein Vorwand. Als Gustavius Martins auf dem Heimweg von einer Arbeit auf dem städtischen Markt durch die January Street ging, in der die lebenslustigen jungen Leute wohnten, wurde er bald vom unüberhörbaren Klang einer Fiedel umweht. Es war lange her, daß Gustavius Martins einem Fiedler gelauscht hatte, und als der unsichtbare Musiker Schicht um Schicht in eine Melodie eintauchte, die aus den Tiefen einer anhaltenden Traurigkeit aufstieg, zog sich Gustavius' Herz unwillkürlich zusammen. Er verspürte eine tiefe Erregung und hatte das Bedürfnis, zu dieser langsamen, bitteren und erschütternden Musik zu tanzen. Seine Seele sprach auf Erlebnisse aus einer lange vergangenen Zeit an, da er gesehen hatte, wie Menschen sich aus den dunklen Schlünden der Verzweiflung erhoben und in Verfolgung eines Traums an Bord von Schiffen gingen. Zu Tränen gerührt, tanzte er für den milchigweißen Kern dieses Traums, für die räumlich-zeitliche Ausdehnung ihres Lebens in Malagueta, für das Herzstück aus Wohlwollen, das ihnen zuteil geworden war, und für das vierhändige Martyrium all jener, die man erniedrigt, gedemütigt und beleidigt hatte, die aber allen Widerständen und Mißlichkeiten zum Trotz diese Ansiedlung in die Welt setzten, auch wenn sie alles andere als vollkommen war. Im Tosen der abendlichen Wellen unter dem Rauschen der Kokospalmen fand die Musik zu vollendeter Wirkung. Der Besessene unterwarf sich den geschmeidigen Bewegungen seiner langen Beine, die den harten Körper der Erde stampften, und überließ sich völlig seinen Gefühlen, die seine Brust himmelwärts reckten.

»Komm rein, Bruder«, ertönte eine Stimme aus einem der oberen Fenster eines Hauses. Sie gehörte einer schlanken, dunkelhäutigen Schönheit mit Augen in der Farbe von Topas. Sie trug große, billige Messingohrringe und ein langes, enganliegendes Kleid, über und über mit wilden Blumen gemustert, die ihren üppigen Busen betonten. Ihre schwarze Haut schimmerte wie Mahagoni und roch nach Ölen und Parfums, wie sie auf dem betörenden Markt von Marrakesch feilgeboten werden. Sie gehörte scheinbar zu den Frauen, die schon überall in der Welt angeklopft haben und im Notfall imstande sind, für sich selbst zu sorgen, auch wenn sie allein leben müssen. Gustavius ging die Stufen hinauf und betrachtete die herrliche Gestalt am Ende der Treppe. Seit er in Malagueta war, hatte er keine der neu angekommenen Frauen genauer angesehen. Als er nun auf Einladung dieser Frau die Treppe hinanstieg, geschah es nicht in der Absicht, sich vom majestätischen Ausschnitt ihres Kleides verführen zu lassen. Er wollte die Stimmung, die die Musik in ihm ausgelöst hatte, mit jemandem teilen. Außerdem war er recht glücklich mit Isatu, die sehr schnell lernte, mit den seltsamen Eigenheiten seines Volkes umzugehen, mit der Angewohnheit, alte Männer Daddy zu nennen, alte

Frauen Mammy und Kinder Pickaninchen. Sich taufen zu lassen, hatte sie abgelehnt, da sie meinte, daß sie bereits eine Religion lebte, die für ihre Bedürfnisse mächtig genug war, und daß sie, nein vielen Dank, nichts mit seinem Gott zu tun haben wollte. Gustavius' Gedanken waren weit ab jeder Verlockung, als er sich nun in dem kleinen, hübsch eingerichteten Raum umschaute. Eine große Tür öffnete sich auf eine Holzveranda und ließ Licht in das Zimmer. Töpfe mit Petunien und Ringelblumen strahlten im Licht. Eine alte Kommode mit Oxbowfront nahm fast eine gesamte Wand ein. Im rechten Winkel dazu schloß sich ein schmales Bett an, mit einer schönen indianischen Steppdecke verziert. Zwei guterhaltene Rohrstühle vervollständigten die Einrichtung des Zimmers.

»Nen Schluck Rum?« fragte die Frau. Ein paar geschäftstüchtige Siedler bauten Zuckerrohr an, und eine kleine Brennerei stellte Rum und Maisbier her. Gustavius nickte und nahm ein Glas. Er schaute die Frau an. Sie hieß Phyllis Dundas. Ihren Lebensunterhalt verdiente sie damit, daß sie Kränze und Papierdrachen herstellte, die sie mit farbenfrohen Schmetterlingsflügeln verzierte. Niemand konnte begreifen, warum eine so schöne Frau bislang allen Annäherungsversuchen der Männer widerstanden hatte. Vielleicht war sie noch nicht soweit, sich einem Mann hinzugeben, der eine Beziehung zwischen Mann und Frau nicht als Teil des Kampfes sah, weder gegen die Unterhändler des Bösen noch gegen jene, die sich hinter der Allmacht der Kirche versteckten. Malagueta war gewachsen, und jeden Tag kamen alle möglichen Neuankömmlinge in die Stadt. Da sich ihr Heim in der Nähe des Strandes befand, war sich Gustavius sicher, daß die Frau mit der zweiten Gruppe angekommen war. Hatte sie ihren Mann verlassen, hatte sie vielleicht irgendwo in Amerika Kinder, und warum war sie hierhergekommen? Diese Fragen gingen ihm durch den Kopf, während er seinen Rum trank.

Eigentlich hätte er eine Antwort auf seine unausgesprochenen Fragen erwartet, doch ihre Augen, von denen soviel Wärme und Freundlichkeit ausging, gaben nichts aus ihrer Vergangenheit preis. Im Gegenteil, sie schien entschlossen zu sein, diese so lange geheimzuhalten, bis sie darüber reden wollte.

»Manchmal möcht ich auch tanzn, nämlich, wenn ich traurig bin«, sagte sie.

Gustavius Martins fiel es schwer zu glauben, daß sie auch unglücklich sein konnte: Sie wirkte so fraulich, war so begehrenswert, und ihr sanftes Benehmen deutete darauf hin, daß sie in der Vergangenheit keinen großen Grausamkeiten ausgesetzt gewesen war.

»Warum bist du hergekommn?« fragte er sie.

»Mich selbs zu findn und was aus meinem Lebn zu machn.«

»Bist du allein auf der Welt?«

»Du bist nicht allein, wenn du weißt, wer du bist oder woher du kommst, und wenn du dich von andern nicht klein kriegn läßt. Bistn freundlicher Mann. Das seh ich an de Art, wie du dasitzt, ruhig und anständig. Und du bist neugierig. Willst alles über mich wissn, fragst aber nicht, weil du mich nicht verletzn willst. Ich erzähls dir aber.«

Gustavius Martins nippte an seinem Rum und wartete. Er sah zu, wie sie zum Fenster hinüberging und in den Himmel sah, der sich im Zwielicht des scheidenden Tages grau färbte. Sie kam zurück, setzte sich neben ihn und begann zu erzählen:

»Ma und Pa warn Sklavn auf ner Plantage in Virginia. Ma starb, als de Krieg anfing, weil sie so schwer in de Küche arbeitn mußte. De Masta gab meiner Ma viel Arbeit, weil sie nicht so wollte wie de Masta vom großn Haus. ›Georgina, du kochst zu wenig Kohl‹ sagte de Masta immer zu meiner Ma, wenn sie ihn abwies. ›Georgina, das Schweinefleisch is verdammt hart, de Fußbodn is nicht sauber, und bring de Kinder weg, oder ich tu dir was an.‹ Aber sie hatte keine Angst vor ihm, und sie wußte, er hatte Angst vor ihr. Mein alter Pa hatte ne Lungenkrankheit, weil er de Weißkerle immer zu all de Feiern fahrn mußte, de sie veranstaltetn. Pa war schon alt, und er hatte nicht de richtign Sachn, weil de Masta sagte, Pa is nicht mehr jung und kein Weißmann gibt Geld aus für nen altn Neger, de bald sterbn muß. Pa warn guter Mann, hat Ma nie geschlagn. Und wenn er nicht son guter Mann gewesn wär, wär Ma sicher mit nem Mulattenkind vom großn Haus gekommn, wenn Ma de Masta nicht vorher umgebracht hätt.

Pa hat Mama geheiratet, als er zu alt war, um für sich selbst zu sorgn. Er war so oft verkauft wordn, daß er alle fünf Jahre nen andern Namn kriegte, gütiger Gott! War aber kein gewöhnlicher Schwarzmann. Sagte, sein Pa käm aus ner Stadt in Afrika namens Oshogbo. Dort hättn de Menschn Götter, de wärn viel größer als de

Gott de Weißkerle, und viele Bethäuser mit Elfenbein und Bronze, weil sie de Götter von ganzem Herzn verehrtn. Pa sagte, de Weißkerle mit nem Eisenpferd hättn ihn gefangn. De Mann sagte zu meinem Pa, er zeigt ihm, wie man auf nem Eisenpferd reitn kann, aber als Pa mit de Mann zum Fluß ging, wartete dortn großes Boot, und viele Weißkerle kamn vom Boot und fingn mein'n Pa.

Pa sah seine Ma und sein'n Pa nie wieder, weil sie ihn auf de Fluß in de Weißmannwelt brachtn, wo er auf de Feld arbeitn mußte. Als de Krieg kam, war Pa alt. Alt wie de Masta, und de Masta verkaufte seine Sklavn, denn er war zu arm, sie zu behaltn. De Masta hatte nen Sohn, 'n Scheusal, der war schlecht, verspielte das ganze Geld. Dann trank er den ganzn Tag und war scharf auf Fraun, schwarze oder Indianerinn'n. Nachts schlief er nicht, sah, wie schwarze Männer und Indianer komm'n und ihn tötn. Sie komm'n immer wieder, und de Mann hatte große Angst.

Er machte nen Saloon auf, de hieß *Silva Bullet.* Und weil er mit de Saloon viel Geld verdiente, fühlte er sich stark und wollte was mit de Hure von nem richtig reichn Mann anfangn. De sagte zu ihm: ›Tom, wenn du was mit meiner Frau anfängst, blas ich dir den Kopf weg!‹ Tom war nicht de Mann, der was anbrenn'n ließ, und so sagte er eines Nachts zu de Mann: ›Harry, ich nehm de Frau, da kannst du gar nichts dagegn machn.‹

Harry sagte, Tom sollte mal rauskommn, unds kam zum Schießkampf, und de Sohn vom Masta lag da mit nem Loch in Körper und Kopf. De Masta trank viel, dann zwang er sich auf seine Frau, hatte sie schon seit Jahr und Tag nicht beachtet, und machte ihrn kleines Mädchn. Missy blieb immer im Bett, las de Bibel und sagte, ihr Sohn käm sie besuchn. De Masta sagte ihr, 'n Krieg kommt und sie solln besser wegziehn, weil de Sklavenzeit vorbei ist. Daß de Missy ihrn Sohn sah, glaubte er nicht. Er verkaufte alle Sklavn, nur nicht Ma und Pa, mich und Joshua. Joshua war de Sohn, den de Masta mit ner Mulattin hatte. Weil sein einer Sohn tot war, sagte er, man könnt nicht sein eign Fleisch und Blut verkaufn, das wär nicht christlich.

De Krieg kam, Ma konnte nicht mehr schrubbn oder Baumwolle pflückn. Sie hatte für diesn Mann seit dem Tag ihrer Geburt gearbeitet und nie Zeit für sich selbs gehabt, wie alle Sklavn. Nun war sie krank, und de Weißarzt sagte, sie sollte liegn, aber meine Ma starb ganz schnell. Ihre Haut wurde blau, ihre Augn wurdn blau, und das Haar nahm de Farbe von Sägemehl an. Einmal ließ sie mich ihre Hand anfassn, de war hart wie Korn. ›Phyllis‹, sagte sie zu mir, ›du bistn liebes Kind, sorg du nun für dein'n altn Pa. Meine Zeit is rum, ich geh bald zum Herrgott.‹ Ma hatte früher nie gesungn, aber in de Nacht sang sie. Sie sagte, es isn Kreuzweg, sie sieht nen großn Fluß, wo Schwarzleute auf sie wartn mit ner großn Glocke, und sie läutn de Glocke, und viele Menschn komm'n aus nem Wald, aus Häusern, von de Bergn runter, und alle gehn zum Fluß, legn de Sachn ab und badn. ›Ich seh das Land, ihr werdet heimkehrn, nur eure alte Ma nicht.‹

Ma starb, und wenn de Leute von de Land sprachn, nanntn sies Kanada. Sie begrubn Ma unter ner Birke, wo früher maln Weißkerl nen Schwarzmann aufgehängt hatte, de hatte 'n Pferd getötet, mit dem warn andrer Schwarzmann gefangn wordn.

»Pa lag auch bald flach, unds dauerte nicht lange, da war auch er tot, und ich war allein auf de Welt mit Joshua, de seinem Vater nicht traute. Eines Nachts kam Joshua und sagte: ›Tschuldigung, Miss Phyllis, ich will nix Schlechtes, aber wenn ich seh, wie allein Sie sind, dann denk ich, wir könntn Freunde sein.‹ Ich gab ihm was zu essn, und er kam immer wieder zu mir. Er war gut zu mir und erzählte mir von Weißkerln, de kämn aus nem Land, das hieß England, und kämpftn gegn ihr eignes Volk, was ich nicht verstand.

›Das is nichts für uns, Miss Phyllis, wenn einer de andern tötet‹, sagte Joshua, ›aber ich hab gehört, wie mein Vater gesagt hat, de Weißkerle von England versprechn de Sklavn, de für sie kämpfn, de Freiheit. Also ich denk, ich geh hin.‹

Joshua warn feiner Mann, so wars nur natürlich, daß wir zusammn schliefn. Aber er war nicht glücklich, hatte nur noch de Krieg im Kopf. Ich liebte ihn, also flohn wir eines Nachts zusammn und gingn in de Krieg, und bald war er tot. Ich klagte nicht laut, aber nach seinem Tod fühlte ich mich leer, denn Gott hatte mir Pa, Ma und Joshua genommn, und de Krieg ging nicht so, wie er sollte. Viele Leute starbn, und Sklavenfänger fingn de Sklavn und brachtn sie zurück zu de Herrn. Wir Sklavn hattn große Angst davor, daß de Amerikaner de Krieg gewinn'n, aber eines Nachts fuhrn viele Wagn weg, und wir kamn in das Land namens Kanada. De Leute dort warn wie in Amerika, nur ohne Sklavn. Aber sie warn nicht freundlich, gabn uns Land, wo nix wuchs, nur Sumpf, und als de Winter kam, o Gott, wars da kalt!

Wir hörtn, wie immer mehr Leute davon redetn, nach Afrika zurückzugehn. Ein Prediger ging rum und sprach von de Kindern Israels, von Moses und wie Gott sie aus de Land des Pharao in ihr eignes bringt. Der Prediger sagte, die Wege des Herrn versteht man nicht, er läßt seine Kinder leidn, damit sie wissn, er kann alles. Der Prediger sagte auch, es gibt kein'n Unterschied zwischn Leutn, die verheiratet sind oder nicht, zwischn Männern und Fraun, alle sind Kinder des Herrn, und wir werdn alle nach Afrika gehn. Einmal sagte de Prediger zu mir: ›Sister Phyllis, komm heut nacht zum Haus des Herrn!‹ Ich ging hin, und der Prediger sagte, er liebt mich und daß er leider kein Geld hätt, um mir zu helfn, aber er wärn guter Mann und wollt gutes für mich tun, wenn wir in Afrika wärn.

Ich gab ihm 'n bißchn Liebe, drückte ihn an meine Brüste, sagte mir, ich werd de Mann mit Leib und Seele dien'n, und ich diente ihm, denn auch ich brauchte nen Mann. Aber er war kein Mann, er warn Feigling. Eines Nachts kam ne Jungfer zur Kirche und sah mich und de Prediger auf de Bodn liegn. Und sie dachte, sie säh de Schlange von Eva und ich hätt Brother Adam de Kopf verdreht. Seitdem lief er rum wie'n Hund mit eingekniffenem Schwanz. Ich sagte zu ihm: ›Brother Adam, du bist kein Mann, du bistn Waschlappn, ich komm nie wieder in de Kirche!‹

So kam ich allein nach Afrika. Ich sagte zu de Weißkerl, ich könnt sehr gut kochn, was nicht stimmt, und so wohn ich jetzt in de Haus, das de Weißkerl gebaut hat, bevor er zurück nach England gegangn ist. Aber ich geh nicht in de Kirche, weil Brother Adam da predigt.«

Der Gedanke, eine Kirche zu bauen, war einer der Gründe, warum die Gründer der Stadt in den frühen Jahren der Siedlung so hart arbeiteten. Die Kirche sollte vor den ersten Regenfällen fertig werden. Als die dunkelhäutige Frau ihre Geschichte zu Ende erzählt hatte, konnte sich Gustavius Martins eine Vorstellung davon machen, was sie alles durchlitten hatte. Ihre Erzählung rührte ihn, auch ihre Aufrichtigkeit und Herzensgüte, vor allem aber ihr Mut. Er spürte, daß er ganz anders reagiert hätte, wenn er sich solcher Feindschaft gegenübergesehen hätte. Und ihm wurde bewußt, wie weit die Siedler unter der Tyrannei der Jungfrauen von ihrem Ziel, eine friedliche Stadt zu gründen und aufzubauen, abgekommen waren.

»Das is nicht in Ordnung. Wir zerstörn alles, bevor wirs aufbaun«, meinte Gustavius Martins.

»Nee, nur solltn de Leute de Jungfern nicht erlaubn, daß sie de Kirche als ihr Eigentum betrachtn.«

Die erste Kirche, deren Bau die Siedler kurz nach ihrer Ankunft begonnen hatten, war ein großer Steinbau, der ihre damaligen Erfordernisse weit überstieg. Sie träumten von einer Kathedrale, in der eines Tages jeder Stein den Namen desjenigen tragen sollte, der ihn herangeschleppt hatte, in der jeder Stützbalken im Dach nur aus den erlesensten Hölzern bestehen sollte. Weit und hoch sollten die Wandelgänge sein. Asbestverkleidungen, die Fenster des Klerestoriums, die Steine des Triforiums wollte man bei den weißen Kaufleuten an der Küste Englands bestellen, und auch dem Eigentumsrecht am Kirchengestühl sollte besondere Aufmerksamkeit zuteil werden.

Da sie eine Gemeinschaft aufbauen wollten, in der sie zu einigem Wohlstand zu gelangen hofften, bewahrten sich die Erbauer der Kirche ein Einspruchsrecht, um entscheiden zu können, wer als neues Gemeindemitglied aufgenommen wurde. Indem sie Küster mit dem Aussehen von Racheengeln an das Tor unter das Fingerkraut ihrer Errungenschaften stellten, dachten sie alle abzuweisen, die es vielleicht wagen könnten, ihre Regeln zu unterlaufen. Doch der Gang der Dinge war zunächst ein anderer. Der mächtige Bau wurde eine ziemliche Zeit nicht weiter in Angriff genommen, und sie waren es zufrieden, mit einer Behelfskirche vorliebzunehmen, einem kleinen weißen Gebäude, das sich traurig und einsam in der Bartholomew Street unter eine große Jakaranda duckte, von der Sonne nichts sah und das, der viel zu dicken Kleidung wegen, die zu tragen die Gemeindemitglieder sich auferlegten, für jede Verehrung Gottes einen äußerst ungemütlichen Ort darstellte. Sie hatten versäumt, große Fenster einzubauen, und die Decke war sehr niedrig und drohte, bei den ersten Anzeichen eines Wirbelsturms einzustürzen. Das aber verringerte weder die Inbrunst noch die organisatorischen Fähigkeiten einiger der Zwölf Jungfrauen, die, wehrhaften Amazonen gleich, die Angelegenheiten der Kirche vorantrieben.

Neben Sister Beatrice war Sister Caroline am eifrigsten damit beschäftigt, die Frommen in der Kirche zu vereinen. Anders aber als bei ihrer Oberin entsprang ihre Berufung nicht einem Gefühl der Hingabe oder der religiösen Berufung, sondern vielmehr dem Wunsch, eine klaffende Lücke in ihrem Leben auszufüllen. Jahre des Reisanbaus in den Sümpfen von Georgia hatten eine grämliche und mürrische Frau aus ihr gemacht, die nicht mehr lächeln konnte und mit dem Gesicht eines Regentages herumlief. Wie die anderen Jungfrauen lebte auch sie in dem großen Haus, das sie nur verließen, um in die Kirche zu gehen, auf dem Markt Einkäufe zu erledigen oder Wasser zu holen. Männern war mit Ausnahme der Geistlichen der Zutritt verwehrt, und eine Inschrift neben der Tür warnte: »Unterwirf deine Seele dem Herrn, oder brate in den Feuern der Hölle«.

Als sie Phyllis in Kanada in den Armen des Pastors erwischte, waren Neid und Selbstmitleid in ihr erglüht. Nie hatte ein Mann sie als Frau begehrt, nicht einmal der alte Master, der sie gekauft und ihr später die Freiheit gegeben hatte. Ihr Körper war vom Fleisch eines Rhinozeros, unter Reismehl und Sonne hart geworden. Auf ihre Lüste reagierte er nicht. Es war weniger dieser Körper als vielmehr ihre Seele, die sie dem Gott ihrer Vorstellung und den Alpdrücken geweiht hatte, die sie des Nachts heimsuchten, ihr den Schlüpfer lüpften, sie streichelten und ihr jene Freuden der Frau verschafften, welche sie unter dem Pastor gesehen, sie dann aber verlassen hatten. So erwachte sie aus ihren Träumen und ertappte sich dabei, wie sie den starren, ewig trockenen Beweis ihrer verdorbenen Weiblichkeit liebkoste. Da sie es nicht vermochte, mit ihrer Qual umzugehen, hatte sie einen besinnungslosen Haß auf alle jungen Frauen entwickelt, die es fertigbrachten, die Männer von der Arbeit im Garten Gottes fortzulocken. Sie war es auch, die das Gerücht in die Welt gesetzt hatte, Phyllis sei ein lüsternes Weib und eine Männerfängerin obendrein, der man unter keinen Umständen den Zutritt zur Kirche erlauben dürfte.

Aus Ärger über das, was Phyllis ihm erzählt hatte, beschloß Gustavius, zum erstenmal in seinem Leben eine Kirche zu betreten. Seine Frau und auch Phyllis wollte er mitnehmen. Die Möglichkeit, daß man ihn rauswerfen könnte, kam ihm nicht in den Sinn, denn er fühlte sich, als könnte er es mit allen Schlechtigkeiten solcher Jungfrauen aufnehmen. Als er Phyllis aber von seiner Entscheidung erzählte, war sie von der Idee, mit den Jungfrauen unter ein und demselben Dach zu weilen, noch dazu unter dem eines Gotteshauses, nicht sehr begeistert. Sie schimpfte sie Tiere, die jeden Anspruch auf Menschlichkeit verloren hätten und an sich selbst so sehr erkrankt wären, daß sie andere mit sich in den Abgrund ziehen wollten.

»Ich geh nicht in de Kirche, es sei denn, um ihm ins Gesicht zu spuckn«, sagte sie mit einer abfälligen Handbewegung.

»Aber du gehst doch mit mir hin, und außerdem, de Kirche gehört ja nicht ihn'n, sondern alln, de für de Bau bezahlt habn, und sie is frei.«

Als er das sagte, konnte er nicht ahnen, welchen bloßliegenden Nerv er in ihr getroffen hatte, wie nahe seine Worte der Wahrheit über ihre Beziehung zum Pastor kamen. Denn eben diese Vorstellung von Freiheit, sich auf Geheiß Gottes dem zum Idol verknöcherten Ast vom Baum des Heils hinzugeben, hatte sie so sehr verwirrt: Auf der einen Seite stand die Tatsache, daß sie von solch einem bedeutenden Mann verführt worden war. Andererseits war sie sich nicht sicher, was die Grenzen der Leidenschaft und der Lust anging, da sie doch das überwältigende Abbild des Herrn beobachtete. Daß der schwachbrüstige Priester sie später sitzenließ, trug auch nicht dazu bei, ihre Zweifel darüber zu zerstreuen, was für Phyllis im weltlichen Leben frei bedeuten konnte. Nein, sie wollte sich nur auf die Freiheit verlassen, die ihre Bedürfnisse ihr vorschrieben. Und sie fühlte, daß sie die Kirche nicht brauchte.

»De Fraun da sind keine Christinn'n«, sagte sie, »und ich will nicht eins sein mit Feiglingn.«

»Ich weiß, was du fühlst«, sagte Gustavius. »Aber du und ich sind Freunde, und zusammn werdn wir hier was ändern.«

Am nächsten Sonntag ließ sich Phyllis unter Protest von Gustavius, der auch Isatu überredet hatte mitzukommen, in die Kirche führen. Die afrikanische wie die amerikanische Frau fühlten sich sofort unbehaglich, als sie die Menschen sahen, die sich vor der Kirche versammelten und darauf warteten, daß die Türen sich öffneten und der Gottesdienst begann. Vor dem blankgewaschenen Gebäude sahen sie sich einem Querschnitt aller Rassen und Hautfarben gegenüber, die der Siedlung Gestalt verliehen. Sie sahen, wie das Blut des Evangeliums in die steinernen Gesichter der Menge eingeschrieben war, die da in der Erwartung stand, zur Göttlichen Allgegenwart vorgelassen zu werden. Da war eine solche Fülle an Inbrunst, Pietät und Keuschheit versammelt, daß die beiden Frauen das schale Gefühl bekamen, die Gesichter hätten etwas Unreines, an ihnen wäre eine Untat verübt worden und daß in dieser Unterwürfigkeit die Wurzel einer bedrohlichen Unreinheit läge. Als die Tore sich schließlich öffneten, ging die Menge hinein, unsicherer eigentlich als erwartungsfroh und bereit: die Männer zuerst, dann die Frauen, dann folgten die Kinder. Gustavius und die beiden Frauen schlossen sich den Kindern an, bereit, sich irgendwohin zu setzen. Plötzlich versperrte ihnen eine der Zwölf Jungfrauen den Weg. Es war Sister Caroline, schwarz gekleidet wie eine Trauernde. Breitbeinig stellte sie sich in den Türrahmen. So sah sie aus wie ein Ochse. Und sie war angriffslustig wie eine Kobra.

»Sie könn'n hier nicht rein«, sagte sie zu den dreien. Gustavius ließ sich von ihrer drohenden Haltung nicht beeindrucken. Er wußte nicht, daß sie mehr zu Phyllis sprach als zu ihnen beiden, und schritt weiter, die Frauen hinter sich, doch Sister Caroline, die ihnen den Weg versperrte, bewegte ihre Massen nicht. »Ich hab gesagt, Sie könn'n die Fraun hier nicht reinbringn«, sagte sie mit lauter, tragender Stimme.

Er schob sie zur Seite und ging hinein. Als Phyllis ihm folgen wollte, fühlte sie sich hinterrücks von einem Paar kräftiger Hände gepackt und zu Boden gestoßen. Während sie noch versuchte, das Gleichgewicht zu halten, sah sie die geschmeidige Bewegung der fünf Klauen einer Hand, die, gezeichnet von magentaroten Adern, sie mit der Härte von Waschfrauenhänden an den Haaren zogen, sah eine dämonische Kreatur über sich schweben, die drohte, sie zu verschlingen. Geschmeidig glitt sie von der Stelle weg, an der sie hingefallen war, und trat der großen, schmähenden Frau gegen das Schienbein, so daß diese mit donnerndem Schlag, der selbst in den ersten Reihen im Innern der Kirche noch zu hören war und die Gläubigen wieder nach draußen trieb, niederfiel. Phyllis gab ihren Vorteil nicht aus der Hand. Sie setzte sich auf die großleibige Frau und bearbeitete sie mit den Fäusten. Sie schlug sie für das seelische Leid, das ihr Schandmaul in Amerika über sie gebracht hatte. Sie hielt den Mund der Jungfrau mit ihren beiden, für so eine zierliche Frau recht kräftigen Händen und preßte ihn fest. Unter sich spürte sie die wutgewordene Kraft einer Tigerin, doch sie ließ nicht locker, verstärkte den Druck auf Sister Carolines Mund und drückte ihn schließlich auf. Mit der linken Hand sammelte sie den Schmutz der Gosse und schob ihn ihr in den Mund.

»Jetzt hast du Dreck gefressn«, sagte sie, »und mehr als Dreck bist du nicht wert. Du bist auch nicht wert, daß du lebst, und ich werd euch Jungfern alle umbringn.«

Nur Gustavius rechtzeitiges Eingreifen hinderte sie daran, ihre Drohung in die Tat umzusetzen. Er drehte ihr die Arme auf den Rücken und gab damit Sister Caroline die Möglichkeit zu entkommen. Dieser Zwischenfall war ein schlechtes Omen für die Kirche. Nun, da die Heiligkeit des Anlasses gebrochen war, konnte der Gottesdienst nicht mehr stattfinden. Brother Adam unterbrach seine Predigt, und bald schon strebten die Gläubigen dem Ausgang zu. Die drei Neuankömmlinge bedachten sie mit drohenden Blicken. Später, am Abend, als Gustavius, Isatu und Phyllis, vom Duft des Caladium und der Aphelandrien umweht, einen ruhigen Abend auf der Veranda verbrachten, griff ein lärmender Mob das Haus an, in der Absicht, es in Brand zu stecken. Die Möchtegern-Brandstifter entgingen ihrem Schicksal nicht, denn von den Häusern der zwölf Straßen der alleinstehenden Männer und Frauen näherte sich eine noch größere Menschenmenge und stellte sich den religiösen Fanatikern entgegen. Eine breite Kluft hatte sich zwischen denen aufgetan, die der unerträglichen Einsamkeit und der Härte des Lebens in der Neuen Welt entfliehen, und denen, die ihnen eine besonders harte Form christlicher Unerbittlichkeit und Moral aufzwingen wollten. Es sollte einige Zeit dauern, bis die unschöne Erinnerung an den blutigen Tag ausgelöscht war. Das geschah erst, als an der Stelle, an der die weiße Kirche stand, zwei Frauen denen den Weg wiesen, die man als Aufrührer und Patrioten bezeichnete, wie auch denen, die ihr Schicksal in die Hände der weißen, in Flanell gekleideten Männer legen wollten, die sich irgendwo in England versammelten und eigene Pläne für Malagueta entwickelten.

Zweites Buch

Sebastian Cromantine war es nicht gelungen, seinen Widerwillen gegen die Umstände zu überwinden, denen sie sich seit ihrem unfreiwilligen Umzug aus den Bergen ausgesetzt sahen. Schließlich jedoch fand er einen Weg, die Flammen seiner Träume und seine Familie zu nähren. Er beschloß, ein »Totenhaus« zu errichten, in dem er das lebendige Abbild der Toten in Stein hauen und in Bronze gießen wollte. Trotz der verlockenden Aussichten eines solchen Unterfangens hatte er Mühe, einen geeigneten Ort zu finden. Doch nach einem Jahr hatte sich Sebastian Cromantine in seinem neuen Geschäft eingerichtet und seinen Traum von einer gut gehenden Kaffeeplantage erst einmal fallengelassen, wenn nicht ganz aufgegeben.

Das neue Haus befand sich in der January Street, einer zu dem Zeitpunkt geschäftigen, lärmenden Straße mit Bars, Rumkneipen und Läden, die der manchmal aufkeimenden Langeweile der erst kürzlich gegründeten Siedlung eine erstaunliche Vielfalt an Vergnügungen entgegensetzte. Die unmittelbare Nähe zum Meer ließ die Straße ganz natürlich zu einem beliebten Zufluchtsort der Seeleute und Piraten werden. Auf der Suche nach Abwechslung und Unterhaltung kamen sie hierher, derweil ihre Schiffe ausgebessert wurden oder sie sich Wunden behandeln ließen, die Schiffbrüche und Überfälle ihnen eingetragen hatten. Der Handel blühte auf, Läden und Stände entstanden am Ufer, und die alten Bambushäuser wurden durch dauerhaftere Gebäude aus Holz ersetzt. Die unternehmungslustigeren Einwohner unternahmen Ausflüge ins Hinterland, erkundeten das Landesinnere und die Grenzen ihres Forscherdrangs. Als er Überlegungen in Bezug auf das Haus anstellte, in dem er aus Zement und Lehm seine Statuen und Gedenktafeln herstellen wollte, hatte Sebastian nicht den starken Widerstand vorausgesehen, den einige Männer, die mit Thomas Bookerman und der zweiten Expedition angekommen waren, seinen Plänen entgegensetzten. Die Vorstellung, daß man an einem bestimmten Ort sehen könnte, wie ihr eigenes Abbild aus Stein gehauen und weiß angestrichen, dann am Kopfende eines Grabes aufgestellt wurde, gefiel ihnen keinesfalls. Bislang hatten sie ihre Toten in einfachen Gräbern beigesetzt. Über den Gräbern erhoben sich schmucklose, von Palmfasern zusammengehaltene Holzkreuze. Mit dieser Lösung waren sie ganz glücklich, vor allem, weil sie keinen Unterschied zwischen Armen und Reichen machte. Also begegneten sie Sebastians Idee mit äußerstem Mißtrauen. Die ärmeren Siedler glaubten, er habe von den Wohlbetuchten Geld bekommen, um sein Geschäft zu eröffnen, und würde im Austausch dafür auf dem Friedhof eine Rangordnung einführen, nach der die Reichen entscheiden konnten, wo sie ihre Toten beerdigen wollten. Den grimmig freigeistigen Männern, die ihr Leben riskiert hatten, das Land zu befrieden, Leoparden, Schlangen und hitzige Händler zu vertreiben, die sie betrügen wollten, erschienen Grabsteine wie der erste Schritt zur Tyrannei.

Dennoch gab Sebastian nicht klein bei. Eines Abends traf er sich zu Hause mit ein paar Männern, die sich gegen seine Idee stellten. Jeanette Cromantine begrüßte sie anmutig, bewirtete sie mit Ingwertee und Reisbrot, zeigte ihnen die hübschen Spaliere, die ihr Mann auf der Veranda angebracht hatte, damit ihre Jasminstöcke und die Bougainvillea, die sie angepflanzt hatte, besser wachsen konnten. Sie erkundigte sich nach ihren Kindern und überließ die Männer dann ihrem Gespräch. Sebastian Cromantine räusperte sich und erzählte ihnen, wie er – »von ner unsichtbarn Hand geführt« – die Kaffeesträucher entdeckt hatte, wie er von einem Leben als Bauer geträumt hatte, bevor die Süßkartoffelpest fast die gesamte erste Siedlung auslöschte – der Herr segne die Seelen der damals Verstorbenen –, und warum er sich jetzt einer neuen Unternehmung zuzuwenden beabsichtigte: weil er den Siedlern nämlich etwas zur Verfügung stellen wollte, mit dessen Hilfe sie sich an ihre Toten so erinnern könnten, wie sie gelebt hatten, zumal sie doch nur so wenige waren.

»Du kannst kein Geld aus de Tod schlagn. Überhaupt, Pa würd mich verprügeln. Und ihr müßt wissn, wo sie liegn, damit nicht einer kommt und sie ausgräbt.«

Wenn er mit den Siedlern zu verhandeln hatte, ließ er sie immer an allen seinen Überlegungen teilhaben. Sie waren ein sturköpfiges Volk: entschlossen allesamt, soweit zu gehen, wie die Gegebenheiten Eroberungen überhaupt zuließen, und dennoch nur zu bereit, der Vorstellung von einer möglichen Beständigkeit und Dauerhaftigkeit ihres irdischen Seins nachzuhängen. Aus letzterem Grund schien ihnen das, was Sebastian Cromantine sagte, Sinn zu machen. Vor ein paar Jahren, als sie die Überfahrt von Amerika nach Malagueta gewagt hatten, waren einige von ihnen gestorben und dem Meer überantwortet worden, und seit sie in ihrer neuen Heimat angekommen waren, hatten andere wieder Frauen und Kinder verloren. Die waren in einfache Gräber gelegt worden, und rohe Kreuze nur, vom beständigen Wüten des Windes alsbald verweht, dienten der Markierung der Gräber. Die nächste Regenzeit war nur noch wenige Monate entfernt, und sie mußten bald daran gehen, ihr großes Weihnachtsfest zu organisieren und Vorbereitungen für den Neujahrstag zu treffen, an dem sie ihre Toten besuchen wollten. Deshalb erschien es ihnen angebracht, Grabsteine anfertigen zu lassen, zumal sie bereits Geld für die große, neue Kirche ausgaben, deren Bau seit dem Tag der Auseinandersetzung zwischen Sister Caroline und Phyllis Dundas an Bedeutung gewonnen hatte.

In groben Zügen unterbreitete Sebastian Cromantine ihnen seine Technik zur Herstellung der Grabsteine. Er erklärte ihnen, es wäre außerordentlich wichtig, daß jemand Porträts der Siedler zeichnete, denn schließlich konnte man auf keine Methode zurückgreifen, die die Gesichter der Siedler wie ein Spiegel wiedergab. Als sich niemand fand, der die Porträts anfertigen wollte, bot er an, selbst von Haus zu Haus zu ziehen und mit Holzkohle auf Karton Bilder von den Alten zu zeichnen. Dann erzählte er ihnen von den großen Lateritvorkommen am Fluß und daß er das benötigte Material dort brechen und dann in Wasser einzuweichen beabsichtigte. Diesen lehmartigen Grundstoff wollte er mit glänzenden Kieseln aus dem Meer, Schmutz und Sand mischen und hoffte, dadurch die nötige Härte zu erzielen. Und wenn das getan war, dann sollte die magische Verwandlung der mutigen Männer und Frauen ihren Anfang nehmen, die das Land urbar gemacht und die erste Saat in die Erde gebracht hatten. Er brauchte Zeit, um sich über die Formgebung der Grabsteine klar zu werden: Wie groß oder klein er die Buchstaben gestalten oder ob er die Grabsteine mit Engeln verzieren sollte, die ihre feingliedrigen Hände gen Himmel reckten, als wollten sie den Toten drängen, schnell aufzuerstehen und in den Himmel zu fahren, oder ob er die vier Seiten des Grabsteins mit den Zeichen des Berufsstands der verstorbenen Frau oder des dahingeschiedenen Mannes schmücken sollte. Als nun die Rahmenbedingungen hinreichend geklärt waren, versicherte er den Siedlern, daß sie ihn, was die Bezahlung anginge, auch in Raten entlohnen könnten.

»Ich werd bestimmt nicht mit ner Glocke rumgehn und de Schuldner rausklingeln.«

Mit einem nagelneuen Werkzeugkasten ausgerüstet, den ihm sein Freund Gustavius gezimmert hatte, eröffnete Sebastian Cromantine an einem strahlendsonnigen Junimorgen seine Werkstatt. Als erstes fegte er die toten Eidechsen und die verwahrlosten Ratten zum Tor hinaus, die das Haus mit einem ekelerregenden Geruch überzogen hatten. Er ging nach draußen, pflückte ein paar Limonen- und Guavenblätter, gab sie in einen Mörser und stampfte sie so lange, bis er Saft gewann. Dem fügte er etwas Karbolsäure hinzu, die er sich bei einem Matrosen besorgt hatte. Als ihm schließlich der rechte Geruch eines starken Desinfektionsmittels in die Nase stieg, schrubbte Sebastian Cromantine die Werkstatt, bis sie nur so glänzte. Er war erschöpft. Daß er nun endlich sein eigenes Unternehmen haben sollte, erfüllte ihn mit überschäumender Erwartung, einer Erwartung ähnlich der, die ihn ergriffen hatte, als er an jenem längst vergangenen Morgen auf dem Bett des Predigers die Augen aufschlug und dem leuchtenden, warmen Blick einer Frau begegnete. Als nächstes überlegte er sich, wo er die große Steinplatte aufstellen könnte, an der er arbeiten wollte. Er entschied sich für die Mitte seines Werkstattgeländes. Dort hatte er die Berge im Rücken und den vorteilhaftesten Ausblick auf das Meer und konnte sehen, wie die Schiffe einliefen. Während er noch wartete, daß sich der Dunst des Desinfektionsmittels verzog, kam ihm plötzlich in den Sinn, daß er ja ein Reklameschild brauchte, und er strengte seinen Kopf bis über die Grenzen seiner Vorstellungskraft hinaus beim Nachdenken darüber an, wie er sein Geschäft nennen wollte. Ihm kam in den Sinn, einfach seinen Namen auf das Schild zu schreiben, doch würde das wohl kaum Leute anziehen, die nicht wußten, wer Sebastian Cromantine war. Als er in Gedanken alle Möglichkeiten durchgespielt hatte, entschied er sich für ein Schild mit der Aufschrift: *Sebastian Cromantines Haus für de Totn. Ich helf Ihnen, sie im Gedächtnis zu bewahrn, wie sie warn. Versuchn Sies mit mir!*

Er beschloß, das Schild anzufertigen, sobald er nach Hause käme, und es am nächsten Morgen aufzuhängen. Später kaufte er noch Farbe und strich seine Werkstatt blau an, damit seine künftigen Kunden nicht von verdrießlichen Stimmungen befallen würden, wenn sie zu ihm kämen, um Geschäftliches zu besprechen. Als er sich mit Pinsel und Farbtopf müde gearbeitet und seine Leiter aufgeräumt hatte, legte Sebastian Cromantine sich auf den frisch polierten Fußboden und schlief ein.

Er schlief lange.

Es war bereits Abend, als er wieder erwachte. Das Meer roch nach Elritzen, die ersten Zikaden rüsteten zur Nachtwache, und die Brot- und Honighändler drehten gerade ihre Runde, als Sebastian Cromantine ein großes Vorhängeschloß an seiner Tür anbrachte. Zufrieden, daß er den ersten Schritt getan hatte, um für seine Familie sorgen zu können, ging er nach Hause, vorbei an der großen Kirche in der Bucht, in der vor vielen Jahren das Schiff, mit dem er gekommen war, Anker geworfen hatte. Die Steinmetzen arbeiteten noch immer an der Kirche. Sie war der großen Traum derer, die ein besonderes Interesse am christlichen Glauben hatten, und obwohl Sebastian kein sehr gläubiger Mensch war, fühlte er sich zu der Kirche hingezogen. Es war die Schönheit ihrer Architektur, die ihn anzog, die schwierigen Formeln, den Stein auf die richtige Größe zu schneiden, die Hexerei der Zimmerleute, die ein riesiges Gerüst hochgezogen hatten, um an die Decke gelangen zu können, und die Balken in sauber ausgesparte Höhlungen einpaßten. Er ging weiter, überzeugt, daß er auf dem richtigen Weg war, für die Erhaltung seines Stammbaums zu sorgen, obwohl der zu jenem Zeitpunkt nur in seinem Sohn einen neuen Ast ausgetrieben hatte.

*

Als er nach Hause kam, fand er seinen Sohn im Fieber. Jeanette kühlte ihm mit einem nassen Handtuch die Stirn.

»Was is denn passiert?« fragte Sebastian.

»Ich weiß nicht, er fing an zu hustn, und im nächstn Augenblick krümmt er sich und sagt, sein Kopf fühlt sich an wie Feuer«, antwortete Jeanette.

»Wie gehts dir, mein Sohn?« wandte sich Sebastian an den Jungen.

Emmanuel war damals ein wortkarger, hoch aufgeschossener Bursche. Er hatte sich angewöhnt, Stunden darüber zu verbringen, Insekten zu fangen und zu sezieren. In der Stadt und im Umland kannte er sich bestens aus, trieb er sich doch oft stundenlang auf der Suche nach den verschiedensten Schmetterlingen, Grashüpfern und Hornissen in der Gegend herum. Manche fing er ein und hielt sie in großen Einmachgläsern in seinem Zimmer. Seine Mutter machte sich Sorgen, daß er einsam und allein aufwuchs, weil er sich oft nur mit sich selbst beschäftigte. In Wahrheit war Emmanuel dabei ganz glücklich, auch wenn er es nicht zeigte. Der Unterricht in der Schule machte ihm Spaß. Die Jungfrauen hatte er mit seiner schnellen Auffassungsgabe und der Fähigkeit verblüfft, mathematische Gleichungen zu lösen. Aus dem wenigen, was sie an Wissen vermitteln konnten, hatte er geschlossen, daß es noch andere Weltenteile gab, daß Malagueta von anderen Ländern umgeben war, in denen die Menschen andere Sprachen sprachen und sich wie Feen und Elfen kleideten. Schon früher war er mit der Schönheit dieser Menschen in Berührung gekommen, mit den Festivals der Umgegend. Einmal hatte er sich, angezogen von den pulsierenden Rhythmen der Trommeln und den tiefen Klagen der Geigen, nachts davongestohlen und zum Nachbardorf geschlichen, in dem ein Fest stattfand. Sie feierten eine Hochzeit, und Emmanuel stand wie gebannt vor den farbenfrohen Stoffen, der Eleganz ihres Tanzes, wenn sie zum Rhythmus der Musik der Harfenspieler die Hände in die Luft streckten, war gebannt von ihren bemalten Lippen und den wirbelnden Bewegungen der Männer, die tanzten, als ob sie keine Knochen im Leibe hätten. Ein anderes Mal sah er eine Maske: ein seltsamer Anblick. Zunächst sah er die furchteinflößenden Umrisse eines unbekannten Wesens auf sich zu kommen. Der Mann, der sie führte und lenkte, sprach ein paar seltsame Worte, und die Maske wurde langsamer. Plötzlich wurde die Erscheinung immer größer, und Emmanuel erblickte ein verblüffendes Zusammenspiel von Farben und ein schimmerndes Kaleidoskop von Glasplättchen, Perlen, Muscheln, Hörnern und Kuhglocken, die im Widerschein der Sonne aufblitzten. Eine seltsame Erregung bemächtigte sich seiner, und er rannte nach Hause. Er glaubte, den sagenumwobenen Dämon gesehen zu haben, der über die Macht verfügte, sein Leben zu verlängern, indem er sich in einen Mann verwandelte und mit den Frauen schlief, die so mutig waren, nachts im Fluß zu baden.

Vor allem aber war es die Welt der Natur, die ihn gefangennahm und ihn in der angespannten Erforschung seiner Jugend beschäftigte. Im Vergleich zu anderen Jungen seines Alters kam er vielen eigenbrötlerisch und fremd vor. Sein Kopf war im Vergleich zum Körper ungewöhnlich groß geraten, und wenn es um die Dinge des Herzens ging, die Louisa zur Sprache gebracht hatte, dann schien er ziemlich eigensinnig zu sein. An der Sonntagsschule, in der sich Jungen und Mädchen seines Alters trafen, um einander kennenzulernen, war er nicht interessiert, und ihm fehlte auch die Willenskraft, bei den Gruppen mitzumachen, die Basare und Umzüge organisierten. Lieber streifte er in den Bergen umher und übernachtete im Freien. Und so wachte er über sein Privatleben, seine Tierliebe, die unaussprechliche Freude, die der Anblick eines Gürteltiers mit seiner schuppigen Haut bei ihm auslöste, die ihm ein Wildschwein mit seiner häßlichen Schönheit vermittelte oder die honigsüßen Stimmen der Bartvögel. Eines Tages kam er nach Hause und roch nach Wildpilzen und süßlichem Basilikum, und Sebastian Cromantine, der glaubte, sein Sohn habe die Freuden gekostet, die die Frauen in der January Street versprachen, rief aus:

»Du warst wohl bei de Hurn!«

Zum erstenmal hörte Emmanuel, daß sein Vater das Wort »Huren« in den Mund nahm. Obwohl alles andere als prüde, wünschte Sebastian Cromantine doch nicht, daß sein Sohn durch den Sirenengesang auf Abwege geriet, den die Frauen in diesem Stadtviertel anstimmten. Im Laufe der Jahre hatte sich der Küstenbezirk verändert: Immer mehr Händler kamen in den Hafen, angezogen von den märchenhaften Geschichten der Piraten und Kaufleute, die von der schroffen, schönen Küste erzählten, von Gold, Eisen und Edelhölzern, die es dort zu gewinnen gäbe, von kleinen Fürstentümern entlang der Gestade und ihren Herrschern, die mit den Piraten gemeinsame Sache machten und manchmal irrtümlich ihre eigenen Verwandten gegen Schießpulver, Rum und Spiegel eintauschten.

In erster Linie aber waren es die Geschichten über die Frauen im Gelben Haus, die das Viertel zu Berühmtheit gelangen ließen: Dort gab es zauberhafte Frauen mit Alligatorperlen um die Hüften, die Raphiakleider trugen, Frauen, deren Brüste den Vergleich mit reifen Melonen nicht zu scheuen brauchten, zutrauliche Frauen vom Hochplateau des Fouta-Djalon, die wie Stare sangen und mit ihren spinnigen Fingern schnelle Befriedigung versprachen, fremdartige Frauen, die den schwermütigen Blues der Plantagen sangen und rohen Zuckerrohrsaft tranken, blasse, weiße Frauen, die von der Sonne scharlachrot wurden und, als sie sich in Plymouth einschifften, in dem Irrglauben lebten, sie reisten an den Hof des Königs von Marokko, Frauen von der ganzen Guineaküste, deren rötlichbraune Haut wie Rubin glänzte, Frauen mit schönen Schwanenhälsen, Frauen, die sich am Kreuzweg alles Menschlichen trafen, durchaus fähig, mit den feinen Zärtlichkeiten ihrer schönen Hände selbst in einem Sterbenden noch Lust zu wecken, und deren glasige Guereza-Augen selbst hartgesottenste Ehemänner in Versuchung führen konnten, bei ihnen einzutreten und von ihren Reizen zu kosten. Noch war Emmanuel nicht von solchen Künsten verführt worden, und es sollte noch ein paar Jahre dauern, ehe er, von dem Wunsch gequält, Malagueta zu verlassen, wie ein Halm im Wind in die sturmgepeitschte Lagune der Lust trieb, die Louisa ihm öffnete.

Sebastian spürte, daß sein Sohn ihm fremd wurde. Er kam sich wie ein Eindringling vor, der Zeuge eines geheimen Abkommens zwischen Mutter und Sohn wurde, und er fühlte sich bemüßigt, die Anwesenheit seiner Person spürbar werden zu lassen, als Jeanette nun erneut Emmanuels Stirn mit dem kalten Handtuch betupfte.

»Leg ihm'n paar Guavenblätter auf de Stirn«, sagte er, »das is besser alsn Handtuch.«

»Er kennt dich nicht, sieht ja immer bloß mich und denkt deswegn, sein Vater liebt ihn nicht. Deshalb wird er krank. Aber vielleicht ists auch Malaria«, meinte Jeanette.

Seine besessene Beschäftigung mit den Kaffeesträuchern, das Zwischenspiel in den Bergen, da Sebastian und die wenigen, die den wütenden Ausbruch des Sturms im Dickicht neuer Erfahrungen überlebt hatten, aus dem sie unter großen Mühen ein neues Leben herausschlugen, hatten ihn gerade in den wichtigen Jahren des Heranwachsens der unentbehrlichen Beziehung zu seinem Sohn beraubt. Jetzt spürte er, wie sich die Worte seiner Frau wie Reißzähne in seine Haut gruben. In dem Wunsch, die verlorene Zeit wiedergutzumachen, schickte er seine Frau ins Bett und bot ihr an, die Nacht hindurch bei Emmanuel zu wachen, bis das Fieber sank.

Es wurde eine Nacht der Schatten und schrecklichen Träume. An den Wänden erblickte er eine Familie riesiger Spinnen, die aus einem dichten, dunstigen Gestrüpp hervorkroch. Dann machte er die Umrisse eines Landes aus, in dem alle Männer gleich aussahen und die Frauen Körper wie Elefanten hatten. Seinem Gefühl nach waren die Spinnen gekommen, um ihn von seinem Sohn wegzuschaffen, und die Frauen warfen ihn von einer riesenhaften Brust zur anderen. An den Brüsten saugend, nahmen seine Lippen die Schnabelform eines Löffelreihers an. Er wurde zum urzeitlichen Vogel und verlor seinen Körper in der atmosphärischen Teilnahmslosigkeit einer anderen Zeitlast. Seit Ewigkeiten hatte er nicht mehr geträumt, und das Ungestüm seiner Verwandlung erfüllte ihn mit Schrecken. Er schüttelte seinen Sohn und rief ihn beim Namen, glaubend, daß die entkörperlichte Natur seines Traums ein Unglück in seinem Haus verkündete. Emmanuel schlug die Augen auf und erblickte seinen Vater, wie er ihn noch niemals gesehen hatte. Als er ihn so sah, fühlte er sich zu dem mitleiderregend aussehenden Mann hingezogen. Er berührte ihn sacht, sich fragend, was ihm wohl solche Angst eingejagt haben konnte, während er selbst fiebernd im Bett lag. Er wußte nichts vom Traum seines Vaters und den ahnungsvollen Bedeutungen, die dieser in dem Älteren wachrief. Wie sein Vater einst einer anderen Welt zugehört hatte, in der man nur davon träumen konnte, frei zu sein, so gehörte er nach Malagueta, das von Menschen wimmelte, die allesamt frei waren, anmaßend, besonnen und entschlossen, die Welt zu erkunden.

Am nächsten Morgen war der Bann gebrochen, und das Fieber sank. Sebastian konnte deutliche Anzeichen dafür auf der Stirn seines Sohnes erkennen. Er schwitzte stark, doch war die Farbe in seine Augen zurückgekehrt. Und er bat um etwas Suppe. Sebastian wollte die Gelegenheit nutzen, mit seinem Sohn zu reden. Er ging in die Küche, um die Suppe zu kochen und kam eine halbe Stunde später mit einer Schüssel voll Linsen, Pilzen, Knoblauch und Hühnchenmagen zurück. Während er zusah, wie sein Sohn die Suppe trank, faßte er den festen Entschluß, es niemals wieder zuzulassen, daß die großen Pläne, die er für Malagueta und die Zukunft der Stadt hegte, sich dem entgegenstellten, was er nun als seine erste Pflicht begriff. Wenn er einen Berg zu bezwingen hätte, dann sollte es zum Wohle des Jungen sein, mit dem er und Jeanette sich in den Bergen versteckt hatten. Und folgerichtig würde Emmanuels Name von nun an alle künftigen Unternehmungen beflügeln.

Sebastian wollte ihm von seinem Erbe erzählen. Obwohl ohne Schulbildung, hatte er doch einiges Grundwissen über die Geschichte seines Volkes erworben, und über den fortwährenden Konflikt zwischen den verschiedenen europäischen Völkern, die Anstalten machten, zu bleiben und Schwierigkeiten zu bereiten, anstatt sich weiterhin auf Handel und gelegentliche Raubüberfälle zu beschränken. Sebastian berichtete seinem Sohn über die Zeit, da er in Amerika in den Krieg gezogen war. Er beschrieb Amerika als Hort des Schreckens und der Verdammnis.

»Da gibts zuviel Böses, mein Sohn. De Teufel hat nen Pakt mit Weißn und Schwarzn gemacht, und er frißt ihre Seeln, verkrümmt und zerbricht sie ihn'n.«

Er erzählte weiter von den marternden Ungerechtigkeiten, dem Leid der Frauen, die mit ansehen mußten, wie ihnen die Kinder weggenommen wurden. Raum und Zeit hatten seine Bitterkeit nicht verringern können, doch empfand er mehr Trauer als Wut, als er jetzt in dem Versuch, seinen Sohn zu lehren, in die sündhafte Geschichte zurückschaute.

»Sie steckn dich in Kettn, Sohn. Hand und Fuß, Sohn, und gebn dir Essn schlimmer als das für Pferde: Innerein, Meerrettich, Zwiebeln und Kartoffeln. Aber wir sind Kinder Gottes, und wir lern'n ganz gut Gekröse, Spinat und Süßkartoffeln kochn. Deine Oma, Gott segne sie, war ne tolle Köchin, und deine Mutter hat das von ihr geerbt.«

»Und warum haben wir so wenig mit den Leuten im Nachbarort zu tun?« fragte Emmanuel.

»Da sindn paar gute Menschn, die kamn her und brachtn uns Lebensmittel, dienstags, donnerstags und sonnabends. Sie lehrtn uns Kassava, Reis und Bohn'n anzubaun, und bevor du auf de Welt gekomm'n bist, hat deine Mutter ihn'n beigebracht, wie man häkelt und Puppn fertigt. Aber andre sind schlecht, sehr böse, de überfieln de erste Siedlung, de wir gebaut hattn, und branntn sie nieder. Und manchmal komm'n sie mit de Weißkerln, und wir müssn kämpfn.«

»Aber Gustavius hat doch eine von ihnen geheiratet, und ich sag Tante zu ihr?«

»Das ists, was wir uns wünschn, mein Sohn. Eines Tags kann jeder jedn heiratn, damit wir ein Volk werdn, de gleiche Sprache sprechn und das Land aufbaun. Denn bevor er starb, hat mir dein Großvater gesagt, er stammt von diesem Volk ab, und im Traum bat er mich, seine Knochn auszugrabn und hierher zurückzubringn.«

»Machst du deshalb die Werkstatt auf, für ihn?«

»Ja, und für andre, für uns, für de Zukunft, damit wir das Gefühl habn, wir gehörn hierher. Wir komm'n aus vieln Gegendn, jedn Tag komm'n neue Leute an, und viele habn Angst oder sind einsam, wie Beatrice, weil sie keine Verwandte habn, also sind wir wie ne große Familie. Und wir werdn zusammenwachsn, hier sterbn, und wir wolln zusammenhaltn.«

Die Vorstellung von einem Malagueta, in dem alle wie eine einzige Familie zusammenlebten, begeisterte Emmanuel. Geschichte war sein Lieblingsfach in der Schule, und ohne daß seine Eltern es ahnten, wußte er, wer in ihrem friedlichen Leben die Außenseiter waren: Landstreicher und Faulenzer aus fernen Ländern und die Menschen aus den umliegenden Städten und Dörfern. Angeregt durch das bruchstückhafte Wissen, das er von den Jungfrauen in der Schule vermittelt bekommen hatte, schlug in seinem jungen Kopf bereits die Vorstellung Wurzeln, eines Tages selbst auf Reisen zu gehen. Je mehr er über andere Länder und Völker nachdachte, desto öfter stellte er sich den Tag vor, an dem er ausziehen wollte, diese Länder zu erforschen. Später dann wollte er zurückkehren und die Arbeit der Jungfrauen fortsetzen, deren Grenzen mittlerweile nur allzu offen zu Tage traten. Und so kam es, daß er sich dazu durchrang, seinen Vater zu fragen, ob es eines Tages möglich wäre, in andere Länder zu reisen.

»Wenn ich genug Geld verdien, dann kannst du überall hingehn. Aber du mußt versprechn, daß du wiederkommst.«

Das versprach er, und später, am Abend, saß Emmanuel auf der Veranda, angerührt vom Bemühen seines Vaters um Nähe und Zuwendung, der stillen Liebe seiner Mutter gewiß, und beobachtete den milchig schimmernden Glanz der sinkenden Sonne, die über der unermeßlichen Weite des Meeres niederging. Und er träumte von dem Tag, an dem er weggehen würde.

Da sein Sohn wiederhergestellt war, ging Sebastian Cromantine am nächsten Tag in die Werkstatt. Er war guter Stimmung, und in seinem Kopf fühlte er sich viel klarer, was sein neues Unternehmen betraf. War er sich noch vorgestern völlig unsicher gewesen, wie er es anfangen sollte, und bestand sein ganzes Vorhaben nur aus ein paar unbestimmten Ahnungen von Gesichtern, Masken, Bronzen und Porträts, so verfügte er nun über eine genaue Vorstellung davon, wie er vorgehen wollte. Eilig machte er sich daran, aus Steinen, Lehm und Sand seine Arbeitsplatte herzustellen. Als erstes mischte er Sand und Lehm. Dann ordnete er die Steine so, daß er zwei Stützpfeiler erhielt. Danach schnitt er kurze Stöcke zurecht und rammte sie zwischen den beiden Pfeilern in den Boden. Darauf nagelte er eine flache Metallplatte, die er aus dem Meer geborgen hatte. Sie sah aus wie der Boden einer Kiste. Als nächstes mischte er Zement an und goß eine fünf mal drei Fuß große Platte, die er den kalten Winden des Harmattan zum Trocknen übergab. Dann überwand er seine Angst vor dem Unbekannten, vertraute auf die Erkenntnis, daß das Prinzip der Schöpfung auf der Vorstellungskraft beruht, und machte sich daran, seine erste Büste zu formen. Er knetete einen Ball aus Lehm, so groß wie eine Kokosnuß, und rollte ihn wieder und wieder über den Fußboden, damit keine Klumpen zurückblieben. Während er wartete, daß die richtigen Temperaturen den Lehmball aushärteten, holte er aus seiner Tasche ein paar Stückchen Holzkohle und Papier hervor, um ein Gesicht zu skizzieren, das ihm dann als Vorlage dienen sollte. Er wollte niemanden zeichnen, der noch lebte, auch keinem Bewohner Malaguetas mit der Bitte zu nahe treten, für ihn Modell zu sitzen, solange sich seine Werkstatt in einem unfertigen und unordentlichen Zustand befand. Daß er anderen seine Arbeitsmethode offenbart hatte, den Vorsprung, den er anderen gegenüber hatte, denn er war ja der erste, dem ein solcher Einfall gekommen war, hieß auch, daß er am liebsten allein arbeitete. Er war aber nicht imstande, sich ein Gesicht vorzustellen, das er zeichnen könnte. So machte er einen kleinen Spaziergang, in der Hoffnung, daß die klare, frische Luft seine Vorstellungskraft beflügelte. Er ging am Ufer entlang, wo die riesigen Flammenbäume standen, aus denen alle Affen zu vertreiben, den Einwohnern nicht gelungen war, Affen, so harmlos wie Mönche und nur auf die Nüsse scharf, die die jungen Mädchen in Schalen auf ihrem Kopf zum Markt trugen. Er gelangte an das äußerste Ende der Stadt und ging an einer strohgedeckten Häusergruppe vorbei, die sich im

Kreis um ein größeres Haus in der Mitte reihte und von einer kleinen Palisade umgeben war.

Seit er in dem Haus in der January Street wohnte, hatte er es tunlichst vermieden, den Dunstkreis der Stadt zu verlassen. Nicht, daß er irgendwelche Gefahren vorausgesehen und sich gefürchtet hätte, sondern, weil er sich geschworen hatte, sich nie mehr einer Sache zu nähern, die ihn an frühere Zeiten erinnerte, an seine Kaffeesträucher. Denn auf unausprechliche Weise bot ihm der heftige, im Verborgenen geführte Kampf zwischen den gottesfürchtigen Mitgliedern der Gemeinde und ihren freidenkerischen Widersachern mehr als nur ausreichende Abwechslung von seiner Arbeit. Als er nun durch eine Gegend wandelte, die mit Sicherheit jenseits der Grenzen seiner Welt lag, fühlte er sich durch den Duft bratenden Rindfleischs, den nachhaltigen Geruch von Tamarindensaft, der die Luft erfüllte, von dem unwiderstehlichen Drang erfaßt, zu dem Haus hinüberzugehen. Je näher er kam, desto mehr ergriff der unbestimmte Verdacht von ihm Besitz, daß er sich hier schon einmal aufgehalten hatte. Und das, obwohl der Komplex aussah, als wäre er gerade erst erbaut worden. Eine unsichtbare Kraft drängte ihn, weiterzugehen und in alle Häuser hineinzusehen.

Plötzlich verlief er sich in eine andere Welt. Er betrat eine Stadt mit einer Vergangenheit, die war geheimnisumwobene Legende. Hier war er einst zu Gast gewesen, begleitet von einer schönen, in Seide und Hermelin gehüllten Frau, die einen Onyx trug. Ein hochgewachsener Mann schritt an ihrer Seite. Er konnte Häuser verwandeln, indem er schmutzigen Lehm erhitzte, der zu Holz wurde, und stockenden Zement an den Dächern anbrachte und ihnen damit in Gewitterzeiten Unverletzlichkeit verlieh. Güldene Tuaregteppiche schmückten die Fußböden eines jeden Hauses, und in den Wohnzimmern aller Häuser standen verglaste Schränke, in denen Tafelgeschirr aus Silber, Messing und Emaille aufbewahrt wurde. Alle Männer in den Häusern im Kreis hatten die gleiche Anzahl Frauen, die gleiche Anzahl Kinder und Esel, und auch die Ziegen- und Rinderherden, die sie hielten, waren gleich groß. Es war aber das Haus in der Mitte des Kreises, das sich Sebastian auftat wie ein Tal in die Vergangenheit. Es kam ihm vor wie die schmerzvolle Erinnerung an ein bittersüßes und kurzlebiges Abenteuer. Er verweilte am letzten Abhang der Hügel, die in das Tal mit den Häusern hinabführten, heftete seine Augen auf das große Haus, mit dem Ergebnis, daß es ihm schien, als sähe er es in einem Kristallspiegel. Seine sechseckige Form wurde von jeder Bewegung des spiegelnden Glases zurückgeworfen.

Irgend etwas schnellte wie eine Adlerkralle hervor und zerschmetterte den Spiegel seiner Verunsicherung. Sebastian gewahrte den zwölften Kreis der Wirklichkeit und erlangte eindeutige Gewißheit über den Erdball, der in diesem Haus sinnbildliche Gestalt annahm. Es war das Haus des ersten Königs von Kasila, der sie einst begrüßt hatte. Die Einsicht, daß er an den Ort seiner früheren Ängste zurückgekehrt war und daß er dem König als in diesem für ihn neuem Land lebensuntüchtig erschienen sein mußte, brachte ihm zurück, warum er ursprünglich zu seinem Spaziergang aufgebrochen war. So also erhielt er eine genaue Vorstellung davon, wen seine erste Büste darstellen würde. Er entschloß sich, eine Büste dieses Königs anzufertigen, weil er spürte, daß sein Schicksal mit dem Sprichwort von der Heimkehr des verlorenen Sohnes treffend beschrieben war. Er kehrte zurück, reiner und weiser, entschlossener in seinem Streben, und ihm wurde bewußt, daß ihn eine unbezwingbare Macht hierher zurückgeleitet hatte, damit er die Fasern, die ihn mit dem Ort verbanden, im Namen seines Vaters, im Namen seiner Vorfahren erneuern konnte.

»Die werdn schon sehn«, murmelte er. »Ich beweis, was ich alles kann.«

Am nächsten Morgen holte er den Schädel seines Vaters hervor, den er zum Schrecken seiner Frau in einer Tasche aufbewahrte, die in seinem Zimmer stand. An ihn nun wandte er sich, ihn um seine Unterstützung und Führung bittend.

»Verleih mir das Feuer, und ich werd dich rühm'n und ehrn«, flehte er den Schädel an.

Langsam schälte sich am nächsten Nachmittag die Büste des Königs aus dem getrockneten Lehm. Er bemühte sich darum, ihn so zu formen, wie er ihn an jenem ersten Tage gesehen hatte: Ehrfurcht gebietend und würdevoll, umringt von seinen Höflingen, mit hoher Stirn, die wie der Hort großer Weisheit aussah. Sebastian erinnerte sich an die trotz einer unmißverständlichen Ausstrahlung von Autorität klaren, freundlichen Augen. Schicht um Schicht des harten Materials trug er ab, arbeitete mit einer Verzückung, die die frühere Zeit der Trägheit mehr als ausglich, eine Zeit, in der er es zufrieden gewesen war, auf der geranienumrankten Veranda zu sitzen und auf das Meer hinauszuschauen, während Jeanette endlose Stunden an den allgegenwärtigen Puppen arbeitete. Bald schon hatte er die Umrisse eines Gesichts herausgearbeitet, die tiefen, altersschweren Linien der Brauen und die eingefallenen Umrisse der Wangen, ohne dabei die lebendige Perspektive aus den Augen zu verlieren, die er vermitteln wollte.

Er bearbeitete den ausgehärteten Lehm mit einer Besessenheit, die ihn mit sich riß und nach höchster Vollendung strebte, die er nur mit bedingungsloser Hingabe und Liebe erreichen konnte. Nach über zwei Wochen gelang es ihm schließlich, das Gesicht so herauszuschälen, daß man Nase und Mund erkennen konnte. Matt und glatt glänzte der kahle Schädel des alten Mannes. Als er zu guter Letzt die Augen so gestaltete, daß sie den durchdringenden Blick annahmen, mit dem der König an jenem erinnernswerten Tag den Kapitän des Schiffes angesehen hatte, brach Sebastian Cromantine angenehm warmer Schweiß aus. Er war nicht krank, nur rief die Hingabe an seine eigene Schöpfung eine fast schon unerträgliche Erregung in ihm hervor. Vor zwanzig Jahren hatte es ihn an den Ort hier verschlagen. Seitdem war eine Menge geschehen: Neue Straßen waren entstanden und manche Siedler weiter ins Inland oder auf ein paar kleine Inseln vor der Küste gezogen, wo sie kleine Plantagen mit Ananas, Tee und Piassava anlegten, einheimische Frauen heirateten und Familien gründeten. Auch hatten Piraten des öfteren versucht, die Ansiedlung zu überfallen, doch nichts war für Sebastian wirklich von Bedeutung gewesen, denn er lebte in einer Welt, die weiter in die Zeit zurück reichte als Malagueta.

Die ganze Zeit, seit er der Bitte von Thomas Bookerman gefolgt und aus den Bergen herabgestiegen war, hatte ihn das verschwommene Gefühl verfolgt, daß er, anstatt voranzuschreiten wie alle anderen auch, mit einem Fuß nach vorn marschierte und rückwärts mit dem anderen. Dasselbe Gefühl durchflutete ihn jetzt, da die Büste sich seinen kräftigen Händen fügte. Die Hände sprachen ihm eine deutlichere Sprache als sein Herz. Es war, als ob sie glücklich wären, im gehärteten Lehm einen Meister gefunden zu haben, den sie lieben mußten. Als er mit der Arbeit an der Büste fertig war, war es fast sechs Uhr abends, und weil er fast drei Wochen an ihr gearbeitet hatte und nirgendwohin gekommen war, beschloß er, noch zu Phyllis' Haus herunterzugehen, sich einen Rum zu genehmigen und sich dann nach Hause zu begeben. Er ging an den riesigen, leuchtenden Flammenbäumen vorbei, die sich von seiner Werkstatt bis zur Kirche erstreckten, sah, daß das Geschäft in Theophilus' Apotheke gut lief, und es fiel ihm auf, daß urplötzlich und wie aus dem Nichts eine Gruppe Mulatten aufgetaucht war und in einem verfallenen Haus an der Ecke von James Street und January Street eine Tanzschule eröffnet hatte. Mit einem Mal vernahm er das dumpfe Trommeln von Hufen, und als er zur Andrew Street gelangte, stand er vor einem Trauerzug. Ungefähr fünfzig Männer und Frauen kamen ihm entgegen, in die schweren, fadgrauen Kleider eines würdevollen Sommers gekleidet. Ihrem Gesichtsausdruck konnte er entnehmen, daß der oder die Tote sehr plötzlich gestorben war und daß sie der drückenden Hitze wegen den Sarg in aller Eile zusammengezimmert hatten. Unter den Trauernden entdeckte er eine alte Frau. Sie sah aus, als wäre sie fast achtzig Jahre alt, und doch war sie es, die den Gesang der Prozession anführte. Sie sang mit einer vollen Altstimme, die sich aus einem für eine Frau ihres Alters noch erstaunlich rüstigen Körper erhob. Die Verse ihres Gesangs bannten Sebastian auf die Stelle. Er war kein Kirchgänger, aber ihn hatten die überwältigenden Lieder der Plantagen, auf denen sich die Gesänge der schwarzen Kirche gründeten, immer mitgerissen. Also ließ er sich in der Stimme der Frau, die den Leichnam auf seiner letzten Reise geleitete, auf dem Flusse Jordan treiben. Ließ sich von Moses umarmen, der Gott anflehte, seine Kinder ziehen zu lassen, und auf quälende, schmerzhafte Weise, die ihn auf eine Begebenheit in der Vergangenheit zurückwarf, an die er sich verzweifelt zu erinnern bemühte, erklomm Sebastian Cromantine den anheimelnden, flach ausladenden Triumphwagen Gottes, dessen Räder von der Melasse in der Stimme der alten Frau geölt wurden. Dann geschah ein kleines Wunder: Er sah, wie der alte Mann, beunruhigt von all der Aufmerksamkeit, die ihm zuteil wurde, sich aufzusetzen versuchte. Während er auf die Prozession zuging, machte Sebastian Cromantine sich Gedanken darüber, ob der Alte eine Familie hinterließ, wie er gestorben war und ob man ihn, bevor man ihn in den steifen dunklen Anzug mit der gestärkten weißen

Hemdbrust kleidete, wohl ordentlich gebadet hatte. Die alte Frau sang von der Vergeblichkeit dieser Welt, sang von denen, die sich für vieles zu rechtfertigen hätten, wenn sie dereinst vor den Schöpfer hinträten. Zwei weiße Tauben kreisten über ihren Köpfen, ließen sich auf dem Sarg nieder, und während die Sargträger die Vögel verscheuchten, fühlte sich Sebastian Cromantine von den schreckenerregenden Wunsch ergriffen, dem Toten die Hand zu schütteln.

»Schaut nur, de Vögel, er kommt in de Himmel«, sagte er.

Sie stießen ihn zur Seite, weil sie meinten, er sei verrückt, und die Lebenden vor dem Verrücktsein Angst haben. Bald stand Sebastian allein da und sah dem langsam verschwindenden Schweif des Trauerzuges hinterher. Dann, im furchteinflößenden Würgegriff der Einsamkeit, begriff er, was geschehen war: daß alle Menschen einem anderen Königreich des Seins zugehörten, in dem sie gewaschen wurden, auf daß sie wieder leicht und unschuldig würden. Größere Vögel zogen nun über ihm ihre Kreise, und sein Körper wurde von solch neuer Kraft erfüllt, daß sich das Gefühl Sebastian Cromantines bemächtigte, er erwache aus dem lang andauernden Zauber des Vergessens. Ihm fiel ein, daß jetzt zwanzig Jahre seit jener Reise vergangen waren, auf der Fatmatta, die Vogelfrau, die Lieder, die die Reihe ihrer Vorfahren besangen, angestimmt hatte, um ihnen die Zeit zu verkürzen. Und es rührte ihn ans Herz, daß der Mensch durch all die mittlerweile Verstorbenen weiterlebte und mit seinen Tauben, den Vögeln des heiligen Geistes, weiterzog. Sebastian wurde sich bewußt, daß die Plackerei für Malagueta seine Sinne abgestumpft und er versäumt hatte, seiner Frau aufzutragen, einmal im Jahr, am Todestag seines Vaters, ein zusätzliches Gedeck auf den Tisch zu stellen, auf daß er auf seinen Füßen eines lebendig Toten daherkäme und sie besuchte.

Kein Wunder, daß er nicht vermocht hatte, klar zu sehen, zu begreifen, daß die Natur des Lebens in Malagueta auf der Erinnerung an diejenigen beruhte, die vorangegangen waren und den ihnen zustehenden Respekt einforderten. Er beschloß, Abhilfe zu schaffen. Als er spät abends nach Hause kam, überraschte er Jeanette mit der Entschlossenheit und dem Ernst, die in seiner Stimme lagen, als er verkündete:

»Wir gebn'n Fest.«

»Warum?« wollte sie wissen.

»Für mein'n Pa und für deine Freundin Fatmatta, de Vogelfrau«, antwortete er.

Jeanette Cromantine fand die Idee, ein Fest zu geben, wundervoll. Sie freute sich, daß ihr Mann sich ihrer Freundin erinnerte. Doch gleichzeitig machte sie sich Gedanken, woher das Geld für die nötigen Besorgungen kommen sollte.

»Mach dir keine Sorgn, ich hab was gespart«, meinte er nur. Schwere Zeiten hatten ihn gelehrt, mit Vorbedacht zu handeln, und so hatte er etwas Geld aus dem Verkauf seiner Kaffeebohnen beiseitegelegt. Sie hatten noch nie ein Fest gegeben, nicht einmal zum ersten Geburtstag ihres Sohnes. Jeanette war so damit beschäftigt, über das Fest nachzudenken, das in ihren Gedanken schon ihr ganzes Anwesen erfüllte, und alles zu planen, daß sie völlig vergaß, ihren Mann nach seiner Arbeit zu fragen.

»Das is was andres«, sagte er. »Heute hab ich de Büste fertiggemacht. Sie hat das Gesicht des Königs, und wir gebn'n Fest wie das, das er veranstaltet hat, als wir hierhergekommn sind.«

In Malagueta war es um diese Jahreszeit sehr heiß. Der März kündete sich mit sandpapiernen Lidern und staubigem Haar an. Das Korn verdorrte fast auf den Feldern, und die Hühner in ihrem Gehege starben an Hitzschlag, während die braunen Berge mit ihren ausgezehrten Bäumen unter den grauen Wolken ein Bild des Jammers abgaben und das Meer kaum eine kühlende Brise versprach.

Sebastian Cromantine bewies eine glückliche Hand. Dadurch, daß er in dieser Zeit des Jahres ein Fest geben wollte, mußte er nicht nur auf seine Ersparnisse zurückgreifen, sondern er konnte auch auf die Hilfsbereitschaft einiger Nachbarn zählen. Alle waren auf Monate wie diesen vorbereitet, hatten eine ganze Menge Erdnüsse, Auberginen, Mohrrüben und Pökelfleisch eingelagert und Reis, an den sie sich nun langsam gewöhnten.

Wie alle, die nur selten ein Fest geben, hatte Sebastian Cromantine nicht daran gedacht, wie viele Gäste eingeladen werden sollten. Ebenso hatte er die Parade der Töpfe und Pfannen vergessen, die ein solches Fest erforderte.

»Ich kümmre mich drum«, meinte seine Frau. »Bestimmt helfn uns unsre Nachbarn mit Töpfn aus.«

Sie behielt recht. Am Tag der Versöhnung ruhten große Kessel auf entsprechend großen Herdsteinen und dampften geruhsam vor sich hin, während der warme Geschmack von Rum den beleibten Frauen, die die Zubereitung des Festmahls überwachten, die Arbeit leichter von der Hand gehen ließ. Die ganze Stadt – oder genauer: alles, was in unmittelbarer Nachbarschaft der Cromantines wohnte – war gekommen. Sebastian reichte rumgefüllte Gläser, um Leute zu versöhnen, die sich zerstritten hatten, denn die Cromantines waren ein friedliches Paar, und die Toten waren friedlich und verlangten Achtung bei ihren Treffen. So waren neben Phyllis und Isatu, der Frau von Gustavius Martins, auch Sister Beatrice und Sister Caroline eingeladen worden.

Leute tauchten auf, die man bislang noch nicht kannte. Sie hatten gerade einen ersten Geschmack vom Salz dieser Erde bekommen, die da Malagueta hieß. Und sie wurden freundlich willkommen geheißen. Die Brüder Orlando und Septimus Blackstone, Unterhaltungskünstler sie beide, erschienen zum Fest. Mit ihren Füßen sowie mit Melone und Rohrstock vollführten sie die unglaublichsten Kunststücke, und sie wollten die erste Tanzschule der Stadt eröffnen, weil sie nicht glaubten, daß die Jungfrauen über die Macht verfügten, zu verhindern, daß sie dennoch in den Himmel kamen.

Alle Kinder der zwölf Familien, die die Süßkartoffelpest überlebt hatten, waren da. Sie waren eher gekommen, den Jahrestag dieses Ereignisses zu begehen, als aus dem Grund, der zur Einladung geführt hatte. Unter den Versammelten befanden sich auch zwei Mulatten: die Brüder Richard und Gabriel Farmer. Vor kurzem erst, ohne ein Aufheben zu machen, mit einem Edelholztransporter in Malagueta angekommen, hatten sie noch nie so ein Fest miterlebt und trugen teure Gabardineanzüge, ihrem gesellschaftlichen Stand entsprechend. Sie sprachen ein vorzügliches Englisch, legten gute Manieren an den Tag, zeigten Selbstvertrauen und schienen, alles in allem, ehrbare Menschen zu sein. In kommenden Schuljahr wollten sie eine Oberschule für die intelligenteren Schüler der Jungfrauen eröffnen.

Ehrengast aber war Thomas Bookerman. Seit dem Tag, an dem er das Land an die unternehmungslustigen Siedler aufgeteilt und für sich am Strand ein kleines Steinhaus mit einem blühenden Garten voller Bougainvillea und Mimosen gebaut hatte, war er über dem entmutigenden Versuch, ein Buch über den Weg zu schreiben, den sein Volk bis zu seinem jetzigen Stand zurückgelegt hatte, zum Einsiedler geworden. In Malagueta war die Zeit reif für ein solches Buch, da der Ort langsam die Ausdehnung einer Großstadt annahm. Die alten Männer, die ihre mit Holz und Obst beladenen Wagen zogen, die Frauen unter den Baobabs, die sich mit Ginsterstöckchen die Zähne putzten und Gewürze für alle möglichen Gerichte feilboten, die Angestellten, die in den Holzlagern lernten, ihre Unterschrift zu perfektionieren, die Fleischer, die sich Tag für Tag der schwerfälligen und trägen Würde der Rinder gegenübersahen, sie alle sollten sie in dem Buch Erwähnung finden. Mit ihrem Leben zufrieden, lebten sie ohne Hast und Gier, ohne Angst und Pein selbst in den Augenblicken der Prüfung, da die heftigen Augustwinde durch ihre Häuschen pfiffen und ihre armselige Habe auf die Straßen wehten. Thomas Bookerman hatte gelernt, ihre Beharrlichkeit und Ausdauer zu achten.

Fünfundvierzig Jahre alt, lebte er noch immer allein, kochte sich sein Essen selbst, kümmerte sich um seinen Garten und lehnte es rundheraus ab, jemanden zu empfangen, außer an einem festgelegten Tag in der Woche, wenn er Besuchern wegen der Erschließung neuer Ländereien und der Errichtung neuer Häuser beriet. Die Stadt achtete und ehrte ihn und hatte ihn zu einem inoffiziellem Richter erwählt. So war er, was die Entwicklung Malaguetas anbetraf, zu einer Art Schiedsmann geworden, nicht aber für die alltäglichen Angelegenheiten. Da ließen sie sich nicht hereinreden, und jeder Versuch, sich in ihr Leben einzumischen, hätte einen Aufstand zur Folge gehabt.

Als er bei den Cromantines eintraf, grüßten sie ihn mit der Ehrerbietung, die einem Anführer zustand, doch ohne Furcht. Die Cromantines gaben ein wirklich großes Fest, und der Himmel schwärzte sich vom Rauch, der von den Feuern aufstieg, über denen dankbare Gäste Spieße mit ganzen Schweinen drehten, während sich hinten im Hof Ströme von Hühnerblut ergossen. Als sie alles zubereitet hatten und die Tische sich unter dem Essen bogen, die Nachbarn Brot und Kuchen brachten, erhob sich Sebastian Cromantine und hielt eine Rede.

Er sprach von »der Ruhelosigkeit« seines Vaters, »weil sein Sohn vergessn hat, ihm zu sagn, er soll heimkommn und sein'n Segn bringn. Aber er weiß sicherlich, daß ichs gut mein, und ich weiß, daß er gerade jetzt zu Besuch kommt, um de Zeit, da sie uns damals aus de Haus getriebn habn und wir in de Berge flüchtn mußtn«.

Von den Rätseln der hohen Redekunst wußte er nichts. Das waren ihm neue Geheimnisse, in die er erst noch eindringen mußte. Nun aber, da er das erste Mal in aller Öffentlichkeit eine Rede gehalten hatte, fühlte sich Sebastian Cromantine von der Feierlichkeit des Anlasses überwältigt. Warme Tränen strömten ihm die Wangen herab, und er war dankbar für das weiße Tuch, das seine Frau ihm reichte, damit er sich das Gesicht trocknen konnte. Sein Gesicht strahlte unter den dankbaren Händen seines verstorbenen Vaters Lebendigkeit aus.

Die Gäste wandten ihre Augen von Sebastian Cromantine ab und blickten auf den Einäugigen. Da erhob sich Thomas Bookerman mit der Würde eines Mannes, der daran gewöhnt ist, Reden zu halten. Er nahm ein Glas Wasser in die Hand, begrüßte die Toten und vollführte ihnen zu Ehren ein Trankopfer. Er dankte ihnen dafür, daß sie ihre Ansiedlung gesegnet hätten, die es sich nun in der Person ihres Sohnes, der seine Pflichten kannte, leisten konnte, ihre Großzügigkeit zu erwidern. Unter den Traufen des Daches waren kleine Erdmulden ausgehoben worden, und nachdem er seine Rede beendet hatte, legte Thomas Bookerman Fleisch und Bohnenkuchen in die Löcher. Sie hofften, daß die ruhelosen lebendig Toten zu diesen Löchern kämen, ihr eigenes Festmahl zu halten und Frieden mit den Feiernden zu schließen, zumindest an diesem einen Tag.

Das böse Blut zwischen Sister Caroline und Phyllis war fast schon vergessen, als die Lehrerin einen ungewöhnlichen Witz über verknöcherte Frauen riß, die von Frauen, die sich in selbstloser Liebe Männern hingaben, die nicht einmal den Dreck unter ihren Zehennägeln wert waren, noch ein Menge zu lernen hätten. Viel später, als sie schon über alle Maßen gegessen und noch mehr getrunken hatten, umringten einige Gäste die beiden Mulatten und unterhielten sich mit ihnen. Hübsch sahen sie aus in ihren hellblauen Gabardineanzügen, flott und voller Zuversicht. Sie hofften, daß die rauhen, mißtrauischen Siedler sie in ihrer Mitte aufnähmen. In England geboren, gehörte ihr Vater zu einer Gruppe afrikanischer Kinder, die man dorthin gebracht hatte, um sie zu taufen und in die Schule zu schicken und so die öffentliche Erregung über die schlechte Behandlung der Schwarzen zum Schweigen zu bringen. Ihr Vater hatte einige Bildung erworben. Das gestattete ihm, bei einem Geistlichen eine

Anstellung als Diener zu finden. Später heiratete er eine ehrbare junge Frau aus der Kirchengemeinde, die eine Vogelmenagerie führte und sich schon immer gewünscht hatte, auf Reisen zu gehen und zu sehen, wo ihre Vögel eigentlich lebten. Nach dem Tode des Vaters, der an einer Lungenentzündung gestorben war, hatte sie die Jungen mit der Hilfe des Geistlichen großgezogen. Das Geld, daß sie damit verdiente, ihre Vögel vor amüsierten englischen Damen auszustellen, die in ihren »kaffeebraunen« Söhnen »vollendete afrikanische Ehrenmänner« sahen, verwendete sie darauf, ihre Söhne auf eine Quäkerschule zu schicken, an der sie Unterricht in Latein, Griechisch und Geschichte erhielten sowie – darauf hatte der Pfaffe bestanden, »damit sie auf diese gierige Welt vorbereitet sind« – in den praktischen Fächern Buchhaltung und Handelskunde. Obwohl die Aussichten für ihre Söhne in England alles andere als gut waren, hatte sie gleichwohl nie ernsthaft die andere Möglichkeit in Erwägung gezogen: mit ihnen gemeinsam in Afrika zu leben. Der damals in Mode gekommene missionarische Eifer ging ihr ab, und da sie nicht über das Geld verfügte, das ihr größere Handlungsspielräume eröffnet hätte, hielt sie an dem Glauben fest, es gebe genügend starke und gutmeinende Menschen, deren Seelen nicht vom pervertierten und verzerrten Rassenwahn vernebelt waren, der damals im Mittelpunkt aller Konversation in den Salons stand und von dem sie annahm, daß er die Grundlagen eben der Zivilisation vernichtete, an der sie hing. Sie hatte ihren Jungen Shakespeare, Byron und Blake zu lesen gegeben. Die beiden liebten besonders Blake, vor allem den Glauben des Meisters, daß sich in seinem Jerusalem die Seelen einander im Geiste der Brüderlichkeit verbanden. Als Ergänzung zu ihrer – wie sie es nannte – »religiösen Bildung« nahm sie sie zu Konzerten mit. Dort hörten sie die Musik Purcells, Corellis sowie der Deutschen Haydn und Händel, von denen einer, wie sie ihnen erzählte, für den König eine Musik über das Wasser geschrieben habe, wohingegen der andere Oratorien komponierte und »große Musik«, die Symphonien, die sie aber nicht recht verstand. Eines Abends mußte sie in der Kirche während einer Aufführung von Purcells doppelchöriger Hymne *Hear My Prayer, O Lord* weinen: wegen der Feierlichkeit der Musik und der ergreifenden Anrufung des Göttlichen. Mit Geduld, Fleiß und Liebe formte sie die beiden zu jungen Männern mit hervorragendem

Benehmen und gutem Geschmack, und als sie mit fünfzig die ersten Anzeichen der Erschöpfung verspürte, die sie schließlich ins Grab bringen sollte, betrachtete sie ihr Werk als getan und gelungen.

Gabriel Farmer hatte den Schutzschild dieses idyllischen Daseins verlassen. Still opferte er das Joch seiner Mutter wie einen letzten Gruß auf dem weißen Altar der Trennung, und die Seile, die seine Mutter geflochten hatte, ihn zu binden, lösten sich auf. Er bewegte sich mit dem streunenden Idealismus eines in die Welt entlassenen Sohnes und freute sich über jede Gelegenheit, unter dem reifen Glanz anderer Frauen zum Manne zu werden, die die Säfte der Sonne getrunken hatten, um ihre braune Haut zu pflegen. Drei Jahre jünger als sein Bruder, offenbarte er, obwohl er voller Fürsorglichkeit steckte und sich großer Beliebtheit erfreute, mit fünfundzwanzig einen Hang zur Verschlossenheit. Seine Mutter hatte erfolgreich seinen Charakter geformt, ihn gelehrt, bescheiden und großzügig zu sein. Was aber die zarteren Bande in der Beziehung eines Mannes zu seinen Mitmenschen betraf, war er durchaus ein Essentialist. Als seine Mutter starb, betrank er sich zum erstenmal in seinem Leben. Sein Bruder las ihn aus der Gosse auf, spülte ihm den Mund mit Salz und brachte ihn ins Bett. Dann entwickelte er einen Hang zur Herumtreiberei.

Doch ihm schien die Sonne seiner Mutter, seiner Beschützerin, und zog ihn aus dieser Phase der Trauer wieder in die Wirklichkeit. Er erinnerte sich, daß sein Vater, der Afrikaner, ein entschlossener, tatkräftiger Mensch gewesen war. Im London jener Zeit hatten Kaufleute, Händler, Seeleute und Bankiers das Sagen, eben genau die Art Menschen, die der Musik menschlicher Brüderlichkeit gegenüber, die sein Vater gepflegt und auf die seine hingebungsvolle Mutter ihn eingestimmt hatte, völlig taub zu sein pflegen. Dennoch empfand er ihnen gegenüber weder Verachtung noch Abneigung, und Haß war teuer. Wenn er überhaupt etwas empfand, dann ein tiefes Mitgefühl für die Notleidenden, die Armen und die Huren, die Seelen voller Güte besaßen und denen dennoch das Brot der Gleichheit aller Männer und Frauen verweigert wurde.

Manchmal blies ihm der Wind des Abenteuers in sein braunes Gesicht, erinnerte mit der Anrufung von Träumen, die die Bücher in ihm aufgerührt hatten, an seine Jugend. Schiffe segelten in die Welt hinaus oder liefen in die Häfen ein, entluden Tabak und nahmen den tödlichen Branntwein an Bord, den – wie er wußte – die braunen Menschen ebenso liebten wie Spiegel. In dieser Traumwelt blieb Gabriel Farmer einige Jahre lang gefangen, bis er eines Morgens erwachte und wußte, daß er den Morgen voller Unbekanntem entwachsen war, einen Schoner bestieg und in Begleitung seines Bruders davonsegelte.

Da ihm ein englisches Temperament eigen war, erschienen ihm die lärmenden und rauhen Menschen Malaguetas zunächst nicht unbedingt nach seinem Geschmack. Doch war er ein Mensch, der nie lange an Vorurteilen festhalten konnte, und so geschah es, daß vier Monate später, als er sich zu seinem Mahl aus Bohnen und Hähnchen niedersetzte, Phyllis in ihm eine unerwartete Verstörung hervorrief, die sein ganzes Denken beherrschte. Es fiel ihm schwer, an irgend etwas anderes zu denken als den Stuhl, auf dem sie saß, und er dachte daran, wie schön es wäre, sie näher kennenzulernen, ohne gleich vertraulich zu werden, wogegen er von Natur aus etwas hatte und was sie auch – wie er spürte – zurückweisen würde.

Thomas Bookerman beobachtete ihn und fand heraus, daß dieser Mulatte im Umgang mit ihnen nicht so unterwürfig war wie andere Mulatten. Besonders gefiel ihm, wie er in seinem edlen englischen Anzug aus teurem Tuch die Gastgeberin mit »meine Dame« anredete und darauf hoffte, daß die Schwarzen ihn in ihrer Gemeinschaft aufnahmen. Das war in seinen braunen Augen zu lesen. Für Thomas Bookerman stand fest, daß er Gabriel Farmer gut leiden mochte.

Als Mensch, der an Vorherbestimmung glaubte, konnte er sich des Gefühls nicht erwehren, die Göttliche Vorsehung hätte bei der Ankunft dieser wohlerzogenen, feinen Herren ihre Hand im Spiele und er könnte irgendwo im göttlichen Plan für die Aufklärung Malaguetas darauf vertrauen, daß sie eine führende Rolle übernähmen. Dabei hatte er noch niemals einem Mulatten getraut. Er konnte es sich aber leisten, freundlich zu sein, denn für die Siedlung, die er gegründet hatte, stellten sie keine Bedrohung dar. Sie waren keine Eroberer.

»Was, glaubn Sie, könntn Sie hier beitragn? Schließlich sind Sie ganz anders als wir.« fragte er sie.

»Das wissen wir noch nicht, Sir«, erwiderte Gabriel, »aber, mein Bruder und ich, wir stellen uns vor, die Kinder zu unterrichten.«

»Sie erhaltn von uns schon all den Unterricht, den sie brauchn, stimmts, Phyllis?«

Es war das erste Mal, daß er ihre Anwesenheit öffentlich zur Kenntnis nahm, obwohl sein durchdringender Blick keinen Zweifel aufkommen ließ, daß er sich die ganze Zeit über ihrer Gegenwart sehr wohl bewußt war, denn sie war eine Frau, deren Gegenwart selbst ein Thomas Bookerman zur Kenntnis nehmen mußte. Daher stellte seine Frage nur ein Vorspiel zu dem dar, was sich zwischen ihnen entwickeln sollte. Sie nahm die Gelegenheit wahr:

»Mancher braucht alles an Bildung, was er nur immer kriegn kann, zumal wir hier alle Anfänger sind.«

Sie sprach mehr zu Gabriel Farmer als zu Thomas Bookerman. Wie alle anderen Frauen in Malagueta sah sie im Begründer der Stadt einen unbeweibten Mann, der alle Anfechtungen einer Partnerschaft hinter sich gelassen hatte. Doch da sie fest daran glaubte, es müßte möglich sein, daß eine Frau und selbst ein so einsiedlerisch lebender Mann wie Thomas Bookerman miteinander glücklich würden, hatte sie keine Hemmungen, ihm zu widersprechen, und hoffte dabei, er wäre etwas weniger abweisend. Der junge Mulatte lächelte schüchtern, schlug im Wind seinen Kragen hoch und sprach. »Meine Dame«, sagte er zu ihr und fügte hinzu, er wolle, wenn Thomas Bookerman seine Jugend hintanstellte, ihn zu überzeugen versuchen, daß es viel zu tun gäbe.

»Wir sind glücklich hier, haben einen Platz zum Bleiben gefunden, an dem uns die Abgesandten des Bösen nicht stören, obwohl wir wachsam sein müssen, weil es immer irgendwo Feinde gibt. Doch schauen Sie sich nur um, wieviel wir erreicht haben. Es stimmt, Sie haben Häuser gebaut, eine Kirche, Märkte, Läden, Straßen sind erschlossen, und der Wald ist zurückgedrängt worden. Was wir aber für unsere Kinder brauchen, sind mehr Schulen, Krankenschwestern. Wie können Sie glauben, daß das, was Sie haben, ausreicht, daß in Ihnen nicht mehr steckt, als Sie selbst für möglich halten?«

Dann berichtete der junge Mulatte, in der gleichen Weise, in der über einhundert Jahre zuvor Suleiman, der Nubier, den Goldhändler mit seinen beschwörenden Erklärungen in den Bann geschlagen hatte, von vergangenen Ereignissen, wobei ihm seine Schulbildung aus England zugute kam.

So erfuhren sie von einem Land namens Abessinien, wo es eine christliche Tradition gab, älter als die, die sie in Amerika vorgefunden hatten. Dort fasteten die Mönche monatelang, und man hatte die Kunst der Meditation zu solcher Blüte geführt, daß die Pilger bis aus China, selbst ein großes und großartiges Land, herüberkamen, um die Grenzen ihrer Standhaftigkeit zu erproben. Und hatten sie gewußt, daß es lange vor Prester John, dem christlichen Söldner, einen schwarzen General gegeben hatte, der in Europa einmarschiert war, oder daß Schwarze in Booten, die sie aus Pflanzen gebaut hatten, nach Amerika gefahren und wieder in ihre Heimat zurückgekehrt waren?

Zum erstenmal hörte Thomas Bookerman etwas von einem zweiten schwarzen General neben Toussaint. In seiner ganzen Zeit im Kolonialkrieg hatte er mit der Enttäuschung leben müssen, daß er es nie weiter als bis zum Sergeant bringen würde, zumal er sich keine eigene Armee halten konnte. Sechs Monate nach dem Festmahl, als er gegen die britische Garnison des Captain David Hammerstone vorging, der sein Volk unter eine verachtenswerte und unannehmbare Gewaltherrschaft zwingen wollte, führte Thomas Bookerman eine kleine Armee von Freiwilligen an, deren Soldaten ihn als ihren General betrachteten.

Jetzt ließen sich weitere Geier in den Baumkronen nieder und bekamen prompt Fleischbrocken zugeworfen, damit sie sich bei den Wesen der anderen Welt für die Feiernden einsetzten. Sister Beatrice betete für Frieden unter den Siedlern und brachte Phyllis dazu, Sister Caroline die Hand zu reichen. Man tauschte Trinkbecher aus und hoffte, dadurch die Geheimnisse des anderen zu erfahren. Nach seiner langen Rede spürte Gabriel Farmer alle Augen auf sich gerichtet. Er war auf dem Fest erschienen, um seinen Anspruch auf Achtung und Anerkennung geltend zu machen und somit das zarte Band zu stärken, das die Erinnerung an seinen Vater in ihm zurückgelassen hatte und das von seiner fragwürdigen Erziehung bedroht wurde. Und nun trug seine zweifelhafte Bildung, dieses Abfallprodukt, bei den Menschen hier eine gewisse Achtung ein. Jeanette Cromantine, die – obwohl sie die ganze Nacht aufgeblieben war, um sicher zu gehen, das alles zur Zufriedenheit verlief – pedantisch war wie ein Einsiedlerkrebs, vernachlässigte taktvoll die anderen Gäste und füllte ihm wieder und wieder den Teller.

»Vielen Dank, meine Dame«, sagte er, »aber das schaffe ich nicht.«

»Natürlich schaffn Sies. Haut und Knochn, wie Sie sind, nimmt Sie nie ne Frau, auch wenn Sie noch soviel wissn. Und wir wolln doch, daß Sie uns erhaltn bleibn, stimmts, Sebastian?«

Der Vortrag des Mulatten hatte Sebastian Cromantine nicht sonderlich überrascht. Irgendwie war er, tief im Innern seines Herzens, immer davon überzeugt gewesen, daß das Leben in diesem Teil der Welt vor ihrer Ankunft besser gewesen sein mußte, hatte doch alles so alt, organisch und unwandelbar ausgesehen. Seit einiger Zeit schon kam er sich vor wie ein Wesen aus anderer Zeit, das den Salpeterfraß der Verwüstungen über die Jahrhunderte des Wandels hinweg überlebt hatte, in einem anderen Leben, in einem anderen Körper. Deshalb wohl hatte er sich immer zur Erde hingezogen gefühlt, getragen von der Aussicht, eines Tages seine Geburt in diese alte Welt durchleben zu können, angezogen von der todbringenden Entdeckung seiner Kaffeesträucher. Deshalb wußte er auch, daß er eines Tages in jene andere Welt zurückkehren würde, selbst wenn dies bedeuten sollte, die Siedlung zu verlassen. Wenn er nur Jeanette die schreckliche Sehnsucht nach Vergangenheit begreiflich machen könnte, die in ihm lebte.

»Gib dem Lehrer, soviel er nur essn kann«, sagte er, »denn er wird nicht mehr lange allein sein.«

Gabriel Farmer sah sich in einem verwirrenden Netz gefangen. Ihm widerfuhr, was er noch nie zuvor empfunden hatte. Außer seiner Mutter hatte er keinen Menschen je zuvor geliebt. Deshalb bemühte er sich, seine Gefühle für Phyllis nicht spürbar werden zu lassen, sie vielmehr zu verbergen. Er versuchte, gegen das Ziehen in seinem Herzen anzukämpfen. Dieser Versuch blieb erfolglos. Ihre betörende Ausstrahlung schlug ihn in Bann, machte, daß er ihr nahe sein wollte, daß er auf ewig im schwebenden Duft einer fremdartigen, geheimnisumwehten Frau der Plantagen leben wollte, daß er hören wollte, wie sie ihm über das Leben dort erzählte. Er hatte ihr Haus noch nicht betreten, jetzt aber verspürte er eine unkontrollierbare Sehnsucht, dorthin zu gehen, von ihr eingeladen zu werden, von ihr, der Frau, die seinen Blutdruck in die Höhe schnellen ließ, die in seinem Pulsschlag steckte und die, sah sie ihn nur an, der Grund für einen Schluckauf darstellte, den nicht einmal der Pfeffer, den Jeanette

Cromantine zusammen mit dem Knoblauch unter den Hühnchengulasch gemischt hatte, verursachen konnte. Er schmeckte das Salz seiner Tränen und wollte schon um etwas Wasser bitten, als hinter den Wipfeln der Tamarinden der Großmast eines Schiffes auftauchte – draußen in der fernen Einsamkeit der See, die unter dem widerhallenden Blitzdonnern einer Kanonade, die die Aufregung der flatternden Geier ebenso betäubte wie die Erregung der Feiernden weckte, derweil sie Isatu Martins lauschten, die ihnen die Geschichte von dem hochmütigen Mädchen erzählte, dem das Gesicht auf den Rücken gedreht wurde, weil sie über einen Krüppel gelacht hatte, einen verkleideten Prinzen, der sie liebte und heiraten wollte.

6 *Anatomie eines Aufruhrs*

Captain Hammerstone hatte es sich im Wohnzimmer seines englischen Landhauses bequem gemacht. Er schaute zu, wie im Kamin die Scheite herunterbrannten. Ihm zu Füßen lagerte seine deutsche Dogge. Eben erst hatte er sein zweites Gläschen Rum geleert, mit dem er die Krämpfe vertrieb, die ihn seit kurzem im Winter überfielen. Der Hund war seine einzige Gesellschaft, und nach anderer verspürte er auch keinerlei Bedürfnis. Er war ein alter Seebär, der im Augenblick von den brandenden Wogen eines Lebens voller Abenteuer abgeschnitten war, seine gegenwärtige Lage allerdings nur als vorübergehenden Rückzug von den Weltmeeren betrachtete, der ihm aber dennoch einiges Unwohlsein bereitete. Als man ihn vor sechs Monaten gezwungen hatte, wegen einer vom gefährlichen Schwarzwasserfieber hervorgerufenen Nervenkrankheit das Kommando über sein Schiff niederzulegen, schlug er das Angebot einer Büroarbeit, bei der er nichts weiter zu tun gehabt hätte, als Exportunterlagen vorzubereiten, zugunsten seiner Pensionierung im Alter von siebenundvierzig Jahren aus. Nachdem er aber siebenundzwanzig Jahre zur See gefahren war, fühlte er sich nun inmitten der anmutigen Wiesen wie eine Robbe an Land, und weder der sanfte Gang des Lebens noch die prächtigen Bullen konnten ihm als Ersatz für sein früheres ungebundenes Leben dienen. Er vermißte das Ungestüm der großen

Meere, die Freiheit und die Musik der Wellen, die Bewältigung jenes fahlen, tierischen Schreckens, der selbst die erfahrensten Seeleute erfaßte, wenn sie sich einem riesigen Wal gegenübersahen, und das Glück, von den Bewohnern bezaubernder Inseln Huldigungen entgegenzunehmen.

Hier, unter dem kalten, grau verhangenen Himmel seiner Welt, war kein Ruhm zu ernten, waren keine Schlachten zu schlagen. Und die tugendhaften Anwandlungen der Frauen war gleich gar nicht nach seinem Geschmack. Die Frauen, die er auf seinen Reisen kennengelernt hatte, Frauen, die ohnmächtig an seine Brust sanken, entstammten einer anderen Welt, einem so ganz anderen Leben und wußten genau, wie er zu erregen war. Das Schicksal hatte ihn vor den Klauen der englischen Frauen bewahrt, die leidenschaftslose Gedichte über Blumen schrieben, zu den Versammlungen in der Kirche ihres Heimatortes pilgerten und in der Ehe eine Säule des Ansehens und der Moral sahen, in der für die Gelüste, die in der Wildnis des männlichen Herzens wucherten, kein Platz vorhanden war. Da er sein Leben nicht unter der Knute einer solchen Vertreterin der Unverwüstlichkeit und Oberschicht Englands beschließen wollte, hatte er sich auf das Meer geflüchtet, war dem Ruf der Wellen und dem Zauber des Unbekannten gefolgt, der sein Wesen veränderte und ihn lehrte, in mehreren Sprachen zu lieben. Nie fehlte es ihm an Frauen. In Ceylon hatte er mit einer Tamilin einen Sohn gezeugt, in Calabar mit einer betörenden Schönheit zusammengelebt. Und also rief die Rückkehr ins Nichts, in die Tyrannei der Trägheit, in das Leben eines Landadligen ohne Sinn und Not, ohne das Herzklopfen vor einer neuen Eroberung, in ihm nur äußerste Trübsal hervor. Die Flammen loderten auf, die Dogge heulte eine Bedrohung an, die nur in ihrer Einbildung existierte, und der Kapitän ließ die Sehnsucht in seinem Herzen wiederaufleben. Er gehörte nicht nach England und fühlte sich wie ein Sterbender, der über seinen letzten Willen nachgrübelte. Wollte ihm doch nur ein anderes Leben beschert sein, eine nochmalige Gelegenheit, die Vollkommenheit des Lebens zu erfahren, unbeschränkt von der Willkür der Einsamkeit seines Lebens in England. Er hatte ein solches Leben erfahren und brauchte nur eine neue Chance.

Gänzlich unerwartet bot sich ihm eine Gelegenheit. Er hatte über die Heldentaten der Missionare gelesen, über die alles verschlingende Gewalt der Bibel über alle Männer und Frauen. Er vertiefte sich in die Abgründe der Bibel und kam zu dem Schluß, Gott hätte es dergestalt geordnet, daß er, Captain Hammerstone, und seinesgleichen in Afrika den Forschern wie den Reichsgründern den Weg ebnen sollten. In den stürmischen Gezeiten seiner Vergangenheit hatte er eigentlich so gut wie nicht gesündigt, hatte er doch während der Ausschweifungen seiner Leidenschaften nichts weiter getan, als der menschlichen Gattung neue Könige zu formen. Was konnte man mit den Paradiesvögelchen in ihrer Wildnis aus Vertrauen und Hingabe nicht alles anstellen? hatte er sich in einem Augenblick gefragt, da er mit der Eroberung eines neuen Frauchens befaßt war. Und wieder sah er sich als Kapitän, sah sich unter der Flagge eines neuen Schiffes, sah sich hinter der Standarte der Bibel ans Ende der Welt segeln, nur um England zu entkommen. Und als er einmal sein Exil auf dem Lande verließ und man ihm über Malagueta erzählte, war er bereit zu neuer großer Fahrt.

Er fuhr nach London, um einen alten Onkel zu besuchen, der im Sterben lag, keine Kinder hatte und wünschte, daß seine Papiere geordnet würden. Captain Hammerstone war sein einziger Verwandter. Der alte Mann mißbilligte den Weg, den er eingeschlagen hatte, auch paßte ihm die Gleichgültigkeit nicht, die der Neffe dem Andenken seiner Eltern entgegenbrachte. Er, Captain Hammerstone, hatte darauf verzichtet, die Grabstätten seiner Eltern mit großen Grabsteinen zu verzieren. Der Kapitän glaubte nicht an äußere Male der Erinnerung, zumal ihr Tod in seinem gefühllosen Leben ihm nur für einen kurzen Augenblick die Kehle abgeschnürt, keinesfalls aber einen Aufruhr seiner Gefühle ausgelöst hatte. Er hatte sie mit der einfachen Würde der Bauern in dem Dorf beerdigt, in dem sie gelebt hatten und jeder sie kannte. Sie waren in einem besonders harten, unerbittlichen Winter erfroren, und als die Trauerfeier vorüber war, hatte er dem Pfarrer gedankt. Der hatte ein mehr als rein geistliches Interesse an den Toten, war doch das Häuschen, in dem seine Eltern gestorben waren, der Kirche überschrieben worden. Kurz darauf ging Captain Hammerstone davon und schärfte sich ein, bevor der Abgesandte des Bischofs eintraf, das Tafelsilber abzuholen, das er geerbt hatte. Er fühlte sich vom Tode aufgewühlt und wartete nicht ab, bis sein Trauerurlaub sich dem Ende näherte, sondern suchte sofort die einzige Zuflucht, die er kannte: das Meer.

Aus diesem Grunde fühlte er sich etwas unwohl, als er sich auf den Weg zu seinem Onkel machen mußte. Der hatte sein Leben als Buchhändler verbracht, war aber zu spät zu Geld gekommen, als daß er sich im Alter seines Wohlstands noch hätte erfreuen können. Nichtsdestotrotz war er ein regelrechter Epikuräer, was das Sammeln seltener Bücher und Musikalien anging. Er besaß in Leder gebundene Exemplare von Vergils *Aeneas*, des *Beowulf*-Epos, der theoretischen Ungereimtheiten des Thomas von Aquin, von Miltons *Paradise Lost*, des göttlichen Gesetzes des Spinoza, von Platos *Staat* und den Tragödien des Sophokles. Sie befanden sich allesamt in einem großen, hölzernen Bücherschrank mit Glastür, in die große Blumen eingraviert waren. Für einen Engländer doch etwas ungewöhnlich, hatte er sich in die Weisheiten der *Veda* vertieft und war eine anerkannte Autorität auf dem Gebiet des *Rubáiyát* von Omar Khayyám. Was andere Bereiche ihm nicht zu geben vermochten, fand er in der Musik. Als einer der ersten erkannte er die Größe Haydns, lange bevor der Komponist der Einladung nach London Folge leistete, und besaß die Originalmanuskripte des *Concerto Grosso* von Corelli und von Händels *Flavio*. Einmal hatte er eine Aufführung von Glucks *Orfeo ed Euridice* finanziert, weil er der Einsamkeit seines Lebens ohne Angehörige ein Gegengewicht schaffen wollte und spürte, daß das Leben einer Reise durch einen unterirdischen Tunnel glich, auf der Suche nach Glück. Oft hatte er auch Geld für wohltätige Zwecke gestiftet. Dadurch erschien ihm die Welt, die er nun verlassen sollte, wie eine von seiner Vision von Schönheit und Erfüllung geformte Schöpfung, und in diesem Sinne hatte er ein sinnerfülltes und produktives Leben gelebt. Deshalb hatte er auch keinerlei Angst vor dem Tod. Er glaubte fest daran, daß es jenseits des Gegenwärtigen so etwas wie Ewigkeit gab, so etwas wie Dauerhaftigkeit, in der er eines niemals endenden Frühlingsfestes teilhaftig werden würde. Er war bereit, vor seinen Schöpfer zu treten.

»Das Meer wirst du wohl nicht vermissen, nehme ich an«, sagte er zu dem Kapitän, als der frühere Seemann bei ihm eintraf.

»Für uns, die wir unser ganzes Leben so verbracht haben, ist das Meer wie eine Mutter. Sie ruft uns immer zu sich zurück«, erwiderte der Kapitän.

»Und nicht mal ein eigenes Geschäft könnte das ausgleichen?« fragte der alte Mann.

Er träumte sich den Kapitän inmitten der Annehmlichkeiten eines gesetzten Lebens, wünschte sich, daß er seine Bücher, Gemälde und die byzantinischen Antiquitäten im Haus liebte und sich sein Herz nicht länger mehr an den leicht entzündlichen Leidenschaften tropischer Lieben entflammte. Er stellte sich vor, wie der Seemann alterte und genügsam wurde wie eine alte Krabbe, zufrieden, daß er alles erreicht hatte, was in der Spanne eines Menschenlebens möglich war, sicher und geschützt durch das, was er ihm hinterließ. Doch gleichzeitig wußte der alte Mann, daß sein Neffe ein Heimatloser war, ein Seemann ohne Schiff, und obwohl er sich sehnlichst wünschte, in dem beruhigenden Gefühl sterben zu können, daß allem, für das er in seinem Leben gearbeitet hatte, die gleiche liebevolle Aufmerksamkeit zuteil wurde, die er diesen Dingen entgegengebracht hatte, so war er sich doch auch darüber im klaren, daß er sich mit der Hoffnung zufriedengeben mußte, daß seine Schätze nicht in die Hände von Fremden übergingen, selbst wenn er sie einem Manne hinterließ, der ihm recht eigentlich ein Fremder war. Zum erstenmal seit vielen Jahren sprachen sie miteinander und fühlten sich nicht wohl dabei. Diese unbehagliche Atmosphäre ihrer unvermeidlichen Begegnung wurde dadurch noch offensichtlicher, daß der alte Mann eine tiefe Abneigung verspürte, über Geld zu reden, obwohl dies genau einer der Gründe war, warum er nach seinem Neffen geschickt hatte.

»Ich habe ein paar Wertpapiere auf der Bank. Das und ein paar Anleihen sowie der Wert der Buchhandlung und des Hauses macht zusammen einige zehntausend Pfund aus.«

Das war eine überwältigende Summe, weit mehr, als der Kapitän angenommen hatte. Mit all seinen Reisen war es ihm nie gelungen, mehr als nur tausend Pfund zu sparen, und der weitaus größte Teil dieser Summe war in den Kauf des Häuschens auf dem Lande geflossen. Nie war ihm der Gedanke gekommen, daß er eines Tages eine so große Summe erben könnte. Nun aber war dieser Augenblick nicht mehr weit entfernt, obwohl er fest entschlossen war, sich von dem alten Mann keinerlei Bedingungen aufzwingen zu lassen.

»Ich bin ein alter Mann, David«, sagte sein Onkel, »und man kann wohl sagen, daß ich ein erfülltes Leben hatte. Deine Mutter und ich, wir waren uns sehr nah. Der Herr sei ihrer Seele gnädig – sie mußte in dieser Kälte sterben. Aber schließlich müssen wir eines Tages alle gehen. Mir ist das alles nicht mehr so wichtig wie damals, als ich jung war. Damals fürchteten wir Gott, seine Ewigkeit und seine Unerreichbarkeit – welch eine bezwingende Kraft, welch ein Schöpfer. Er war uns ein Rätsel. Später fand ich in den Büchern, in der Musik und in der Philosophie einen begreiflicheren und weniger unzugänglichen Gott, auch wenn ich mir nicht sicher bin, ob ich dadurch die Welt besser verstanden habe. Aber das langweilt dich sicher. Ihr Jungen findet es ja immer ermüdend, wenn ihr Ausführungen zu einem Thema lauschen sollt, das euch nicht liegt. Ich habe mein Testament gemacht, und weil du mein nächster Verwandter bist, gehört fast alles dir. Trotzdem sind da noch ein paar Papiere, die du durchsehen mußt. Mein Anwalt wird dir dabei helfen. Ich wage zu behaupten, daß das nicht unbedingt die spannendste Angelegenheit ist, aber sie werden sicher für dich von Interesse sein, wenn du darüber nachdenkst, was du machen willst.«

Nachdem er sich von seinem Onkel verabschiedet hatte, ging Captain Hammerstone in einen Pub. Der Tod schien es nicht sonderlich eilig zu haben, den alten Buchhändler zu holen. Der Jüngere hatte es um so eiliger, die bösartigen Spinnen des Todes zu vertreiben, die er im Zimmer des alten Mannes gesehen hatte. Hastig schüttete er zwei kleine Gläser voll Gin hinunter. Der Anblick des alten Mannes, wie er inmitten eines Dschungels aus Büchern im Bett lag, der Geruch nach modrigem Leder und die verblichenen Illusionen vergangenen Ruhms waren ihm in den Pub gefolgt. Er wußte nicht, was er mit dem Haus anfangen sollte, obwohl er zugeben mußte, daß es weit besser war als das Häuschen auf dem Lande, das er sich gekauft hatte, und außerdem näher an der Macht und am Ruhm seines früheren Lebens. Er bestellte noch einen Gin, nippte daran und betrachtete sich die Gäste des Pubs: Männer wie er, recht eigentlich Fremde in ihrem Heimatland, die erfuhren, wie ihnen der zustehende Ruhm verweigert wurde, und unter dem Mißklang von Freude, Betrug und Eroberungen litten, der sich ihren Gesichtern eingegraben hatte. Zigarrenrauch kräuselte sich zur hohen, gewölbten Decke hinauf, die Scheite krachten im Kamin, und draußen zog ein Sturm auf. Es war das erste Mal seit längerer Zeit, daß er sich unter Menschen befand, die die Gewänder ihrer jüngsten Abenteuer trugen, und er fühlte sich unwohl, weil er im Augenblick nirgendwo dazugehörte, Fossil aus einer anderen Zeit, das er war. Er spürte, daß er diesen Eindruck auf sie machte, zumal ihn die anderen Männer so unverhohlen neugierig ansahen. Er fühlte sich einsam, wie jemand, dem Liebe fehlte. Plötzlich ertappte er sich dabei, daß er an den Sohn dachte, den er vor zehn Jahren gezeugt und dann, ohne lange darüber nachzudenken, inmitten der wiesengrünen Teeplantagen und der schweigsam sinnenden Würde der Mönche in Ceylon zurückgelassen hatte, wo er unter kaffeefarbenen Mädchen und eintönig ihre Verse leiernden Schlangenbeschwörern aufwuchs. Er hatte ihn seiner saronggekleideten Mutter mit den glänzenden Kupferperlen und den monsungetränkten Augen überlassen. Obwohl er ihnen regelmäßig Geld schickte und sicherstellte, daß die Kaufleute vor Ort sie versorgten, hatte er in den letzten vier Jahren nicht viel von ihnen gehört. Als er so unter den lebenden Toten im Pub saß, beschloß er, sie bei der ersten sich bietenden Gelegenheit zu besuchen und, wenn die Mutter ihm das erlaubte, dafür zu sorgen, daß sein Sohn in England erzogen wurde. Während er sich so auf die Verantwortung seiner Vaterschaft einstimmte, hörte er zufällig ein Gespräch über einen Ort unerforschter Erde, an dem ein Haufen Schwarzer eine Republik gegründet hatte, für den die britische Regierung erfahrene Männer suchte, die bereit waren, sich dorthin auf den Weg zu machen und Unternehmen zu gründen. Natürlich unter dem Schutz einer Garnison, die ihre Interessen verteidigen sollte.

Sechs Monate später lief Captain Hammerstone an der Spitze von sechzig Männern nach Malagueta aus, um dort eine britische Garnison zu errichten. Das Colonial Office, froh, solch einen begeisterten Mann gefunden zu haben, der sich an einen Ort begeben wollte, gegen den andere sich mit Händen und Füßen sträubten, erteilte ihm Generalvollmacht. Seine Instruktionen beliefen sich darauf, eine Festung zu erbauen, die neuen Händler zu schützen, die ihm auf den Fersen folgen sollten, Speicher und Läden zu errichten, Frieden und Stabilität zu sichern und jede Rebellion sowie jeden Aufstand seitens der Gründer der Stadt niederzuschlagen. Man warnte ihn vor der Feindseligkeit der Einwohner. Das ereignete sich zwei Monate, nachdem er seinen Onkel beerdigt hatte und nachdem er, nach einigem Überlegen, den größten Teil seines Erbes einer Bibliothek überschrieben hatte, die sich der Ausbildung von Barmherzigen Schwestern widmete, die sich darauf vorbereiteten, nach Indien zu gehen, um Hindus zum Christentum zu bekehren. Captain Hammerstone hoffte, daß er damit, daß er seine Besitztümer weggab, in seinem Herzen das Schuldgefühl besänftigen könnte, das ihn befallen hatte, weil er seine Eltern nicht genügend geliebt zu haben meinte. Mit klarem Bewußtsein setzte er Segel, und heftig fühlte er tief im Innern, daß sein neues Leben bereits mit dem Segen der Göttlichen Vorsehung versehen war. Da er ein Mann war, der unerschütterlich an seinen Wert glaubte, ging er mit dem festen Vorsatz auf Kurs Richtung Malagueta, dort seine Herrschaft zu errichten.

*

Als sie den Kanonendonner hörten, war es Thomas Bookerman und den anderen, die mit ihm feierten, nicht sofort bewußt, welche Gefahr auf Malagueta zukam. Obwohl sie über Waffen verfügten, galt ihnen Gewehrfeuer doch als etwas, das in einer anderen Zeit gestorben war. Seit sie das neue Malagueta errichtet hatten, gab es ein ungeschriebenes Gesetz, das den Einsatz von Gewehren verbot, und lediglich die Jagd bildete eine Ausnahme. Niemals sah man einen Weißen mit Gewehr in den Straßen der Stadt. Gleichzeitig war ihnen aber bewußt, daß es in der Umgebung der Stadt nur so von Banditen wimmelte, die darauf aus waren, Menschen einzufangen. Thomas Bookerman wies die Frauen an, sich in das Haus der Cromantines zurückzuziehen und die Türen zu verschließen. Als sie gegangen waren, sprach er zu den Männern.

»Wir habns da wohl mitn paar Besuchern zu tun, de nicht besonders freundlich aussehn. Komm'n her und störn unsern Friedn, gerade, wo wir unsre Totn ehrn. Ihr wißt alle, wie wir hierhergekomm'n und warum wir hier sind. Den Ort gabs noch gar nicht. Erst wir habn de Straßn gebaut und de Wald gerodet, de Schule gebaut und de Christn ihre Kirche. Deshalb werdn wir niemandem erlaubn, sich mit uns anzulegn. Weißkerln schon gar nicht. Wenn sie Ärger wolln, den könn'n sie habn.«

Captain Hammerstone schritt die steinernen Stufen von der Bucht herauf. Es war ein warmer Tag, die Luft schmeckte nach Salz, und er sah einen toten Hai am Strand liegen. Daß die Sonne schien und die

Luft von wehendem Essensgeruch erfüllt war, schien ihm ein gutes Omen. Wenn er früher auf einer Insel gelandet war, hatte er sich mit Vorsicht bewegt, zumal er sich der zeitlichen Begrenzung seines Aufenthalts bewußt war. Nun aber bewegte er sich mit dem Hochmut eines Eroberers, beinahe wie Attila an der Spitze der Hunnen. Und außerdem war es wohl kaum möglich, daß sich in dieser Wildnis eine Armee von Männern versteckte. Nach allem, was man ihm gesagt hatte, handelte es sich nur um eine kleine Gruppe Menschen, die zudem ein träges Leben führte, und die wollte er vertreiben. England kam ihm jetzt bereits wie ein schlechter Traum vor, und auch der Schmerz über den Sohn, den er auf dem bezaubernden indischen Archipel zurückgelassen hatte, war verflogen. Er überprüfte seinen Revolver, sah, daß er geladen war, und führte seine Männer landeinwärts.

Von all den Männern, die Thomas Bookermans Worte vernommen hatten, während er vor dem finsteren Aussehen der Engländer warnte, fiel es Sebastian Cromantine am schwersten, seine Wut im Zaum zu halten. Es war sein Fest, das sie störten, sein Trankopfer. Er hatte sich darauf gefreut, daß sein Vater erscheinen würde, von seinen endlosen Wanderungen durch die Regenwälder geheilt, und so fragte er sich, warum Gott, wenn es ihn denn gab, diese Plage geschickt hatte, diese Zirkusschau von fünfzig musketenbewehrten Männern, die den Anschein erweckten, als wollten sie ihr Lager auf seinem Land aufschlagen. Wenn er gezwungen sein sollte, sie ganz auf sich allein gestellt und mit bloßen Händen zu vertreiben, dann würde er das tun, denn er war fest entschlossen zu verhindern, daß er und seine Familie je wieder aus ihrem Heim fliehen mußten. Nie wieder wollte er von seinem Traum einer freudvollen und friedlichen Ewigkeit in Malagueta lassen. Sein Drang, die Ankömmlinge davonzujagen, war derart stark, daß seine Hände zitterten und sich ihm das Herz zusammenkrampfte. Im Hähnchengulasch war zuviel Pfeffer, und er war erregt genug zu erkennen, daß sich allein die massige Figur des Thomas Bookerman als Hindernis zwischen den Eindringlingen und dem großen Gulaschkessel auftürmte, den er am liebsten auf sie geschleudert hätte.

Sebastian Cromantine und die anderen Männer bauten sich hinter Thomas Bookerman auf. Sie zählten ihrer dreißig. Die meisten waren mit der zweiten Expedition gekommen und empfanden hohe Achtung vor den Cromantines, die den ersten Überfall überlebt hatten. Diese Tragödie, so war ihnen klar geworden, hatte Sebastian mit unerschütterlichem Mut und Ehrgeiz ausgestattet. Mit Ausnahme Thomas Bookermans waren sie allesamt einfache Männer, die zum größten Teil erreicht hatten, weswegen sie ausgezogen waren: ihre Schiffe sicher über das Meer zu steuern, Felder zu beackern, Kinder aufzuziehen und neue Wurzeln zu schlagen. Sie standen nicht so sehr für eine Vision von Zukunft ein, sondern für eine Gegenwart, für die Säulen und Grundfesten einer natürlichen Welt, in der sie eine gewisse Ordnung errichtet hatten, die ihre Namen trug und in der sie eines Tages in Frieden zu sterben hofften. Obwohl also zum Kampf bereit, sollte jemand ihr Leben bedrohen, waren sie doch weniger unbesonnen als Sebastian Cromantine und begnügten sich damit, Thomas Bookermans Anweisungen zu befolgen.

Captain Hammerstone ging mit seinen Männern auf die Menge zu. Der Essensgeruch, der ihm in die Nase gestiegen war, als er an Land kam, hing über dem gesamten Anwesen, und aus den stummen Gesichtern und den kalten Augen der dunkelhäutigen Männer konnte er ablesen, daß er sie bei einer wichtigen Versammlung störte. Unter dem Schutz seiner zahlenmäßigen Überlegenheit fühlte er keinerlei Bedrohung, und als sie das Grundstück der Cromantines betraten, hielt er ihnen die Rede, die er während der Überfahrt mehrere Male geübt hatte.

Er teilte ihnen mit, daß er Stellvertreter eines Königs war, der bereits einen Großteil der Welt zwischen den Inseln der Stämme des Nordens und den Ahnengründen der Ureinwohner Australiens beherrschte und über einen ausgedehnten Handel mit Zucker, Gewürzen und Edelsteinen gebot. Er berichtete, wie sie die kriegerischen Stämme Borneos befriedet und eine Expedition nach China ausgeschickt hatten, einen Aufstand der Hundefresser zu zerschlagen. Die schwarzen Männer hörten mit versteinerten Gesichtern zu, und der Captain fuhr fort, überzeugt davon, daß er ihre Aufmerksamkeit fesselte:

»Dieser Ort hier eignet sich hervorragend zum Handel. Also werden wir eine Garnison errichten, neue Läden und eine Gerberei, eine Destillerie und weitere Unternehmen gründen, und was wir produzieren, werden wir an andere verkaufen. Ihr könnt für uns arbeiten, wann immer ihr wollt. Und ihr sollt wissen, daß wir zu bleiben gedenken und ungestört unseren Geschäften nachgehen wollen.«

Thomas Bookerman stellte sich der Überheblichkeit entgegen, mit der die Neuankömmlinge sich ihres Landes bemächtigten, trat vor und baute sich breitschultrig vor Captain Hammerstone auf. Er richtete sich zu voller Größe auf, und obwohl der andere hoch gewachsen war, überragte ihn der große Schwarze um einiges. Die zahlenmäßige Überlegenheit der Männer Captain Hammerstones schien er nicht zu beachten. Mit einer Stimme, die durch die Wut nur noch lauter wurde, sprach Thomas Bookerman für seine Gruppe, und die Erde nahm das Vibrieren seiner Stimme auf, die sein ganzes Wesen erfüllte, und übertrug es in ein Echo, von dem das Tal hinter ihnen widerhallte, dieses Tal, in dem er vor vielen Jahren Rauch hatte aufsteigen sehen, das erste Anzeichen dafür, daß es in jenem abgeschiedenen Winkel der Welt menschliches Leben gab.

»Ihr kommt wie Diebe und sagt uns, wie ihr unser Land stehln wollt, wie ihr Fabrikn baun und unsre Fraun für euer Bett nehm'n wollt, und unsre Kinder solln für euch arbeitn. Ich kenn kein'n König, der jemals gut zu schwarzn Menschn gewesn wär. Wir alle sind hier, weil uns de König belogn hat. Hat uns gesagt, wir solln für ihn kämpfn und er wird uns Land dafür gebn, wo man uns achtet und wir sicher sein werdn. Und wir habn ihm geglaubt. Was er uns aber gab, war Land, was nicht für Mensch und Tier taugte. De Leute sind gestorbn, weil das Land nichts taugte, dort gabs nur Morast und Sumpf und Dorn und Disteln, und kalt wars auch. Deswegn sind wir hierhergekomm'n und habn de Stadt aufgebaut. Wir sind glücklich hier, und unsre Fraun habn keine Angst mehr, daß andre ihre Kinder stehln, und jetz kommt ihr und wollt hier lebn. Warum bleibt ihr nicht da, wo ihr herkommt? Wir werdn nicht erlaubn, daß ihr uns was antut, denn wir sind frei. Wir sind jetz unsre eign'n Herrscher, unser Hals ist von de Ketten befreit, und wir gestattn euch gar nix, verstandn, Mr. King?«

Thomas Bookerman wartete die Antwort des Kapitäns gar nicht erst ab. Das Leben hatte ihn viele Dinge gelehrt, und dazu gehörte auch, daß man seinen Feind über seine Pläne im unklaren lassen muß. Während seiner Rede hatte er gleichzeitig über die Art und

Weise des ersten Angriffs auf die Eindringlinge nachgedacht, wobei er verhindern wollte, daß sie erfuhren, wann es so weit wäre. Als er am Abend nach Hause ging, fühlte er sich mehr als je zuvor in seinem Leben in völliger Übereinstimmung mit der Schönheit der Natur. Die Ankunft der Eindringlinge hatte ihn weniger aus der Bahn geworfen, als er in dem Moment angenommen hatte, da er die Männer die Treppe hinaufkommen sah. Er hörte seine eigenen Schritte auf den Steinen, die auf der zu seinem Hause führenden Lateritstraße verteilt lagen. Im Vorbeigehen sah er, daß die Einwohner der Stadt ihre Palmöllampen löschten und die Fensterladen zur Nacht schlossen. Als er jedoch in die George Street einbog, hörte er, wie der Kirchenchor von den zwölf Stationen der Kreuzigung sang, und mit einem Mal erschien ihm der feierliche Ernst, mit dem jene Tragödie seit fast zweitausend Jahren immer wieder aufgeführt wurde, als eben der feierliche Ernst der Tragödie des Überfalls. In einem Tagtraum durchlebte er, wie alle Männer der Stadt sich auf Kreuze zubewegten, vor denen sie sich nicht nur fürchteten, sondern mit denen sie gleichzeitig in den Boden einsanken. Die Erde war weich und nachgiebig wie Treibsand, und nur die Hände der Männer kämpften noch gegen das Ertrinken im Sand. Die Frauen standen dabei und schauten mit fieberglühenden Augen zu. Er war kein gläubiger Christ, und die Tatsache, daß er sich das Leben als Kampf zwischen Kreuzigung und Erlösung vorstellen konnte, machte ihn ziemlich wütend, doch war er entschlossen, sein Leben dem Kampf gegen jede Form der Tyrannei zu weihen. Deshalb wollte er, beginnend bei dem, der gerade gelandet war, immer nach Tyrannen, allen Tyrannen, Ausschau halten.

Er bog um die Ecke und in die January Street ein. Der Hauch blühenden Jasmins umwehte ihn, er sah das strahlende Rot der Weihnachtssterne in den mondlichtgetauchten Gärten und atmete den Geruch nach Elritzen im treibenden Salzgeruch des Meeres. Dann erblickte er die Umrisse einer Frau, die stumm auf den Steinstufen seines Hauses saß. Es war Phyllis.

Als Thomas Bookerman den Frauen befohlen hatte, sich in das Haus der Cromantines zurückzuziehen, war sie mit den anderen hineingegangen, hatte sich dann aber, unter der Ausrede, eilig zur Toilette zu müssen, durch die Hintertür wieder hinausgeschlichen, war auf Zehenspitzen am Hühnerstall und dem Schweinekoben vorbeigegangen, bis sie sich, vom Schuppen vor den Blicken der Männer verborgen, in Hörweite dessen befand, was sich zwischen den Neuankömmlingen und den Siedlern abspielte. Von all den Frauen, die nach Malagueta gekommen waren, spürte sie am stärksten den Verlust ihrer Eltern, die flüchtigen Kräfte des Lebens und wie lebendig ihre Vergangenheit war. Sie erinnerte sich, wie sie in den Tagen des Kolonialkrieges von den unermüdlichen Hunden der Soldaten gehetzt worden war, von der rohen Gewalt ihrer Lüste. Da sie aber eine Frau war, die die Männer durchschaute, hatte sie es geschafft zu überleben, indem sie den einen gegen den anderen ausspielte, indem sie versprach, dem in den Kampf ziehenden Soldaten die Flammen ihrer Liebe zu erhalten, weniger wegen der Ruhmhaftigkeit eines Krieges, von dem sie nichts hielt, als vielmehr, um ihn von seiner eigenen Größe zu überzeugen, die ihn dazu ermächtigte, sich eine so exotische Frau als Geliebte zu halten. In der verlassenen Wildnis, in der jeder Tag neue Hoffnung aufkeimen ließ, in der jeden Tag eine neue Tragödie diese Hoffnung zerstörte, war sie sich bewußt geworden, daß die Lust der Männer den Blättern vom Teestrauch glich. Frisch waren sie, bevor man sie mit kochendem Wasser übergoß, doch schon nach wenigen Tassen wich die Frische einer beklagenswerten Farblosigkeit. Es war ihr gelungen, mit den Schatten ihrer Vergangenheitssehnsucht in einer Welt verblassender Farben zu leben, indem sie aus den Myriaden ihrer flüchtigen Schmetterlinge Drachen bastelte, bis sie sie eines Tages dabei ertappte, wie sie über den Kopf jenes einäugigen Mannes dahinglitten, der die Holzkohle in ihrem Herzen zum Brennen gebracht hatte, da er ganz anders als andere Männer war, der, ohne es selbst zu ahnen, jemanden brauchte, der sich um ihn sorgte, jemanden, der für ihn da war. Als er den feindlichen Seeleuten gegenüberstand, hatte Thomas Bookerman eine unendliche Zärtlichkeit in ihrem Herzen ausgelöst. Er war ein General ohne Armee, ein Prophet ohne Jünger. Als sie hörte, wie er zu Hammerstone sprach, beschloß Phyllis, ihn in dieser Nacht aufzusuchen, ihm, wenn er sie wollte, für immer zur Seite zu stehen. Er war ein Mann, der für seine Sache einstand, und nur ein solcher Mann konnte die Liebe in Phyllis entfachen. Wie kein anderer hatte er in ihr die Schleusen des Verlangens aufgestoßen. Während sie auf den Stufen seines Hauses auf ihn wartete, war sie sich sicher, daß sie an die gleichen Dinge glaubte wie er.

Als er näher kam, den Kragen hochgeschlagen, um sich vor den bitterscharfen Zungen der Meereswinde zu schützen, die Hände tief in die Taschen vergraben, erhob sie sich. Im matten Schein des Mondes schien er ihr größer als in den Sonnenstunden des Tages, als er bei den Cromantines das Trankopfer gefeiert hatte. Phyllis führte das darauf zurück, daß ihn die Verwandlung vom Gründer einer Stadt zu deren Verteidiger auf wundersame Weise verändert hatte. Scheinbar war er nicht überrascht, sie hier zu finden. Er hatte mit Captain Hammerstone eine Rechnung zu begleichen, doch zumindest in dieser einen Nacht wollte er ein Mann sein, der nicht in den Kampf mußte, ein Krieger bar jeder Erinnerung, behütet von den leidenschaftlichen Armen einer schönen Frau.

*

Captain Hammerstone und seine Männer schlugen ihr Nachtlager im Kirchhof auf. Sie hatten sich bis in die kleinste Einzelheit auf ihre Mission vorbereitet, weil sie in dem Irrglauben lebten, daß die Menschen, auf die sie stoßen würden, nicht im geringsten zivilisiert wären. Deshalb hatten sie sich mit ausreichenden Lebensmittelvorräten versorgt: Getreide, Rosinen, Räucherfleisch, Kekse, Schweinefett, getrocknetem Spargel, Bohnen und Speiseöl. Sie hofften, daß die Vorräte reichten, bis sie die Gegend erkundet und sich über ihre Möglichkeiten informiert hatten.

Von der Drohung des Thomas Bookerman ebensowenig beeindruckt wie von der Mehrdeutigkeit der Anweisungen seiner Auftraggeber, entschloß sich Captain Hammerstone, Malagueta zu erkunden, die Umgebung genauer in Augenschein zu nehmen und sich so in die Lage zu versetzen, sich im Falle eines Angriffs erfolgreich verteidigen zu können. Am nächsten Morgen zogen er und seine Männer nach einem zeitigen Frühstück sturmtosend durch die Stadt. Sie marschierten zur Schule, an der Männer, nur mit Hosen und Unterhemden bekleidet, dabei waren, einen Anbau zu errichten, damit die Farmer-Brüder den Unterricht der ehrenwerten Jungfrauen weiterführen konnten, zogen am Marktplatz vorbei, auf dem die Yoruba ihre Zauberkünste zur Schau stellten und für nur eine Guinee Sand in Gold zu verwandeln versprachen, während ein alter Fulbe eine Kuh mit zehn Eutern angepflockt hatte, die täglich soviel Milch gab, daß damit zehn Säuglinge genährt werden konnten. Sie stampften auf die Häuser der Stadt los, fühlten sich aber der Stille, der Maske der Trauer, dem Gewicht ihrer eigenen Unsicherheit und der dröhnenden Anmaßung ihrer Stiefel unterworfen. Während dies alles für Captain Hammerstone nur eine Ausdehnung seines Ansehens auf einen weiteren Winkel des Erdballs darstellte, glaubten sich seine Männer in ein Gelände versetzt, das so düster war wie ihre Eingeweide, denn schon spürten sie in ihren Därmen eine Anspannung, die das herausfordernde Gebaren ihrer Expedition Lügen strafte. Ein junger Soldat, der an einer Expedition teilgenommen hatte, die den sagenumwobenen König der australischen Ureinwohner aufspüren sollte und sich als Kenner der Tropen bezeichnete, fühlte sich bemüßigt, Bemerkungen über die herrschende Hitze zu machen.

»Hier ists so, wies in der Bibel steht, Captain. Man fühlt sich, als wär man auf dem Weg in die Hölle.«

»Nicht ganz, aber wenn man hier lebt, kann man schon den Geruch von geröstetem Kaffee annehmen«, erwiderte der Captain.

Um Zeit zu sparen, teilte er seine Leute in vier Gruppen zu je zehn Männern und befahl ihnen, die Stadt zu durchkämmen, an jede Tür zu klopfen und den Leuten zu sagen, daß sie den König verträten und eine Festung zu errichten gedächten.

»Greift zu den Waffen, wenn ihr angegriffen werdet«, wies er an.

Kurze Zeit später gelangte eine Abteilung des Captains zum Haus von Gustavius Martins. Der hatte miterlebt, wie die lärmenden Seeleute am Abend zuvor angelandet und voller Anmaßung zu Sebastian Cromantines Haus marschiert waren. Obwohl er rein äußerlich keinerlei Anzeichen von Wut an den Tag legte, als die Eindringlinge erklärten, daß sie zu bleiben gedächten, und es zudem sehr lange dauerte, bis er zur Weißglut gereizt war, hatte er doch wie sein Freund für sich den Entschluß gefaßt, daß ihnen das nur über seine Leiche gelingen sollte. Als nun der Anführer der zehn Seeleute die Treppe heraufkam, stand er einem Mann gegenüber, der ebenso unerbittlich aussah wie ein wütender Bulle.

Gustavius Martins ließ ihn gar nicht erst zu Wort kommen. Hoch reckte er sein Haupt und schnauzte den Leutnant mit lauter Stimme an, damit auch die Nachbarn in den umliegenden Häusern ihn hören könnten.

»Wenn ihr reinzukomm'n wagt, bring ich euch alle um«, brüllte er.

Der junge Leutnant zögerte einen Augenblick mit der Antwort. Obwohl ihm der Ort Furcht einflößte und er der Meinung war, der ganze Plan sei ein einziger Schwachsinn, wollte er sich vor seinen Leuten nicht von einem wütenden Schwarzen bloßstellen lassen.

Er wies sie an zu warten und stieg die Stufen hinauf, erfüllt vom Gefühl seiner Macht, das ihm wie ein Regenschauer durch die Adern floß. Fast hatte er die Tür erreicht, als ein Schuß losging und ihn nur um Haaresbreite verfehlte. Um so wütender eilte er zur Tür. Ein donnernder Schlag riß sie aus den Angeln, doch der Leutnant schenkte dem stechenden Schmerz in seinem rechten Bein keinerlei Beachtung. Das hätte seinem Ansehen nur geschadet. Er griff sich den dunkelhäutigen Mann und versuchte, ihn aus dem Haus zu zerren, wie er das mit einer Leiche getan hätte. Die Schmach, in seinem eigenen Hause angegriffen zu werden, rief in Gustavius Martins den Wunsch zu töten hervor. Wenn er dazu gezwungen war, hatte er auch früher schon getötet, früher, während der zerfleischenden Augenblicke in der Zeit des Kolonialkrieges, wenn er sich der Ursache seiner Wut gegenübersah. Nun fand er sich im Würgegriff einer weitaus größeren Mordlust, die vom eigenen Aufschrei der Schmähung noch gesteigert wurde. Er ging dem blonden Mann an die Gurgel, fest entschlossen, ihn daran zu hindern, sein Haus zu betreten. Seine Frau griff gerade noch rechtzeitig ein, ihn vor dem Tode zu bewahren, denn die Untergebenen des Leutnants hatten bereits ihre Gewehre angelegt und zielten auf ihn.

»Ihr Nachbarn, ihr Nachbarn«, schrie Isatu aus der hintersten Ecke des Wohnzimmers heraus, »de bringn mein'n Mann um!«

Er lockerte den Griff um die Kehle des Leutnants, gab dem blonden Mann, dessen Gesicht die Flammen der Furcht gerötet hatten, aber nicht nach.

»Raus aus meinem Haus!« bellte Gustavius Martins.

Später, am Abend, berichtete der Leutnant Captain Hammerstone von seinem Zusammenstoß mit dem Schwarzen. Unter einem strahlenden Sternenhimmel saßen sie im Hof hinter der Kirche, wo sie ihr behelfsmäßiges Lager aufgeschlagen hatten, und ließen sich ein Mahl aus Wildschwein, Mais und Spinat schmecken. Zwischen mundfüllenden Happen und dem krachenden Donner gesunder Winde lauschte der Captain dem Bericht seines Untergebenen. Er verdrückte sein Essen mit Genuß, rülpste laut, wischte sich den Mund mit einem großen Taschentuch und zündete sich dann an einem glühenden Stück Holzkohle aus dem vor ihm lodernden Feuer eine Zigarre an. Als er endlich sprach, versetzte er seine Leute mit seinen Worten in Erstaunen.

»Ich mag diese Leute«, sagte er, »das sind keine Waschweiber. Trotzdem glaube ich, daß wir uns für den Augenblick ihretwegen keine allzu großen Gedanken machen müssen.«

Am nächsten Morgen, er war sich ziemlich sicher, daß kein unmittelbarer Angriff seitens der Malaguetaer bevorstand, gab Captain Hammerstone den Befehl zum Bau der ersten Garnison in Malagueta. Er wählte ein Gelände in einem waldbestandenen Gebiet aus, das auf einem Hügel hinter dem Friedhof lag. Von hier würden sie einen guten Blick über die Stadt haben. Zunächst schien sich niemand um die Fremden zu kümmern, die da Bäume fällten und den Wald rodeten. Freigebig bot sich die Natur dar und gestattete ihnen, sich ihren Weg durch das Dickicht des Waldes zu bahnen. Die meiste Zeit hielten sich Captain Hammerstone und seine Männer abseits und blieben unter sich.

Tagsüber erwachte das Gelände zum Leben und erzitterte unter den Hammerschlägen der Männer, die ihre Muskeln stählten und Leistenbrüche riskierten, um ihren Vorstellungen Form zu verleihen, die unter Schlangenbissen litten und die Malaria ertrugen, während die silbernen Feuer der Sonne unter der gasigen Feuchtigkeit des Ortes ihre Haut verbrannten. Von den fünfzig Männern, die mit Captain Hammerstone gekommen waren, starben allein fünf in den ersten drei Monaten. Dann hatten sie die Garnison fast vollendet. Das kleine Gebäude erhob sich wie ein Tisch auf hölzernen Säulen. Der Fußboden war so gearbeitet, daß sich zwischen den einzelnen Planken Lücken ergaben, damit sich das Gebäude nachts unter der vom Boden aufsteigenden feuchtkalten Luft etwas abkühlen konnte. Wenn es regnete, suchten Ziegen und Schafe darunter Schutz, und nachts unterhielten die den Gesetzen der Menschen gegenüber respektlosen Frösche die Männer mit ihren Konzerten.

In der Zeit, da die kleine Festung errichtet wurde, war Thomas Bookerman mehrmals im Schutz des Waldes zur Hügelkuppe hinaufgestiegen und hatte sich den Fortgang der Bauarbeiten angesehen. Captain Hammerstone wußte nicht, daß sich die Männer, die ihn und seine

Mannschaft die Steintreppe vom Strand heraufkommen sahen, seither heimlich in Sebastian Cromantines Werkstatt versammelten. Es verhielt sich keineswegs so, daß sie sich vor den Fremden fürchteten. Im Gegenteil, sie fühlten sich ihnen überlegen. Unter dem Deckmantel, Grabsteine bestellen zu wollen, oder in den Nächten der Totenwachen sprachen sechs Männer und eine Frau über die Gegenwart der Fremden, stritten sich, wie man sich ihnen gegenüber am besten verhielte, und debattierten, wie man am schnellsten ausreichend Männer mobilisieren könnte, um die Eindringlinge aus Malagueta zu vertreiben. Schon als sie sich das erste Mal trafen, war Thomas Bookerman fest entschlossen, die Fremden aus der Stadt zu jagen, doch vertraute er sein Vorhaben niemandem außer Phyllis an. Er wollte erst die Meinung der anderen hören. Als Gustavius Martins die Möglichkeit, die Fremden anzugreifen, zur Sprache brachte, reagierten die Farmer-Brüder, die, da sie in England aufgewachsen waren, keinen Krieg kannten, sehr abweisend. Es mangelte ihnen zwar nicht an Mut, und sie verhielten sich stets anständig, doch das Ideal, das sie vor Augen hatten, als sie von England aus nach Malagueta aufgebrochen waren, verbot ihnen jegliches Blutvergießen. In der Zwischenzeit hatten sie ihre Schule eröffnet, wo sie die richtige Grammatik des Englischen vermittelten und hofften, darüber die Unreinheiten in der Sprache der Malaguetaer beseitigen zu können. Charakterlich ganz unterschiedlich, einte sie der unwillkürliche Respekt vor der Vernunft und der Diskussion, wie er Menschen eigen ist, deren Leben täglich mit einer Prise Quäkergeist gewürzt wird. Aufgrund ihrer Haltung anderen Menschen gegenüber waren sie der Meinung, daß die Fremden im Laufe der Zeit einsehen würden, daß sie gut beraten wären, den Malaguetaern nicht feindlich entgegenzutreten, sondern vielmehr so zu leben wie alle anderen auch, bot doch Malagueta allen ausreichend Raum.

Phyllis legte ihnen ihre Vorsicht als mangelnde Entschlußkraft aus. »Hier bin ich und denk, ich bin de einzige Frau im Haus, aber da sind wohl noch andre«, sagte sie. Sie schaute sich im Zimmer um, und als ihre Augen an Gabriel Farmer hängenblieben, kam es ihm so vor, als ob tiefer Zorn in ihnen loderte.

»Darüber redn wir später«, meinte Thomas Bookerman. Zwei Stunden später ging die Gruppe auseinander, ohne daß etwas geklärt worden war.

Der Zwischenfall, der die Einstellung selbst der widerstrebendsten Mitglieder der Gruppe von einer Haltung des friedlichen Nebeneinanders mit den Fremden zu entschiedener Feindschaft Captain Hammerstone gegenüber wandelte, begab sich eines Nachmittags kurz nach Fertigstellung der Garnison. Die Jungfrauen, die sich von den Störungen ferngehalten hatten, die die Gegenwart der Fremden mit sich brachte, in gewisser Weise aber ganz froh über ihre Ankunft waren, weil sie hofften, sie würden den Menschen, die zunehmend der Kirche fernblieben, Furcht vor Gott einflößen, erhielten eines Tages Besuch von Captain Hammerstone. Seit dem »Sündenfall« von Sister Louisa hatten sie noch weitere wehrhafte Mauern um ihr Leben herum errichtet, so daß nur Gott und seine Boten Zutritt zu ihnen und Aufenthaltsrecht im Haus der Mission hatten. Louisa war ihnen wie ein Glücksstern erschienen, von der Vorsehung gesandt, um ihnen das Leben in einer verpesteten Welt erträglicher zu machen. Wenn nun sie schon gefallen war, dann befanden sie selbst sich in steter Gefahr zu sündigen, und da ihnen die Lebenskraft der Jugend wie die Fähigkeit zur Veränderung ihrer Neigungen fehlten, zogen sie die Zugbrücke ihres Lebens hoch.

Also wurde den Männern, die da eines Tages in ihren Sonntagsuniformen und die Hüte in der rechten Hand an das schmiedeeiserne Tor klopften, nicht der Empfang zuteil, den sie sich trotz ihres Zagens erhofft hatten.

Als man sie in den gottesfürchtig kahlen Wohnraum mit seinen Christusbildern führte, in dem sengende Einsamkeit herrschte, in das Zimmer mit den zugezogenen Vorhängen, zu den Wandelröschen, die zweimal in der Woche in die Sonne gestellt wurden, dem großen Chippendale-Tisch, beladen mit Linealen, Schiefertafeln, Gebetsbüchern und der Heiligen Schrift – den Grundlagen der Bildung, die die Jungfrauen in der Schule vermittelten –, fühlten Captain Hammerstone und seine Männer sich nicht wohl in ihrer Haut. Es verhielt sich keineswegs so, daß sie die Allgegenwart Gottes verspürt und dieses Gefühl sie übermannt hätte. Vielmehr war es das Zeichenhafte, das sich ihnen eher als Gemeinplatz denn als Offenbarung darbot. Die Frauen saßen auf bequemen Sofas, hatten die Hände im Schoß gefaltet und wurden von einer Aura der Eroberung und Furcht umgeben. Captain Hammerstone dachte, daß sie ebensoweit von der

Wirklichkeit entfernt wären wie ihre mit vorsintflutlicher Strenge geschnittenen Kleider. Wenn dies die Boten Gottes waren, dann war er heilfroh, daß ihn ein gerüttelt Maß Lasterhaftigkeit für Erlösung oder Heilsrettung unempfindlich machte.

»Was wünschn de Captain?« fragte Sister Beatrice, nachdem sie den Docht der Kerosinlampe etwas hochgedreht hatte, um den Raum besser auszuleuchten.

»Wir machen Ihnen unsere Aufwartung, Sister. Wenn Sie etwas benötigen, dann verlassen Sie sich auf uns. Auch Leute, die nicht zur Kirche gehen, können dem Herrn dienen«, sagte er.

»Hier lebt niemand außer unser guter Herrgott, Captain, und er wird euch segn'n, wenn ihr ihm dient. Wir brauchn Bücher und Tinte und Papier, damit wir mit seiner Arbeit fortfahrn könn'n.«

Er versprach, nach England zu schreiben und um Lieferung der gewünschten Dinge zu bitten. Er wollte die Mission bei den entsprechenden Autoritäten empfehlen, die sich sicherlich glücklich schätzen würden, helfen zu dürfen, weil sie darauf hofften, hier ihren Einfluß zurückzugewinnen, den sie bei der kurzlebigen Besetzung des Landstrichs durch die Portugiesen, von denen das Fort vor der Küste errichtet worden war, verloren hatten.

Doch das lag weiter zurück als die Zeit Suleimans, des Nubiers.

Der Besuch bei den Jungfrauen stellte für den Captain die erste wichtige Verbindung zu den Bewohnern Malaguetas dar. Er hoffte, durch die Kirche Kontakt zu einem Großteil der Bevölkerung zu bekommen, so daß er und seine Männer nicht länger von Haus zu Haus ziehen mußten, um zu erklären, warum und womit sie der Stadt den Fortschritt bringen würden. Dennoch behielt er immer die Unnachgiebigkeit von Thomas Bookerman und seinen Leuten im Hinterkopf. Zwar wußte er im Augenblick nicht, wie er mit ihnen fertig werden sollte, aber er war der Meinung, daß ihm die Zukunft noch genügend Möglichkeiten dazu eröffnen würde.

Thomas Bookerman erfuhr am nächsten Tag vom Besuch des Captains in der Mission, doch ließ er sich durch diese Nachricht nicht aus der Ruhe bringen. Obwohl er die feindselige Einstellung von Sebastian Cromantine und Gustavius Martins den Jungfrauen gegenüber nicht teilte, hatte er schon vor langer Zeit erkannt, daß diesen Frauen die Liebe Gottes genügte, daß sich ihr ganzes Trachten in dem Wunsch ausdrücken ließ, so viele junge Einwohner Malaguetas wie möglich dafür zu gewinnen, ihm zu dienen und die Uhr des Fortschritts in der Stadt zurückzudrehen. Es war ihnen nicht gelungen, so viele Menschen an sich zu binden, wie sie sich vorgestellt hatten, dennoch übten sie einen gewissen Einfluß aus, vor allem auf die Neuankömmlinge aus anderen Städten und Dörfern, die, angezogen von der Aussicht auf einigen Wohlstand, nach Malagueta kamen. Eines Morgens dann erreichte Thomas Bookerman die schockierende Nachricht, daß Captain Hammerstone versuchte, Männer zur Arbeit in der Garnison einzustellen. Er hatte ihnen die verlockende Aussicht eröffnet, nicht nur genügend Geld zu bekommen, von dem sie sich hübsche Häuschen bauen könnten, sondern sie auch in die Liste derer aufzunehmen, die ihre Zuteilungen an Zucker und anderen lebenswichtigen Dingen erhielten, die zu jenem Zeitpunkt nur in der Garnison erhältlich waren.

»Das is zuviel«, war Thomas Bookerman am Abend vor Wut laut geworden. Er stand im Wohnzimmer seines Hauses und sprach mit Sebastian Cromantine und Phyllis.

»De wolln uns zwingn zu handeln«, erwiderte Sebastian Cromantine. »Sag was, und wir greifn sie an.«

»Nein, soweit iss noch nicht. De wissn, uns kocht das Blut, und sie wartn, daß wir komm'n und sie auf uns schießn könn'n. Erst müssn wir unsre Vorbereitungn treffn, und dann wartn wir ab. Ich weiß, das war nicht de letzte Provokation.«

Er sollte recht behalten. Im Schutze seiner Garnison fühlte Captain Hammerstone sich durch den Zuspruch, den sein Versuch gefunden hatte, Männer zur Arbeit zu verpflichten, in Hochstimmung versetzt. Zunächst kamen nur wenige: kräftig gebaute Männer, die eine rauhe Sprache sprachen, errettet aus den eiskalten Fängen des Todes, nachdem man sie mit dem Lasso eingefangen hatte, um sie in Schiffen, die nach der Verwesung früherer Zeiten stanken, über den Ozean zu bringen; Männer, die auf ewig mit den Narben des Erbes gezeichnet waren, die weder die alten Malaguetaer noch die Weißen mochten, die aber die Unersättlichkeit des Hungers zur Garnison trieb. Zunächst kamen die Arbeiten nur langsam voran. Sie zimmerten Schulbänke und Tische für die Jungfrauen, schreinerten Möbel für die Zimmer des Captains und seiner Offiziere und bauten Ställe für die Pferde, die man vor der Stadt eingefangen hatte. Unter dem Eindruck ihres Eifers verdoppelte Captain Hammerstone ihre Rationen an Zucker, Mehl und Speiseöl und spielte mit dem Gedanken, den Kaufleuten in London, denen er heimlich über die vielversprechenden Handelsaussichten in Malagueta geschrieben hatte, am Strand Lagerhäuser errichten zu lassen. Der Handel war der eigentliche Grund der Hektik, mit der er sowohl seine Offiziere als auch seine Männer dazu getrieben hatte, den Bau der Garnison in Rekordzeit zu vollenden. Er war von der Idee besessen, Lagerraum für die Waren zur Verfügung stellen zu müssen, die man in den Ländern nördlich des Senegal, auf den Märkten von Onitsha oder Forcados kaufte oder einfach stahl, und damit eine Region zu beherrschen, auf die vielleicht auch schon andere ein Auge geworfen hatten, um in ihr Fuß zu fassen. Als er sich stark genug fühlte und glaubte, möglicher Widerstand gegen sich sei in weite Ferne gerückt, begann Captain Hammerstone, über die Jungfrauen den Einwohnern der Stadt Anweisungen zu geben. Er befahl, daß die Haustiere, die frei durch die Straßen der Stadt liefen, von ihren Besitzern an die Leine zu legen wären.

»Erklären Sie ihnen, Sister Beatrice«, sagte er während seines zweiten Besuchs im Haus der Mission, »daß das der Stadt nicht gut tut.«

Als nächstes ordnete er an, daß die Latrinenreiniger auf ihrem Weg aus der Stadt die Nähe der Garnison zu meiden hätten und daß dem Brauch, den verstorbenen Lieben Essen ans Grab zu stellen, ein Ende zu bereiten wäre.

Das also war es, dachte Thomas Bookerman bei sich, was sie im Schilde führten, als sie damals am Abend unseres Festes über uns hereinbrachen. Als er diesmal die schlechten Neuigkeiten zu hören bekam, zeigte er seine Wut nicht. Seine Gedanken schweiften vielmehr zurück in die Geschichte Malaguetas. Er dachte an die Zeit, da sie die ersten Pfade durch den seit Ewigkeiten wuchernden Wald mit seiner stickigen Luft geschlagen hatten, dachte an den Augenblick, da er auf dem regentränenüberströmten Hügel gestanden hatte und von eben jenem Punkt, von dem er ausgezogen war, wieder das Meer erblickte. Noch einmal durchlebte er die lange Zeit, das Leid, die Spannungen und die Beschwerlichkeiten all der Jahre, in der sie die Straßen angelegt und den Wald zurückgedrängt hatten. Und er dachte an die Unannehmlichkeit der Nachtwachen, die die Gründer der

Stadt auf sich nehmen mußten, um Eindringlinge abzuwehren. Die Ankunft weiterer schwarzer Männer und Frauen hatte größere Vielfalt und mehr Farbe in die Stadt gebracht. Ihnen gegenüber empfand er die gleiche Verantwortung, die ihn damals in Kanada von Tür zu Tür geführt hatte. Wenn sie nun für Hammerstone arbeiteten, dann bedeutete das nichts anderes, als daß das Rad des Lebens, geschmiert vom Öl des Abenteuers, das dem Menschen die Vorstellung erlaubte, er könne seine eigene Rasse schaffen, eine gewisse Beständigkeit in seinen Umdrehungen erlangt hatte. Wenn er Hammerstone daran hindern wollte, die Geschicke Malaguetas in die Hände zu nehmen, dann mußte er vermeiden, die Männer und Frauen zu verschrecken, die gerade erst begonnen hatten, die unermeßliche Schönheit des Lebens zu begreifen. In seinem Königreich war Platz für sie alle.

»Das Lebn könnt so schön sein«, sagte er sich, »wär da nicht dieser Skorpion, de sich bei uns eingenistet hat.«

An diesem Abend kam er zu dem schwerwiegenden Entschluß, daß die Zeit reif sei, gegen Hammerstone vorzugehen.

Es fand eine Totenwache statt. Niemand erwartete, daß er sich an ihr beteiligte. Doch er wußte, daß die drei Männer dort wären, die ihm am nächsten standen und die er in seine Pläne eingeweiht hatte. Sebastian Cromantine – in dem sich seit jenem Abend, an dem Hammerstone angekommen war, die Wut staute und der nur mit Mühe den giftigen Wunsch unterdrücken konnte, die Mission in Brand zu stecken, weil er die Jungfrauen im Verdacht hatte, dem Kapitän Nachrichten zukommen zu lassen – unterhielt sich mit Gustavius Martins und Gabriel Farmer über die Bedrohung, die von der neuen Situation ausging. Unterdessen sang der Trauersänger über den Wert harter Arbeit und die Größe der Selbstaufopferung. Der Leichnam lag aufgebahrt. Seine Nasenlöcher waren mit Baumwolle verstopft. Zusätzlich hatte man ihn mit Salz eingerieben, um zu verhindern, daß die Verwesung bereits vor der Beerdigung einsetzte.

Unter dem Mondhimmel und von der Stimme des Sängers angeregt, schritten Sebastian Cromantine und die anderen, die mit ihm zusammen die Totenwache hielten, am Sarg vorbei, warfen einen letzten Blick in das Gesicht des toten Mannes und sprachen darüber, welch glückliches Leben er in der jenseitigen Welt wohl führen würde.

»Unser Bruder hat seine Zeit in de sündign Welt vollendet, und er fängtn neues Lebn an in de andren Welt. Amen.«

Thomas Bookerman mischte sich unter die Menge. So ist die Menschheit, dachte er: ein Gewebe aus Leben und Tod, aus Siegen und Sorgen, für das er und die vor ihm und die, die nach ihm kämen, gelitten hatten und leiden würden. Das Leben war es wert, daß man darum kämpfte, und er schuldete es dem Toten, daß die Freiheit, für die sie gekämpft hatten, nicht mit ihm starb.

Als am nächsten Tag die Sonne sank, wand sich ein Trauerzug durch die engen Straßen Malaguetas, das zu einem Labyrinth aus verrosteten Blechdächern, Holzbalken und Mauern angewachsen war. Die Ladenbesitzer traten vor ihre Geschäfte und zogen aus Respekt vor dem Toten den Hut. Zunächst folgte dem Sarg nur eine kleine Menschenmenge. Wie Blätter, die erst vereinzelt von den Ästen fallen. Doch immer mehr zog der Tote die Menschen aus ihren Häusern. Sie schnitten Blumensträuße zurecht und legten sie auf den Sarg. Und sie warfen Münzen auf den Sarg, damit der Tote immer ausreichend Geld zur Verfügung hätte. Die Menge wuchs, und hier und da erhoben sich Stimmen, die den Dahingegangenen anredeten.

»Vergiß deine Kinder nicht, Eltern müssn immer wachsam sein«, rief jemand.

»Sprich mal mit de Engeln, damit mein Geschäft besser geht«, warf ein anderer ein.

Thomas Bookerman schritt an der Spitze des Zuges. Phyllis, Sebastian Cromantine, Gustavius Martins und die Farmer-Brüder gingen an seiner Seite. Die Maultiere stöhnten, während sie sich den Hügel hinaufarbeiteten. Um zum Friedhof zu gelangen, mußten sie an der Garnison vorbei, die sich wie eine Pyramide aus der einsamen Umgebung erhob. Man hatte die Palisaden braun gestrichen, eine Flagge wehte am Fahnenmast im Hof, und auf der breiten Terrasse marschierten bewaffnete Soldaten auf und ab. Captain Hammerstone wollte sich gerade zum Dinner setzen, als er den tiefen Widerhall der Stimme von Thomas Bookerman hörte, der den Trauernden ein Klagelied anstimmte. Er trat auf die Terrasse hinaus und erblickte die größte Masse schwarzer Menschen, die er je gesehen hatte, seit er ihnen bei einem Aufenthalt in Louisiana zum erstenmal begegnet war. An ihrer Spitze erkannte er den großgewachsenen, einäugigen Mann, der die Zügel eines Maultiers in den Händen hielt, und nun verkörperte dieser eine Gefahr, die, das spürte Captain Hammerstone, in der Luft lag.

»Haltet sie auf«, befahl er seinen Leuten auf der Terrasse.

Der junge Leutnant, der vor einigen Monaten versucht hatte, in Gustavius Martins Haus einzudringen, folgte als erster dem Befehl, mit einer Schnelligkeit, die selbst seinen Captain überraschte. Während die anderen Soldaten noch die Türen ihrer Zimmer öffneten und zu denen auf der Terrasse eilten, war der junge Leutnant schon dicht hinter dem Captain am Tor der Garnison. Seine Männer hinter sich, trat Captain Hammerstone aus dem Innenhof der Garnison und erteilte einen Befehl, den zu befolgen er von den Trauernden erwartete:

»Hier kommt ihr nicht durch«, sagte er.

Der Trauerzug bewegte sich langsam weiter auf seinem Weg zum Friedhof, der sich nur noch knapp zweihundert Meter entfernt befand. Die Maultiere, die den Leichenwagen zogen, auf dem der Tote aufgebahrt lag, stolperten den kleinen Hügel hinan, und die Trauernden kamen, angeführt von Thomas Bookerman, weiter auf ihn zu, als hätten sie ihn nicht gehört.

»Halt, oder ich schieße«, warnte Captain Hammerstone.

Am Himmel kreiste ein Habicht auf der Suche nach einem Küken. Aus der stillen Ferne klang das Echo von tausend Füßen herüber, die wie eine gut ausgebildete Armee marschierten. Captain Hammerstone hob seinen Revolver zum Schuß. Seine Hand zitterte vor Angst, das tun zu müssen, was ihr befohlen war, als er jetzt auf Thomas Bookerman anlegte und abdrückte und auf den schallenden Beweis seiner Tat wartete. Doch anstelle von Bookerman sah er der schönsten Frau, die er jemals erblickt hatte, gerade in die tödlichen Skorpionaugen. Er hörte, wie die Kugel von der Schale eines Tieres abprallte, das die tiefsten Flüsse durchschwommen hatte, durch die ältesten Quellen der Zeit getaucht war, bis es sich am Ufer erhob, um Männer wie ihn und all die anderen zu peinigen, die so verwegen waren, sich auf ihrer Reise zu einem anderen Ufer in den Tanz der Geister einzumischen.

Als er sah, daß Bookerman von seinem Schuß nicht getötet worden war, griff er sich von einem seiner Männer eine Flinte und feuerte in die Menge der Trauernden. Die Kugel traf ein kleines Kind in die Schulter, erschreckte die Maultiere und versetzte die Menge in solche Wut, daß Thomas Bookerman sie kaum mehr auffordern mußte, die Garnison anzugreifen, so schnell kamen sie seiner Anweisung nach.

»Räuchern wir das Sklavenhaus aus!« rief er.

Er stürzte sich auf die bewaffneten Männer, als seien sie überhaupt nicht vorhanden. Die Soldaten der Garnison sahen sich von einer Welle der Gefühle verschlungen, die von ihrer eigenen Gewalt und Beharrlichkeit vorangetrieben wurde, denn die Trauernden machten den Ort dem Erdboden gleich, aus Liebe zu allen Männern und Frauen, die sich der Tyrannei widersetzt hatten und frei geboren worden und entschlossen waren, als freie Menschen zu sterben.

Thomas Bookerman führte seine Männer durch die Räume der Garnison. In einem Zimmer fanden sie ein ganzes Waffenarsenal, das der Captain und seine Männer von ihren Besuchen auf den Schiffen, die in die Bucht eingelaufen waren, mitgebracht hatten. Und sie fanden Kisten voller Krokodilhäute, die sie den Großwildjägern abgekauft hatten. Angezogen von einem schweren Vorhängeschloß, trat er eine Tür auf und blickte in einen Raum, in dem, aufbewahrt in sauberen Reihen und selbst am Abend noch strahlend leuchtend, Goldbarren lagen.

»Darauf warn sie also aus! Komm'n her und stehln unser Land und unser Gold«, brach es wütend aus ihm hervor.

Als er und seine Leute schließlich müde und zufrieden die Garnison verließen, aus der sie alles Wertvolle entfernt hatten, brannte sie lichterloh und erhellte den Abendhimmel. Captain Hammerstone und die ihm noch verbliebenen Männer, die nicht vor den aufgebrachten Trauernden die Flucht ergriffen hatten, versuchten verzweifelt, in einem kleinen Teil des Gebäudes das Feuer zu löschen. Weit später fielen sie im Schutz der Hyänen und anderen Aasfresser der Nacht in einen unruhigen Schlaf, bevor sie Malagueta am Morgen verließen, vertrieben von den Schatten ihrer verbrannten Träume.

Die Schule der Farmer-Brüder öffnete zur gleichen Zeit ihre Pforten, wie die Errichtung der Garnison ihren Anfang nahm. Richard Farmer hatte an einen alten Freund seines Vaters in England geschrieben und um Lehrbücher gebeten. Die erste Sendung traf rechtzeitig zur Eröffnung der Schule ein. Weitere folgten, und am Ende des ersten Jahres betrieb er neben dem Unterricht, in dem er praktische Kenntnisse in Mathematik und Buchhaltung vermittelte, eine gutgehende Buchhandlung, in der die Schüler nicht nur Bücher kauften, sondern auch kamen, um zwischen den Seiten bestimmter Bücher ihre Liebesbriefe auszutauschen. Die beiden Söhne von Theophilus, dem Apotheker, gehörten zu den ersten Schülern der neuen Schule. Bislang hatte ihre Mutter sie unterrichtet. Zwar war auch sie ein rechter »Feldwebel«, empfand aber eine tiefe Abneigung gegen die »Heiligkeit« in der Schule der Jungfrauen. Unter den Schülern befanden sich auch die Söhne der Kaufleute, die den Strand in eine Zone blühenden Handels verwandelt hatten, die Kinder der wenigen holländischen und portugiesischen Ladenbesitzer, die allen Ehrgeiz, die Überlegenheit der Worte des Erasmus über den Glauben der barbarischen und heidnischen Rassen zu beweisen, abgelegt, ihre Geschäfte in Europa geschlossen hatten und in diese Ecke der Welt gekommen waren, um hier ihr Glück zu suchen, und schließlich Emmanuel Cromantine, der die erste Verzückung durchlebte, als er die Gestirne der alten Mysterien für sich entdeckte, die Werke von Wordsworth, Shelley und Keats, das düstere Genie Byrons, des verderbten und wollüstigen Dichters, die bildhafte Wortmacht des Demosthenes sowie die militärische Zauberkunst von Alexander dem Großen. Diesem jungen Mann, der Gabriel Farmer lauschte, als er die Vorzüge der Bildung besprach, von den Wundern verschiedener Theorien redete, die gerade in einigen wenigen Teilen Europas ausprobiert wurden, eröffnete sich eine völlig neue Welt. Was machte das Leben aus, wenn nicht die Macht der Worte, den Menschen zu erheben, Ausblicke auf unbekannte Reiche zu gewähren und die Schwachen in Starke zu verwandeln? Wenn ihm doch nur gelänge, es im Leben zu etwas zu bringen, damit er eines Tages Malagueta umformen könnte. Wenn ihm das doch nur gelänge…

Im Raum begrenzter Möglichkeiten gefangen, wurde Emmanuel Cromantine dennoch des besonderen Zaubers anderer Zeitlast gewahr, der Segnungen der Geschichte, die sich auf seine Zeit herabgesenkt hatten, wie der äußersten Grenzen, zu denen der Mensch vorstieß, um die Gesetze der Natur und der Göttlichen Vorsehung zu umgehen und seinen eigenen Gesetzen zu Allmacht und Geltung zu verhelfen.

»Die Menschen waren in der Vergangenheit so widernatürlich veranlagt, ihre Gelüste mit ihren Rechten zu verwechseln, doch sind dies zwei völlig unterschiedliche Bereiche«, sagte Gabriel Farmer eines Abends zu ihm, als er im Haus des Lehrers zu Gast war. »Hätte ihnen nicht der Zorn der Bischöfe gedroht, die Menschen hätten den Teufel zum Gott erhoben, weil er immer eine magische Anziehung auf sie ausübte. Was nicht heißt, daß nicht auch die Bischöfe von Zeit zu Zeit mit der Vorstellung vom Teufel ihre Abkommen geschlossen hatten.«

Nicht immer begriff Emmanuel Cromantine die philosophischen Andeutungen bei dem, was Gabriel Farmer ihm erzählte. Er war es zufrieden, von einem neuen, anderen Leben zu erfahren, zu spüren, daß sein Leben sich wandelte. Jeanette Cromantine blieb nicht unbemerkt, daß der Sohn, den sie großgezogen hatte und so innig liebte und von dem sie sich auch geliebt fühlte, erste Ahnungen einer tiefgreifenden Anregung durch Dinge erlebte, die sein Vater ihm nicht vermitteln konnte. Während sich Sebastian Cromantine und Richard Farmer mit den Einzelheiten der Errichtung der Garnison und den Neuankömmlingen, die für Captain Hammerstone arbeiteten, auseinandersetzten, führte Emmanuel Cromantine sein Leben eigentlich in der kleinen Bibliothek von Gabriel Farmer.

Jeanette Cromantine machte sich Sorgen, daß aus ihrem Sohn ein Bücherwurm wurde und die Natur ihn mit einem zu ernstem Gemüt ausgestattet hatte. Also bemühte sie sich, ihm nahe zu sein, ihm all seine Wünsche von den Augen abzulesen und darauf zu achten, daß er ordentlich aß. Sie hieß ihn auch den einen oder anderen Wurzeltrank trinken, den sie in Flaschen aufbewahrte und zum Fermentieren in die Sonne stellte. Obwohl er mittlerweile zu einem breitschultrigen Burschen von neunzehn Jahren herangewachsen war und die Gewinne aus der Grabsteinwerkstatt die Cromantines zu einer ziemlich wohlhabenden Familie gemacht hatten, schien ihm der neuerlangte

Status nicht sonderlich wichtig zu sein. Als erster dachte er laut darüber nach, ob es denn klug und nötig sei, das Familiengeschäft auf die neu erschlossenen Landesteile auszudehnen. Inzwischen gehörten auch Palmöl, Reis und Ananas zu den Dingen, die Jeanette Cromantine von den Pflanzern aufkaufte. Es hatte sie jahrelange Überzeugungsarbeit gekostet, ihren Mann soweit zu bringen, ihr in der January Street einen Laden einzurichten, doch nun saß sie jeden Tag im Ingwerduft ihres Geschäfts und überwachte die Entladung der Wagen mit den Getreidesäcken und das Stapeln der Ölfässer. Um sicher zu gehen, daß sie immer genügend Waren auf Lager hatte, kaufte sie sie das ganze Jahr über auf. Sie freundete sich mit den tabakkauenden Bauern an, die wußten, wann die beste Zeit für die Aussaat bestimmter Getreidesorten war, sprach mit den Männern, die sich darin auskannten, wann man wo zur rechten Zeit die besten Gewürze erhielt, umgarnte die Chiefs, die über soviel Land verfügten, daß einiges davon brachlag, und die Bescheid wußten, wo man Männer verpflichten konnte, die die Gräben für die Bewässerung des Neulandes aushoben. Ehrgeiz trieb Jeanette Cromantine voran.

In der Zeit, da sie Emmanuel unter ihrem Herzen getragen hatte, hatte sie manchmal ihren Schutzengel ganz nah bei sich gefühlt. Sie hatte die Anfälle morgendlicher Übelkeit und Mattigkeit mit einer Ruhe und Gelassenheit ertragen, die Sebastian Cromantine in Staunen versetzte. In den schlimmsten Tagen ihrer Schwangerschaft, wenn sie im Bett bleiben mußte, brachte er ihr gesalzene Löwenzahnsuppe und warmen Tee. Manchmal, wenn ihr nach Dingen gelüstete, die in der Jahreszeit eigentlich nicht verfügbar waren, dann durchkämmte er suchend die umliegenden Hügel oder klopfte an die Türen der Nachbarn und bat um das, wonach es sie verlangte. Es war sein Kind, das da in ihr wuchs, und er wünschte sich seine Frau glücklich und bewahrt. In der Zeit ihrer Schwangerschaft war Jeanette Cromantine glücklich. Später erklärte sie ihr Frausein damit, daß sie dieses Kind geboren hatte, daß rote Lippen gierig die dunklen Brustwarzen in sich hineinsaugten, daß der Zitronenduft von Seife sie umgab und daß das Blut und ihre Plazenta, in Bananenblätter eingewickelt, unter dem Granatapfelbaum vergraben waren und die Erde nährten.

Bald nachdem Emmanuel Cromantine bei Gabriel Farmer zur Schule ging, begann Jeanette, größere Geldsummen beiseite zu legen.

Weniger, weil sie ahnte, daß sie das Geld für die Ausbildung ihres Sohnes brauchen würde, sondern weil in ihr langsam wie eine Frühlingsblume die Einsicht aufging, daß ihr Sohn merklich erwachsen wurde. Eines Morgens, als ihr mit einem Schlag bewußt wurde, daß er nun fünfzehn Jahre alt war, hatte sie aufgehört, ihm die Haare mit der alten Schneiderschere zu schneiden, und ihn zum Barbier geschickt. Sie bestellte bei dem asthmatischen Schneider neue Sachen für ihn und ließ sich erweichen, was die Anweisung zum Tragen kurzer Hosen anging, so daß von seinen muskulösen und männlich behaarten Beinen jetzt ein neues Selbstbewußtsein ausging, wenn er über den Rasen auf die Küche zukam. Hier, in diesem Raum, war Jeanette Cromantine zum erstenmal der Gedanke gekommen, soviel wie möglich für ihren Sohn zu sparen, der allmählich zum Manne reifte und fast genau so viele Jahre zählte wie Malagueta, dem sie mit ihren fleißigen Händen zum Leben verholfen hatte.

All dies geschah, weil Jeanette Cromantine sich wünschte, daß ihr Sohn eine herausragende Stellung auf der Bühne des Lebens in Malagueta einnähme. Zu viele waren schon vom Konkurrenzneid ihrer Eltern gezeichnet. Da gab es Söhne, die sich zu Priestern ausbilden ließen und dann, indem sie Feuer und Schwefel predigten und ihre Gesichter am Altar, wenn sie das heilige Sakrament feierten, wie die Sonne aufgehen und sinken ließen, ihre Gemeinde zu beschwatzen suchten, der Kirche mehr Geld zu spenden. Dann gab es Feldvermesser, die den Pflanzern das unbekannte Land leichter zugänglich machten, nicht zu vergessen die Baumeister, die bei den Häusern der neuen Reichen mit Säulenreihen und Portika die Prachtentfaltung der Portugiesen nachahmten. Auch gab es Männer, die sich in der Würde übten, die von der weißen Perücke des Gesetzes und der Anerkennung ausging, die Schwachen verteidigt zu haben, während wieder andere, angerührt vom Sterben und Leiden, sich der Heilkunst und der Verlängerung der Gabe des Lebens weihten und den Eid des Hippokrates schworen. Und man stieß auch auf Männer, deren Mütter es niemals müde wurden, nach den passenden Schwiegertöchtern Ausschau zu halten, die ihren Söhnen die rechten Söhne schenken und den Stammbaum am Leben erhalten sollten.

Emmanuel Cromantine besuchte gerade sechs Monate die neue Schule, da beschloß er, Arzt zu werden. Damals mußten sich die

Kranken mit den Fähigkeiten des Kräuterheilkundigen und den Tinkturen des Apothekers Theophilus begnügen. Der Tod suchte Malagueta noch recht selten heim, doch die Körper der Männer und Frauen, die so langsam die Schutzschicht der Neuen Welt verloren, hielten hier im neuen Land bisweilen nicht unbedingt gut durch. Schüttelfrost zwang sie nieder, Nervenschmerzen machten ihnen zu schaffen, und ihre brüchigen Glieder bedurften der Massage mit Ziegenfett. Die mittellosen Frauen, die keine Läden besaßen und auch keine Söhne, die sich um sie sorgten, strickten Kaschmirstrümpfe, die sie verkauften, und von dem eingenommenen Geld kauften sie sich Rum, um sich gegen die Kälte des Alters zu wappnen. Manchmal wurden sie von Krankheiten niedergestreckt, deren Ursprung sie nicht kannten. Obwohl die Luft sehr salzhaltig war und ihnen vor der Haustür ein Meer voller Frischfisch zu Füßen lag, bekamen sie Kröpfe. Sie litten unter geblähten Leibern, und ihre Augen verloren die Farbe. Beunruhigt mußten alte Männer und Frauen, die noch alle Zähne hatten, mit ansehen, wie junge Menschen an einer Krankheit zugrunde gingen, die ihnen den Schaum vor den Mund trieb und sie einen schnellen und schrecklichen Tod sterben ließ.

»Was das is, weiß ich nicht, aber de Ort hier is irgendwie vom Bösn geschlagn«, klagte Theophilus immer, wenn er wieder einmal den Kampf gegen eine Krankheit verloren hatte.

Kurz darauf wurde Emmanuel Cromantine in die übersinnliche Natur der geheimnisvollen Mächte eingeführt. Eines Abends bekam Binta, die alte Frau, die seiner Mutter geholfen hatte, ihn großzuziehen, einen schrecklichen epileptischen Anfall. Noch nie zuvor war es jemandem aufgefallen, daß sie an dieser Krankheit litt. Sie hatte auf Emmanuel aufgepaßt, wann immer seine Mutter im Geschäft zu tun gehabt hatte. Von ihr hatte Emmanuel Cromantine gelernt, Eidechsen zu fangen, so zu tun, als entfache er ein Lagerfeuer und brate oder koche die Reptilien, sowie die Stimmen aller Tiere der Gegend zu unterscheiden. Sie verfügte über einen unerschöpflichen Vorrat von Geboten und Verboten: daß man nachts das Haus nicht fegen soll, daß man nachts nie einen Faden in die Nadel fädeln soll, weil das so war, als reiße man den Toten, die nur nachts sehen könnten, die Augen aus, oder weshalb man nur Hunde mit schwarzer Schnauze als Wachhunde nehmen dürfte. Sie hatte Zwiebelschalen verbrannt und dadurch die Schlangen vom Grundstück vertrieben. Eines lang vergangenen Tages war sie aus ihrem zehn Meilen von Malagueta entfernten Dorf in die Siedlung gekommen, um den Frauen beizubringen, wie man sich Perlen in die Haare flocht. Von ihrem Vorleben war nur sehr wenig bekannt. Nur mit einem großen Bündel auf dem Kopf war sie in das Haus der Cromantines getreten und hatte um die Erlaubnis gebeten, ihr Handwerk vorführen zu dürfen. Als Jeanette Cromantine sie fragte, warum sie in die Stadt gekommen war, antwortete sie nur: »Weil Sie mich brauchen und ich Ihnen dabei helfen will, Ihren Sohn zu erziehen.«

In den seither vergangenen Jahren hatte sie Windeln gewechselt, ihm die Nase geputzt und sein Bauchgrimmen behandelt. Und weil sie die Familie mochte, war daraus eine stille, aber unverbrüchliche Übereinkunft geworden, die den Cromantines das Leben sehr erleichterte. Ihre peinliche Genauigkeit behinderte Sebastian und Jeanette Cromantine nicht, wenn sie ihren Berufen nachgingen. Pünktlich wurde das Essen serviert. Bestimmte Gerichte waren bestimmten Wochentagen vorbehalten. Sie war es auch, die – noch bevor Jeanette Cromantine es ausgesprochen hatte – ahnte, wer zum Essen zu Gast sein würde, und ihr den Rücken freihielt, so daß sie sich voll und ganz den fordernden Kulthandlungen einer Geschäftsfrau hingeben konnte.

Binta lag auf dem Fußboden. Das abendliche Feuer warf ihre Zuckungen als Schatten an die Wand, und ihre Verrenkungen wurden von einem Geheul begleitet, das immer weniger menschlich klang. Jeanette Cromantine war ratlos. Sie schickte Emmanuel zu Theophilus. Als der alte Apotheker eintraf, warf er nur einen einzigen Blick auf die erschöpfte Gestalt der alten Frau und verkündete, daß die Mittel, die seiner Wissenschaft zu Gebote standen, hier versagen mußten.

»Sie is in de Gewalt von Geistern, die ich nicht kenn.«

Zu Tode erschreckt, stürmte Jeanette Cromantine wie eine Besessene aus dem Haus. Sie wußte selbst nicht, was sie da draußen suchte oder ob sie vor einem schlechten Omen davonlief. Ihr reichte die Diagnose des Apothekers, um sich an jenen Nachmittag vor vielen Jahren zu erinnern, als sie gesehen hatte, wie direkt vor ihrem Haus ein Pavianweibchen niederkam. Dieser Zwischenfall war dem schrecklichen Augenblick der Vernichtung vorangegangen, da eine aufs äußerste gereizte Menge nach der Süßkartoffelfrau suchte. Wenn Binta sich jetzt in ihrem Haus in Zuckungen wand, dann war das ein Zeichen dafür, daß sich das Rad des Schicksals wieder andersherum zu drehen begann, daß Malagueta womöglich erneut dem Untergang geweiht war. Sie rannte und rannte, bis sie zum Haus von Gustavius Martins kam. Dort fragte sie nach Isatu. Die ließ sich erzählen, was sich ereignet hatte, beruhigte ihre Freundin etwas und bot ihr an, sie zu begleiten und zu sehen, wie sie helfen könnte.

Als seine Mutter mit ihrer Freundin eintraf, wedelte Emmanuel der alten Frau mit einem Fächer aus Pfauenfedern Kühlung zu.

Isatu bat um kalte Asche und einen Löffel. Ruhig und gefaßt wie eine Priesterin wandte sie sich der rasenden Frau zu, die sich vor ihr auf dem Boden krümmte. Sanft nahm sie sie an einer Hand, rieb den Kopf der Kranken mit der Asche ein und schob ihr den Löffel zwischen die Zähne. Aus den Sturmtiefen ihrer wahnsinnigen Welt begann Binta, langsam auf die Berührung ihrer Heilerin anzusprechen. Sie warf sich nicht mehr länger herum, und ein ruhiger Ausdruck kehrte auf ihr Gesicht zurück. Ihr Leben wurde aus der Unergründlichkeit einer Welt zurückgerufen, die nur denen offenstand, die mit der Kraft ausgestattet waren, den Teufel mit Zauberei in seine Schranken zu weisen.

»Gib ihrn bißchn Honig, und verreib ihrn paar Guavenblätter auf de Stirn, dann gehts ihr bald wieder besser«, sagte Isatu noch, bevor sie das Haus wieder verließ.

Emmanuel Cromantine sollte sich daran als des Augenblicks erinnern, in dem er beschloß, seine langen Spaziergänge wieder aufzunehmen, um der Welt nahe zu sein, die das Wunder in sich barg, dem Bintas Heilung zu verdanken war. Lange Zeit danach, als er wieder und wieder Pläne für sein Leben schmiedete, als er sich in der Bitternis seines Exils jeder Schwierigkeit entgegenstellte, sollte er sein ganzes Sein in diese natürliche Welt eintauchen, weil es die einzige war, in der er sich geborgen fühlte. Am Abend nach dem Wunder der heilenden Asche trieb ihn die quälende Glut der Jugend zu einem Spaziergang aus dem Haus. Er erlebte das Vergnügen, in die untergehende Sonne zu schauen, und lauschte den elysischen Elegien der Vögel. Er sah den Männern zu, wie sie mit ihren Kühen von den Feldern nach Hause zurückkehrten, und beobachtete, wie in den ärmeren Vierteln Malaguetas vor den Häusern die abendlichen Feuer entfacht wurden, an denen man sich im Harmattan wärmte. Irgendwie spürte er bereits den Windhauch seines Abschieds von dieser Stadt, und in den Feuern erblickte er die Funken seines Strebens in die Ferne und die Schwierigkeit, eines nicht mehr fernen Tages seine Mutter verlassen zu müssen.

»Mutter«, brach es unfreiwillig aus ihm hervor, »dein Sohn muß gehen.«

Als er an dem Haus vorüberkam, das sich Phyllis und Louisa, die junge Abtrünnige aus dem Haus der Jungfrauen, miteinander teilten, dachte Emmanuel Cromantine gerade an seine Mutter.

Phyllis und Louisa waren zu einer Art Schwestern geworden, dort, in ihrem von salzigen Winden liebkosten, sonnendurchfluteten Wohnzimmer, glücklich und voller Verständnis für die Sorgen und Ängste der anderen. Die ältere der beiden Frauen wohnte nur noch von Zeit zu Zeit hier, denn ihr Kopf, der ihren Körper beherrschte, war in der beispielhaften Welt des Thomas Bookerman gefangen. Eine glückliche Fügung aus intelligenter und bewundernder Frau und eine gute Zuhörerin obendrein, eine Frau, die nichts forderte, nie nörgelte und die, ohne darum gebeten werden zu müssen, wußte, wie sie die unausgesprochenen Wünsche und Lüste der Männer erfüllen konnte, war sie bei Thomas Bookerman fast schon wie zu Hause. Dennoch kam sie das eine oder andere Mal noch in ihr eigenes Haus und blieb über Nacht. Louisa fragte sie eines Abends:

»Du wohnst nun schon so lange dort, warum ziehst du nicht endgültig zu ihm?«

Da antwortete sie: »Nicht, daß ich ihn nicht lieb und acht, abern Mann wie er is mit de Welt vermählt, und auch deswegn lieb ich ihn.«

Louisa saß nähend über ein Kleid gebeugt, als der junge Mann hereinkam, der ihr wie ein Heiliger erschien. Seit sie aus dem Haus der Jungfrauen ausgezogen war, hatte sie Emmanuel Cromantine ziemlich häufig gesehen. Sie wußte, wann er sich um die Grabsteinwerkstatt kümmern mußte, weil er auf dem Weg dorthin an ihrem Haus vorüberkam. Und obwohl sie an ihrer Liebe zu ihm fast zugrunde ging, verbarg sie sich hinter der Gardine, biß sich die Lippen blutig, um den Wunsch zu unterdrücken, ihn hereinzubitten. Verschrecken wollte sie ihn nicht. Sie wurde dünner und dünner, verdarb ein paar kostbare Kleider und bekam ein Magengeschwür, weil sie das nagende Verlangen in sich abzutöten versuchte. Sie vermied es, ihn bei den Kirchenbasaren anzusehen, wenn sich die jungen Leute trafen, um Liebesbriefe auszutauschen, einander leidenschaftliche Küsse von den Lippen zu stehlen und geheime Treffpunkte zu verabreden, indes die beleibten Matronen Pudding, Zitronentorte und Toffees verkauften und ihre alten Schuhe und Kleider an die Armen verschenkten, damit diese zu Weihnachten anständig gekleidet in die Kirche kommen könnten. Ihr war bekannt, wann er Fieber hatte, denn jedesmal, wenn ihr Sohn krank war, schloß Jeanette Cromantine den Laden, und auch sein Grabstein-Vater ging zeitig nach Hause.

Emmanuel Cromantine wußte nicht so recht, warum er hergekommen war, aber irgendwie hatte er seit langer Zeit bereits eine Last auf seiner Brust verspürt, eine Last, die wohl die älteste Bürde war, unter der ein Mann zu leiden hat: sich zu einer Frau hingezogen zu fühlen, die eine Berufung Gottes abgelegt hatte, um im geheimnisvollen Irrgarten des Verlangens zu sich selbst zu finden. Während er sich bei Gabriel Farmer in die Hieroglyphen der alten Meister vertiefte, die ganze Zeit seiner Bemühungen, unbeschadet das Minenfeld der englischen Sprache zu durchqueren und die Verdauungsgewohnheiten der Vögel zu erkunden, war es Emmanuel Cromantine nicht gelungen, sich Louisa aus dem Kopf zu schlagen.

Der hölzerne Fußboden knackte unter seinen Füßen, als er sich langsam dem Tisch näherte, auf dem die Werkzeuge und Materialien ihres Berufs wild verstreut lagen. Trotz des Lüftchens, das vom Meer herüberwehte und die Hitze in seinen Gliedern ein wenig abkühlte, fühlte er einen Schwindel in sich aufsteigen. Im Angesicht Louisas zeigte er eine solche Zaghaftigkeit, daß er fast den Tisch umriß.

»Geben Sie mir Ihren Hut«, sagte sie.

Emmanuel Cromantine gab ihr seinen Hut. Ihm fiel auf, daß auch sie ihre Sprachfertigkeit vervollkommnet hatte und daß sie sich dadurch von der Allgemeinheit abhob, die an der Sprache ihres früheren Lebens festgehalten hatte. Auch ihr Lächeln hatte sie sich bewahrt, die Anmut einer wohlerzogenen Frau. Auch sahen ihre Hände noch immer weich und sanft aus, und ihre Augen schimmerten freundlich im gelben Licht des sinkenden Tages. Sie bot ihm Tee und Ingwerbrot an. Emmanuel Cromantine setzte sich und ließ seine Walroßaugen durch das Zimmer schweifen. Sein Atem ging schwer, und am Hals machte ihm der gesteifte Kragen zu schaffen, den er trotz der Hitze trug. Als er sah, wie entspannt Louisa sich gab, wünschte er sich, daß Phyllis käme, damit er nicht reden müßte. Gleichzeitig aber hoffte er darauf, daß sie nicht käme. Trotz alledem war ihm durchaus bewußt, daß er mit seinen widerstrebenden Gefühlen ein lächerliches Bild bot, war er doch aus dem ältesten Grunde hergekommen, den die Menschheit kennt: dem Verlangen nach einer Frau.

Um seine Verwirrung zu verbergen, beschloß er, sie in ein Gespräch zu verwickeln.

»Ich habe in der letzten Zeit schwer gelernt, weil ich ins Ausland gehen will«, hob er an.

Louisa spürte, wie sich ihre Körpertemperatur mit einem Schlag veränderte. Sie fragte sich, warum er ihr das erzählte. Vielleicht, weil er sehen wollte, wie sie darauf reagierte, oder hatte er etwas vor ihr zu verbergen?

»Sie sind aber noch viel zu jung, um irgendwohin zu gehen«, erwiderte sie.

»Ich bin neunzehn. Und Gabriel ist der Meinung, daß er mir nichts mehr beibringen kann.«

Ihr Körper spannte sich unter dem Kleid, doch sie hielt sich zurück, weil sie fühlte, daß sie ihn haben, daß sie ihn dazu bringen konnte, seine Meinung zu ändern.

»Und Ihre Mutter, Emmanuel, wollen Sie die verlassen?«

»Sie will auch, daß ich gehe. Nur muß ich ihr versprechen zurückzukommen, sobald ich Arzt geworden bin.«

Louisa war überzeugt, daß Emmanuel Cromantines kühne Reden lediglich eine Ausflucht darstellten, auf die er sich zurückzog, um nicht sagen zu müssen, was er eigentlich zu sagen wünschte. Auch wenn sie nur sehr wenig über Männer wußte, glaubte sie nicht ohne Grund, daß selbst Männer mit einer reinen Berufung, mit einem grimmen und unerschütterlichen Pflichtgefühl, zu der Erkenntnis gebracht werden konnten, daß ein Leben ohne Frau völlig ohne Sinn blieb. Sie hatte ganz genau verfolgt, wie Phyllis ihre Angelegenheiten so ordnete und lenkte, daß der Anschein entstand, als diente sie Thomas Bookerman. Dabei war dem Führer der Stadt, der in den Dingen der Welt doch so bewandert war, überhaupt nicht bewußt geworden, daß er sich unter ihrer behutsamen Führung nach und nach ein wenig veränderte.

»Männer sind wie kleine Kinder in de Händen von de Fraun«, hatte Phyllis gemeint.

Und auch sie hatte das Haus der Jungfrauen nicht verlassen, um hier nun stumm dazusitzen und sich anzuhören, wie der Mann, den sie liebte, ihr sagte, daß er weggehen wollte, um in der Kälte eines fremden Landes zu verfaulen und sich vielleicht von irgendeiner weißen Zicke umgarnen zu lassen. Ginge es nach ihr, dann sollte er hierbleiben oder zumindest seine Abreise noch verschieben. Sie sah sich nicht als Ränkeschmiedin und war der Meinung, daß ihr Wunsch, er möge seine Abreise ein wenig hinauszögern, aus dem reinsten Gewissen kam, aus dem Herzen ihrer reinen Liebe. Sie wünschte sich, daß sich, wenn er denn in die Welt hinauszöge, in seinem Gepäck die Erinnerung an sie befände, auch wenn das möglicherweise bedeutete, daß sie später dafür zu bezahlen hatte. Sie hatte keine Angst davor, von ihm abgewiesen zu werden, denn sie wußte, sie war älter und klüger als er und hatte dazu beigetragen, in ihm den Wunsch nach Wissen zu entfachen und ihn, als er noch ein kleiner Junge in den kurzen Hosen der Unschuld gewesen war, aus seiner Schüchternheit zu locken. Wenn ihn jemand in die Welt der erfahrenen Frauen hinausschickte, dann sie. Nicht aus der Angst heraus, er könne nicht zurückkommen, sondern weil sie seinetwegen bereits so viel geopfert hatte.

»Werden Sie nach Malagueta zurückkommen?« fragte sie.

Noch immer brachte, trotz der salzigen Winde, die um das Haus pfiffen, die seinen Kopf beherrschende Hitze Emmanuel Cromantines Gedanken durcheinander. Obwohl ihn die Vorstellung von der Welt faszinierte, die Gabriel Farmers Bücher in ihm aufgetan hatten, war ihm doch klar, daß er zurückkehren mußte. Nicht nur, weil er es seinem Vater bereits versprochen hatte oder ihn die Bindung an seine Mutter letzten Endes doch hierher zurücktragen würde, sondern weil er sich nicht vorstellen konnte, daß ein Mensch keine Heimat hatte, daß man ohne die Vertrautheit mit der Geschichte leben konnte. Schon begannen ihn die Ranken des Ehrgeizes zu umschlingen, es in seinem Heimatland zu etwas zu bringen. Auch wenn er die feste Absicht hatte, wegzugehen, hegte er doch den ebenso unerschütterlichen

Wunsch, zurückzukommen und bei den wollköpfigen Kindern in den Häusern aus Rauch und Lehm sowie im Feuer seiner hochfliegenden Träume und mit der Befriedigung, sich zu opfern, als Arzt zu praktizieren.

»Ich komme bestimmt zurück. Werden Sie mich denn vermissen?« fragte er sie.

Jetzt war sich Louisa sicher, daß sie sich auf ihn einlassen konnte, denn er hatte ihr gezeigt, daß in seiner Brust das Herz eines liebevollen Mannes schlug. Sie spürte, daß er, wenn er seine Mutter so sehr liebte, daß er ihretwegen zurückkäme, er auch zurückkehren würde, wenn eine Frau hier auf ihn wartete. Sie beschloß, es ihm leichter zu machen und auf den geeigneten Augenblick zu warten, in dem sie ihm sich selbst zum Geschenk darbringen wollte.

»Wenn Sie morgen abend hier vorbeikommen wollen, Emmanuel, dann möchte ich Ihnen etwas zeigen.«

Als Emmanuel Cromantine nach Hause kam, wartete dort die Nachricht auf ihn, daß jemand eingebrochen hatte. Der Dieb hatte sich durch die Hintertür eingeschlichen, während seine Eltern eine Taufe besuchten. Er hatte fliehen müssen, weil er die Hühner im Stall aufgeschreckt und die Aufmerksamkeit der Hunde auf sich gezogen hatte, die ihn schließlich verjagten. Über den ganzen Hof verstreut lagen die Zeugnisse des Raubzuges, mit denen sich der Dieb aus dem Staub machen wollte: der Anzug, den ihm sein Vater für das bevorstehende Weihnachtsfest hatte anfertigen lassen, das Schachspiel, das Gabriel Farmer ihm zu seinem neunzehnten Geburtstag geschenkt hatte und das er immer noch nicht spielen konnte, die Aufzeichnungen, die er über die geographische Beschaffenheit der Region, die verschiedenen Reptilien und die Häufigkeit bestimmter Krankheiten gemacht hatte. Kein Zweifel: Es handelte sich um keinen gewöhnlichen Dieb, der in das Haus eingebrochen war, sondern um jemanden wie er selbst, um einen intelligenten Menschen, jemanden, der seine Absichten durchkreuzen wollte, ein Feind aus den Reihen der jungen Männer, mit denen er zusammen zur Schule gegangen war. Es stellte eine bittere Enttäuschung für ihn dar, erkennen zu müssen, daß er einen Feind hatte.

Emmanuel Cromantine war mit den anderen jungen Leuten, mit denen er aufgewachsen war, nicht sonderlich eng befreundet. Die beiden Söhne von Theophilus, dem Apotheker, bildeten eine Ausnahme. Die beiden Jungen waren rücksichtsvoll bis zur Selbstverleugnung und besaßen eine solche Herzensgüte, daß jeder sie gut leiden mochte: Sie waren gescheit, tatkräftig und handwerklich geschickt, unterstützten ihren Vater dabei, seinen Laden zu erweitern, und kümmerten sich um ihre Mutter, als ihr Herz im Alter zu schwach war, um sich noch weiter der Schweinezucht zu widmen, die sie ein Leben lang betrieben hatte. Sie schwammen im Gezeitenstrom ihres Schicksals, ließen sich hochtragen oder versanken in einem Wellental, gingen in die Schule und sangen im Chor. Sie sammelten Feuerholz im Wald, schlachteten Schweine und pökelten, schnitten den Schinken und schienen dafür bestimmt, das Geschäft ihres Vaters weiterzuführen, als schließlich der ältere der beiden fortging, um in einer weit entfernten Stadt mit einer Einheimischen zu leben und Hirse anzubauen. Malagueta lehnten sie ab. Hier war ihnen das Leben zu angespannt und anstrengend.

Die Einsamkeit, die ihn durch den ganzen Tag begleitet hatte, wurde durch den Diebstahl noch verschlimmert, und so zog sich Emmanuel Cromantine, nachdem er seine Sachen eingesammelt hatte, in sein Zimmer zurück, um allein zu sein.

Er wollte über das seltsame Verbrechen nachdenken, doch seine Gedanken wurden immer wieder durch das Gezeter seiner Mutter im Wohnzimmer gestört, die seinem Vater Vorwürfe machte, weil er die Türen nicht ausreichend gesichert hatte. Das heftige Muhen einer Kuh in der Nachbarschaft und der streitsüchtige Krieg der Hunde verschlechterten seine Laune nur noch weiter. Plötzlich klopfte Jeanette Cromantine an die Zimmertür ihres Sohnes.

»Bitte laß mich in Ruhe, Mutter«, sagte er.

»Was is mit dir los, daß deine Mutter nix davon wissn darf?«

Nachdem er sie eingelassen hatte, setzte sie sich auf sein Bett und faltete die Hände im Schoß. Sie war stolz auf ihren Sohn, glücklich über seine Freundschaft mit Gabriel Farmer, und die Dankbarkeit für dieses Geschenk von einem Sohn ließ sie jedesmal, wenn sie an ihn dachte, ein paar Zentimeter größer werden. Auf seltsame Weise verspürte sie in sich den Wunsch, ihn an ihre Brust zurückzuziehen.

»Ich bin ja bloß deine Mutter«, setzte sie an, »aber hab ich kein Recht, zu wissn, was dich quält?«

Emmanuel Cromantine sah seine Mutter an. Sie war noch immer eine schöne Frau. Sie gehörte zu den Frauen, die, trotz der Unverschämtheit, mit der sich die eine oder andere graue Strähne in ihr Haar stahl, mit den fortschreitenden Schatten des Alters, die das Gesicht aufblühen lassen und den Falten den Zutritt verwehren, immer schöner werden. Zwischen Mutter und Sohn hatte immer eine tiefe Zuneigung bestanden. In der Zeit, in der Sebastian Cromantine sich mit der Pflege der Kaffeesträucher abmühte, in der er während des Exils in den Bergen beständig auf der Schwelle der Angst lebte, in der sein Vater ihn in seiner Werkstatt besuchte und ihm mit seinen Händen eines Toten die Statuen formte und seinem Sohn Wohlstand brachte, in dieser schwierigen und schönen Zeit hatte Jeanette Cromantine wie eine Löwin über ihren Sohn gewacht. Ihr verdankte er seine Achtung gegenüber allen Dingen, die sich den Gesetzen der Rückzahlung jeglicher Freundlichkeit unterwarfen, seine Abscheu leuchtend bunter Kleidung gegenüber und seine unbewußte Angewohnheit, alle Frauen auf einen Sockel zu heben. Obwohl er selbst noch nie mit einer Frau geschlafen hatte, war ihm nicht verborgen geblieben, daß die Söhne von Theophilus, junge Männer, die sich mit Frauen auskannten, hinter dem Klassenzimmer welche getroffen und geliebt hatten. Er wußte das, weil eine vom jüngeren der beiden schwanger geworden war und das Baby jeden Tag geboren werden mußte. Doch er fühlte sich von seiner Mutter nicht erdrückt. Nur war sie durch die Art und Weise, in der sie ihn erzogen hatte, für ihn zum Inbegriff all dessen geworden, was ihm gut getan hatte. Und er wollte ihr gleichfalls gut tun.

Nun, da sie in seinem Zimmer saß, wollte er ihr nicht unbedingt erzählen, daß er die Frau besucht hatte, die ihn einst zum Lernen ermutigte und jetzt in ihm ein solches Verlangen weckte, wie er es noch nie zuvor gespürt hatte.

»Mit mir ist alles in Ordnung. Ich bin bloß müde«, sagte er.

»Und du glaubst, das nehm ich dir ab? Du kommst nach Haus und siehst aus, als ob du nicht wüßtest, wo du hingehörst, und du ißt nix. Und ich hab de ganzn Nachmittag am Herd gestandn.«

»Ich hab keinen Hunger, ich bin bloß schrecklich müde.«

»Dann kanns bloß ne Frau sein. Verliebt?«

Emmanuel war von den hellseherischen Gaben seiner Mutter beeindruckt, ließ sich das aber nicht anmerken. Schließlich war es seine

Privatangelegenheit, daß er gerade von Louisa kam. Seine Mutter würde bloß – wie alle Mütter – aus seinen heimlichen Gefühlen eine Familienangelegenheit machen. Diese in ihm heranwachsenden Gefühle wollt er aber genießen und in all ihrer Schönheit bewahren, wußte er doch nicht, wie weit er schon auf den Straßen der Liebe gereist war.

»Geh, Mutter, und laß mich in Ruhe«, wich er der Frage aus.

»Dann iss Liebe, mein Sohn. Schließlich gibts ne Menge Mädchn hier in de Gegend. Ich hab nix dagegen, du bist ja jetzn Mann. Unds wird Zeit, daß du ausgehst. Denk aber dran, Mütter merkn sowieso alles, und du kannst mir immer alles sagn. Und such dir de richtige aus!«

Mit der feierlichen Würde einer Mutter verließ Jeanette Cromantine das Zimmer ihres Sohnes. Zurück ließ sie einen verblüfften, von seinen Gefühlen überwältigten jungen Mann. Zwar hatte er versucht, seine Gefühle zu einem Muster zu ordnen, mit dem er umgehen konnte, doch mangelte es ihm an einer ungefähren Vorstellung, wie diese Ordnung für ihn aussehen sollte. Die Landschaft seines Lebens – noch vor wenigen Jahren schien sie so winzig und überschaubar – war gewachsen und barg eine Menge Dickicht, das er erst noch durchdringen mußte. Noch fühlte er sich nicht ganz dazu bereit, in diesem Dickicht zum Manne zu reifen und zu erkunden, was auf der anderen Seite der Schöpfung vor sich ging. Aus Angst, sich zu sehr in den Angelegenheiten des Herzens zu verlieren, stürzte er sich in Ablenkungen. Er begab sich daran, das Bücherregal fertigzustellen, an dem er schon einige Zeit arbeitete. Doch je mehr er versuchte, dem Mißklang seines Herzens zu entfliehen, desto stärker drängte es ihn, jene Gestalt zu betrachten, die ihm immer wieder vor dem inneren Auge erschien.

Manchmal fanden ihn die langen Schatten der Nacht bei der Arbeit. Bis in die frühen Morgenstunden des nächsten Tages. Und die Schatten blieben bei ihm, führten ihm die Hand und formten seine Vollendung. Nun fügte er die Teile des Bücherregals zusammen, nagelte die rohen Holzteile aneinander, um sie später mit Harz und Lack zu bearbeiten. Ganz erschöpft fiel er in Schlaf und hatte einen Traum. Eine Frau nahm ihn an der Hand und geleitete ihn zum Gipfel seiner Verwirrung. Der offenbarte sich ihm in der Frage, was er denn tun solle, wenn es zur entscheidenden Begegnung mit Louisa Turner käme. Er hatte jedoch keine Zeit, darüber nachzugrübeln, denn die Frau schritt über die Hyazinthen hinweg hinunter zum kühlenden Wasser eines Flusses, und dem Duft ihrer Liebe zu entfliehen, war ihm unmöglich. Der Duft brachte sein Aufbegehren zum Verstummen. Im nächsten Augenblick küßte sie ihn auf Lippen und Augen und streichelte seine Hüften, bereitete sie auf das Fest der ersten Liebe vor. So wollte es das Ritual, dem er sich zu unterziehen hatte, sollte aus dem Sohn ein Mann werden.

Er erwachte verschreckt, öffnete das Fenster und ließ die Morgenstrahlen der Sonne ins Zimmer. Die Webervögel gaben ein Konzert, und der Baum vor seinem Fenster hallte vom Schlag ihrer Flügel wider. Zufrieden fiel ihm ein, daß er sich heute um seine Pflanzen kümmern mußte. Das Wasser in den Lilienteichen mußte gewechselt und das jüngste Wachstum seiner Farne notiert werden. Als er sich eine Stunde später an den Frühstückstisch setzte, trug er die Maske der letzten Tage seiner Jugend. Dies gefiel seiner Mutter nicht, wurde ihr doch klar, daß sie ihn jetzt bald mit einer anderen Frau zu teilen hätte, einer Frau, die ihn an ihre Brust legen würde. Anders als eine Mutter. Wie eine Geliebte. Und dennoch war sie glücklich, war doch nun, trotz ihrer engen Bindung an ihren Sohn, ein zweiter Mann im Haus. Als sie ihm seine Eierkuchen servierte und ihn dabei beobachtete, wie er sich Honig darauf strich, spürte Jeanette Cromantine mit dem Instinkt einer Mutter, es war nur noch eine Frage der Zeit, bis sie erfuhr, welche Frau sich im Herzen ihres Sohnes einnisten würde.

Nach dem Frühstück besuchte Emmanuel Cromantine seinen Lehrer. Es war Sonntag, und er hatte keine Lust, seine Mutter zur Kirche zu begleiten. Früher, wenn ihm andere Angelegenheiten als ausgerechnet Herzensdinge Sorgen bereiteten, hatte es ihn immer zum Haus seines Lehrers gezogen. Ihm war, als sprudelte dort eine Quelle, aus der er trinken und mit der er die keimende Saat in seinem Garten des Wissens tränken konnte. Er mochte die friedliche Gelassenheit, die über dem Haus lag, das Wohnzimmer mit den endlosen Bücherregalen, in denen die unvergänglichen Stimmen der Meister fortlebten. Dennoch: Es war ein Haus, dem die Frau fehlte. Und so blieben manchmal die Vorhänge zugezogen, wurden die Begonien nicht gegossen, verschmutzten die Pirole die Fensterbänke, und auf den stummen Möbeln sammelte sich Staub. Als sein junger Freund eintrat, kochte Gabriel Farmer gerade etwas zu essen. Seit dem Tag, da er Phyllis bei dem Fest zum erstenmal gesehen hatte, kämpfte er gegen den Drang an, sie zu besuchen. Es verhielt sich keineswegs so, daß er sich vor Thomas Bookerman fürchtete. Er war es zufrieden, sie zu lieben, ohne sie zu besitzen. Achtung und Respekt vor dem, was der Anführer ihrer Gemeinschaft verkörperte, sagten ihm aber, daß er niemals darauf hoffen durfte, sie für sich zu gewinnen. Also lebte er in einer Welt, in der sich Spinnweben um seine Seele legten und sein Haaransatz sich vor dem Versuch zurückzog, sich zwischen den marternden Büchern seiner Sehnsucht zu verbergen.

An jenem Sonntagmorgen befanden sich die beiden Männer in zwei unterschiedlichen Welten: Der eine brauchte den anderen, weil er ihn wissender glaubte, und der andere war nicht imstande, ersterem diesen Wunsch zu verweigern, denn er vermochte das Leid, das sich in seinem unbeweibten Herzen aufstaute, hinter der Kühnheit seiner Rede zu verbergen.

»Du bist nicht in der Kirche«, sagte der ältere.

»Sag mir doch, mein Freund, warum gehst du nicht hin?« fragte Emmanuel.

»Weil ich nicht zu den Auserwählten gehöre.«

In den Bratpfanne brutzelte das Schweinefleisch, und Gabriel trat einen Schritt zurück, um dem spritzenden Öl auszuweichen, das glücklicherweise auf dem Fußboden landete. Er dachte daran, wie geradezu klösterlich seine englische Mutter ihn erzogen hatte, und fragte sich, ob sie es wohl guthieße, daß er an einem Sonntagvormittag am Herd stand und Gott den Rücken zukehrte. Claudia Farmer hatte sich der Ewigkeit Gottes vermählt, und ihr Glauben wurde durch den Glanz seiner Macht bestärkt.

»Woran erkennst du die Auserwählten denn?« fragte Emmanuel Cromantine.

»An der Art und Weise, wie sie sich dem Leid stellen: Sie rennen nicht davon, sondern setzen sich wie Männer mit ihm auseinander.«

Obwohl eng mit Gabriel Farmer befreundet, hatte Emmanuel Cromantine nicht die leiseste Ahnung von den Gedichten, die der Lehrer geschrieben hatte, um seiner unerwiderten Liebe zu der Frau aus dem Haus der Schmetterlinge Ausdruck zu verleihen. Zu Anfang war es die Dichtung, die seine äußerste Niedergeschlagenheit zum Ausdruck brachte. Seite um Seite hatte er das Bild einer Frau geschaffen, die ihn abgewiesen hatte, obwohl sie selbst verloren war. Er wollte sie erretten und ihre Wunden im friedlichen Meer seiner Liebe waschen und heilen. Für Gabriel Farmer, anders als für Byron – den Dichter, den er am meisten bewunderte –, war die Dichtkunst Nachsinnen über Frauen. Seiner Feder entfloß ein feingliedriges Sonett der Bewunderung und liebevollen Anteilnahme.

Doch je mehr er über jene Frau schrieb, desto weiter schien sie sich von ihm zu entfernen. Das Herz blutete ihm, und aus seiner Niedergeschlagenheit heraus fing er an zu trinken, wenn er allein war. Es quälte ihn, daß er sie nicht vergessen konnte, und so erschuf er sich das Bild einer Frau, die ihn verlassen hatte, die ewig zu lieben er aber verdammt war. Manchmal schrieb er Gedichte hoffnungsloser Leidenschaft. Sie kam zu ihm und ging von ihm wie die Wellen des Meeres, ließ ihn atemlos am Strand zurück. Er lief ihr nach und erhaschte doch nur den Geruch nach Pachouli, den sie in der Luft zurückließ. Reiher flogen herbei, sich im angespülten Plankton Nahrung zu suchen. Gabriel Farmer nahm die Gegenwart der Vögel nicht wahr. Erschöpft ging er wieder in sein Zimmer zurück und verhüllte den nackten Schmerz der Nacht mit weiteren Gedichten: Gedichten, die ihm aus den Ärmeln wuchsen, Gedichten, die die Stimmen der Nachtigallen übertönten, die wie er den bittersüßen Geschmack der Liebe gekostet hatten.

Emmanuel Cromantine war kein Dichter. Aber auch er durchlebte die Qualen, die nur die Liebe in einem Menschen auslösen kann. Das Haus seines Freundes hatte er in der Hoffnung betreten, bei ihm einen Ausweg aus seinem Leid und seiner Einsamkeit zu finden. Sie setzten sich zu Tisch, und Gabriel Farmer aß ohne Appetit. Emmanuel Cromantine trank eine Tasse Tee mit Milch.

»Dann gehöre ich wohl auch nicht zu den Auserwählten«, sagte Emmanuel Cromantine.

»Wie kommst du darauf?« fragte sein Freund.

»Weil ich davonlaufe.«

»Wovor denn? Die Welt ist schön hier, neu. Die Welt hier hat Farbe, auch wenn sie noch nicht die zu ihr passende Metapher gefunden hat, ebensowenig wie den Klang ihrer Stimme und den Geruch ihrer Zukunft. Trotzdem ist Malagueta fast schon ein Paradies.«

»Ein Paradies ohne Liebe, kann das denn sein?«

»Also bist du verliebt? Ich hätte es wissen müssen, denn irgendwie warst du in der letzten Zeit nicht du selbst.«

»Ja, mein Freund, ich bin verliebt, und das macht mir Angst. Nicht, daß ich mich nicht danach sehnte, aber ich habe Angst vor der Macht der Liebe über den Intellekt. Du hast mich zu einem Mann der Wissenschaft gemacht. Du kennst einige der Großen ganz genau und kannst ihre Welt wirklich werden lassen. Du sagst, daß Wissen etwas von ursprünglicher Schönheit ist, nach dem man um jeden Preis streben soll.«

»Aber das schließt doch die Liebe nicht aus. Nicht, wenn du jung bist und es dir leisten kannst, Fehler zu machen, aus ihnen zu lernen, unter ihnen zu leiden und schließlich wieder aufzustehen und zurückzuschlagen.«

»Leidest du etwa auch?«

»Es gab einmal eine Zeit, da dachte ich, Wissen sei allein aus sich selbst heraus schon ein Schatz: Bücher, Literatur, Astrologie, Philosophie und Religion, der Mensch von der Schönheit der Elemente umgeben, auf der bewußten Suche nach der Erfüllung, die nur diese Bereiche vermitteln können. Ich war davon überzeugt, daß es möglich sein müßte, ohne von der Liebe zu einem anderen Menschen erfüllt zu sein, das Universum zu lieben und von den Wasserfällen zu trinken, die von den geheimnisvollen Hügeln herabstürzen. Ich meinte, die Ideen sollten die Aufgabe übernehmen, uns dorthin zu tragen, wohin wir unterwegs waren, vor allem hier in dieser Stadt, wo wir nun langsam zu fühlen beginnen, daß wir etwas geleistet haben, sie zu dem gemacht haben, was sie heute ist. Als ich hier ankam, führte die schmutzige Straße hinter dem Friedhof direkt in eine Wildnis der Unkenntnis. Wir haben sie erforscht und ergründet, und niemand kann uns davon abhalten, einen noch größeren Teil der Wildnis zu erobern und zu unserem Eigentum zu machen. Doch sind wir lediglich Lehrer, Eroberer, Bauleute und Händler? Die Schmiede, Bauern und Zimmerleute, sind sie uns nicht überlegen, werden wir nicht zu Gefangenen des Intellekts? Ja, mein Freund, auch ich leide, leide an der Liebe zu einer Frau, die ich nie erobern werde, weil der Meister ihr Herz besitzt, und er ist einfach dadurch schon ein besserer Mensch, weil er kein Mann der Bücher ist.«

Emmanuel Cromantine hörte ihm zu, gab aber mit keiner Bewegung eine Reaktion auf das zu erkennen, was er ihm da erzählte, zu sehr war er nicht nur von der Entdeckung schockiert, daß sein Freund sich unsterblich in Phyllis verliebt hatte, sondern auch von der Erkenntnis, daß er selbst das Gesicht seines Freundes immer mit der Maske der Unfehlbarkeit des Zölibats bedeckt gesehen hatte. Erst jetzt wurde ihm bewußt, daß der ehrwürdige Lehrer den Regungen des Herzens unterworfen war wie jeder andere Mensch auch. Und diese Regungen standen weit mehr unter dem Einfluß, den andere auf einen selbst ausübten, als daß sie von abstrakten Ideen und Vorstellungen abhängig waren. Und da ihn der geliebte Lehrer mit seiner Beichte in sein Leid eingeweiht hatte, fiel es Emmanuel Cromantine schwer, seinen eigenen Schmerz auszusprechen. Langsam nur schüttete er dem anderen sein Herz aus. Er erzählte ihm, wie in ihm der Wunsch zu lernen entstanden war, daß weniger er, sondern die schöne Frau, deren Hände manchmal die seinen berührten, wenn sie die Seiten der Fibel umblätterte, diesen Wunsch in ihm ausgelöst hatte. Er erzählte seinem Freund, wie ein Blick von ihr, eine Berührung ihrer Hand ihm mehr bedeuteten als ein ganzer Band Byrons Gedichte, daß er durch sie dazu gekommen war, die Sprache der Vögel zu verstehen und sich nach dem Leben zu sehnen, wie es vor der Zeit der Expedition gewesen sein mußte. Sie hatte seinen Augen den Blick darauf gezeigt, daß Liebe möglich war, wenn Mann und Frau für den anderen ein wenig von sich selbst aufgaben. Die zitternd deutliche Sprache, die Louisas Lippen bei seinem letzten Besuch gesprochen hatten, erfüllte ihn mit der Gewißheit, daß sie ihn liebte und ihm ihre Liebe beweisen wollte.

»Dann, mein Freund, geh hin zu ihr und werde ein Mann«, sagte Gabriel Farmer darauf.

Spät abends verließ Emmanuel Cromantine das Haus seines Freundes. Er sah nicht das gepeinigte Gesicht des Albinos, der sein Leben lang nach jemandem gesucht hatte, der ihn liebte und verstand. Noch sah er die Frau, die – wie schon seit vielen, vielen Jahren – auf dem Rücken eines großen, grauen Elefanten hin zum geheimnisvollen Wald ritt, in dem beide in Frieden lebten, ohne daß jemand sie störte. Diese Wesen besaßen die Gabe, alles, was sie berührten, mit Liebe zu erfüllen, und geboten gleichzeitig über die gleichermaßen schöne Macht, alle Versuche des Menschen zu vereiteln, den Rhythmus der Welt zu verändern, in der sie lebten.

In dünnen Strichen ging ein leichter Regen nieder, doch Emmanuel Cromantine spürte nicht, wie er ihm das Gesicht streichelte. In ihm wallte eine Hitze, die vor ihm schon andere Menschen erfahren hatten. Und er wußte, daß sie ihn peinigen würde, bis er in dem Haus mit Blick auf das Meer davon erlöst wurde. Diesmal machte er keine Pause am Seerosenteich, an dem er früher so viele besinnliche Tage damit verbracht hatte, den Enten zuzusehen, sondern eilte hin zu besagtem Haus. Der Skorpion des Verlangens hatte ihn gestochen, und sein ganzer Körper fühlte die zerfleischende Zunge der Liebe. Er fragte sich, ob Louisa etwas für ihn empfand, ob sie wohl Tiere mochte, denn – und Gott war sein Zeuge – eines Tages wollte er sie heiraten und den schönsten botanischen Garten anlegen, in dem sie dann beide spazieren gehen könnten. Seine Gefühle für Louisa gingen so tief, daß er sogar vergaß, daß er Zahnschmerzen und seine Mutter ihm versprochen hatte, ein paar Nelken zu mahlen, die er dann in der Pfeife rauchen sollte. Mit einem Mal stand er vor dem Haus.

Als er in die January Street einbog, vertrieb Emmanuel Cromantine den unheilvollen Wind der Angst. Er sah Männer, die unter den Flammenbäumen würfelten, bevor sie hinausfuhren, um ihre Netze zu prüfen. Er vernahm den Tritt von Stiefeln; weiße Matrosen gingen vorüber, Mulattinnen im Arm, die Nelken und Rosen im Haar trugen und nach billiger Pomade und nach Brandy rochen. Gleichzeitig hörte er die Stimme einer Frau, die in den Klauen der Wehen lag und Flüche und Verwünschungen auf den Mann häufte, der sie geschwängert hatte. Sie schwor, im Fall, daß Gott ihr auf dieser Reise beistünde, ließe sie sich nie wieder von einem Seemann verführen. Die verstünden zwar zu lieben, blieben aber nur selten lange genug, um sich ihrer Kinder anzunehmen.

Als Emmanuel Cromantine schließlich die Stufen des Hauses emporklomm, in dem Louisa ihre Drachen schneiderte, betete er, die Treppe möge unter seinen Füßen zusammenbrechen, damit er ihr erklären konnte, daß er schlafwandelnd zufällig zu ihrem Haus gekommen wäre. Darauf hoffend, daß sie nicht zu Hause wäre, war ihm sehr wohl bewußt, daß er sich mit diesem Wunsch nur etwas vorgaukelte, war er doch soweit gegangen, weil ihn der schwindelerregende Aufruhr in seinem Kopf dazu getrieben hatte. Als er an die Tür klopfte, sagte ihm eine innere Stimme, daß er noch immer umkehren könne, und gleichzeitig, daß das keinen Zweck hätte. Er hatte die Kontrolle über sein Leben verloren.

Louisa, die ehemalige Jungfrau, räumte die Flasche Lavendelwasser weg, mit der sie sich den Busen eingesprüht hatte, als sie draußen die zögernden Schritte von Emmanuel Cromantine vernahm. Seit sie ihn eingeladen hatte, sie zu besuchen, hatte sie mit dem Instinkt einer Frau gewußt, daß er wiederkommen würde. Zwar hatte sie bereits in der gegenstandslosen Umarmung durch Christus sexuelle Befriedigung erfahren, dennoch von Zeit zu Zeit daran gezweifelt, ob sie damit bereits vollständig Frau war. Das gehörte nun aber der Vergangenheit an. Heute wurde sie von ihren Zweifeln nicht mehr geplagt. Sie glaubte, daß die Liebe in sich vollkommen war. Den ganzen Tag hatte sie über ihren Schmetterlingsdrachen gesessen. Die Farben der Insekten waren zu den Farben ihrer Liebe geworden: malachitfarben, glänzend wie ein Brillant und ein flammendes Türkis. Aus Vorfreude auf die Stunde, zu der Emmanuel zu ihr käme, ließ sie sich von ihrer eigenen Hochstimmung davontragen, vom Zittern ihrer Arme, die sie Emmanuel um den Hals werfen wollte, um ihren Sitz im Olymp der Frauen einzunehmen.

Als sie die drei furchtsamen Klopfer an der Tür hörte, zog Louisa die Patchworkdecke über dem Bett gerade, schloß die Vorhänge und ging auf nackten Sohlen zur Tür. Sie erblickte einen Mann, auf dessen Gesicht die Schüchternheit einer Jungfrau zu lesen war, der nach verblühendem Jasmin roch und im Schatten der Drachen einen verwirrten Eindruck machte. Das blumenübersäte Zimmer betrat er in dem Gefühl, den ersten Schritt in ein unbekanntes Gelände zu tun, wo die Vegetation dicht und üppig wucherte und er darauf angewiesen war, daß ihn jemand anleitete, die verschwenderisch duftenden Blütenstände zu erkunden. In der Gegenwart dieser Frau, die ihm wie die Verkörperung der geheimnisvollen Welt des Dschungels leuchtender Farben erschien, kam er sich verloren vor. Als er noch versuchte, seine Stimme aus dem Reich der Stummheit zurückzurufen, nahm sie seine Hand und führte ihn zu dem Bett mit der Patchworkdecke.

Mit der anderen Hand löschte Louisa das Licht und begann, ihn vom Mantel der Unschuld zu befreien. Wie ein großes Insekt, das ihm die Beine hochkroch, fühlte er ihre tastend forschenden Finger auf der Suche nach dem sprichwörtlichen Tier seine Beine bereisen. Ein kalter Wind fegte durch die Fensterläden und ihm schauderte vor Kälte. Dann spürte Emmanuel Cromantine, wie unter einem Beben in der Magengrube das Gefängnis seiner Kindheit zerbrach und sein Tier schwindelnd zum Leben erwachte. Es fand sich im Innern eines dunklen Strahlenkranzes wieder, in dem sein Zittern verging und bebender Beständigkeit Platz machte. Eine große Lust erfaßte ihn, als ihn der geheime Fluß der Säfte ihrer Liebe wärmte, bis die letzten Tropfen seiner rituellen Einführung in das männliche Sein wie morgendlicher Tau in ihren Schoß gefallen waren und Louisa inständig hoffte, daß sie dort Erfüllung fänden und sie mit diesem Mann im zeitlosen Wunder der Schöpfung vereinigten.

8 *Garbage/Abfall*

Niemand glaubte ihm, als er verkündete, daß er Malagueta verlassen wolle, um in einer anderen Stadt zu leben. Keiner nahm ihm das ab, auch dann noch nicht, als er sein Baugeschäft schloß. Als er aber seine Habseligkeiten in Kisten verpackte, um sie bei den Cromantines unterzustellen, als er dann auch noch sein Vieh versteigerte, dem er soviel Zeit und Liebe gewidmet hatte, da waren Gustavius Martins Nachbarn der festen Überzeugung, daß er entweder verrückt geworden sei oder daß die »Eingeborene«, die er geheiratet hatte – und die von niemandem außer den Cromantines je vollständig angenommen worden war –, ihn mit einem Zauber verhext hätte, der ihn jetzt zwänge, Malagueta hinter sich zu lassen.

»Das hat er nun davon, daß er die Frau geheiratet hat. De macht nur Ärger und schenkt ihm nicht maln Kind«, sagte eine alte, erst vor kurzem in ihre Nachbarschaft gezogene Frau.

»Mama, ‘s is nicht gerade sehr christlich, was du über Mr. Martins sagst, nachdem er dir zu nem gutn Preis son schönes Haus gebaut hat«, mahnte ihre Tochter, ein munteres Mädchen von neunzehn Jahren, das heimlich in den Bruder von Gabriel Farmer, den Buchhändler, verliebt war.

In Wahrheit – Christ oder nicht – war Gustavius Martins einer der glücklichsten und erfolgreichsten Männer in Malagueta. Jahre harter Arbeit, Unternehmungsgeist und auch eine gute Portion Glück spiegelten sich in seinem Hause, im edlen Schnitt seiner Kleider und in seinem Geschäft. Über die Jahre war er der größte Bauunternehmer in Malagueta geworden. Seinen Wohlstand trug er mit der Würde und dem Verantwortungsbewußtsein eines Mannes, dem das Schicksal anderer in gleichem Maße am Herzen lag. Mit einem Teil des Gewinns, den er mit seinem Baugeschäft erwirtschaftete, hatte er – obwohl er selbst nicht zur Kirche ging – das Gemeindeleben unterstützt. Von einem Händler in Liverpool ließ er zwei Glasfenster kommen. Eines zeigte die Auferstehung Christi zu Ostern, das andere die Szene, da Maria Magdalena Jesus die Füße küßt. Auf Bitten von Sister Beatrice hatte er hinter dem Altar ein Mosaik mit dem Abendmahl gestaltet. Seine Wohltätigkeit erstreckte sich gleichermaßen auf andere. Seit dem Tag nämlich, da Louisa bei Phyllis eingezogen war, sorgte er dafür, daß die Frauen vom Fleischer, Bäcker und Kohlenhändler beliefert wurden, ohne daß sie je erfuhren, wer ihr Wohltäter war. Als Mensch von eher einfachem Wesen hatte er seine Arbeit und sein Leben zu regelmäßigem Ablauf verbunden. Nach dem morgendlichen Frühstück, das ihm Isatu aus Porridge, Bohnenkuchen und je nach Jahreszeit etwas Obst bereitete, begab er sich in sein Geschäft. Wenn er am Abend seine Werkstatt schloß, machte er noch einem Abstecher in eine der vielen Bars in der January Street, trank dort einen Portwein, rauchte eine Zigarre und beteiligte sich ein wenig an dem oberflächlichen Geschwätz der Händler, von denen viele mit ihren Geliebten prahlten und – anders als er – ihre Namen in der vielsprachigen Gemeinde der Kinder niederlegten.

Jeden Abend kehrte Gustavius Martins nach Hause in die beruhigende Wärme seiner Frau zurück, glücklich, daß er eine so starke und anständige Frau gefunden hatte, die die übernatürlichen Auswüchse ihrer Welt achtete und ihrer beider Lebenswelten zusammenführte. Als er sie geheiratet hatte, brachte sie nicht nur den Reichtum ihres gemeinsamen Erbes, zu dem er allen Zugang verloren hatte, in die Ehe ein, sondern auch die lodernden Flammen ihrer Leidenschaft für

Leben und Abenteuer. In der langen Zeit der Vertreibung, als er bereits daran zweifelte, daß den Überlebenden der Süßkartoffelpest je eine Zukunft vergönnt sein könnte, bewies sie einen solchen Einfallsreichtum in praktischen Dingen, zeigte sich so geschickt im Erfinden neuer Methoden zur Herstellung lebensnotwendiger Dinge, daß es recht eigentlich sie war, die das Überleben der Vertriebenen sicherte. Gerade erst hatten sie den Berg erreicht, als sie die Frauen und Männer bereits in kleine Gruppen einteilte und ihnen auftrug, den Wald zu durchkämmen und nach geeigneten Materialien zu suchen, mit dem sich notdürftige Unterkünfte bauen ließen. Sie zeigte ihnen, wie sie sich Krankheiten vom Leibe halten konnten, indem sie nur die Früchte aßen, die sie ihnen empfahl und vorbeugend Kräutertinkturen einnahmen. Sie lehrte sie, wie man mit offenen Ohren auf dem Erdboden schläft und so merkt, wenn sich die Wesen der Nacht heranschleichen, wie man das Gackern der wilden Hühner nachahmt und sie nach und nach ködert, so daß sie schließlich aus der Hand fressen, und wie man das gegenwärtige Leid ertragen lernt, indem man sich die Glückseligkeit vergangener Tage in Erinnerung ruft.

Im Leben dieser Frau aber, die die Bequemlichkeit ihres Vaterhauses eingetauscht hatte gegen die Jahre der Unsicherheit und Wanderschaft, die ihre Ehe mit jenem Mann bestimmten, der so seltsame Dinge zu ihr gesprochen hatte, als sie ihn zum erstenmal traf, im Leben dieser Frau, die wieder und wieder Bohnen und Spinat kochte, damit sie nicht hungern mußten, die ihre schönen Hände durch das ständige Wäschewaschen im Bach ruiniert hatte, der jetzt aber alle erdenklichen Öle zur Verfügung standen, die ihnen ihre samtige Weichheit zurückgeben sollten, im Leben dieser Frau, die den Fußboden mit Dung ausgelegt hatte, damit ihnen das Haus in der Kälte warm blieb, während er auf Jagd war, und die jetzt sehr komfortabel wohnte, weil er so schwer gearbeitet hatte, um für sie zu sorgen, im Leben dieser Frau fehlte etwas. Und wenn es die meisten Leute auch nicht begriffen: Sie war bereit, all die Annehmlichkeiten zu versetzen, die ihnen Jahre harter Arbeit eingetragen hatten, um das zu erlangen, wonach sie sich am meisten sehnte: ein Kind.

In dem prächtigen Haus mit dem breiten Säulengang, der die mit Gardenien bepflanzte Veranda umrahmte, wo sie abends auf ihren Windsor-Stühlen saßen, in der Küche, in der sie auf einem schmiedeeisernen Herd kochte, den Gustavius einem holländischen Kapitän abgekauft hatte, im Wohnzimmer mit seiner fremdländischen Atmosphäre, in dem sie in einem gotischen Regal ihr teures Tafelsilber aufbewahrte und die in schweren Ohrensesseln versinkenden Gäste mit Bier und Gebäck bewirtete und sich sogar einem Schimpansen gegenüber so unerhört nachsichtig zeigte, daß sie ihn wie ein Schoßhündchen frei umherlaufen ließ, in diesem Haus bewegte sich Isatu wie eine Frau, der das Schicksal übel mitgespielt hat. Bald schon, nachdem sie sich am Fluß zum erstenmal liebten, war Gustavius klar geworden, daß in ihr eine unersättliche Gier nach Liebe loderte, die ihre winzige Erscheinung Lügen strafte und die sie selbst in den trostlosen Zeiten ihrer frühen Ehejahre mit höchstem Geschick einsetzte. Isatu Martins war jedoch weder eine Gefangene der Liebe, noch sehnte sie sich nach dem Martyrium des ehelichen Lagers. Gleich in den ersten Monaten ihrer Ehe war sie schwanger geworden und hatte sich gefreut, daß sie zumindest nicht die Steine der Unfruchtbarkeit mit sich herumschleppen mußte. Viele Jahre und vier Fehlgeburten später aber betrachtete sie ihr eheliches Bett nur noch mit einer Mischung aus Begierde und bleierner Angst.

Nie war Gustavius Martins ein besserer Ehemann als in den Zeiten des Grams nach den Fehlgeburten seiner Frau. Immer wieder strickte Isatu Schühchen und kleine Handschuhe, die sie dann jedesmal wegwarf, wenn wieder eine Enttäuschung sie heimgesucht hatte, wenn sie eine junge Mutter besucht hatte und nach Hause zurückkam und sich in seinen Armen ausweinte. Dann tröstete er sie und erinnerte sie an die vielen Segnungen, die ihnen das Leben geschenkt hatte, erinnerte sie daran, welch großes Glück es bedeutete, daß ihre Ehe die Jahre überdauert hatte, obwohl ihr doch viele nicht die Spur einer Chance gegeben hatten, weil sie beide aus vollkommen unterschiedlichen Kulturen kamen. Gustavius Martins rief ihr ins Gedächtnis, daß er sie nicht geheiratet hatte, um eine Gebärmaschine aus ihr zu machen, sondern weil er, seit er sie das erste Mal unten am Fluß erblickt hatte, als sie nur glitzernde Perlen um die Hüften trug, einzig und allein von dem Wunsch beseelt gewesen war, sie seine Frau zu nennen. Und, so fuhr er fort, nur für den Fall, daß sie es vergessen hätte, er liebe sie, und für ihn sei sie seine Königin von Kasila, und sobald das nächste Schiff in den Hafen einliefe, wolle er eine Kutsche mieten, in der sie zusammen durch die Stadt fahren wollten, ganz so, wie sie es damals beim Festumzug getan hatte.

»Mach dir keine Sorgn, wir brauchn kein Kind, dann hätt ich dich ja nicht mehr für mich allein«, beschloß er seine Predigt, war er doch nicht nur ihr Ehemann, sondern gleichzeitig auch ihr bester Freund, dessen sie als Rückhalt bedurfte, um überleben zu können.

»Aber alle Fraun sagn, ich bin ne schlechte Frau, weil alle Kinder vor de Geburt sterbn, und sie sagn, ich bring de Kinder um.«

»De sind bloß neidisch! Sie wolln, daß ich dich wegschick, damit ne andre Frau hier einzieht und genießn kann, wofür wir beide wie de Ochsn geschuftet habn. Abers kommt nie eine zwischn uns, das sag ich dir, niemals!«

Isatu Martins fühlte sich in der Liebe ihres Mannes geborgen. In der Beständigkeit seiner Liebe blühte sie auf, so daß ihr das geheimnisvolle Kind am azurblauen Morgenhimmel erschien, wenn er sie zum Abschied küßte und zur Arbeit ging, während sie sich im Haus nützlich machte, die Blumen schnitt und wartete, daß er im betörenden Licht des Abends zurückkehrte und ihr das frisch gebackene Brot seiner Liebe darbrachte. Ungefähr um dieselbe Zeit bekamen sie neue Nachbarn: die Farahs, Menschen mit geheimnisvoller Geschichte, die sich Tiere im Haus hielten und sie tanzen lehrten, und die Savannahs, der Mann ein Reisbauer, die Frau eine Schönheit aus Fernando Po, die noch immer mit spanischem Akzent sprach, allerdings ein wenig kränkelte. Manchmal stattete Gustavius Martins ihnen zusammen mit seiner Frau einen Besuch ab. Neid war ihnen fremd, und manchmal suchte das Leid in seiner Zügellosigkeit auch die Nachbarn heim, ehrbare Leute, die auf die Göttliche Vorsehung vertrauten, die jedem sein Los zuwies.

Eines Tages befragte Isatu Martins einen Wahrsager, ohne ihren Ehemann davon in Kenntnis zu setzen. Er hieß Modiba, und war ein Mann von geradezu vorsintflutlichem Äußeren, der die Kleidung eines Besessenen trug sowie im Haar die Federn eines Adlers. Wenn er mit den Kräften Verbindung aufnahm, von denen er behauptete, daß sie ihm Macht über die Menschen verliehen, wirbelte er durch sein Zimmer, sang und zupfte die Zungen eines Daumenklaviers. Still und leise war er eines Abends in die Stadt gekommen. Einen riesigen Hund brachte er mit, der ihn überallhin begleitete und um den Hals ein Lederband trug, von dem eine Tasche herabhing. Niemand hatte ihn beachtet, bis er schließlich in der Nähe des Friedhofs ein Stückchen Land rodete, darauf eine kleine Kate errichtete und sich dort niederließ. Von dem Tier abgesehen, schien er ganz harmlos zu sein, und man erlaubte ihm zu bleiben. Dann sah ihn jemand eines Abends nackt am Strand, wie er in der rechten Hand etwas hielt, das wie eine kleine Axt aussah, wie er tanzte und in Trance verfiel, bis ihn sein treuer Hund leckend wieder aus diesem Zustand befreite. Später an jenem Abend zog er durch die Stadt und läutete eine Glocke, die sich wie die Glocke zum Jüngsten Gericht anhörte. Bevor sie ihn von den Straßen vertrieben, verkündete der seltsame, zerlumpte Mann denen, die sich die Mühe machten ihm zuzuhören, daß Malagueta eine zwiefache Invasion bevorstünde: daß sich in den Weiten jenseits der schützenden Berge Männer sammelten, um gen Malagueta zu marschieren und alle Unternehmen der Stadt ihrem Joch zu unterwerfen, und daß schon bald darauf – auch wenn das durchaus erst fünf, zehn oder gar fünfzehn Jahre später der Fall sein könnte, was im übrige auch gar keine Rolle spiele, weil es sowieso im Lauf der Sterne und Planeten niedergelegt sei – eine ungeheuerliche Horde von Korallenhändlern käme und niemand sie daran hindern würde, das Antlitz Malaguetas von Grund auf zu verändern. Die Namen von berühmten Bewohnern der Stadt würden ausgelöscht werden, so, als hätten sie nie und nimmer in Malagueta gelebt.

Bald darauf zeigten sich in einer Straße große, häßliche Risse. Wenig später barst auch an anderen Stellen die Erde. Unfreundlich gab sie sich, nachdem Sturmböen über sie hinweggefegt waren und einen rötlichen Staub aufgewirbelt hatten, der sich auf den Bäumen niederließ und das Leben unwirtlich machte. Manchmal, wenn sie den Staub von den Stühlen wischte, fragte sich Isatu Martins, ob das Schicksal wohl beschlossen hatte, daß sie und ihr Mann beinahe alles im Leben erreichten, um ihnen dann die letzte Erfüllung zu verwehren. Sie wußte, daß sie wie ein Kind darauf wartete, ihr eigenes Kind in den geplagten Armen zu halten. Die Ehe mit Gustavius hatte ihr Erkenntnisse vermittelt, die ihr ansonsten fremd geblieben wären: die gleichberechtigte Rolle der Frauen beim Aufbau einer Gesellschaft, die Bedeutung des festen Glaubens an den Beitrag des einzelnen zum Wohle einer solchen Gemeinschaft und die Überzeugung, daß es möglich war, eine Idee in die Tat umzusetzen, auch wenn man zunächst gar nicht richtig wußte, was sich hinter dieser Idee eigentlich verbarg. Seit jenem Morgen, da Gustavius Martins sie in das Haus, das damals noch aus Holz bestand, geführt hatte, um mit ihr zusammenzuleben, hatte sie alles beobachtet, was um sie herum vor sich ging, und war zu dem Schluß gekommen, daß die Menschen, in deren Mitte sie lebte, ganz anders waren als alle anderen, von denen sie vorher gehört hatte oder denen sie begegnet war. Sie fragte sich, wie in Gottes Namen diese Menschen hierhergekommen waren und ob dem Allmächtigen nicht ein Fehler unterlaufen war, als er sie beide zusammenführte. Eines Tages, sie wußte zwar nicht, wann, würden sie die ganze Fassade der Einigkeit aufgeben und anfangen, sich untereinander zu bekriegen. Schon jetzt ging die Rede von »Armen« und »Aristokraten«. Schon jetzt begann man, Klassen zu unterscheiden. Diese Menschen kamen ihr wie ein Volk vor, dem die Vorstellung, irgendwo auf dem Erdball Liebe und Glück zu finden, völlig fremd blieb. Wie Ameisen nach dem Regen waren sie hier aufgetaucht, und wie Ameisen würden sie wieder verschwinden, sobald das Wetter umschlug. In der Zwischenzeit begnügte sie sich damit, unter ihnen zu leben, ohne sie verstehen zu wollen, lag doch soviel Wahnwitz in der Art, in der sie ihr Leben gestalteten: So versuchten sie, eine Sprache zu meistern, die jeden Tag neue Wörter aufnahm und hervorbrachte, denn immer mehr Menschen strömten mit ihren Erzählungen von Kriegen, Hungersnöten, Geiselnahmen und Aufständen aus allen Teilen der Welt hier zusammen. Dadurch wurden ihr Namen und Bezeichnungen wie Lobito, Jamaika, Mississippi, Kongo und Angola ebenso vertraut wie der Ozean, den zu überqueren fast eine ganze Jahreszeit in Anspruch nahm. Nie aus diesem Winkel der Welt hinausgekommen, verwirrten sie die Geschichten über fremde Länder, in denen sich die Erde manchmal für Monate weiß bedeckte, über mutige Frauen, die in die Berge zogen, um dort auf sich allein gestellt zu gebären, über alte Männer mit den Herzen von Löwen im Lande der »kupferfarbenen Könige«, die sich zum Sterben in Höhlen zurückzogen und niemals wieder gesehen wurden. Doch zogen sie eben diese Fabeln und Legenden magisch an, die das Leben der Menschen mit dem Staub, den sie an ihren Stiefeln einschleppten, in Malagueta wirklich werden ließen, die den Namen ihrer Kinder

Sinn verliehen und ihnen im Universum der Menschheit einen Platz einräumten, selbst wenn sie sich dessen nicht bewußt zu sein schienen.

An dem Nachmittag, an dem sie den Wahrsager aufsuchte, hatte sich Isatu Martins schon seit langem für den Namen ihres ungeborenen Kindes entschieden, hatte ihn sich ins Gedächtnis gewebt, hatte ihn über die Jahre, in denen sie sich wieder und wieder danach gesehnt hatte, das Wunder eines Kindes in ihrem Schoße festzuhalten, unzählige Male vor sich hingesprochen, hatte dem Kind in den verschlungenen Welten seines Ausbleibens ein Gesicht gezeichnet, brannte doch die Sehnsucht nach einem Kind wie ein Feuer durch all die langen Nächte ihrer Ehe.

»Ich weiß nicht, warum alle meine Kinder vor de Geburt sterbn«, sagte sie dem alten Mann, nachdem der sie ein wenig beruhigt und sie gebeten hatte, sich auf ein Ziegenfell zu setzen. Sie erzählte ihm, wie sie sich seit Jahren bemühte, das Kind in ihrem Schoß zu halten, wie sie jedesmal überglücklich war, wenn sie feststellte, daß sie schwanger war, nur um dann noch vor Ende des vierten Monats das Baby zu verlieren, wie die anderen Frauen langsam in ihr eine Hexe sahen und wie sie über ihrem Leid fast verrückt wurde. Und zwar, weil sie sich sicher war, daß ihr Mann – ein guter Mann und keiner der nichtsnutzigen Trunkenbolde, die, sobald sie etwas Geld in die Finger bekamen, in eins der Häuser am Strand einfielen und sich eine Frau kauften –, obwohl er sie liebte und äußerlich ganz zufrieden schien, ein Kind herbeisehnte, da es ganz einfach in der Natur der Männer lag, sich Kinder zu wünschen, Söhne vor allem, denn das lag doch im ewigen Gesetz der Menschheit begründet. Was hatte sie nur getan, daß sie solch einen Fluch verdiente, der da auf ihr lastete? Nein, verbittert war sie nicht, aber so manches Mal war sie davon überzeugt, daß Gott Fehler machte: Es gab schließlich Frauen, die ein Kind ums andere zur Welt brachten. Ihre Männer mußten sie nur einmal *anfassen* und ... *bums*! Sie dagegen betete nun schon seit Jahren erfolglos zu Gott, daß sie wenigstens ein Kind behalten und austragen dürfte. Aber die endeten bisher alle unter den Wurzeln eines Baumes, der sich von ihnen ernährte und nur auf weitere wartete.

»Woher ist denn Ihr Ehemann?«

»Nicht von hier«, erwiderte Isatu Martins.

»Ich will wissen, zu welcher Gruppe, welchem Volk er gehört.«

»Nun, zu de Leuten, die sich vor ein paar Jahren hier niedergelassen haben.«

»Sie meinen also, er is Ausländer, ohne Verbindung zu dieser Erde?«

»Aber er is mein Ehemann.«

Der Alte blieb stumm. Wenn er gehört hatte, was Isatu ihm erzählte, dann verbarg er dies in den weichen Falten seines Umhangs. Die Jahre, während derer er seine Kunst in den Dörfern und Weilern jenseits des Waldes ausgeübt hatte, der Malagueta umschloß, waren nicht spurlos an ihm vorübergegangen, hatten ihm aber auch einigen Gewinn eingetragen. Als er sich der ehrwürdigen Kunst zugewandt hatte, die Zukunft vorherzusagen, war ihm seitens der Menschen in diesem Winkel des Erdkreises zunächst Mißtrauen und manchmal sogar offene Feindschaft entgegengeschlagen. Seit den Tagen von Suleiman, dem Nubier, glaubten sie nicht mehr daran, daß jemand Wunder wirken könne. Der Name jenes Weisen war mit den letzten umherziehenden Tuareg dahingegangen. Sie handelten nicht länger mit Wundern, gründeten stattdessen Familien, wurden seßhaft und verkamen zu gewöhnlichen Standbesitzern auf dem allsonnabendlichen Markt. Die Freiheit, ungebunden die unermeßliche Wüste zu durchstreifen, diese Freiheit, die sie einst besessen, die beschwörenden Verse des Omar Khayyám, aus denen sie gelesen, wurden wie auch die Tiegel mit den verschiedensten Salben, die sie von den Basaren Istanbuls bezogen, durch unzählige Ballen billiger indischer Baumwolle ersetzt, durch gekochte Innereien von Salamandern und anderen Kriechtieren, die versprachen, das Böse auszutreiben, und durch aromatische Düfte von arabischem Kaffee und den Speisegewürzen der Mauren. Als er begann, die Gesetze der Enthaltsamkeit, von den Rechten der Frauen und der Verantwortung gegenüber dem Göttlichen zu predigen, erkannte Modiba, daß er mitten unter die Ungläubigen gefallen war. Er entdeckte, daß die Männer, obwohl sie sich nur zu schnell bereit fanden, ihre Dolche zu verkaufen, die sie einst so stolz als Zeichen ihrer Macht und Männlichkeit getragen hatten, keineswegs gewillt waren, das Gleichgewicht zwischen ihrer Vorliebe für das Wohlleben und der Furcht vor Gott oder den Glauben an ein individuelles Schicksal zu suchen. Deshalb war er froh, daß er nach Malagueta gekommen war, denn obwohl die Bewohner sich anfangs ihm gegenüber feindselig verhalten hatten, wandten sie sich doch mittlerweile immer häufiger mit ihren Problemen an ihn.

Manchmal ließ er den Hund an einer Kette vor sich tanzen. Er hatte ihm beigebracht, zum Lied der Initiation zu tanzen, das er auf einer Bogenharfe anstimmte. Er hatte ihn gelehrt, nach der Melodie zu tanzen, nach der man einen Dieb fängt, indem man ihm einen Topf gegen den Körper preßt. Und er hatte ihn gelehrt, nach dem Lied der heimkehrenden Jäger zu tanzen, das auf dem Daumenklavier gespielt wird. Doch, so überlegte er, Isatu Martins Problem bedurfte keines tanzenden Hundes. Sie gehörte zu den Frauen, deren Herz durchsichtig wie ein Stück Glas vor ihm lag, und als sie ihm ihre Geschichte anvertraut hatte, konnte er ihr sagen, daß ihr die Erfüllung ihres Kinderwunsches versagt geblieben war, weil sie eine große Entfernung zwischen sich und ihre Eltern gebracht hatte und »irgendwo in der Wildnis« ein Toter um das verlorene Kind weinte.

»Wann haben Sie zuletzt Ihre Eltern besucht?« fragte er.

»Vor über zwei Jahren«, erwiderte sie.

»Dann wissen Sie ja, daß Sie nicht mehr auf dem neuesten Stand der Dinge sind.«

Sofort war sie hellwach. Wenn ihren Eltern etwas zugestoßen war, hätte sie davon erfahren. Sie machte sich zwar Vorwürfe, weil sie so lange Zeit nicht bei ihnen gewesen war, nahm jetzt aber an, der Magier erzähle nur deswegen, daß zu Hause etwas nicht stimme, weil er ihr etwas abschwatzen wollte. Er zerstreute jedoch schnell ihren Verdacht.

»Ich weiß nicht, wie ich es Ihnen nahebringen soll. Ich sehe eine Prozession, an der nur Männer teilnehmen. Frauen sind nicht dabei. Ich sehe ein weißes Leichentuch, und ich sehe ein Haus, in dem das Licht erloschen ist. Die Frauen sitzen zusammen, von einem schrecklichen Schweigen niedergedrückt.«

Isatu Martins zweifelte nicht länger daran, daß der Wahrsager vom Tod sprach. Seit sie Gustavius Martins geheiratet hatte, war noch niemand gestorben, der ihr nahestand. Wenn aber etwas Schreckliches geschehen war oder erst noch geschehen sollte, dann wollte sie nichts davon wissen, weil sie Angst vor bösen Vorahnungen hatte, vor Offenbarungen, die ihr Asthma wieder losbrechen ließen. Beinahe hatte sie schon vergessen, weswegen sie den Wahrsager eigentlich aufgesucht hatte, als er mit beruhigender Stimme fortfuhr:

»Kehren Sie in ihr Heimatdorf zurück. Nehmen Sie Ihren Ehemann mit, und wenn Sie das nächste Mal schwanger sind, dann werden Sie schon sehen.«

Isatu Martins mußte Gustavius erst davon überzeugen, daß sie zu Hause einen Besuch abstatten müßten.

»De Zeit fliegt davon, und wir verliern de Leute aus de Augn, de wir liebn«, meinte sie eines Tages beim Abendessen zu ihm.

»Wovon redest du?«

»Daß ich Papa seit zwei Jahrn nicht gesehn hab und ihn vielleicht nicht mehr seh, bevor er stirbt.«

»Er is aber auch nicht hergekommn. Was is das fürn Vater, de seine Tochter nicht besucht?«

»Vielleicht is er schon tot, kann sein, er wandert ruhlos übers Land und wir wissn nix davon.«

»Dann mußt du hin. Ich kümmre mich morgn drum.«

»Ich will nicht allein gehn. Du hast mich geheiratet, also wolln sie auch de Schwiegersohn sehn, schließlich habn sie nicht maln Enkelkind von uns.«

»Machst du mir da etwa Vorwürfe?«

»Nee, das is nun mal mein Pech. Ich fühl nur, daß ich meine Eltern besuchn muß. Aber wenn du nicht mit mir kommst, komm ich nicht zurück.«

Eine Woche später mieteten sich die Martins drei Pferde und machten sich, nachdem Gustavius all sein Vieh verkauft und ihre Habseligkeiten in große Kisten verpackt hatte, die die Cromantines in Obhut nehmen wollten, auf den Weg, Isatus Eltern zu besuchen, die von der Küste weggezogen waren und jetzt in Bolanda wohnten, einem zwei Tagesreisen von Malagueta entfernten Ort. Wenn Isatu Martins früher ihre Eltern besucht hatte, dann war es für sie lediglich eine familiäre Verpflichtung, der sie sich unterziehen mußte. Sie nahm ihnen aus Malagueta so viele Geschenke mit, wie sie konnte, um ihnen zu zeigen, daß sie keine Ratte geheiratet hatte und alles in Ordnung war. Auf die Frage, wann sie denn nun endlich Großeltern würden, hatte sie immer zur Antwort gegeben:

»Sobald wir de rechten Weg dazu finden.«

Nun ernüchterte sie ein Zweifel, der ihrem Leben und ihrer Ehe neuen Gehalt verlieh. Der Mann, der da neben ihr ritt, gehörte mehr denn je zu dem Teil der Welt, die sie beide sich aufgebaut hatten. Sie als Frau aber fühlte sich in eine andere Welt gezogen, in der sich all die Fasern aufzulösen drohten, die sie über die Jahre hinweg so säuberlich vernäht hatte und die ihr so beruhigend erschienen waren. Der Ort, zu dem sie jetzt unterwegs war, war für sie nicht das Zuhause, das sie einst gekannt hatte. Und auch die Familie, zu der sie einst gehört hatte, schien sich in Nichts aufzulösen. Es kam ihr so vor, als sei an ihre Stelle ein Vakuum getreten. Die Sachen, die sie nun mitbrachten, bekamen mit einem Mal den Charakter einer Wiedergutmachung für ein ungenanntes Vergehen, waren nicht länger die Geschenke, die ein wohlhabender Schwiegersohn und die Tochter bei einem ihrer regelmäßigen Besuche mitbringen. Der regenfeuchte Juliwind blies ihr ins Gesicht, und unvermittelt fand sie sich in ihre Kindheit zurückversetzt, als sie noch mit den Regenfliegen spielte, die zu Tausenden umherschwirrten. Wenn ihre Eltern im Haus beschäftigt waren, hatte das Dienstmädchen die Regenfliegen gekocht und ihr gezeigt, wie man sie mit Honig genießen konnte. Sie dachte daran, wie sie mit fünfzehn Windpocken bekommen hatte. Ein paar Narben waren zurückgeblieben. Und Gustavius, gesegnet sei sein liebes Herz, meinte, daß sie ihr liebliches Aussehen nur noch unterstrichen.

Als sie fast in Bolanda angelangt waren, überkam sie das seltsame Gefühl, daß sich irgend etwas verändert hatte. Zwar mühte sich – wie immer nach einer langen Regenzeit – das strahlende Licht der Sonne, durch die Wolken zu brechen, doch waren die lärmenden Bengel verschwunden, die früher die Straßen mit ihrem Spiel bevölkert hatten. Die Fleischhändler, die im Schatten der Baobabs am Straßenrand Ziegen- und Rindfleisch brieten, trugen einen verschreckten und verängstigten Ausdruck auf ihren Gesichtern, den nicht einmal die Ankunft eines Fremden wie Gustavius zu vertreiben vermochte.

»Gütiger Gott, hier iss ja wie im Totenreich«, brach es aus Isatu Martins hervor.

Sie hatte beinahe die Wahrheit getroffen. Kurze Zeit nach ihrem letzten Besuch hatte der Todesengel Bolanda heimgesucht. Eine große Schar mordlustiger Fledermäuse hatte eines Nachts ihre Höhlen in den Bergen verlassen und war über Männer, Frauen, Kinder und Hunde hergefallen. Jedes Haus trug das Mal der unbarmherzigen Todessauger, die den Lebenden das Blut aussaugten und selbst die friedlich schlummernden Toten in ihren Gräbern unter den Tamarinden in Angst und Schrecken versetzten. Nach dem Abzug der Fledermäuse wurde das Ausmaß der von ihnen angerichteten Zerstörung offenbar. Sie hatten Bolanda zu einer Stätte gemacht, die an das Kreuz einer Seuche geschlagen war. Reisende aus allen Ecken und Enden der Welt, die sich im Dunst der Spekulationen verirrten, mieden den Ort, um ja nicht mit der geheimnisvollen Seuche in Berührung zu kommen, die – so vermutete man – die Fledermäuse in die Stadt getragen hatten. Und die Einwohner gerieten unter das Joch der Einsamkeit, in das all jene Menschen gezwungen werden, denen der bittere Kelch der Quarantäne verabreicht wird. Auch der Vater von Isatu Martins befand sich unter den Toten. Nur war die Nachricht seines Todes vom Nachrichtendienst der Toten nicht weitergegeben worden.

Zwar hatte ihm – im großen und ganzen – das Leben seine Gunst nicht verwehrt, doch nahm er auch erlittene Unbill mit ins Grab: Zwei Brüder waren in einem Konflikt mit dem Nachbardorf ums Leben gekommen, und einen Sohn hatte er auch nicht. Als seine Tochter den Fremdling heiratete, tröstete er sich mit der Hoffnung auf einen Enkelsohn, dem er seine riesigen Vorräte an Reis, Kaffee, Orangen und Ingwer hinterlassen könnte. Auf seinen mit dem beständigen Geruch von Kuhdung durchtränkten Feldern, in seinem Obstgarten, wo die Affen in den Kaffeesträuchern miteinander schwatzten, auf den Orangenbäumen, wo sich die grünen Leguane sonnten und in der wärmenden Glut der Nachmittage auf Fliegenfang gingen, auf den Reisfeldern, wo die Kobras geduldig den Fröschen auflauerten, auf diesem ganzen Besitz hatten zwei Generationen Männer und Frauen das Licht der Welt erblickt und waren wieder vom Antlitz der Erde gegangen. Auf diesen Feldern, auf diesen Plantagen und in den Gärten hatten sie gearbeitet, dafür ihren Anteil von dem von ihnen produzierten Ertrag erhalten und sich der Sicherheit erfreut, die eine große Gemeinschaft zu bieten vermochte. Weder Fluten noch Wirbelstürme hatten ihren Glauben und ihren Mut erschüttern können. Sie hatten die Versuche der Nachbargemeinden abgewehrt, ihre Felder zu erobern, und sich gegen Fremde zur Wehr gesetzt, die sich bei ihnen niederlassen wollten und nach

Farbe rochen, weil das Blut von Albinos durch ihre Adern strömte. Sein Wohlstand hatte ihm jedoch kein Glück gebracht, und zu dem Zeitpunkt, da die fleischfressenden Fledermäuse über sie herfielen, war es Santigue Dambolla bereits müde und leid, auf den Sohn zu warten, den seine Frau ihm nicht hatte schenken können.

»Mist«, sagte er unmittelbar, bevor er seine Augen vor der Welt verschloß und den Auswirkungen des Giftes erlag, das Dutzende Fledermäuse in seinen Körper gespritzt hatten, »da habe ich das alles aufgebaut, damit die Würmer es erben.«

Gustavius und Isatu Martins kamen beim Haus Santigue Dambollas zu der Stunde an, da die Toten zu ihrem täglichen Spaziergang auf die Erde wiederkehren. Die Straßen füllten sich mit Fußspuren der Toten, die nach ihren Häusern aus früheren Zeiten suchten, nach Fetzen der Kleider, die sie in einem vergangenen Leben getragen, nach den Ställen, in denen sie zuletzt ihre Pferde erblickt hatten. Isatu Martins war mit den Geräuschen vertraut und erkannte im Meckern der Ziegen ihre Anstrengungen, sich aus dem Sumpf des Todes zu befreien, vernahm den Lärm der letzten wandernden Tuareg, die im Gewirr der Toten ihren Weg zurück in die Wüste zu finden suchten. Sie langten an einem Haus der Trauer an, und als sie an die Tür klopften, hörten sie, wie innen Mörser, Stößel und Besen beiseite geschoben wurden. Man hatte sie gegen die Tür gestellt, um die Toten aus anderer Zeitlast daran zu hindern, Eintritt zu fordern. Sie sahen, wo die Spinnen der Nacht ihre Netze ausgelegt hatten, Netze, groß genug, die Motten auf der Veranda einzufangen. Sie rochen die Feuchtigkeit, die modernd aus dem Fell eines Bullen aufstieg, der sein Leben gelassen hatte, als der vierzigste Tag des Hinscheidens eines Toten trauernd zu begehen war. Erst da dämmerte es Isatu Martins, daß ihr Vater gestorben und daß ihre kürzliche Unterredung mit dem Wahrsager eine Vorbotin der Ereignisse war, die sich in Bolanda zugetragen hatten.

»Er glaubte dich verloren zu haben, weil du zwei Jahre lang nicht zu Besuch gekommen bist. Das hat ihn umgebracht, nicht die Fledermäuse. Sie sind nicht das erste Mal über uns hergefallen. Diesmal aber schienen sie alle und alles zu verlachen. Eine ganze Woche lang haben sie sich überall am Blute gütlich getan. Dein Vater hat auf den Tod gewartet wie auf eine Geliebte«, empfing sie die Witwe des Verstorbenen.

Sie mußten Isatu Martins Mutter, während sie ihnen erzählte, wie sich das Unglück zugetragen hatte, zurückhalten, sich den Kopf an einer Wand blutig zu schlagen. Sie war von Kopf bis Fuß in das Weiß der Trauer gekleidet: Weiße Kreide umschattete ihre braunen Augen, ein weißes Tuch verhüllte ihren Körper, und ihre Füße, die traurig über den Fußboden des Wohnzimmers schleiften, steckten in weißen Pantoffeln.

»Wir hatten keine Möglichkeit, dir Bescheid zu geben«, fuhr sie fort, den Schwiegersohn, der mit ihrer Tochter gekommen war, nicht zur Kenntnis nehmend. »Die Karawanen kommen nicht mehr hier vorbei, und die Wege sind sowieso versperrt. Es ist wie eine Belagerung.«

So blieb Isatu Martins nur die Erinnerung an ihren Vater. Sie sah ihn vor sich, wie er zu Lebzeiten durch das Gras gestapft war. Sie sah ihn durch die Nebel vergangener Zeiten, wie er seine Saat in die aufnahmebereite Erde brachte, wie er die Hühner von den Feldern verjagte und sich über das Wasser freute, das in reichlichem Maße strömte. Unter der Tränengnade ihrer Trauer gedachte sie des hochgewachsenen Mannes im Weiß seines Kaftans, wie er nach dem Besuch der Moschee, in der er seinen freitäglichen Frieden mit Gott geschlossen, diesem für den üppigen Stand seiner Felder und für die Männer, die sein Land bewirtschafteten, gedankt hatte wie auch dafür, daß er ihm die Heimsuchung der Heuschrecken und Ratten vom Leibe hielt, wie er über den Rasen des Hofes auf das Haus zukam. Er war ein großzügiger Mensch gewesen, der nie die Geburtstage der Kinder seiner Arbeiter vergaß, die er auf einer Tafel verzeichnet hatte. Manchmal kaufte er teure Stoffe für ihre Frauen, gab auch den Männern ausreichend, auf daß sie sich vor ihren Frauen als Männer und Ernährer auszeichnen konnten, denn schließlich erwarb er durch ihr Wirken auf dem freigebigen und friedlichen Acker der Arbeit Wohlstand. Isatu Martins wußte nicht, ob dieser Frieden echt war, und sie wollte auch nicht darüber nachdenken. Sie fürchtete sich vor Mutmaßungen, die ihr auf schreckliche Weise die eigene Sterblichkeit und Nacktheit bewußt machen würden, die sie noch immer unter den Kindern aus dem Samen ihres Mannes zu verbergen entschlossen war.

Gustavius Martins erinnerte sich an den Tag, an dem er um Isatus Hand angehalten hatte – während des Festumzuges vor lang vergangenen Tagen. Er dachte daran, wie er all die Beweise seiner Demut und Menschlichkeit um sich herum versammelt hatte, um sich ihrer würdig zu erweisen. Vor allem fiel ihm wieder ein, wie er sich vor der Begegnung mit ihrem Vater gefürchtet und darauf gehofft hatte, man würde nicht gegen ihn ins Feld führen, er sei ein »Fremder«. Schließlich war er doch selbst ein Sohn dieser Erde, und die schartige Klinge des Meeres, die einstmals die Nabelschnur seiner Bindung an das Land seiner Vorväter durchtrennt hatte, war während des ersten Dankgebetes in Malagueta für immer in ihre Scheide zurückgekehrt.

Nun, da Santigue Dambolla gestorben war, wünschte er sich, daß er seinen Schwiegervater näher gekannt hätte als nur innerhalb der Grenzen der vorgeschriebenen Höflichkeiten, die dieser auch immer erwidert hatte. Er war so freundlich gewesen, seine Tochter in die Wildnis einer neuen Niederlassung ziehen zu lassen, um im Babylon der Menschheit zu leben. Er fühlte dankbare Erinnerung an diesen Mann, und in der Gegenwart des Toten kam Gustavius Martins sich verloren und einsam vor.

»Wir müssen dich und deinen Mann waschen«, sagte Sawida Dambolla, als sie beim abendlichen Feuerschein in der Küche zusammensaßen und Tamarindensaft tranken. Gustavius Martins begriff die Bedeutung des Ausdrucks »waschen« nicht gleich und sah der Frau ins Gesicht, die er geheiratet hatte, damit sie ihm in diesem neuen, unbekannten Gelände beistände.

Wieder ertönte die sanfte Stimme der Witwe. Sie sprach über den Verstorbenen:

»Bevor dein Vater starb, ging er zu einem Wahrsager, einem Meister der Medizinen. Ich weiß nicht, wie die Leute in Malagueta die Männer nennen, zu denen sie den ganzen Müll des Ortes geschafft haben, an dem sie, und da bin ich ganz sicher, sich alle Erinnerung an die göttliche Absicht aus dem Gedächtnis rasiert haben. Ihnen ist so eine zweifelhafte Vorstellung von Freiheit eigen, sie glauben daran, daß der Mensch in einer Welt lebt, in der er von der Natur unabhängig ist. Sie haben noch nicht einmal gelernt, mit dem Raum umzugehen. Alles reißen sie ein: Bäume, Grotten, Schreine. Sie beleidigen die Seelen der Toten. Die Riten, die uns den Übergang in den Zustand des Erwachsenseins erleichtern, bedeuten ihnen nichts, alles Spirituelle ist ihnen verdächtig, und nur selten verschwenden sie einen Gedanken daran, was wir in diese Welt einbringen und was wir mit uns ins Grab nehmen. Oder auch an die kleinen Dinge, die in unserem Leben eine viel größere Rolle spielen als die großen. Wie auch immer, wir haben hier noch unsere Heiler, und als dein Vater einen um Rat bat, sah der Wahrsager dich in einem Hain, in dem neben anderen Kindern auch dein Kind gefangen war, weil seine Haare sich in den Wurzeln der Bäume verheddert hatten. Keiner Frau, so sagte der Wahrsager, sei es möglich, ein Kind aus diesem Wirrwarr der Glieder und Wurzeln zu befreien und ans Licht der Welt zu bringen. Obwohl du uns nie von deinen wiederholten Fehlgeburten erzählt hast – ihr jungen Leute erzählt uns ja heutzutage nichts mehr, wie anders war das doch in unserer Jugend, da dich deine Mutter jeden Morgen darauf untersuchte, ob du schwanger warst –, obwohl du es also vor uns geheimgehalten hast, wußten wir doch von deinen Sorgen. Als dein Vater zurückkam, dachte er sehr, sehr lange über das nach, was ihm der Wahrsager offenbart hatte. Er verbrachte nicht mehr soviel Zeit auf den Feldern, saß stattdessen stundenlang im Korbstuhl auf der Veranda und zog an seiner Pfeife. Manchmal, wenn er mit sich allein sein wollte, ging er hinüber in den Schatten der Mandel- und Zitronenbäume. Zu dieser Zeit hat er zwar nicht viel geredet, aber ich wußte trotzdem, was ihm den Kopf und das Herz schwer machte. Er rang mit sich selbst über die Natur der göttlichen Absicht, ob es wohl gerecht wäre, daß Ziegen und Schafe Nachkommen und Erben hatten, während ihm ein Enkelkind versagt blieb.

›Reg dich nicht auf, Gott wird wissen, wann die rechte Zeit kommt‹, sagte ich zu ihm. Aber ich bin ja bloß eine Frau, und so achtete er nicht sonderlich auf meine Worte. Er sagte immer, das Leben sei nur dann sinnvoll, wenn es zu einer tieferen Einsicht in den Vorrang des Opfers allen anderen Dingen, Zielen und Absichten gegenüber führe. Er sah die Bereitschaft Abrahams, seinen einzigen Sohn zu opfern, als das höchste Beispiel für die Selbstlosigkeit des Menschen. Und dann sah er in dir die Tochter, die er denen geopfert hatte, die er als Oportos bezeichnete, die schwarzweißen Menschen. Und als Entschädigung erwartete er Söhne von dir. Er wünschte sich nichts mehr, als von Gott einen Enkelsohn geschenkt zu bekommen, mit dem er im Zwielicht seiner Jahre zusammen auf der Veranda sitzen und den Duft seines geliebten Jasmins einatmen würde. Er wollte ihm von Farama Borea erzählen, unserem größten König, der sich unsichtbar machen konnte, und von dessen Sohn Kilsano, der mit einem Spiegel, den er über die Gräber hielt, und dadurch, daß er mit ihnen sprach, die Toten zum Leben erwecken konnte. Dein Sohn hätte von den Lehren des Mahmud Kati aus Timbuktu erfahren, der das Tarikh al-Fatash verfaßt hat und dem wir soviel Wissen über unsere Geschichte verdanken. Doch es sollte nicht sein. Deshalb wartete dein Vater auf den Tod und schleppte sein Füße wie ein Toter hinter sich her, lange bevor die Fledermäuse kamen. Als ich ihn fand, lag er in der Nähe des Bananenhains, wo wir unseren Müll auskippen. So, als ob er selbst Teil der Verwesung und Fäulnis in der Vegetation von Menschen, Bäumen und Pflanzen geworden war.«

Am Nachmittag nach seinem Tod wurde Santigue Dambolla beerdigt. Wie das Ritual es verlangte, hingen ihm Stoffetzen und Flaschen um den Hals. Als ihre Mutter mit ihrer Geschichte zu Ende war und die Arme nach Art der Witwen verschränkte, stahlen sich Isatu Martins jugendliche Hände auf der Suche nach dem Vater, der von ihr gegangen war, hinab zum Atlas ihres Körpers. Sie hoffte, ihn als ihr Kind wiedergebären zu können. Wenn es ihr möglich gewesen wäre, das Land auszumachen, in das er eingegangen war, dann hätte sie versucht, ihn zur Umkehr zu überreden, damit er miterleben könnte, wie aus ihrem Kind ein Mann wurde. Doch die Umrisse jenes Landes verschwammen, und sie begann zu zweifeln, ob sie den richtigen Weg fände. Die Buckligen und die Kleinwüchsigen kamen ihr in den Sinn. Nicht, weil sie an den Freitagen der Bittgebete bettelten, sondern weil sie Angst, Haß und Tod besiegt hatten. Als sie noch ein Kind war, hatte ihre Mutter ihr erzählt, daß die Buckligen wie die Zwerge seit den Urzeiten der Menschheit zu denen gehören, denen das Glück hold ist, hatten sie doch trotz ihrer Gebrechlichkeit die Gabe erlangt, mit ihren Händen wie mit ihrem Speichel all jene zu heilen, die unter Begierden, Habgier und Trägheit litten. Sie waren diejenigen, die die Verführbarkeit des Menschen verstanden, seine Gebrechlichkeit und die furchteinflößende Kälte, die er trotz der Hitze verspürt, die nicht nur in seinem Körper brennt, sondern auch in der Sonne, unter deren Schein die Erde zur Reife gelangt.

Sie ertrug ihr Leid nicht mehr und fragte sich, ob sie wohl deshalb nicht mehr lachen konnte, weil sie von dem Gedanken besessen war, etwas zu besitzen, das ihr nicht gehörte, um es ihrem Ehemann zu schenken, denn wenn es ihr nicht bestimmt war, ein Kind in die Wiege der Menschheit zu legen, dann sollte es ausreichen, daß sie in der Welt mit anderen menschlichen Wesen leben durfte und daß dieser Mann sie liebte.

Später, als sie sich in dem fremden Bett an ihren Mann schmiegte, liebte sie ihn mit einer Leidenschaft, die ihn in Erstaunen versetzte und in ihm eine solche Hitze aufwallen ließ, daß er sich fragte, ob dies dieselbe Frau war, die sich noch vor kurzem aus dem ehelichen Bett zurückgezogen hatte.

»Wir solltn uns über diese Dinge nicht zu sehr den Kopf zerbrechn«, sagte er ihr, nachdem sie die ganze Nacht wachgeblieben waren und sie ihn ausgelaugt und in ein neues, unbekanntes Land der Liebe geführt hatte.

Für Isatu Martins war das der Beginn eines neuen Lebens. Sobald eine angemessene Trauerzeit verstrichen war, öffnete sie alle Fenster des Hauses und ließ die frische Luft der grünen Hügel hinein. Sie überredete ihre Mutter, die Maske wie die Farbe der Trauer abzulegen, nicht mehr nur davon zu reden, was ihr Vater in seinen letzten Tagen gesagt hatte, nicht mehr nur von den Geschäften zu sprechen, die die Farm betrafen, oder darüber, wie man die Kühe dazu bringen könnte, wieder Milch zu geben – denn seit dem Tag, an dem Santigue Dambolla gestorben war, waren ihre Euter versiegt –, und auch nicht mehr davon zu reden, wie man der Läuse Herr werden könnte, die überall aus dem feuchten Boden sprangen. Als Sawida Dambolla aus der Zeitlast ihrer Trauer wieder auftauchte und sich der alltäglichen Welt zuwandte, stand sie staunend in einem Haus, in dem ihre Tochter die Vorhänge gewaschen, die Wände mit freundlicheren Farben gestrichen, die Bilder wieder mit dem Gesicht von den Wänden weggedreht, die Matten auf dem Fußboden zusammengerollt und die Kerzen und den Weihrauch weggeräumt hatte, die seit Santigue Dambollas Tod jeden Abend angezündet worden waren. Die Nachbarn waren entrüstet, als sie sahen, wie sie mit dem Besen umherging und alle Spinnweben beseitigte, deren Ausbreitung ihre Mutter zugelassen hatte. Sie beteten inständig, daß solch eine Taktlosigkeit gegenüber den Toten des Ortes ihnen nicht eine neue Plage auf den Hals zöge. Nachdem Isatu Martins dem Haus das prachtvolle Aussehen früherer Tage zurückgegeben hatte, brachte sie ihre Mutter dazu, die Truhen des Verstorbenen zu öffnen, um seine Sachen zu ordnen und wegzuwerfen, was nicht mehr zu gebrauchen war.

»Hier leben Leute, Mama, die überhaupt nichts haben, und du willst die Sachen verschlossen halten, bis sich die Kakerlaken und Asseln darüber hermachen«, warf sie ihr vor.

Aus Angst, darin könnten sich Dinge verbergen, die nicht für ihre Augen bestimmt waren, holten sie einen Wahrsager und baten ihn, die Truhen zu öffnen. Zum Vorschein kamen die Sinnbilder des Stolzes und der Liebe, die Santigue Dambolla als ganz normalen, einfachen Menschen auswiesen: kostbare, stickereiverzierte Roben für die prachtvollen Feste, an denen er teilgenommen hatte, Schuhe aus Korduanleder, die dem ersten Weißen gehört hatten, der in diesen Teil der Welt vorgedrungen war und der sie gegen ein paar marokkanische Pantoffeln eingetauscht hatte, zwanzig Hosen aus Kammwolle, die er nur selten getragen hatte, weil sein Leben sich zum großen Teil auf den Feldern abspielte, die Klinge des Modibo aus Timbuktu, die ledergebundenen Bände des El Omari aus Kairo über den König der Mandingo, der mit seiner Verschwendungssucht einen Ansturm auf den Goldmarkt ausgelöst hatte, von den Eunuchen in Kano gefertigte güldene Wandteppiche, Messingornamente, die er den umherziehenden Tuareg abgekauft hatte, und schließlich ein Porzellankrug mit der Zeichnung eines Mädchens darauf, das von einem Wesen mit menschlichem Oberkörper und dem Unterleib eines Löwen geküßt wurde. In einer mit Perlenintarsien kunstvoll verzierten Schachtel fanden sie, vermengt mit Kaurimuscheln und getrocknetem rotem Pfeffer, einhundert Goldmünzen. Isatu Martins erinnerte sich, daß man sie dazu verwendet hatte, böse Geister auszutreiben.

Derweil saß Santigue Dambolla unter den Blättern der Bananenstauden und beobachtete, wie seine Verwandten den Inhalt seines früheren Lebens durchwühlten. Er fühlte sich erleichtert und glücklich, nun, da ihm die Last seiner Sterblichkeit von den Schultern genommen war. Nachdem man jahrelang mit Schrecken auf ihn geblickt hatte, konnte er sich jetzt frei unter den Lebenden wie unter den Toten bewegen, mitten unter den Bettlern, die ihn nicht länger bedrängten, mitten unter den Straßenhändlern, die jetzt, da die Plage der Fledermäuse vorüber war, in die Stadt zurückkehrten. Er war durch die Nebenstraßen der Hast und des Verlangens gegangen und hatte jetzt die menschliche Angewohnheit aufgegeben, sich von der Zeit beherrschen zu lassen.

»Das habe ich in meinem früheren Leben am meisten gehaßt, daß mich die Zeit regierte«, sagte sich er eines Morgens, als er mit einem Mal entdeckte, daß ihm unermeßlich viel Zeit zur Verfügung stand. Nun, so dachte er, kann ich meine Frau zu Spaziergängen mit mir ermutigen, ohne daß sich jemand zwischen uns drängt und uns um Geld anbettelt. Manchmal kam er zum Haus und setzte sich neben sie auf die Veranda, dort, wo die Regenfliegen verendend auf den Boden fielen, hielt ihre Hand und sprach mit ihr über die Tage früherer Entbehrungen: jene Zeiten, in denen sie sich von Bohnen und Pilzen ernähren mußten, jene Zeiten, in denen die Heuschrecken ihnen alles weggefressen hatten. Er zupfte ihr die grauen Haare aus, führte sie durch das Labyrinth aus Einsamkeit, in das sie durch seinen Tod geraten war, und wies ihr im Leben eine neue Rolle zu, eine Rolle, die nicht nur darin bestand, in diesem oder jenem Leben seine Frau zu sein, eine Rolle, die sich nicht darin zusammenfassen ließ, was sie ihm einmal gesagt hatte:

»Nein, danke für deine Hilfe, aber versteh doch, das ist Sache der Frau. Also sieh zu, daß du aus der Küche verschwindest.«

In der Langeweile des einen Lebens bereitete sich Santigue Dambolla auf ein neues, anderes Leben vor. Sein Tod hatte ihm die Freiheit verschafft, ein Leben führen zu können, ohne seine Frau herumkommandieren zu müssen. Wenn sie sich also von den Dingen befreien wollte, die ihm gehörten, dann war er nur froh über ihre Wohltätigkeit und bereit, ihr zu helfen. Und weil er es zufrieden war, daß er ein Mensch sein durfte, der, in aller Zeitlast zu Hause, immer in sein Haus zurückkehren konnte, befreite er sie schließlich von den Läusen, nachdem Isatu Martins entnervt den Versuch aufgegeben hatte, sie mit Öl zu ertränken.

Als sie ihn das erste Mal durch das Haus gehen hörten, sahen sie auch, wie sich die Türen aller Zimmer öffneten und hinter ihm schlossen. Sie sahen, wie die Bilder an den Wänden unter der Gewalt eines Wirbelsturms erzitterten und der Korbstuhl auf der Veranda in eine Position rückte, die es ihm erlaubte, sich so hinzusetzen wie an den stickigen Nachmittagen vergangener Tage. Als Sawida Dambolla einen Becher mit Kaffee füllte und ihm bringen wollte, entdeckte sie direkt neben seinem Stuhl seinen gefüllten Kaffeebecher, den sie seit dem Tag seines Todes vermißt hatte.

Sie gewöhnten sich wieder an seine Gegenwart im Haus und ließen die Türen offenstehen, stellten ihm Essen auf den Tisch im Eßzimmer, so daß er kommen und gehen konnte, wie es ihm gefiel.

Gustavius Martins fiel als einzigem nicht auf, wie der Verstorbene im Haus umging. Die Jahre im Ödland Amerikas hatten ihn der Fähigkeit beraubt, mit den Verstorbenen in Kontakt zu treten. Als ihn aber seine Schwiegermutter aufforderte, sich aus den Sachen Santigue Dambollas etwas auszusuchen, die er gern behalten würde, wählte er die Klinge des Modibo aus Timbuktu, den Porzellankrug mit dem sinnlichen Körper und eine von den mit weißer Spitze besetzten Roben, die er über seinen ausgelaugten Körper werfen konnte.

Sawida Dambolla lächelte ihren Schwiegersohn an und meinte: »Für diese Wahl hätte er dich umarmt. Willkommen zu Hause, mein Sohn.«

Da er nun mit seinem Dasein inmitten der Bevölkerung jenes Ortes ausgesöhnt war, gab Gustavius Martins nicht sonderlich viel darum, daß sie ihn anstarrten oder daß er aufgrund seiner seltsamen Kleidung, dem steifen Kragen und den Gabardinehosen, bei einigen jungen Frauen Interesse weckte, die häufig ins Haus kamen, angeblich, um den Neuankömmlingen ihre Aufwartung zu machen.

Ohne daß es ihm jemand gesagt hätte, kam er zu dem Schluß, daß noch einige Zeit ins Land gehen mußte, bevor seine Frau und er nach Malagueta zurückkehren würden. Die Regen, die sechs Monate lang niedergegangen waren, hatten aufgehört, und der Garten befand sich in einem besorgniserregenden Zustand: Die Verkettung der überaus lange anhaltenden Regenfälle mit der Fledermausplage und dem Tod Santigue Dambollas hatte die Arbeiter von den Feldern verjagt, einige Kaffeesträucher und Orangenbäume ruiniert und ein paar Kühe vertrieben. Um die Bäume wieder zum Tragen zu bringen, die Männer zurück zur Arbeit zu holen, zu ernten, was vom Reis und Mais der letzten Erntezeit noch übrig war, waren ein paar energische Maßnahmen erforderlich. Deshalb überraschte es ihn nicht im mindesten, als ihm seine Frau – als ob sie seine Gedanken lesen könnte – eines Abends den Vorschlag machte, daß sie gern noch einige Monate bei ihrer Mutter bliebe, um ihr dabei behilflich zu sein, den Schock der kürzlich durchlittenen Tragödie zu verkraften und sich wieder im Leben zurechtzufinden.

»Das is schon in Ordnung«, erwiderte er. »In Malagueta laufn de Uhrn weiter, aber hier ist de Uhr stehngebliebn, und wir müssn sie wieder aufziehn.«

Sofort machten sie sich daran, die Uhr neu aufzuziehen, um den Beginn eines neuen Tages einzuläuten. Von Ohr zu Ohr pflanzte sich die Botschaft fort, und die Männer, die von den Feldern geflüchtet waren, kamen aus ihren Häusern und ließen sich überreden, die Arbeit wieder aufzunehmen. Zunächst erschienen sie nur zögerlich, widerstrebend fast, mit ihren Macheten und ernteten, was noch auf dem Halm stand. Für Fremde zu arbeiten, waren sie nicht gewöhnt. Doch als ihnen Gustavius Martins Schwiegermutter erklärte, daß er zur Familie gehörte und das neue Familienoberhaupt war, brachten sie ihm die gleiche Achtung und Ehrerbietung entgegen wie einstmals Santigue Dambolla.

So also begab es sich, daß das Paar aus Malagueta in einer durchscheinenden Welt zu Bauern wurde, von den Geistern einiger Gründer jenes Ortes umgeben, die es unter den Bäumen und zwischen den Feldern zu Dauerhaftigkeit gebracht hatten und den Martins die Last ihrer Verwandlung nicht so schwer werden ließen.

Sechs Monate später, da die dürstenden Wolken den Regen aus dem Boden gesaugt hatten, besahen sie sich ihre Felder und waren mit ihrer Arbeit zufrieden. Sie hatten den Bäumen ihre Gesundheit wiedergegeben und drei Sorten Reis angebaut. Die Kühe gaben wieder Milch und die Süßkartoffeln, der Yam und der Mais waren reif zur Ernte.

Die Befriedigung, die ihnen der glückliche Abschluß der harten Arbeit verschaffte, trug viel dazu bei, daß der Gedanke an die Zeit der Heimsuchung sich in die entferntesten Winkel ihrer Erinnerung zurückzog. Jetzt war ihnen nach Feiern zumute. Sie wollten ihrer Beziehung einen neuen Sinn geben, denn ihrer beider Wesen war zu einem geworden war und ihr Menschsein hatte sich darin bewiesen, daß sie sich, um die Erde am Leben zu erhalten, die Hände schmutzig gemacht hatten. Sawida Dambolla hatte Gustavius Martins so sehr ins Herz geschlossen, daß sie es war, die sich um ihn sorgte, die sich Gedanken machte, ob er auch glücklich wäre »so weit entfernt von seinen Lieben«, ob ihre Tochter auch gut für ihn kochte.

»Sorg gut für ihn, Isatu. Männer wie er sind selten«, riet sie ihr.

»Glaubst du etwa, das wüßte ich nicht, Mama«, gab Isatu Martins zurück.

Obwohl Sawida Dambolla glücklich darüber war, wie nahe sie ihrer Tochter und ihrem Schwiegersohn stand, war sie sich auch im klaren, daß dieses Glück nicht von Dauer war, da die beiden nicht für immer und ewig bei ihr bleiben konnten. Sie gab sich alle Mühe, nicht daran zu denken, hatte sie doch Angst davor, allein zu sein, ohne ihren Mann dazustehen, ohne die jungen Leute, weil sie überzeugt war, es läge in der Natur des Menschen, sich auf immer an andere klammern zu wollen. Deshalb stand sie manchmal, wenn sie sicher war, daß Isatu und ihr Mann noch schliefen, vor den ersten Hahnenschreien auf, lange, bevor die ersten Straßenhändler mit Brot und Cashewnüssen an ihrem Haus vorbeizogen, und setzte sich mit einem Glas Wasser in der Hand auf die Veranda. Sie goß etwas Wasser auf den Boden und unterhielt sich dann mit ihrem Ehemann, dankte ihm, daß er den Kindern den nötigen Weitblick geschenkt hatte, das Unternehmen wieder aufzubauen, dankte ihm, daß er es nicht zuließ, daß die Nachbarn über sie herzogen, weil sie jetzt voller Stolz auf ihre Tochter und den Schwiegersohn sehen konnte.

»Was du für einen Schwiegersohn hast, Santigue! Doch denk daran, daß du jetzt weiter schauen kannst als jeder andere. Du bist eingegangen zu meinem Vater und deinen Eltern. Wie geht es ihnen? Sag ihnen bitte, daß ich heute in sechs Monaten aus Anlaß deines ersten Todestages ein Fest geben werde. Ich werde beim Kochen auch sie bedenken.«

Jedesmal, wenn sie zu ihm sprach, bat sie ihn, sie vor drohenden Gefahren zu warnen, denn »du weißt ja, daß man überall Feinde hat, und da ich ganz allein hier im Hause wohne, möchte ich, daß du mir einen Weg weist, Isatu und Gustavius noch eine Weile hierzubehalten. Laß Isatu doch wieder schwanger werden, Santigue, und bitte Gott, daß sie das Kind diesmal austragen kann.«

Und als Santigue Dambolla seiner Frau schließlich einen Weg wies, tat er dies auf überraschende und unerwartete Weise. Ohne Vorwarnung tauchten eines Tages zwei Zwerge in der Stadt auf. Einer von beiden hatte einen Buckel. Kleine, schillernde Wesen mit riesigen Köpfen und Nasen, die zu groß zwischen ihren glasigen Augen standen. Sie behaupteten zwar, daß der eine männlichen und der andere weiblichen Geschlechts sei, doch konnte das niemand mit Bestimmtheit feststellen, da sie die gleiche abenteuerliche, bunt gemusterte Kleidung trugen und die gleichen lustigen Schnurrbärte. Sie lachten und fluchten um die Wette und kampelten sich bis zur Erschöpfung. Bald nachdem sie unter einem großen Baobab ihr Lager aufgeschlagen hatten, erregten sie an heißen Sommernachmittagen mit den akrobatischen Fähigkeiten und bis dahin in der Stadt nie gesehenen Tricks, mit denen sie gesegnet waren, große Aufmerksamkeit.

Als wollten sie nicht preisgeben, wer von ihnen männlichen und wer weiblichen Geschlechts war, redeten sie sich mit BruderSchwester und SchwesterBruder an. Sie versprachen, einige der frühen Wunder dieser Welt wiederauferstehen zu lassen, alle bösen Menschen im Ort auf ihre wahre Größe zu schrumpfen und die Zwillinge wiederkehren zu lassen, die man mit der Begründung außer Landes getrieben hatte, sie seien vom Bösen besessen. Und dann behaupteten sie, sie seien Glücksboten und würden dem, der sie aufnähme, alles ermöglichen, was er sich wünsche. Als man Gustavius und Isatu endlich überredet hatte, den Zwergen zuzuschauen, trafen sie gerade in dem Augenblick unter dem Baobab ein, da der Bucklige versuchte, mit dem rechten Fuß seinen Höcker zu berühren und gleichzeitig eine Kalebasse voll Wasser auf dem Kopf zu balancieren. Als ihm das Kunststück gelungen war, beugte er sich nach vorn und ließ seinen SchwesterBruder auf seinen Buckel klettern. Und dann begannen sie, jeder auf einem Bein, so wild zu tanzen, daß die Menge hysterisch aufschrie.

»Nun, da ihr wißt, daß wir etwas Besonderes sind«, sprach der eine Zwerg, »beweist uns, daß es euch gefällt, und wir machen weiter.«

Sie wollten alle noch mehr gezeigt bekommen und warfen die verschiedensten Münzen in eine Kalebasse, die der eine Zwerg aus einer kleinen Tasche hervorgeholt hatte. Dazu kleine Goldstückchen sowie andere wertvolle Dinge. Als sie alle Gaben eingesammelt hatten, klopften sich die Zwerge den Staub aus den Kleidern, schnitten einer dem anderen eine Grimasse und begannen miteinander zu kämpfen. BruderSchwester Buckellos warf den anderen zu Boden, setzte sich auf ihn und trat ihm mit seinen kurzen Beinen in die Seiten. Dann würgte er ihn und verkündete der Menge:

»Jetzt zeige ich euch, wie man einen Feind in einer Flasche fängt und dort tagelang eingesperrt läßt.«

Er holte eine kleine Flasche mit grauem Pulver aus der Hosentasche, stäubte etwas davon auf den Buckel und tanzte, nachdem er das Pulver mit einem Pferdeschweif über sein Opfer verteilt hatte, um den zu Boden gestreckten Mann herum. Vom Boden stieg eine graue Rauchwolke auf, und der Körper seines Opfers schrumpfte auf die Größe eines Wassermolches zusammen. Der Schwanz hatte die rote Quaste eines Kuhschwanzes. Gerade sollte die Menge zuschauen, wie der Zwerg den Wassermolch in eine Flasche steckte, da sank Isatu Martins ihrem Mann ohnmächtig in die Arme.

»Du da«, verkündete der Zwerg, »nimm mich mit nach Hause, und ich werde deine Frau wieder zum Leben erwecken.«

Wie betäubt hob Gustavius Martins seine Frau auf und trug sie nach Hause zurück. Der Zwerg folgte ihm. Dem kleinen Mann war es gelungen, seinen SchwesterBruder in der Flasche einzuschließen. Das stellte er vor als das letzte Wunder Suleimans, des Nubiers, der noch immer, einhundert Jahre, nachdem er zum letztenmal gesehen worden war, wie er von den Primaten weggetragen wurde, rastlos durch die Gegend zog. Sawida Dambolla erblickte die bewußtlose Isatu Martins in den Armen ihres Mannes. Sie wollte laut aufschreien, doch verschlug ihr der hinter ihrem Schwiegersohn auftauchende Zwerg die Sprache.

»Glotz nicht so jämmerlich«, raunzte der Zwerg. »Wir haben eine weite Reise hinter uns und das alles nur zu deinem besten.«

Er zerschmetterte die Flasche auf dem Fußboden, und sein SchwesterBruder erhielt seine ursprüngliche Gestalt zurück. Darauf erzählten sie ihre Geschichte. Sie seien die letzten Überlebenden der Zwergenkinder, die von einem bösen Geist in einem Hain gefangen gehalten worden wären. Einst wäre dieser böse Geist eine schöne Frau gewesen, die sich mit dem Teufel eingelassen hatte. Dadurch hätte sie dem Teufel ihre Seele überantwortet und ihm alle Kinder der Umgegend versprochen. Die Kinder verbündeten sich, und so gelang es ihnen, einen Weg aus dem Hain zu finden. Dort entdeckten sie Kräuter, mit denen sich das Leben verlängern ließ und man die Menschen verkleinern konnte und die es ihnen gestatteten, sich an mehreren Orten gleichzeitig aufzuhalten.

»Wir beide repräsentieren mehrere Leben aus dem unerschrockenen Königreich der Kinder, die dazu gezwungen waren, auf ihre Mütter zu verzichten. Einmal in zwölf Jahren ist es uns gegeben, eine Frau zu entdecken, die gelitten hat. Einer von uns beiden wird dann in ihr wiedergeboren. Deine Frau ging vorhin unter der Macht der Sekte zu Boden, weil sie zu den Frauen zählt, denen vom Teufel, der die Gestalt eines Seepferds angenommen hatte, im Schlaf die Kinder gestohlen wurden.«

Der Bucklige ging hinüber, wo Isatu Martins hingestreckt lag, rieb seinen Höcker an ihrer Stirn, worauf sie das Bewußtsein wiedererlangte und keine Angst mehr vor den Zwergen hatte.

»All jenen gegenüber, die die Kraft eingebüßt haben, die Ursprünge der Menschheit zu erahnen, all jenen, die sich nur einer bestimmten Lehre von der Schöpfung zuwenden wollen, der das Salz dieser Erde, dieser Welt fehlt, all jenen gegenüber sind wir mißtrauisch.«

Als er geendet hatte, wußte Gustavius Martins sofort, daß er gemeint war. Er wollte das Zimmer verlassen, als der Zwerg ihn aufhielt:

»Du und deine Frau aber, ihr seid gezeichnet vom Abfall eurer Beziehung. Ihr besitzt ein einziges, einheitliches, ewiges Wesen, und die Reinheit eurer Seele vermag euch zu erlösen. Unter einer Bedingung.«

»Und worin besteht die?« fragte Gustavius Martins.

»Daß du gewaschen wirst, gereinigt mit dem Saft der Blätter aus dem Hain, in dem die Föten deiner Frau seit Jahren gefangengehalten werden.«

»Sag ja, mein Sohn«, fiel Sawida Dambolla ein. »Tu alles, was er dich heißt. Laß dir sagen, daß es vor deiner Zeit so war, denn wir alle sind Staubkörnchen im Schmutz dieser Welt, und ein unvermeidlicher Teil des Lebens besteht darin, daß wir in unserer Beziehung zu den Geistern, zur Natur und all den Wesen der Unterwelt stehen.«

Nur eine Woche später standen Gustavius und Isatu Martins nackt vor einem kochenden Kessel im beißenden Dampf der Blätter und Wurzeln, die die Zwerge im Wald gesammelt hatten. Aus dem Topf stiegen Rauchspiralen auf, und die Sinne von Frau und Mann füllten sich mit einem Dunst, der sie bei der Taufe, die ihre Wiedergeburt besiegelte, zu unschuldigen Kindern werden ließ. Als sie spürten, wie ihre Füße sich auf das Gelände ihrer Erneuerung und Wiedergeburt vorwagten, berührten die Zwerge sie mit Pferdeschweifen, die sie im Kessel getränkt hatten. Die Stimmen der Zwerge sprachen zu ihnen wie aus einem Traum heraus, und Isatu Martins fühlte, wie die Kruste aus Schmutz und Abfall aufbrach, die ihr in den Jahren der Ehe mit einem Mann gewachsen war, dem die Wurzeln des Waldes und der Erde fehlten. Und im gleichen Augenblick spürte ihr Mann, wie der ganze Abfall und Abschaum der Welt jenseits des Meeres aus Blut von seinem Körper gespült wurde, so daß sie wieder eins wurden, befreit von aller Unreinheit, und einander mit ihren federsanften, gesalbten Händen wieder berühren, ihre Körper sich wieder aneinanderschmiegen konnten. Neue Samen hatten von ihren Körpern Besitz ergriffen. Die Fruchtbarkeit Isatus konnte sich nun erneut der Manneskraft Gustavius Martins' hingeben.

Am nächsten Tag waren die Zwerge verschwunden, nicht ohne ihnen vorher eingeschärft zu haben, daß in dem Falle, daß Isatu schwanger würde, das Kind, wenn es denn geboren war, zu Füßen der Pflanzen niedergelegt werden sollte, da, wo man Santigue Dambolla tot aufgefunden hatte, dort, in der Nähe des Abfalls.

Als Isatu Martins schwanger wurde, lebte sie nach den schwer verständlichen Geboten der Zwerge. Immer wieder rief sie sich deren Anweisungen ins Gedächtnis und suchte darin einen Sinn auszumachen, doch es gelang ihr nicht. So sah sie dem Termin ihrer Niederkunft mit einer Mischung aus Glücksgefühlen und Sorge entgegen. Wie bei ihren früheren Schwangerschaften bestand sie darauf, morgens aufzustehen und ihrem Mann das Frühstück zuzubereiten, seine Kleider zu bügeln und – hier, in ihrem neuen Zuhause – nach draußen zu den Hühnern zu gehen, um ihren Krampfadern, die sich mittlerweile an ihren Beinen abzuzeichnen begannen, Erleichterung zu verschaffen.

Alt fühlte sie sich, nicht wegen ihres Alters oder der schweren Arbeit, die sie ermüdet hatte, sondern wegen der Wiederholung der Demonstration ihrer Weiblichkeit, der Wölbung ihres Bauches, die das Geheimnis beherbergte, das der Samen ihres Mannes eingepflanzt hatte. Zum erstenmal, seit sie Malagueta verlassen hatten, dachte sie an das Leben dort, fragte sich, wann sie wohl dorthin zurückkehren würden, um mitten unter den ihnen vertrauten Menschen zu sein und die Luft des Meeres zu atmen. An etwas anderes zu denken stellte für sie aber nur eine Ausflucht dar vor dem einen Gedanken, der ihr ganzes Wesen beherrschte: die Angst, daß sie das gleiche Schicksal wie schon in der Vergangenheit durchleiden müßte. Die Angst, die aus dieser schlimmsten aller Möglichkeiten entsprang, war größer als die geheimnisvolle Anweisung, das Neugeborene bei den Bananenstauden abzulegen. Sie war sich sicher, daß Gott ihr ein Zeichen senden würde, wenn die Schwangerschaft gut verlief. Gustavius Martins ertrug die Angst seiner Frau, das Baby zu verlieren. Er vertraute auf die von den Zwergen hinterlassenen Anweisungen. Sie galten ihm als Teil der Strafe für die Vernachlässigung, die er Santigue Dambolla zu Lebzeiten angetan hatte, Teil der Strafe dafür, daß er ihm keinen Enkelsohn geschenkt hatte, der die Steine auf seinem Grab mit dem Mörtel aus seinen Händen hätte zusammenfügen können.

Als neun Monate später bei Isatu Martins die Wehen einsetzten, war sie doppelt so dick wie zuvor. In dem Zimmer, in dem sie lag, umgeben von ihrer Mutter, Gustavius Martins und der Hebamme, flehte sie Gott an, ihr den Fluch der Kinderlosigkeit zu ersparen. Sie rief ihren Vater an, drüben im Land der Toten, biß sich auf die Zunge, verwünschte und liebte ihren Mann für diese Reise über ein unbekanntes Meer, in dem sie zu ertrinken glaubte. Als sie spürte, wie sich das rauhe Haar eines Kopfes seinen Weg aus ihr herausbahnte, schrie sie so laut, als wollte sie die anderen Kinder im Hain erschrecken, die zusahen, wie ihr Auserwählter in die Welt trat. Mutter und Kind gaben einander Kraft, waren durch einen geheimen Pakt, der andere ausschloß, miteinander verbunden. Als das Kind schließlich das Licht der Welt erblickte, schrie es gemeinsam mit der Mutter, hatten sie doch eine Reise vollendet, die nicht erst vor neun Monaten begonnen hatte, sondern viele Jahre zuvor, eine Reise, die Isatu sehr angestrengt und erschöpft hatte. So sank sie schon in einen tiefen Schlaf, derweil die Hebamme das Kind aufnahm und es von ihrem Blut reinigte.

Isatu Martins schlief vierundzwanzig Stunden. Im Schlaf träumte sie, wie ihr Mann und ihre Mutter das Kind zum Bananenhain trugen und es am Fuße des Abfallberges niederlegten. Sie sah sie das Kind abwerfen und weggehen. Als sie wieder im Haus verschwunden waren, erschien Santigue Dambolla mit seinen Füßen eines toten Mannes und hob das Kind auf. Dann schwangen sie sich wie zwei Vögel auf und flogen über das Feuermeer der Flammenbäume. Sie sah, wie der große Vogel dem kleineren die Federn ausrupfte, als wären diese zu nichts nutze. Im Feuerschein, der den Himmel erhellte, wurden dem kleineren Vogel wie durch ein Wunder all die Federn vergangener Gezeiten ausgerupft, und sein Körper wurde glatt und sauber wie der einer Eidechse. Und er duftete nach frischen Blättern.

Aus ihrem langen Martyrium erwachend, sah Isatu Martins ihren Sohn neben sich liegen, in die reich verzierte Seide eingewickelt, die Santigue Dambolla getragen hatte, einst, als er selbst ein Kleinkind war. Ihre Augen schauten in das glückliche Gesicht ihres Mannes, des Mannes, der ihr ein Anrecht auf dieser Erde geschenkt hatte und dem sie nun einen Sohn schenkte, als Zeichen seiner endlichen Heimkehr.

»Ein schöner Kerl«, sagte er, »wie wolln wir ihn nenn'n?«

»Garbage!« erwiderte sie. »Damit er nie vergißt, wo er herkommt.«

Drittes Buch

Fünf Jahre lang arbeitete Thomas Bookerman an seiner *Geschichte der Stadt Malagueta*, bevor er den ersten Band fertiggestellt hatte. Seit Captain Hammerstones Truppe aus der Gegend vertrieben worden war, hatte er den Kleinigkeiten des Alltags nur noch wenig Aufmerksamkeit gewidmet und das meiste den Farmer-Brüdern und einem zehnköpfigen Komitee überlassen. Er war der Meinung, daß Staatsangelegenheiten Leute erforderten, die mit ihrem Leben nichts Besseres anzufangen wußten, zog sich jedoch nicht völlig aus den Regierungsgeschäften zurück. In allen Angelegenheiten sah man in ihm die letzte Instanz, und er wachte darüber, daß sich niemals jemand einem ungerechten Gesetz unterwerfen mußte, daß niemand gegen seinen Willen dazu gezwungen wurde, zur Kirche zu gehen. Er drückte es so aus:

»De Herr is noch nicht soweit, uns alle aufzunehm'n«.

Wenn jemand versuchte, sich über die Maßen zu bereichern, indem er alles Mögliche unter der Sonne kaufte und verkaufte, beeilte er sich, ihm ins Gewissen zu reden:

»Du benimmst dich wie früher, kaufst und verkaufst Sägemehl.«

Weil er stolz darauf war, daß die Menschen ihm Respekt entgegenbrachten, ohne daß er sich als Tyrann aufführte, hatte er es schließlich vermocht, die Männer davon zu überzeugen, eine Volksmiliz zu gründen, um die Stadt gegen jede weitere Invasion verteidigen zu können. Und jene, die einen Frevel gegen einen ihrer Nachbarn oder Freunde begingen, unterstanden dem Schiedsspruch des Gerichtskomitees. Das setzte sich aus jeweils sechs Männern und Frauen zusammen und verhandelte die Vorfälle und Missetaten, die es zu verurteilen galt. Das schwerste Verbrechen, das in den ersten Jahren nach der Stadtgründung begangen wurde, betraf eine Frau, die ihren Mann mit heißem Wasser übergoß, weil er ein Verhältnis mit seiner Schwiegermutter angefangen hatte, die zudem nur drei Jahre älter war als er selbst. Die weiblichen Mitglieder der Jury, die es als ungewöhnlich ansahen, daß eine Schwiegermutter sich in ihren Schwiegersohn verliebte, nicht aber, daß ein jüngerer Mann sich in eine ältere Frau verliebte – denn schließlich wurden nur so aus jungen Burschen Männer –, setzten als Strafe für die Missetäterin fest, sie müsse ihren Mann drei Monate lang seiner Schwiegermutter überlassen und für die beiden kochen, derweil die sich währenddessen in Ruhe seiner Genesung hingeben könnten.

Thomas Bookerman erhoffte sich großes für die Zukunft der Stadt und war alles in allem damit zufrieden, wie sie sich bislang entwickelt hatte. Die Männer und Frauen, für die er bereit war, gegen jedermann – egal ob schwarz oder weiß – einen endlosen Krieg zu führen, hatten ihn nicht enttäuscht. Mehr als ein Krieg aber interessierte ihn die Geschichte der Menschen. Deshalb vertiefte er sich in das Studium der Gegenstände, die die Neuankömmlinge manchmal zu Tage förderten, wenn sie das Land urbar machten, um dort ihr neues Zuhause zu errichten. Die tönernen Töpfe und Kannen, die Perlen und Kämme sowie weitere archäologische Funde offenbarten ihm eine äußerst fesselnde Vergangenheit. Ihn faszinierte die Vorstellung, daß es hier früher bereits eine gesellschaftliche Ordnung gegeben haben mußte, daß Malagueta – im Gegensatz zu dem, was man ihm und anderen berichtet hatte – nicht zu den Ländern gehörte, die von Menschen bevölkert gewesen waren, die nur die Jagd nach Warzenschweinen und Perlhühnern kannten, und daß diese Menschen, von der Außenwelt unbemerkt, es zu einem hohen Grad gesellschaftlicher Organisation gebracht hatten. Die Gräber, auf die sie bei einigen Forschungen stießen, waren von dunkelorangefarbenem, nach Fossilien riechendem Staub bedeckt. Als sie sie öffneten, stießen sie auf Skelette von Männern und Frauen mit Riesenfüßen. Thomas Bookerman kam zu dem Schluß, daß diese Riesen entweder des Lebens müde geworden wären oder sich selbst vernichtet hätten, daß ihre Gattung aber wieder zu Leben erwachen würde, wenn die Neuankömmlinge ihre Chance nicht nutzten.

»Wir trampeln auf de Gräbern von Leutn rum, de nur drauf wartn, uns hier wieder rauszuschmeißn, wenn wir nicht vorsichtig sind«, erzählte er Phyllis eines Abends, als er erschöpft von der Untersuchung der Gebeine nach Hause kam.

Diese Gefahr und das Gefühl, sich viel eingehender mit der Vergangenheit auseinandersetzen zu müssen, um nachvollziehen zu können, wie es vor der Ankunft der Malaguetaer hier ausgesehen hatte, beschäftigte ihn noch lange Zeit, und zwar so sehr, daß er sich, da er nun mit tellurischen Beweisen ausgestattet war, auf die Suche nach schriftlichen Zeugnissen machte. Im Verlaufe seiner Suche stieß er auf die Unterlagen aus dem Haus am Meer, in dem, so wußte es die Legende, über einhundert Jahre vor seinem Erscheinen in dieser Gegend ein behaarter Mulatte und seine schwarze Frau gewohnt hatten. Jetzt bot das Haus nur noch Schlangen und Eidechsen Obdach. Es wurde von einem Dickicht aus Unkraut, Kletter- und Kriechpflanzen überwuchert, die Fenster waren von der Zeit aus den Angeln gehoben worden, und die feuchte Meeresluft hatte die Türen einrosten lassen. Einen ganzen Tag nahm es in Anspruch, bevor er es mit der Hilfe zweier weiterer Männer schaffte, hineinzugelangen. Das Haus betretend, sahen sie sich den Zeugnissen eines prachtvollen Lebens gegenüber: Ihr Blick fiel auf die beiden schönen Stühle, in denen das Paar gesessen hatte, die goldenen Pelikane, in die die Wanzen Löcher gefressen hatten sowie die Flöte mit dem silbernen Mundstück, die der Mann, wollte man den Leuten Glauben schenken, die am Strand wohnten, dazu verwendet hatte, mit seinem Spiel die Seekühe zum Ufer zu locken. Sie sahen das Himmelbett aus Messing, in dem sie sich geliebt hatten, die Porzellanteller mit den Bildern der Königinwitwe, den silbernen Kandelaber, der das Wohnzimmer zu jener Zeit erleuchtete, da das Haus anmutete wie ein auf hoher See vor Anker gegangenes Schiff. Sie sahen die vergilbten Zeichnungen der Karavellen, die damals die Meere durchquerten und die Macht des Königs von Portugal auf alle Länder ausweiteten, sowie die leeren Kisten, in denen der Räucherhering verpackt gewesen war, den wegzuwerfen sie sich nicht mehr die Mühe gemacht hatten. Kein Lebender erinnerte sich, wie sie gestorben waren. Der wohl letzte, der sie lebend sah, hatte seinem Sohn erzählt – und der wiederum hatte es an seinen Sohn weitergegeben –, daß das glückliche Paar für gewöhnlich nackt durchs Haus lief, ohne der Leute zu achten, die draußen vorübergingen, daß die beiden ihren Spaß daran hatten, sich gegenseitig zu füttern, und daß sie oft stundenlang zusammen am Fenster standen, auf das Meer hinausschauten und sich wieder und wieder küßten. Bis sie eines Tages verschwunden waren, und man nie wieder von ihnen hörte.

»De beidn sind sicher sehr glücklich gewesn, und ich denk, daß sie noch immer hier rumstreifn,« sagte Thomas Bookerman.

Die Aufzeichnungen fanden sich zusammen mit einigen anderen Dingen, die der Frau gehört haben mochten, in einer Kiste: Smaragdohrringe, goldene Armreifen und Ketten, die Antonio, der Mulatte, ihr in den Jahren des langen, trägen Sommers ihres Lebens geschenkt hatte. Der interessanteste Gegenstand aber war die Bronzefigur einer Frau mit einer Schlange um den Körper, einen Vogel in der Hand haltend. Thomas Bookerman nahm an, dies müßte wohl das Symbol eines heidnischen Ritus sein, das nur jene Menschen bei sich tragen, die vor Liebe ganz außer sich sind. Nachdem er die Gelege der Schaben beiseite gewischt und die Papiere wieder in einem Zustand versetzt hatte, der sie lesbar machte, vertiefte sich Thomas Bookerman in die faszinierenden Überlegungen des Idirs Aloma, der zu seiner Zeit vermutet hatte, daß die ersten Männer und Frauen, die diese Region bevölkerten, immer nur für drei Monate eines Jahres hiergeblieben wären und versucht hätten, die Existenz Gottes in seinen Manifestationen zu beweisen. Seltsame Dinge hatten sich damals ereignet: Das Korn wuchs auch in der Trockenzeit, obwohl es nicht bewässert wurde. Der Tod ging damals spurlos an ihnen vorüber. Man mußte sich etwas nur wünschen, um es zu auch bekommen. Wenn also jemand alle schlechten Erinnerungen aus seinem Gedächtnis gelöscht haben wollte, brauchte er nur zu sagen: »Auslöschen!«, und schon war es geschehen. Sie hatten gelernt, Gold mit innerer, geistiger Größe zu verbinden, und wußten, daß man bestimmte böse Erscheinungen nur indirekt ansprechen durfte, um nicht von ihnen eingeholt zu werden. Thomas Bookerman war ganz aufgeregt, als er von der Feststellung des geheimnisvollen Aloma las, daß jene Männer und Frauen durch die enge Beziehung, die sie zu Gott hatten, zu Riesen geworden wären, die Männer aber dennoch ganz sanfte Hände gehabt hätten. Und die Frauen waren so schön, daß es ihnen nach dem ersten Kind verboten war, irgend etwas anderes zu tun, als dauerhaft glücklich zu sein. Sie waren ausreichend weit von den Menschen entfernt, und die Welt war dergestalt geordnet, daß jeder in diesen drei Monaten der Glückseligkeit zur gleichen Zeit zu Bett gehen und zur gleichen Zeit aufwachen konnte. Dieser zeitlose Zustand hielt solange an, bis sie, um ihren Glückszustand über die festgeschriebenen drei Monate hinaus zu verlängern, begannen, das Gleichgewicht der Natur zu verfälschen.

»Das iss«, rief Thomas Bookerman aus. »De warn ne Horde gieriger Bastarde!«

Er blätterte die restlichen Aufzeichnungen durch und stieß auf Suleiman, den Nubier, über dessen Leben Aloma sich nur ungenau äußerte. Aus den sehr lückenhaften Zeugnissen folgerte er, daß Suleiman, der Nubier, ein rätselhafter Mensch gewesen sein mußte, der, mit der bemerkenswerten Gabe der Vorhersehung gesegnet, die Zerstörung der Gegend hatte kommen sehen, in der sich jetzt Malagueta befand. Die Stadt lag auf dem Wege eines regelmäßig wiederkehrenden Windes, der, ausgelöst von der unwägbaren Hand eines machtvollen Königs, alle fünfzig Jahre aufkam. Die Einsicht, daß sich alles wiederholen konnte, was der Gründung Malaguetas vorausgegangen war, überzeugte Thomas Bookerman davon, daß er und all die anderen auf verlorenem Posten standen, da das Leben von Gesetzen im Gleichgewicht gehalten wurde, die sie unmöglich beeinflussen konnten. Ihm wurde klar, daß eines Tages alles, was er und andere erbaut hatten, zerstört werden würde. Nicht nur aus Gier, sondern auch, weil geschrieben stand, daß die Göttliche Vorsehung, obwohl sie Malagueta vor anderen Orten gesegnet hatte, der Stadt gleichzeitig einige der unglückseligsten Menschen der Erde aufgebürdet hatte, deren Kinder mit ihrer Gier und ihrer Unterwürfigkeit im Angesicht einer Gewaltherrschaft die Gebeine der Vorfahren in ihren Gräbern schaudern lassen würden. Die eigentlichen Heldinnen und Helden, so folgerte Thomas Bookerman, waren jene, denen es an der Überheblichkeit fehlte, sich als Eroberer oder Erbauer zu betrachten, und die sich in ihrem Leben nur einem einzigen Ziel widmeten: andere glücklich zu machen.

Als er schließlich daranging, das erste Kapitel der *Geschichte der Stadt Malagueta* niederzuschreiben, legte er den Schwerpunkt folgerichtig weniger auf Männer wie sich selbst und die bedeutenden Frauen, die ihnen vorangingen oder zur Seite standen, sondern mehr auf diejenigen, die sie an den schwermütigen Nachmittagen in der neuen Heimat zum Lachen gebracht hatten. Ganz lebendig erzählte er die Geschichte der Reise über das Meer, da Fatmatta, die Vogelfrau, die bittersüßen Balladen von Simon, dem Blinden, gesungen hatte, der seine rechte Hand einbüßte, weil er lieber Banjo spielte als auf dem Feld arbeiten zu müssen. Ganze Wirbelstürme tobten über die Seiten, die er den Mädchen widmete, die aus allen vier Ecken der Welt nach Malagueta gekommen waren, deren Brüste und Augen im Gelben Haus alle Männer in Aufruhr versetzten und die bei einigen führenden Männern der Stadt um jedes Geheimnis wußten. Und auch wenn er selbst kein strenggläubiger Christ war, schrieb Thomas Bookerman für die Nachwelt nieder, daß die Jungfrauen trotz ihres Abscheus dem gegenüber, was für sie ein unzüchtiges Benehmen junger Mädchen darstellte, den schwangeren Mädchen Obdach boten, die kein eigenes Dach über dem Kopf hatten und doch ihre Kinder zur Welt bringen wollten.

Er brachte soviel Zeit über seiner Arbeit zu, daß Phyllis schon glaubte, er wollte zum Einsiedler werden.

»Geh mal raus und schnappn bißchn frische Luft«, ermunterte sie ihn, als er schon zwei Wochen lang nur geschrieben hatte.

Sie regte sich darüber auf, daß, während er in dem verfallenen Haus der Vergessenheit die Schaben und Mäuse getötet und verjagt hatte, sich von ihrem eigenen Haus die Farbe schälte, das Dach undicht geworden und es bereits einige Zeit her war, seit sie ihr Zuhause hergerichtet hatten. Er antwortete ihr, solche Äußerlichkeiten seien etwas für jene Krämer, die nach gesellschaftlichem Aufstieg strebten.

»Wir sind schon fast zum Gegenteil von dem gewordn, was du immer predigst«, schluchzte sie.

Und er hatte gemeint, daß die Häuser offenstehen sollten, damit die Leute ein- und ausgehen konnten, wie es ihnen gefiel, denn seit der Zeit, da Emmanuel Cromantine von dem Einbruch in sein Zimmer überrascht worden war, hatte es keinerlei Anhaltspunkte mehr dafür gegeben, daß irgend jemand auf Einbrüche aus war. Die Frauen konnten ohne weiteres über den Hof in die Küche ihrer Nachbarinnen gehen und sich ein bißchen Salz borgen oder Fisch aus der Räucherkammer. Jeder paßte auf die Kinder der anderen auf und durfte sie auch bestrafen, wenn sie Unfug gemacht hatten, denn: »Was würd wohl deine Mama sagn, wenn sie erfährt, daß du dich danebenbenomm'n hast und ich dir kein'n hinten drauf verpaßt hab?«

Nach ein paar Jahren gemeinsamen Lebens mit Thomas Bookerman begriff Phyllis, daß er kein Mann großer Theorien und Abstraktionen war. Während sie sich Sorgen machte, daß der Zustrom weiterer neuer Siedler die Stadt ihrer ursprünglichen Atmosphäre berauben würde, während sie sich über das unverhohlen zur Schau gestellte Gefühl der Überlegenheit erregte, das manche Einwohner an den Tag zu legen begannen, weil sie geschäftliche Erfolge vorweisen konnten, schien Thomas Bookerman von solcherlei trügerischen Entwicklungen unbeeindruckt zu bleiben. Auf die entstehende Oberschicht blickte er mit Verachtung herab: Männer, die noch gestern kleine Ladenbesitzer gewesen waren, die schlechte Zähne hatten und kaum lesen konnten, bestellten heute Abendgarderoben aus schwarzem Venezia-Tuch und Halbleinen; Frauen, die noch gestern damit zufrieden gewesen waren, die abgelegten Kleider anderer zu tragen und für andere zu putzen, hatten es sich angewöhnt, Goldschmuck zu kaufen und in Seide und Brokat zum Gottesdienst zu erscheinen.

»Das is ganz normal«, meinte er zu Phyllis. »De sind übern Berg, und jetz wolln sie Bälle veranstaltn und Feste feiern wie ihre Herrn in Übersee.«

Ihn überraschte auch nicht die Mischung aus Schrecken und Ehrfurcht, mit der sich einige Malaguetaer der Orte erinnerten, denen sie noch ein paar Jahre zuvor nur zu gern den Rücken gekehrt hatten. Seeleute, die in Malagueta vor Anker gingen und bei den Huren vorbeischauten, berichteten von den Frauen in England, daß sie die am besten gekleidetsten der Welt wären, berichteten von den Reichen, die sich Butler und Zimmermädchen leisten könnten, beschrieben die neuesten Möbel, überbrachten die Nachricht von der Erfindung des Dampfschiffs und wiesen auf die Vorteile hin, die man dadurch erlangen könnte, wenn man für eine Weile nach England ginge, diese moskitoverseuchte Stadt hier hinter sich ließe und der Haut eine blassere Farbe gönnte. Und daß es keine so schlechte Idee war, wenn man die Kinder dorthin schickte, auf daß sie »des Königs Englisch« sprechen lernten und sich wie richtige englische Damen und Herren kleideten.

»Das liegt in de menschlichn Natur«, erklärte Thomas Bookerman seiner Frau. »Sie liebn de Dinge, de sie so sehr hassn, und sind bereit, dafür zu zahln.«

Und sie bezahlten dafür. Kaum hatte sich herumgesprochen, daß Emmanuel Cromantine daran dachte, zwecks Studiums nach England zu gehen und Arzt zu werden, da begannen die Söhne und Töchter anderer Kaufleute ihre Eltern mit der Bitte zu plagen, sie doch gleichfalls ins Ausland zu schicken. Das reichhaltige Wissen aus der Schule der Farmer-Brüder, die Bücher in ihrer Buchhandlung, der Katechismus wie die von den Jungfrauen geführte Sonntagsschule, all das waren ja nur Vorbereitungen auf das Unvermeidliche: daß die Männer und Frauen, die so schwer für ihre Unternehmen gearbeitet hatten, den Wald zurückgedrängt, Holzhäuser erbaut und gesunde Kinder großgezogen hatten, nun alles, was sie besaßen, verkauften, um ihre Sprößlinge ins Ausland zu schicken, weil sie sich im innersten Herzen ihres Mangels an vornehmer Anmut, rhetorischen Gaben und elegantem Benehmen schämten, Eigenschaften, über die sie sich noch vor nicht allzulanger Zeit vor Lachen ausgeschüttet hatten, wenn sie sie an ihrer großspurigen Herrschaft beobachteten. Sie alle waren Menschen, denen im Grunde jeder Stammbaum fehlte, die keinerlei Herkunft vorweisen konnten, die der Prüfung vor der Geschichte standgehalten hätte. Sie waren Pioniere, deren Namen nicht im Buch der Geschichte verzeichnet standen, deren Namen in ihrer Heimatstadt nicht auf Gedenktafeln, Denkmalen oder ausgestellten Waffen verewigt waren, denen nicht einmal bewußt war, daß sie zu den Auserwählten gehörten, zum Salz der Erde, daß Männer und Frauen nicht so sehr danach beurteilt wurden, was ihre Väter geleistet hatten, sondern nach der Einzigartigkeit ihres Geistes, nach ihrem Erfolg, nach ihrer Charakterstärke und dem unbezwingbaren Willen, von ihren Feinden geachtet zu werden. Malagueta standen Veränderungen bevor, und Phyllis, die zusah, wie Thomas Bookerman sich in die Geschichte der Stadt vertiefte, sollte sich später noch lange des Tages erinnern, an dem sie flüchtig aus dem Fenster sah und Gustavius und Isatu Martins erblickte. Isatu Martins hielt ein Kind an der Hand. Sie kamen auf das Haus des Stadtgründers zu und sahen aus, als hätten sie einem Gespenst in die Augen geschaut.

Sie brachten schlechte Neuigkeiten mit. Vor zwei Jahren, als sie Eltern geworden waren, hatten sie sich so sehr über die Veränderung in ihrem Leben gefreut, daß sie den Beschluß faßten, ihre Rückkehr nach Malagueta zu verschieben. Sawida Dambolla war vor Freude außer sich. Sie fesselte ihre Tochter ans Bett wie eine alte, gebrechliche Frau. Nach der Niederkunft wischte sie ihr eine Woche lang jeden Morgen die Stirn mit einem Handtuch, das sie mit dem Saft von Guaven und Zitronen getränkt hatte, brachte ihr Milch frisch vom Euter, brannte einen ganzen Monat lang Weihrauch ab, hing getrocknete Kassavablätter über ihren Spiegel und betete zu ihrem Mann, daß er seinen Enkelsohn gegen den bösen Blick schützen möge.

Gustavius Martins kümmerte sich nun, da er Vater war, hingebungsvoll um seine Frau. Gerade so, wie er sich um sie bemüht hatte, als er sie vor vielen Jahren zum erstenmal unten am Fluß gesehen hatte. Jetzt, da ihn nicht mehr die Notwendigkeit belastete, irgend etwas beweisen zu müssen, und zumal er mit seinem Leben als »Landadliger« ganz zufrieden war, schockte er Sebastian Cromantine mit der Bitte, doch noch etwas länger auf seine Habseligkeiten zu achten. Er begründete das damit, daß aus Malagueta eine Stadt geworden wäre, in der man über dem Versuch, die Straßen mit Gold zu pflastern, nur Magengeschwüre bekäme. Daran sei er nicht mehr interessiert. Er fände es viel schöner, so führte er aus, seinem Sohn zuzusehen, wie er über den Fußboden kroch, als immer nur Häuser zu bauen. Niemand hatte sich um ihn gekümmert oder ihm Lieder vorgesungen, als er ein Baby war. Obwohl es ihm nie jemand erzählt hatte, wußte er, daß er unter ganz anderen Bedingungen auf die Welt gekommen war. Und er erinnerte sich auch, daß er nach seiner Mutter geschrien hatte, als man sie ihm, er war noch ganz klein, wegnahm. Sein Sohn bedeutete für ihn deshalb eine Zukunft, die die Qualen der Vergangenheit erträglich machte. Wenn Isatu Martins dem Säugling sacht ihre üppig pendelnde Brust in den Mund schob, streichelte Gustavius Martins sie manchmal und freute sich an ihrer Liebe zu ihrem Sohn und dem Mann, der ihr die Sänfte gebaut hatte. In dieser Zwischen-Zeit lebte er in völliger Übereinstimmung mit sich selbst, war umgeben von seiner Familie und umringt von dem sich ins Unermeßliche ausdehnenden Wald, über dem er jede Nacht einen Lichtschein den Himmel erhellen sah, als gäbe es hinter den Bäumen einen geheimnisvollen Ursprung dieses Leuchtens.

Alles war nur Einbildung. Seit Monaten wurden jenseits des Waldes fünfhundert Männer für einen Angriff auf Malagueta ausgebildet. Dabei handelte es sich um die vergessenen Überreste der Truppe des Captain Hammerstone, verstärkt durch vierhundert Rekruten aus den zerklüfteten Bergen des Fouta Djalon: Männer, denen die Aussicht auf Gewinne aus der Plünderung der Städte und Dörfer ausreichenden Grund bot, einen Krieg vom Zaun zu brechen. Captain Hammerstone hatte, nachdem er vor der wütenden Menge, die gegen seine Festung vorging, geflohen war, nach dreitägigem Fußmarsch durch eines der unwegbarsten Gebiete der Welt in den Bergen hinter dem Wald Zuflucht gefunden. Er hatte sich einen Weg durch den Teil des Waldes gebahnt, in den seit der Zeit, da die ersten

Araber an die Quellen des Goldes der Schwarzen heranzukommen versuchten und dabei von Raubtieren verschlungen worden waren, kein Mensch mehr seinen Fuß gesetzt hatte. Captain Hammerstone ließ sein Leben an sich vorüberziehen, und siehe, die erlittene Demütigung wandelte sich in ein herbes Martyrium. Hinfort hielt er sich sich von Frauen fern und trank auch weniger. Und diese Vergeistigung seines Lebenswandels half ihm, seine Niederlage nach einiger Zeit nur noch als taktischen menschlichen Fehler zu sehen. Er kam zu dem Schluß, daß er nicht nur die Entschlossenheit dieser Menschen unterschätzt hatte, die anders waren als er und sich selbst für Eroberer hielten, sondern gleichzeitig einer der übelsten Sünden der Menschheit anheimgefallen war: darauf zu vertrauen, daß andere einem in Zeiten der Not zu Hilfe eilen. Er hatte geglaubt, daß seine Männer, waren sie doch weiß wie er, sich mit größter Entschlossenheit und Tapferkeit der Horde entgegenwürfen, wie es sich gehörte. Denn schließlich hatten sie doch bereits in der Schule gelernt, für König und Vaterland einzustehen, die Fahne hochzuhalten und die Macht zu verteidigen. Jetzt wußte er es besser. Entschlossen, sich seine Verbündeten nie wieder nur unter den eigenen Leuten zu suchen, begründete er seine Niederlage auch mit der Vernachlässigung, mit der er in der Vergangenheit die Männer und Frauen bedacht hatte, denen er die einzigen Freuden seines Lebens zu verdanken hatte: Männer und Frauen, an denen er seine Männlichkeit und seinen Mut geprüft und bewiesen hatte. Während er so zurückschaute auf das, was geschehen war, kamen ihm seine Frauen in Calabar und Ceylon wieder in den Sinn: die dunkelhäutigen Frauen, die seine weiße Haut mit ihrer Liebe verhüllt hatten. Vor allem die eine, die ihm einen Sohn geschenkt hatte. Mit einem Mal wallte in ihm eine grimmige und beschützende Liebe für sie auf. Er hätte am liebsten den Ozean durchschwommen, um zu der exotischen Insel zu gelangen und die Frau mit den bezaubernden Augen zu bitten, sie möge Buddha, die Gärten mit dem Duft des Jasmins und die Schlangenbeschwörer vergessen und mit ihm kommen, doch hatte er im Augenblick in Malagueta Dringenderes zu erledigen. Malagueta übte eine unwiderstehliche Anziehungskraft auf ihn aus. Wenn Captain Hammerstone überhaupt zu einer neuen Einsicht gelangt war, dann zu der, daß er künftig immer mit anderen Menschen zusammenleben wollte. Aus diesem Grunde sah er in seiner Flucht auch keine Niederlage, sondern eine Offenbarung. Künftig würde er immer wissen, daß Männer und Frauen nach dem beurteilt wurden, was sie geben und leisten konnten, und nicht nach irgendwelchen falschen Vorstellungen, die Männer wie er aufgebaut hatten. Man hatte ihn als Versuchskaninchen benutzt. Und so fühlte er sich als einer der wenigen Märtyrer, die diese Zeit hervorgebracht hatte, und nahm sich vor, es besser zu machen, wenn er nach Malagueta zurückkehrte.

Sein Plan sah vor, Männer anzuheuern, von denen er schon einiges gehört hatte: schwarze Männer mit einer Vergangenheit, die von Mut und einem gehörigen Maß Fanatismus sprach. Sie sollten ihm dabei helfen, seine neuen Erkenntnisse nach Malagueta zu tragen, zu jenem Einäugigen vor allem, der den Angriff auf seine Festung geleitet hatte. Zwei Jahre später hatte Captain Hammerstone seine Leute vorbereitet, und wie ein Wüstenkrieger marschierte er gen Malagueta.

Isatu Martins wollte gerade Garbage ins Bett bringen, als sie abends gegen sieben hörte, wie die Straße vom Donner eines Erdbebens widerhallte. Ihren Sohn auf dem Arm, trat sie ans Fenster und sah das unverkennbare Gesicht Captain Hammerstones, der eine Armee hochgewachsener schwarzer Männer durch Bolanda führte. Grimmig, entschlossen und von der Aura eines grausamen Ernstes umgeben, stampften diese barfüßigen Tiere durch das dornige Gras, als schritten sie über einen Blätterteppich dahin. Ihre Füße wühlten über den Gräbern der Seuchenopfer eine riesige Staubwolke auf. Wie Maultiere bepackt, zogen sie doch mit einer Leichtigkeit dahin, die Isatu Martins die Eingeweide zusammenzog. Als sie ihre Waffen sah: Lanzen, altertümliche Musketen, Keulen, Dolche und eine große Kanone, die sie auf einen Wagen geladen hatten, lief ihr ein Schauder über den Rücken.

Captain Hammerstone vertraute diesen Männern: Es waren käufliche Kriegsfurien, die mit bloßen Händen töten konnten, Männer, von denen jeder einzelne einen Bullen zu Boden zwingen und ihm mit einem einzigen Schnitt die Kehle durchtrennen konnte. Jeder einzelne war ein abgebrühter, grausamer Krieger, der einen Panther erwürgen, einer Boa das Rückgrat brechen konnte und einen Dolch mit tödlicher Genauigkeit zu werfen wußte. Sie traten die Hunde, die sie anbellten, und töteten sie mit ihren Speeren, plünderten die Reisspeicher, um ihre Vorräte aufzufüllen, und schlugen zur Nacht vor der Stadt ihr Lager auf.

Isatu Martins erriet sofort das Ziel ihres Marsches und wußte gleich, was zu tun war. Obwohl das bloße Auftauchen der Männer ihr schon einen riesigen Schrecken eingejagt hatte, war die Angst vor dem, was sie vorhatten, doch ungleich größer. Die grimme Entschlossenheit dieser Söldner lähmte sie aber nicht so sehr, daß sie nicht mehr imstande gewesen wäre, ihre Pläne in jeder möglichen Weise zu durchkreuzen. Sie wußte, daß die Männer sich in der Gegend nicht sonderlich gut auskannten, daß die schweren Bündel auf ihren Rücken sie schließlich ermüden würden. Und da sie Banditen der schlimmsten Sorte waren, so zögen sie mit Sicherheit plündernd und vergewaltigend voran, und auch das würde das Tempo ihres Vormarsches verringern. Sie drehte sich zu ihrem Mann um, den der Lärm draußen aus einem der hinteren Räume des Hauses in das Vorderzimmer gelockt hatte, und meinte mit einer Sicherheit, die sich auf die Vertrautheit mit der Geschichte dieser hartgesottenen Männer gründete:

»Sie marschieren gegen Malagueta.«

Gustavius Martins erschrak nicht. Selbst ein Mann der Waffen, erschütterte der Anblick von Truppen ihn nicht so sehr wie seine Frau. Als er vor vielen Jahren im Kolonialkrieg gekämpft hatte, war ihm klar geworden, daß zwei Sorten Menschen in den Krieg zogen: auf der einen Seite jene, die für den Ruhm und die Ehre eines Landes fochten, und auf der anderen diejenigen, die den Wert ihrer eigenen Person zu erhöhen beabsichtigten. Er hatte aus dem zweiten Grunde gekämpft, denn obwohl er das Töten verabscheute, so mußte er doch Zeuge werden, wie mehrere Männer, die so waren wie er selbst, den Tod fanden: halsstarrig bis zur Naivität in ihrem Glauben an die Sinnlosigkeit des Krieges. Als er schließlich selbst zu töten gezwungen war, tat er dies nur mit ziemlichem Widerwillen. Noch lange Jahre später hatte er den unversöhnlichen Blick des Todes vor Augen, wie er in den Gesichtern der Männer geschrieben stand, die davon überrascht wurden, daß er mit solcher Genauigkeit töten konnte. Malagueta hatte einen Mann des Friedens aus ihm gemacht. Die einzige Ausnahme stellte jenes Ereignis dar, da der blonde Leutnant versucht hatte, ihn zu bezwingen. Den Angriff auf die Garnison hatte er nicht als richtigen Krieg angesehen, sondern als berechtigtes Unterfangen zur Ausmerzung einer Seuche. Jetzt spürte er, wie eine Welle der Wut sein Innerstes aufwühlte. Er empfand Abscheu vor diesem Piraten, der die Männer anführte. Mehr aber vor dem Verrat der Männer, die hinter Captain Hammerstone her marschierten. Seine Frau, die vor ihm stand und noch immer Garbage im Arm hielt, ansehend, meinte er mit trauriger Stimme:

»De schöne Zeit ist vorbei. Pack unsre Sachn. Wir gehn heut nacht fort und nehmn nen Schleichweg nach Malagueta, damit wir eher da sind als diese Verbrecher.«

Als Thomas Bookerman die Nachricht vom Anrücken der Invasionsarmee vernahm, zeigte er nicht die leiseste Überraschung. Er schlug das Buch zu, das er gerade las, als die Martins hereinkamen, streichelte Garbage, den er zum erstenmal sah, über den Kopf, machte Isatu Martins das Kompliment, daß ihr die Bergluft offensichtlich sehr gut bekommen sei, und erlaubte sich erst dann eine Bemerkung zu den jüngsten Entwicklungen.

»Er hat also doch Rückgrat, dieser Captain. Da werdn wir ihm mal zeign, was dabei rauskommt, wenn sich wer in unser Lebn einmischt.«

Am frühen Morgen des folgenden Tages hielt er Kriegsrat mit ein paar wichtigen Gemeindemitgliedern, die er heimlich in sein Haus bestellt hatte.

»Männer, dies is ne geheime Sache. Wir brauchn nen gutn Plan, bevor wir de andern einweihn«, erklärte er ihnen.

Sein Plan bestand darin, aus allen Familien, die maßgeblich an der Erbauung Malaguetas beteiligt gewesen waren, zweihundert Männer zu rekrutieren.

»Dadurch könn'n wir ihrer völlign Treue gewiß sein.«

Die Malaguetaer hatten über die Jahre hinweg Gewehre von den Seeleuten gekauft oder sie im Austausch mit Waren und Nahrungsmitteln erworben. Diese Waffen und die, die sie in der Garnison gefunden hatten, nachdem Captain Hammerstone davongejagt worden war, sollten ausreichen, die zweihundert Männer zu bewaffnen, meinte Thomas Bookerman.

»Natürlich könn'n wir nicht alle in Kenntnis setzn, wir wissn ja nicht, wer für uns is und wer für Captain Hammerstone.«

»Man sagt auch, daßn Krieg de eigentümlichstn Bettgenossn beschert. Wir sollten also vorsichtig sein«, erwiderte Thomas Bookerman.

Als sie die Einzelheiten des Plans besprochen hatten, bat er seinen Stellvertreter und drei weitere Männer zu bleiben. Die anderen entließ er nach Hause, nachdem sie bei ihren Müttern, die ihnen einen Fluch auf den Hals schicken sollten, wenn sie den Plan nicht geheimhielten, Verschwiegenheit geschworen hatten. Zurück blieben Sebastian Cromantine, die Farmer-Brüder und Gustavius Martins. Das waren nicht nur dieselben, mit denen er sich damals getroffen und abgesprochen hatte, als sie den Marsch auf die Garnison planten, sondern auch diejenigen, denen Bookerman vertrauen konnte. Denn im Verlauf der Jahre hatten sie ihr ernstes Interesse am Gedeihen Malaguetas bewiesen.

In den vielen Jahren, die Gabriel Farmer nun schon die Schule leitete, war er zu einem der angesehensten und bewundertsten Männer Malaguetas geworden. Durch reine Hingabe, Liebe und Geduld gelang es ihm, Männer und Frauen wie Emmanuel Cromantine hervorzubringen, die von einer Zukunft in der englischen Wildnis träumten. Es glückte ihm, in den jungen Menschen ein Gefühl für die Künste zu wecken. Die Versammlungen, die er in seinem Hause abhielt, wirkten wie ein Magnet auf die Töchter und Söhne aus den besten Häusern der Stadt. Sie kamen, um ihm zu lauschen, wenn er Coleridges stimmungsvolle Gedichte las, mit ihnen Schuld und Sühne der Moll Flanders diskutierte und sie sich vorstellten, wie der Geist der Catherine in *Wuthering Heights* umging. Wie seine Mutter, der Herr sei ihrer Seele gnädig, ihn in Konzerte mitgenommen hatte, so sorgte er nun dafür, daß umherreisende Musiker, die die Stadt besuchten, Konzerte gaben und die Musik der englischen und deutschen Meister spielten. Dadurch lernten seine Schüler das früh vollendete Genie Mozarts kennen und lieben, die dämonische Majestät Beethovens, den Zauber Purcells und die barocke Vollkommenheit Bachs.

»Die Kunst wird die Zukunft der Menschheit formen«, gab er ihnen mit auf den Weg.

Seine Leidenschaft für die alten Meister brachte ihn immer wieder in Konflikt mit der Unnachgiebigkeit der Jungfrauen, die felsenfest daran glaubten, daß nur eine starke Dosis christlicher Lehre Geist und Hirn der jungen Menschen formen könnte und die Eltern unaufhörlich warnten, seine Versammlungen würden ihm lediglich als Ausrede dafür dienen, den Kindern Herz und Hirn zu verbiegen. Jahre der Verdrängung hatten ihn von seiner Liebe zu Phyllis geheilt. An die Stelle dieser Liebe hatte er die Liebe zu seinen Schülern gesetzt, mit denen gemeinsam er die schöpferischen Götter verehrte.

Richard Farmer hatte in den friedvollen Jahren nach der Erstürmung der Festung gegenüber der Schule seines Bruders den *Globe Bookshop* aufgebaut. Der vollmundige Geruch nach Pinienholz, dicken, verstaubten Lederfolianten und nach dem aromatischem Kaffee, den er anbot, machte die Buchhandlung zu einem beliebten Treffpunkt. An den Wänden hingen Bilder wundervoller Landschaften, Gemälde gelangweilter Damen in lang wallenden Morgenmänteln, die zu unterhalten Männer in Uniform sich bemühten. Die Fibeln und Reisebeschreibungen waren den Kindern Quelle größter Lust, da sie erstere mit dem Gedanken verbanden, lesen zu lernen, und letztere mit weit entfernten Ländern und Gestaden. In der Zeit, da er seiner Liebe zu Louisa nicht gewiß war, hatte Emmanuel Cromantine viele Tage in der Buchhandlung verbracht, damit beschäftigt, den gordischen Knoten seiner Liebschaft zu entwirren. Ihm und den Söhnen und Töchtern der bedeutenden Frauen und Männer Malaguetas war die Buchhandlung gleichzeitig der Ort, an dem sie Briefe schreiben lernten. Sie blätterten sich in den Aufklärungsbüchern durch die Seiten der Gelehrsamkeit und bildeten sich so eine Meinung davon, wie ein richtiger und formvollendeter Liebesbrief auszusehen hätte:

»Da mir der Anblick Eurer bezaubernden Schönheit vergönnt gewesen, nehm ich all meine Kühnheit in meine Hände und sende Euch dieses Schreiben aus meiner Feder …«

Im Laufe der Jahre nahm in der Buchhandlung die eine oder andere dauerhafte Bindung ihren Anfang, wurden in dem sicheren Hafen, in dem Richard Farmer es den Heranwachsenden gestattete, daß sie – solange sie dabei diskret blieben – einander Küsse stahlen und bei den Händen hielten, mit Worten Herzen gebrochen und wieder geheilt.

Die Nachricht aber, daß die Armee von Captain Hammerstone gegen Malagueta marschierte, holte die Männer von ihren Berufen und Berufungen weg und bewirkte Kriegsvorbereitungen. Diese ganze erste Nacht lang, in der eine trügerische Stille über der Stadt lag, berieten Thomas Bookerman und seine Leutnants die verschiedenen Strategien zur Verteidigung der Stadt. Sebastian Cromantine stimmte dafür, daß die Verteidiger die wichtigste Zufahrt zur Stadt oben am Berg verbarrikadieren sollten, doch Gustavius Martins, ein Mann, der weniger für lange Auseinandersetzungen zu haben war, stimmte gegen diese Idee.

»Da bringn sie uns bloß um«, sagte er. »Soll de Captain doch seine Leute in de Stadt führn, dann könn'n wir sie aus alln Eckn angreifn.«

Thomas Bookerman pflichtete ihm bei. Am nächsten Morgen suchten sie die Männer auf, bei denen sie das Gefühl hatten, sie könnten ihnen vertrauen, und ließen sie im Namen ihrer Mütter einen Eid schwören. Die Kriegsvorbereitungen nahmen erhöhte Dringlichkeit an. Das schwierigste Unterfangen bestand darin, die Vorbereitungen auf die Verteidigung Malaguetas geheimzuhalten. Die Männer, die sich Thomas Bookerman anschließen wollten, mußten sich alle möglichen Ausflüchte einfallen lassen, mit denen sie in der Woche, bevor die Eindringlinge die Stadtgrenzen erreichten, erklären konnten, warum sie dauernd bei der Arbeit fehlten. Männer, die in ihren Gewohnheiten so regelmäßig wie Krabben waren, die zur Arbeit gingen und danach unmittelbar wieder nach Hause kamen, mußten ihren Frauen sagen, woher ihr plötzliches Verlangen rührte, nachts noch mal »Luft schnappen« zu gehen.

Fünf Tage, nachdem ihn die Nachricht vom bevorstehenden Einmarsch Captain Hammerstones erreicht hatte, konnte Thomas Bookerman auf einhundertfünfzig kampfbereite Männer zählen. Die Namen der Verteidiger waren dem Kriegsrat bekannt. Untereinander wußten sie jedoch nicht voneinander. Damit sollte verhindert werden, daß das Geheimnis in der Öffentlichkeit durchsickerte. Alle sollten sich bereithalten, mit dem Gewehr am Fenster stehen und erst dann herauskommen, wenn sie die Nachricht erreichte, daß der Feind in unmittelbarer Nähe war.

Am nächsten Morgen wirbelten sie den Staub der Stadt unter ihren Füßen auf, als sie zu der Garnison marschierten, die Captain Hammerstone bei seiner vorigen Niederlage verlassen hatte, und Vorbereitungen trafen, dort Stellung zu beziehen.

Von dort oben hatten sie die Palmenreihen im Blick, die Grabsteine auf dem Friedhof, die Eukalyptusalleen, durch die Captain Hammerstone mit seinen Leuten kommen mußte. Hinter ihnen erstreckten sich die Hügel, in denen Sebastian Cromantine und die anderen Überlebenden der Süßkartoffelpest Zuflucht gefunden hatten. Thomas Bookerman wußte, daß man sie in dieser Jahreszeit nicht überwinden konnte, weil die tobenden Regenfälle der letzten Wochen den Pfad ausgewaschen hatten, und verwarf den Gedanken an einen Überraschungsangriff von hinten. Dennoch überließ er nichts dem Zufall, war er doch Veteran zweier vorangegangener Feldzüge, und wenn er auch nur selten darüber sprach, so hielt der Verlust seines Auges immer die Erinnerung lebendig, welch schrecklichen Preis er in dem einen Krieg zu zahlen gehabt hatte. Die Garnison wurde in eine Festung verwandelt, die beschädigten Türen wurden mit eisernen Riegeln verstärkt, die Fenster schwarz gestrichen, damit sie sich nicht vom Rest des Gebäudes unterschieden. Es erwies sich aber als undurchführbar, die Nachricht des bevorstehenden Überfalls völlig geheimzuhalten. Als Thomas Bookerman mit einigen Männern einkaufen ging, um die Kriegsvorräte aufzufüllen, traf er auf eine aus Angst vor einer Epidemie schlotternde Stadt. Malagueta war in Aufruhr: Die engen Straßen mit den asbestgedeckten Häusern wurden von panisch verängstigten Frauen verstopft, die nach ihren Männern und Söhnen suchten. Die Geschäfte leerten sich. Der Frieden des Hauses der Jungfrauen wurde vom Tumult der Gläubigen gestört, die Einlaß begehrten. An jenem Morgen drängte Reverend Adam Freeman – der die Gottesdienste wieder aufgenommen hatte, nachdem er Gott viele Jahre lang um Vergebung für sein Verhalten Phyllis gegenüber gebeten hatte – die Gemeinde beim Abendmahl dazu, den Herrn zu bitten, ihnen das bevorstehende Unheil zu ersparen. Zu gleicher Zeit gingen im Gelben Haus die Frauen mit Männern ins Bett, die ihrer Überzeugung nach in den Tod zogen, und sie baten sie, für ihre letzten Freuden auf Erden doch bitte nichts zu bezahlen, gleichzeitig aber darauf bestehend, daß sie, wenn sie denn wiederkehren sollten, doch besser in ihren Kampfstiefeln kämen, um zu beweisen, daß »du wirklichn Krieger bist«.

Emmanuel Cromantine gehörte nicht zu den jungen Männern, die das Gelbe Haus besuchten, um ihre Männlichkeit unter Beweis zu stellen und einen Vorgeschmack auf den drohenden Krieg zu bekommen. Der Aufruhr der Kriegsvorbereitungen, der um ihn herum stattfand, ließ ihn zunächst unberührt. Er trug den Kopf in den Wolken und versuchte, die Verwicklungen in seinem Innern aufzulösen. Die Jahre des Lernens hatten ihn auf eine Laufbahn als großer Gelehrter vorbereitet. Als er jedoch all die Männer seines Alters mit ihren Waffen an seinem Haus vorbeikommen sah, wurde seine Aufmerksamkeit auf das Drama gelenkt, das sich vor seinen Augen entfaltete. Und das ließ seine Vergangenheit im Nebel verschwinden und seine Zukunft zweifelhaft erscheinen. Er ertappte sich dabei, daß er darüber nachdachte, was Erfolg ausmachte und welchen Sinn Heldenmut und Opferbereitschaft hatten. Er war noch zu jung, als daß er schon beim ersten Sturm auf die Garnison hätte dabei sein können, doch die Erzählung von dieser glorreichen Tat war in den Bars am Strand zur Legende geworden. Und obwohl er das Gelbe Haus nie betrat, so saß Emmanuel Cromantine doch manchmal auf den Stufen, die zu dem Haus der Freuden hinanführten, und lauschte den rumgesättigten Balladen über das Heldentum der Männer, die die Garnison zerstörten, über tätowierte Seeleute und Frauen, die nach Frühlingsblumen rochen, deren Augen feucht glänzten und die von Zeit zu Zeit unter grünen Himmeln in Seen und Weihern nach Forellen und Lachsen fischten, um ihre Liebhaber zu speisen, die sie in allen Sprachen der Welt liebten.

Aus solchen eingebildeten Freuden erwachend, ging Emmanuel Cromantine hinüber zum Haus der leuchtenden Schmetterlinge, in dem Louisa auf ihn wartete. Die Monate, die sie sich nun liebten, hatten nicht nur den Rhythmus ihrer Körper einander angeglichen, sondern auch ihre Gedanken aufeinander abgestimmt. Wenn ihre Augen sich trafen, wußten sie, was der andere dachte. Louisa war ein leidenschaftlicherer und geradlinigerer Mensch als Emmanuel. Mit der Zeit war es ihr gelungen, ihn soweit zu bringen, daß er nicht mehr von dem botanischen Garten redete, den er anlegen wollte. Und Schritt für Schritt hatte sie aus einem unbeholfenen Anfänger in der Kunst der Liebe einen wunderbaren Liebhaber gemacht. Sie liebten sich fast jede Nacht: in der dunstigen Trostlosigkeit der Regenzeit, unter den kalten Winden des Harmattan, in der unerträglichen Hitze des März, unter dem Schutz der Komplizenschaft ihrer Freunde Gabriel Farmer und Phyllis Dundas. Sie stiegen zu solchen Höhen unerträglicher Lust auf, daß Louisa glaubte, sie würde verrückt, sollten sie jemals getrennt werden. In solchen Augenblicken, wenn Schreie aus Schmerz und Lust sich ihrer Kehle entrangen, drang sie in ihn:

»Komm mit mir, mein Liebster, laß mich nicht allein ertrinken.«

Wenn sie aus den Tiefen der Lust wieder an die Oberfläche zurückgekehrt waren und sich etwas ausgeruht hatten, bat sie ihn manchmal, die Fenster zu öffnen, damit sie dem Gesang der Webervögel lauschen und die Schmetterlinge herumflattern könnten, wie es ihnen gefiel. Und sie wollten im Bett bleiben und nur aufstehen, wenn sie Hunger hatten. In jener Nacht, in der sie zum erstenmal alle Regionen ihrer Körper erforscht hatten, erlaubte er ihr, mit seinem stattlichen Glied zu spielen, während er sie zu solch himmlischer Lust trieb, daß sie ihm schließlich ins Ohr flüsterte:

»Komm, tun wir es auf dem Fußboden.«

»Warum?« fragte er sie.

»Weil die Liebe ein Ding uranfänglicher Schönheit ist und das Bett ein Hindernis, das die Bischöfe erfunden haben. Und die Menschen sind die einzigen Lebewesen, die sich lieben und sich dabei ansehen«, erwiderte sie.

Er führte sie an das Fenster, von dem aus sie ihn damals, an jenem Abend, bevor sie mit der Porzellanfigur des Christus auf das Bett mit der Patchworkdecke gesunken war, vorbeigehen sehen hatte. Dann, wie ein Preisbulle die Kuh besteigt, suchte und fand er die allerletzten Geheimnisse ihres Wesens, trank aus der Quelle ihrer üppigen Brüste, stieg im Sturm ihrer Musik auf und zerfloß in ihr, um sie schließlich sicher zurückzugeleiten, um mit ihr gemeinsam in der schläfrigen Ruhe ihrer Erschöpfung auszuruhen.

Emmanuel Cromantine versuchte, nicht an Louisa zu denken. Ihn beschäftigten die Zweifel, die in seinem Innern nagten. Der Tumult in den Straßen und das Gefühl, er verlöre irgendwie sein inneres Gleichgewicht, machten es ihm nicht gerade leicht, eine Entscheidung darüber zu fällen, was zu tun gedächte. Sein Vater stand neben Thomas Bookerman in der ersten Linie der Verteidiger, und die Abwesenheit des älteren Mannes lud dem Sohn die unerträgliche Bürde auf, sich um seine Mutter kümmern zu müssen.

»Jetz bist du de Herr im Haus«, sagte sie. »Betn wir, daß de Krieg bald vorbei is und dein Vater lebend heimkommt.«

»Er sollte hier bei dir sein, Mama, und ich da draußen«, entgegnete er.

»Sag sowas nicht, mein Sohn. Warum? Du willst mich wohl vor meiner Zeit ins Grab bringn?«

»Ist ja gut. Ich werd hierbleiben. Aber was meinst du, wie mir später, wenn das alles vorbei ist und ich nichts dazu beigetragen habe, zumute sein wird?«

Noch während er die Worte aussprach, wurde ihm klar, daß er sich innerlich schon entschieden hatte. Obwohl er seiner Mutter dieses Versprechen gab, sehnte sich sein Herz danach, da draußen bei den anderen zu sein. Schließlich hatten sie genau so wie er Mütter.

*

Captain Hammerstone sah Malagueta genauso vor sich liegen, wie er es von seinem letzten Versuch, es seiner Herrschaft zu unterwerfen, in Erinnerung hatte. Er sah die Ansammlung von Häusern entlang der Hügelkette, deren Lichter wie durch gebrochenes Kristall fleckige Schatten auf das frische Grün warfen. Er sah, wie die Haustiere sich in ihren Verschlägen zur Nacht niederlegten, sah die schmalen Linien der Straßen, die sich wie Schlangen von den Hügeln zum Meer hinabwanden, und ihm fiel auf, daß die Zimmerleute die Arbeit an der Kirche fast vollendet hatten, bis auf den Cinquefoil. In der Ferne erblickte er die neuen Häuser der Reichen mit ihren Schrägdächern und Dachfenstern, und die große Stille in den Straßen sagte ihm, daß seine Ankunft alles andere als eine Überraschung darstellte.

Thomas Bookerman wollte sich gerade eine Tasse Tee einschenken, als der Donnerschlag eines Artilleriefeuers die nahende Nacht erschütterte.

»Es geht los, Männer«, rief er. »De Zeit is reif!«

Jemand berührte ihn an der Schulter, und eine Frauenstimme sagte zu ihm:

»Ich bin auch hier, auch wenn dus nicht gewußt hast.«

Es war Phyllis. Nachdem Thomas Bookerman gegangen war, um im Schulgebäude sein Hauptquartier einzurichten, hatte sie sich als Mann gekleidet und sich unter die Männer gemengt, die ebenfalls auf dem Weg dorthin waren.

»Was machst du hier?« fragte Bookerman.

»Wir stehns zusammn durch, General, und du wirst mich nicht aufhaltn, denn ich hab keine Angst vor de Tod.«

Nach einem siebentägigen Marsch von Bolanda her stieß Captain Hammerstone auf Malagueta zu. Als er beinahe schon den Friedhof erreicht hatte, befahl er seinen Leuten, sich in zwei Gruppen aufzuteilen. Das sollte ihm einen Zangenangriff ermöglichen. Während er die eine Gruppe anführte und mit ihr die Stadt von Süden her einnehmen wollte, schickte er die andere Abteilung über den Pfad durch den Wald mit der Anweisung los, den Stadtteil einzunehmen, der sich unten am Meer in die sanfte Biegung der Bucht schmiegte.

»Denkt dran, wir schlagen diese Schlacht, um uns hier niederlassen und ein anständiges Leben führen zu können.«

Er befahl die Kanone nach vorn und feuerte eine weiteren Schuß auf die Garnison ab. Wütendes Feuer der Verteidiger gab ihm Antwort. Als er hastig versuchte, mit der großen Kanone gegen das Gebäude vorzugehen, holperte die Lafette über einen großen Felsen, so daß die schwere Waffe vom Wagen fiel und den Hang hinabpolterte. Da er nun seine Überlegenheit in der Feuerkraft eingebüßt hatte, schickte Captain Hammerstone Menschen um Menschen wellengleich gegen die Garnison. Thomas Bookerman, der hinter einem Fenster stand, sah sie kommen.

»Wartet noch, Männer«, befahl er. »De wolln versuchn, an uns ranzukommn.«

Er wartete, bis die erste Welle von Captain Hammerstones Leuten fast die Festungsmauer erreicht hatte. Dann gab er die letzten Anweisungen zur Verteidigung ihrer Position.

»Ihr wißt, wofür wir kämpfn, Männer. Für unsre Kinder, für unsre Fraun, für all das Gute, das wir gemeinsam aufgebaut habn, für de Totn und für unsre Freiheit. Also gebt alles, was ihr zu gebn habt. Wenn ich das Kommando geb, das Feuer zu eröffn'n, schießt, was das Zeug hält, und wenn sie dann immer noch vorrückn, verteidigt eure Stellung, bis ich euch sag, was ihr tun sollt.«

Eine weitgefächerte Linie von Captain Hammerstones Leuten kroch, um nicht vorzeitig entdeckt zu werden, auf dem Erdboden Richtung Garnison. Doch Thomas Bookerman machte sie ganz schnell aus. Als sie nur noch knapp zwanzig Meter vom Tor der Garnisonsmauer entfernt waren, gab er den Befehl zu feuern, und sie wurden vollständig ausgelöscht. Dann versuchten Captain Hammerstones Leute in einem tollkühnen und wagehalsigen Versuch, die Garnison von zwei Seiten her einzunehmen. Sie gerieten aber unter einen solchen Kugelhagel, daß sie zurückweichen mußten, um sich neu zu sammeln.

Während draußen in der fortschreitenden Abenddämmerung Captain Hammerstones Leute lange Schatten warfen, begann drinnen in der Garnison Thomas Bookerman über die Sinnlosigkeit von Kriegen und die Sterblichkeit aller Menschen nachzudenken. Hinter ihm im Zimmer lagen verwundet einige seiner Männer. Andere beteten inständig, als wollten sie alle Schulden begleichen, die sie bei Gott hatten, bevor sie denn vor ihn hintreten müßten. Sie verteidigten eine Sache und eine Stadt, doch an diesem letzten Außenposten, den sie einsam und allein betreten mußten, blieben sie ganz auf sich gestellt, bar jeder Hoffnung. Er schaute auf seine Männer und sah, daß Gustavius Martins und Gabriel Farmer ebenfalls verwundet waren. Sie würden überleben, doch andere waren schon in der Hand des Todes, und bei weiteren klopfte der Tod bereits an. Ihre klagenden Stimmen mischten sich zu verzweifeltem Gesang. Der Verlust so wertvoller Männer erschütterte aber nicht Thomas Bookermans Entschlossenheit, den Kampf fortzusetzen. Vor vielen Jahren, als er im Kolonialkrieg stand, hatten er und zwanzig weitere Verteidiger einen Hügel zwei Tage lang gegen eine Übermacht gehalten, obwohl Munition und Vorräte zur Neige gingen. Damals hatte ihm das Gefühl innere Sicherheit gegeben, daß die Männer auf der anderen Seite genausoviel Angst vor dem Tod hatten wie er und seine Leute auch. Deshalb wägte Thomas Bookerman, während er den nächsten Ansturm der Leute des Kapitäns erwartete, die Möglichkeit ab, den Ring, der sich um die Garnison gelegt hatte, in einem Ausfall zu durchbrechen. Er überlegte, wie er die Verwundeten herausbringen könnte, wie lange seine augenblicklichen Vorräte noch reichen würden, vor allem aber dachte er an den Kampfgeist seiner kleinen Truppe.

»Wir müssn unsern Mut bewahrn. Es wird ne lange Belagerung.«

Er behielt recht. In den folgenden zwölf Tagen wurde der Kampf um die Garnison immer heftiger. Captain Hammerstones Männer zogen in mutigen Attacken Welle um Welle gegen die Verteidiger zu Felde, und die umliegenden Hügel hallten vom Gewehrfeuer wider.

Bei dem Versuch, den Ring der Belagerer zu durchbrechen, gerieten zehn Verteidiger der Festung unter das teuflische Glitzern der Macheten und wurden niedergemetzelt. Nur Richard Farmer und wenige andere kamen davon. Da er die Lage als aussichtslos einschätzte, ging er daran, eine Verbindung zu den Verteidigern herzustellen, die am Ufer Stellung bezogen hatten. Im selben Augenblick bemerkte er, daß die zweite Abteilung der Angreifer dort aufmarschierte. Er kam gerade rechtzeitig an, um mitzuerleben, wie eine Gruppe jugendlicher Freiwilliger der zweiten Abteilung des Captain Hammerstone erbitterten Widerstand entgegensetzte bei dem Versuch, die Verteidiger von hinten anzugreifen.

Emmanuel Cromantine, der den Kampf von zu Hause aus verfolgte, brauchte nur aus dem Fenster zu schauen und zu sehen, wie bei den Läden am Strand Pulverrauch aufstieg, um einen Entschluß zu fassen. Während er noch zauderte, hatte er beobachtet, wie Männer in die jeweiligen Richtungen eilten, um sich entweder Thomas Bookermans kleiner Streitmacht anzuschließen oder die Freiwilligen zu unterstützen, die das Ufer verteidigten. Schließlich kam es ihm so vor, als sei er der letzte, der sich noch zu Hause aufhielt. Ein Gefühl der Scham trieb ihn auf die Straße, und ein letztes Mal gab sich Jeanette Cromantine alle Mühe, ihn zurückzuhalten.

»Komm zurück, mein Sohn, de bringn dich um.«

Er hörte nicht auf sie, bahnte sich seinen Weg durch die dichtgedrängte Menge und ging an leeren Obstwagen und zerschlagenen Geschäften vorbei zu Louisas Haus. Auf seinem Weg sah er die ersten Kriegsopfer: Männer, die niemals wieder gehen würden, andere, denen Kugeln in den überfüllten Straßen die Arme zerschmettert hatten.

»Wenn ich nicht wiederkomme, dann kümmere dich bitte um Mama.«

Zwei Wochen lang hatte sie ihn nicht gesehen. Die ganze Zeit hatte sie sehnsüchtig gewartet, daß er vorbeikäme, damit sie ihm die Neuigkeit verkünden könnte, daß sie schwanger war. Nun aber stand er vor ihr, und sie verbarg ihren Zustand vor ihm. Anders als sonst bei seinen Besuchen zog er nicht die Schuhe aus und streckte sich nicht in Erwartung ihrer Liebe auf dem Bett aus. Vielmehr schien er aufgeregt und in Eile. Bevor er noch etwas sagen konnte, erriet Louisa den Grund für die Veränderung in seinem Verhalten.

»Du willst zu ihnen«, sagte sie.

»Jeder geht hin, und ich gehöre auch dorthin«, erwiderte er.

Sie bekam Angst um das Kind, das in ihrem Schoß Gestalt annahm, und auch um das Glück, das ihr aus den Händen zu gleiten drohte. Sie wollte stark sein, ihm nicht zeigen, daß sie sich ebenso wie seine Mutter wünschte, er möge bei ihr sein und nicht in den Ruinen und mitten unter den Krüppeln, zu denen die Männer in den an beiden Enden der Stadt tobenden Kämpfen wurden. Er ging zur Tür und sagte nicht einmal auf Wiedersehen. Er war im Begriff, sie zu öffnen, als Louisa ihn an der Schulter zurückhielt.

»Ich muß dir noch etwas sagen, bevor du gehst, damit du, wenn du vielleicht nicht zurückkommst, wenigstens glücklich stirbst.«

»Worum geht's?« fragte er.

»Ich bekomme ein Kind.«

Dieser Satz holte Emmanuel Cromantine mit einem Schlag vom Planeten des Krieges auf die Erde zurück. Wohin immer er auch gehen wollte, er mußte seine Schritte überdenken, denn dies war ein völlig neues, unbekanntes Land für ihn, ein Land, das er, geführt von kräftigen und stützenden Händen, erst kürzlich hinter sich gelassen hatte. Und er mußte die Sprache dieses Landes lernen.

Vater!

Das Wort schien von einer ihm völlig fremden Stimme gesprochen worden zu sein, nicht aber von seiner. Und dennoch, es war sein Körper, der dieses völlig neue Gefühl erlebte, genauso, wie sein Körper auch den Körper dieser Frau erforscht hatte, diesen Körper, der jetzt unter dem Wunder der Schwangerschaft aufblühte.

»Sag mir, daß du glücklich bist«, bat Louisa.

»Bist du dir sicher?«

»So sicher wie an dem Tag, als ich dich in der Schule sah und sofort wußte, daß du der einzige Mann für mich bist.«

»Dann bin ich glücklich, und auch Mama wird sich freuen.«

»Meinst du, dein Vater wird sich freuen, wenn ich ihn zum Opa mache?«

»Ich weiß nicht, aber wir werden es erleben.«

Sie spürte, seine Freude über die Neuigkeit, daß er Vater wurde, konnte nur von kurzer Dauer sein, sein Herz antwortete zwar, sein Körper verlangte aber schmerzhaft danach, an einem anderen Ort zu sein. Da sie ihn inzwischen recht gut kannte und verstand, war ihr klar, daß sie nur dann darauf hoffen konnte, ihn wieder bei sich zu haben, wenn sie ihn jetzt in den Krieg ziehen ließ. Sie konnte nur darauf hoffen, daß er überlebte. Weil er ein Mann war, der bereits jetzt die Tradition haßte, der die Freiheit brauchte, seine Träume auszuleben, wie unverständlich sie ihr auch erschienen, würde sie niemals mit ihm glücklich und er auch nicht mit ihr, wenn sie ihn jetzt zum Bleiben überredete, das wußte sie. Die ganzen Jahre über hatte Louisa, trotz der Stärke der heimlichen Liebe, die sie für ihn empfand, in der Zeit ihrer leidenschaftlichsten Liebesakte und trotz der Tatsache, daß sie die ältere und, zumindest am Anfang ihrer Beziehung, selbstbewußtere war, immer gewußt, daß er eines Tages stärker als sie wäre und daß sie sich auf Grund dieser Stärke ihm unterwerfen würde. Und wenn sie sich jetzt seinem Wunsch beugte und ihn in den Krieg ziehen ließ, dann tat sie nur, wovon sie schon die ganze Zeit überzeugt gewesen war, daß es einmal so käme, und so wurde aus der Tatsache, daß sie sein Kind in sich trug, ein weiterer Akt der Liebe, in dem ihr Glaube an seine Stärke und seine Führungsfähigkeit Sinn und Ausdruck fand. Sie zog den Schal enger um den Hals, um sich vor der Kälte zu schützen, küßte ihn auf den Mund und sagte:

»Geh, mein Liebster, ich warte auf dich, bis der Krieg vorbei ist.«

Der Krieg stand schlecht für Thomas Bookerman. Die Männer, die die Garnison verteidigten, kamen zu dem Entschluß, es sei besser, ihre Stellungen zu verlassen und sich in die Berge zurückzuziehen. Sie vermuteten, daß der Feind mehrere tausend Mann stark war, denn wie die Fliegen gingen sie immer wieder gegen die Festung an, obwohl schon viele von ihnen gefallen waren. Scheinbar waren sie nur zum Teil Menschen, zum größeren Teil aber irgendwelche außergewöhnlichen, übermenschlichen Wesen.

»General«, meinten sie zu Thomas Bookerman, »im Frein könntn wir weit besser kämpfn.«

Dem einäugigen Mann ging der Gedanke durch den Kopf, daß er sein Hauptquartier eigentlich um jeden Preis halten mußte. Doch er sagte sich, daß es wenig Sinn machte, sich vom eigenen Starrsinn hinreißen zu lassen und seine Männer den gnadenlosen Pfeilen des Todes auszusetzen. Also organisierte Thomas Bookerman, sobald es dunkel genug war, den geordneten Rückzug seiner Männer.

Während er gemeinsam mit ein paar anderen weiterhin vorgab, Widerstand zu leisten und die Garnison zu verteidigen, verließen die dezimierten Verteidiger unbemerkt das Gebäude. Sie sprangen aus den Fenstern, so leise, daß ihnen überhaupt nicht in den Sinn kam, daß die Gegend, in die sich zurückzogen, die Heimstatt fremdartiger und gefährlicher Tiere war. Als einem der Männer etwas über den Fuß kroch, bekam er einen fürchterlichen Schrecken, doch kein Laut entrang sich seinen Lippen, der ihn und die anderen an den Feind verraten hätte.

Ursprünglich hatte sich Thomas Bookerman aus strategischen Gründen entschieden, die Stadt von der Garnison aus zu verteidigen. Nun aber sah er sich einer neuen Schwierigkeit gegenüber: Wie sollte er die Verbindung zu den Männern herstellen, die den Uferbezirk verteidigten? Wie sollte er genügend Freiwillige zusammenbekommen, um die Invasoren zu vertreiben? In der ganzen Stadt waren während der ersten drei Kriegstage die wildesten Gerüchte über die Lage der beiden Streitmächte aufgeblüht. Frauen, die dem Ausgang dieses ersten bewaffneten Konfliktes, den die Stadt erleben mußte, voller Angst entgegensahen und bang erwarteten, daß der Krieg sie zu Witwen gemacht hatte oder ihre Männer mit gebrochenen Beinen oder gebrochenem Rückgrat heimkehrten, konnten das verzehrende Warten auf Nachricht nicht länger ertragen. Isatu Martins hatte ihr Haus in ein Begegnungszentrum verwandelt. Hier trafen sich die Frauen und sprachen einander Mut zu, erzählten einander, daß der jetzige Krieg nur eine Fortsetzung all jener Kriege sei, die die Männer schon immer ausgefochten hatten, weil es ihnen in den Gliedern und in ihrem Schicksal lag, immer wieder die Gebiete neu abzustecken, die Gott ihnen in seiner unendlichen Weisheit überantwortet hatte und eigentlich groß genug für alle waren – wenn sie sich nur nicht so gierig und starrköpfig gebärden würden. Dann häuften sie Verwünschungen auf das Haupt des Kapitäns, empfanden Mitleid für seine Mutter, der – und da waren sie sich ganz sicher – es leid tun mußte, ihn auf die Welt gebracht zu haben, war er doch – zumindest in ihrem Augen – zu einem Ungeheuer verkommen. Und genau an diesem Punkt nahmen die ersten Gerüchte ihren Anfang: daß er des Nachts seine weiße Haut schwarz werden lassen könnte, so daß es schwer wäre, ihn zu töten. Man führte diese Fähigkeit auf eine Zauberkraft zurück, die einer aus seiner Truppe ihm verliehen hatte. Er hatte ihm Chamäleonfleisch zu essen gegeben, so daß er sich, wie diese langsame, aber unergründliche Kreatur, seiner Umgebung anpassen und jeder Gefangennahme entgehen konnte. So schnell sich das Gerücht verbreitete, so schnell wurde es als Geschwätz alter Weiber abgetan und durch ein anderes ersetzt. Das neue Gerücht besagte, ein paar wohlhabende Händler wollten Verrat begehen, weil durch den Krieg die Gefahr entstand, daß sie ruiniert wurden, und sie hätten ihren Söhnen schon heimlich die Botschaft zukommen lassen, zu desertieren und ins Geschäft zurückzukehren.

Isatu Martins litt darunter, zur Untätigkeit verdammt zu sein. Sie konnte es nicht ertragen, keinerlei Nachrichten über den Fortgang des Krieges zu erhalten, und beschloß, sich zur Front an der Schule vorzuwagen, um sich einen eigenen Eindruck zu verschaffen. Von Natur aus war sie eine Frau, die mit Wartezeiten und langen, leeren, einsamen Nächten nicht umgehen konnte, weil sie Angstträume in ihr auslösten, so als ob der Geist ihres Vaters Santigue Dambolla, der sich jetzt nicht auf das friedliche Leben in der Pflege des Bananenhains zurückziehen wollte, die Abenteuerlust in ihr ausgelöst hatte. Sie vertraute Garbage Louisa an, sagte der jungen, ehemaligen Lehrerin, wann sie das Kind füttern sollte und daß er vor den ersten Schreien der Eulen ins Bett gehörte. Dann bestieg sie ein Pferd und ritt hinaus in den unfreundlichen Tag, den die Truppen des Feindes bevölkerten, und suchte nach ihrem Mann und den anderen, die sich Thomas Bookerman angeschlossen hatten.

Da die Garnison sich nun wieder in Captain Hammerstones Besitz befand, bahnten sich die Überreste der Armee des Thomas Bookerman ihren Pfad durch den bebenden Wald hinab zum Meer. Nach einem Tagesmarsch erreichten sie eine Lichtung, die die zweite Gruppierung der Männer des Kapitäns, die die Stadt vom Strand her angegriffen hatte, kürzlich in das Dickicht geschlagen hatte. Dort übernachteten sie, und Thomas Bookerman überdachte ihre Lage. Als er schließlich eingeschlafen war, erschien ihm eine Schar Krähen im Traum. Das war ein schlechtes Omen: Für ihn bedeuteten Krähen immer Schiffbruch oder Überschwemmung oder ähnliches. Wie damals, vor vielen Jahren, als er und seine Männer sich den Weg flußaufwärts gebahnt hatten und den lärmenden Vögeln begegnet waren und sie kurz darauf von einem Krokodil angegriffen wurden, das einen ihrer Kameraden verschlang. Deshalb hatte er beim Aufwachen das Empfinden, einen aussichtslosen Krieg zu führen. Nicht deswegen, weil Captain Hammerstone und seine Männer jetzt den Ort von einem strategischen Punkt aus kontrollierten, sondern weil er sich auch des Gefühls nicht erwehren konnte, unten am Strand in eine Falle zu gehen, in die ihn lediglich sein Mut trieb. Hätte er von dem Gerücht erfahren, daß einige der Reichen in der Stadt für einen Waffenstillstand plädierten, damit sie weiter in Ruhe Geld scheffeln konnten, er wäre vielleicht mit größerem Nachdruck vorgerückt, als er sich nun seinen Weg durch das heimtückische Dickicht bahnte. Das langsame Vorankommen stand der Klarheit seines Geistes entgegen:

»De Krieg isn Fluch für de Menschheit«, sagte er.

Jetzt erforderte auch der Zustand von Gabriel Farmer und Gustavius Martins seine Aufmerksamkeit. Mannhaft hatten sie ihre Schmerzen ertragen und baten nun Thomas Bookerman, sie zurückzulassen. Doch davon wollte er nichts hören.

»Wenn wir schon sterbn müssn, dann sterbn wir zusammn«, schnitt er ihnen das Wort ab.

Zwei Tage lagerten sie auf der Lichtung. Dann überredeten sie Phyllis, ein Messer zu sterilisieren, Wasser abzukochen und die Kugeln aus den Beinen der beiden Männer zu entfernen. Als Thomas Bookerman schließlich seinen Vormarsch wiederaufnahm, kam er nur sehr langsam voran, weil Gabriel Farmer und Gustavius Martins in Hängematten getragen werden mußten. Um Zeit zu sparen, befahl der General den fünfzig Männern, die mit ihm unterwegs waren, sich beim Tragen der Verwundeten abzulösen. Er wies sie an, alle Dinge, die sie nicht unmittelbar benötigten, zurückzulassen, und keiner sollte zurückbleiben, selbst wenn sie dadurch Gefahr liefen, in einen Hinterhalt zu geraten. Doch laugte die gnadenlose Ausdünstung des Dickichts um sie herum nach und nach den Überlebenswillen der Männer aus. Nach all den Jahren der Annehmlichkeit in ihren Heimen, den sanften Händen ihrer Frauen, den Gesichtern ihrer Kinder waren sie nicht mehr besonders erpicht auf lebensgefährliche Abenteuer, so daß sie nach nur einem Monat der Einsamkeit ihres Feldzugs müde wurden.

Sie hatten sich in die ersten züngelnden Flammen des Feuers gestürzt, um es im grünen Licht der Schöpfung zu ersticken. Die Wildnis kannten und liebten sie, sie hatten sogar den Tieren und Bäumen Namen gegeben. Doch waren sie zufrieden mit den Morgen, die sie erlebten, und hatten des Abends den Himmel nach Verkündigungen abgesucht. Der Krieg war also nicht nur eine Störung des seelischen Friedens, sondern auch eine Mißhandlung ihrer Körper, die mittlerweile nicht mehr so jung und kräftig waren, daß man sie ungestraft den stürmischen Winden und der kargen Diät eines Soldatenlebens aussetzen konnte.

Thomas Bookerman trieb sie voran.

»Nochn Stückchn, Männer, und wir werdn de Krieg zu Ende führn«, sagte er.

Bald hatten sie die Verbindung zu den Verteidigern des Küstenbezirks hergestellt und erfuhren dadurch, daß die Mehrzahl der Männer, die Captain Hammerstone ihnen entgegengeschickt hatte, von einer Verteidigungsstreitmacht ausgelöscht worden war, hauptsächlich jungen Männern, die sehnsüchtig auf Nachrichten vom anderen Kriegsschauplatz warteten. Für ihren Heldenmut hatten sie allerdings einen hohen Preis bezahlt. Viele Häuser in der January Street waren nur noch verkohlte Schatten ihrer eigenen Vergangenheit. Das Gelbe Haus mit seiner Aura der Glückseligkeit, mit seinen Liedern vom Komm-rein-und-vergiß-deine-Sorgen, sah ganz niedergeschlagen aus, weil all die bezaubernden Frauen bei der ersten Gelegenheit die Flucht ergriffen hatten – nicht, weil sie ihre Männer im Stich ließen, sondern weil sie lieber sterben wollten, als mit den Eindringlingen schlafen zu müssen. Erstmals seit der Stadtgründung verließen die hartgesottenen Jungfrauen ihre Festung, um sich um die Verwundeten zu kümmern und sich der Waisen anzunehmen, die in den Straßen herumirrten. Sie brachten sie in ihr klösterliches Zuhause und kochten ihnen Suppe aus Perlhühnern, süßem Basilikum und Süßkartoffeln und breiteten auf dem Fußboden Laken zum Schlafen für sie aus. In späteren Jahren sollten diese Jungen in ihren Shorts und Wickelgamaschen und Stiefeln die Reihen der neuen Armee füllen und »God Save the King« singen.

Nun aber war Malagueta in zwei Einflußsphären gespalten: Thomas Bookerman und seine geschlagene Armee erreichten den Küstenbezirk gerade zu dem Zeitpunkt, als die jugendlichen Freiwilligen den letzten Eindringling entwaffneten und ihn dann der Gnade einer wütenden Menge überließen. Eine einsame Gestalt stand wie angenagelt etwas abseits und schaute dem Geschehen zu: Emmanuel Cromantine. Seine Kleider hatten sich unter seinem Schweiß rotbraun verfärbt. Müde sah er aus. Der Lärm, den die Ankunft von Thomas Bookerman und seinen Leuten auslöste, verwirrte ihn anscheinend. In Wahrheit aber war der Triumph der anderen jungen Männer, die die Küste verteidigt hatten, auch sein Sieg. Kurz nachdem er Louisa allein zurückgelassen hatte, war er in den Kampf gezogen, zur gleichen Zeit, als die Frauen aus dem Gelben Haus vor den Eindringlingen flohen. Vielleicht aufgrund des Anblicks dieser Frauen, die ihre schönen Kleider und den billigen Schmuck hatten zusammenraffen können und nun an einen sicheren Ort flüchteten, vielleicht aufgrund des Gefühls, ein Mann zu sein, der mit einem Schuldspruch beladen war – warum auch immer, Emmanuel Cromantine griff sich, ohne daß er die leiseste Erfahrung hatte, wie man ein Gewehr abfeuerte, aus der Hand eines Gefallenen eine Flinte und schlug sich, ohne auf seine Sicherheit zu achten, zu den anderen jungen Männern durch. Mit seinem Leichtsinn strafte er sich selbst für das Weltbild, dem er in der Vergangenheit angehangen, das ihm Flügel verliehen hatte, strafte sich für die überhebliche Idee, Arzt werden zu wollen. Hätten die anderen jungen Männer, die im Kampf gleich ihm den Geruch nach Muttermilch, der sie bislang umweht hatte, verloren, von seiner einstmaligen Absicht gewußt, sie hätten ihm mißtraut.

Im Fegefeuer des Krieges verlor er seine Unschuld. Denn er sah Männer weinen und sich die Haare raufen. Er erkannte, daß manche, weil sie der Mutterbrust noch nicht richtig entwöhnt waren, kaum über den Mut von Hühnern verfügten und daß kein Feuer in ihren Herzen loderte. Als sie den wenigen Gefallenen, die er persönlich kannte, roten Staub über die steifen, verlorene Körper warfen, die unerschrocken in den Tod gegangen waren, spürte Emmanuel Cromantine, wie es ihn aushob. In diesem Augenblick sehnte er sich nach Hause. Aber nicht nach dem Zuhause, in dem, wie er wußte, seine Mutter ihn an der Tür erwarten würde, um den bitteren Kelch des Kampfes von seinen aufgesprungen Lippen zu trinken, da ihr Sohn nun ein Mann war, der einen neuen Bereich auf der Landkarte des

Lebens, in dem man die Sprache der Furcht, des Schreckens und des Hasses sprach, erforscht hatte. In der Teilnahmslosigkeit seines kriegsmüden Körpers, dem es schwer fiel, auf die alten Triebe und die alten Begierden zu reagieren, sehnte er sich an den einzigen Ort zurück, an dem er sich wohl fühlen konnte. Emmanuel Cromantine fiel es schwer, seinen Körper so anzunehmen, wie die Frau, die sein Kind trug, ihn angenommen hatte. Und da Louisa in der Schattenwelt eines anderen Lebens weilte, ging er hinab ans Meer und setzte sich auf einen Felsen, von dem aus er in die Sternennebel schauen konnte, während der Wind die Schlacke aus Morast, Sand und den Gebeinen des Krieges von ihm abwusch.

Gabriel Farmer wurde von einem plötzlichen Fieberanfall niedergestreckt. Dies geschah nur kurze Zeit, nachdem Thomas Bookerman in das Haus am Meer mit dem Bougainvilleagarten zurückgekehrt war. Niemand hatte das Fieber vorausgesehen. Er freute sich über die sanfte Pflege, die Phyllis ihm zuteil werden ließ, während er auf der Couch lag. Ihre Hände berührten sich, doch ihre Körper blieben in den voneinander getrennten Gefängnissen ihrer Begierden gefangen. Von jenen Morgenstunden, in denen er seine Liebe zu ihr in Gedichte gekleidet hatte, war er mittlerweile Lichtjahre entfernt. Wenn überhaupt noch Blätter an jenem Baum waren, unter dem er sich für sie das Herz aus dem Leibe geschrieben hatte, dann gehörten sie zu dem leisen Vergehen des alten Malagueta, das nun kurz vor dem Zusammenbruch stand. Er und sein Bruder waren leise in diese Stadt gekommen, hatten diese Stadt geliebt und etwas aufgebaut. Er selbst war ein stiller Mensch und wollte still und ohne großes Aufsehen aus dieser Welt scheiden. Also überließ er sich der einen, letzten Aussicht, in der die innersten Assoziationen heilig sind. Er sah seinen Vater unter den Gläubigen, wie sie ihn jeden Sonntag in die Kirche zerrten, sogar dann noch, als der Afrikaner sich bereits keinerlei Illusionen über dieses Christentum mehr machte, das ihm sein Selbstwertgefühl verweigerte. Aus seiner Kindheit klang die Stimme seiner Mutter, der Engländerin, herüber, wie sie ihn aufforderte, mit dem wenigen Porzellan, das sie besaßen, vorsichtig umzugehen, derweil sie an lang vergangenen, grauen Sonntagen der Buße dem Vikar Tee und Gebäck servierte. Und er durchlebte noch einmal die Schrecknisse jener Reise, die ihn über das Meer hierhergeführt hatte. Das

Leben entrang sich seinen Händen, und die Schweißperlen des Fiebers flossen ihm in heißen Bächen den Körper hinunter, raubten ihm fast das Bewußtsein, so daß er nur noch verschwommen wahrnahm, was er eigentlich über all die Dinge der Welt wußte. Er war sich gewiß, daß eine Zeit anbräche, in der Malagueta sich zu einer großen Stadt auswachsen und unkontrollierbar aus allen Nähten platzen würde. Er sah voraus, wie sich die Stadt einem riesigen Irrgarten gleich über jenen Hügel legen würde, auf dem Thomas Bookerman und Sebastian Cromantine sich damals, vor vielen, vielen Jahren, zum erstenmal begegnet waren, ein Irrgarten aus Bauten, der wie ein zerzauster Vogel über dem Hügel brütete.

Es war acht Uhr Morgens, die Zeit, zu der Phyllis ihm immer seine Suppe brachte. Als sie sich dem friedlichen Mann näherte, sah er im Tode so glücklich aus wie nie zuvor, und so fing sie an zu weinen, weil sie mit einem Mal erkannte, daß auch sie ihn auf ihre Weise geliebt hatte und es ihm nun nicht mehr sagen konnte.

Obwohl ihm Trauer nicht fremd war, war Thomas Bookerman doch vom Tode eines seiner engsten Waffenbrüder erschüttert. Er hatte den vornehmen Mann, sein würdevolles Benehmen, seine Aufrichtigkeit und seinen Mut in den fürchterlichsten Augenblicken des Krieges geachtet und geliebt. Viele Jahre später, er war aus Malagueta vertrieben worden, sollte sich Thomas Bookerman daran erinnern, mit welcher Beharrlichkeit Gabriel Farmer der selbst gewählten Aufgabe nachgekommen war, die Fehler der Siedler zu berichtigen, wie geduldig er mit den widerspenstigsten Schülern umgegangen war, die sich an seiner Schule eingeschrieben hatten, und wie er durch seine bezaubernde Art auch die mißtrauischsten Eltern von seiner Art des Unterrichts und der Bedeutung, die er der Bildung und Aufklärung beimaß, überzeugte. Der Tote wurde im Wohnzimmer aufgebahrt, das unter dem vergänglichen Glanz vieler Blumen erstrahlte. Obwohl er nie geheiratet hatte, waren die Frauen, die Gabriel Farmer gekannt hatten, untröstlich in ihrer Trauer. Louisa weinte um den Mann, der ihrem widerstrebenden Liebsten die Augen für die unendlichen Möglichkeiten der Liebe geöffnet hatte. Die alternde Jeanette Cromantine weinte um den Mann, dem sie soviel für ihren Sohn verdankte und der ihr, neben Rodrigo, dem Brasilianer, wie der Bruder gewesen war, den sie nie gehabt hatte.

Thomas Bookerman dachte nur so lange nicht an den Krieg mit seinem künstlichen Waffenstillstand, bis sein Freund beerdigt war. Entgegen der allgemein verbreiteten Annahme, daß das Schlimmste überstanden wäre, war er der Meinung daß Captain Hammerstone nur darauf wartete, mit seiner neu formierten Armee von der Hügelkuppe herab erneut anzugreifen.

»De Atempause isn Trick«, meinte er zu seinen Männern. Gleichzeitig war Thomas Bookerman aber auch davon überzeugt, daß selbst ein so unberechenbarer Mensch wie der alte, gerissene Seebär das ungeschriebene Gesetz des Krieges, den Feind keinesfalls während einer Beerdigung anzugreifen, nicht brechen würde. Er bewahrte die Wachsamkeit, die in seinem Haus vorherrschte, öffnete aber allen Trauernden die Tür. Zum erstenmal betraten auch die Jungfrauen sein Haus. Aus ihren Adlerblicken und der Art, wie sie ihre Stühle hinstellten, bevor sie sich setzten, wurde ihm klar, daß sie weniger wegen des Trauerfalls gekommen waren als vielmehr, um zu sehen, wie er lebte.

Gabriel Farmer wurde in einer stillen Ecke des Kirchhofs begraben. Thomas Bookerman verweigerte den Jungfrauen die Erlaubnis, über seinem Leichnam zu beten, weil sein Freund kein Christ in dem Sinne gewesen war, den die ehrenwerten Jungfrauen predigten.

»Es is besser so«, sagte er zu ihnen. »Er hat schon lange vor seinem Tod Friedn mit Gott geschlossn.«

Eine Woche nach der Beerdigung schlugen die Kinder der Stadt die Warnungen ihrer Eltern, die um ihr Leben fürchteten, in den Wind und strömten zum Grab, um auf dem Grabstein des Mannes, der ihnen nur Gutes getan hatte, die Blumen ihrer Zuneigung und Verehrung abzulegen.

Richard Farmer war durch den Tod seines Bruders so erschüttert, daß nicht einmal die öffentliche Demonstration der Liebe, die Gewißheit, daß man seinen Bruder hier nie vergessen würde, ausreichte, seine Trauer zu bezähmen. Sobald er sich bei Thomas Bookerman freimachen konnte, ging er in das Haus, das er zusammen mit seinem verstorbenen Bruder bewohnt hatte, packte dessen Bücher in mehrere Kisten und schloß sich ein, um allein zu sein. Man hatte in ihm immer den extrovertierten der beiden Brüder gesehen, doch nun, da Gabriel nicht mehr war, fühlte er sich bei diesen Menschen, die mehr an Kummer gewöhnt waren als er, sehr allein und verlassen.

*

Der siegbringende Marsch des Captain Hammerstone in die Küstenbezirke Malaguetas ereignete sich des Nachts, genau eine Woche nach der Beerdigung von Gabriel Farmer. Im ersten Rausch seines Sieges über Thomas Bookermans kleine Streitmacht hatte er sich ausgemalt, wie er in Malagueta herrschen würde, wenn, wie er es erwartete, die Verteidigung der Küstenbezirke noch weniger ruhmreich als die Verteidigung der Garnison verliefe. Er machte eine Zeichnung für den Bau eines Gefängnisses, wo er alle Gefangenen einsperren könnte, die er und seine Männer zu machen beabsichtigten. Er beschloß, daß er für den Fall, die Stadt fiele und es gelänge Thomas Bookerman zu entkommen, Bookermans Leutnants den anderen Bewohnern der Stadt zur Warnung hängen lassen wollte, daß er aber diejenigen begnadigen würde, die bereit wären, mit ihm zusammenzuarbeiten und eine dem König von England treu ergebene Verwaltung aufzubauen. Gleichzeitig aber plagte ihn seine Unfähigkeit, zu einer Entscheidung zu gelangen, was mit den Männern anzufangen wäre, die die Hauptlast des Kampfes für ihn trugen. Kampferprobt und furchtlos wie die ungezähmten Bestien, mit denen sie lebten, ließen sie sich nicht in den großartigen Plan einfügen, den er Wirklichkeit werden lassen wollte. Er versuchte, sich vorzustellen, wie man sie in die Uniform der Soldaten des Königs steckte und ihnen das Salutieren, Bettenbauen und Flaggehissen beibrachte. Doch er kam zu der Einsicht, daß diese Männer für eine solche Disziplin nicht taugten. Ordnung war ihnen lediglich ein auf den Augenblick beschränkter Schlüssel zum Töten, Vergewaltigen und Plündern, und sobald ihre Lust gestillt war, fielen sie wieder in ihre alte Barbarei zurück. Er mochte diese Höllenhunde, doch der Gedanke, mit ihrer Hilfe die Stadt regieren zu müssen, erfüllte ihn mit tiefstem Schrecken.

»Gütiger Gott«, dachte er bei sich, »stell dir vor, ich müßte diesen wildgewordenen Haufen einem Vertreter der Krone vorstellen!«

Dann dämmerte ihm die Erkenntnis, daß all seine Versuche, mit seinen Männern einen Bruderbund zu schließen, nur eine Posse darstellten, die vom verzweifelten Überlebenswillen, der alle Männer im Kriege eint, verhüllt wurde. Er hatte sie gerufen, um ein bestimmtes Ziel zu erreichen, und nun, da ein Ende absehbar war, mußte er die Geister, die er gerufen hatte, wieder loswerden und sich nach neuem Menschenmaterial umsehen, mit dem er die Maschinerie bestücken konnte, die er zu errichten beabsichtigte. Er konnte sich Zeit lassen, und so rückte er mit seiner Streitmacht nur langsam auf den Stadtkern vor. Es überraschte ihn, daß die Straßen ihn gähnend leer begrüßten. Fast schien es, als machten sich die stummen Häuser über ihn lustig, weil er so lächerlich und zugleich so überheblich aussah. Dennoch hatte er im gleichen Augenblick das Gefühl, daß die Männer in den ersten Häusern möglicherweise der Kampfeswille verlassen hatte. Möglich war aber auch, daß er in eine Falle lief.

»Das ist eine Finte«, sagte er, von der Widersprüchlichkeit des äußeren Anscheins völlig gefangen. Captain Hammerstone konnte nur darauf hoffen, daß, wenn er denn schon in einen Hinterhalt laufen sollte, die Schuld dafür nicht bei den Männern lag, die wie Maulesel und Zombies seinen Krieg gefochten hatten, sondern bei ihm, bei seiner falschen Einschätzung des Ausmaßes der Auflösungserscheinungen auf seiten der Bevölkerung von Malagueta.

Er hätte sich keine Sorgen machen müssen. Die Häuser, an denen er auf seinem letzten Marsch vorbeikam, erglühten unter den stillen Feuern des Wiedererkennens, doch sahen ihre Bewohner diesmal in ihm nicht den Feind, sondern einen Mann, den sie für ihre Zwecke zu manipulieren gedachten. Es gab Menschen, die waren Glücksritter, und in Malagueta gab es welche, die nur darauf warteten, daß die Würfel so fielen, wie sie es sich wünschten. Feiglinge waren sie und Verräter an der Sache Thomas Bookermans. Und sie waren die Rhythmen eines Krieges leid, der ihre Füße wundgescheuert und ihren Handlungsspielraum eingeschränkt hatte.

Als Captain Hammerstone schließlich zur Belagerung der Küstenbezirke überging, tat er das ganz bösartig und brutal, in der Hoffnung, damit die Verteidiger zu überraschen. Er sah sich jedoch einem Feind gegenüber, der allgegenwärtig zu sein schien, aus dem Schutz der Bäume heraus kämpfte und der aus den verlassenen Häusern heraus, die bei der letzten Verteidigung zerschossen worden waren, von hinten das Feuer auf die Angreifer eröffnete. Obwohl er mit seinen Leuten den Verteidigern zahlenmäßig überlegen war, schätzte er das Risiko einer Schlacht im offenen Gelände doch zu hoch ein und machte den Versuch, die Küstenbezirke vom Rest der Stadt abzuschneiden. Er beabsichtigte, langsam gegen das Haus von Thomas Bookerman vorzurücken, erinnerte sich aber gleichzeitig daran, wie uneinnehmbar sich ihm die Garnison entgegengestellt hatte und daß die ihm unbekannten Küstenbezirke demzufolge weit weniger schnell in seine Hände fallen würden, als er es sich erhoffte.

Thomas Bookerman saß in seinem Haus, umringt von den letzten Männern, die zusammen mit ihm zurückgekehrt waren, und versuchte einzuschätzen, wie lange sie noch aushalten könnten. Die Männer waren entschlossen, sich hier dem Feind entgegenzuwerfen, ihn wieder auf den Hügel zurückzudrängen, so daß Thomas Bookerman sich der Hoffnung hingeben konnte, es würden sich ihnen neue Leute anschließen. Doch auch wenn er sehr darauf hoffte, daß dies wirklich einträte, so wußte er doch zugleich, es war nur Wunschdenken. Die Tatsache, daß es dem Captain gelungen war, bis in die Küstenbezirke vorzudringen, unbehelligt durch die Straßen von Malagueta zu marschieren, zeigte ihm, daß man ihn hintergangen hatte. Er beschloß, die mutigen Männer um ihn herum nicht einem mörderischen letzten Gefecht auszusetzen und über die felsige Küste in die nächste Stadt zu fliehen, doch wurde dieser Vorschlag von Emmanuel Cromantine entschieden abgelehnt.

»Verzeihung, General«, sagte er. »Wir müssen versuchen, den Captain und seine Leute ins Freie zu zwingen.«

Thomas Bookerman gab nach. Unter dem Feuerschutz von zehn seiner Männer versuchte er mit den restlichen Kämpfern, den Belagerungsring zu durchbrechen, mußte sich jedoch aufgrund der zahlenmäßigen Überlegenheit des Gegners wieder zurückziehen. In den darauf folgenden Stunden kam es zu einem der blutigsten Gefechte des ganzen Krieges. Thomas Bookermans Männer kämpften nicht nur aus den schützenden Räumen heraus, sondern gleichzeitig auch auf eben den alten roten Steinen, auf denen Sebastian Cromantine und die erste Gruppe Abenteurer gelandet waren, mit dem Leichnam von Fatmatta, der Vogelfrau, in ihrem Gepäck. Die Kirche in der George Street, in der sich ein paar junge Verteidiger verschanzt hatten, hallte vom schweren Beschuß wider, und sie mußten die Stellung aufgeben. Inmitten dieses Aufruhrs wurde Louisa, die in Thomas Bookermans Haus eingeschlossen gewesen war und nun versuchte, über eine Gasse hinter der Kirche zu entkommen, von zwei Leuten des Captains gefaßt. Sie schrie und trat nach ihnen, doch sie zogen sie zum Gewölbe vor dem Seiteneingang der Kirche und wollten sie dort vergewaltigen. Ihre Schreie trieben Richard Farmer und Phyllis, die sich beide im Innern der Kirche aufhielten, nach draußen. Vor Wut überschäumend, zielte Richard Farmer mit seiner Derringer, doch Phyllis fiel ihm in den Arm.

»Überlaß das mir«, sagte sie, »sie is meine Schwester.«

Mit der gleichen ruhigen Hand, mit der sie jahrelang die Schmetterlingsdrachen genäht hatte, erschoß sie die beiden Männer. Als sie sicher war, daß sie tot waren, ging sie zu ihren Leichen hinüber und trat mit all der Wut auf sie ein, die der letzte Monat, der Tod Gabriel Farmers und die offensichtliche Niederlage in diesem Krieg in ihr aufgestaut hatten.

Thomas Bookerman mußte sich die unvermeidlich drohende Niederlage eingestehen. Um Malagueta für eine Weile verlassen zu können, entschloß er sich zu einem letzten Ausbruchsversuch. Beim letzten Kampf zur Verteidigung der Stadt hatte er weitere dreißig Männer verloren. Sebastian Cromantine und Gustavius Martins waren bei dem Versuch, hinter die gegnerischen Linien zu gelangen und dort die Nachschublinien zu zerstören, in die Hände des Feindes geraten. Jetzt waren nur noch wenige Männer bei ihm, fest entschlossen, sich nicht zu ergeben. Zwischen dem Meer und den vorrückenden Männern des Engländers eingeschlossen, wurde Thomas Bookerman klar, daß der Aufstand der Bevölkerung, auf den er gehofft hatte, ausbleiben würde. Mit Bedauern stellte er fest, daß Malagueta offensichtlich nur von Zeit zu Zeit zu großartigen Leistungen fähig war. Und Malaguetas Größe hatte sich aus Feuern ergeben, genährt von der Entschlossenheit solcher Männer wie Sebastian Cromantine, sich weder in dieser noch in der nächsten Welt jemals unterwerfen zu lassen. Doch es genügte, einen Blick auf die machtvollen Wellen zu werfen, wie sie gegen die Felsen brandeten, um eines zu begreifen: Trotz der furchteinflößenden Macht der Schöpfung und der Verwegenheit von Männern wie ihm, die dieser Macht das Schwert aus der Hand zu winden versuchten, käme das Rad der Selbstzufriedenheit nach der gewaltsam erzwungenen Umdrehung unvermeidlich wieder zum Stillstand. Dann erinnerte er sich der hellseherischen Fähigkeit des Nubiers Suleiman aus Khartum, auf die er beim Lesen der säuberlichen Handschrift von Mariamu, der Geliebten des Nubiers, gestoßen war. Mariamu hatte, um das Glück, das sie miteinander teilten, festhalten zu können, in dem Häuschen von Antonio, dem Mulatten, Zwiebelschalen verbrannt, um den Sardinengestank zu vertreiben, und Tagebuch geführt.

»Er war ein Magier«, stellte Thomas Bookerman fest. Vor fast zwanzig Jahreen hatte er an der Spitze der Expedition die unbändige Küste erblickt. Noch einmal wandte er sich, begleitet von den letzten treuen Männern, dem Ufer zu, um sich der Boote zu bemächtigen, die jeden Sonnabend frisches Gemüse von der anderen Seite des Flusses nach Malagueta brachten. Er sah seiner Frau in die Augen und erblickte darin den tiefen Beweis ihrer Liebe zu ihm. Hand in Hand gingen sie auf das erste Boot zu, wie damals, als er die Gestade verlassen hatte, um sich auf die Suche nach Malagueta zu begeben.

10 *Unter dem Vulkan*

Bald schon besaß Malagueta eine Flagge. Sie wehte von einem Mast im Hof der Festung, in der Captain Hammerstone wieder sein Hauptquartier aufgeschlagen hatte. Unter schwerer Bewachung wurden hier auch Sebastian Cromantine und weitere Verteidiger der Stadt gefangengehalten. Einen Tag, nachdem er die Macht an sich gerissen hatte, ging der Captain daran, die Verwaltung Malaguetas neu zu organisieren. Er veröffentlichte ein Dekret, das die Wiedereröffnung der Geschäfte verbot, eine nächtliche Ausgangssperre verhängte und Modibo, dem Susu, das einträgliche Geschäft des Wahrsagens mit der Begründung untersagte, es sei subversiv. Aus der Überzeugung heraus, daß die Trunksucht ihre Ursache in den unzähligen Feiern und Festen der Stadt hatte, begrenzte er die Anzahl der Stunden für die Totenwachen und gab Anweisung, daß an einer Beerdigung nur noch fünfzig Leute teilnehmen dürften. Als größter Willkürakt aber wurde empfunden, daß er den bevorstehenden Weihnachtskarneval verbot. Unter dem Vorwand, diese Veranstaltung böte den Unruhestiftern die Möglichkeit, sich an etwas zu beteiligen, was er als heidnische Praxis bezeichnete, bestimmte er, daß es fürderhin verboten sei, inmitten der Stadt die Masken zum Tanzen zu bringen, zumal zur gleichen Zeit in der Kirche der Geburt des Jesuskindes gedacht wurde. Dabei hatte er die Unterstützung der Jungfrauen, die glaubten, daß Gott nun endlich ihre Gebete erhört hätte und sich daran mache, die Gemeinde von einem Schwindel zu erlösen, der sich unter dem Deckmantel der Wiederentdeckung der eigenen Wurzeln tarnte.

Als Sebastian Cromantine von den Maßnahmen des Captain erfuhr, schwor er sich, daß dieser eines Tages dafür bezahlen sollte.

»Das ist unerhört!« schäumte er.

Doch seine Wut wurde von den Mauern der Garnison gefangengehalten.

Wenigstens bewahrte ihn sein fortgeschrittenes Alter vor der Demütigung, mit den anderen Häftlingen zur Arbeit am Lieblingsprojekt des Captains ausziehen zu müssen. Nach einem Frühstück aus leichter Hafergrütze mußten die Gefangenen jeden Morgen unter Bewachung aus der Stadt in einen dunklen Wald marschieren, den Affen und Krähen bevölkerten. Dort rodeten sie ein Stück Land und begannen dann, darauf ein Gefängnis zu errichten. Mit nacktem Oberkörper und ungeschützt der Märzsonne ausgesetzt, arbeiteten sie unter Anleitung der Wachen, die manchmal auf sie einprügelten und die Schwachen zum Sterben dort liegen ließen, wo sie zusammengebrochen waren.

Die Bevölkerung von Malagueta gewöhnte sich langsam an die neue Obrigkeit. Wer sich geweigert hatte, dem Captain Widerstand zu leisten, darauf hoffend, daß er ihm, sobald er an der Macht wäre, den einen oder anderen Gefallen erwiese – zum Beispiel dafür zu sorgen, daß seine Kinder in England studieren könnten –, kam bald zu der Erkenntnis, daß er nicht nur seine besten Freunde verraten hatten, sondern daß der Captain ihm nur um so größeres Mißtrauen entgegenbrachte. Er nutzte den Vorteil, den ihm der Sieg verschafft hatte, schickte zwei führende Angehörige der Oberschicht Malaguetas auf einem Schoner nach London und gab ihnen einen Brief an seine Partner mit, die die Expedition nach Malagueta ausgestattet hatten. Mit Worten, gesetzt in der vornehmen und ordentlichen Handschrift desjenigen, der sich auf dem Felde der Schmeichelei sehr wohl zu bewegen weiß, dankte er ihnen, daß sie ihm die Möglichkeit eröffnet hatten, etwas für König und Vaterland zu tun. Und um seine vorteilhafte Position noch weiter auszunutzen, erwähnte er Malaguetas Wachstumspotential, seine unerschlossenen Reichtümer und die üppige Vegetation. Als einziges Zugeständnis der Bevölkerung Malaguetas gegenüber betonte er ihr freundliches Wesen, das er aus der Tatsache ableitete, daß sich die meisten geweigert hatten, dem hitzköpfigen, einäugigen Banditen in den sicheren Tod zu folgen. Daraus folgerte er, es handle sich um überaus friedfertige Menschen.

Dann führte er aus, daß die Bevölkerung ganz begierig auf Sach- und Fachkenntnisse sei, die ihnen nur diejenigen vermitteln konnten, die moderne und komplizierte Arbeitsgeräte erfunden hatten und jetzt darangingen, ganze Industrien aufzubauen. Er drängte seine Partner, ihm junge Männer zu schicken, die sich in Malagueta niederlassen wollten.

»Kommen Sie her und schauen Sie mit eigenen Augen, was dies für ein wunderbares Fleckchen Erde ist«, drang er in sie. »Doch machen Sie sich nicht die Mühe, Frauen mitzubringen, denn die gibt es hier mehr als genug.«

Sechs Monate später erhielt er einen Brief von seinen Vorgesetzten in London, der die Anweisung enthielt, die Vorbereitungen für die ersten Neuankömmlinge zu treffen, die drei Monate später eintreffen würden.

Malagueta war eine Stadt der Frauen geworden. Isatu Martins, die auf der Suche nach ihrem Mann im Regenwald der Gefangennahme entgangen war, kehrte gerade rechtzeitig zurück, um miterleben zu müssen, wie die Gefangenen abgeführt wurden. Mit ohnmächtiger Wut mußte sie mit ansehen, wie die Soldaten die Marktstände niederrissen, die Schweine zusammentrieben und in den Läden über Ballen feinsten Baumwolltuches herfielen und sie in Müll verwandelten. Als sie sich schließlich zu ihrem Haus durchgeschlagen hatte, dankte sie Gott, daß ihr Mann noch am Leben war, daß die Leute des Captain Hammerstone nicht all ihre Besitztümer zerstört hatten, als sie nach Beute suchten. Dennoch war sie an jenem unglückseligen Tag sehr niedergeschlagen, denn mit den Männern war auch das Licht aus ihrem Leben gewichen. Sie gedachte der anderen Frauen, deren Männer ebenfalls in Gefangenschaft geraten waren. Das entsprach ganz ihrem Wesen, und ihr Verstand machte sich daran, die Möglichkeiten zu erwägen, wie sich der Widerstand gegen die Okkupation organisieren ließe. Gleichzeitig überlegte sie, welchen Beistand sie den anderen Frauen leisten könnte. Bald darauf versammelten sich die Frauen, deren Männer in Gefangenschaft geraten waren, in ihrem Haus.

Über Reiskuchen und dem Versuch, ihre greinenden Kinder zu beruhigen, berieten sie, wie sie den Transport von Waren aus anderen Küstenstädten nach Malagueta sabotieren könnten, um zu verhindern, daß diese Waren den Leuten des Captain in die Hände fielen. Im Schutze der Dunkelheit vergruben sie allen Schmuck und ihr Geld hinter den Häusern. Sie beschlossen, daß sie, solange ihre Männer in der Garnison gefangengehalten wurden und jeden Morgen ausziehen mußten, um den Bau des Gefängnisses voranzutreiben, bis zur Dunkelheit warten wollten, um dann ihrerseits loszuziehen und die Arbeit des Tages Stein für Stein wieder abzutragen.

Jeanette Cromantine, ihres Mannes wie ihres Sohnes beraubt, wurde das Herz schwer, wenn sie sich vorstellte, wie Emmanuel Cromantine im Exil zurechtkommen mochte, obwohl sie doch wußte, daß ihr Sohn ihren starken Willen geerbt hatte und die Entschlossenheit, es mit jeder Herausforderung im Leben aufzunehmen. Als sie ein Päckchen mit Essen und Kleidung für Sebastian Cromantine in die Garnison bringen wollte, verweigerten die Wachen die Annahme.

»Machen Sie sich nur keine Sorgen, Ma'am, er braucht nichts von Ihnen«, teilten sie ihr mit.

Einmal, als sie zur Garnison ging, machte sie auf dem Rückweg nach Hause einen Abstecher zum Friedhof und besuchte das Grab von Rodrigo, dem Brasilianer, um dort zu beten.

»Wie anders als de Banditn warst du doch«, brach es aus ihr hervor, während sie das Gras auszupfte, das über die Einfassung gewachsen war. Sie verweilte ein wenig am Grab, dachte an Fatmatta, die Vogelfrau, die ihr im Traum erschienen war, als sie mit Emmanuel in den Wehen lag. Ihr wurde bewußt, daß ihr Leben sich langsam neigte und daß diese Menschen, die anderen soviel gegeben hatten, die Fixsterne am Himmel ihres Lebens gewesen waren. Das Leben erschien ihr immer weniger verlockend, immer weniger drängte es sie, des Morgens aufzustehen, in ihr Geschäft zu gehen und für ihren Sohn und die alten Tage zu sparen. Das Leben kam ihr mit jedem Tage mehr wie eine einzige Vorbereitung auf das Unbekannte vor. Nun, da sie allein und auf sich gestellt war, fand sie Trost darin, sich zu erinnern, wie sie sich gegen Sebastians starrköpfigen Widerstand durchgesetzt hatte, mit der Anfertigung von Stoffpuppen zum Lebensunterhalt beizutragen, wie sie später während der Süßkartoffelpest alles verloren und sich doch wieder aufgerafft hatten und zu Wohlstand gelangt waren. Gott hatte ihr zwar nicht die Kinder geschenkt, für die Sebastian und sie immer gebetet hatten, doch es genügte ihr, daß sie in Emmanuel einen wohlgeraten Sohn hatte, auch wenn ihr sein plötzlicher Sinneswandel zu schaffen machte, der die Abenteuerlust in ihm geweckt und ihn in den Krieg getrieben hatte. Zum erstenmal seit fast zehn Jahren dachte sie an ihren Schwiegervater, den sie nie kennengelernt hatte und der, wie Sebastian Cromantine erzählte, vom Virus des Wandertriebes befallen war. Sie fragte sich, ob ihr Sohn nicht das Virus von ihm geerbt hatte.

»Istn schlechtes Blut«, meinte sie.

Sie schmückte Rodrigos Grab mit frischen Blumen und bat ihn, ihrem Sohn ein paar Ohrfeigen zu verpassen, um ihn an seine Mutter zu erinnern, und zu beten, daß er bald zu ihr zurückkehrte. Am Abend, bevor sie zu Bett ging, betrachtete sie sich im Spiegel und warf prüfende Blicke auf ihren Körper. Seit langer Zeit hatten Sebastian und sie das Bett nicht mehr miteinander geteilt, und bei dem Gedanken, daß es nun über dreißig Jahre her war, seit er vor dem Haus des Predigers zusammengebrochen war und sie ihm Kamelienblätter auf die Stirn gelegt hatte, um das Fieber zu senken, wurde sie rot, weil sie auch daran denken mußte, wie der große dunkelhäutige Mann auf ihrem Bett gelegen hatte, wie sie ihn voller Schrecken im Fieberwahn erlebt und ihr Körper gleichzeitig vor Verlangen gezittert hatte, als sie sah, wie seine mächtigen Muskeln sich unter der Haut abzeichneten.

Jeanette Cromantine war nicht die einzige, die sich sorgte, weil Emmanuel Cromantine nicht in Malagueta war. In all den wilden Stürmen ihrer Leidenschaft hatten Emmanuel und Louisa ihre Liebe vor seiner Mutter geheimgehalten. Zwar hatten sie manchmal davon gesprochen, Jeanette einzuweihen, sobald die Zeit dazu reif wäre, doch ließen sie sich von einem Hochgefühl in ihren Herzen mitreißen, das ihre Liebe zu etwas Unberührbarem machte und strengste Geheimhaltung erforderte. Gleichzeitig fürchteten sie sich vor dem, was Jeanette dazu sagen würde, daß ihr Sohn von einer älteren Frau verführt worden war. Deshalb hätte Louisa Turner, deren Schwangerschaft bereits in den vierten Monat ging, alles darum gegeben, Jeanette Cromantine nicht sagen zu müssen, daß sie ihr Enkelkind unter dem Herzen trug, obschon die Abwesenheit der Männer die beiden Frauen im Haus von Isatu Martins, die Tee und Plätzchen servierte, um die langen, schlaflosen Nächte zu verkürzen, einander nähergebracht hatte. Doch da Louisa für gewöhnlich vorausahnte, was die Zukunft für sie bereithielt, schwante ihr, daß das Schicksal gegen sie stünde und nur deshalb die Invasion der Weißen angezettelt hatte, um Emmanuel von ihr fortzutreiben und sie vor die unausweichliche Notwendigkeit zu stellen, ohne seinen Beistand vor seine Mutter treten und es ihr offenbaren zu müssen. Wie sie das allerdings anfangen sollte, wußte sie nicht, als sie zum erstenmal neben der älteren Frau saß. Zum Glück trug Louisa ein weites Kleid, das ihre Schwangerschaft verbarg, und sie gehörte zu den Frauen, denen von älteren dauernd gesagt wurde, sie hätte einen kleinen Schoß. Von daher fiel es ihr nicht schwer, so zu tun, als sei das augenscheinliche Strahlen, das von ihr ausging und sie umgab, nur das Ergebnis ihrer Bemühungen, sich etwas Farbe auf die Wangen zu malen, und als stellten ihre prallen, festen Brüste nur ein Zeichen dafür dar, daß sie ihren Körper pflegte. Jeanette Cromantine dachte sich ihren Teil. Sie maß die Jüngere mit den unerbittlichen Augen einer Frau, die selbst einmal jung gewesen ist und ihren Ehemann zu überzeugen gehabt hat, daß seine Männlichkeit durch ihre Liebe zu ihm gesichert sei, weil er das Opium gefunden hatte, das ihn zu ihr ins Bett zwang, um ihr den gemeinsamen Sohn zu schenken. Ihr fiel ein, daß Louisa einst Lehrerin ihres Sohns gewesen war, und sie fragte sie, was sie nun tue, ob sie zur Kirche ginge und – hier nahm ihr Tonfall die Verschwiegenheit an, die Frauen ihrer Generation gern ins Feld führen, wenn sie sich mit Mädchen im heiratsfähigen Alter unterhalten, bei denen sie überzeugt sind, daß sie ihre Zeit in der faszinierenden Welt der Männer nur verschwenden – warum sie noch nicht verheiratet wäre. Sie versäumte nicht hinzuzufügen, daß die Jüngere, wenn sie denn diese Aussicht gar zu abwegig fände, sich wenigstens einen Mann suchen sollte, der ihr ein Kind schenken könnte.

»Sie müßtn 'n Kind habn, meine Liebe«, sagte sie. »Das ist das größte Geschenk, das Gott ner Frau gebn kann.«

Louisa Turner rang sich dazu durch, jetzt keine Zeit mehr zu verlieren. Nach diesem Rat von Jeanette Cromantine fühlte sie sich wie eine Ertrinkende, der sich plötzlich eine Hand entgegenstreckt, sie an Land zu ziehen. Sie dachte, daß das Leben schon schwierig genug für sie wäre, als daß sie sich in einer Angelegenheit, so wichtig wie die bevorstehende Geburt des Kindes, das der von ihnen beiden geliebte Mann gezeugt hatte, etwas vormachen sollten.

Für den Besuch bei Jeanette Cromantine wählte sie ein Kleid aus weißer Baumwolle und dazu passende Sandalen. Sie wusch und flocht sich die Haare, so daß sie die Umrisse ihres Gesichts betonten. Obwohl sie alles andere als eitel war, gab sie sich doch allergrößte Mühe, jeden Makel aus ihrem Antlitz zu tilgen. Eine ganze Woche lang wusch sie sich das Gesicht mit Zitronengrastee und kremte es jeden Abend mit Kakaobutter ein. In der Nacht vor dem Besuch bei Jeanette Cromantine schlief sie wie ein Kind und hatte dabei einen Traum, der ihr noch viele Jahre nach der Geburt ihrer Tochter immer wieder durch den Kopf gehen sollte. Sie träumte, daß Emmanuel Cromantine tot und mit aufgeschlitzter Kehle in der Gosse lag und hoch am Himmel die ägyptischen Geier kreisten und warteten, daß er verweste. Da fühlte sie sich von solch schrecklicher Angst übermannt, daß sie mit einem Schrei erwachte und durch das ganze Haus ging, um nachzusehen, ob sie vor dem Zubettgehen auch alle Fenster geschlossen hatte. Den ganzen nächsten Morgen konnte sie nichts essen. Wieder und wieder führte sie sich den Traum vor Augen. Daß er ein böses Omen war, dessen war sie sich ganz sicher. Da ihre Einbildungskraft alle Grenzen der Vernunft und des Möglichen überstieg, entschloß sie sich, Modibo, den Wahrsager, zu befragen, obwohl der Captain verboten hatte, ihn zu besuchen.

Der alte Weise holte den Spiegel aus seiner ziegenledernen Tasche, malte mit Kreide vier Kreise darauf und schaute Louisa an.

»Alles in Ordnung, mein Kind«, meint er. »Du bist nicht de erste Frau, de ihren Mann tot sieht.«

Dann erzählte er ihr, der Traum offenbare, daß sie mit dem bösen Blick einer Frau zu rechnen habe, die sie hasse, weil »sie deinen Mann will und deshalb versucht, das ungeborene Kind zu verhexen.«

Er trug ihr auf, nach Hause zu gehen, eine schwarze Ente zu töten, sie mit einem Dutzend Nadeln zu spicken, sie danach in Bananenblätter einzuwickeln, das Bündel an einer Wegscheide wegzuwerfen und ein Hühnerei darüber aufzuschlagen.

»Das wirft ihre bösen Absichten auf sie selbst zurück«, schloß der Wahrsager.

Am Abend dann besuchte Louisa Jeanette Cromantine. Ihr Körper glänzte vom öligen Balsam, den ihr der Wahrsager verabreicht hatte, um jeden Feind zu zerstören, der versuchen sollte, sich zwischen sie und ihre Schwiegermutter zu stellen. Noch einmal ging sie in Gedanken durch, was sie der Älteren sagen wollte, und die Gewißheit, daß Jeanette Cromantine, der beiden Männer beraubt, die in ihrem Leben eine Rolle spielten, sich über die Nachricht freuen würde, daß ihr Sohn ihr ein Enkelkind schenkte, das ihr im Alter eine Hilfe wäre, stärkte ihr den Rücken.

Louisa Turner stieg die Stufen zur Tür der Cromantines hinauf und klopfte an die Tür. Als sie in das Wohnzimmer gebeten wurde, wurde ihr mit einem Schlage bewußt, daß sie erstmals dieses Haus betrat. Dieses Haus, aus dem Emmanuel jedesmal in ihres gekommen war, um sie zu lieben, dieses Haus, in dem er seine geheimen Träume und Sehnsüchte gehegt hatte, in dem er zusammen mit seiner Mutter gelacht hatte. Sie fühlte, wie Eifersucht in ihr aufstieg, weil Emmanuels Mutter soviel besaß und sie gerade erst dabei war, ihren Anspruch auf ein kleines bißchen von dem zu erheben, was das Leben für sie bereithalten mochte.

Jeanette Cromantine begrüßte sie zuvorkommend. Da sie glaubte, Louisa sei gekommen, um mit ihr irgend etwas zu bereden, das sich auf die traurige Lage der Stadt bezog, bot sie ihr Kuchen und Sauerampfersaft an und sprach davon, daß Malagueta längst ein unvorstellbares Maß an Wohlstand erreicht hätte, wären da nicht die hasenfüßigen Männer gewesen, die sich geweigert hatten, Thomas Bookerman und ihren Mann zu unterstützen und den Captain aus der Stadt zu treiben.

»Denk nur an de Fortschritt, de wir gemacht habn seit de Anfängn dieser Stadt. Und jetzt kommn de Heidn und verlangn, daß wir ihre Befehle befolgn, bloß weil son paar Hausnigger im Sommer englisches Wolltuch tragn wolln.«

Sie war verärgert, daß ihr Mann, obwohl sie davon abriet, einigen dieser Feiglinge Kredit gewährt hatte, die nicht einmal in der Lage waren, die Grabsteine zu Ehren ihrer Verstorbenen zu bezahlen. Zum erstenmal sprach sie davon, daß sie einen Fehler gemacht hätte, indem sie ihrem Mann nicht zur Seite stand, als er einst Kaffeepflanzer werden wollte. Aber sie hatte sich damals davor gefürchtet, daß er womöglich wieder vom Geist seines Vaters heimgesucht würde, der, nachdem er in dem einem Land gestorben, in dem anderen zu neuem Leben erwacht war und im Haus mit seinen Gebeinen klapperte.

»Ich kann ihn hörn, mein Kind. Jedesmal, wenn er herkommt und was trinkn will. Er belästigt uns aber nicht, also kümmre ich mich nicht drum. Nun aber los, erzähl mir, was du auf dem Herzn hast.«

»Und Sie werden bestimmt nicht böse, Ma'am?«

»Na, ich werd dich schon nicht fressn, mein Kind, du bist für mich ja fast wie de Tochter, de Sebastian und ich nicht habn.«

Da erzählte Louisa ihr alles. Sie erzählte ihr, wie Emmanuel ihr das Selbstvertrauen wiedergegeben hatte, das immer wieder von ihren Erinnerungen an den gewalttätigen Sklavenhalter erschüttert worden war, daß er der zärtlichste Mann war, den Gott je erschaffen hatte, und auch der gescheiteste. Daß sie ihn so sehr liebte, daß sie bereit war, ihre berufliche Karriere als Lehrerin aufzugeben, nur um in seiner Nähe zu sein. Daß sie sich darüber im klaren war, daß er eines Tages zu den Großen gehören würde, und daß sie wollte, Jeanette wüßte, wie stolz sie darauf war, sein Kind auszutragen.

Jeanette Cromantine ging in ihr Schlafzimmer und kehrte mit einer Kerze zurück. Sie blies die Paraffinlampe aus, so daß sie nur noch der matte Schein des Mondes umgab, entzündete mit einem Streichholz die Kerze und hielt das flackernde Licht nahe an Louisas Gesicht. Sie schaute die junge Frau an, als erblickte sie sie zum erstenmal, sah sie genauso an, wie Sebastian und sie einst über das neue Land geschaut hatten. Sie suchte nach etwas unendlich Bedeutungsvollerem als dem, was ihr Louisa gerade offenbart hatte. Es war, als wollte sie in die Seele der schwangeren Frau eindringen und sie mit einer Wolke umgeben, durch die Louisa – wenn ihre Beichte denn den Tatsachen entsprach – wie ein strahlender Himmelskörper leuchten sollte.

»Sag mir, meine Tochter, daß meine Ohrn mich nicht belügn«, forderte sie.

Louisa wußte nichts von dem alten Brauch, nach dem Mütter Kerzen anzünden und ihr Gegenüber streng ansehen, um mögliche Erbschleicherinnen zu vertreiben, die bei ihnen an die Tür klopfen. Aber sie war stark genug, der alten Frau in die Augen zu schauen und ihr zu bestätigen, daß ihre Ohren genau das vernahmen, was sie zu hören bekommen sollten.

Die beiden Frauen sahen sich eine Zeitlang an. Ihnen war klar, daß sich ihre Rollen nun neu ordneten, soweit es die alten Säulen erlaubten, die ihrem Leben innere Kraft verliehen. Sie fühlten sich zu neuer Größe und neuem Mut erhoben und durch das anrührende Erleben gestärkt, das sie zu diesem Gipfel ihrer Gemeinsamkeit geführt hatte. Sie fielen sich um den Hals. Louisa weinte vor Glück, daß die alte Frau sie annahm, und fühlte, wie sich das Kind in ihrem Bauch liebevoll bewegte.

»Wenn nur Emmanuel hier wär«, sagte seine Mutter.

»Mach dir keine Sorgen, Mama. Es geht ihm sicher gut. Bald schon wird dein Sohn wieder hier sein. Warts nur ab.«

»Ich hoffs. Ich muß mich nur an de Gedankn gewöhn'n, daß ich jetz Großmutter werd. Und da du nun meine Tochter bist, zeig ich dir wohl am besten mal das Haus. Ich will aber erst de Lichter wieder anzündn.«

Sie zeigte Louisa, was Jahre des Handels unten im Laden am Strand ihr eingetragen hatten: die Ansehnlichkeit wie die Annehmlichkeiten eines behaglichen Heims. Sebastian hatte an das ursprüngliche Haus, das Gustavius Martins einst errichtet hatte, zwei zusätzliche Zimmer angebaut. Anstatt nun das Haus über das in Grün gehaltene Wohnzimmer zu betreten, gelangte man durch einen Eingang an der Seite hinein. Dann ging man durch einen kurzen Korridor mit einem dicken Teppich, den sie bei dem chinesischen Händler gekauft hatte, der sich vor kurzem in Malagueta niedergelassen, ein Geschäft aufgemacht, eine Pagode gebaut und ein starkes Interesse an allen möglichen Hunden hatte. Das Wohnzimmer, in dem sie sich gerade aufhielten, befand sich zur Rechten dieses Korridors, und als jetzt das Licht wieder leuchtete, sah Louisa das fein gezeichnete Holz des Parkettfußbodens, die teuren, mit Straußenfedern gefüllten und mit geblümtem Damast geschmückten Sofas, die massiven jakobinischen Stühle, den Rokokospiegel an der Wand, der ihr sagte, wie schön sie war, den goldenen Samowar, den der erste Russe, der in Jeanettes Laden gekommen war, ihr geschenkt hatte, die große Standuhr mit dem vogelgleichen Pendel und, drüben im Eßzimmer, die Chippendale-Vitrine, in der sie ihr teures Wedgwood-Porzellan aufbewahrte. Groß waren die Schlafzimmer und luftig. Die gleiche Tapete mit Meeresmotiv wie in Wohn- und Eßzimmer, schmückte auch hier die Wände. Was Louisa den Atem raubte, waren die Chiffonniere in Jeanette Cromantines Zimmer, das schwere Mahagonibett, die Kommode und der schöne marokkanische Teppich auf dem Fußboden. Emmanuels Zimmer atmete den moschusartigen Geruch der Bude eines jungen Mannes. Louisa kam sich ziemlich hinterhältig vor, als sie es jetzt betrat – obwohl sie mit dem Bewohner dieses Zimmers so viele Geheimnisse geteilt hatte, drang sie nun, zusammen mit seiner Mutter zwar, während seiner Abwesenheit hier ein. Es standen genau die Möbel darin, die sie sich immer vorgestellt hatte: die Kommode, in der er seine Sachen und seine botanischen Muster aufbewahrte, das hohe, schmiedeeiserne Bett, der Hepplewhite-Stuhl und ein Tisch aus unbestimmbarem Holz, der sich unter allen möglichen Muscheln bog. Vor allem ein Gegenstand erregte ihre Aufmerksamkeit: die Figur eines Zentaurs, die auf der Kommode stand.

Draußen wurde es dunkle Nacht. Große Scharen Pirole flogen unter grauen Wolken zu ihren Nestern in den Jakaranden, und die Frauen gingen ins Wohnzimmer zurück. Sie setzten sich auf die bequemen Stühle und unterhielten sich – ein Gespräch zweier Frauen, die das Warten lernen mußten, gleichzeitig aber wußten, daß da ein Kind im Entstehen war. Und das gab ihnen die Kraft, alles andere zu ertragen.

In dem Augenblick, als die beiden Frauen entdeckten, wie sehr sie einander brauchten, malte sich Captain Hammerstones Hirn die Zukunft Malaguetas aus. Er wartete auf die Ankunft weiterer Engländer, die seine Vorstellungen in die Tat umsetzen sollten. Er brauchte Feldvermesser, Bauleute, Polizisten, Soldaten. Die Söldner, die mit ihren Plünderungen und Vergewaltigungen langsam lästig wurden, wollte er loswerden. Und er wollte für die Verarbeitung von Kaffee und anderen exotischen Produkten neue Mühlen erbauen lassen. Er sah den Tag kommen, an dem er mit den großen Handelshäusern in Manchester und Liverpool in geschäftliche Beziehungen trat, und so manches Mal züngelten in seinem Herzen die Flammen des Stolzes, weil er diesen hinterwäldlerischen Ort den großen Städten des Handels und der Zivilisation erschlossen hatte. Denn er war mit allen Wassern gewaschen und spielte mit der Leichtgläubigkeit der anderen, die ihn reich machen sollten, sein Spiel. Auch ohne daß man ihn darauf aufmerksam machte, war ihm klar, daß Malagueta aufgrund seiner Nähe zum Äquator über ungefähr die gleichen Schätze verfügen mußte wie Ceylon – riesige Regenwälder warteten auf ihre Erforschung und unerhörte Reichtümer wollten gewonnen werden. Captain Hammerstone war nicht nur Soldat. Er war gleichzeitig ein begabter Geschäftsmann.

Also schwor er sich, als er ein Kabel aus London erhielt, das ihm mitteilte, daß das geforderte Schiff mit Menschen und Material, mit denen seine Träume wahr werden sollten, unmittelbar davorstand, in See zu stechen, daß unter seiner Führung auch nicht ein Stein dieser Stadt unberührt bleiben sollte. Die Arbeit am Gefängnis wurde beschleunigt vorangetrieben, die Männer schufteten in der Hitze und froren in der Kälte, bis sie schließlich Malaria bekamen und durch neue ersetzt wurden, die dann der schrecklichen Rohheit der Wachen erlagen. Andere wurden dazu eingeteilt, neue Straßen zu bauen, auf denen die Wagen der reichen Händler besser rollen könnten. Auch die Drainage wurde verbessert, damit die Stadt während der Regenzeiten nicht mehr überflutet würde.

Die Frauen der Gefangenen gründeten eine Kooperative, um sich gegenseitig zu helfen. Zunächst hatten sie sich jeden Montag in Isatu Martins Haus getroffen. Als sie aber immer zahlreicher wurden, reichte der Platz dort nicht mehr aus. Sie brauchten offenes Gelände, freien Raum. Unter Mißachtung des Gesetzes, das große öffentliche Versammlungen verbot, trafen sie sich nun auf dem Platz gegenüber der Kathedrale. Jede Frau brachte ihre Kinder und selbstgebackenen Kuchen, Pudding und ein paar Getränke mit. Dort, unter den wachsamen Augen der Soldaten, rühmte Isatu Martins die Tugenden ihrer Männer und beklagte die Ungerechtigkeit, unter der sie zu leiden hatten, verdammte das Stillhalten seitens einiger Angehöriger der sogenannten Aristokratie, das die augenblickliche Lage überhaupt erst möglich gemacht hätte. Eines Montags stand sie auf einer erhöhten Plattform, die die Frauen mit den Zimmerwerkzeugen ihrer Männer errichtet hatten. Sie hielt ihren Sohn Garbage an der rechten Hand und fragte ihre Zuhörerinnen, wie lange sie noch die Demütigung ertragen wollten, Strohwitwen zu sein.

»Seht mein'n Sohn, de ohne Vater aufwächst. Irgendwann wird er wissn wolln, was sein Vater getan hat, daß sie ihn einsperrn. Was soll ich ihm dann sagn? Daß ne Horde Barbarn hierhergekommn is, Malagueta angegriffn und sich alles unter de Nagel gerissn hat? Nee. Denn das wird er mir nicht abnehmn. Er wird wissn wolln, was seine Mutter und de andren Mütter dagegn unternommn habn. Also schuld ichs ihm und seinem Vater. Wir schuldns unsern Kindern, unsern Männern, dieser Tyrannei Widerstand zu leistn bis zum letztn und de Freilassung unsrer Männer zu fordern.«

Die Haft hatte die Männer nicht zu Märtyrern gemacht – sie hatten sich einfach in ihr Schicksal ergeben. Die Frauen Malaguetas aber trafen sich weiterhin jeden Montag, und bald auch jeden Mittwoch. An diesen Tagen, zwischen dem Versorgen ihres Sohnes und dem stechenden Schmerz ihres Daseins als Strohwitwe, spürte Isatu Martins manchmal, in den kleinen Dingen, die sie vergaß, die Leere ihres stillen Hauses - wenn sie zum Beispiel nicht mehr wußte, wohin sie einen Löffel gelegt hatte, oder wenn sie sich nicht mehr an den Namen erinnerte, den sie einem neu erworbenen Hund gegeben hatte, der die streunenden Katzen aus der Nachbarschaft vom Hause fernhalten sollte. Blitz und Donnerschlag zerrissen das Dach ihres Hauses und ließen sie aus Angst vor den leckenden Zungen des Regens keinen Schlaf finden. In solchen Augenblicken war sie froh über ihren Sohn, dieses Geschenk des Himmels, drückte ihn an die Brust und verfluchte das unbändige Universum. Dabei war dies nur die Morgendämmerung eines Martyriums, das nun mit ungehinderter Wucht über ihr Leben hereinbrach.

In der Leere der Zeitlast versuchte sie sich der Hände ihres Mannes zu erinnern, versuchte, sich ins Gedächtnis zu rufen, wie seine Hände sie in den Nächten wütender Stürme gehalten hatten, wie Holz durch seinen Genius und unter der Berührung seiner Hände zu neuer Form fand und sich überall in der Stadt Steine zum Beweis seiner Schöpferkraft aufeinanderschichteten. Sie war aber eine Frau, deren Kummer schnell verging und sie nur dann überflutete, wenn sie es ihrem Herzen erlaubte, sich an ihm zu nähren. Manchmal machte die Abwesenheit ihres Mannes sie stärker, öffnete und weitete ihren Geist, so daß sie sich ihrem Vater ebenbürtig erwies.

Sie führte das Haus so, als sei ihr Mann noch da: Ihr Sohn sorgte dafür, daß sie immer etwas zu tun hatte, denn er war ein verständiger Junge, der dringend seinen Vater brauchte und langsam unter dessen Abwesenheit zu leiden begann. Mit der Zeit gewöhnte er es sich an, draußen die rätselhaften Schichtungen der Wolken zu studieren, und manchmal, wenn seine Mutter am Herd beschäftigt war, ging er hinter das Haus, um sich mit den Hühnern zu unterhalten, die in ihrem Gehege brüteten.

Garbage fragte nie danach, wann er seinen Vater wiedersähe. Er war völlig darin gefangen, in der Wildnis der Jugend heranzuwachsen, die ihm seine Mutter offenbarte. Dabei versuchte sie, die eigenen Sorgen vor ihm zu verbergen. Als sie in den ersten Wochen von Gustavius' Gefangenschaft den Versuch unternahm, ihm Essenspakete in die Garnison zu bringen, bis es ihr schließlich die Wachen untersagten, hatte Garbage sich stets geweigert, sie zu begleiten. Da hatte sie gedroht, ihm die Haut abzuziehen und ihm seine Ration Kuchen zu kürzen, mit der sich bei ihm die Vorstellung von Sonntag verband. Er aber war den nackten Flammen der Drohung gegenüber unempfindlich. Sein Großvater, der Mann des Bananenhains, vermochte diese Flammen mit seinen Händen zu löschen.

Isatu Martins sprach weiterhin zu der Versammlung der verlassenen Frauen. Sie fand Worte der Zuversicht, mit denen sie den Kummer der anderen linderte. Wenn der Kelch ihrer Anteilnahme überlief, dann machte sie den Soldaten Vorwürfe, deren Zahl beständig wuchs. Nur für den Fall, daß die Frauen auf die Idee kämen, etwas Ungewöhnliches zu tun. Als jemand sie fragte, ob sie denn keine Angst vor den bewaffneten Männern habe, erwiderte sie entschieden:

»De Milch von ihrn Müttern is noch nicht versauert in ihrn Mündern, wie könntn sie dann der Tochter einer Frau Gewalt antun.«

Hinter ihren mutigen Worten aber verbarg sich eine innere Beunruhigung über die Dekrete, die Captain Hammerstone weiterhin regelmäßig ausgab.

Sie war eine tapfere Frau und glaubte, daß die Soldaten Captain Hammerstones trotz ihrer Brutalität genausoviel Angst vor den Frauen hatten wie diese vor ihnen. Kurze Zeit, nachdem es in der Garnison zu einem Zwischenfall gekommen war, spitzten sich die Dinge zu.

Das Alter meinte es nicht gut mit dem gefangenen Sebastian Cromantine. Die Hautfalten unter seinem Kinn sackten herab, und von einem Tag auf den nächsten war ein alter Mann aus ihm geworden, der sich mit der verordneten Trägheit seines Daseins nicht abfinden konnte. Seine Hände, die einst im ersten Überschwang der Entdeckung den Kaffeesträuchern soviel Liebe gegeben hatten, waren zu kleinen Spinnen geworden, mit der einzigen Aufgabe, die Schaben seines Gefängnisses zu zerdrücken. Sebastian Cromantine spürte, wie das Leben aus ihm entwich.

Die Gefangenschaft brachte ihm böse Erinnerungen zurück, die er eigentlich in irgendeinem Sumpf, in der bittersüßen Einsamkeit seiner Jugendjahre hinter sich gelassen hatte. Selbst der Krieg hatte nicht vermocht, seinen Willen zu brechen, und er hatte sich nicht geschämt, als sie zusammengetrieben und eingesperrt wurden. Die unheilvollen Spinnweben der Untätigkeit in seiner Zelle, die seine körperliche und geistige Bewegungsfreiheit einschränkte, verdichteten sich ihm aber nun zu einer grausigen Musik und ließen den übermächtigen Wunsch nach Freiheit in ihm erwachen. Wie die anderen Gefangenen war er des Wartens darauf müde, daß der Captain sich endlich entschlösse, sie freizulassen.

Gleichförmig eilten die Monate dahin. Nur die Aufeinanderfolge der Jahreszeiten brachte Abwechslung. Die Auguststürme sahen sie nackt in der Trauer um ihre Familien, die wiederum um ihre Männer trauerten, denn es war ihnen ein herrschsüchtiger Ehemann lieber als leere Häuser. Als die Regen vorüber waren und der Boden die Feuchtigkeit trank, schlüpften die Heuschrecken und entfalteten in der Dunkelheit ihre Flügel. Das traf den alten Mann im Nerv.

»Wenn das so weitergeht«, fluchte er, »dann werd ich vor meinem Tod noch verrückt.«

Er schmiedete einen Plan, um nicht in diesem Schlachthaus zu sterben, ohne daß er noch einmal das Gesicht seines Sohnes gesehen oder dem warmen, sehnsuchtsvollen Klang in der Stimme seiner Frau gelauscht hätte. Sie erschien vor seinem geistigen Auge, wie sie sich in alten Zeiten einmal im Garten nützlich gemacht hatte, bevor ihr Sohn Emmanuel Drachen steigen ließ und dabei ein paar Oleanderbüsche niederriß. Er stellte sich vor, wie sie aus dem Geschäft nach Hause kam, wo sie sich mit dem Chinesen über den Preis eines Javadruckes gestritten hatte, dann sein Abendessen zubereitete und ihre Stimme sich mit den Liedern Fatmattas, der Vogelfrau, emporschwang. Deshalb war er bereit, jeden Preis zu zahlen, um seine Freiheit wiederzuerlangen.

Als man ihm eines Abends sein Essen brachte, warf er es dem Wärter ins Gesicht, einem jungen Mann, der nichts von den wütenden Feuern des Alters wußte. Sebastian Cromantine wurde geschlagen und verlor dabei einen Zahn. Das erweckte das alte Krokodil in ihm zu neuem Leben.

Er war wieder zurück in den Sümpfen der Rebellion. Die Stimme seines Vaters, niemals weit entfernt, wenn sein Sohn ihn brauchte, trieb ihn voran. Blut lief dem alten Mann über das Gesicht, doch er würgte den Wärter mit bloßen Händen, als wäre er entschlossen, ihn zu töten wie einstmals in den Zeiten des Kolonialkrieges den Farmer, der einen Schwarzen erschießen wollte. Als sie seine Hände von der Kehle des hochmütigen Wärters losrissen, machte es Sebastian Cromantine nichts mehr aus, was mit ihm geschah. Der Tod erschien ihm als ein Luxus, den er sich leisten konnte.

Die Nachricht, daß Sebastian Cromantine im Gefängnis zusammengeschlagen worden war, erreichte die Mittwochsversammlung der Frauen über einen Gärtner, der Zutritt zur Garnison gehabt hatte. Als Überbringer von Neuigkeiten gehörte er zu jenen Menschen, die über die Gabe verfügen, ihre Geschichten mit unzähligen Verzierungen zu erzählen, und so berichtete er von wilden Schlägen, die man dem alten Mann über den Kopf gezogen hätte.

»De habn ihn ordentlich verbleut und ihm nen Zahn ausgeschlagn.«

»Was hat er denn getan?« fragte eine der Frauen.

»De Wärter hat ihm Suppe gebracht, de Sebastian nicht essn wollte. Er hat sie auf den Bodn geschüttet, und da habn sie ihn geschlagn wie nen Hund.«

Wie konnten sie ihm das antun, fragte sich Isatu Martins. Gab es denn keine Gerechtigkeit mehr auf der Welt? Die Wochen, in denen sie wieder und wieder zu den Frauen gesprochen hatte, hatten an ihren Nerven gezehrt. Während all der Zeit war sie durch ein unbekanntes, nur schwer zugängliches Land gewandert, hatte sich durch eine dornenreiche Wildnis geschlagen, durch die Klingen der Verzweiflung gefochten und sich an dem Gedanken aufgerichtet, daß ihr Mann stark war und es sich wünschte, daß sie den Kopf obenbehielte, so, wie sie es in den Tagen ihres Exils in den Bergen getan hatte. Garbage war da, um sie daran zu erinnern, um wie vieles sie zu kämpfen hatte, auf wie vieles sie in der Zukunft hoffen konnte.

Als sie nun erfuhr, daß Sebastian Cromantine zusammengeschlagen worden war, bestieg Isatu Martins erneut das Podium und sprach zu den versteinerten Gesichtern in der Menge.

»Schwer schlagn heute unsre Herzn, weil wir Neuigkeitn über Sebastian Cromantine erhaltn habn. Er isn guter Mann, genausogut wie seine Frau Jeanette. Wir wissn, wie er geschuftet hat, um Malagueta mit aufzubaun. Wir wissn auch, daß er nie in seinem Lebn was Schlechtes getan hat. Ich erinnre mich, wie Sebastian wien Verrückter rumgerannt is, als die Pest uns heimgesucht hat, und uns alln gesagt hat: ›Leute, haltet de Kopf obn, wir kommn hier auch wieder raus, nur keine Panik jetz, ‘s ist doch bloßn kleines Unglück.‹ Ihr jungn Leute, ihr Neuankömmlinge, ihr habt nicht erfahrn, was es heißt, wenn alles, wofür man so schwer gearbeitet hat, in Flammn aufgeht, wenn de Hölle losbricht, wie sie in der Bibel sagn. Demnach sind wir zwar schon mal durchs Höllenfeuer gegangn, jetz iss aber wie im Bauch nes Vulkans, und de Bauch bebt, und de Stimme des Herrn erhebt sich laut und deutlich, denn er is verärgert, und er sagt: ›Mein Volk, das is kein Lebn für euch, ihr müßt raus aus de Bauch!‹ Und das tun wir jetz. Sie habn uns bis zum Äußerstn getriebn, und jetz peitschn sie auch noch unsre Männer, als wärn sie keine. Wir habn von Sebastian gehört, daß er geschlagn wurd, weil ern Mann is und zum Kampf entschlossn. Wir sind keine Feiglinge, und wenn sie unsre Männer tötn, kriegn sies mit uns zu tun.«

Sie ließen sie nicht ausreden. Wie ein mächtiger Sturm bewegten sich die Frauen auf die Garnison zu. Bedächtig zunächst, so, als ob der Sturm noch nicht wüßte, wie weit er vorwärtsrasen, wie groß das Ausmaß der Zerstörung sein sollte, die er anrichten wollte. Manche räusperten sich, rückten das Baby auf ihrem Rücken zurecht und steckten ihre Kopfbedeckung fest.

Langsam, ganz langsam, gewann der Sturm an Stärke. Die Frauen brachen Äste von den Bäumen und lasen Steine vom Boden. Was sie mit den Ästen tun wollten, war ihnen noch nicht klar, doch die Gewalt des Sturms zwang sie, alles abzureißen, dessen ihre Hände habhaft werden konnten. Sie marschierten am zerstörten Laden von Theophilus, dem Apotheker, vorbei und sahen die Stelle, wo Amadu, der alte Fulbe, seine letzte Kuh gehütet hatte, bis die unbezähmbaren Soldaten ihn vertrieben. Als sie der Garnison ansichtig wurden, stimmten sie ein Lied an. Ein verbittertes Lied, versetzt mit einem gehörigen Schuß Wut, deren bitteren Aloensaft zu trinken die Willkürherrschaft des Captain sie gezwungen hatte. Im Kasernenhof saßen ein paar Soldaten und würfelten, als sie das Lied der herannahenden Frauen hörten. Sie griffen sich ihre Gewehre und nahmen hinter dem Kasernentor Aufstellung, legten aber nicht auf die Frauen an. Das war alles, was die Frauen brauchten, um aus ihrem Vorteil Nutzen zu schlagen.

Isatu Martins und die andere Frauen, Mütter und Liebste der eingekerkerten Männer, dachten nicht mehr daran, daß ihnen Männer gegenüberstanden, die noch vor kurzem in der Schlacht getötet hatten, und stießen das Tor zur Garnison auf. Vom unglaublichen Mut der Frauen wie gelähmt, sahen die Soldaten untätig zu, wie sie in die Garnison eindrangen und über alles herfielen. Wo genau ihre Männer gefangengehalten wurden, wußten sie nicht, doch das brachte sie nicht von ihrem Ziel ab. Als die ersten Geräusche der Zerstörung aufstiegen, war es für die überraschten Wärter bereits zu spät, zu erkennen, was da vor sich ging.

»Laßt uns alles niederbrenn'n und de Männer hier rausholn«, rief Isatu Martins. Minuten später ging das Gebäude in von Fackeln entzündeten Flammen auf. Die Mehrzahl der Soldaten hatte sich in einem anderen Teil des Kasernenhofes aufgehalten und kam zu spät, um die Ausbreitung des Feuers zu verhindern. Der Wind blies von den Hügeln herab und ließ die Flammen auflodern, und die wütend pfeifenden Stimmen des Feuers erklangen jeden Augenblick lauter aus den Räumen, die ein Raub der Flammen wurden.

Captain Hammerstones Leute taten alles, um das Feuer unter Kontrolle zu bekommen. Aus einem nahem Brunnen schleppten sie Wasser herbei. Doch bald schon schwärzte sich der Himmel mit der Wut, die das Feuer nährte. Draußen stiegen die Stimmen der Frauen so hoch wie die Flammen und wurden eins mit ihnen, weil das Feuer in ihren Herzen seinen Anfang genommen hatte. Während die Flammen immer weiter um sich griffen, sahen die Frauen zu, wie die nutzlos gewordenen Türen der Garnison aus den Angeln fielen. Sie sahen die Tiere im Gehöft hin und her rennen, kopflos in ihrem Drang, dem Inferno zu entkommen. Der Tod, an den sie kaum gedacht hatten, schritt über den Kasernenhof, denn schon hatten die Flammen Bereiche der Garnison von der Außenwelt abgetrennt, und möglicherweise befanden sich dort ein paar von ihren Männern. Die Frauen beteten, daß es den Gefangenen gelingen möge, lebendig herauszukommen.

»Los, suchn wir nach unsern Männern«, rief Isatu Martins, als sie den inneren Kasernenhof betraten.

Sebastian Cromantine hörte die Stimmen der Frauen und strengte sich an, auf die Füße zu kommen. Als es ihm schließlich gelang, bis zur Tür seiner Zelle vorzudringen, stand sie seiner Freiheit nicht mehr im Wege, denn die Flammen hatten den Rahmen längst aufgefressen. Er stolperte in die nächtliche Dunkelheit hinaus, mußte seine Augen vor dem hellen Schein der Flammen schützen. Noch größere Sorgen aber bereiteten ihm seine Beine. Die langen Monate, in denen er auf dem blanken, harten Erdboden gelegen hatte, hatten seinen Kreislauf in Mitleidenschaft gezogen, so daß er sich erst wieder an das Gehen gewöhnen mußte. Dennoch trug ihn ein Gefühl der Leichtigkeit. Die Wunden, die man ihm zugefügt hatte, als man ihn zusammenschlug, hatten auf seinem unbändigen Willen keine Narben hinterlassen. Irgendwo da draußen mitten unter den Frauen wußte er Jeanette. Und er würde sich seinen Weg aus diesem Loch heraus bahnen, um zu ihr zu gelangen.

Inmitten des Höllenfeuers unternahmen die Soldaten nichts, um die Gefangenen an der Flucht zu hindern. Die Soldaten, die schon beim ersten Angriff auf die Garnison dabeigewesen waren, gelangten zu der Einsicht, daß die Einwohner von Malagueta es keinem Außenstehenden erlauben würden, ihre Stadt mit seiner Willkürherrschaft zu überziehen. Und sie selbst hatten sich Captain Hammerstone ja auch angeschlossen, um ihre eigene Freiheit zu bewahren. Mit einem Schlag empfanden sie Bewunderung für den Mut der Frauen, die die Garnison gestürmt hatten, um ihre Männer zu befreien. Nun, da sie solch mutigem Verhalten gegenüberstanden, erkannten sie, wie verachtenswert ihr eigenes Tun gewesen war.

»Laßt uns hier abhauen«, meinte einer. Während nun die Frauen nach ihren Männern suchten, entging ihnen, daß die kriegerischen Männer aus dem Durcheinander der Nacht in die Welt hinaus entschwanden.

Langsam verzog sich der Rauch, und die Frauen sahen ihre Männer herauskommen. Jeanette Cromantine – die aufgrund ihres Alters nicht zu den Zellen geeilt war – sah die gleichfalls gealterte Erscheinung Sebastians über den Hof auf sich zukommen.

»Mein Liebster, mein Liebster«, flüsterte sie, »du siehst so müde aus, aber ich bring dich nach Haus und koch dir ne Suppe, ganz wie in altn Zeitn.«

*

Gustavius Martins starb im Feuer dieser Nacht. Eine ganze Zeit blieb seine fast verkohlte Leiche unentdeckt. Erst als seine Frau mit Entsetzen feststellte, daß er nicht mit den anderen Männern herausgekommen war, ging sie ihn suchen. Sie flehte, daß sie ihren Mann nur verwundet fände, unfähig zu laufen, damit sie ihn ins Leben zurückbringen, seine Wunden versorgen und ihn die schrecklichen Qualen vergessen machen könnte, die seit dem Krieg über ihr Leben hereingebrochen waren. Der Gedanke an seinen Tod kam ihr nicht gleich in den Sinn, denn sie erging sich für gewöhnlich nicht lange in Vermutungen darüber, was ihr oder Gustavius zustoßen könnte, um sie des Glücks zu berauben, auf immer und ewig glücklich miteinander zu leben. Nach Garbages Geburt hatte sie einen Wahrsager aufgesucht. Der trug ihr auf, ihren Mann in die Stadt zurückzubegleiten. Als sie ihm für seinen Rat danken und ihm ein paar Geschenke bringen wollte, fragte der ehrwürdige Mann sie, ob sie noch einen weiteren Wunsch hege. Sie erwiderte, daß sie nur einen Wunsch im Leben habe.

»Und der ist, mein Kind?« fragte der Weise.

»Im Alter von fünfundsiebzig Jahren zusammen mit meinem Mann im Bett zu sterben«, antwortete sie.

Um so lauter flehte sie jetzt, in der Hoffnung, daß alle Engel und alle Toten aus ihren Gräbern auferstünden, um ihr Gebet zu erhören. Je weiter sie sich aber ihren Weg in die niedergebrannten, verkohlten

Überreste der Garnison bahnte, desto mehr erschrak sie über das, was sich ihren Blicken bot. Ganze Teile der Kaserne waren vollständig ausgebrannt, und in dem Teil der Garnison, in dem Isatu Martins Gustavius zu finden hoffte, brannte das Feuer noch immer. Es schwelte zwar nur noch, aber wenn es dort etwas Lebendiges gab, dann das Geräusch, das von den Balken ausging, wenn sie im Feuer zusammenbrachen und auf den Boden stürzten. Der ehemalige Laden der Zimmerleute aus Calabar, die Scheunen, in denen der Captain und seine Leute Lebensmittel für den Fall einer langen Regenzeit aufbewahrten, alles war ausgelöscht, und die ganze Umgebung roch beißend nach dem Fleisch lebendig verbrannter Tiere.

Trotzdem schaute Isatu Martins in jede Zelle, nach dem vertrauten Gesicht ihres Mannes suchend. Fast überall sah sie die vielfältigen Gesichter des Todes. Noch nie zuvor hatte sie einen Toten gesehen und sich immer gefragt, wie die Menschen im Tode wohl aussähen. Sie erblickte Männer, die sich den Kopf hielten, als ob sie, als die Engel auf sie zuschwebten, die geflügelten Sendboten Gottes gebeten hätten, doch wieder davonzufliegen, weil sie noch nicht so weit wären, diese Welt zu verlassen. Andere waren mit ausgebreiteten Armen gestorben, als ob sie im Tod die geliebte Frau gesehen hätten, die ihnen nach all den Monaten ohne Liebe in die Arme geflogen kam.

»Gütiger Gott«, stöhnte Isatu Martins. »Wenn das das Angesicht des Todes is, dann frag ich mich, wie er wohl von hintn aussehn mag.«

Als sie ihren Mann schließlich fand, mußte sie ihn nicht erst umdrehen wie die anderen, die sie vor ihm gesehen hatte. Sie war mit den Gefilden seines Körpers vertraut, mit der Art, wie er im Bett lag, vor allem nach der schweren Arbeit des Tages. Sie wußte besser um den Rhythmus und die Stürme seines Körpers als jeder andere Mensch auf der Welt. Seit er sie zu der Seinen gemacht hatte, wußte sie um seine Legenden aus Magie, wußte um den Rhythmus, in dem sein Körper sich zur Begleitung der Lieder wiegte, die die Webervögel sangen. Wie oft war sie unter dem Sturm seiner Leidenschaft bebend erglüht, unter seinem männlichen Geruch, dem Geruch nach Pinienholz.

Den tiefen Schmerz unterdrückend, der in ihr aufwallen wollte, setzte sich neben den Toten und fuhr sacht über sein Gesicht. Im Innersten ihres Herzens weigerte sie sich, Gustavius' Tod hinzunehmen. Noch glaubte sie, daß der Tod ein gemeiner Dieb wäre, der sich nachts einschlich und alles stahl, was zwanzig Jahre schwerer Arbeit ihr eingetragen hatten, der aber, wie manche gutmütige Diebe, ein paar der gestohlenen Dinge zurückbrächte, nachdem er sich die besten Stücke herausgesucht hatte.

Sie hob den Kopf ihres Mannes, um zu sehen, ob es nicht ein Irrtum wäre, zumal sich sein Gesicht noch immer warm anfühlte wie das eines jungen Bullen. Doch das Summen der Fliegen, die von dem über der Garnison liegenden Blutgeruch angelockt worden waren, belehrte sie eines Besseren, reichte aus, ihr zu sagen, daß ihn das Leben schon lange, bevor sie gekommen war, verlassen hatte. Sie konnte ihn nicht mehr zurückholen. Da begann sie in dem Winkel ihres Herzens, in dem sie einander so sehr geliebt hatten, die Augenblicke des Glücks zu neuem Leben zu erwecken. Sie sah ihn über die Kornfelder auf sie zukommen, schüchtern und dunkel wie eine bronzene Maske, um ihr von dem Thron zu erzählen, auf dem sie für immer sitzen sollte. Sie erinnerte sich daran, wie seine Hände zitterten, als er ihr in die Sänfte half, in der ihr die abgerichteten Affen über den räkelnden Löwen ihre Serenaden darboten, damals, an jenem unvergeßlichen Nachmittag, an dem er ihr seine unvergängliche Liebe beteuert hatte. Sie rief sich ins Gedächtnis, wie er ihr die Legenden des Meeres erzählt hatte mit ihren Millionen lebendiger Seelen, die an die Haie verfüttert wurden und die er nur vergessen würde, wenn sie in sein Leben einkehrte.

Das Leben, so erinnerte sich Isatu Martins, war ihnen wohl gesonnen gewesen, trotz der schrecklichen Zeit, als sie bereit war, ihre Liebe zu ihm mit ihrem Tod zu morden, weil Garbage noch nicht bei ihnen war. Sie dachte an das Geschenk der zauberkundigen Zwerge und an den Geruch des Bananenhains, in dem der Großvater Garbage unempfindlich gemacht hatte gegen die schädlichen Augen des Neids. Mit einer Kraft, die ihren unerträglichen Kummer Lügen strafte, hob sie den leblosen Körper ihres Mannes vom Boden auf und trat in den Gang.

Die Hügel, die Riesen gleich über der Garnison thronten, hallten von den Stimmen der Wesen der Nacht wider, doch Isatu Martins verspürte keine Furcht. Sie ging langsamen Schrittes und trug den Mann, wie sie ihn zu anderen Zeiten getragen hatte. Nur war es, wenn sie in vergangener, glücklicherer Zeit den tiefsten Ur-Grund erreichten, nicht klar zu bestimmen gewesen, wer wen trug.

Mit einem Mal befand sie sich auf der Straße, die zur Stadt hinunterführte, und empfand zumindest darüber Erleichterung, daß eine gewaltige, unsichtbare, stumme Hand Malagueta den Mund verschloß, so daß sie ihren Mann nach Hause bringen konnte, ohne gesehen zu werden. Die Trauer, so dachte Isatu Martins, ist eine ganz persönliche, private Angelegenheit.

Als ihre Kräfte nachließen, legte sie ihn sacht auf jenem Grund nieder, in dem alle Männer einen Vorfahren wissen, der auf sie wartet. Sie strich ihm über das Gesicht, doch sein Lächeln veränderte sich nicht. Gustavius Martins sah glücklich aus im Tode, denn er war mit dem Gedanken an seine Frau gestorben. Wie er aber dort so im fahlen Schein des Mondes lag, sah Isatu Martins, daß sein Gesicht zwar dem verheerenden Wüten der Flammen entgangen, sein Körper aber fast vollständig verkohlt war.

Zart ließ sie die Finger über den harten, ledernen Körper gleiten, fühlte, wo er abgestorben war, tastete, wo die Rippen aus dem Brustkasten herausstachen. Erschrocken über seinen Zustand war sie nicht. Er war ihr Mann. Noch einmal sah sie in ihm den schönen Mann, der sich ihr an jenem Abend vor vielen Jahren genähert hatte, als sie im Fluß badete. Plötzlich fühlte sie Tränen die Wangen herunterlaufen und begann, mit dem Toten zu reden.

»Schlaf, mein Liebster, schlaf, bis wir nach Haus kommn. Dort werd ich deine Wundn versorgn: Gut siehst du dann aus, und niemand wird je erfahrn, wie ich dich gefundn hab. Das geht kein'n was an. Wir warn zusammn allein und werdn zu Haus wieder gemeinsam allein sein. Und dir wirds nie an was fehln, denn ich werd dafür sorgn, daß du in de Haus glücklich bist, das du mit dein'n eign'n Händn erbaut hast.«

Und sie bat ihn: »Komm doch immer her, wenn dir danach is, aus de andren Land, wohin du jetzt für ne Zeit eingehst, nur für ne Zeit. Drum komm, denn du mußt wissn, daß ich immer dasein werd, immer auf dich wartn werd, mit offen'n Türn und sehnendem Herzn und deinem Sohn an der Hand.«

Isatu Martins fand ihre Kräfte wieder. Um nicht laut zu schluchzen, sang sie langsam, leise ein Lied vor sich hin, ihren Weg nach Hause fortsetzend. In der Stille dieser Nacht wurde sie zum Denkmal aller tapferen Frauen: aufrecht und stolz, so daß nicht einmal die schrillen Schreie der hundsgesichtigen Äffinnen, die in den umliegenden Hainen gebaren, ihre innere Ruhe stören konnten. Auf ihrem Weg kam sie an der Schule der Farmer-Brüder vorbei, und Isatu Martins dachte an Gabriel Farmer, der, in die Würde seines englischen Anzugs gekleidet, mit den Kadenzen der Liebe in der Stimme nach Malagueta gekommen war, um im Babylon der Sprachen und Stimmen, das Malagueta damals war, seinen eigenen Namen, sein innerstes Wesen zu finden und zu ergründen. Und da sie mutige Männer immer bewundert hatte, Männer, die das Unmögliche versuchten, um ihre Welt ein kleines Stückchen besser zu machen, empfand sie tiefe Dankbarkeit ihrem Mann und Gabriel Farmer gegenüber. Sie dankte Gott, daß er ihr die Gelegenheit gegeben hatte, ihr Leben mit einem von ihnen zu teilen, ihn zu lieben und von ihm geliebt zu werden.

Jeanette Cromantine blies gerade das Licht in ihrem Zimmer aus, als sie sah, wie Isatu Martins, unter dem Gewicht ihres Mannes schwankend, draußen vorüberkam. Wie eine Besessene rannte sie heraus, nur durch ein Umschlagtuch vor der Kälte geschützt. Als sie erkannte, daß da ein Toter nach Hause gebracht wurde, schrie sie vor Schmerz auf, wie sie noch nie zuvor geschrien hatte.

»Isatu!« weinte sie. »Welchn Schmerz hat das Lebn dir zugefügt, meine Schwester! So nen Mann wirds nie wieder gebn.«

Gustavius Martins wurde in einem Sarg aus unbehauenem Holz aufgebahrt, den Alphonso, der Möbeltischler, kostenlos zur Verfügung stellte.

»Er war mir wie ein Bruder und half mir, auf de Beine zu komm'n, als ich mein Geschäft hier anfing«, sagte der Tischler und lehnte ab, von Isatu Martins Geld anzunehmen.

Bevor sie das Haus der großen Menschenmenge öffnete, die gekommen war, dem Toten die letzte Ehre zu erweisen, bat sie Jeanette Cromantine, die die ganze Zeit bei ihr geblieben war, sie noch einen Augenblick mit ihrem Mann alleinzulassen.

»Bevor sie ihn mir wegnehm'n, will ichn letztes Mal mein'n Kopf auf seine Brust legn.«

Sie kämmte ihm das Haar und puderte sein Gesicht, rückte ihm die Krawatte zurecht und nestelte noch einmal am Taschentuch, das in seiner Brusttasche steckte. Dann fiel ihr ein, daß er, Jahre bevor Garbage geboren wurde, eine teure goldene Uhr gekauft, sie aber wegen der durch den Krieg veränderten Lage nie getragen hatte. Im Krieg wurde die Zeit mehr nach der Anzahl der Schlachten gemessen denn nach den seit Sonnenaufgang vergangenen Stunden. Sie fand das goldene Stück, und als sie den Deckel öffnete, stellte sie überrascht fest, daß die Zeiger sich bewegten, als ob eine unsichtbare Hand die Mechanik aufgezogen hätte.

»Nimm sie mit. Ich brauch sie nicht, weil ich immer spürn werd, wenn du kommst.«

Das Schwert des Modibo aus Timbuktu ruhte zur Rechten des Toten, und er trug eben die marokkanischen Pantoffeln, die Santigue Dambolla seinem Schwiegersohn nicht mehr hatte geben können und die Sawida unter der toten Wolke ihres Kummer hervorgeholt hatte. Sie mochte ihren Schwiegersohn sehr, und wie allen schmerzgewöhnten Frauen fiel es auch ihr schwer zu weinen. Während ihre Tochter reglos vor dem Toten auf einem Stuhl saß, servierte die Witwe des Mannes aus dem Bananenhain Kaffee, darauf achtend, daß alle Türen weit offenstanden, damit jeder, der wollte, hereinkommen und einen letzten Blick auf den Mann werfen konnte, der neben Sebastian Cromantine Malagueta zu der wohlhabenden Stadt gemacht hatte, die sie heute war.

Gegen Sawida Dambollas Einwände erlaubte Isatu Martins Garbage, neben ihr zu stehen und von seinem Vater Abschied zu nehmen. Wie in der Vergangenheit, wenn sie die flüchtigen Stunden des Kummers miteinander teilten, sprachen Mutter und Sohn nicht viel. Beide waren in einem geheimen Land des Wissens gefangen und mußten lernen, ihr Leben für den Morgen danach neu zu ordnen. Als Isatu Martins die Arme um ihren Sohn schlang, hielten sie einander ganz fest, und zum erstenmal, seit sie den Leichnam ihres Mannes gefunden hatte, weinten sie beide zusammen, denn endlich hatten sie in der großen, ewigen Liebe, die sie im Herzen für diesen Mann und füreinander empfanden, zueinandergefunden.

Gustavius Martins wurde von der größten Menschenmenge, die je durch Malagueta gezogen war, zur letzten Stätte seines irdischen Weges geleitet. Als Sebastian Cromantine erfuhr, daß sein Freund gestorben war, wippte er in glühender Wut mit dem Rohrstuhl, auf dem er saß, und ließ sich durch nichts davon abbringen, seinen Freund bestatten zu wollen.

»De Hunde habn mein'n Sohn von hier vertriebn und jetzt auch noch mein'n Bruder umgebracht«, tobte er. Jeanette Cromantine suchte ihn zu beruhigen, während sie die staubige Straße zum Friedhof hinaufschritten. Schwer stützte er sich auf seinen Stock.

Fast atemlos schwor er, die jungen Männer Malaguetas würden sich eines Tages zusammentun und alle Fremden aus der Stadt vertreiben. Er hatte sich noch nicht völlig von den Auswirkungen seiner Gefangenschaft in der Garnison erholt, und so fiel es ihm schwer, hügelan zu gehen, doch die Versuche seiner Frau, ihn zu stützen, wehrte er ab. Das Geräusch der in der feierlichen Prozession marschierenden Füße übertönte die Stimmen der Menge. Junge Männer und Frauen am Scheideweg zur letzten Weisheit, asthmatische und hustende Geistliche der Kirche, die sich daran erinnerten, daß Gustavius Martins das Geld gespendet hatte, den Bau der Kirche zu vollenden – sie alle waren an diesem Nachmittag mit dabei.

Als Isatu Martins vor dem offenen Grab stand, in dem ihr Mann beerdigt werden sollte, starrte sie blicklos auf diesen kleinen, eng umgrenzten Raum, in die einsame, rote, kalte Leere, die einen Mann empfangen sollte, der Zeit seines Lebens nur Wärme und Licht gegeben hatte. Später, nach der Beerdigung, wollte sie sich nicht mehr an diese Grube erinnern, denn Gustavius Martins hatte sich nicht von den Begrenzungen des Raumes einschränken lassen; und sie erinnerte sich auch nicht an die Erdkrumen, die sie dem Sarg hinterherwarf, Erde zu Erde, Staub zu Staub, noch an das schwer geplagte, ernste Aussehen Sebastian Cromantines, als er in einem ewigwährenden Ritus der Brüderlichkeit den ersten Spaten Erde in das Grab schaufelte.

Nachdem sie den Sarg mit den letzten Resten der ausgehobenen roten Erde bedeckt hatten, kehrte die riesige Menge Trauernder nach Hause zurück. Zu traurig, um daran zu denken, wie vor vielen Jahren Thomas Bookerman nach einer Beerdigung den ersten Angriff auf die Garnison geführt hatte.

Isatu und Garbage Martins zogen zu den Cromantines. Zwar hatte die Witwe dagegen protestiert und gemeint, daß es ihr gut ginge und sie sehr gut allein zurechtkäme, höchstens vielleicht hier und da mal etwas Hilfe von ihren Freunden brauche. Aber Jeanette Cromantine ließ nicht mit sich reden.

»Versetz dich mal in meine Lage«, hielt sie der Trauernden vor. »Was würdst du wohl tun, wenn nicht Gustavius, sondern Sebastian gestorbn wär?«

Der Tod hatte ein Band durchtrennt, daß seit den frühen Tagen der Stadtgründung zwischen beiden Paaren bestanden hatte. In den langen Jahren, in der Bitternis der ersten Ansiedlung, in der Bewältigung der verschiedenen Unglücksfälle, in der Freude, die Stadt wachsen zu sehen, war noch keiner Familie aus der Reihe der ersten Siedler so etwas Schlimmes widerfahren. Doch als Jeanette Cromantine die Fenster schließen, weiße Vorhänge aufhängen und die Fenster zum Zeichen der Trauer um Gustavius mit weißer Kreide bemalen wollte, bat Isatu Martins sie, das zu unterlassen.

»Gustavius warn guter Mann, war immer nett zu mir. Denk nur an de Zeit, als ich sterbn wollt, weil Garbage noch nicht auf de Welt war. De meistn Männer hättn sich fürchterlich geärgert und aufgeregt. Nicht so mein Gustavius. Deshalb will ich an ihn denkn, als wär er nur auf ne lange Reise gegangn.«

Sie öffneten das Haus, scheuerten die Steine und begrüßten die Nachbarn, die jeden Tag herüberkamen, um der Witwe ihre Aufwartung zu machen. Manch einer brachte kleine Spitzendeckchen mit, ein anderer Gewürze, mit denen man Hexen aus dem Haus treiben konnte, ein dritter eine Lammkeule, ein Hähnchen oder Eier. Nicht, daß Isatu Martins diese Dinge gebraucht hätte. Sie wollten ihr nur zeigen, daß sie in dieser schweren Zeit zu ihr standen.

Louisa Turner war bereits hochschwanger, als Gustavius Martins beerdigt wurde. Sein Tod erschütterte sie so sehr, daß sie beinahe eine Fehlgeburt erlitten hätte, doch Jeanette Cromantine gab ihr ein paar Senfblätter zu kauen, und die Blutungen hörten wieder auf. Einige Tage noch sah sie ziemlich blaß aus. Es fiel ihr schwer, sich damit abzufinden, daß Gustavius Martins, der Emmanuel und ihr soviel bedeutet hatte, nun nicht mehr war, und sie bemühte sich, nicht daran zu denken, wie wohl Emmanuel reagieren würde, wenn er von seinem Tod erführe. Sie betete, daß er eines Tages zurückkehrte, um sein Kind zu sehen, denn so langsam ließen die langen Monate, die er schon fort war, Angst in ihr aufsteigen. Es wäre schrecklich, würden ihn die habgierigen Würmer des Bösen verschlingen, die, so fühlte sie, sich im Herzen Malaguetas einzunisten begannen.

Als Louisa Turner nach ein paar Tagen erkannte, wie die Witwe ihren Kummer ertrug, schob sie den Gedanken, wie sehr ihr der geliebte Mann fehlte, beiseite und konzentrierte sich auf das Kind, das bald geboren werden sollte. Sie gewann die Farbe wieder, die ihr aus dem Gesicht gewichen war, und bestand darauf, daß Isatu Martins und Jeanette Cromantine es sich bequem machten, während sie das Kochen übernahm. Drei Frauen wohnten jetzt im Haus der Cromantines. Sie stützten einander und beobachteten, wie der stumme Schatten von Sebastian Cromantine auf der Veranda saß, wie er das in früheren Zeiten schon einmal getan hatte. Er war mit einem Schlag beträchtlich gealtert und trug das Stundenglas des Todes auf dem Rücken, in dem der Sand der Zeit zu rieseln begonnen hatte. Die Gegenwart der Frauen spürte er mehr, als daß er sie sah. Er hatte den höchsten Preis zahlen wollen, den sein Freund gezahlt hatte. Die Last des Alters bedurfte einer neuen Einstellung zum Leben, doch gab es für ihn kaum noch etwas zu tun. Alle Geheimnisse des Lebens waren entdeckt, eingeordnet und mit Bezeichnungen versehen. Im glühenden Schein des Morgenrots, in der Wehmut des Meeres war er ein Flüchtling jenseits allen Aufruhrs und aller Reue. Sebastian Cromantine hatte in seinem Leben genügend Stürme durchlebt, um auch gegen seinen letzten Wunsch gefeit zu sein: Noch einmal seinen Sohn zu sehen, bevor er sein Leben dem Reliquienschrein seiner Gebeine überließ. Alles, was er je begehrt, erlitten und verloren hatte, mischte sich in jenem Kaleidoskop, das dem Alter Zuflucht ist. Die alte Wut war von ihm gewichen, und die Demütigung, die er in der Garnison erlitten hatte, schien nur noch eine winzige Welle auf dem einst so stürmischen Meer seines Lebens zu sein, so daß er das Dämmerlicht seines Alters, wann immer es auf ihn zukam, ohne Furcht und Besorgnis erwarten und annehmen konnte. Sebastian Cromantine war von der Last der Erkenntnis befreit.

An dem Tag, da seit Gustavius Martins Tod vierzig Tage verstrichen waren, spürte Louisa Turner die ersten Wehen. Als sie fühlte, wie das Kind in ihrem Bauch trat und einforderte, endlich geboren zu werden, erinnerte sie sich noch daran, was ihr Jeanette Cromantine über das Wunder dieses Augenblicks erzählt hatte, über die Frauen, die sich die Haare ausrissen und fürchterlich schrien, wenn das Kind geboren wurde. Zu dem Zeitpunkt aber, da die alte Hebamme eintraf, war Louisa schon jenseits aller Gedanken an den Ablauf einer Geburt. Während Isatu Martins und Jeanette Cromantine sie auf das Bett niederdrückten und sie anwiesen, zu pressen und zu atmen, damit sie das Kind nicht erstickte, wühlten die Messer der stechenden Wehen in eben dem sich dehnenden Schoß, der in früherer Zeit die Stöße des Mannes empfangen hatte, dessen Kind sie so heiß begehrte. Schweißbäche überströmten ihr Gesicht, sie trat und wand sich, biß sich auf die Zunge und urinierte ins Bett, bis schließlich das Wesen, das sie neun Monate ausgetragen hatte, seinen Weg aus dem Schacht herausfand und sie wie einen ausgelaugten Sturm für einige Minuten völlig gelähmt vor Erschöpfung zurückließ.

»Ein Mädchn! Sie wird ihrem Vater Glück bringn«, meinte Jeanette Cromantine, nachdem sie das Baby untersucht und gewaschen hatte und es der Mutter übergab, damit sie es stillte.

Sieben Tage später gab Jeanette Cromantine ihrem ersten Enkelkind den Namen Fatmatta-Emilia Cromantine.

»Mit dem Namn«, erklärte sie Louisa, »wird deine Tochter ne starke Frau werdn, denn ich hab sie nach meiner Freundin, de Vogelfrau, und nach ihrem Vater genannt.«

Die Kleine war ein großes Baby, von dunkler Haut wie ihre Mutter, mit den langen Armen ihres Vaters und einer hohen Stirn, ein Zeichen ihrer Intelligenz, wie Jeanette Cromantine meinte. Als sich die erste Aufregung über das neue Mitglied in der Familie gelegt hatte, gelang es Isatu Martins schließlich, ihre Freundin zu überreden, sie mit Garbage wieder in ihr eigenes Haus ziehen zu lassen.

»Ich muß de Scherbn meines Lebens aufsammeln und neu zusammensetzn«, beschwor sie Jeanette Cromantine, »und ich weiß ja, daß du hier bist und immer für mich da, wenn ich dich brauch. Und du weißt, daß Gustavius in mir weiterlebt. Und außerdem hab ich nen halbwüchsign Sohn, um den ich mich kümmern muß.«

Sie zog mit ihrem Sohn wieder in ihr mit dem Staub der Zeit bedecktes Haus. Die ganze Zeit, die sie bei den Cromantines gewohnt hatten, hatte Garbage nicht ein einziges Mal seinen Vater erwähnt. Er unternahm ausgedehnte Spaziergänge, saß am Strand auf den Felsen oder schoß mit seinem Katapult kleine Kügelchen ab. Meistens war er ernst und schweigsam. Während einige Frauen aus der Nachbarschaft sich um ihn sorgten, weil er nun ohne Vater aufwuchs, oder beteten, daß nach angemessener Zeit ein annehmbarer Mann auftauchen würde, den seine Mutter lieben und heiraten könnte, während sie ihm erzählten, sein Vater wäre für diese Stadt mit all ihren kleingeistigen Tragödien viel zu gut gewesen, ließ Garbage niemals erkennen, daß der Tod seines Vaters auch nur die Spur einer verhängnisvollen Auswirkung auf ihn hatte. Die fetten Hände, die seinen wolligen Kopf streichelten, die riesigen, weiten Kleider der ausladenden Matronen, die ihn mit Strudeln aus Zärtlichkeiten umgaben, die kakaobuttergepflegten Gesichter, die ihn mitleidig ansahen, waren eher Störungen auf seinem Lebensweg. Wenn der Tod seines Vaters für ihn den Weiheritus in eine verfrühte Mannbarkeit bedeutete, dann war Garbage Martins darauf schon seit dem Tag vorbereitet, da er zum erstenmal die Augen aufgeschlagen und gesehen hatte, wie die Zwerge mit ihm tanzten und ihm seinen Namen ins Ohr flüsterten, ihn zeichneten mit der Freiheit der Vögel, auf daß er seinen eigenen Weg fände.

Eine Woche später ging Isatu Martins in den Laden des Chinesen und kaufte ein Dutzend Spiegel, die sie im Wohnzimmer an die Wände hängte und mit leuchtenden Veilchen schmückte. Jeden Abend, wenn sie ihren Sohn ins Bett gebracht hatte, saß sie in der Dunkelheit, und sobald das Mondlicht das Zimmer erhellte, stellte sie sich nackt vor die Spiegel. Dann rief sie ihren Mann mit Namen, suchte seine Hände und ließ sich von der Musik in ihrem Herzen, die die Spiegel an den Wänden erzittern ließ, davontragen. Manchmal sah sie ihn, wie er, in einen weißen Umhang gehüllt, auf sie zukam. Wenn sie ihn dann berühren wollte, zog er sich von ihr zurück, als kehre er in das Meer zurück, aus dem er auf der Suche nach dem Widerhall eines neuen Namens zu ihr heraufgestiegen war.

Da war Isatu Martins klar, daß ihr Mann sie nicht abwies, sondern abwartete, bis seine Wunden verheilt wären, bevor er seinen zuversichtlichen Geist der Seligkeit ihrer Liebe zu ihm überließ. Wenn Zweifel sie überkamen, ob er unter ihnen weilte, dann genügte es, daß sie einen Blick auf die Blumen im Garten und auf die glatten Gesichter der Möbelstücke warf, die er mit seinen Händen geschreinert hatte. Sie erstrahlten in der Schwerelosigkeit des Körpers, die sie am

Morgen verspürte, und sie halfen ihr, den Tag zu überstehen. Deshalb nahm sie die Spiegel wieder ab und schickte Garbage zur Schule, in der Richard Farmer ihn begrüßte, als wäre er ein Weiser. Aufgrund des Zaubers, der von seinem Namen ausging, behandelten die anderen Kinder Garbage mit neugierigem Interesse. Während sie sich der Vorrechte der Kindheit erfreuten, miteinander rangen und sich über das anmaßende Gehabe der Lehrer lustigmachten, die aus ihnen Ebenbilder ihrer Eltern formen wollten, luden sie Garbage nie ein, sich ihnen anzuschließen.

»Garbage ist keiner von uns«, sagte einer seiner Klassenkameraden, als Garbage schon drei Monate mit ihnen zur Schule ging. »Er ist viel zu eigenartig und deswegen kein Kind mehr.«

Isatu Martins teilte die Meinung nicht, daß ihr Kind eigenartig wäre oder sich seltsam verhielt. Doch auch ihr gelang es nicht, in sein Innerstes vorzudringen, obwohl sie mit dem ehernen Vermögen aller Mütter ausgestattet war. Wenn er aus der Schule kam und seine Tafel und die Kreide auf den Eßtisch warf, verhielt er sich ihr gegenüber voller Wärme. Und doch blieb er ihr fern. So, als ob er sie brauchte, aber jeden ihrer Versuche zurückwies, ihn unter ihrer Liebe zu ersticken. Er gehe gern zur Schule, sagte er ihr mit einer Ernsthaftigkeit, die sie überraschte.

»Die Schule ist in Ordnung. Aber ich warte auf den Augenblick, in dem ich den Sinn einer Unterweisung erschließen kann, die ich nachts von seltsamen Stimmen erhalte.«

In ihren Gedanken durchlebte Isatu Martins die gleiche Spannung wie damals, als sie ihn geboren hatte.

»Was für Stimmn?« fragte sie ihren Sohn.

»Keine Ahnung, aber es mir kommt so vor, als versuchten sie, mir zu sagen, daß sich seltsame Dinge in Malagueta zutragen werden.«

Isatu Martins begriff nicht sofort, daß sie der seherischen Fähigkeiten ihres Sohnes teilhaftig geworden war. Doch bald darauf fielen die Heuschrecken über die Stadt her, und die grünen Schiffe mit den Landvermessern kamen, und dann, umweht vom Geruch des Knoblauchs aus den Shouf-Bergen, trafen arabische Kaufleute ein, die mit Korallen handelten. Alles ereignete sich genauso, wie Suleiman, der Nubier, bekannt auch unter dem Namen Alusine Dunbar, es vor vielen, vielen Jahren im Zauberspiegel vorausgesehen hatte.

Captain Hammerstone und seine Leute benötigten weniger als zwei Wochen, die schlimmsten Schäden, die die Garnison durch das Feuer beim Überfall der Frauen erlitten hatte, zu reparieren. Noch lange, nachdem die Frauen abgezogen waren, stand der Captain, vom brandigen Rauch seiner Träume umweht, auf dem Balkon, den Revolver in der Hand: eine einsame Gestalt, die in der Gluthitze des Abends schwitzte. Anders als bei dem vorherigen Angriff, als sich die Wut der Trauerprozession völlig unerwartet auf ihn entlud, hatte Captain Hammerstone damit gerechnet, daß die Frauen versuchen würden, ihre Männer zu befreien. Da aber Thomas Bookerman nicht im Lande weilte, fühlte sich der Captain nicht sonderlich bedroht. Nun, da die Frauen mit ihren Männern in dem Glauben, einen Sieg errungen zu haben, abgezogen waren, dachte er einmal mehr über die schwer verständliche Welt nach. Malagueta war weder eine Welle der Gezeiten noch eine gezähmte Bestie, sondern eine launische Geliebte. Und deshalb würde er mit seinem Werben Geduld haben müssen, würde versuchen müssen, sie mit Großzügigkeit und Verständnis für sich zu gewinnen. Er betete, daß einmal eine Zeit anbräche, in der die Einwohner der Stadt einsähen, daß er von edlen Motiven beseelt war, daß seine Leute nicht die grausamen Henkersknechte waren, als die sie den Menschen hier erschienen. Der Fluß, der sie voneinander trennte, bestand doch nicht aus vor Haß kochendem Blut, sondern war das Ergebnis von Mißverständnissen. Schließlich brachte er ihnen die Segnungen der Zivilisation, die Gerechtigkeit der englischen Gesetze, die Werte einer Ordnung, die seit Jahrhunderten in der Welt Bestand und seinem Volk wie vielen anderen nur Gutes gebracht hatte.

Als nun seine Männer in den Wald zogen, um Holz für den Wiederaufbau der zerstörten Garnison zu schlagen, befahl er ihnen, das Land mit Ehrfurcht zu behandeln: Die Erde war den Menschen gegenüber großzügig, die sie achteten, und er wollte sich nicht schuldig machen, etwas zu zerstören, was für andere Zwecke nützlich sein konnte. Er träumte dem Tag entgegen, da Malagueta, wenn es erst einmal unter dem bleibenden Einfluß des englischen Rechts stünde, wenn die Schwarzen selbst zu Boten des metaphysischen Gezeitenwechsels geworden wären – vom Dunkel zum Licht, vom Neo-Paganismus zum Klassizismus – in den besten Söhnen und Töchtern der Stadt den enzyklopädischen Geist alles Englischen bewunderte.

In der Zeit der Trauer um jene, die in der Hölle der Feuersbrunst ums Leben gekommen waren, hatte Captain Hammerstone die Stadt gemieden. Manchmal gingen seine Leute in größeren Gruppen los, um Vorräte für die Garnison einzukaufen, ein paar von den während der Kämpfe zerstörten Läden zu reparieren und sich nach Frauen umzuschauen, die sie auch manchmal, trotz der Ablehnung, die die meisten für die Soldaten empfanden, einließen. Dennoch achteten sie darauf, daß sie zusammenblieben, ihre Waffen in Reichweite hatten und sich in den Schutz der Garnison zurückzogen, solange es noch nicht zu dunkel war, denn die nächtliche Ausgangssperre, die sie verhängt hatten, hatte sich als Todesurteil erwiesen.

So zogen sich die Dinge mehrere Monate lang hin, bis einige erste Anzeichen von Rastlosigkeit erkennen ließen. Die versprochenen Vorteile, die Malagueta bieten sollte, hatten sich noch nicht eingestellt, und das Gefühl der Sicherheit, das sie selbst während der Belagerung empfunden hatten, war jetzt einer tiefen Verzweiflung gewichen. Ungeduldig warteten sie darauf, in einer der Mühlen arbeiten zu können, von denen Captain Hammerstone ihnen erzählt hatte, doch die waren gleichfalls noch Legende. Wenn sie ihn fragten, wann denn die Schiffe aus England ankämen, auf die er wartete, gab der Captain ihnen eine Antwort, die sie nur noch mehr verwirrte:

»Wenn die Whigs nicht immer nur Portwein saufen, sondern endlich das Geld für die Expedition zur Verfügung stellen.«

Auch wenn er es nur selten erwähnte, so begann Captain Hammerstone an der glücklichen Ankunft der Expedition zu zweifeln, von der er seinen Leuten erzählt hatte. Die Tatsache, daß er seit dem letzten Brief aus London keine weitere Nachricht von seinen Geldgebern erhalten hatte, machte die Dinge auch nicht leichter. Das Gefühl, vielleicht fallengelassen worden und dadurch dazu verdammt zu sein, in diesem abgelegenen Winkel des Weltenrunds ein höchst unerfreuliches Ende zu finden, trieb ihn manchmal dazu, seinen eigenen Leuten zu mißtrauen. Ihr Vertrauen in ihn war nicht grenzenlos. Es stand nicht in Übereinstimmung mit dem Motto, das die Disziplin richtiger Soldaten ausmachte: für König und Vaterland.

Also war Captain Hammerstone gezwungen, darauf zu warten, daß sich das Glück zu seinen Gunsten wendete. Er vermißte das Leben, das er gewöhnt war: Er gehörte nicht zu den Männern, die sich ohne Schwierigkeiten in ein Zölibat schicken, und der Gedanke daran, wie lange er es nun schon ohne Frau aushalten mußte, zehrte an seinen Nerven. Nachts, wenn er nicht schlafen konnte, dachte er manchmal an die Frauen, über die er in den Nebenstraßen seiner Abenteuer gestiegen war, dachte selbst an die bleichen, geschlechtslosen Frauen, die er in Devon abgewiesen hatte, weil sein Herz und seine Seele für den Tag lebten, an dem er in der Lage wäre, in Malagueta einen eigenen Hausstand mit einer Frau zu gründen und, so die Vorsehung ihm gewogen wäre, einen Sohn zu zeugen.

Dennoch, als die Nachricht vom Tode Gustavius Martins' Captain Hammerstone erreichte, konnte er nicht umhin, dem Mann einen Gedanken nachzuschicken, der neben Thomas Bookerman die beispiellose Kühnheit besessen hatte, für die Würde des Menschen zu kämpfen und sie zu verteidigen. Während seines ganzen Lebens war Captain Hammerstone immer von Menschen umgeben, die von Piratenlegenden fasziniert waren, von der irrigen Annahme, daß es Mut brauchte, irgendwelche Inseln ihrer Reichtümer und heiligen Güter zu berauben. Ihre Fähigkeit zu menschlicher Größe war eher begrenzt, ihr Verstand eher gering, so daß sie zu guter Letzt zumeist sogar von ihresgleichen verachtet wurden. Gustavius Martins war solchen Menschen haushoch überlegen, ging es Captain Hammerstone durch den Kopf, und er wünschte sich, daß ihrer beider Schicksal ans gleiche Kreuz geschlagen wäre, sie den gleichen Weg zur Unsterblichkeit gehen könnten.

Schnell aber hatte er sich wieder in der Gewalt und begann, da der Wiederaufbau der Garnison fast abgeschlossen war, Pläne für die Erweiterung der Stadt zu entwerfen. Jeden Tag schickte er seine Leute aus, mit dem Auftrag, am Fuße der Hügel Gossen auszuheben, die hinunter zum Meer führten, damit die Stadt während der Regenfälle nicht überschwemmt würde. Bei solchen Arbeiten versuchten die Soldaten, die Zuneigung der Bevölkerung zu gewinnen. Sie erzählten, daß sie eigentlich nur auf den richtigen Augenblick warteten, um gegen ihren Kommandeur zu meutern und sich ihnen anzuschließen. Sie litten unter Vernachlässigung, behaupteten sie. Schon jäteten sie

Unkraut und pflanzten neue Blumen an. Schon suchten sie nach einer neuen Rolle für sich selbst bei dieser Schatzsuche im menschlichen Herzen, in dem manchmal Haß, Gier, Vergebung, Mitleid, Vergeßlichkeit und Liebe zusammenstoßen und dem Leben Richtung und Sinn geben.

Derweil der Captain auf einen Brief wartete, der sein vergehendes Leben widerhallen lassen sollte wie der Schlag des Hammers den Amboß, während er die Erde zu begreifen suchte, die sich schon lange dagegen sträubte, daß er hier Wurzeln schlug, suchten seine Leute nicht erst nach Entschuldigungen, sondern bewiesen, daß sie nicht die Schurken waren, für die die Einwohner von Malagueta sie hielten. Einige gehörten schon dieser neuen Welt an, hatten an ihren Brüsten genestelt, doch wurden sie von der Erinnerung an das geplagt, das zu tun man sie gezwungen hatte: einem Körper das Blut auszusaugen, der eigentlich ihr eigener war. Deshalb sahen sie, wenn sie sich die Erde anschauten, auch ihr eigenes Antlitz. Sie sahen ihre eigenen Gesichter wie etwas Entweihtes. Noch einmal durchlebten sie die Angst davor, zu sterben und dazu verdammt zu sein, keinerlei Erinnerung, keine Spur, keinen Namen auf dieser Erde zu hinterlassen. Deshalb machten sie sich grüppchenweise daran, die Dächer von Häusern zu reparieren, deren Besitzer zu arm waren, die Reparaturkosten zu bezahlen. Ohne daß man sie darum bitten mußte, holten sie Wasser für die alten Damen, deren Beine nicht mehr trugen, hackten Holz, stampften Reis, wuschen und achteten dabei immer darauf, unbewaffnet zu kommen und damit zu zeigen, daß sie keine bösen Absichten hegten.

»De wartn doch bloß drauf, daß wir sie zu uns einladn, damit sie de Platz unsrer Männer einnehmn könn'n«, sagte Jeanette Cromantine eines Nachmittags, nachdem sie gesehen hatte, wie ein junger Soldat einer jungen Frau, deren Ehemann zusammen mit Thomas Bookerman geflohen war, ein gutes Stück Hirschfleisch brachte.

Louisa Turner wartete vergeblich auf Nachricht von Emmanuel Cromantine. Seit das Kind auf der Welt war, betete sie, daß er zurückkäme und mit eigenen Augen sähe, was für eine niedliche Tochter sie beide hatten. Immer wenn sie Fatmatta-Emilia die Haare kämmte, sie trockenlegte und fütterte, dachte sie daran, wie es wohl wäre, wenn Emmanuel zurückkehrte. Sie würden zusammen ein Haus bauen, in dem sie Kürbis-Pie backen wollte, so, wie sie es von Jeanette Cromantine gelernt hatte. Sie malte sich aus, wie schön es wäre, auf seine abendliche Heimkehr zu warten, seine Socken zu stopfen und ihn endlich wieder in sich zu spüren. Nie hatte sie ihn so sehr begehrt wie gerade jetzt, denn wenn Fatmatta-Emilia an ihren ausladenden Brüsten hing und trank, verspürte sie einen derartigen Liebeshunger, daß sie abends im Bett ihr Kopfkissen liebkoste. Eines Morgens kam sie, nachdem sie die Wäsche zum Trocknen in die Sonne gelegt hatte, in die Küche, nahm sich einen Becher Kaffee, setzte sich und begann zu weinen. Stumm stellte sich Jeanette Cromantine neben sie, legte die Arme um die junge Frau, wiegte sie wie ein Kind und wischte ihr mit dem Handrücken die Tränen vom Gesicht.

»Sei nicht traurig, mein Kind«, tröstete sie Louisa, »er vermißt dich genauso sehr wie du ihn. Und ich bin sicher, es geht ihm gut und er wird zurückkommn. Das weiß ich so genau, weil es mein Schoß is, auf dem er geschlafn hat, weil meine Brüste ihm Lebn geschenkt habn. Und das wird ihn uns zurückbringn.«

»Was, wenn er doch nicht kommt, Mutter?«

»Dann glaubst du also nicht an die Anziehungskraft, die dieses Land auf nen Mann hat? Denk doch nur dran, wies Gustavius Martins hierherzog, wie auch mein lieber Sebastian von seinem Vater hierher zurückgerufn wurd! De Dinge habn hier ihre eigne Art, nach Gottes Ratschluß zu geschehn.«

Wegen der Soldaten, die die Straßen bevölkerten, machte sich Jeanette Cromantine keine allzu großen Sorgen. Sie glaubte unerschütterlich daran, daß die Zeit käme, da die rebellische Widerspenstigkeit des Landes allem Fremden gegenüber die Anwesenheit der Soldaten des Captain Hammerstone unerwünscht werden ließe.

»Mag sein, daß ichs nicht mehr erleb«, sprach sie sich Mut zu, »aber eines Tags wird de Geist von Rodrigo, de Brasilianer, und von Gustavius Martins dafür sorgn, daß hier nur de Söhne von Leutn lebn dürfn, de hierhergekommn sind, um Friedn zu findn.«

Mit der Zeit wich der Kummer über die Abwesenheit ihres Sohnes den Freuden eines Lebens als Großmutter. Am Horizont ihres Lebens schimmerte mit diesem Kind, das ihr wie ein lieblicher Ton aus der Posaune Gottes war, neues Licht auf. Was sie verloren hatte, bekam sie mit dem Kind wieder. Noch einmal fühlte sie, wie sich das

Leben in einem ungeregelten Rhythmus erneuerte, über den sie keinerlei Kontrolle ausübte.

So hätte sie zufrieden auf ein Zeichen Gottes gewartet, das ihr ankündigte, Emmanuel Cromantine kehre heim, doch der Frieden, den sie in ihrem Dasein als Großmutter gefunden hatte, wurde dadurch getrübt, daß Sebastian Cromantine wieder zum Einsiedler geworden war.

Seit sie aus der Garnison heimgekehrt waren, hatte die Normalisierung seines Zustandes, für die sie täglich betete, noch keine Fortschritte gemacht. Zweimal war sie mit ihrer Enkeltochter bereits zum Grab Fatmattas, der Vogelfrau, gegangen, um mit ihr zu reden.

»Das Lebn war nicht leicht, Fatmatta. Aber habn wir uns je beklagt? Wir sind ja nur kurze Zeit auf de Welt, gebn de Dingn Namn, habn Kinder und achtn drauf, daß wir Gott zum Gefalln lebn. Bring mir Emmanuel zurück! Gib vorher aber seinem Vater, meinem Mann, de Freude zurück, de er einst am Lebn hatte. Dort ist er, Fatmatta, sitzt auf de Veranda. Manchmal spricht er mit mir, manchmal zieht er sich in sich zurück, und mir kommts vor, als sei er überhaupt nicht da, verstehst du das? Weiß Gott, 's is schon ne ziemliche Last, so wie de Dinge stehn, aber wir klagn nicht, weil wir über de Wege des Herrn nix wissn.«

Jeanette Cromantine hatte nie ihren Glauben verloren, selbst in den trostlosesten Zeiten nicht. Also war sie auch jetzt fest davon überzeugt, daß die Spinnen, die Sebastian Cromantine mit ihrem giftigen Netz aus Trägheit und Gleichgültigkeit umsponnen hatten, ihn bald freiließen. Sebastian Cromantine schien sich wenig Sorgen zu machen, ob die Zeit verging oder nicht, ob die Frauen in seinem Hause sich in einer Art Ritus verstrickten, der ihn betraf und ihn zurück ins Leben holen sollte. Scheinbar hatte er sich in einen Pavillon zurückgezogen, alle Vorhänge geschlossen und weigerte sich, herauszukommen.

In Wahrheit war er, nun, da er sich mit den Ereignissen der vergangenen Monate ausgesöhnt hatte, gar nicht so sehr in dem Gewebe aus Intrigen gefangen, wie seine Frau meinte. Es ging ihm nur alles zu schnell: erst der Tod seines geliebten Freundes, dann die Geburt seines ersten Enkelkindes und schließlich das Trauma, das von der Erkenntnis herrührte, daß er nach der Zeit, die er in der Garnison eingesperrt gewesen war, nie mehr daran denken konnte, ohne das Gesicht von Gustavius Martins vor sich zu sehen.

Wenn er an den Toten dachte, fielen ihm all die Dinge ein, die sie sich noch vorgenommen hatten. Wie sie ihre Kinder ins Ausland schicken wollten, damit sie eines Tages zurückkehrten und die Ausbreitung jener Krankheit eindämmten, die durch das Verhalten der kleinen Oberschicht ausgelöst wurde.

Wenn irgend etwas Sebastian mehr schmerzte als der Verlust seines Freundes, als die Angst, daß er seinen Sohn nie wiedersähe, dann war es die Art, in der die neue Schicht aus Aristokraten das gesellschaftliche Leben in Malagueta beeinflußte. Mit einem Selbstvertrauen, das sie erst an den Tag legten, seit sie ihre Söhne daran gehindert hatten, auf Seiten Thomas Bookermans zu kämpfen, erschienen ein paar der wohlhabenden Bürger auf der Straße und schüttelten den Soldaten die Hände, als ob diese sie von einer langen Fremdherrschaft befreit hätten. Aus der Wut von Jeanette Cromantine und Isatu Martins, die sich im ersten Gefühl der Niederlage ihrer Männer um die Söhne der geflohenen Anhänger Thomas Bookermans kümmerten, machten sie sich nichts. Männer, die im Angesicht der Schrecknisse des Krieges bislang eine hervorragende Feigheit an den Tag gelegt hatten, scheuten nun nicht länger das Licht der Öffentlichkeit und wagten es, die zerlumpten Soldaten zu umarmen. Ihre Frauen küßten die überraschten Soldaten auf die Wangen, drückten sie an die Brust und weinten aus vollem Herzen. Unlängst noch hatten sie darauf bestanden, daß jeder, der ihr Haus betrat, sich die Schuhe auszog. Jetzt baten sie auf einmal die Soldaten herein und erlaubten ihnen, mit ihren lehmverschmierten Stiefeln über Parkettfußböden und teure Teppiche zu marschieren.

Mit den wilden Schreien der Bestien des Waldes, mit den Schreien von Männern, deren bislang einziges Maß für die angenehmen Dinge des Lebens in Plünderungen bestanden hatte, machten sie sich jetzt zum erstenmal in ihrem Leben über Festtafeln her, die die Gattinnen ihrer Bewunderer hergerichtet hatten, tranken zum erstenmal in ihrem Leben Portwein, rauchten portugiesische Zigarren und erwiesen ihren Gastgebern die Ehre, die Teppiche mit Portwein zu bekleckern, wenn die Auswirkungen des Alkohols ihnen die Schädel schwindlig machten.

Bald schon sah sich Captain Hammerstone als Zielscheibe freiwilliger Gaben: Jeden Sonnabend wurden ausladende Körbe mit den saftigsten Früchten am Tor der Garnison von Männern abgegeben, die eine Bezahlung ihrer Dienste nicht abwarteten. Vielmehr kehrten sie zurück in die Küchen der Spender, wo man ihnen gestattete, die Töpfe mit den delikatesten Überresten des Tages auszukratzen. Manchmal wurde dem Captain auch ein Krug mit dem besten Rum aus der Brennerei des Alphonso Garrison gebracht. Der war zu jener Zeit bereits einer der reichsten Männer der Stadt und schickte zusammen mit dem Rum immer eine mit purpurner Tinte verfaßte Note, in der er den Captain bat, doch bitte den besten jemals in Malagueta gebrannten Rum zu probieren.

Alphonso Garrison war vor ungefähr zehn Jahren mit seiner Frau Regina und den beiden acht und neun Jahre alten Töchtern Arabella und Matilda in Malagueta eingetroffen. Woher sie kamen, wußte niemand, doch da sie ein wenig Portugiesisch sprachen und offensichtlich gemischtes Blut durch ihre Adern strömte, hielt sich das Gerücht, sie wären von einer Insel der Kapverden geflohen. Alphonso Garrison hatte dort, so erzählte man sich, nach einer Fehlspekulation den besten Teil einer großen Plantage mit Kaffee, Bananen und Zitrusfrüchten verloren.

Als er an einem warmen Novembertag mit seiner Familie in Malagueta ankam, waren an ihm weder die Anzeichen wirtschaftlicher Fehlschläge zu erkennen, noch kannte er einen Ort, wo er und seine Familie bleiben konnten. Mit seiner Frau Regina am Arm schritt Alphonso Garrison in der hochmütigen Haltung desjenigen die Gangway herab, der, wenn schon nicht in eine wohlhabende Familie hineingeboren, doch sein ganzes Leben lang Geld in mehr als nur ausreichendem Maße zur Verfügung gehabt hatte. Er war fünfundvierzig Jahre alt, einen Meter achtzig groß und trug trotz der drückenden Hitze einen Kammgarnanzug und, um seinen kahlen Schädel vor der Sonne zu schützen, eine graue Melone.

Festen Boden unter den Füßen, zog er als erstes seine fünfzig Pfund teure, goldene Uhr aus der Tasche und sah nach, wie spät es war. Es war ein Uhr mittags, und, wie an jedem anderen Tag der letzten sechs Monate auch, erschütterte ein lauter Knall die Hügel über dem Hafen. Der Kanonenschlag sollte die Arbeiter daran erinnern, daß ihre Mittagspause vorüber war. Alphonso Garrison aber, der sich mitsamt seiner Familie ziemlich verloren und einsam vorkam, nahm dies als Willkommensgruß für alle Passagiere, die von dem Schoner an Land gingen, der sie zu ihrem neuen Leben in Malagueta getragen hatte. Derartige Vermutungen sollten ihm Glück bringen. Binnen weniger Jahre hatte er es soweit gebracht, daß er den besten Zeitpunkt für die Investition in eine Druckerpresse bestimmte. Es sollte die erste in der Stadt werden, und als ihr Besitzer und damit als Besitzer der einzigen Zeitung Malaguetas berichtete er über allen Klatsch und jede Neuigkeit, womit er ein Vermögen machte.

*

Alphonso Garrison war immer der festen Überzeugung gewesen, daß die einzig wirklich wichtige Sache im Leben in der Fähigkeit bestand, über sich selbst zu lachen. Schon als Schuljunge hatte er seine Lehrer vor den Kopf gestoßen mit seiner Antwort auf die Frage, was es wohl für ihren Glauben bedeute, wenn die Menschen vor dem Altar niederknieten, um das Sakrament zu empfangen. Er hatte nämlich ohne zu zögern geantwortet:

»Daß der Wein den Menschen die Zunge lockert, damit sie Gott verstehen, ist wirksamer als alle Wörter der Heiligen Schrift zusammen.«

Für dieses Sakrileg wurde er der Schule verwiesen, die unter der Leitung der Nonnen vom Orden Unserer Jungfrau Fatima aus Portugal stand. Sein Vater, ein asthmatischer Pferdetrainer, der seit den Tagen, da die Mutter des Jungen an Malaria gestorben war, als Witwer ein Einsiedlerdasein lebte, ließ ein paar Beziehungen spielen und brachte seinen Sohn als Lehrling bei dem Drucker Francisco Gomez unter.

Als Alphonso Garrison zum erstenmal den Setzerraum betrat, erschrak er, wie dunkel es an diesem vom Geruch einer mittelalterlichen Höhle erfüllten Ort war. Die Männer, die hier arbeiteten, kamen Alphonso wie Tiere vor, die nie aus ihren Käfigen kamen, zumal ihre Kleider über und über mit Druckerschwärze befleckt waren. Sie hatten das Aussehen von Menschen, für die Zeit keine Rolle spielte, zumindest diejenigen, die die Lettern in die Druckrahmen setzten, wobei Alphonso durchaus bemerkte, daß die beiden Maschinisten, die die alte deutsche Druckerpresse bedienten, ein Hauch Weltläufigkeit umgab.

Während der größte Teil dessen, was da gedruckt wurde, mit den Plattheiten des gesellschaftlichen Lebens im Zusammenhang stand, Einladungen zu Empfängen und Bällen zum Beispiel, offenbarte ihnen die *Planters' Gazette*, die Zeitung, die unter ihren Händen an der Druckerpresse entstand, was wirklich in der Stadt vor sich ging. Über ihre Lettern gebeugt, waren sie zur Geheimhaltung des von ihnen Gesetzten verpflichtet, und da Francisco Gomez ihnen nur die Hälfte ihres Lohnes bar auszahlte, ihnen die andere Hälfte in Naturalien gab, war er sich sicher, daß er sich auf ihre Verschwiegenheit verlassen konnte. Was sie allerdings nicht daran hinderte, Alphonso Garrison im Laufe der Zeit in das einzuweihen, was im engen Kreis der Pflanzer vor sich ging. Nachdem sie ihn erst einmal gelehrt hatten, wie die magischen Wörter erschaffen wurden, nachdem sie ihm gezeigt hatten, wie leicht man, indem man den Film mit der falschen Menge Tinte behandelte, eine Daguerrotypie verderben konnte, sahen sie in ihm einen der ihren, ein gleichberechtigtes Mitglied einer geheimen Verschwörung.

»Es passiert allerhand in diesen Häusern, die du und ich nicht betreten dürfen, und dennoch sind wir dort, weil wir wissen, daß sie sich gegenseitig bepissen, wenn sie erst mal besoffen sind«, meinte der älteste Drucker eines Abends zu ihm.

Alphonso bekam Wind von weiteren Skandalen auf der Insel: Er erfuhr von weißen Pflanzern, die auf der Suche nach goldenen Ketten, Münzen oder Opfergaben, die den Zorn der Vorfahren einer lang vergangenen Zeit besänftigt hatten, die Gräber der Einheimischen plünderten und einfach alles stahlen, was ihnen in die Hände kam. Und die Diener aus den abgeschotteten Vierteln der Reichen, in denen die Quintas von Eukalyptusbäumen überragt wurden, wußten über den Verfall verlassener Ehefrauen zu berichten, die die Inseln und ebensosehr ihre Ehemänner haßten und ohne den reichlich strömenden Wein der Buße nicht einschlafen konnten.

Bald schon erkannte Alphonso Garrison, daß die Arbeit als Drucker weniger eine Verbannung als vielmehr eine versteckte Segnung für ihn war. Die Nächte, in denen er an der Maschine schwitzte und die richtigen lateinischen Lettern an die richtige Stelle zu setzen sich bemühte, die unerhörten Einzelheiten der von den Pflanzern begangenen Seitensprünge, wie sie von ihren Frauen gebeichtet wurden, die Eifersucht in den Briefen, die die *Planters' Gazette* abdruckte, all das ließ Alphonso Garrison erkennen, daß das Leben nur eine einzige Farce ist und daß der Mensch den Kümmernissen im Leben seines Mitmenschen gegenüber gleichgültig bleibt, daß Gier eine starke Droge ist, deren suchterzeugende Wirkung nur über eine lange Zeit gewaltsamer Austrocknung ausgemerzt werden kann. Er hatte lange gebraucht, um zu diesen und anderen Erkenntnissen vorzudringen. Als er sich in seiner Arbeit aber richtig auskannte, blieb ihm genügend Zeit, über die Lücken in seiner Bildung nachzudenken. Eine mit einem umherziehenden Vater, der von Plantage zu Plantage reiste und Pferde ausbildete, verbrachte Kindheit, hatte ihm nur ein äußerst lückenhaftes Geschichtsbild vermittelt. Um den Mißstand zu beseitigen, überredete er seinen Vater, über die Schiffahrtsgesellschaft Bücher über Astrologie, uralte chinesische Mystik sowie die Schriften des Kopernikus und anderer bedeutender Männer zu bestellen.

Und entschlossen machte er sich daran, die Geschichte der Inseln zu erforschen. Sie waren weder ein Hort der Wirbelstürme, die die Männer im heftigen Ansturm der Gezeiten vor Haien zittern ließen, noch boten sie blutsaugenden Fledermäusen Zuflucht – dabei handelte es sich um eine von den Seeräubern erfundene Legende. Sie beherbergten weder menschenfressende Kannibalen mit Menschenzähnen in den Nasen noch Menschen, so tückisch wie Kobras, denen man nicht trauen durfte, die so unrein waren wie der Teufel, das heißt, wenn der Teufel an dem Tag, da Gott die Inseln schuf, nicht auf Nimmerwiedersehen verschwunden war. Die Kapverden waren wie ein verborgener Schatz, wie eine Frau, von der die Legende erzählte, sie hätte die Schiffe, wenn die Menschen sie ausplündern wollten, auf hoher See in Brand gesetzt. Schon früher waren die Inseln von Dichtern besungen, waren Sprachen auf ihnen geboren worden. Diese Gedichte in elfsilbigen Versen hatten ihre Söhne im Lande gehalten, ihre Töchter mit Stolz erfüllt. Ihre Erde bot eine erstaunliche Fülle von Gaben, die nur gepflückt zu werden brauchten. Wie nicht anders zu erwarten, wurden die Kapverden eingezingelt, als Männer, denen die Ehrfurcht der Dichter nicht gegeben war, Männer mit Krakenarmen, von ihnen erfuhren. Wie ein Heer aus Spinnen und Skorpionen, Milben und Zecken machten sie sich über die Inseln her, bis sie schließlich ein undurchdringliches Netz über sie gelegt hatten.

Zweihundertfünfundsiebzig Jahre, nachdem ein wahnsinniger Landschaftsgärtner die Inseln in ein pompöses Gemälde verwandelt hatte, mit säuberlich beschnittenen Kaffee- und Kakaoplantagen, streng bewachten Landvillen, schutzlos den Regen und dem unberechenbaren Wind ausgesetzten Lehmziegelhäusern, berittenen Farmern und erbarmungslosen Krankheiten, Kirchen und einem Friedhof – all den Zeugnissen der inzestuösen Beziehung zwischen Mensch und Erde –, zweihunderfünfundsiebzig Jahre danach kam Alphonso Garrison auf die Welt. Durch Menschen wie Pedro Samora, den alten, verkrüppelten Buchbinder, erfuhr er, wie sich die Inselbewohner mit den Vergehen der einfallenden Pflanzer abgefunden hatten. Vielgestaltiges Leid war über die Bewohner der Inseln gekommen: Männer mußten hilflos mit ansehen, wie ihre Töchter zu Spielbällen der Reichen wurden, Männer mußten als Landarbeiter für Jungen schuften, deren Großväter sie hätten sein können. Ihr Leid war von besonderer Art. Einen Teil ertrugen sie, indem sie sich hemmungslos der ausschweifenden Verehrung ihrer einheimischen Religion hingaben, die ihnen Erlösung aus aller Verdammnis in dieser und in künftigen Welten versprach. Die Musik wurde ihnen zum Betäubungsmittel, mit dessen Hilfe sie den in ihren Herzen angesiedelten Schmerz vergaßen, der vom Verlust ihrer menschlichen Würde herrührte. Wenn sie den nadelspitz stechenden Schmerz nicht mehr ertragen konnten, ließen sie ihren Kummer manchmal an ihren Frauen aus: Gewalt an denen, die man liebte, war die letzte Möglichkeit, sich seines Kummers ein wenig zu entledigen.

Alphonso Garrison untersuchte das alles. In einem Netz widerstreitender Gefühle gefangen, versank er in dem Wahn, daß er zu den einen gehören und die anderen hassen könnte, obwohl er heimlich ihren Lebensstil nachahmte. Wenn er nicht in der Druckerei zu tun hatte, las er und träumte von besseren Zeiten. Doch tief in seinem Herzen wußte er, daß er zu solch einem Spagat nicht fähig war. Und eines Tages, als er die Dämonen in seinem Innern nicht länger zu bezähmen vermochte, die es ihm unmöglich machten zu entscheiden, ob Gott auf der Seite der Pflanzer stand oder nur auf den rechten Zeitpunkt wartete, die Bauern zu befreien, stand er vor dem Spiegel in seinem Schlafzimmer, schaute sich an und sprach die selbstzerfleischenden Worte:

»Feigling! Du bist ein Feigling wie all die anderen Bastarde, die in den Landhäusern in ihrer eigenen Scheiße köcheln.«

Monate später aber, als er bereits glaubte, die Teufel aus seinem Schlaf vertrieben und sich selbst dazu durchgerungen zu haben, sein Schicksal mit dem der Bauern zu verschmelzen, und als er zudem noch ein satirisches Theaterstück über das Leben der Oberschicht geschrieben hatte, nahm eine unerwartete Entwicklung ihren Anfang, die sein Leben für immer veränderte. Und viele Jahre später – er war bereits ein wohlhabender Mann, kaufte in Malagueta Land auf und sah zu, wie sich sein Geld heckend mehrte – ließ er die Bemerkung fallen, daß »mich an jenem Tag das Schicksal an die Hand nahm, meinem Blick eine neue Richtung wies, so daß ich niemals wieder zurückschaute.«

An jenem schicksalhaften Tag kehrte er den ersten flackernden Feuern eines Unheils, das die Inseln erfassen sollte, den Rücken und ließ sie hinter sich. Wenn die Feuer ihm Angst einjagten, war Alphonso Garrison nicht anzumerken, daß er beunruhigt war. Persönliche Schicksalsschläge brauchten lange, um zu ihm durchzudringen. Er war ein Aal, der genau wußte, wie er sich durch den Schlamm des Wandels zu winden hatte. Er glich einer Katze, die leckend sich das Fell vom Schleim des Aufruhrs säuberte, bis sie schließlich das Glück verließ.

Seit Tagen schon war er wegen einer Erkältung, die er erfolglos durch Dampfbäder mit Eukalyptusblättern zu kurieren versuchte, nicht mehr in die Druckerei gegangen. An jenem Morgen aber trieb ihn sein Pflichtgefühl aus dem Bett. Er hatte gerade die schweren, schwarzen, schmiedeeisernen Torflügel mit den beiden bronzenen Löwenköpfen aufgestoßen und den Hof der Druckerei betreten, als er eine junge Frau mit warmem und bezauberndem Lächeln aus der Werkstatt kommen sah. Verwirrt, überrascht und verunsichert, weil er ihren offenen Blick nicht erwidern konnte, hatte Alphonso Garrison ihr ein hastiges »guten Morgen« hingeworfen, war an ihr vorbeigegangen und in die Werkstatt geeilt.

Er war Regina begegnet, dem einzigen Kind des Francisco Gomez. Sie hielt sich an die Verhaltensregeln der guten Gesellschaft und kam nur selten in die Werkstatt.

»Die Grobheiten der Männer sind nichts für die Ohren einer jungen Dame«, hatte die Äbtissin des Konvents gemeint. Da Francisco Gomez aber krank war, hatte er, selbst auf die Gefahr hin, die Äbtissin zu verärgern, seine Tochter in den Betrieb geschickt, damit sie sich um die laufenden Angelegenheiten kümmerte. Die schüchterne, freundliche und gutmütige Regina Gomez wurde von der Schwester des Bischofs, die in Portugal viele Heiratsanträge abgewiesen hatte, um ihrem Bruder den Haushalt zu führen – denn »was würde ohne mich aus dem armen Mann hier werden unter all den Wilden und inmitten des trunksüchtigen Haufens aus meinem Heimatland, der nicht mal den Katechismus kennt?« – in die Etikette und die »rechte Rolle der Frauen in einer fremden Gesellschaft« eingewiesen.

Als Regina Gomez zwölf Jahre alt war, hatte sie ihre Mutter, eine Mulattin, verloren, die Gerüchten zufolge ins Wasser gegangen war, um ihren Mann dafür zu strafen, daß er sie nicht vor dem Hohn der weißen Frauen beschützt hatte, die sie über ihre ganze Ehe hinweg verspotteten, weil sie »den guten Mann mit ihrer schamlosen Sinnlichkeit verführt« hätte.

»Gott steh uns bei, die Mischlinge sind noch schlimmer als die Schwarzen. Wenn wir nicht aufpassen, dann sind unsere Söhne auch bald von solchen Promenadenmischungen umgeben.«

Francisco Gomez hatte seine Frau geliebt und sie geheiratet, weil sie, nachdem sie einander das erste Mal begegnet waren, aus ihm, einem Mann, von der Vorstellung besessen, rastlos um die Welt zu reisen wie seine Vorfahren, einen Mann gemacht hatte, bereit, »hier meinen Wert als Mensch« zu suchen. Die Rasse spielte für ihn keine Rolle. Sie war die beste Frau, die er je kennengelernt hatte. Sie hatte ihn zum Lachen gebracht und ihn in seiner ersten Zeit auf der Insel, als er sich wie ein Waschlappen fühlte und vor den reichen Gutsbesitzern Angst hatte, vom Trinken abgehalten. Sie hatte ihm sein Selbstvertrauen wiedergegeben, und als Francisco Gomez mit dem Export von Fellen nach Portugal genügend Geld verdient hatte, kaufte er die Druckerpresse und ein schönes Haus, über das zu herrschen er, zum Entsetzen seiner portugiesischen Landsleute, seine »braune Hure« einsetzte.

Wenn sie in den letzten Jahren ihrer Ehe unglücklich war, so hatte Francisco Gomez es nicht bemerkt. Er sah in ihr seine Göttin, seinen glücksbringenden Talisman, und wenn er ihren weiblichen Peinigern gegenüber taub blieb, dann deshalb, weil er sie für stumpfsinnige Dinosaurier hielt, für hirnlose alte Vetteln, die sich eines Tages selbst die Zunge abbeißen würden. Francisco Gomez zerbrach an ihrem Tod. Er verlor alles Interesse an seiner Druckerei, schloß sich im Haus ein und übergab seine Tochter den Nonnen, damit die sich um sie kümmerten. Hatte er in der Vergangenheit sehr auf sein Äußeres geachtet und seine Anzüge beim besten Schneider der Insel arbeiten lassen, so verwandelte der Tod seiner Frau den Drucker in einen sturen, traurigen Mann, der sich nur noch schwarz kleidete, am Fenster stand und blicklos hinausschaute. Daran hätte sich wahrscheinlich nichts geändert, wenn nicht sein Hausmädchen, aus Furcht, er könnte sterben, weil er das Essen, das sie ihm brachte, meist nicht anrührte, die Schwester des Bischofs um Hilfe gebeten.

»Sie müssen mal nach dem Rechten sehen, Donna Isabella«, sagte sie der alten Jungfrau. »Don Francisco will sterben, nur um den Tod zu ehren.«

Drei Männer begleiteten Donna Isabella zu Francisco Gomez' Haus. Als alle Überredungskünste versagten und er sich weigerte, sie einzulassen, befahl die alte Dame den dreien, die Tür aufzubrechen.

»Wenn ich dafür ins Gefängnis muß«, meinte sie, »dann kann man mich auch einsperren, weil ich der Jungfrau Maria eine Seele gerettet habe.«

Sie fanden Francisco Gomez im Bett sitzend mit einer Daguerrotypie seiner Frau in der Hand. Sein Haar, das er immer in der Mitte gescheitelt getragen hatte, war seit Tagen ungekämmt. Der Geruch nach Tod umgab ihn. Nicht einmal anläßlich ihrer häufigen Besuche bei den ärmsten Bauern der Inseln, wenn sie ihnen die letzte Ölung zuteil werden ließ, war Donna Isabella auf solch eine stickige Luft gestoßen.

»Deo gratias, Sie leben, Francisco«, sagte sie. »Aber Sie machen aus dem Tod eine sinnlose Angelegenheit.«

Ohne Francisco Gomez' Antwort abzuwarten, befahl sie den Männern, die Fenster zu öffnen, damit »der Engel des Herrn kommen und diesen sündigen Menschen mit seiner Güte berühren kann«.

»Was haben Sie sich nur angetan, Francisco. Ihre Frau ist gestorben, und Sie wollen ihr ins Grab folgen, weil sie keinen Glauben haben, wie ein Wilder, wie die Leute da draußen in den Feldern, bevor wir ihnen das Wort Gottes gebracht haben. Wenn man ohne Glauben lebt, ist das schlimm genug. Aber ohne Glauben zu sterben, das ist eine Sünde, Francisco!«

Die alte Jungfer brauchte zwei Wochen, um Francisco Gomez zu bewegen, wieder in den Himmel zu schauen. Als er es schließlich tat, sah er, daß noch immer die Wolken am Himmel entlangzogen, daß noch immer die Silberreiher den Kühen die Zecken aus dem Fell pickten. Der frische Kaffeeduft von den Mühlen stieg ihm in die Nase, und er hörte wieder das Kreischen der Katzen, die sich vor seinem Fenster irgendwo in den Zweigen paarten. Der Harmattan, der vom Festland jenseits des Meeres herüberwehte, hatte die Insel in eine staubige Hochebene verwandelt, ihre Gärten mit der Unersättlichkeit der Grillen übersät. Und doch befanden sich da draußen Menschen, die ums Überleben kämpften, heirateten, Kinder zeugten und dem Tode trotzten. Während er sich mit solchen Gedanken herumschlug, sah er in einem Feld einen Bauern auf einem Pferd. Das Pferd buckelte, warf den Reiter ab, und der war auf der Stelle tot. Francisco Gomez blickte in die Fratze des Todes, und aus den Höllen der Verzweiflung heraus schwang er sich auf ein neues Pferd, um ein neues Leben zu beginnen.

Als Donna Isabella ihm seine Tochter zurückbrachte, da brauchte Francisco Gomez die junge Frau, die vor ihm stand, nur kurz anzusehen, um zu erkennen, daß er eigentlich der glücklichste Mensch auf Erden sein müßte. Vor ihm stand das Produkt der guten Erziehung, die die Nonnen ihr geschenkt hatten. Anders als die Kinder der Pflanzer und Geschäftsleute der Inseln hatte sie eine Zurückhaltung entwickelt, die ihre Schüchternheit zu einer bezaubernden Eigenart werden ließ. So warf sie sich nicht in die ausgebreiteten Arme ihres Vaters. Sie wartete darauf, daß er auf sie zukam und sie umarmte.

»Mein Kind, mein Kind. Die Seele deiner Mutter kann in Frieden ruhen, denn ich werde dir der beste Vater der Welt sein. Gott ist mein Zeuge.«

Er hielt Wort. Er achtete darauf, daß sein Haus sich um jeden Preis mit Kunstgegenständen füllte, damit ihre Freundinnen, wenn sie sie besuchten, von der Schönheit der Kunst verführt würden. Aus Angst, er würde später für die frühere Vernachlässigung seiner Tochter zur

Kasse gebeten, bestellte er in Portugal ein Horoskop und ließ sich von einer Zigeunerin die Zukunft des Mädchens vorhersagen.

»Machen Sie sich nur keine Sorgen, Don Francisco«, beruhigte sie ihn. »Dieses Kind wird einmal ein Haus in einem anderen Land besitzen und soviel Gold, daß eine Kaiserin neidisch wäre.«

Nie empfand er größeren Stolz, als wenn er aus der Druckerei nach Hause kam und sie mit ihrem deutschen Musiklehrer am Klavier saß und Unterricht erhielt, während eine Nonne die beiden unaufdringlich überwachte. Er nahm sie auf eine Reise nach Portugal mit, wo er ein paar Maschinenteile kaufen wollte, damit sie, wie er ihr sagte, die Schlösser sähe, die Königin Arabella mit dem Gold bezahlte, das Pedro da Cinta im fünfzehnten Jahrhundert auf seiner Reise in die primitiven Gegenden der Welt geraubt hatte. Er zeigte ihr die Fresken in den Kathedralen, die gotischen Bögen, die Springbrunnen auf der Plaza, die ihren Namen nach Heinrich dem Seefahrer erhalten hatte, und den Platz, auf dem die Ketzer dem Tode überantwortet worden waren.

Bevor sie wieder an Bord des Dampfers gingen, der sie zurück auf die Kapverden brachte, belud Francisco Gomez zwei Truhen mit Roben, die Lissaboner Näherinnen nach der am Hofe herrschenden Mode geschneidert hatten. Die beiden marokkanischen Eunuchen mit ihren Turbanen, die die Truhen auf den Köpfen zum Hafen hinuntertrugen, ahnten nicht, daß sie an Vorbereitungen teilhatten, die ein Vater bereits vor mehreren Jahren in Angriff genommen hatte: Francisco Gomez war entschlossen, seine Tochter königlich auszustatten.

Als sie zurückkamen, stand die Insel in Aufruhr. Die bereits seit längerem schwelende Unzufriedenheit unter den schwarzen Arbeitern der Kaffeeplantagen war in einen offenen Aufstand übergangen. Die Arbeiter klagten ein, daß auch sie Menschen seien. Mit geradezu unerhörter Frechheit forderten sie, daß man ihnen gestatte, mehr Zeit bei ihren Frauen zu verbringen und ihre eigenen Felder zu bewirtschaften. Im Verlauf der Revolte gelangte ein geheimnisvoller Brief in das Büro des Bischofs. Der Bischof war der Ansicht, er wäre von einem sympathisierenden Portugiesen geschrieben. Der Brief warnte den Bischof, daß auf der Insel mit dem Schlimmsten gerechnet werden müßte, sollte er den Pflanzern in seiner Predigt nicht untersagen, die Töchter der Landarbeiter zu entjungfern.

Diese warnende Ankündigung wurde an dem Tag Wirklichkeit, als Francisco Gomez und seine Tochter auf die Insel zurückkehrten. Abends auf dem Heimweg hörte eine Gruppe schwarzer Arbeiter ein Rascheln im Zuckerrohrfeld. Als sie näherkamen, entdeckten sie den Sohn eines der führenden Kaffeepflanzer der Insel, der ein einheimisches Mädchen vergewaltigte, das verzweifelt Widerstand zu leisten versuchte. An diesem Abend brach die Wut hervor, die sich in den Herzen der Männer aufgestaut hatte. Sie zogen den erschreckten Jungen von dem Mädchen herunter, schickten sie fort und machten sich über ihn her. Mit einem einzigen Streich der Machete ließ ihn einer der Männer für jede Frau nutzlos werden. Sein Leichnam wurde erst einige Tage später entdeckt, als ein paar Kampfhunde die wartenden Geier vertrieben.

Das auf die Entdeckung des Leichnams folgende Blutbad widerte Francisco Gomez an. Obwohl er die eine oder andere Ansicht teilte, mit der die Pflanzer ihre Überlegenheit über die schwarzen Arbeiter begründeten, war sein Leben doch zu sehr von Leid geprägt, als daß er sich an irgendeiner Form organisierter Vergeltung beteiligt hätte. Während die Pflanzer nachts von Haus zu Haus zogen, die Schwarzen zusammentrieben und umbrachten, während die schwarzen Frauen und ihre Töchter vergewaltigt wurden, blieb Francisco Gomez zu Hause, davon überzeugt, daß nach diesen Ereignissen niemand mehr auf der Insel sicher wäre. Eines Abends, der Blutrausch war abgeklungen, wollte er in die Kathedrale zur Messe gehen. Er kam knapp mit dem Leben davon. Eine dunkle, vermummte Gestalt versuchte, ihn mit einer Machete umzubringen.

»Sieh nur, wo wir da hineingeraten sind«, sagte er zu seiner Tochter, »und alles nur, weil ein paar Männer ihre Begierde nicht im Zaum halten können.«

Er fürchtete sich, im Dunkeln auszugehen, und verbot Regina, jemanden ins Haus zu lassen. In jenem Jahr setzte der Bischof die Prozession der Heiligen zu Ostern aus und auch den Obstkarneval und den Triumphzug der geißelnden Asketen durch die Stadt. Die Schwarzen in ihrem Viertel erschienen den Pflanzern als schweigende, todbringende und unberechenbare Masse. Wie eine stumme Gottheit beherrschte sie des Nachts die Insel. Niemand wußte, wann die Gottheit zuschlagen würde und über welche Waffen sie verfügte, doch erweckte allein der Gedanke daran so große Furcht, daß selbst die kühnsten Pflanzer grübelten, wie man sie beschwichtigen könnte. Nie hatten sie an die Existenz einer solchen Gottheit geglaubt, ihre Priesterinnen statt dessen bloßgestellt und verhöhnt. Nun aber, da in den Lagunen ihrer Erinnerung das Blut floß, da jede Kaffeeplantage mögliche Heimstatt mutmaßlicher Mörder sein konnte, nun aber begannen sie es für möglich zu halten, daß es solch eine Gottheit gab, die mitten unter den Bauern lebte und eines Tages Wiedergutmachung fordern würde für ein Verbrechen, das nur mit Menschenblut abgewaschen werden konnte.

Nach und nach nahm das Leben wieder seinen gewohnten Gang, doch wurde die Normalität auf seiten der Pflanzer, der Weißen wie der Mulatten, von dem Bewußtsein bestimmt, daß die Dinge nie wieder so sein würden wie vormals. Die unbekümmerte Einstellung der Köche verschwand ebenso wie die Fügsamkeit der Gärtner, selbst wenn sie schon seit vielen Jahren in den Haushalten der wohlmeinendsten Pflanzer arbeiteten. Die Köche kamen jetzt nur noch, wenn ihnen danach war. Das Essen servierten sie, als handle es sich um einen Racheakt, und manchmal verschütteten sie Suppe auf den kostbaren, bestickten Tafeltüchern. Die Zeit hatte sie mit neuem Mut versehen, der wie ein Wunder anzusehen war: Wenn sie sich mit den sexuell ausgehungerten Frauen der Pflanzer unterhielten, stand Herausforderung in ihren Augen und ein neugierig die Geheimnisse erforschender Blick, der die Frauen nicht nur erschreckte, sondern ihnen gleichzeitig die Pupillen weitete, so daß sie – nachdem sie sich, fern von ihrer Dienerschaft, wieder in ihren Schlafzimmern eingeschlossen hatten – das aufreizende Glitzern der Lust in ihren Augen unter Puder verbergen mußten, das sie sich schwer auf die Lider legten.

Um solch eine aufreizende, wollüstige Frau mußte sich Alphonso Garrison keinerlei Sorgen machen. Durch seine Träume geisterten die Frauen anderer Männer, die in seinem Herzen von der heimlichen Begierde überlagert wurden, eines der Bauernmädchen zu nehmen, deren sinnliches Lachen manchmal durch die Werkstatt tönte. Da er aber ein ehrlicher und ehrbarer Mann war, wußte er, daß der einzige Grund, weshalb er eine Bäuerin begehrte, darin bestand, daß ihm der Mut fehlte, das zu tun, wovon er am meisten träumte: eine Tochter Pedro Samoras zu verführen. Er konnte mit der keimenden Saat seiner Lust ganz gut leben, zumal sie sich nicht öffentlich zeigte, doch die Spinne seiner Feigheit fing ihn in einem Netz aus Selbstzweifeln.

»Was für ein Mann bin ich denn«, fragte er sich, »wenn es mir nicht gelingt, meinen Schwanz da hineinzustecken, wo er hingehört?«

In jüngster Zeit hatte er dem Treiben, das seine Phantasie beflügelte, weniger Beachtung geschenkt. Die Anmaßungen der Reichen, die seine Gefühle in der Vergangenheit so sehr verletzt hatten, belasteten ihn weniger und wurden auf den Misthaufen der Erinnerung verbannt. Jetzt sah er sich als Zeugen einer neuen Tragödie, die viel wirklicher und handfester war als all die Puppengesichter, die seine Träume belebten. Vom verletzten Stolz seiner Selbstzweifel zerfleischt, zwang er seinen Körper, aller Begierde zu entsagen, zwang er seine Nächte, sich mit den feurigen Beschwörungen von Träumen zu füllen, die in der Schäbigkeit jener Viertel angesiedelt waren, die von den öligen Feuern getrockneter Kuhfladen erhellt wurden.

Auf diese Weise gelang es ihm, eine Umkehrung der Wirklichkeit – des Erlaubten – auszulösen, bevor die Schleusen des Aufruhrs sich vollends öffneten und einige – darunter auch er? – im stürmischen Prozeß einer Neuschreibung der Geschichte untergingen. Je mehr Alphonso Garrison sich umschaute, desto deutlicher wurde ihm, daß das eigensinnige Beharren auf Wohltätigkeit denen gegenüber, denen alles genommen worden war, in den Tiefen des Ozeans zu einem Erdbeben gerann, stark genug, die Schiefertafel sauberzuwischen, auf der die Geschichte verzeichnet wurde.

Francisco Gomez hatte seine eigene Schiefertafel zu reinigen. Ungefähr zu jener Zeit begann er, die Druckerei mehr und mehr zu vernachlässigen. Manchmal kam er nur für ein paar Stunden, besorgte die Buchhaltung und trank Tassen schwarzen Kaffees, die er aus einer ziegenlederumhüllten Flasche füllte. Sehr zur Überraschung seines Freundes, des Bischofs, der ein dauerhaftes Interesse an absonderlichen Einzelheiten an den Tag legte, verlor der Klatsch über die reichen Gemeindemitglieder für ihn jeglichen Reiz, und er stellte das wöchentliche Erscheinen der *Planters' Gazette* ein.

»Unzucht ist ja schön und gut«, sagte er zu seinen erstaunten Setzern, »aber wenn man seinen Lesern nicht sagen darf, wer mit wem, dann kann man gleich ein Bild mit zwei Hunden darauf zeichnen und das verkaufen.«

Zur gleichen Zeit, da er »all diesem Schlafzimmermist« den Rücken kehrte, entwickelte Francisco Gomez ein ernstes Interesse am Leben seiner Arbeiter und ihrer Familien.

»Als ob er uns in seinen letzten Willen einschließen will«, meinte Pedro Samora.

Francisco Gomez erkundigte sich bei ihnen nach Dingen, für die er in der Vergangenheit nie ein Ohr gehabt hatte: Bilharziose, Zahnprobleme, Malaria, Keuchhusten. Mit einer für einen alten Mann erstaunlichen Energie überwachte er persönlich die Trockenlegung der Gossen und stehenden Teiche vor den Häusern seiner Arbeiter und gab großzügige Spenden für die Beschaffung medizinischer Hilfsmittel.

»Wir dürfen nicht zulassen, daß unsere Kinder inmitten von Larven groß werden«, erklärte er seinen belustigten Arbeitern. In jenem Jahr ließ er zu Weihnachten ein Schwein schlachten, befahl seinem Koch, es mit Ananasscheiben zu füllen, und schickte es mit folgender Widmung seinem Buchbinder: »Für euch alle, auf daß ihr in dieser Zeit des Jahres eins sein möget in Christus«.

Zu der Zeit begaben sich die unerwartetsten Veränderungen auf der Insel. Aus den streitbeladenen Eßzimmern der Reichen sickerte die Mär nach draußen, daß Mütter ihre Söhne drängten, sich zu den Kindern zu bekennen, die sie mit Bauernmädchen hatten.

»Benehmt euch wie Männer«, wiesen sie ihre launischen Söhne an, »und bewahrt uns vor ihrem Fluch. Ihr sollt ja die Mütter dieser Bälger nicht heiraten, da sei Gott vor.«

Nach vielen Jahren harter Arbeit sah sich Alphonso Garrison mit der Position des Vorarbeiters an der Druckerpresse belohnt. Seine natürlichen Führungseigenschaften, die fotografisch genauen Einzelheiten ferner Länder, die er aus den von seinem Vater bestellten Büchern bezog, seine vollendeten sprachlichen Fähigkeiten, die im Gegensatz zu seiner niederen Herkunft standen, all das war Francisco Gomez über die Jahre hinweg nicht verborgen geblieben. Schon lange, bevor sein Arbeitgeber seine Arbeiter besser zu bezahlen begann, war es Alphonso Garrison gelungen, durch seine Großzügigkeit und dadurch, daß er darauf bestand, von den alten Arbeitern, die ihm nun unterstellt waren, weiterhin bei seinem Vornamen angesprochen zu werden, die Hydra der Eifersucht auf seinen unverhofften Aufstieg zu bezähmen.

»Wir sind doch alle Gottes Kinder«, erklärte er den Männern. Kurz nach Alphonsos Beförderung starb sein Vater, befriedigt, daß die gotteslästerliche Episode aus der Kindheit seines Sohnes aus den Annalen des Bischofs gelöscht war.

»Gott hat seine eigenen Mittel, verlorene Schafe zur Herde zurückzuführen«, meinte der Bischof, als er an Henrico Garrison die letzte Ölung vornahm. So starb der alte Mann in Frieden.

Etwas später, auf dem Weg zur Druckerei, stellte sich Alphonso Garrison die Veränderungen vor Augen, die auf der Insel vor sich gingen. Da sah er Francisco Gomez' hübsche Tochter auf sich zu kommen. Es war vier Uhr nachmittags, er zog seinen Strohhut, murmelte einen Gruß und verschwand in der Werkstatt, wo er sich geradewegs zu Pedro Samora begab, der unter einem Stapel Papier immer eine Korbflasche Rum versteckt hatte. Ohne zu fragen, nahm er einen großen Schluck aus der Flasche und ging wieder hinaus. Als das Feuer des Alkohols in seinen Adern zu brennen begann, setzte er sich nieder im Schatten eines Baobab, um auszuruhen. Er schlief ein, mit einer großen Spannung zwischen den Beinen. In den Zweigen über ihm knackten zwei Affen Nüsse.

Zehn Jahre später, als Alphonso Garrison und seine Familie an Bord des Schoners nach Malagueta gehen wollten, richtete er noch einmal seine Augen auf die immergrünen Berge mit ihren vulkanischen Ausläufern. Er sah den Rauch entschwundener Illusionen, sah die Natur, ein vorlautes Kind, das das Recht solcher Menschen, wie er einer war, die Insel mit ihren Kindern und Kindeskindern zu beschenken, in Frage stellte. Über ihre Köpfe flog eine Möwenschar hinweg, und Alphonso Garrison war sich gewiß, daß er nie wieder hierher zurückkäme. Auf der schwelenden Lava der Traurigkeit sah er das Haus, in dem sie gewohnt hatten, mit dem verwehenden ätherischen Geruch seiner Kaffeesträucher stehen. Noch einmal hielt er inne, um sich die letzten Hundeschreie der Tiere in den Gehegen ins Gedächtnis zu rufen, bevor mit ihrem Blut die angestaute Schreckensherrschaft einer verhaßten Oberschicht fortgespült wurde. In jener Nacht, in der sich die Bauern erhoben, hatte sich ein Rätsel gelöst, das so unlösbar schien wie der Ursprung der Träume. Noch einmal sah er die hundert Fackeln der Aufständischen auf sein Haus zukommen. Die Fackeln glühten, als sie auf die Häuser geworfen wurden, wie die Augen wütender Leoparden. Das Glück, das ihn sein Leben lang begleitete, rettete ihn und seine Familie auch diesmal. Er war ein glücklicher Mensch und die Insel so schlecht nun auch wieder nicht gewesen.

Eine Zeitlang war sie ihnen wie das Paradies vorgekommen. Während die großen, glatzköpfigen Docker an jenem chaotischen Nachmittag das Schiff mit für Portugal bestimmten Bananen beluden, brach Alphonso Garrison nicht wie die anderen Passagiere, die um das verlorene Paradies weinten, in Tränen aus. Vielmehr entwickelte er aus den Miniaturen der Erinnerung an glücklichere Zeiten, die er in seinem Gedächtnis aufbewahrte, das Gefühl der Zufriedenheit. Sehr zu seiner Überraschung hatte ihn Francisco Gomez nicht hinausgeworfen, als er die Kühnheit besaß, ihn um die Hand seiner Tochter zu bitten. Die schwindelerregende Abfolge der Ereignisse hatten im Vater den Traum von einem König als Freier ausgelöscht. Der schwarze Zauber der Bauern hatte seinen Traum in den Sanddünen der Vergessenheit besiegt, und er war glücklich, Regina Alphonso an die Hand zu geben und die Druckerei als Teil seines Wohlwollens dazu.

»Mein Sohn«, sprach er zu dem jungen Mann, nachdem er ihn gesegnet hatte, »du hast das Gesicht eines Dichters, und dennoch hoffe ich, daß du mich zum Großvater machst, bevor uns all dieser Mist und Müll hier lebendig begräbt.«

In der Hochzeitsnacht saß Alphonso Garrison auf dem Bett und wartete, daß seine Frau zu ihm in das Himmelbett in dem großen Schlafzimmer käme, das Francisco ihnen überlassen hatte. Er schaute zu, wie sie die Nadeln und die Nelken aus dem Haar zog, ihr schwarzgoldenes Haar lose über das Nachthemd mit dem kostbaren Spitzenjabot fallen ließ, und die Erinnerung an seine einsame Junggesellenzeit steigerte sein Verlangen noch weiter. Es fehlte ihm nicht an Erfahrung, hatte er doch einst im Bett einer drallen Seemannsfrau Befriedigung gefunden, deren Mann schon seit drei Jahren unterwegs war.

»Du weißt gar nicht, wie ausgehungert ich bin«, hatte die Frau ihm gestanden.

Alphonso Garrison hob das Moskitonetz und ließ seine Frau ein. Sie küßte ihn, als hätten nicht die ehrwürdigen Matronen im Kloster sie in die Kunst eingewiesen, einen Mann zu befriedigen. Sie streichelte ihn und berührte sein steifes Glied. Er stöhnte auf. Als sie ihn schließlich zwischen ihre Schenkel leitete, war Alphonso Garrison erstaunt, daß sie sich ihm nicht in der Keuschheit unterwarf, die er bei einer von der Schwester eines Bischofs erzogenen Frau erwartet hätte, sondern mit einer Leidenschaft und ohne jede falsche Scham, als hätte sie ihr ganzes Leben auf diesen Augenblick gewartet.

Die Erinnerung an die Seemannsfrau verblaßte unter der blumigen Sprache des Körpers, die Regina, die er heute geheiratet hatte, unter ihm sprach. Obwohl es das erste Mal war, daß sie sich den Riten des Frühlings unterzog, buckelte sie unter ihm wie eine Kuh, wollte, daß er sich in ihr verströmte, und einen Augenblick lang stellte sich Alphonso die Frage, ob er für seine Frau wirklich der erste Mann war. Er war noch in diese Überlegung versunken, als ein Blitzknaller, den ein spät von seiner Hochzeitsfeier heimkehrender Zecher angezündet hatte, mit lautem Knall explodierte und ihn so erschreckte, daß sich seine Erektion verflüchtigte.

»Nicht schlimm, Alphonso«, meinte seine Frau voller Verständnis. »Die Nonnen haben mir erzählt, daß den Ehemännern so etwas in ihrer Hochzeitsnacht passieren kann. Denn obwohl man ihnen Jungfrauen darbietet, können Männer sich doch nur bei Huren so richtig gehenlassen.«

In der nächsten Nacht ging alles glatt. Wieder wartete er geduldig, daß seine Frau ins Bett käme. Der rote Fleck auf dem Laken hatte ihn überzeugt, daß er ihr erster Mann war, und so bemühte sich Alphonso Garrison mit einer Heftigkeit, die ihn selbst überraschte, die Schmach der ersten Nacht auszumerzen. Er nahm sie, als hätte sich ihr schlanker, bräutlicher Leib in all die Frauen verwandelt, die er je in seinem Leben begehrt, aber nie besessen hatte. Er verwandelte sie in die Meerjungfrau, die er damals herbeigesehnt hatte, als er seine ersten Schritte als Lehrling in der Druckerei machte: eine Odaliske im Wüstenharem seiner Träume. Er brachte sie dazu, die Hände zu küssen, die sie vor ihrer Hochzeit nie eines Blickes gewürdigt hätte, ölverschmiert, wie sie waren. Und sie küßte seinen Mund, seine Lippen, die sich nach einer Frau ihres Standes verzehrt hatten, wenn er die Frauen bei der Cotille lüstern beobachtete. Doch je gewaltsamer er sie nahm, desto leidenschaftlicher wurde sie. Mehrmals kam sie mit den wilden Schreien einer Straßenkatze zum Höhepunkt. Am nächsten Morgen waren sie beide derart erschöpft, daß sie, sehr zur Verstimmung des Bischofs, der darauf gehofft hatte, während der Messe für das junge Paar beten zu können, noch immer fest schliefen, als die Glocken zum Gottesdienst riefen.

Als Arabella, ihre erste Tochter, geboren wurde, erlebte Alphonso Garrison die großväterliche Zärtlichkeit, die sein Schwiegervater dem Kind gegenüber an den Tag legte. Während seine Frau sich den Mutterpflichten hingab, widmete Alphonso Garrison alle Kraft der Druckerei. Um seine Arbeiter davon zu überzeugen, daß sich unter seiner Leitung einiges ändern würde, erhöhte er ihren Lohn und gab ihnen die doppelte Monatsration Milch und Zucker. Im Laufe der Zeit wurde er ein wohlhabender Mann, und auch ihnen ging es immer besser. Alphonso Garrisons gesellschaftliches Ansehen in der Gemeinde wuchs. Hatte er in der Vergangenheit der geschlossenen Gesellschaft des Landadels nur von außen zuschauen können, so brachte ihn seine Ehe mit Regina in engen Kontakt mit Geschäftspartnern seines Schwiegervaters. Mit Genugtuung nahm er zur Kenntnis, daß er in den folgenden Jahren mehr und mehr von den Führern der Gemeinde umworben wurde und man ihn um Spenden für wohltätige Zwecke bat. Er unternahm seine ersten Reisen nach Portugal und wurde Vater einer zweiten Tochter.

Ganz anders aber als der Frieden, auf den Alphonso Garrison gehofft hatte, herrschte auf der Insel eine Atmosphäre vor, die von gelegentlichen Auseinandersetzungen zwischen den Bauern und den Landbesitzern geprägt war. Von Zeit zu Zeit ließen die Arbeiter auf den Kaffeeplantagen in entlegenen Teilen der Insel ihre Arbeit einfach im Stich und forderten mehr Geld. Manchmal explodierte die unberechenbare Welt der Bauern. Dann blieben sie die ganze Nacht wach, spielten ihre Trommeln und deklamierten alte Verse, die denjenigen Landbesitzern, die ihre Sprache verstanden, wie eine Anrufung der Geister klang, die das Land unsicher machten, eine Bitte an sie, eine Heimsuchung über das Land zu schicken.

Eines Nachts, als Regina neben ihrem Mann lag, machte ihr der unaufhörliche Klang der Trommeln solche Angst, daß sie ihrem Mann ihre Furcht eingestand.

»Ich habe Angst, daß sie uns eines Tages alle töten, Alphonso«, sagte sie.

»Hab keine Angst«, erwiderte er. »Hier geht's zu Ende, doch ich habe schon andere Pläne für uns.«

Und das hatte er. Ohne daß seine Frau je davon erfuhr, hatte er weniger wohlhabenden Mitgliedern der Aristokratie Geld geliehen. Schon lange, bevor er Regina geheiratet hatte, hatte er alle Träume begraben, immer auf dieser Insel zu bleiben. Sein Schwiegervater hatte ihn ins Vertrauen gezogen, und so wußte er, welche Familie unter Alkoholismus litt, wußte, welche Hysterie so manche Familie befallen hatte, so daß sie von dem Gedanken abgekommen waren, auf der Insel Dynastien zu begründen, und all ihren Besitz verkauften, um wegzuziehen. Der Transport von Bananen nach Portugal wurde von den Arbeitern sabotiert. Nachts steckten sie die Plantagen in Brand, und obwohl die Monarchie in Lissabon versprochen hatte, Soldaten zu entsenden, die den Besitz bewachen sollten, sehnte er sich nach einem viel ruhigeren Ort, damit seine Töchter in Frieden aufwachsen könnten.

Jede der beiden Töchter geriet nach einem Elternteil. Arabella hatte das dunkle, mediterrane Aussehen ihres Vaters und die langen Beine eines Rennpferdes. Sie hatte Talent zum Mandolinespielen und war ein stilles Wesen wie ihre Mutter, während Matilda, die jüngere, die helle Haut ihrer Mutter geerbt hatte, das hochmütige Benehmen einer Perserkatze an den Tag legte und die Welt aus grünen Augen anschaute, die sie grausam aussehen ließen. Sie war mollig und schwierig, grausam zum Hund der Familie und dem Personal und ließ ihren Nachttopf tagelang unter dem Bett stehen, ohne ihn zu leeren. Als ihre Mutter sie fragte, warum sie ihren Nachttopf nicht ausleerte, antwortete sie, daß kein Mann ein Mädchen achten könnte, das so weit gesunken wäre, den eigenen Urin riechen zu müssen. Das einzige Wesen, dem sie sich mit ein bißchen Liebe zu nähern schien, war der Papagei der Familie, der italienische Arien zwitschern konnte.

Über mehrere Jahre hinweg lieh Alphonso Garrison Männern, die die Insel nicht verlassen konnten, Geld zu fünfundzwanzig Prozent Zinsen. Manchmal bekam er sein Geld zurück, meistens aber wurde ihm Bezahlung in Form von Tafelsilber, Porzellan und Edelsteinen angeboten. So häufte er bald einen großen Schatz an, den er im Keller unter seinem Büro versteckte. Er war nicht nur reich geworden.

Seine Stellung erlaubte ihm gleichzeitig die Kontrolle über den Geldtransfer von einem verarmten Pflanzer zum anderen. Während er Geld häufte, versuchte er, indem er sich einen Diener hielt, den er für seine Informationen über die Ereignisses in den ländlichen Vierteln bezahlte, sein Gewissen zu beruhigen und Zeit zu gewinnen bis zu dem Vulkan des Aufstands, dessen Ausbruch er nahen fühlte.

Daß es an der Zeit war, der Insel für immer den Rücken zu kehren, davon überzeugte ihn eine Bemerkung von Francisco Gomez. Im Wirrsinn seines Alters sprach er von einem Land nicht weit von den Inseln, wohin sein Onkel gegangen wäre, um dort wie ein »Eingeborener« zu leben, während er ansonsten, seit er den jungen Leuten die Druckerei überlassen hatte, nur an seine verstorbene Frau dachte, sich für ihren Tod verantwortlich fühlte und einmal in der Woche zum Friedhof ging, um frische Blumen auf ihr Grab zu stellen.

Das Gefühl, bald sterben zu müssen, bescherte seinem Denken eine erschreckende Klarheit. Eines Abends, nachdem die Familie zu Abend gegessen hatte, holte er die Schmuckschatulle seiner Frau hervor und rief seine Enkeltöchter.

»Kommt her, meine Enkelkinder«, sprach er. »Eure Großmutter war eine Heilige. Als sie noch lebte, begriff ich das nicht. Männer sind Dummköpfe. Ich hoffe, sie hat mir dort, wohin sie gegangen ist, vergeben, daß ich sie ihr ganzes Leben lang auf dieser Insel festgehalten habe, obwohl sie sich nichts mehr wünschte, als in das Land zu reisen, in dem mein Onkel gestorben ist.«

Und er erzählte ihnen von einem Mann, der dem »gnadenlos steifen Mantel der Religion in Portugal« den Rücken gekehrt hatte und in jenes Land gezogen war, wo er mit einer Einheimischen zusammenlebte.

»Er kehrte nie zurück, denn in einer Welt, in der nur Alte, Maultiertreiber und Tote bleiben, schien ihm das Leben ohne Sinn.«

Wie an die letzte Nacht einer langen Liebesbeziehung erinnerte er sich der Anmaßungen seiner eigenen Jugend, da er auf die Insel gekommen war, entschlossen, sein Glück zu machen, reich zu werden und dann nach Portugal zurückzukehren und einen Weinberg zu kaufen.

»Die Vorsehung meinte es gut mit uns. Arbeitskräfte waren billig, wir verfügten über Gewehre, die Pedro da Cinta, dieser Bandit, hier eingeführt hatte. So konnten wir die Eingeborenen eine Weile in Schach halten. Aber die Dinge ändern sich, das Leben erneuert sich auf der Grundlage dessen, was wir ihm schulden, und wir sind nie bereit, für unsere Missetaten zu büßen. Du, Alphonso, du bist nicht wie wir. Du duldest keine Ausbeutung, genau wie meine Frau. Hätte ich nur auf sie gehört, vielleicht wären wir verschont geblieben. Vielleicht wären unsere Seelen weniger in Gier gefangen, und wir könnten jetzt eher auf Erlösung hoffen.«

In das Land, wohin sein Onkel gegangen war, war er nie gekommen. »Nur einmal«, so erzählte er, »erfuhren wir durch die Freundlichkeit des Kapitäns eines Schoners von ihm und seinem Leben in einem Land namens Malagueta.«

»Reiß dich hier los, Alphonso. Nimm deine Familie und dein Geld, und fang dort neu an. Meine einzige Bitte ist, laßt mich hier sterben und begrabt mich neben meiner Frau.«

Francisco Gomez starb, als er einen neuen Baum im Garten pflanzte. Kurz vorher war er noch in die Druckerei gegangen, um sich von den Männern zu verabschieden, die ihm geholfen hatten, ein wohlhabender Mann zu werden. Das hatte ihn erschöpft. Als sein Herz aussetzte, besaß er noch die Geistesgegenwart, nicht nach vorn auf das Gesicht zu fallen, sondern zu Seite, das Gesicht zum Haus. So, als wollte er im Tode noch einen letzten Blick darauf werfen. Zwei Monate später rebellierten die Bauern. Alphonso Garrison war darauf vorbereitet. Zwei Tage lang versteckte er seine Familie, die Kleiderkisten, eintausend Goldstücke und den italienische Arien schmetternden Papagei in einer Höhle, bis ihm ein paar treue Diener versicherten, er könne unbehelligt abreisen. Unter dem Schutz bewaffneter Seeleute, die am nächsten Tag auf einem Schoner eintrafen, begab er sich an einem Morgen, an dem der Himmel alle Schleusen öffnete, auf die Fahrt nach Malagueta.

12 *Die sehenden Hoden des Nubiers*

Die Schiffe, auf die Captain Hammerstone so lange gewartet hatte, trafen eines Nachmittags völlig unerwartet in Malagueta ein, genau zu dem Zeitpunkt, als die Bewohner der Stadt sich dazu durchgerungen hatten, sich mit der Anwesenheit der Truppen abzufinden, solange der Captain nicht versuchte, sich in ihr Leben einzumischen. Vor diesem Nachmittag hatte sich der Captain immer von einem Dutzend schwer bewaffneter Männer begleiten lassen, wenn er die Festung verließ, um Alphonso Garrison oder anderen, die erst kürzlich nach Malagueta gezogen waren und ihm wohlwollend gegenüberstanden, einen Besuch abzustatten. Die Häuser der Stadtbegründer aber mied er. Ein einziges Mal unternahm er einen Versuch, in das Gelbe Haus einzudringen. Die Ankunft einiger junger Frauen aus der Umgegend hatte ihn neugierig gemacht. Sie schenkten dem Haus seinen früheren Zauber wieder, doch im Vergleich zu den ehemaligen Bewohnerinnen mit ihrer Vorliebe für Vogelzeichnungen aus der Familie der Sperlinge hatten sie andere Vorstellungen. Tagsüber verwandelten sie das Haus in ein Café, und nachts brauchte man nur einen Blick auf die Gestalten hinter den herabgelassenen Vorhängen zu werfen und der bezaubernden Musik eines die Flöte spielenden Jungen zu lauschen, um zu wissen, daß das Haus ein Schiff der Freuden in der unruhigen See Malaguetas war. Seeleute, die an Beriberi erkrankt waren oder die Seekrankheit hatten, kamen hierher, um sich zu erholen und sich die Gewißheit zu verschaffen, daß sie sich noch immer als Männer bezeichnen konnten. Die Stufen, auf denen Emmanuel Cromantine auf dem Weg zu seinem ersten Stelldichein mit Louisa kurz innegehalten hatte, knarrten nun unter den Füßen weit entschlossenerer Männer, denen es zwar nie erlaubt war, über Nacht zu bleiben, die aber dennoch, mit Geschenken der Dankbarkeit für die Frauen, immer wiederkamen.

An jenem Abend, als Captain Hammerstone dem Gelben Haus einen Besuch abzustatten gedachte, faßte er den Beschluß, keine Seemannsuniform zu tragen und nur vier seiner Bewacher mitzunehmen. Er wollte, vor allem nach dem letzten Aufstand, die Frauen der Stadt um keinen Preis mit seinem Erscheinen erschrecken. Im Begriff, das Haus zu betreten, versperrte ihm aber eine junge dunkelhäutige Frau mit wütend flammenden Augen den Weg.

»Verschwinden Sie, Captain«, schrie sie ihn an, »wir warten nur auf die Rückkehr von Phyllis und Thomas Bookerman, dann werden wir Sie töten.«

Sanft, doch entschieden, schob er die Frau beiseite, winkte seinen Männern und stieg die Stufen hinauf. Nachdem er die Tür zum Empfangszimmer durchschritten hatte, sah Captain Hammerstone sich elf Frauen unterschiedlichen Alters und verschiedener Hautfarbe gegenüber. Zusammen mit der Frau, die seinen Eintritt zu verhindern versucht hatte, waren das die zwölf Frauen, denen die Seeleute aus aller Herren Länder, lange Zeit, nachdem die letzte der Jungfrauen gestorben war, die Ehrenbezeichnung »Zwölf Huren« verliehen hatten. Sie aber waren weder Huren noch an irgendeinen Mann auf dieser Erde gebunden, denn etwas weit Größeres als die Aufgabe, Männer sexuell zu befriedigen, hatte sie zusammengeführt. Und zugleich war ihr Leben von einer tieferen Religiosität durchdrungen als das der Jungfrauen, weil sie weder Anerkennung noch Dankbarkeit erwarteten. Die Männer, die bei ihnen ein- und ausgingen, wären erschüttert gewesen, wenn sie erfahren hätten, daß nicht das Geld diese Frauen dazu trieb, ihren Körper zu verkaufen, denn die schönste hätte so manchen Mann zum glücklichen Ehemann machen können und die Intelligenz jeder einzelnen erstrahlte wie ein seltener Diamant.

Nach dem Verschwinden der vorherigen Bewohnerinnen des Gelben Hauses anläßlich der Flucht von Thomas Bookermans restlicher Armee hatten sich die zwölf Frauen mit einem einzigen Ziel zusammengeschlossen. Sie strichen das Haus in dunklerem Gelb, schnitten die wuchernden Sträucher rund herum und überzogen die Matratzen mit neuem Baumwollstoff. Nachdem sie ihre einfache Umgebung etwas wohnlicher gestaltet hatten, schlossen sie einen geheimen Pakt: Sie schworen sich, nur mit Männern zu schlafen, die ihnen Nachrichten von Thomas Bookerman brachten oder ihm welche übermittelten. Während Alphonso Garrison und andere prominente Bürger der Stadt bei sich zu Hause den Captain mit Wein und Essen bewirteten, verschenkten die zwölf Frauen ihre Freuden auf der Basis des Vertrauens darauf, daß es ihnen zugutekäme, wenn Phyllis zu ihrer Arbeit an den Schmetterlingsdrachen zurückkehrte. Niemals gewährten sie den Männern Malaguetas Einlaß. Als nun der Captain den Empfangssalon betrat, verletzte er die Heiligkeit eines Hortes selbstloser Zuflucht, die selbst die Jungfrauen beeindruckt hätte, wenn sie davon erfahren hätten.

Wie ein einziger Körper erhoben sich die Frauen, verließen das Empfangszimmer, verließen das Haus und ließen den Captain und seine Leute einfach stehen. Einer seiner Männer versuchte die Frauen am Weggehen zu hindern, doch der Captain hielt ihn zurück.

»Laß sie laufen«, meinte er. »Wie man hier in der Gegend zu sagen pflegt, kann man eine Schwangere nicht mit einem toten Schwanz erschrecken. Diese Frauen gehen mit einer Idee schwanger, die ihr nicht versteht.«

Er respektierte sie. Und deshalb fühlte sich Captain Hammerstone von unzähligen Augenpaaren beobachtet, als er die Zimmer durchsuchte. Die billige Seide, der unechte türkische Schmuck, die vertrockneten Rosen der Matrosen, der einzigen männlichen Wesen, die vor ihm diese Räume betreten hatten, all das sammelten sie nicht, um zu gefallen und zu betören. Es waren vielmehr Dinge, die ihnen ihre Einsamkeit erträglich machen sollten. Captain Hammerstone spürte, daß die Einsamkeit in diesen Räumen, in dem die Männer, die aus der Einsamkeit des Meeres hierher in die Arme der Frauen kamen, so große Befriedigung erfuhren, den Frauen lieb und teuer war. Nichts Widernatürliches lag in dem, was sie taten, weil ihr Haus in die Aura der Liebe eingeschlossen war. Da er ein intelligenter Mensch war, begriff der Captain sehr schnell, daß das Gelbe Haus sich in etwas anderes verwandelt hatte, als er sich vorgestellt hatte. Es war kein Bordell, sondern ein Parthenon, in dem er die zarte Handschrift derjenigen erkennen konnte, die es renoviert hatten, und er fühlte sich furchtsam und klein im Wissen, daß die Frauen ihm ins Gesicht lachen würden, wenn er es noch einmal wagte, ihr Haus zu betreten, denn er war nicht der Blattsalat, den sie sich in ihrer Salatschüssel wünschten.

Als er in jener Nacht in die Garnison zurückkehrte, fühlte er sich wie gelähmt, matt und schlapp. Zum erstenmal seit Jahren durchlebte Captain Hammerstone wieder die Vorboten seiner Nervenschmerzen, die er mehr fürchtete als eine Niederlage zu Lande oder zur See, weil ein Nervenfieber ja schon einmal dazu geführt hatte, daß er seinen Abschied nehmen mußte. Eigentlich war er ein Mann mit eiserner Konstitution, sowohl was seine grenzenlose Begeisterung betraf, mit der er den Krieg ausgefochten hatte, als auch hinsichtlich seiner anhaltenden Hingabe an die Rituale seines Karma. Er spürte, daß sich ihm der Kopf drehte wie bei einem riesigen Truthahn. Und er hatte einen Traum: In einem großen Ballsaal drehte er sich allein zum Tanz. An den Wänden reihten sich die Bilder der Helden seines Landes, deren räuberische Ziele an allen Gestaden dieser Welt Feuersbrünste entfacht hatten, die die Anwohner zum Schweigen brachten, wenn sie sich gegen die Zerstörung ihrer Inseln zur Wehr setzten. Captain Hammerstone tanzte, wie er noch nie in seinem Leben getanzt hatte. Seine Partnerin war eine hochgewachsene, anmutige Frau, die sich aber beharrlich weigerte, in seine Arme zu kommen. Er tat alles, sie zu becircen, versprach, er würde ihr die versunkenen Schätze vom Meeresboden bergen, wenn sie nur aufhörte, ihn zu meiden. Als sie sich zu guter Letzt in seinen Armen wiegte, berührte sie ihn im Nacken, und Captain Hammerstone spürte, wie eine schneidende, sengende Hitze sein Rückgrat herunterjagte. Er zog ihre Hand weg und entdeckte, daß sie mit seinem Blut befleckt war. Schweißüberströmt wachte er auf und schaute zum erstenmal in seinem Leben in das furchterregende Antlitz des Todes.

Als er am nächsten Morgen zitternd wie ein nasser Hund vor dem Kessel mit rotglühenden Kohlen saß, vermeinte er, die Sirenen des Todes zu hören. Es handelte sich jedoch um die Musik, auf die er die ganze Zeit während seines wahnwitzigen Versuchs, Malagueta zu unterwerfen, gewartet hatte. Als er auf das Meer hinausschaute, erkannte er auf seiner unermeßlichen Weite die Schiffe mit den vertrauten Insignien der Briten, auf deren Kommen er immer gehofft hatte. Aus der Ferne erschienen sie ihm den Leichnamen von kleinen Walen ähnlich.

*

Isatu Martins brachte die großen Spiegel wieder ins Wohnzimmer zurück. Seit der Beerdigung von Gustavius allein, war sie inzwischen zwar weit weniger von der Idee besessen, jeden Morgen die Spiegel zu befragen, wie sie sich verändert, was ihr Körper ihr mitzuteilen hatte. Seine Liebe zu ihr bewahrte sie wie eine Ikone tief im Innern ihres Herzens. Auf ein Leben allein inmitten all dessen, was die Stempel der Erinnerung an ihn trug, war sie nicht vorbereitet gewesen. Nicht vorbereitet auf ein Leben als Witwe, auf die Vergeltung, die sie aus der Pflicht nahm, den Saum einer ewigwährenden Verbindung zu verzieren.

Doch nachdem sich der erste Schock der Einsamkeit verflüchtigt hatte, wandte Isatu Martins Garbage ihre ganze Aufmerksamkeit zu. Sie wurde besitzergreifend wie eine Glucke, unterhielt sich mit Richard Farmer über seine Fortschritte in der Schule und machte sich Sorgen, wenn er zu spät vom Krabbenfangen am Strand wiederkam. Eines jedoch tat sie nicht: Sie schickte ihn nicht in die Sonntagsschule, die die Jungfrauen einst ins Leben gerufen hatten.

»Gott kann ich ihm zu Haus nahebringn. De würdn ihn dort gegn seine eigne Mutter aufhetzn, weil ich nicht zur Kirche geh«, hielt sie Jeanette Cromantine entgegen, die sich wunderte, daß Garbage keinerlei religiöse Unterweisung erhielt.

Ihre Sorgen waren unnötig. Garbage ging allein hinunter zum Strand, wo aasfressende Vögel ihre Flügel trockneten und sich von den Elritzen nährten, die den Fischern manchmal durch die Netze schlüpften. Er war der geborene Einzelgänger, der sich in dem Wissen, daß er ohne Vater aufwuchs, nur noch mehr in sich zurückzog. Er betrachtete die Welt mit der ernsten Haltung eines Mannes, der die Freuden der Kindheit nicht erlebt hat. Der Vater, an den er sich nur noch verschwommen erinnerte, hatte dafür gesorgt, daß es seinem Sohn – zumindest, was materielle Dinge betraf – an nichts fehlte. Seiner Mutter bereitete am meisten Sorge, daß er sich vor nichts zu fürchten schien. Wo er seinen Fuß hinsetzte, wuchs kein Gras mehr. In seinen Schritten hallte der donnernde Tritt eines Riesen. Seine Ausflüge ans Meer, seine scheinbar grundlosen Besuche auf dem Friedhof, wo er sich unter einem großen Frangipani niedersetzte und las, beunruhigten sie, doch sie traute sich nicht, ihn zu fragen. Eine Zeitlang – bevor Jeanette Cromantine es ihr ausredete – bestand Isatu darauf, daß Garbage sie begleiten sollte, wenn sie zu einer Hochzeit, einer Totenwache oder einer Taufe in der Nachbarschaft ging.

»Hör auf, ihn zu behandeln wie de Mann, de nicht mehr is. Stell ihn dir doch mal als Heranwachsendn vor«, riet die Ältere ihrer Freundin.

Um Ärger zu vermeiden, betrug er sich so heimlich und verstohlen wie eine Mondgans. Wies das Mosaik der Kindheit bei anderen Kindern seines Alters die Narben zerschundener Knie auf, Stiefel, die schon völlig abgetragen waren, bevor noch die Füße richtig hineinpaßten, so war das Schlimmste, das ihm zustieß, daß er ab und an hinfiel. Einmal wäre er fast auf eine Puffotter getreten, was sein sechster Sinn dann irgendwie verhinderte. Die Schlange schlug nicht zu. Geschichten über Kobolde, an denen sich die Kinder vor seiner Zeit erfreut und die auch seine Klassenkameraden abends munter gehalten hatten, erweckten bei ihm keinerlei Interesse. Ihm machte es viel mehr Spaß, sich in den Stadtvierteln umzusehen, in der täglich Soldaten exerzierten. Das war viel gefährlicher, wenn er es auch vermied, sich in den Straßen blicken zu lassen, in denen sich die Soldaten an den langweiligen Nachmittagen der Besatzung ausruhten. Um mit dem, was ihm durch den Kopf ging, keine Aufmerksamkeit zu erregen, blieb er stehen und sah zu, wie die kleineren Kinder Himmel und Hölle spielten. Doch sobald die Matrosen wieder den vorübergehenden Frauen hinterherpfiffen, ging Garbage weiter auf seiner einsamen Wanderung durch die Straßen der Stadt.

Im Laufe der Zeit entdeckte er einige Orte, die er aus den Erzählungen Jeanette Cromantines und seiner Mutter kannte. Nachdem er wochenlang den Soldaten ausgewichen und über Zäune gesprungen war, um einer Verhaftung zu entgehen, gelangte er zu den verkohlten Überresten des großen Gebäudes, in dem die aus der ländlichen Idylle Louisianas stammenden Mulatten damals den Cakewalk, den Step, den Jive und den Maringa vorgestellt hatten. Er machte auch das Haus ausfindig, über das so oft geredet worden war, mit seinem überwucherten Garten und dem riesigen Banyan dahinter, in dem sich Hunderte blutsüchtiger Fledermäuse häuslich eingerichtet hatten. Seit Menschengedenken hatte dort niemand mehr gewohnt, weil, lange Jahre vor dem Krieg zwischen Thomas Bookerman und dem Captain, ein pferdgesichtiger Albino eine schöne junge Frau hierhergeschleift hatte, wonach man ihn nie wieder zu Gesicht bekam.

Ungewöhnlich für ein Kind seines Alters wuchs sich die Leidenschaft herauszufinden, was sich vor seiner Zeit zugetragen hatte, zu regelrechter Besessenheit aus. Er wandte all seine Überredungskunst an, bis seine Mutter ihm von dem einäugigen Mann erzählte, den ein Lehrer in der Schule erwähnt hatte und von dem die Mär ging, er lebe jetzt auf einer Insel, schicke aber von Zeit zu Zeit Nachricht, wie er die allerletzte Schlacht gegen Captain Hammerstone und seine

Leute plane. An den sehnsuchtsvollen Morgen, an denen ihr Sohn mit ihr am Frühstückstisch saß, füllte Isatu Martins seine Wissenslücken mit Einzelheiten aus der Geschichte der Stadt. Doch wie es ihr schon in den Anfangstagen ihres Witwendaseins schwergefallen war, sich nicht zu beunruhigen, als sie bei ihm die ersten Anzeichen der Selbstbeobachtung bemerkt hatte, so vermochte sie auch jetzt nicht zu verbergen, wie sehr ihr die Unersättlichkeit seines Forschergeistes zu schaffen machte.

»Warum treibst du dich rum, schleichst dich zu verboten'n Plätzn und riskierst Ärger?« fragte sie ihn eines Morgens.

»Weil hier bald etwas geschehen wird und ich die alte Stadt noch erleben und kennenlernen will, bevor sie für immer verschwindet«, antwortete er.

An einem flauen Nachmittag, an dem er durch die bevölkerten Straßen gewandert war, blieb er an einem Stand auf dem Basar stehen, um einen Calypso zu hören und ein Ingwerbier zu trinken. Zum erstenmal in seinem Leben schaute er einer Zirkusvorstellung zu: Da gab es Hunde, von ihren Besitzern wie Puppen angezogen, die tanzten, wozu sechs Soldaten englische Madrigale sangen. Zwei riesige und lammfromme Gorillas, die sich von keinerlei Faxen beeindrucken ließen, erwachten urplötzlich zu Leben und bewarfen sich mit Geschossen, bevor sie sich dann umarmten und wieder in ihren Halbschlaf zurückfielen. Als ihn die Tiere zu langweilen begannen, ließ er sich hinüber zu den Puppen in einer anderen Ecke des Rummelplatzes treiben, um die sich bereits eine große Menschenmenge versammelt hatte. Nähertretend sah er, wie zwei Frauen die Fäden zogen und zwei Puppen so bewegten, daß sie einander wie zwei Krieger in unterschiedlichen Uniformen gegenüberstanden. Die eine Figur stellte einen großen schwarzen Mann dar, der über dem einem Auge eine Binde trug. In seinem Seemannsgürtel steckte ein Messer, und um den Kopf hatte er ein rotes Kopftuch geschlungen. Die andere Figur verkörperte einen weißen Schiffskapitän, der Mütze und Umhang eines Seemanns trug und ein Gewehr in der Hand hielt. Als die beiden Frauen die Fäden bewegten und damit die beiden Marionetten zum Leben erweckten, und der kahlköpfige Soldat den Seemann trat, geriet die Menge aus dem Häuschen. Sie warfen Münzen auf die Bühne und schrien:

»Bring ihn um, bring ihn um, bring ihn um!«

Gerade so, als wäre alles eine Szene aus dem wirklichen Leben. Plötzlich tauchte eine Gruppe Soldaten aus der Garnison auf und befahl den Frauen, die Vorstellung abzubrechen. Sie hatten ihre Anweisung kaum ausgesprochen, als die Menge über sie herfiel. Die schwüle, angestaute Hitze ihrer Wut entlud sich in der gewalttätigsten Auseinandersetzung, die Malagueta seit jenem Abend erlebt hatte, da Isatu Martins die Frauen gegen die Garnison in die Schlacht geführt hatte.

Völlig aus dem Gleichgewicht gebracht und von den Sturmböcken aufgestauter Emotionen umringt, fanden die Soldaten kaum mehr Gelegenheit, nach ihren Gewehren zu greifen. Die wütende Menge machte sich über sie her, und lediglich das rechtzeitige Eintreffen weiterer Soldaten bewahrte sie davor, gelyncht zu werden. Ein Soldat schoß in die Luft und befahl der Menge, nach Hause zu gehen: Das Karnevalsfest sei zu Ende. Unter Flüchen gingen alle auseinander und nach Hause. Zuvor aber ließ jemand den Leoparden aus dem Käfig, der sich sofort auf einen Soldaten stürzte, bevor ihn noch ein anderer niederschießen konnte.

Garbage verließ das Schlachtfeld zusammen mit der aufgebrachten Menge. Doch statt nach Hause zu gehen, wo Isatu Martins wartete, um mit ihm gemeinsam zu Abend zu essen, ging er an der Kirche vorbei. Durch die von der Invasion ausgelösten Veränderungen hatten dort viele der alten Familien ihr Anrecht auf die angestammten Plätze in der ersten Bank verloren. An ihrer Stelle saßen jetzt Neuankömmlinge wie Alphonso Garrison mit ihren Familien. Die einstmals so schlichten Gottesdienste hatten einer hoffärtigen und übertriebenen Inszenierung der heiligen Kommunion weichen müssen. Den Gläubigen war es nicht mehr gestattet, wie früher einfach in die Kirche zu kommen, um des Leibes und des Blutes Christi teilhaftig zu werden. Jetzt mußten sie dem Vikar einen Brief schreiben, ihren eigenen Meßwein mitbringen und, um die eigene Bedeutung zu unterstreichen, in ihren besten Sonntagskleidern zum Gottesdienst erscheinen. Die alten Jungfrauen waren nicht mehr, und die Erinnerung an ihre Hingabe, an eine gewisse ekklesiastische, wenn auch – zugegebenermaßen – schroffe Disziplin war ihnen ins Grab gefolgt. Heutzutage galt der Kirchgang als ein gesellschaftliches Ereignis, und Garbage hatte die Kirche noch nie betreten, weil Isatu Martins mit dieser scheußlichen Verspottung des Glaubens nichts zu tun haben wollte.

Er hielt vor der Kirche in seiner Wanderung inne, setzte sich nieder und schaute auf das Meer hinaus. Die staubtrockenen Winde des Harmattan fegten durch die Luft. Die Regen hatten Malagueta in diesem Jahr weitgehend gemieden. Brütende Winde versengten die Erde. Hühner und Hunde scharrten sie auf, pickten und gruben nach Würmern und Knochen. Falken kreisten am Himmel, suchten sich verirrte Hühner und trugen sie von dannen, hin zu ihren Nestern in den Bäumen, wo sie ihre Jungen mit ihnen fütterten und sich auch selbst gütlich daran taten. Die Winde gruben sich in seine Glieder, und plötzlich ging ihm durch den Kopf, wie warm es doch zu Hause war, wo Isatu ein Feuer angezündet haben würde, der warme Ingwertee fertig wäre und auch sein Abendessen.

Er wollte sich gerade auf den Heimweg machen, als sich ihm der ungewöhnlichste Anblick seines Lebens bot: Er erblickte die längste Kolonne schwarzer Ameisen, die er je gesehen hatte. Es sah aus, als trügen sie kleine Taschenlampen auf dem Kopf. Die Ameisenkolonne glich einer ausgestreckten schwarzen Python, lauter kleine Krieger, deren tödlicher Biß andere Insekten zum Opfer ihres unersättlichen Appetits werden ließ. Garbage ließ sich von ihrer Disziplin derart bannen, war so beeindruckt von der Art und Weise, in der die Außenposten die anderen in der Reihe hielten, so gefesselt von ihrer Angewohnheit, nichts auf ihrem Wege unberührt zu lassen, daß er den ungehorsamen Soldaten übersah, der aus der Kolonne ausbrach. Erst als er einen beißenden Schmerz zwischen den Zehen spürte, kehrte er aus der Welt der Wunder, in die ihn der geordnete Marsch der Ameisen geführt hatte, in die Wirklichkeit zurück.

Er biß sich auf die Lippen, unterdrückte den Schmerz und folgte dem Pfad der Ameisen. Meter um Meter bahnte er sich seinen Weg durch ein großes Waldstück, das damals, als die Stadt errichtet worden war, nicht vergeben werden konnte. Die Ameisen zogen die Kühle, die ihnen die Äste und Zweige der Bäume boten, den lichten Stellen vor. Er sah zu, wie sie unter den Zäunen, die die Häuser in der schnurgeraden January Street voneinandertrennnten, Tunnel gruben und damit die Barrikaden zur Bedeutungslosigkeit verurteilten, die die Hausbesitzer errichtet hatten, um ihrer Herrschaft über das jeweilige Fleckchen Land Ausdruck, Wert und Beständigkeit zu verleihen. Und er beobachtete, wie die Kolonne die großen Steine umging, die hier und da aus dem Erdreich hervortraten.

Manchmal verschwand die ganze Kolonne unter der Erde, doch tauchten die Ameisen immer wieder aus dem Irrgarten eines unergründlich ordnenden Geistes auf, formierten sich neu und setzten ihren Marsch fort. Garbage war von ihrer Parade so beeindruckt, daß er die trockene Hitze völlig vergaß und nicht einmal den Staubsturm bemerkte, der auf ihn zukam. Es war ein langer Marsch, doch gerade, als er meinte, die Tiere führten ihn noch bis ans Ende der Welt, sah er, wie die Kolonne auf einen verwahrlosten Laden an der Ecke von Thomas Street und January Street zusteuerte.

Es handelte sich um das ehemalige Geschäft von Theophilus, dem Apotheker, das nicht mehr genutzt wurde, seit er vor langen Jahren gestorben war. Die schwere, hölzerne Tür unter dem Basrelief mit einer kranken, auf einem Divan liegenden Frau darauf, die einstmals bahnbrechende Inschrift: »Wurzeln: die Medizin für die Glieder«, die Fenstersimse, auf denen Theophilus ehedem die Glasgefäße mit blutbildenden Mitteln ausgestellt hatte, all das lag verloren unter einem wuchernden Pflanzendickicht. Garbage bahnte sich einen Pfad durch die immergrünen Kriechpflanzen und stacheligen Bougainvillea, mied die Bienen, wich den Skorpionen aus und gelangte zur Tür.

Er stieß die Tür auf, als kehrte er in das Märchenland zurück, in dem er schon zu früherer Zeit gespielt hatte, und betrat den Laden, in dem schwer der Geruch nach brennbarem Torf und dem Moschus toter Tiere lastete. Es war, als hätte jemand die Glasbehälter mit den schwanzlosen Eidechsen mit der vom Harmattan ausgetrockneten Haut absichtlich auf dem Tisch aufgereiht. Sein Blick fiel auf die Retorte, die Theophilus dazu benutzt hatte, seine Tinkturen und Tränke zu destillieren und zu erhitzen, den Florentiner Flakon, in dem er die Eingeweide der Eidechsen fermentiert, die getrocknete Rinde des Bitterholzbaumes und den Ziegenurin, die er gegen die Darmwürmer des Todes verschrieben hatte.

Wenn er sich fürchtete, in die Höhle eines Zauberers geraten zu sein, dann ließ Garbage sich das nicht anmerken. Von einem Augenblick auf den anderen war er kein zehnjähriger Junge mehr und in die geheimnisvollen Gewölbe des Mannesalters eingetreten. Schon als sein Vater gestorben war, hatte er keine Angst davor gehabt, allein auf den Friedhof zu gehen und im Schatten des Frangipani zu lesen, eins zu sein mit den Toten, die, so hatte ihm Jeanette Cromantine erzählt, über die Jungen wachten. Und so fühlte sich Garbage in diesem Raum, weit von der lupenreinen Klarheit der Kinderzeit entfernt, von der Finsternis, die diesen Ort umgab, in keiner Weise bedroht. Von seinen Entdeckungen erregt, wollte er sie gerade in die Hände nehmen, sie berühren, fühlen, da entdeckten seine Adleraugen hinter einer Wandverkleidung ein kleines Licht. Er ging hinüber, um zu ergründen, woher dieses Leuchten kam, als er sah, wie sich eine Tür öffnete. Er hörte, wie eine fremd klingende Stimme seinen Namen rief:

»Tritt nur ein, Garbage«, forderte die Stimme ihn auf. »Ich habe einhundertfünfzig Jahre auf dein Erscheinen gewartet, mein Sohn.«

Garbage betrat das Zimmer. Auf dem Fußboden saß ein betagter, unter seinem Alter knorrig gewordener Mann. Die Wüstensonne hatte sein Gesicht mit unzähligen Falten durchzogen und zerklüftet. Garbage sah die Spinnenhände mit der affengleichen Behaarung, die den Stacheln des Stachelschweins ähnlichen Nägel an den straußengleichen Zehen und die Ohren eines Jagdhundes vom Kap. Als er dem alten Mann aber in das Gesicht schaute, entdeckte er, daß dieses Wesen aus einer anderen Zeit die freundlichsten Augen besaß, in die er je geblickt hatte. Daher fühlte sich Garbage in seiner Gegenwart nicht verängstigt, und der ursprüngliche Schrecken, der ihn überfallen hatte, als er die uralte Kreatur entdeckte, gab einer ungeminderten Neugier Raum. Der Alte merkte, daß Garbage keine Angst vor ihm hatte, und sprach mit freundlicher Stimme.

»Wie die Zeiten sich ändern, Garbage. Als ich das erste Mal hier weilte, war dieser Ort kaum größer als ein Dorf, und wenn man geritten kam, sah einen jeder. Nun aber ist diese Stadt so sehr bevölkert, daß ich sie siebenmal durchwandern mußte, bevor ich mich wieder zurechtfand, bis ich schließlich, und nur weil der Baobab noch steht und lebt, diese Stelle wiederfand, an der einst ein Goldhändler sein prachtvolles Haus hatte. Aber das war sehr, sehr lange vor deiner Zeit.«

»Wer sind Sie?« fragte Garbage.

»Ich bin Suleiman, der Nubier, doch haben die sandigen Wüsten meinen Namen schon vor langer Zeit aus dem Gedächtnis dieser Stadt gelöscht. Wie die Stadt selbst, so gehört auch mein Name in die

Zeit eines vergangenen Harmattan, der sich nie wiederholen wird. Deshalb nenne ich mich jetzt Alusine Dunbar, ein Name, mit dem ich die Zukunft dieser Stadt zu erleben hoffe.«

»Sie sind doch aber schon so alt, Sie werden sicher bald sterben«, entgegnete Garbage.

»Der Tod ist eine Gunst, mein Sohn. Denn weder ist er endgültig noch der heimtückische Schurke, als den ihn manche Menschen sehen. Wenn überhaupt etwas niederträchtig ist am Tod, dann nur dieses, daß der eine oder andere in ihm einen Verbündeten sieht, um die erbarmungslosen Dämonen zu beschwichtigen, die wir in unserem Leben erschaffen. Wir wünschen anderen den Tod, doch können wir ihn nicht mit dem auszahlen, was wir in unserer Gier angehäuft haben, weil uns das alles in Wirklichkeit nur als Leihgabe gegeben wird.«

»Woher wissen Sie so vieles?« fragte Garbage.

Der alte Mann zeigte sich geduldig, wohl wissend, daß er im Herzen dieses zehn Jahre alten Jungen, der den Scharfsinn eines Zwanzigjährigen besaß, eine Saite zum Klingen gebracht hatte. Freudig erregt veränderte er die Lage seiner Glieder und beugte sich nach vorn, um seinem Rücken Erleichterung zu verschaffen.

»Ich weiß zum Beispiel auch, daß du einen Namen hast, der in anderer Zeit und anderen Menschen als eine Lästerung erschienen wäre. In deinem Fall aber war es ein Akt der Liebe, als deine Eltern dich zum erstenmal anschauten. Auch brachten sie damit deinem Großvater das höchste Geschenk dar, das er je erhielt, denn ihr beide seid auf euren jeweiligen Reisen in die Welt der Lebenden hinein und aus ihr heraus durch denselben Tunnel gegangen. Ich traf ihn am Morgen jenes Tages, an dem du geboren wurdest. Er war glücklich, weil deine Geburt ihn von der Qual befreite, den Tod als Feind behandeln zu müssen.«

Alusine Dunbar ließ dies in Kopf und Herz des jungen Mannes sickern, wünschte aber nicht, die Verwirrung, die er bereits in Garbages Kopf stiftete, noch zu vergrößern. Mit der glasklaren und falkengleichen Intelligenz seiner Augen, mit den Ohren einer runzligen Antilope und den Furchen auf seinem junggebliebenen alten Gesicht erkannte er, daß Garbage alles in sich aufgenommen hatte, und das viel besser, so dachte Alusine bei sich, als dieser Goldhändler, den er einst wie ein Kaninchen zu Staub zertreten hatte.

Auf dem Hochplateau des Todes, von dem aus er überschauen konnte, wie die Lebenden ihr Dasein verpfuschten, erschrak Alusine Dunbar über das, was in Malagueta vor sich ging seit jenem Omen, dessen er auf dem Grund der Kalebasse ansichtig geworden war, seit er mit zitternden Händen hatte mit ansehen müssen, wie Jeanette Cromantine die Süßkartoffeln in die Erde brachte, die kurze Zeit später die Seuche verursachen sollten. Zeit, Geduld und seine unbeschränkte Weisheit hatten seine Macht noch erhöht, so daß er weit über die Grenzen der Vorstellung hinaussehen konnte. Und obwohl das Opium des Alters seine Knochen geschwächt hatte, so blieb er doch ein zähes Kamel der Wüste, war immer noch dazu in der Lage, seine Glieder durch die Welt zu schleppen. Er war und blieb eine uralte Schildkröte, war in anderen Teilen der Welt den habgierigen Fängen der Ausbeutung entgangen. So berichtete er es Garbage:

»Ich sah, wie die Leoparden auf die Ziegen losgingen, und so mußte ich zurückkehren, bevor sie alle aufgefressen haben.«

Er nahm seinen Weg durch die idyllischen Gärten der Savanne, aus denen der Festzug der Zugvögel mit ungeheuerlichem Aussehen und phantasiereichem Gefieder nach Europa zurückkehrte. Da er jene Gegend schon einige Zeit nicht mehr besucht hatte, schweifte er hinein in die sandige Trostlosigkeit der Wüste, um herausfinden, zu welchen Veränderungen die Entdeckung des Kompasses seit der Zeit der Kamele geführt hatte. Seine Geduld zahlte sich aus: auf der riesigen Hochebene, im furchterregenden Schweigen des Sandes, erblickte Alusine Dunbar die majestätischen Burgen und Grotten des Tassili Najjer und die wundervollen Zeichnungen der nomadischen Maler. Er ruhte auf den Steinen im felsigen Garten alter Zeiten, das Epigramm lesend, das ein witziger Dichter auf das Grab des Goldkönigs geschrieben hatte, über dem N'jai, der Goldhändler, die Freuden von Mariamus wieselgleichem Körper vergessen hatte:

Das Gold ist der König der edlen Steine im Land, doch
achte es ja nicht höher als der Wüste Sand.

Eine Herde Oryxantilopen geleitete ihn aus der Wüste heraus, und indem er sich an eine dunkle Wolke Heuschrecken hielt, die keinerlei Grenze zwischen feuchten und trockenen Regionen anerkennen, langte er, ein Unbezwingbarer, der das letzte Geheimnis gelüftet hatte, wie er denn an dem gleichen Ort leben konnte, an dem er vor mehr als einhundert Jahren gestorben war, in Malagueta an. Doch nichts im geheimnisvollen Arsenal seiner Waffen hatte ihn auf die Zerstörungswut vorbereitet, die ihn hier erwartete. Verschwunden waren die bezaubernden Basare, die die Tuareg errichtet hatten, nachdem sie seßhaft geworden waren und es aufgegeben hatten, mit den Gewürzen der Mauren Handel zu treiben. Umsonst suchte er nach der Ecke der reisenden Händler, an der die Bettlerinnen mit unechtem Schmuck aus Tanger gehandelt und den Glücksuchenden aus der Hand gelesen hatten. Der Hof, in dem er das Gürteltier wieder herbeigezaubert hatte, war unter der überbordenden Ausdehnung der Läden und Geschäfte verschwunden, und in den Sümpfen, in denen er die Welt unverändert vorzufinden hoffte, mußte er zu seinem Entsetzen mit ansehen, wie die Zwerghippos den Späßen neugieriger Betrachter ausgesetzt wurden und gerissene Großwildjäger, auf die Haut der Echsen aus, die friedliche Siesta der Krokodile störten.

»Die Zerstörung hat schon begonnen«, klagte der Alte.

Auf der Suche nach vertrauteren Dingen wanderte Alusine Dunbar über den lärmenden Markt in der January Street und blieb bei den Ständen der Yorubafrauen stehen, die Gewürze und Erze aus Lagos verkauften. Er schnupperte an den in den Karren der Chinesen ausgebreiteten orientalischen Delikatessen und sah zu, wie auf dem Fischmarkt die Haie geschlachtet wurden. Auf der anderen Seite feierte Malagueta eine Hochzeit, und zum erstenmal in seinem Leben vernahm Alusine Dunbar den rauhen Klang christlicher Glocken. Wie bei einer Maskerade aus längst verflossener Zeit sah er die Männer im Cutaway und die Frauen in viktorianischen Kleidern zur Kirche gehen.

Er war entsetzt.

Der Kirche gegenüber hatte sich eine große Menschenmenge versammelt, die zusehen wollte, wie die Braut zum Altar geführt wurde. Die Braut war jung, nicht älter als neunzehn Jahre. Als sie in die Kirche trat, überschüttete eine weit ältere Frau aus der Menge sie mit Flüchen und Verwünschungen.

»Elendes Luder«, schimpfte die Frau in der Menge. »Nachdem ich die ganze Zeit für Josiah gekocht und geschrubbt hab, muß er eine wie dich heiraten, nur weil du ihm vorgespielt hast, du seist schwanger, und weil dein Vater 'n Haus aus Stein hat. Aber du wirst sehn, wir beide sind noch längst nicht fertig miteinander.«

Aus der unbezähmbaren Wut der Verlassenen ergab sich zwischen den Anhängern beider Frauen eine Prügelei. Da er Zeit seines lange währenden Lebens selbst genügend Schwierigkeiten mit Frauen gehabt hatte, kam Alusine Dunbar zu dem Schluß, daß es für einen Mann weit besser wäre, der Ehe zu entsagen. Denn mit der Eheschließung würde dem Glück ein Ende bereitet, sich einer Frau zu erfreuen, ohne daß jemand anders sich einmischte. Er ging hinunter zum Kai und den Lagerhäusern am Fluß, wo er zu Zeiten der Süßkartoffelpest die Bevölkerung Kasilas geheilt hatte, weiter zum Denkmal eines Mannes namens Rodrigo, der, wie die Inschrift verkündete, »unsere Süßkartoffeln gerettet hat. Gott schütze ihn!«, und hinüber zu den Lastenträgern der Fulbe, die hinter den Marktfrauen hergingen und alle möglichen Lasten auf dem Kopf schleppten. Ein Haus in der January Street, vor dem ein alter Mann auf der Veranda saß und mit sich selbst sprach, erregte seine Aufmerksamkeit. Alusine Dunbar ging hinüber, um zu sehen, wie es bei diesen Menschen zuging, deren Anblick allein bereits einen Brechreiz in ihm aufsteigen ließ.

Er stand vor dem Haus von Sebastian und Jeanette Cromantine. Alusine Dunbar brauchte nur einen flüchtigen Blick auf den Mann auf der Veranda werfen, wie er in mönchsgleicher Abgeklärtheit den roten Bischöfen und den Webervögeln lauschte, die ihm aus dem nahen Spalier ein abendliches Ständchen sangen, um zu sehen, daß die Hände des Erzengels über ihm schwebten.

»Er sieht so glücklich aus«, sagte Alusine bei sich, »daß er bald sterben wird.«

»Guten Morgen«, grüßte der lederne Mann mit freundlicher Stimme den knorrigen Alten, der in den letzten Zügen seines Lebens hier im Korbstuhl saß.

Sebastian Cromantine machte keine Bewegung, noch öffnete er die Augen. Doch antwortete er mit der Stimme eines Weißkopfgeiers:

»Ich will Ihn'n die goldene Uhr schenkn, damit ich eingehn kann zu meinem Vater.«

Jeanette Cromantine, die mit einer Schüssel Suppe auf die Veranda trat, sah Alusine nicht und erschrak, als sie ihren Mann Selbstgespräche führen hörte. Seit kurzem sorgte sie sich, ob er lange genug leben würde, um noch einmal seinen Sohn zu sehen, wenn der jemals vom anderen Ende der Welt heimkehrte. Sie hatte beim Schneider bereits einen Anzug in Auftrag gegeben, in dem Sebastian Cromantine aufgebahrt werden sollte, hatte Geld für den Sarg zurückgelegt und begonnen, sich innerlich auf den Augenblick vorzubereiten, an dem er nicht mehr sein würde. Eines wünschte sie sich bei Gott: daß sie nicht die Demütigung erleiden müßte, ihn an einem Sonnabend zu beerdigen, wenn die von Captain Hammerstone angeheuerten Söldner durch die Stadt zogen und nur zu gern bereit wären, den Sarg zu tragen.

Eine Weile blieb Alusine Dunbar stehen und schaute zu, wie die alte Frau ihrem Mann die Mahlzeit reichte. Er sah, wie sie die Gräten aus dem Fisch suchte, damit er nicht an ihnen erstickte, wie sie ihm den Schleim der Okra aus dem Bart wischte und seine Brust rieb, als Sebastian niesen mußte und sich beschwerte, daß zuviel Pfeffer an der Suppe sei. Als der Mann gegessen hatte und, in Gegenwart seiner Frau, sein Gesicht eine gewisse Zufriedenheit ausstrahlte, verließ Alusine Dunbar die beiden, die da auf der Holzveranda saßen. Drei Blöcke weiter kam er an der Schule vorbei, mit der sich Gabriel Farmer unsterblichen Ruhm errungen hatte und wo Richard Farmer über eine von Cresques aus Mallorca gezeichnete Karte Westafrikas gebeugt saß. Er erstarrte vor Schreck, als Richard Farmer auf die große Stadt Djenné zeigte und über die Fortschritte sprach, die die Gelehrten der verschiedenen Wissenschaften dort errungen hatten, und auch über den Pakt, den im sechzehnten Jahrhundert der König von Mali mit dem König von Portugal eingegangen war, wonach der europäische Monarch dem afrikanischen half, die französischen Banditen auszulöschen, die damals sein Volk peinigten. Alusine freute sich.

»Wenigstens das Wissen wird in dieser Einöde überleben«, meinte er.

Gerade als er glaubte, alle Spuren der Karawanenstraßen, auf denen er einst gereist war, verloren zu haben und dazu verurteilt zu sein, wieder auf die Pfade der Toten einzuschwenken, die er ging, nachdem er sich von der Angewohnheit gelöst hatte, die Welt durch ein Zauberspiegelglas zu betrachten, erblickte er das von Kriechpflanzen überwucherte Haus unter dem Baobab mit den zweihundert Geiern im Geäst.

Garbage gewöhnte sich an den Gedanken, daß der alte Vagabund, der ihm da auf einer Matte aus Ziegenfell gegenübersaß, kein Trugbild war und daß ihm die Stimme gehörte, die in den Nächten zu ihm gesprochen hatte, wenn er im Zimmer neben dem seiner Mutter schlief. Und dabei wurde ihm klar, daß er, anstatt darüber erstaunt zu sein, daß er den Alten in diesem verlassenen Hause traf, immer auf ihn gewartet hatte, auf daß er ihn an die Hand nähme und durch das Labyrinth der Vergangenheit geleite. Denn viele der alten Leute in Malagueta waren ja inzwischen von der Beharrlichkeit des Todes überwältigt oder hatten sich der senilen Schwatzhaftigkeit des Alters unterworfen. Er dachte noch immer darüber nach, wie die Ameisen ihn zu dem alten Manne geführt hatten, als er vernahm, wie die Glocken der Kirche in der George Street die reuigen Sünder zum Fastengottesdienst riefen.

Seine Mutter fiel ihm wieder ein. Er verabschiedete sich von dem Alten, nicht ohne ihn zu fragen, ob er ihn wieder besuchen dürfe.

»Du bist mir immer willkommen, mein Sohn«, antwortete Alusine. »Bevor du aber gehst, hilf einem alten Mann wie mir auf die Beine.«

Garbage kam ihm zu Hilfe und berührte das ledergleiche Pergament seiner Haut. Er hatte noch nie einen so alten Menschen angefaßt, aber das Knacken der Knochen, als der Alte nun versuchte, auf die Beine zu kommen, war nur noch von geringer Bedeutung für das Band, das Garbage im Geiste mit diesem Mann verband. Völlig unerwartet, so, als sollte dem Geheimnis der Entdeckungen, die er an diesem Abend gemacht hatte, noch ein weiteres hinzugefügt werden, erblickte er zwei kleine Lichtstrahlen, die über den Fußboden flackerten und offensichtlich in der Leistengegend des Alten ihren Ursprung hatten. Garbage sah die bruchgezeichneten Hoden des alten Mannes, die, einem aufgedunsenen Euter gleich, fast den Erdboden berührten, die zylindrischen Einkerbungen in den sackenden Hosen und das Licht, das von einer optischen Linse hinter der Hornhaut in der Form einer Weltkarte ausging.

Ein starkes Schwindelgefühl umwölkte ihn. Der alte Mann entglitt ihm, und er wäre gestolpert, hätte ihn nicht die Hand aufgefangen, die schon so viele Novizen in das Königreich geleitet hatte, in dem alles Wissen, alle Erkenntnis, durch Neuordnung der Welt umgewandelt wurde. Und während die Stimme des Alten ihm ruhig zuredete, spürte er, wie seine Kräfte wiederkehrten.

»Habe keine Angst, mein Sohn: Ich schleppe die Welt mit mir herum, damit ich keine Zeit damit vergeuden muß, von einem Ort zum anderen zu gelangen. Gerade heute wird ein neuer Mond aufgehen, und der, mein Kind, wird sich für Malagueta als unheilvoll erweisen.«

Spät abends kam Garbage nach Hause. Er hatte nur noch Hunger. Als seine besorgte Mutter ihn fragte, wo er sich wieder herumgetrieben habe, antwortete er kurz und knapp, wie ein Erwachsener:

»Dort, wo der Erdboden Augen hat.«

*

Der Anblick der beiden Schiffe im Hafen reichte aus, Captain Hammerstones Trägheit auszulöschen. Das Fieber, das in der vergangenen Nacht durch seine Adern getobt war, der Anblick eines Ertrinkenden, der versuchte, sich daran zu erinnern, wie festes Land aussah, all das wurde durch dieses außergewöhnliche Ereignis verdrängt. Er raffte sich soweit auf, seinen Truppen zu befehlen, sich bereitzuhalten, um zum Hafen hinunterzumarschieren. Im ersten Hochgefühl seiner Freude und Erleichterung wäre er fast erstickt, als er das bittere Kräutermittel hinunterstürzte, das ihm einer seiner Leute zubereitet hatte. Er befahl seinem Fähnrich, die Kapitänsuniform zu bügeln und die Hochschäfter zu putzen.

Nachdem er schon eine ganze Zeit nicht mehr an solche genußvollen Sinnenfreuden wie ein Festmahl in der Offiziersmesse eines Schiffes oder eine Wildschweinjagd in den Dschungeln von Java gedacht hatte, erblickte er in der Ankunft der Schiffe nicht nur die Aussicht, die Institutionen englischer Herrschaft über Malagueta für die Ewigkeit zu festigen, sondern auch die unendlichen Möglichkeiten dafür, in Zukunft das tun zu können, woran er Spaß fand.

»Männer«, sagte er, als alles vorbereitet war, seine Truppen aus der Garnison herauszuführen, »die Zeit ist gekommen, daß ihr zeigt, was ihr könnt.«

Zum Klang einer Blaskapelle marschierten sie durch die furchtgeschlagenen Straßen Malaguetas, kamen am Rummelplatz vorbei, auf dem ein Pygmäe einen Schimpansen vorführte, der mit den Füßen schreiben konnte, und hörten, wie die junge Arabella Garrison, von ihrem Musiklehrer auf der Orgel begleitet, die Partie der Esther aus Händels Oratorium sang. Captain Hammerstone war ein musikalischer Seemann. Die Leistung des Mädchens rührte ihn, und er stimmte, in dem Versuch, der Handvoll Engländer, die mit ihm waren, Mut zu machen, ein Lied an, das er noch aus seiner Vergangenheit kannte.

Der Bull herrscht im Felde mit seiner Kraft:
Ein Bull mit Geschick, der Gutes schafft.

Es war das erste Mal, daß seine Leute ihn singen hörten. In diesem Augenblick begab sich etwas Seltsames. Die lange Zeit des Wartens hatte den meisten Leuten des Captain das Selbstvertrauen genommen. Wenn sie auf eine Gelegenheit gewartet hatten, ihr Können unter Beweis zu stellen, dann hatten sie darüber viel von der Kraft ihrer Lenden verloren, da die meisten Frauen Malaguetas sie in Acht und Bann schlugen. Die Läden, die sie geplündert, die Tiere, die sie abgeschlachtet und verzehrt hatten, all das stellte keine Entschädigung für das Leben dar, das sie aufgegeben hatten, um bei dem Captain als Söldner anzuheuern. So hatte die Langeweile sie in den Augenblicken der Untätigkeit dazu verführt, über die peinigenden Strudel ihrer Vergangenheit nachzudenken. Und manchmal hatten sie daran gedacht, den Captain umzubringen, weil er ihnen nie als Mann des Gesangs erschienen war, sondern als vom ehernen Rad des Ehrgeizes vorangetriebenes Wesen.

Captain Hammerstones schwarze Soldaten verstanden zwar den Text seines Liedes nicht, doch als in den Feuern einer vergangenen Musik getaufte Männer fühlten sie, während sie so hinter diesem Mann hermarschierten, der sich vor ihren Augen verwandelte, wie in seinem Lied ihre Männlichkeit wiedergeboren wurde.

Louisa Turner stritt sich gerade mit Jeanette Cromantine, ob sie Fatmatta-Emilia erlauben dürften, mit der linken Hand zu essen und zu schreiben, als die Truppen in ihre Straße einbogen. Das Alter hatte weder Jeanettes Arbeitsfähigkeit vermindert noch ihren Abscheu gegen alle Engstirnigkeit. Im Gegensatz zu ihrer Schwiegertochter vertrat sie in solch praktischen Dingen wie der Erziehung eines Kindes, dem Glauben an das Übernatürliche und seiner Auswirkungen auf die Menschen, die Existenz guter und böser Geister, aber eine unerschütterlich altmodische Ansicht. Während Louisa behauptete, die Tatsache, daß ihre Tochter Linkshänderin war, deute darauf hin, daß sie zu einer Persönlichkeit mit freiem Willen und ohne Vorurteile heranwüchse, und hoffte, daß sie nicht die gleichen Fehler beginge, die sie als junges Mädchen gemacht hatte, als sie sich mit den »alten Jungfern« und ihrem »Kirchenkram« eingelassen hatte, verhielt sich Jeanette Cromantine, nun, da sie sich ihres Daseins als Großmutter erfreute und die Hellsichtigkeit des Alters sie zeichnete, einfallsreich wie nie zuvor in ihrem Leben, wenn es darum ging, ihren Willen durchzusetzen. Folgerichtig behauptete sie, daß Linkshändigkeit ein Anzeichen von Lüsternheit, dem Hang zu Diebstahl und Tücke sei, und letztere seien die Charaktereigenschaften der Katzen. Außerdem wünschte sie, da es sich in diesem Falle um ihre Enkeltochter drehte – womit überhaupt nicht in Frage gestellt war, daß Louisa die Mutter des Kindes war – sicher zu gehen, daß Fatmatta-Emilia zu einer ordentlichen jungen Dame heranwuchs, die alles mit der rechten, der richtigen, Hand tat. Zumal die Gesellschaft sich veränderte. Und zudem war es für jeden doch sehr unhygienisch, wenn er mit ein und derselben Hand aß und sich nach dem Klo den Na-du-weißt-schon-was-ich-meine damit wischte. Nicht mit ihrer Enkeltochter!

Sie vergaßen das ungeschriebene Buch über die Zukunft des Kindes für einen Augenblick, um zuzusehen, wie die Truppen des Captains vorbeimarschierten. Zum erstenmal seit dem Krieg sah man eine solch große Truppe in den Straßen Malaguetas. Louisa reagierte sofort. Fatmatta-Emilia an der Hand, ging sie in den Vorgarten hinaus, öffnete das Tor und warf den Männern einen äußerst geringschätzigen Blick zu. Einen jungen Soldaten, der den Cromantines einmal Kohlen gebracht hatte, fragte sie, was der Lärm sollte und weshalb sie am frühen Morgen anständige Leute störten.

»Das ist nicht unsere Sache, Ma'am«, erwiderte dieser. »Die Landsleute vom Captain sind angekommen, und er will sie in aller Form begrüßen.«

Dreihundertfünfundsiebzig Mann kamen mit den Schiffen an und wurden von Captain Hammerstone willkommen geheißen. Es waren bläßliche Wesen, in Liverpool sorgfältig ausgewählt, weniger aufgrund ihrer Eignung für die Umsetzung der Ziele, die der Captain in den unzähligen, in der langen Zeit des Wartens auf Antwort an seine Vorgesetzten geschriebenen Briefe beschworen hatte, als vielmehr wegen ihrer unersättlichen Abenteuerlust. Sie sahen ziemlich dümmlich aus, wie sie die Gangways herunterschritten, sich in ihren Kleidern nicht wohl fühlend. Doch sie waren froh, daß der Captain gekommen war, sie in diesen Schlünden des Unbekannten und Unwägbaren in Empfang zu nehmen.

Garbage bezeugte die Ankunft der Ausländer in Malagueta, indem er das Datum in den Stamm eines Baumes ritzte, denn er wollte es nie wieder vergessen. Kleine, seiner Mutter von den Lippen gefallene Brocken hatten ihm Beweise aus der Zeit geliefert, da der Captain zum erstenmal mit aufgeschlagenem Notizbuch in der Hand in die Stadt gekommen war, überzeugt davon, daß er beginnen könnte, hier seine eigene Geschichte zu schreiben. Als sich die von der Ankunft der Schiffe ausgelöste Aufregung gelegt hatte und die Neuankömmlinge zu ihrer Zufriedenheit in den Häusern untergebracht waren, die der Captain und seine Leute beschlagnahmt hatten, weil ihre Besitzer mit dem »Verräter Bookerman« – wie der Captain seinen Gästen sagte – geflohen waren, stattete Garbage Alusine Dunbar einen Besuch ab.

Er traf den Alten an, der im Hause hin- und herging, niedergedrückt von seinen bruchgezeichneten Hoden und mit dem glimmenden Licht seiner Weisheit, das zwischen seinen Beinen flackerte. Er sah, daß der alte Weise seit seinem letzten Besuch sein Zimmer nur dann verlassen hatte, wenn er zur Latrine hinter dem Haus gegangen war. Er hatte sein Leben dergestalt geordnet, so viele Kreise der Bequemlichkeit um sich herumgezogen, daß es ihm erspart blieb, weite Wege auf sich nehmen zu müssen, um sich etwas zu holen. Er trug die gleichen sandpapierartigen Kleider, die seine Spinnenarme umhüllten, doch ging von ihnen eine Luftigkeit aus, ein frischer Geruch, als kämen sie gerade aus der Wäscherei. Sehr zur Überraschung des jungen Garbage, der nicht wußte, daß man seinen Frieden mit dem Verfall des Körpers und dem Nachlassen des Geistes schließen kann, bot er den Anblick eines Menschen, der sich bester Gesundheit erfreut.

»Du kommst wegen der Neuen«, sagte Alusine Dunbar, bevor Garbage noch ein Wort sagen konnte.

»Woher wissen Sie, was ich denke?« fragte Garbage.

»Weil es etwas Schreckliches sein muß, das dich beunruhigt. Aber mach dir keine Gedanken. Daß sie kommen würden, ward schon vor langer Zeit vorhergesagt.«

Garbage verstaute das Gesagte in einem Winkel seines Gedächtnisses, um es später wieder hervorzuholen und sich seine Bedeutung zu erschließen. Er war noch zu sehr von den Einzelheiten der Offenbarungen des Nubiers beeindruckt, um sich von der Glaubwürdigkeit einer einzigen Erklärungsmöglichkeit verführen zu lassen. Die Blüte seines Geistes benötigte, nun, da sie der Sonne Alusine Dunbars ausgesetzt war, viele Seiten der Erleuchtung, um auf dem sturmdurchtosten Weg zum Wissen seine Fühler ausstrecken zu können. Sein Vater blieb ihm Vorbild, doch in dem alten Mann da vor ihm tat sich Garbage die Möglichkeit auf, jenen Feuerring zu überspringen, hinter dem sein Vater verschwunden war, und dadurch erwachsen zu werden.

So kam er also oft in dieses Haus. Meistens morgens, wenn Alusine Dunbar sein Feuer entfachte, vor dem er mit untergeschlagenen Beinen saß und in Trance versank. Er hörte dem Alten zu, wenn diesem durch die furchtgebietende Macht seiner erleuchtenden Hoden die Zukunft offenbar wurde, in der Malagueta sich in eine verwundete Ricke verwandelte und die Raubvögel wie heimtückische Hyänen in die Stadt einfielen und die Brandbomben der neuen Ausländer sie zur Strecke brachten.

»Es tut mir leid um deine Generation«, sagte der Alte, »weil ihr hier derartige Veränderungen durchmachen werdet, daß nichts von der Erinnerung an Fatmatta, die Vogelfrau, übrigbleibt.«

»Wer war sie?« fragte Garbage.

»Das war vor deiner Zeit, mein Sohn, als die Welt noch tausendmal gesünder war als jetzt und ein Mann seinen Kindern etwas von den einfachen Dingen des Lebens beibringen konnte.«

»Haben Sie Kinder?«

Alusine Dunbar ging dieser Frage aus dem Weg, doch versprach er Garbage, er würde ihm eines Tages vom Stein der Weisen erzählen, von der Achtlosigkeit, durch die alles Gute im Leben verlorenging, vom unberechenbaren Wesen des Menschen und der Sinnlosigkeit, Reichtum anzuhäufen.

»Du mußt, weil du deinen Vater verloren hast, aufpassen, daß du nicht Opfer der Habgier wirst, daß du dich nicht von der Notwendigkeit beherrschen läßt, in der Öffentlichkeit als harter, liebloser Mann aufzutreten.«

Als er sich sicher war, daß er Garbages Aufmerksamkeit geweckt hatte, erklärte er ihm, um wieviel besser es war, sich dafür zu interessieren, daß auch andere Leute glücklich wären und nicht nur man selbst. Er zog ihn damit auf, daß er seine Mutter so oft und so lange allein ließ, während er auszog, die »Faszination der Jugend« zu suchen. Doch dagegen sei nichts einzuwenden, meinte Alusine Dunbar, weil Garbage mit einem glorreichen Mal gezeichnet wäre, das ihn von der Unterordnung unter die Eltern befreie. Damit stand es dem Jungen frei umherzuziehen, wie er selbst auch die Meridiane von Leben und Tod gequert hatte, um bei der Drehung des Rades der Geschichte zugegen zu sein, die in Malagueta ihren Anfang nehmen sollte. Er sagte Garbage, er hoffe darauf, wiederzukommen, wenn ihm danach sei. Dann berührte er Garbage an der Schulter, und den Jungen umschloß die Atmosphäre der Erkenntnis. Ihm fiel die Stimme ein, die ihn manchmal im Schlaf gequält hatte. In dieser Nacht schlief er friedlich. In seinem Traum wachte ein Mann mit dem himmlischen Gesicht eines Engels über ihn, sagte ihm, wie traurig er sei, daß er nicht da wäre, um ihn heranwachsen zu sehen. Doch, so verkündete ihm der Engel, trotz der einander entgegengesetzten Reisen, auf denen sie sich befänden, sei er glücklich, denn das Feuer, das eine Ader in seinem Körper gesprengt hätte, habe seine Hände und Füße nicht zerstören können, und es stünde ihm frei, zu kommen und zu gehen.

Es war das erste Mal, daß Garbage überhaupt träumte. Am nächsten Morgen erzählte er Isatu Martins davon, während er beim Frühstück mit Melasse gesüßten Pfannkuchen saß.

»Er iss«, meinte sie. »Das is dein Vater, und er wird sich wohl auf de ganzn Welt rumtreibn, bis er siebzig is und wir wieder von ihm hörn.«

Gustavius Martins war mit fünfzig gestorben, erinnerte sie sich.

Garbage wußte nicht, daß jemand seiner Mutter erzählt hatte, er hätte Gustavius Martins an einer Flußmündung nicht weit von Malagueta entfernt, dort, wo die Wasser friedvoll waren, stehen sehen, die Pfeife im Mund. Seit dem Tag seiner Beerdigung schlug die Standuhr im Wohnzimmer vierundzwanzigmal anstatt zwölfmal – und das war die Stunde, zu der sie den Sarg geschlossen hatten und es ihr allein aufgefallen war, daß er die Augen aufschlug und wieder schloß, als wollte er noch einen letzten Blick auf die Bewohner des Hauses werfen –, hatte sich eine geheimnisvolle Aura auf das Haus gesenkt. Und als sollte diese noch verstärkt werden, erschien Gustavius Martins eines Nachts seiner Frau, die gerade das härene Witwengewand überstreifte, das sie seit seinem Tode trug. Sie glitt in die Traumwelt ihrer beider Vergangenheit, und er sagte ihr, wie hoch er es ihr anrechne, daß sie die Erinnerung an ihn am Leben hielt, daß sie sich so zärtlich um die wachsenden Schmerzen des Erwachsenwerdens bei Garbage kümmerte, daß sie beharrlich und bestimmt alle Vorstöße der Soldaten aus der Armee des Captain zurückgewiesen hatte, die ihr Haus frisch streichen wollten, und daß sie so peinlich genau alle Einzelheiten über die Dinge gesammelt hatte, die er in Malagueta einst schuf. Zu ihrem Erstaunen erklärte er ihr aber, daß das Witwendasein kein Hindernis darstellen dürfe, glücklich zu sein, kein erstickender Schmuck ihres Lebens. Er meinte, sie wäre doch noch eine hübsche Frau, eine gute Frau, die sich nicht der schädlichen Umarmung des Martyriums ergeben dürfte.

»Leg de Trauerkleider ab, und fang wieder an zu lebn«, riet er ihr.

Denn es sei wider die Natur, die Kruste des Todes in der frischen Hefe des Lebens aufgehen zu lassen. Zu der Einsicht gekommen, daß nur er seine Frau davon überzeugen konnte, daß die Last, nur für ihn leben zu wollen, keine Strafe war, die sie mit sich ins Grab nehmen sollte, bat Gustavius Martins sie, die härene Rüstung der Witwen abzutun, etwas Make-up aufzulegen und ihr Herz der Möglichkeit zu öffnen, für sich und für jemand anderen als ihn zu leben.

Es war das erste und einzige Mal, daß Isatu Martins von ihrem Mann träumte. Als sie den Schock überwunden hatte, den sowohl sein Besuch als auch die heilende Wirkung seiner Worte bei ihr ausgelöst hatten, blieb sie länger als gewöhnlich im Bett. Sie weinte vor Freude, diesen Mann gekannt zu haben, und über die Klugheit seines Geistes. Unter ihren Tränen hörte sie nicht, daß Garbage ins Zimmer kam, doch fühlte sie, wie die Chrysanthemen seiner Liebe sich in einem Fächer strahlender Farben über sie breiteten.

»Warum weinst du?« wollte er wissen.

»Keine Sorge, mein Sohn. Deine Mutter is glücklich, und ich weiß, daß auch du mal glücklich werdn wirst. Aber laß uns für Malagueta betn.«

*

Malagueta veränderte sich mit unheimlich anmutender Geschwindigkeit. Die Pläne für die Entwicklung der Stadt, die Captain Hammerstone aufgestellt hatte, wurden von seinen neuen Mitarbeitern bereitwillig akzeptiert. Zwar erlaubte er auch, daß seine Leute auch gegenteilige Meinungen zur Sprache brachten, allerdings erst, nachdem er sich selbst zum Gouverneur erklärt hatte. In ihren Vorschlägen baten seine Leute ihn um Verständnis und versuchten, ihn davon zu überzeugen, daß die schwierige Aufgabe, diesem Teil der Welt den Fortschritt Britanniens zu bringen, einer Mischung aus den Fertigkeiten und Erfahrungen vorangegangener Unternehmungen ähnlicher Art bedürfe. Sie sprachen davon, daß es dringend erforderlich sei, weiteren Lebensraum zu erschließen.

»Wir müssen vorausschauend denken, Captain, an die Zeit, in der der Handel blühen wird.«

Sie überraschten ihn mit der wunderbaren Aussicht, den Landbesitz Malaguetas von der Guinea-Küste bis hin zu den Ausläufern der Wüste auszudehnen. Für die Verwirklichung dieses Vorhabens hatten die Kaufleute in Liverpool, die Börsenmakler in London und sogar die Kirche jeweils einhundert englische Pfund in Aussicht gestellt. Zu guter Letzt ließ sich der Captain überreden, und die englischen Landvermesser machten sich an die Arbeit.

Jeanette Cromantine, die ein paar Gewürze einkaufen wollte, mußte sich beherrschen, dem jungen Wachmann, der ihr verbot, dort langzugehen, wo einer der Landvermesser seinen magnetischen Kompaß einrichtete, nicht eine Ohrfeige zu verpassen. Sie beschimpfte den Schwarzen, wünschte ihm, daß seine Kinder und selbst die Ungeborenen ihn dafür verfluchten, an dem Tag, da Malagueta zum Gewinn derjenigen vermessen wurde, die bei seiner Erbauung keinen Finger gerührt hatten, dabei gewesen zu sein. Doch wo immer sie hinschaute, schien es ihr, als drehte sich die Welt um sie, denn die

Engländer traten in einer derart großen Zahl auf, wie sie sie seit jenem fernen, längst ausgelöschten Tag, da sie und Sebastian in den feuchten Niederungen Englands die letzten Feuer des Exils gelöscht hatten, nie wieder gesehen hatte.

Im Verlauf der nächsten zwei Jahre wurde Malagueta vom besessenen Graben und Schaufeln der Landvermesser und deren Hilfsarbeiter erschüttert. Sie vermaßen das Volumen des Erdbodens, um herauszufinden, ob er stark genug sei, die Fundamente für die Errichtung eines riesigen Verwaltungsgebäudes zu tragen. Unter dem Schutz von Captain Hammerstones Söldnern störten sie um zwei Uhr die Nachmittagsruhe der Toten und marschierten über den Friedhof. Sie verwandelten die Straße des friedvollen Heiligtums der Jungfrauen in ein Wasserreservoir und versuchten, das erforderliche Fassungsvermögen eines Rückhaltebeckens zu bestimmen. Um einen genauen Überblick über die Weite des Landes zu erhalten, montierten sie gegen den lebhaften Protest des Küsters, der gerade in der Sakristei neben dem Glockenturm eingedöst war, einen Nonius auf das Dach der Kirche in der George Street.

Seit dem Krieg wurde Malagueta von einer Welle des Wahnsinns heimgesucht. Ganz allmählich zunächst, drang der Wahnsinn in die Häuser derjenigen ein, deren Söhne vom Skorpion des Bedauerns gestochen worden waren, nicht an der Seite Thomas Bookermans gekämpft zu haben. Nicht einmal die wiederholte Versicherung der Eltern, Bookerman sei ein Bandit, an den man am besten keinen einzigen Gedanken verschwende, konnte sie davon abhalten, hinaus auf die Straße zu rennen, sich die Kleider vom Leibe zu reißen und in aller Öffentlichkeit auf die Straße zu urinieren. Der Wahnsinn schlug mitten in eine Dinnerparty ein, als eine Frau, weil ihr schlechtes Gewissen sie wie mit Nadeln stach, nicht mehr mit dem Geständnis hinter dem Berg halten konnte, sie habe mit dem Verkauf von Konterbande, die sie von den Truppen des Captain erhalten hatte und an ihre malaguetanischen Mitbürger weiterverhökerte, riesigen Profit gemacht. Manchmal schlug der Wahnsinn völlig unvermittelt zu. Mit seinen Opfern verfuhr er erbarmungslos. Eines Abends kam es an der Ecke von February Street und George Street zu einem Menschenauflauf, weil ein wahnsinniges Paar, gerade in dem Augenblick, da die Landvermesser in diesen Stadtteil kamen, um die Genauigkeit ihrer Berechnungen für die Errichtung eines Theaters zu überprüfen, sich dort vor aller Augen auf dem Erdboden liebte. Aus Wut, daß ihr Liebesakt gestört wurde, ging das paradiesische Pärchen gegen die vier Soldaten an, derer es bedurfte, sie auseinanderzubringen. Nachdem man sie in Ketten gelegt und abgeführt hatte, gaben die Landvermesser ihre Pläne für das Theater auf – mit der Begründung, die Einwohner Malaguetas hätten ausreichend Freude an Freiluftdarbietungen und sollten deshalb ihre Gewohnheiten nicht ändern. Statt dessen markierten sie an der Stelle, an der sie Zeugen des Liebesaktes geworden waren, den Grundriß einer Irrenanstalt, um eine Wiederholung solcher Zwischenfälle soweit wie möglich einzuschränken.

Doch bald schon begannen die erbarmungslose Hitze wie die Einsamkeit der mit der unergründlichen Wahnvorstellung von Zivilisation verbrachten Tage unter den Seeleuten ihre Opfer zu fordern. Manch einer ließ sich einen Bart stehen, um seine molchgleiche Haut vor der Sonne zu schützen. Andere schrieben wieder und wieder Briefe, dic sie aber niemals an ihre Mütter, Frauen und Freundinnen abschickten, die in den furchtgeschlagenen Niederungen Englands auf Nachricht von ihren Männern warteten. Hatten sich die Männer erst einmal an das tägliche Einerlei ihrer Arbeit gewöhnt, entfalteten sich langsam all die unvorhersehbaren Folgen eines Lebens an diesem »dunklen Ort«, quälten sie und führten bei einigen dazu, daß sie nunmehr mit verminderter Entschlossenheit darangingen, Malagueta für die Königin von England zu erobern. Bei dem Gedanken an den versiegenden Rhythmus ihres Lebens verloren sie an Gewicht und wurden, vor allem in den schutzlosen Augenblicken, von denen sie wußten, daß sie ermordet werden könnten, Opfer schwindelerregender Schlaflosigkeit. Sie dachten, es sei ganz natürlich und verständlich, daß die Malaguetaer sie haßten wie die Pest und deshalb vielleicht von irgendwoher das Schwert Excalibur hervorholten, um sie in ihren Betten umzubringen.

Um Sabotageakte zu verhindern, ließ Captain Hammerstone die Baustellen von einem Teil seiner Truppen bewachen. Während die Landvermesser und deren Hilfskräfte schwer arbeiteten, um ihre Steine und Ziegel vor der längst fälligen Regenzeit an Ort und Stelle zu befördern, während dreihundert Arbeitskräfte, die der Captain rekrutiert hatte, einige alte Häuser abrissen, damit neue gebaut werden könnten, und während sogar ein paar Grabsteine auf dem Friedhof, an denen die Vernachlässigung seitens der Familien der Verstorbenen ihre Spuren hinterlassen hatte, aus dem Weg geräumt wurden (was dazu führte, daß die Toten anfingen zu murren und zu rumoren und, sobald sie an einem anderen Ort zur Ruhe gebettet worden waren, bitterlich klagten, daß einer dieser falschen Stadtplaner ihr Wohnzimmer zerstört hätte), andere, ebenso ehrgeizige Männer, ihre Vorstellungen mit einem Heißhunger in die Tat umsetzten, als triebe sie die Sehnsucht nach einem Martyrium voran.

Aus einer solchen Entschlossenheit heraus und getragen von dem Gefühl einer Berufung, die selbst die starrköpfigsten Malaguetaer bewundert hätten, wurde eine große Apotheke gebaut, in ausreichendem Maße mit Arzneimitteln ausgestattet, um die vielen Krankheiten zu heilen, die zu jener Zeit in der Stadt ausbrachen. Nachdem sie die Einwohner davon überzeugt hatten, daß der Preis für eine Behandlung in der Apotheke nicht zu hoch war und die meisten es sich leisten konnten, sahen sich die beiden weißen Ärzte, die die Apotheke betrieben, bald jeden Morgen einer Menge Kranker gegenüber, die sich lange vor der Öffnungszeit vor ihrer Tür versammelte. Einer der beiden Ärzte hieß Dr. Patrick Smith. Er kam aus London und hatte sich in den ersten sechs Monaten kaum Zeit genommen, sich nach den Freizeitmöglichkeiten der Stadt umzusehen. Er war von Natur und Temperament her ein stiller Mensch. Man hatte sich dafür entschieden, ihn nach Malagueta zu senden, nachdem man aufmerksam geworden war auf seine Langzeitstudie über den Zustand der menschlichen Rasse aus der Sicht der elenden Bedingungen, unter denen viele Menschen in den Mietskasernen Londons litten, wo er sich durch Armeen riesiger Ratten, Bettler und zur Prostitution gezwungene Kindern seinen Weg hatte bahnen müssen. Da er kaum etwas gegen die Willkürherrschaft der Vermieter und Geldspekulanten tun konnte, die aus dem Elend der Arbeiterklasse ihren Gewinn schlugen, hatte er ursprünglich vorgehabt, sich der Kolonialarmee anzuschließen und nach Bombay zu gehen, doch hatten ihn Geschichten über die Aussicht, in Malagueta neue Krankheiten und Heilmethoden entdecken zu können, dazu gebracht, hierherzukommen. Im Gegensatz zu vielen anderen wartete in London niemand auf ihn. Dadurch fühlte er sich unbelastet von der Bürde der Geschichte und dem kriegslüsternen Rhythmus der Hurrapatrioten. Für Dr. Smith stellte Malagueta kein Schlachtfeld dar, auf dem er seine Überlegenheit über minderwertige Rassen unter Beweis stellen konnte. Für ihn war es ein Ort, an dem er womöglich das Quotidianfieber entdecken konnte, das Männer wie Frauen erschauern ließ, weil sie dabei an den Tod dachten. Andere wieder gründeten neue Schulen oder arbeiteten in Richard Farmers Schule mit, die den Status einer Lehranstalt für künftige Priester und Lehrer zuerkannt bekommen hatte.

Dennoch blieb es dem Verhalten der Engländer vorbehalten, eine beträchtliche Zahl der Einwohner Malaguetas gegen sich aufzubringen. Sie errichteten auf dem unbebauten Gelände, zu dem die Menschen in den ersten Jahren der Ansiedlung geströmt waren, um Orlando und Septimus Blackstone zuzuschauen, die vor ihrem Verschwinden mit ihren akrobatischen Zauberkunststücken eine ganze Menge Geld verdient hatten, ein großes Clubhaus, das sie mit einer einen Fuß starken, steinernen Mauer umgaben und am Eingang mit einem schweren Eisentor versahen. Mit Fleiß und Liebe rangen sie dem in diesem Viertel sehr steinigen Boden einen wunderschönen Garten ab und verfügten damit bald über einen Hort der Zuflucht, in dem sich ein Hauch des Landes verspüren ließ, das ihnen zunehmend fehlte, in den sie sich zurückziehen und von den Einwohnern Malaguetas absondern konnten. Eines Morgens befestigten sie ein großes Schild am Tor, genau wie es zu früherer Zeit einmal die Jungfrauen getan hatten. Nur stieß die Inschrift diesmal auf Widerspruch:

»Afrikanern und Hunden Zutritt verboten«.

Die Beleidigung wurde nicht lange hingenommen. Nur eine Woche später warf jemand den blutigen Kopf eines großen, weißen Hundes auf das Grundstück. Daran war ein Zettel mit folgendem Hinweis befestigt:

»Wir ziehn Engländern und Hundn de Haut ab. Seid also auf de Hut!«

Das Schild am Tor verschwand sehr schnell, doch wurde das Zutrittsverbot für Afrikaner und Hunde stillschweigend aufrechterhalten, bis viele Jahre später das Clubhaus bei einem gewaltsamen Aufstand niederbrannte.

Wenn die Einwohner Malaguetas in diesem Jahr auf Regenfälle gehofft hatten, die die Eindringlinge und ihre Bestrebungen davonschwemmen würden, dann blieben ihre Träume verdorrte Ohren des Korns, ausgetrocknete Blattzungen, die sogar die Ziegen verschmähten. Flüsse und Bäche trockneten unter der gnadenlos dörrenden Sonne aus, die Krokodile kamen an Land, um sich im Schatten der Mangroven vor der Hitze zu verbergen. Die Morgen verschwanden in den Wolken windigen Staubs, vom Harmattan herangetragen, der sich in den Nächten zudem noch kalt in die Glieder der ohnehin schon frierenden Engländer grub. Diese staunten, daß man hier in den unterentwickelten Gegenden auch frieren konnte, und sehnten sich nach Feuerstätten, die sie beim Bau ihrer neuen Behausungen auf den Hügeln und beim Bau des Clubhauses anzulegen vergessen hatten.

Als man Sebastian Cromantine, der seit fast zwei Jahren sein Haus nicht mehr verlassen hatte, erzählte, was in der Stadt vor sich ging, veränderte er nicht einmal seine Haltung im Stuhl auf der Veranda. Für die Zukunft Malaguetas gab er folgende Vorhersage von sich:

»De englischn Ziegn könn'n jetz verschlingn, was sie wolln«, sagte er, »aber, merkt euch, was ich sag, später kriegn sie nen fürchterlichn Durchfall, auch wenn ich das vielleicht nicht mehr erleb.«

Er widmete sich den Zukunftsaussichten der Stadt zum letztenmal. Während er auf der geranienumrankten Veranda saß, ein sabbernder Greis, der unter den Aussetzern des Altersschwachsinns litt, nahm die Welt ihren Lauf, ohne daß es ihn bekümmerte. Eidechsen krabbelten ihm die Hosen hoch, weil sie seine Beine für Rebstöcke hielten, und erst wenn ihre kaltblütigen Zungen seine Finger leckten, wurde er ihrer gewahr. Jeden Tag stellte er Jeanette Cromantine, weil er sich des untröstlichen Kummers im Herzen anderer Menschen nicht mehr bewußt war, dieselben Fragen. Jeden Tag erhielt er dieselben Antworten. Mit Ausnahme eines einzigen Gedankens, den an den eigensinnigen Sohn, der verschwunden war, verriegelte er die Schotten seines Geistes und sank Tag für Tag in einen befriedigten Schlaf.

Nachdem die Regenfälle drei lange Jahre ausgeblieben waren, entlud sich der trockene, staubige Atem des Harmattan mitten in einer Märznacht mit schrecklichen Donnerschlag. Jeanette Cromantine saß zusammen mit Louisa Turner im Wohnzimmer und strickte an einem

Paar Kaschmirsocken, als sie die ersten Geräusche des drohend heraufziehenden Sturms vernahm.

»Also kommts wieder«, meinte die alte Frau zu ihrer Schwiegertochter.

»Was denn?« fragte die junge Frau.

»Das is de Schwester des Wirbelsturms, de de erste Siedlung zerstört hat, de wir erbaut hattn, bevor du hierhergekommn bist. Ich weißs.«

Noch einmal durchlebte sie die fürchterlichen Augenblicke, da der Wind des Unglücks durch ihr Haus getobt war und die Wahnvorstellungen von Größe und Ruhm zunichte gemacht hatte, mit der die Väter und Mütter der ersten Siedlung die Erde zu einer Zeit gegen sich aufgebracht hatten, da sie noch nicht auf ihre Ankunft vorbereitet war, und sie zudem noch nicht den Limerick kannten, mit dem man die Regenfälle zurückhalten konnte. Jeanette Cromantine und Louisa mußten sich mit aller Kraft schinden, um die schwere Kommode hinter der Haustür in Verteidigungsposition zu bringen. Später fanden sie Emmanuel Cromantines Zimmermannswerkzeug und vernagelten die Fenster, während draußen der Wind zu unheilvollem Tosen anschwoll.

Captain Hammerstone war gerade dabei, in einem Raum der Garnison eine Frau zu beschlafen, die sich mit der Bitte an ihn gewandt hatte, ihr zu helfen, daß ihr Sohn zur Ausbildung nach England gehen könne, als die ersten Anzeichen des Sturms seine Konzentration störten. Zum erstenmal seit seiner Ankunft in Malagueta hatte er eine Frau gefunden, die ihn das Zwölffingerdarmgeschwür vergessen ließ, das er sich aufgrund der rasenden Geschwindigkeit, mit der er das Land verändern wollte, zugezogen hatte. Die ausgeschmückten Einzelheiten seiner Reisen und Abenteuer, die sie in seinen Bann gezogen hatten, wenn sie mit ihm ins Bett gingen, nachdem er ihre Herzen mit den Geschichten über die Inseln gewonnen hatte, zu denen er gesegelt war, Mütter des Minotaurus, deren güldene Körper sich unter ihm wanden – diese formvollendete, ausgeklügelte Sprache, mit der er andere Frauen verführt hatte, stand ihm nach einer so langen frauenlosen Zeit nicht mehr zur Verfügung. Jetzt glich sein Lieben einem mechanischen Akt, ähnelte dem Kartographieren eines Landes, das zwar etwas Interesse, aber kaum Zuneigung und Hingabe erforderte. Er war kurz davor, sich der Pein zu entledigen, die er schon so lange Zeit zwischen den Beinen trug, als ein Vogel gegen das Fenster krachte und ihn aufstörte. Da er jedoch ein Mann war, der nichts davon hielt, die Dinge nur zur Hälfte zu erledigen, beendete er zunächst den Geschlechtsakt, bevor er seine Aufmerksamkeit der Unordnung zuwandte, die draußen vor seinem Fenster tobte. Er öffnete das Fenster, und es blieb ihm kaum genügend Zeit, der Wucht des Windes und der Lawine sterbender Vögel, die in sein Zimmer geweht wurde, auszuweichen.

In dieser Nacht starben fünfhundert Fliegenschnäpper, die von dem wütenden Sturm, der dem nahenden Regen voranging, aus ihren Bäumen gerissen wurden. Die Straßen und Gossen Malaguetas verwandelten sich in reißende Bäche und trugen die Kadaver verendeter Tiere mit sich fort, deren Zahl die der glücklosen Vögel noch überstieg. Sebastian Cromantine, der fast schon in die Welt des Unbewußten geglitten war, wurde aus der Schwäche seines Alters herausgerissen und fühlte sich durch die widerspenstigen Klagen des Windes noch einmal im Born der Jugend gebadet. Er strengte seine nutzlos gewordenen Augen an, um nachzusehen, ob Kaffeesträucher entwurzelt worden waren, ging von Zimmer zu Zimmer und schaute in alle Ecken und Winkel, um sicher zu gehen, daß nicht etwa eine Schlange auf der Suche nach Schutz vor dem Regen ins Haus gekrochen war. Aus dem Bedürfnis heraus, zu beweisen, daß er noch nicht völlig nutzlos war, bot er an, hinauszugehen und nachzusehen, ob die Hühner sicher eingesperrt und die Ziegen und Schafe behütet im Keller untergebracht waren. Jeanette Cromantine war entsetzt.

»Du alter Narr«, schrie sie ihn an. »Du bist kein junger Kerl mehr! De Wind wird dich zerfetzn.«

Der Regen trommelte mit der gnadenlosen Wucht seiner Verspätung auf die Häuser. Die Cromantines schauten aus dem Fenster ihres Wohnzimmers und sahen, wie die durchnäßten Geier wie lose Blätter von den Bäumen gefegt wurden. Unter den Fundamenten ihres Hauses wütete ein Quell und weitete sich zum Sturzbach aus. Die Dächer einiger Häuser, die in Windrichtung standen, wurden davongeweht unter dem hilflosen Protest ihrer reichen Besitzer, die furchtgeplagt munter geblieben waren und deren Schlafanzughosen vom Fett an ihren Beinen in Falten gelegt wurden.

Garbage wartete darauf, daß der Regen etwas nachließ, damit er zu dem verfallenen Haus hinuntergehen könnte, um nachzuschauen, ob Alusine Dunbar da war. Seit Beginn der Regenfälle war bereits eine Woche vergangen, und er wollte am Morgen losgehen. Isatu Martins ließ jedoch nicht mit sich reden. Sie hatte die Türschlösser verriegelt, jede Nacht in einem Gefäß Weihrauch abgebrannt, um die bösen Geister zu vertreiben, denen sie zutraute, daß sie den Regen ausnutzten, um in ihr Haus einzudringen. Und sie hatte sogar gebetet – was sie nur selten tat –, daß die scharfen Klingen des Regens den Mandelbaum unversehrt ließen, unter dem sie die heißen Nachmittage verbrachte und mit einer jüngst erworbenen Brille den ersten Band der Geschichte Malaguetas von Thomas Bookerman las, den Richard Farmer für die Schule hatte drucken lassen.

Doch sie vermochte ihren Sohn nicht zu Hause zu halten. Ihn quälte nicht nur die Schwermut, die über dem stillen Haus lastete, sondern auch das Gewürm der Rebellion, das seinem jungen Körper die Zeit schwer werden ließ, die er während der Dauer des Regens im Haus verbringen mußte. Außerdem hatten die Feuer, die ihm durch die Adern tobten, seit er den alten Vagabunden kennengelernt hatte, ihn gegen Stürme und tosende Wasser furchtlos und unempfindlich werden lassen. Zumal ein paar Kinder schon wieder unbedacht und sorglos auf die Straße liefen und ungeachtet des elterlichen Flehens in den grauen Morgen der Regenzeit draußen spielten.

Als es ihm gelang, aus dem Haus zu fliehen, sah sich Garbage einem reißend strömenden Friedhof verendeter Tiere auf dem Weg zu ihrer letzten Ruhestätte im Meer gegenüber. Er watete durch die gefährlich schlüpfrigen Straßen, hielt sich an großen Baumstämmen fest und ließ sich meerwärts treiben, bis er gegen einen im Schlamm steckengebliebenen Wagen geschleudert wurde. Mit einer für einen so jungen Menschen ungewöhnlichen Kraft klammerte er sich an dem Wagen fest. Die Wasser tosten vorbei, und erst eine Stunde später gelang es ihm, sich aus der heimtückischen Umklammerung der Fluten zu befreien und zu dem Haus zu gelangen, das wie durch ein Wunder die Verwüstungen der vergangenen Woche überstanden hatte.

»Ich wußte, daß du kommst«, sagte Alusine Dunbar, als Garbage den Raum betrat, in dem der Alte vor einem Feuer hockte, als ob seine alten Knochen in dieser Feuchtigkeit besonderer Pflege bedürften. Er saß da wie ein Buddha, betätigte den Blasebalg, der die Flammen nährte, die sich aus der in einem Schmiedeofen brennenden Holzkohle erhoben. Garbage hatte so etwas noch nie gesehen und war sprachlos.

»Du kommst gerade rechtzeitig, um zuzuschauen, wie ich für einen Prinzen, der hier eintreffen wird, sobald der Regen aufgehört hat, einen Ring fertige«, sagte Alusine Dunbar.

Vom Zauber der tanzenden Flammen gefesselt, vergaß Garbage völlig den draußen niedergehenden Regen. Wie festgenagelt stand er da und sah zu, wie der Goldbarren in goldenen und roten Blasen zu Leben erwachte und die tanzenden Schlangen aus Rauch sich über das Haupt des Magiers erhoben, der den ziegenledernen Blasebalg bearbeitete, der manchmal so groß aussah wie seine Hoden, die er unter sich gepreßt hatte.

»Was tun Sie da?« fragte der faszinierte Knabe.

»Ah, du willst es also wissen, genau wie der Goldhändler vor fast einhundertfünfzig Jahren – nur daß er ein Goldräuber war, kein Schöpfer. Das Alter verändert alles, Garbage, und deshalb tun wir, was der Ablauf der Zeiten von uns verlangt. Bald wird in Malagueta ein Zeitalter zu Ende gehen, ein neues wird seinen Anfang nehmen, eine neue Herrschaft anheben, eine ehrlose zwar, aber mit Verzierungen der Falschheit geschmückt, die die Toten in ihren Gräber schaudern lassen wird. Darum müssen wir uns von den alten Zeiten verabschieden, indem wir der alten Macht diesen Ring überreichen.«

Garbage war es zufrieden, daß sich sein alter Freund in Sicherheit befand, und verweilte einen Augenblick in dem neuen Königreich, in dem die Sprache des Goldes geformt wurde. Wer dieser Prinz war, spielte keine Rolle, wenngleich er für Alusine Dunbar von Bedeutung zu sein schien, da er ihn der feierlichen Auszeichnung für würdig befand, für die – dessen war er sich ganz sicher – der Ring nur ein äußeres Zeichen darstellte. Hätte er seinem jugendlichen Geist auf einer Reise in das Territorium der Entdeckungen trauen können, dann hätte Garbage den alten Mann nach Einzelheiten über den Prinzen gefragt: Wie alt er war, und woher er kam. Aber er war davon überzeugt, daß Fragen den Alten nur langweilten, obgleich er es immer lobend zur Kenntnis genommen hatte, wenn der Junge den Wunsch äußerte, zu lernen und mehr zu erfahren. Also begnügte sich Garbage damit, im Dunstkreis des Goldschmieds zu bleiben, zu beobachten, wie der Rauch den Weisen in Aureolen gelben Lichts tauchte, und von seinem Vater Gustavius Martins zu träumen, als ob der im Reich des Prinzen herrschte.

Als er das geheimnisvolle Haus verließ, wurde Garbage in die aufgewühlte Lawine privater Unglücksfälle gespült, die aus den leidgeprüften Häusern hervorströmte, deren Besitzer nicht mit der Weitsicht gesegnet gewesen waren, sie fest genug zu bauen oder die nutzlos gewordenen Güter dem Regen aus dem Weg zu räumen. Manches driftete ins Meer hinaus und nahm die Legende beschädigter Arbeit mit sich, zerbrach Träume von Söhnen, nach dem Studium aus England zurückzukehren und den Besitz ihrer Väter zu übernehmen, die sich für die kürzlich angekommenen Engländer zu erwärmen begonnen hatten und um günstige Positionen in ihrer Verwaltung buhlten, für den Fall, daß ihre Söhne, diese neu geschaffenen Engländer, sich für die Aufnahme in ihre Dienste bewerben sollten. Der Regen hatte sich scheinbar ausgetobt und zog südwärts in Richtung des Meeres. Das eintönige Trommeln des Wassers in den Straßen kam Garbage jetzt weniger furchterregend vor als zu dem Zeitpunkt, da er das Haus seiner verzweifelten Mutter verlassen hatte. Er traf sie dabei an, wie sie Hunderte toter Regenfliegen wegfegte, die der Wind auf die Veranda geweht hatte. Die Hühner labten sich an den Ameisen, und auch die Ziegen waren wieder auf den Beinen und taten sich an den jungen Ranken gütlich, die vom Spalier auf die Veranda gefallen waren. Isatu Martins räusperte ihre besorgte Kehle und schimpfte mit ihrem Sohn, daß er in den Regen hinausgestürmt war.

»Du bist mir 'n schöner treusorgender Sohn«, klagte sie, »läßt deine Mutter hier allein im Haus. Um noch gar nicht davon zu redn, daß du dein Lebn aufs Spiel setzt. Du weißt doch, daß du nicht schwimmen kannst. Was wär denn gewesn, wenn das Wasser dich fortgerissn hätt?«

Naß bis auf die Haut, ging er nach drinnen und trocknete sich mit einem großen Handtuch ab. Er fühlte sich aber stark und warm, denn er war gegen Erkältungen und Fieber gefeit – Krankheiten, die sein Großvater aus dem Bananenhain für ihn in Bann hielt. Er aß ein klein wenig zu Abend, kroch ins Bett und wurde schnell von einem friedlichen Schlaf umfangen.

In dem verfallenen Haus hatte Alusine Dunbar den Ring für den Prinzen fertiggestellt und wollte gerade, nachdem er ihn mit der Gründlichkeit eines Handwerksmeisters untersucht hatte, in den Zustand tiefer, zukunftsschauender Trance verfallen, als er fühlte, wie seine bruchbeladenen Hoden heiß und heißer wurden. Lärmende Klingen schlugen in seinen Hoden Alarm, und das flackernde Licht, das von ihnen ausging, strahlte mit einer Leuchtkraft, die selbst den alten Weisen in Erstaunen versetzte. Er begriff, daß die tiefen Wasser seiner Weisheit noch tiefer wurden und die Offenbarung künftiger Dinge mehr von ihm erforderte als bloße Konzentration. Auf freiem Feld ging eine Herde wilder Büffel gegen einen einsamen Jäger vor, der sie schon seit langer Zeit verfolgt und gequält hatte, und im Fahrwasser rindlicher Raserei schoß eine Heuschreckenplage aus den Wolken herab. Da die Strahlen der erleuchtenden Hoden im dunklen Raum aufstiegen, erblickte Alusine Dunbar in den entfernten Winkeln des umliegenden Waldes, flankiert von einer schönen Frau und einem jungen Mann mit dem verhärmten Gesicht eines Dichters, an der Spitze einer Gruppe wohlbewaffneter Männer einen großen, einäugigen Mann. Im Harmattan einer anderen Zeitlast sah er den Staub, den diese Menschen aufwirbelten, als sie ihren Zug gen Malagueta begannen. Es war vier Uhr morgens, eine gute Zeit für die Wahrsagung durch das magische Spiegelglas seiner Kunst. Da die Kolonne vorrückte, richtete er seine Hoden so aus, daß ihr Licht die Männer schützte und an den schrecklichen Kaninchenfallen vorüberleitete, die es damals im Überfluß gab. Ein schwerer Schlag von Blitz und Donner erschütterte Malagueta und weckte Sebastian Cromantine aus dem Teilnahmslosigkeit seines hohen Alters. Zeit seines Lebens hatte er nicht zu Gott gefunden und nun, da sein Leben sich dem Ende zuneigte, überzeugte ihn die Abwesenheit seines Sohnes nur noch stärker davon, daß die Religion der blanke Hohn war und diejenigen, die auf Erlösung in einem anderen Leben hofften, sich auf ihren Geisteszustand hin untersuchen lassen sollten, und das, obwohl er sich vorstellen konnte, daß es dickköpfige Geister gab, die sich wie der Geist seines Vaters weigerten, sich in einem dauerhaften Leben einzurichten. Als er nun den fürchterlichen Kanonenschlag vernahm, kam er zu der einzig handfesten Schlußfolgerung, die er sich zu diesem Zeitpunkt vorstellen konnte.

»Das is de Elritzenzeit. Zeit, sie zu fangn, bevor de großn Fische sich über sie hermachn.«

Es fiel Alusine Dunbar leicht, in den wolkenverhangenen Bewegungen der Planeten das Ur-Abbild eines bedeutenden Ereignisses vorherzusehen. Schon oft war er in der Vergangenheit einfach dadurch, daß er sich vom Rhythmus seiner Séance davontragen ließ, vor Veränderungen in den verschiedensten Teilen der Welt, vor dem Niedergang einer Idee, gewarnt worden. Jetzt schaute er die wohlüberlegten Schritten der heranziehenden Truppe, hörte die schöne Frau, die neben dem einäugigen Mann einherschritt, ein Lied anstimmen, um den jungen Männern in der Gruppe Mut zu machen. Von Zeit zu Zeit mußte der Einäugige in einer Hängematte getragen werden, da er mittlerweile ein alter Krieger war und mit dem Schritt der jungen Männer nicht mehr mithalten konnte. Alusine Dunbar dachte darüber nach, wie glücklich sich dieser alte Mann schätzen konnte im Vergleich zu Sebastian Cromantine, war er doch noch immer dazu in der Lage, tagelang durch die fürchterliche Einöde der Fremde zu ziehen.

Die Einwohner Malaguetas erwachten gerade in den neuen Tag, als die Stadt von Gewehrfeuer widerhallte. Garbage erkannte als einer der ersten, daß es zwischen den Truppen des Captain und einer Invasionsarmee zur Schlacht gekommen war. Eilig schlang er sein Frühstück hinunter und rannte hinaus, dem Klang der Gewehre folgend. Bald darauf verlor er sich in einer großen Menschenmenge, die sich zum Ort des Kampfes in der January Street ihren Weg bahnte.

»De General iss und Emmanuel«, rief jemand.

Garbage ließ sich an den Rand drängen, sonst hätte die Menge ihn erdrückt, so sehr freute sie sich über diese Offenbarung.

Fast zehn Jahre waren seit dem Tag vergangen, da Thomas Bookerman, Phyllis Dundas und Emmanuel Cromantine nach ihrer Niederlage gegen die schwarzen Söldner des Captain ins Exil gegangen waren. Deshalb waren ihre Namen für viele Menschen, die jetzt die Straßen bevölkerten, nur wenig mehr als eine Legende aus der Geschichte der Stadt. Die ältesten Männer und Frauen wie Jeanette Cromantine und Isatu Martins hatten jedoch immer halsstarrig an der

Überzeugung festgehalten, daß die Vertriebenen eines Tages zurückkehren würden. Und so zogen sie, nachdem sie sich von der ersten Freude erholt hatten, wie die anderen auf die Straße, um das wütende Gefecht nicht zu versäumen .

Als sich Jeanette Cromantine endlich ihren Weg durch die Menge gebahnt hatte, wurde sie Zeugin, wie ihr Sohn einen Angriff auf das Irrenhaus anführte, das Captain Hammerstones Bauleute am Strand errichtet hatten. Stolz und Dankbarkeit erfüllten die mütterliche Zärtlichkeit ihres Herzens: Sie war stolz darauf, daß ihr Sohn die Erwartungen und Hoffnungen noch übertraf, die sie im innersten Herzen genährt hatte. Und sie war Gott dankbar dafür, daß er sie am Leben gelassen hatte und daß auch Sebastian Cromantine diesen Tag erleben durfte.

Obwohl er seine Männer nicht selbst in den Kampf führte, war Thomas Bookerman als uneingeschränkter Anführer der Heimkehrer allgegenwärtig. Alte Männer und Frauen, deren Lebenslicht fast verlöscht war, deren Köpfe kahl und Brüste flach geworden waren im Laufe der Jahre, die sich nun auf ihre Stöcke stützten, zufrieden, in den letzten Feuern eines ungebrochenen Widerstands zu sterben, begrüßten ihn im letzten Aufflackern des Wiedererkennens. Junge Männer und Frauen, mit der Milch seiner Legende gefüttert, stießen einander nach vorn, um einen Blick von ihm zu erhaschen, und sogar ein paar Engländer, die sich nicht an der Schlacht beteiligten, aber in den Rum-Cafés am Strand seinen Namen vernommen hatten, drängten vor, um sich Bookerman genauer anzusehen.

Thomas Bookerman war gealtert, doch noch immer leuchteten die strahlenden Feuer des Widerstands in seinen Augen, die vor vielen Jahren die Malaguetaer entfacht hatten, die Garnison anzugreifen. Nun, da der Kampf um die Kontrolle des Hafengeländes tobte, wurden die heimkehrenden Exilanten bei ihrem Angriff zwar von seinem Mut beflügelt. Doch sie trafen auf erbitterten Widerstand seitens der zahlenmäßig weit überlegenen Männer des Captain. Emmanuel Cromantine, den die Jahre des Exils gestählt hatten, war auf den Boden Malaguetas von dem Verlangen beseelt zurückgekehrt, den Captain für immer zu vertreiben und alle Spuren des englischen Einflusses auszulöschen. Im Exil hatten sie von Zeit zu Zeit Nachrichten über die Veränderungen erhalten, die in Malagueta vor sich gingen. Da war die Rede von der anbiedernden Haltung bei einigen führenden Einwohnern der Stadt, was die Besatzung betraf, von der Einführung von Gesetzen, die sein Volk unterdrückten, auch von den undurchdringlichen Selbstgesprächen seines Vaters und der Zerstörung vieler historischer Marksteine durch den Versuch der neuen Verwaltung, der Stadt den Stempel ihrer Herrschaft aufzudrücken.

Nach drei Tagen harter Auseinandersetzungen, in denen das Hafengelände mehrmals von einer Hand in die andere wechselte, gelang es den Heimkehrern, einen beträchtlichen Teil dieses Distrikts, der in den Jahren ihrer Abwesenheit größte Veränderungen durchlaufen hatte, unter ihre Kontrolle zu bringen. Thomas Bookerman und Phyllis gelangten wieder in den Besitz ihres alten Heims, das in all den Jahren der Besatzung nicht bewohnt gewesen war. Sobald sie die Spinnweben abgefegt, die zerbrochenen Fenster repariert und Zwiebelschalen verbrannt hatte, um die Schlangen zu vertreiben, gab Phyllis dem Haus etwas von seiner früheren Ruhe und Behaglichkeit zurück. Emmanuel Cromantine kommandierte zwölf seiner besten Männer zum Schutz des Hauses ab und ging, als er sicher war, daß seine Männer das Gebiet unter Kontrolle hatten, die wenigen Blöcke hinüber zum Haus in der January Street, um seine Familie wiederzusehen.

Auch wenn sich Jeanette und Louisa in all den Jahren des Leids diesen Tag in ihrer Phantasie wieder und wieder ausgemalt hatten, auf die in Emmanuel Cromantine vorgegangenen Veränderungen waren sie nicht vorbereitet. Früher hatten sie einen jungen Mann mit der feierlichen Würde eines Dichters und Forschers gekannt, jetzt trafen sie auf einen Mann, den der noch würdevollere Ernst des Kriegers auszeichnete. Er sah traurig aus, und in seinem Haar zeigten sich die ersten grauen Strähnen. Seine Augen erzählten von dem Schmerz, von der Stadt getrennt gewesen zu sein, in der er seine Jungmännerträume gepflegt hatte, von der endlos scheinenden Einsamkeit in der Fremde und der unbezwingbar lodernden Sehnsucht, wieder mit ihnen vereint zu sein. Auf sein plötzliches Erscheinen reagierte als erste Jeanette Cromantine. Mit dem Aufschrei:

»Mein Sohn, mein Sohn!«

warf sie sich ihm in die Arme, ihre Freudentränen mit dem Kopftuch trocknend.

»Wie hab ich dafür gebetet, daß Gott dich mir zurückbringt«, schluchzte sie. »Ich hab nie an seiner Gnade gezweifelt, schließlich bist du mein einziger, und er weiß, daßn Mutterherz nie ruht, bis es den Sohn nochmal gesehn hat. Und was fürn Mann aus dir gewordn is! Aber ich hab Angst um dich, mein Sohn, mit all deinem Kriegführn, und vor allem, weil Malagueta nicht mehr so is wie damals, als du fortgegangn bist. De neu'n Leute, de hergekommn sind, Weiße wie Schwarze, sind anders als wir. De interessiern sich bloß für sich selbs und ihre Kinder, aber nicht für de Stadt. Und was noch schlimmer is, de habn keine Achtung vor altn Leutn und fürchtn Gott nicht. Aber nun komm, du hast ne hübsche Tochter. Louisa hat sie geborn, als du weg warst. Und du hast deiner Mutter nicht mal gesagt, daß du Louisa liebst, als ob ich was gegn so ne gute Schwiegertochter gehabt hätt. Ich laß euch beidn 'n bißchn Zeit füreinander, bevor ich dich zu deinem Vater bring. De Mann schläft gerade, aber er hat de ganze Zeit auf dich gewartet, damit er dich noch mal sieht, bevor er stirbt.«

Als sie endlich miteinander allein waren, fielen Emmanuel und Louisa sich nicht gleich in die Arme. In all den Jahren hatte beide davon geträumt, was sie einander zu sagen gedächten, wenn sie sich wiederbegegneten, wie sie sich den stürmischen Feuern ihrer wiedergeborenen Liebe überlassen wollten, da doch ihre Liebe ein Kind hervorgebracht hatte. Doch die lange Trennung und die Tatsache, daß sie sich im Hause seiner Eltern gegenüberstanden, lähmte ihnen die Glieder. Louisa fühlte sich von einer schrecklichen Schüchternheit überwältigt, die an die Stelle ihrer unbändigen Leidenschaft getreten zu sein schien. Sie stand wie festgenagelt, hielt die kleine Fatmatta-Emilia an der Hand, während in ihrem Herzen eine große Kori-Trappe die Schwingen der Lust entfaltete. Mit beinahe zärtlicher Zurückhaltung berührte Emmanuel Cromantine die Wange der errötenden Frau, gab ihr einen zarten Kuß und nahm sie in die Arme. Endlich brachen in ihr alle Dämme, und sie vergaß das Haus, vergaß das Kind und das helle Licht im Wohnzimmer. Die verlorenen Jahre vergingen in den schmelzenden Feuern ihres Hungers, als sie ihm wieder und wieder das Gesicht küßte, ihm sagte, wie schrecklich einsam sie ohne ihn gewesen war, und daß sie gestorben wäre, wenn er nicht zurückgekommen wäre.

»Das Leben wäre nicht mehr lebenswert gewesen, nicht einmal wegen Fatmatta-Emilia.«

Jetzt hob sie das schüchterne Mädchen hoch, das von all der Aufregung um die Ankunft dieses hochgewachsenen, ernsten Mannes ganz verwirrt war.

»Sag deinem Daddy guten Tag«, wandte sich Louisa an das stumme Kind, als sie es Emmanuel Cromantine in die Arme gab. Damals war Fatmatta-Emilia neun Jahre alt und hatte schon Hunderte Male von diesem Manne gehört, der ihr Vater war, aber zusammen mit »andern gutn Daddies« weggegangen, weil die bösen Menschen sie haßten, der aber eines Tages zurückkommen würde. Nun, da sie auf seinen Armen saß, sah sie ihn mit der unbedingten und gnadenlosen Ehrlichkeit eines Kindes prüfend an, verzog das Gesicht, als er ihr mit seinem Bart über den Kopf strubbelte, und zauberte die ersten Anzeichen wirklicher Entspannung auf sein Gesicht, als sie ihren beißenden Kommentar abgab:

»Du stinkst.«

Der Geruch des langen Marsches auf Malagueta, da er und seine Männer eine Woche lang marschiert waren, ohne sich gründlich waschen zu können, auf einem feuchten Lager aus festgestampften Blättern geschlafen und wilde Heidelbeeren gegessen hatten, deren Duft ihnen noch anhaftete, war ihr in die Nase gestiegen.

»Da bade ich mal besser«, sagte er, »bevor meine Tochter noch denkt, ich sei irgendein wildes Tier. Aber zuerst schauen wir nach dem alten Mann.«

Sebastian Cromantine lag im letzten Zug seines Lebens, weit mehr gealtert als Malagueta, und Körper wie Geist waren so verknöchert, daß er Emmanuel nicht erkannte. Seit drei Tagen klammerte er sich an die goldene Uhr, die ihm Rodrigo, der Brasilianer, in jenem unvergeßlichen Jahr vor der Süßkartoffelpest geschenkt hatte. Er hielt die Uhr fest, als spielte die Zeit für ihn in dem unberechenbaren Stundenglas, in dem die letzten Sandkörner seines sterblichen Lebens verrannen, eine wesentliche Rolle. Emmanuel Cromantine und Louisa mußten ihn erst aufrichten und mit mehreren Kissen stützen, bevor seine Augen im Schimmer des Wiedererkennens aufleuchteten. Als er begriff, wer der hochgewachsene Mann da vor ihm war, hellte sich das Antlitz des alten Mannes mit den frischen Blüten der

Glückseligkeit auf. Mühsam formten seine Lippen die ersten Worte seit Tagen:

»De Herr is gekommn, nun kann de alte Baum hier zu Bodn gehn.«

Er zog Emmanuels Kopf zu sich herab, so daß der Kopf des jungen Mannes auf der ledernen Brust des Alten zu ruhen kam. Dann hängte er mit der gleichen sicheren Bewegung, mit der er die Grabsteine gehauen hatte, auf denen sein Wohlstand sich gründete, seinem Sohn die Kette mit der goldenen Uhr um den Hals, segnete seine Heimkehr, forderte ihn auf, mehr Kinder zu zeugen, weil, wie er meinte, »deine Mama und ich sicher bald gehn müssn«. Dann sank er in einen tiefen Schlaf.

Später, des Nachts, liebten sich Louisa und Emmanuel Cromantine zur Musik des seltsamen Geheuls der Hunde in der Nachbarschaft. Vom Glück überwältigt, Emmanuel in ihrem Bett zu haben, kannte Louisas Leidenschaft keine Grenzen. Diesmal war sie es, die auf dem kräftigen Tier seiner Männlichkeit ritt, stöhnte und alles aus sich herausschrie, weil sie so glücklich war, ihn wieder bei sich zu wissen, jetzt jedoch in der stillen Lagune einer reifen Frau, die ein Kind geboren hatte und wußte, wie man einen Mann fühlen läßt, daß er geliebt und begehrt wird, und nicht in der stürmischen See vergangener Zeiten. Als sie sich an ihm erschöpft hatte, rollte sie ihn über sich, damit sie ihn mit den sonnigen Blütenblättern ihrer Liebe umfangen konnte. Aus den Tiefen, in denen er das Bild ihres Antlitzes bewahrt hatte, seerosengleich auf den durchsichtigen Wassern seiner Liebe, bewegte er sich mit dem durchdringenden Rhythmus eines Mannes, der durch die Hölle gegangen war, die Schwelle zum Erwachsensein überschritten hatte und nun nicht nur fähig war, Verantwortung für die Männer zu übernehmen, die unter ihm Dienst taten, sondern sich auch dieser Frau nahen konnte, weil er sich sicher war, daß er sie auf immer und ewig lieben würde, in der stillen Art, in der er sie immer geliebt hatte.

Erst als sie von der Reise zur Wiederentdeckung der sinnlichen Linien und Bögen ihrer Körper ausruhten, fiel ihnen das seltsame Geheul der Hunde auf. Louisa, die viele Nächte erlebt hatte, in denen die Hunde jaulten und die Anwohner nicht schlafen ließen, dachte sich zunächst nichts weiter bei dem nächtlichen Konzert. Als es sich jedoch über eine Stunde hinzog, kam Louisa, die auch stärker als Emmanuel an Vorahnungen glaubte, zu dem Schluß, daß draußen etwas Seltsames vor sich gehen mußte.

»Dieses Geheul ist nicht normal, Emmanuel«, sagte sie. »Entweder kommt jemand Wichtiges, oder ein für die Stadt bedeutender Einwohner stirbt.«

Sebastian Cromantine zitterten die wie Maisstengel dünnen Beine, als seine Gedanken von der glücklichen Wiedervereinigung mit seinem Sohn zu der Zeit wanderten, da er zum letztenmal an seinen Vater gedacht hatte. Er sah vor sich, wie der alte Flüchtling ihm vor mehr als fünfundsiebzig Jahren erschienen war, als er in jenem anderen Land die Wasserkrüge und Glasballons schüttelte. Und er dachte an die bleiche Angst, die ihm damals in den Magen gefahren war, als er nicht verstehen konnte, daß die Anwesenheit des Alten in seiner Kate das Vorspiel zu den gewaltigen Veränderungen darstellte, die sein Leben ergreifen sollten. Am Himmel erschienen riesige, kahlköpfige Weißkopfgeier, und Sebastian Cromantine erschrak, weil er selbst in seinem Todeswahn ihre unterschiedlichen Gesichtszüge ausmachen konnte. Er sah, daß ein Geier kleiner war als die anderen und das Gesicht einer Frau aus einer lang vergangenen Zeit hatte, einer Frau, die er am Strand einer Stadt beerdigt hatte, als er und die anderen Trauernden sie mit dem Scharfsinn und der irdenen Schwere einer in den Plantagen geformten Sprache auf den Weg in eine neue Heimat sangen. Im Blick eines anderen Geiers erkannte er, daß er einen langen Weg zurückgelegt hatte, um zu ihm zu kommen, und daß er einen Süßkartoffeltopf im Schnabel hielt. Eine große Freude ließ ihm das Herz weit werden, als er die freundlichen Augen des letzten Geiers erkannte, der wie ein Mann aussah, dessen Herz einst von der Liebe zu einer scheuen einheimischen Frau namens Isatu verzehrt worden war und der einmal zu ihm gesagt hatte:

»Vielleicht bin ich ja verrückt, aber darum gehts doch in de Liebe: 'n bißchn verrückt sein.«

Plötzlich schlug der kleinste Geier, der das Gesicht der Frau hatte, mit den Flügeln, und Sebastian Cromantine fühlte, wie sich die Lider für immer über seinen Augen schlossen. Als letztes erinnerte er sich noch daran, daß die Geier ihn mit ihren Schnäbeln aufhoben, so daß er in ihrer Mitte gen Himmel aufstieg, befreit von allen Sorgen dieser

Welt, der einen Namen zu geben er mitgeholfen hatte. Am nächsten Morgen fand Emmanuel ihn im Bett, steif und kalt wie eine Hundenase. Er zog dem Toten das Laken über das Gesicht und ging hinüber in das Nachbarzimmer, um es Louisa zu sagen.

*

Emmanuel Cromantine sicherte seine Stellungen und richtete in einem Haus in der February Street sein Hauptquartier ein, weil seine Mutter sich vor »all de Armeekram mit de Gewehrn, mein Sohn« fürchtete und es vorzog, nun, da Sebastian unter der großen Jakaranda im Garten beerdigt war, sich um ihre Enkeltochter zu kümmern.

Neun Monate lang unternahmen beide Kriegsparteien nichts gegeneinander. Captain Hammerstone und seine Leute blieben, mit Ausnahme der Soldaten, die die Häuser der Engländer bewachten, in der Garnison. Die Arbeit an einigen Gebäuden wurde aus Angst vor Sabotage unterbrochen, und der Club mit dem beleidigenden Schild am Eingangstor lag verlassen da. So sehr er die überhebliche Art der Neulinge auch haßte und so entschlossen er war, sie in ihrer Zuflucht auf den Hügeln eingeschlossen zu halten, so sehr achtete Emmanuel Cromantine doch die Werte der Bildung, die Bedeutung der Wissenschaft und die Bewahrung der Kultur. Deshalb ließ er zwar das Irrenhaus zerstören, in das man diejenigen gesteckt hatte, die sich gegen die Okkupationsarmee zur Wehr gesetzt hatten, war aber insgeheim doch über das neue College und die Musikschule erfreut, in der – wie man ihm berichtete – zwei begabte junge Damen namens Arabella und Matilda Garrison die Herzen der jungen Männer mit ihrem Können auf dem Klavier und der bezaubernden, warmen Stimme Arabellas in Brand steckten.

Eines Abends kam Richard Farmer ihn besuchen. Er freute sich, den Bruder seines verstorbenen Freundes und verehrten Lehrers wiederzusehen. Die beiden Männer hatten eine Menge zu bereden. Von Richard Farmer erfuhr Emmanuel über die Begabung und frühe Reife des jungen Sohnes von Gustavius Martins, der es sich angewöhnt hatte, jeden Tag in die Buchhandlung zu kommen und dort endlose Stunden über den Büchern zuzubringen, ein sehr ernsthaftes Benehmen an den Tag legte und darauf bestand, daß man ihn Garbage nannte, obwohl ihn viele junge Mädchen damit aufzogen, die sich nicht genug darüber wundern konnten, wie um alle Welt er zu solch einem Namen gekommen war, über den man lachen müßte.

»Er ist dir sehr ähnlich, Emmanuel: grübelt und sinniert den ganzen Tag, und er schreibt Gedichte, gerade so wie dein alter Freund, mein Bruder.«

Die veränderte Situation in Malagueta ließ Emmanuel Cromantine nicht viel Zeit, an das zu denken, was er sich am meisten wünschte: die Freude und Befriedigung, die er glaubte, aus dem Leben eines großen Gelehrten ziehen zu können. Die Zeit, die ihm verblieb, verbrachte er bei seiner Familie, half Fatmatta-Emilia bei ihren Hausaufgaben, obwohl seine Mutter, wenn er nach Hause kam, darauf bestand, daß die Soldaten draußen blieben, denn »de Kriegsachn sind nicht gut für de Seele«. Wenn er sich von den alltäglichen Pflichten befreien konnte, spielte er mit Richard Farmer Schach oder besuchte Isatu Martins. Nie traf er Garbage an, denn der Junge war sich so wenig sicher, ob er Emmanuel kennenlernen wollte, wie der sich darauf freute, ihn kennenzulernen.

Thomas Bookerman hatte im Schutz seines Hauses an der Küste die Arbeit am abschließenden Band seiner *Geschichte Malaguetas* wieder aufgenommen, die er in den unsicheren Zeiten des Exils ein ums andere Mal verschoben hatte. Als eine Delegation der Bürgerschaft unter der Leitung von Alphonso Garrison das Gespräch mit ihm suchte, um herauszufinden, ob sich ein dauerhafter Waffenstillstand zwischen den alten Siedlern und den Neuankömmlingen unter der Führung des Captain Hammerstone vereinbaren ließ, nahm er das Monokel, das zu tragen er sich angewöhnt hatte, vom Auge und sprach zu Alphonso Garrison mit einer Stimme, die diesem durch alle Glieder fuhr:

»Ich hätt nicht geglaubt, daß ich de Tag erlebn würd, an dem de Männer dieser Stadt drüber redn wolln, ihre Freiheit mitn paar lausign Engländern zu teiln, de nix wert sind.«

Nachdem Alphonso Garrison gegangen war, schickte Thomas Bookerman eine seiner Wachen mit einem langen Brief in Emmanuel Cromantines Hauptquartier. In dem Brief forderte er den jungen Kommandeur auf, seine Zeit nicht damit zu verschwenden, für den Ruhm Malaguetas zu kämpfen, da der Krieg wie ein Krebsgeschwür sei und es überhaupt nur noch wenige anständige Männer gebe, die sich daran erinnerten, was es hieß, Ehre im Leib zu haben.

»Schau dir doch nur an, wie sie vor den Weißkerlen buckeln und kriechen. Und die Enkel derer, die aus den Katen in Kanada gekommen sind, wollen nichts mit denen zu tun haben, die mit den Sklavenschiffen aus Calabar hier gelandet sind«, regte er sich auf. Er erinnerte Emmanuel daran, daß er doch eigentlich Gelehrter war, und bemerkte, künftige Generationen würden ihm nicht dafür danken, daß er den Krieg in die Länge gezogen hatte, sondern dafür, daß er das College ausbaute, die Musikveranstaltungen in der Stadt förderte, wie das Gabriel Farmer, der Herr segne seine Seele, getan hatte, und neue Straßen befestigte.

Dennoch drang er in ihn, sich niemals zu unterwerfen.

»Malaguetaer ergeben sich nicht!« schrieb er. »Zumindest nicht die geborenen Malaguetaer, die sich nicht davor fürchten, vorzutreten und sich ihrer Verantwortung zu stellen, damit ihre Frauen und Kinder stolz auf sie sein können.«

Er riet ihm, einen Waffenstillstand zu akzeptieren, wenn der Captain einen anböte, den Engländern zu erlauben zu bleiben, doch niemals als Herren, denn »dafür haben wir die Stadt nicht gegründet, vor so langer Zeit.«

Es war zehn Uhr abends, als Emmanuel Cromantine den Brief zu Ende gelesen hatte. Abgesehen von den sechs Männern nebenan, die ihn ständig bewachten, war er allein in dem kleinen Raum, der ihm sowohl als Büro als auch als Unterkunft diente. Er hatte seit Tagen nicht geschlafen und sah müde und mager aus, doch sein Kopf war klar wie nie. Er freute sich, daß Thomas Bookerman den Brief auf dem edlen Ideal aufgebaut hatte, das sie miteinander verband, und war doch verunsichert wegen der gegensätzlichen Aussagen, die er aus dem Brief herauslas. Als er das Kommando über die Männer übernahm, deren Treue jetzt von den Felsen, dem Schlamm und dem brackig-schleimigen Geschmack des Wassers auf die Probe gestellt wurde, hatte er sich diese Einsamkeit, diese Sorgfalt des Geistes, das Ausgelaugtsein seines ganzen Wesens nicht vorstellen können. Nun aber war er einsam, einsamer als die nackten Worte in dem Brief, die nur dazu dienten, ihm sein Alleinsein im ganzen Wirrwarr des Krieges noch zu verdeutlichen, die Gefahr des Hochmuts, des Ruhms und des Kummerbunds der Führerschaft. Schwer wie ein Urteilsspruch lastete die Dunkelheit in der Luft, geheimnisvoll, endgültig und unveränderbar. Er versuchte, sich mit seiner Einsamkeit abzufinden, als hätte man ihn weggeworfen und brauchte ihn doch noch, um andere aus den fest gefügten Zwängen ihres Lebens zu retten. Als er es nun seinen Gedanken erlaubte, noch einmal all das zu durchstreifen, was in seinem Leben geschehen war, sah er die Wagen der Berg- und Talbahn an den Klippen, von denen die Träume, die er und Gabriel Farmer gehegt und gepflegt hatten, in die Tiefe gestürzt waren, sah die Mauer des Todes, an der die Namen von Gustavius Martins und seinem Vater verzeichnet waren und an der schon bald auch der Name seiner Mutter stehen würde, da die Regen aus den Wolken, die wie große Vögel über Malagueta schwebten, ihre Sonne verdunkelten. In der Ferne sah er die Gestirne und fragte sich, welche Namen dort in zwanzig oder fünfzig Jahren verzeichnet wären, wo der Damm bersten würde, denn in Malagueta gab es auf nichtkartiertem Gelände einen riesigen Damm aus Männern, Frauen und Steinen, aus dem sich eine neue Wirklichkeit Bahn brechen würde. Und Emmanuel Cromantine erkannte, daß er keinerlei Kontrolle mehr über die Zukunft besaß, wie es auch Thomas Bookerman nicht gelungen war, den Verlauf des letzten Krieges entscheidend zu beeinflussen.

Während seine Gedanken sich noch mit den ungelösten Einzelheiten des letzten Krieges befaßten, zwang ihn etwas Unbestimmbares über die strahlende Lichtdurchlässigkeit seiner Vorstellung in das grelle Licht der gegenwärtigen Auseinandersetzung. In dem Gelände um sein Hauptquartier herum leuchteten riesige Lagerfeuer im Dunkel, an denen seine Männer Kaffee kochten und großzügige Fleischspenden brieten. Die ersten schwachen Schimmer des nahenden Morgens regten sich in der schwarzweißen Fiederung der Krähen und Elstern vor einem Mosaik felsiger Hügel, grüner Täler und einem glasblauen Himmel. In der letzten Zeit hatte ihm ein Malariaanfall zu schaffen gemacht, gegen den er mit einer hohen Dosis des Kräutermittels zu Felde gezogen war, das seine Mutter ihm zubereitet hatte. Und doch fühlte er sich, zwar nicht geistig, doch körperlich geschwächt. Deshalb beschloß Emmanuel Cromantine, ein wenig zu schlafen.

Er konnte aber nicht einschlafen und dachte gerade nach, mit welch wohlgesetzten Worten er Thomas Bookerman antworten würde, als der unheilbringende Einschlag von Gewehrfeuer den Erdboden unter dem Gebäude erschütterte. Captain Hammerstones Leute hatten sich neu formiert und griffen entschlossen den Küstenbezirk an, um Emmanuel Cromantines Hauptquartier einzunehmen. Wieder einmal befanden sich die Straßen Malaguetas in heller Aufregung. Die neuen Ladenbesitzer, die sich in der Zeit zwischen den beiden Kriegen in Malagueta niedergelassen und um Frieden gebetet hatten, verriegelten in einer ersten Reaktion auf das Wiederaufflammen der Kampfhandlungen ihre Geschäfte, eilten in die Schule, um ihre Kinder abzuholen, und gingen heim. Dort versuchten sie, mit Brandy und Ingwer der unbehaglichen Situation Herr zu werden.

»Das ist ein Krieg zwischen den Kräften des Fortschritts und denen der Rückständigkeit«, belehrte Alphonso Garrison seine Frau und seine Töchter, als er aus der Redaktion seiner Zeitung nach Hause kam, »und ich hoffe, daß dieser aufsässige Cromantine gefangen wird, damit wir hier endlich in Frieden leben können.«

Seine Frau teilte seine Ansichten über Emmanuel Cromantine nicht und entgegnete schroff:

»Der Captain hat aber weit weniger das Recht, hier einen Krieg zu führen, als die, die die Stadt erbaut haben.«

Derweil in den Straßen der Kampf tobte, schrieb Alphonso Garrison eine scharfen Leitartikel, den er in der nächsten Ausgabe seiner Zeitung zu veröffentlichen beabsichtigte. Er verurteilte Emmanuel Cromantines Starrsinn, seine Rücksichtslosigkeit, die den Krieg nur verlängerte, seine Weigerung, sich mit den Engländern zu einigen. Er wies auf die Fortschritte hin, die man erreicht hatte, seit er von den Kapverdischen Inseln zugezogen war – die Geschäftsverbindungen, die die führenden Kaufleute der Stadt mit Lieferanten in Liverpool und Birmingham aufgebaut hatten und die dafür sorgten, daß die Geschäfte stets wohlgefüllt blieben; die Zahl der jungen Leute, die nach England gegangen waren, um Rechtsanwälte oder Ärzte zu werden, die sich in den vergangenen zehn Jahren verdreifacht hatte.

»Der Truthahn Malagueta«, so schrieb er wütend, »ist noch nicht reif zum Schlachten. Wir sollten etwas dazu beitragen, daß er wächst und gedeiht, damit letzten Endes für uns alle etwas abfällt.«

Nach fast einer Woche hielten Emmanuel Cromantine und seine Männer immer noch gegen die weit besser ausgerüsteten und bewaffneten Leute des Captain aus. Um dem Kampf ein Ende zu bereiten, sandte Captain Hammerstone eine Nachricht an Thomas Bookerman. Darin bat er ihn, den jungen Kommandeur über die unvorhersehbaren Folgen in Kenntnis zu setzen, die sich ergäben, wenn er seinen Widerstand nicht aufgäbe, sondern weiter aushielte.

»Erlauben Sie nicht, daß Stolz und die Eitelkeit der Jugend ihn dazu verleiten, alles zu zerstören, was Sie errichtet und geschaffen haben«, flehte er ihn an.

Eine Lösung schien möglich. Die Engländer, so der Vorschlag Captain Hammerstones, sollten die Geschicke des Landes bestimmen und alles Land auf den Hügeln behalten, das sie sich angeeignet hatten. Vor allem aber sollte das Hafengelände zu einer Freizone erklärt werden, mit unbehindertem Zugang für alle. Für den Fall, daß Emmanuel Cromantine nicht auf seine Bedingungen einginge, drohte Captain Hammerstone sein Hauptquartier bombardieren zu lassen und alle Gefangenen, die während der Kämpfe gemacht worden waren, auf die Insel Fernando Po verschicken, wo sie »für ein Trinkgeld« ihr Dasein als Landarbeiter auf den Kakaoplantagen fristen würden.

Den neuen Emissären war ebensowenig Glück beschieden wie der von Alphonso Garrison angeführten Delegation, die Thomas Bookerman ihre Aufwartung gemacht hatte.

Den beiden Engländern und den zwei Afrikanern, die sich im silbernen Morgengrauen auf den Weg machten, lief der Schweiß. In ihren Wollanzügen kochten sie förmlich und wischten sich die Stirn mit den weißen Taschentüchern, die sie als Zeichen des Friedens bei sich trugen. Nachdem sie sicher durch die Stellungen der feindlichen Truppen geleitet worden waren, sahen sie sich den Soldaten gegenüber, die Thomas Bookermans Haus bewachten. Diese zerrissen den Brief und befahlen ihnen, dorthin zurückzukehren, woher sie gekommen waren.

»Sagt eurem Captain, daß der General die Bedingungen stellt, wenn Verhandlungen zu führen sind«, meinte einer der Wachhabenden.

Captain Hammerstone bekam einen Wutanfall, als er vom Scheitern der Abgesandten erfuhr. Auf der Suche nach einer Möglichkeit, Thomas Bookerman für das beleidigende Verhalten seiner Wachen bezahlen zu lassen, durchforstete er sein Gedächtnis nach Überresten jener Beleidigungen, die er in der Vergangenheit hatte hinnehmen müssen. Aus den Gräbern der vergangenen Kampagnen rief er die Gebeine der unbesänftigten Geister ins Leben zurück, die ihn in der ganzen langen Zeit seiner Versuche, Malagueta in die Knie zu zwingen, gepeinigt hatten. Das Gift vereitelten Ruhms umnebelte seine Sinne, als er an die langen Jahre dachte, die er auf die Landvermesser und die anderen Kräfte warten mußte, um die Vorstellungen in die Wirklichkeit zu überführen, an denen sich seine Phantasie an jenem denkwürdigen Abend in dem Londoner Pub entzündet hatte. Denn seit kurzem nistete in Captain Hammerstones Herz ein noch nie empfundenes Gefühl, und in seinem Kopf machte sich ein Gedanke breit, der ihn mit Furcht erfüllte: daß er sterben könnte – denn auch er war mittlerweile gealtert –, ohne Malagueta in die Hände fähiger Frauen und Männer übergeben zu haben. Also plante er einen letzten Angriff gegen Emmanuel Cromantines Truppen, mit dem er für immer allen Widerstand gegen die neue Ordnung zu brechen hoffte, die er und seine Männer über Malagueta gebracht hatten.

»So sei es also, Männer«, meinte er zu seinen in der Garnison versammelten Kommandeuren, »Cromantine und Bookerman haben sich ihr eigenes Grab geschaufelt, und wir werden sie darin begraben.«

Die Heftigkeit, mit der er in der folgenden Nacht gegen den Küstenbezirk vorging, überraschte sogar Emmanuel Cromantine, der den Angriff erwartet hatte. Er langte nach der metallenen Beruhigung in Form seines auf dem Schreibtisch liegenden Revolvers, auch wenn er solch eine Bestätigung seiner Bereitschaft zur Verteidigung der Sache, der er sein Leben verschrieben hatte, nicht bedurfte. Deshalb ging er, nachdem er die Waffe in das Holster gesteckt hatte, nicht sofort hinaus, um sich seinem Feind entgegenzustellen. Einen Moment dachte er an die Waschung seines Körpers, die für zwei Uhr angesetzt war und der sich zu unterziehen er seiner Mutter versprochen hatte, um die Malaria ein für allemal loszuwerden, und er dachte auch an das alte Haus von Theophilus, dem Apotheker, das er, sobald er die Zeit dazu hätte, instand setzen wollte, bevor er schließlich hinüber in den Raum ging, wo seine Wachen auf ihn warteten. Als Emmanuel Cromantine den Raum betrat, standen sie stramm. Dann gab er, mit vor Wut zitternder Stimme, wie seine Männer es noch nie an ihm erlebt hatten, den Befehl zum Angriff.

»Vertreiben wir diese Schlange ein für allemal aus Malagueta«, befahl er.

Er führte seine Männer in eine Schlacht, die zu einem Handgemenge um die Kontrolle über die engen Straßen dieser Gegend geworden war. Mit einer für ihn ungewöhnlichen Rücksichtslosigkeit bahnte sich Emmanuel Cromantine seinen Weg durch eine verbarrikadierte Straße, um sich mit dem Rest seiner Truppen zu vereinen, die den großen Wochenmarkt gegenüber der Kirche verteidigten. Granaten, von Captain Hammerstones Truppen abgefeuert, gingen im College nieder, in dem die Theologie- und Musikstudenten wie in einer Falle saßen. In späterer Zeit, als sie längst schon ihre beachtlichen Fertigkeiten auf dem Klavier vernachlässigt hatte, erinnerte Arabella Garrison sich dieses Augenblicks als des Zeitpunkts, da sie sah, wie Garbage, mit einer Rolle Papier in der Hand, über die Collegemauer sprang, um zu dem verfallenen Haus zu gelangen, das unter einer dichten Wehr aus Kriechpflanzen verborgen lag. Schon fast dort angekommen, erblickte Garbage wieder die Kolonne der schwarzen Ameisen. Waren sie, als er sie das erste Mal gesehen hatte, auf das Haus zumarschiert, so sah er jetzt mehrere Hundert der flügellosen Soldaten, wie sie auf das Schlachtfeld zumarschierten. Er sah auch, wie sie auf ihrem Weg die Zitadellen geringerer Soldaten zerstörten, die Blätter aufsammelten und aus dem Weg schoben.

Als die Ameisenkolonne um die Ecke der January Street bog, blieb Garbage, von der blendenden Kraft seiner Entdeckung überwältigt, unvermittelt stehen. In der Straßenmitte stand, umgeben von glühendem Schimmer, Alusine Dunbar. Die teleskopischen Augen seiner Hoden wiesen in eine unbestimmte Ferne. Von dem blendenden Lichtstrahl geleitet, sah Garbage, wie Alusine Dunbar Emmanuel Cromantine ins Blickfeld rückte und wie Emmanuel Cromantine gerade auf Captain Hammerstone feuerte, der ihn angriff. Eine großes, zerschellendes Geschoß grub sich in des Captains Schädel, dort, wo er die Delphine des Abenteuers, in den kalten Wassern seines Lebens zur Welt gekommen, mit dem Treibsand des Ruhms vernebelt hatte, der in ihm das fatalistische Gefühl eines Martyriums erweckte. Captain Hammerstone sank vom Pferd, und für einen flüchtigen Augenblick fielen ihm die flehentlichen Bitten der tamilischen Frau ein, die sich einst an seinen Kragen geklammert und ihn inständig gebeten hatte, das Meer zugunsten der friedlichen Schönheit ihres Eilands aufzugeben. Sie hatte ihm versprochen, ihm Krabben zu kochen und den Rest ihres Lebens auf ihn zu warten, damit sich sein weißer Körper braun färbte unter der Kakaobutter ihrer Liebe, die mit der Gabe des Sohns, den sie ihm geschenkt hatte, ihren Anfang genommen hatte. Er durchlebte einen schmerzlichen Augenblick, als er daran dachte, wie er die andere Frau sitzengelassen hatte, die Frau in Calabar, die ihn warnend gelehrt hatte, daß Afrika wie eine schwierige Mutterbrust wäre: Immer konnte man etwas Milch von ihr trinken, doch mußte man stets darauf achten und Sorge tragen, daß die Quelle nicht versiegte. Dann, in jenem letzten Augenblick, da alles für ihn endete, erinnerte sich Captain Hammerstone der rückgratlosen Jungfern in Devon, von denen eine oder zwei wohl bereit gewesen wären, seinetwegen dem Rhythmus ihrer Gedichte zu entsagen, wenn er ihnen dafür beibrächte, den Rhythmus ihrer fischigen Leiber aus seinen Fesseln zu befreien. Leider hatte er, getrieben von den falschen Verlockungen des Ruhms, die jetzt im trügerischen Gouverneursamt von Malagueta ihr gewaltsames Ende fanden, keiner seine Beachtung geschenkt.

Das Licht der Hoden glühte, und zum erstenmal sah Emmanuel Cromantine Garbage. Er hatte das tiefernste Aussehen, dessentwegen seine Mutter sich solche Sorgen machte.

»Du bist also der Dichter«, sprach Emmanuel Cromantine ihn an. »Ich hoffe, daß du darüber schreibst, wenn das hier alles vorüber ist.«

Er hob den Arm, der das Leben des Captain Hammerstone ausgelöscht hatte, als wollte er Garbage seinen Respekt erweisen. Aber Emmanuel Cromantine hatte nicht mehr die Zeit, ihn wieder zu senken. Aus dem Tumult des Tages heraus lösten sich drei Schüsse und trafen ihn in die Brust, lähmten für immer die Nerven seines Arms im luftlosen Morgen, in den der Arm sich wie zur Seligpreisung reckte. Die Schüsse schreckten sein Pferd in einen Galopp, ohne daß Emmanuel Cromantine heruntergeworfen wurde. Wie ein ungeheures Sternenbild schoß ein gleißendes Licht aus den Hoden der Offenbarung hervor, und Garbage erblickte das himmlische Gesicht einer schönen Frau, von Engelsflügeln getragen. Wie ein Vogel glitt sie herab, fing

Emmanuel Cromantine auf, bevor er auf den Boden schlug, küßte ihn auf die Stirn und setzte alle außer Alusine Dunbar in äußerstes Erstaunen. Der wußte, welche gruftigen Höhlen ein großer Skorpion durchqueren mußte, um die Augen dieser Frau zu erhellen, damit sie, goldene Amuletten an den Armen, durch die Kristallspiegel aller Ewigkeiten hierherkommen konnte, um Emmanuel Cromantine davor zu bewahren, in den Sumpf der Erniedrigung zu fallen.

Auf dem Grundstück der Cromantines verjagte Jeanette gerade einen Hund, der unter einem großen Mangobaum ein Loch scharrte, als sie in ihrem Kopf eine Stimme ihren Namen flüstern hörte. Sie schüttelte den Kopf, dachte, ihr sei schwindlig, ließ aber den Gedanken fallen, daß sie verkalkte. Obwohl sie beinahe fünfundachtzig Jahre alt war, waren ihre Sinne noch gut beieinander, konnte sie noch ohne Brille die Bibel lesen und hatte einen leichten Schlaf, denn »falls mein Sohn kommt, muß er mit sein'n Soldatenstiefeln nicht so nen Krach machn und de Totn störn.«

»Verschwind hier«, herrschte sie den Hund an, der wie besessen im Erdreich scharrte. »Wen willst du da beerdign?«

Sie hatte kaum ausgesprochen, da erblickte sie den Engel, der aus den Wolken in ihr Gehöft niederglitt.

»Gütiger Gott! Da kommt Fatmatta, die Vogelfrau, mit meinem Jungn«, schrie sie auf.

Mit einer sachten Bewegung der Arme legte der Engel den Toten der alten Frau zu Füßen. Sie redete die alte Frau mit »meine Schwester« an, wie sie das vor vielen Jahren getan hatte, als Jeanette Cromantine das Niemandsland zwischen Leben und Tod bereiste und vor der Schwelle zur Mutterschaft stand, um diesen Jungen auf die Welt zu bringen, der ihr nun für immer und ewig aus dem Wirbelsturm des über Malagueta hinwegfegenden Harmattan zurückgegeben wurde.

Louisa probierte Fatmatta-Emilia gerade ein neues Kleid an, als sie ihre Schwiegermutter weinen hörte. Sie eilte aus dem Haus und sah die alte Frau über dem Leichnam ihres Sohnes schluchzen.

»Feuer! Feuer! Der Baumwollstrauch ist umgestürzt«, schrie die junge Frau auf und zog die alte Frau von dem Leichnam weg, während der Engel, umgeben von einer riesigen Lerchenschar, in meeresblauen Wolken verschwand.

Garbage sah die Wolken, in denen der Engel aufstieg. Aus der Betäubung, die Alusine Dunbar über ihn gelegt hatte, erwacht, rannte er auf das Haus mit den Kriechpflanzen zu. Als er dort ankam, war jede Spur des Hauses verschwunden, als ob ein ungeheurer Wirbelsturm es wie ein Sagenschiff voll der Wunder jenes Magiers vom Antlitz der Erde in das Meer hinuntergetragen hätte, weit hinter die schwindelnden Grenzen des Wiederentdeckens hinaus.

*

Zwei Wochen später hatten die vereinigten Streitkräfte der Engländer und der Söldner, die dem Captain so gute Dienste geleistet hatten, die Stadt vollständig in ihrer Gewalt. Sie beerdigten den Captain mit allen militärischen Ehren auf dem Gelände der Garnison. Jeanette Cromantine und Louisa trugen Emmanuel Cromantine mit der Würde zu Grabe, die er verdiente. Nie hatte Malagueta eine größere Menschenmenge zu Gesicht bekommen. Die Truppen hielten sich von der Route fern. Vier Maultiere zogen den Obstkarren mit dem Sarg zu seiner letzten Ruhestätte auf dem alten Friedhof der Stadt. Mit der Beerdigung wurde das letzte Band durchtrennt, das Malagueta noch mit der Zeit seiner Gründung verband. Thomas Bookerman und Phyllis waren in der Nacht in Gefangenschaft geraten, in der Emmanuel Cromantine den Tod gefunden hatte. Jetzt wurden sie auf ein Schiff gebracht, das zur Goldküste unterwegs war. Dort, eingesperrt in einem Fort, das die Portugiesen errichtet hatten, um ihre Sklaven gefangenzuhalten, bevor sie auf ihre Reise in die Einöden Amerikas geschickt wurden, lebten sie in einigem Frieden ihre letzten Tage. Das Fort war von den Engländern erobert worden, die dort nun Männer und Frauen wie Bookerman und Phyllis gefangenhalten, auf daß sie nie wieder den Plänen der Eindringlinge Widerstand entgegensetzten.

Viertes Buch

Niemand war imstande, die Veränderungen vorherzusagen, die sich in den folgenden fünfzig Jahren in Malagueta zutragen sollten. Die Räder der Geschichte drehten sich mit der ihnen eigenen unaufhaltsamen Kraft, und die Geschichte der Zeit vor dem letzten Krieg verging in den welkenden Blüten von Jeanette Cromantines Gedächtnis. Nachdem sie ihren Sohn zur ewigen Ruhe gebettet hatte, fand sie die Kraft zum Weiterleben. Sie nahm ein junges Mädchen als Haushaltshilfe bei sich auf, »damit ich Louisa und meiner Enkelin nicht zur Last fall!« Zur allgemeinen Überraschung bestand sie darauf, daß um Emmanuel Cromantine nicht getrauert würde. Sie verbot sogar Louisa, schwarze Trauerkleider zu tragen, und sagte ihr, daß es Sünde sei, die Schuld für das, was geschehen war, nur den bösen Absichten der Ausländer und ihrer einheimischen Helfershelfer zuzuschreiben. Sie fand Trost in der geheimnisvollen Auslegung des Lebens, die ihr schon seit den Zeiten der Süßkartoffelpest in schweren Zeiten eine Stütze gewesen war, und meinte, es sei der Wille des Herrn, der ihr Sohn und Ehemann genommen hätte und sie jetzt der Drangsal ihres hohen Alters auslieferte.

»So sind de Wege des Herrn, meine Tochter«, tröstete sie Louisa, die in den bitteren Abgründen ihres verlorenen Glücks zu versinken drohte.

Mit unerschütterlicher Energie arbeitete sich Jeanette Cromantine durch die Papiere über Botanik, Biologie und Dichtkunst, die sich über die Jahre hinweg bei Emmanuel angesammelt hatten. Sie schickte sie hinüber ins College, doch mit der Anweisung, sie ihr für den Fall, daß die Lehrer sie nicht benötigten, zurückzuschicken, damit sie sie in der Truhe verwahren konnte, in der sie auch ihren vergoldeten Schmuck und andere Dinge aufbewahrte, die ihr lieb und teuer waren. Einmal im Monat ging sie zusammen mit ihrer Schwiegertochter und Enkeltochter auf den Friedhof, um frische Blumen auf Emmanuels Grab zu legen. Als sie von Alphonso Garrison zwei Flaschen Brandy mit den Worten zugesandt bekam, wie sehr ihm der Verlust ihres Sohnes zu Herzen ginge, und er zudem versprach, alles zu tun, was in seinen Kräften stünde, daß ihre letzten Tage auf Erden »friedvoll und ohne Kummer« blieben, wies sie seine

Geste zurück, ließ ihm den Brandy zurückbringen und sandte ihm einen Brief, in der sie ihm in ihrer ausgewogenen Altfrauenschrift mitteilte, daß er, Alphonso Garrison, es ja nur, weil ihr Sohn tot war, wagen könne, ihr zu schreiben, denn wäre ihr Sohn noch am Leben, dann hätte er einen Frischling wie ihn und andere längst aus der Stadt gejagt.

Alphonso Garrison hatte schon lange auf eine Möglichkeit gewartet, zwischen den alten Einwohnern der Stadt und den Neuankömmlingen zu vermitteln. Zur Zeit des letzten Krieges gehörte er zu den reichsten Männern der Stadt. Heimlich versorgte er die Engländer und ihre Verbündeten in Malagueta mit Lebensmitteln und unterstützte sie mit einer Reihe von Aufsätzen, die er heimlich in den Häusern der führenden Händler und Verwaltungsangestellten in Umlauf brachte. Dieses Schrifttum trug den süßlichen Geruch von Kamelienblättern und war in der verzweifelten Diktion eines Mannes verfaßt, für den der Krieg eine Katastrophe darstellte, weil seine Vorräte an Papier und anderen Materialien in den Lagerhallen am Hafen verrotteten. Seine Arbeiter weigerten sich, die Linien der verfeindeten Parteien zu überqueren, und auch die Hausangestellten blieben manchmal der Arbeit fern. Dennoch achtete er darauf, sich die Türen bei den Gegnern des Captain offenzuhalten, gab großzügige Spenden an die verschiedenen Wohltätigkeitsorganisationen, die sich um die Witwen der Männer sorgten, die bei dem von Isatu Martins und den anderen Frauen angeführten Sturm auf die Garnison ums Leben gekommen waren, half beim Wiederaufbau eines Kirchenschiffes und schickte seine Töchter auf eine Schule, die auch schwarze Kinder aufnahm, statt daß sie den kleingeistigen Schwachsinn einer englischen Schule auf den Hügeln über Malagueta besuchten.

Als nun durch die neue Verwaltung Recht und Ordnung wiederhergestellt waren, trug man seiner Bedeutung als Geschäftsmann Rechnung und ernannte ihn zum Bürgermeister. Ihm oblag die Aufrechterhaltung der städtischen und gesellschaftlichen Ordnung. An dem Morgen, da er zum erstenmal den hermelinbesetzten Zeremonienmantel anzog, den scharlachroten Hut aufsetzte, die weißen Handschuhe überstreifte und die schwere Kette mit dem Abbild der Königin um den Hals legte, an diesem Morgen wurde deutlich, daß er sich seit jenem Nachmittag, da er, ein Flüchtling aus einem – wie er es seit seiner Flucht von den Kapverden bezeichnete – »Tollhaus von Barbaren, die nicht wußten, was gut für sie war« – in Malagueta an Land gegangen war, auf diese Rolle hingearbeitet hatte. Warum nur hatten die Einwohner Malaguetas sich gegen diese Menschen erhoben, die ihnen doch Gutes tun, sie nähren und kleiden wollten und sich darum sorgten, daß sie nicht an Trunksucht, Hurerei und vor allem an Hexerei, der sie so sehr zuneigten, zugrunde gingen? Diese Frage hatte er sich immer wieder gestellt. Doch all seine Überlegungen gerieten auf den Seitenwegen des Abenteuers in Vergessenheit, auf denen er sich einen Großteil der frühen Enttäuschungen seines Lebens zugezogen hatte. Zurück blieb das Gefühl, daß er auf eine neue Herausforderung zusteuerte, die ihn vielleicht bis an das Ende seiner Tage in Anspruch nähme.

»Zeigen wir ihnen, was der Sohn eines Pferdetrainers alles fertigbringt«, sagte er zu seiner Frau, während sie darauf warteten, daß die Gäste zu dem Empfang eintrafen, den er anläßlich seiner Ernennung gab.

Man hatte keine Ausgaben gescheut, um den Abend nach den Vorstellungen Alphonso Garrisons zu gestalten. Seine Familie war sein ganzer Stolz. Seine Töchter waren sein größter Schatz, größer gar als die Riesenmenge Gold, die er über Jahre hinweg aufgehäuft hatte. Als die Gäste nach und nach eintrafen, fühlten sie sich von den über alle Maßen reizenden Frauen bezaubert, die sie an der Tür begrüßten, von der gepflegten Sprache der Töchter, für die Alphonso Garrison viel Geld ausgegeben hatte, und von ihren ebenso aufwendigen wie kostspieligen Frisuren. Vielen Gästen fiel es schwer, die Töchter und ihre Mutter auseinanderzuhalten, hatten doch das sichere Fundament ihres Wohlstandes und die Friedlichkeit ihres paradiesischen Lebens in Malagueta das Gefühl robuster Gesundheit und Eleganz in ihnen entwickelt. Während barfüßige Diener von Gast zu Gast eilten und das von dem marokkanischen Koch zubereitete Essen auftischten, saß Arabella Garrison am Klavier und unterhielt den neu ernannten Gouverneur mit ihrem Spiel. Sie entlockte dem Instrument die zarten Melodien Mozarts und dem Gesicht des Gouverneurs Anzeichen tiefer Befriedigung. Sogar der italienische Arien-Papagei, den man von seinem Lieblingsplatz auf der Veranda hereingeholt hatte, leistete seinen Beitrag zur vorherrschenden abendländischen Freude, die die junge Pianistin auslöste, indem sie dieses Gemach in den Tropen in einen Wiener Salon verwandelte. Der Vogel schlug mit den Flügeln und ließ folgenden Satz hören:

»Spiel den Zwei-Uhr-Walzer, und sing mich in den Schlaf.« Die Gäste schütteten sich aus vor Lachen.

Als Alphonso Garrison in jener Nacht zu Bett ging, war er rundum glücklich. Als Abschiedsgeschenk hatte ihn der Gouverneur vor dem Gehen noch beiseite genommen und ihm im Verschwörerton ins Ohr geflüstert:

»Wenn ich solch liebreizende Töchter hätte wie Sie, dann scherte ich mich einen Kehricht um dieses Höllenloch. Es wäre mein Bestreben, sie mit Prinzen zu verheiraten.«

Wirklich hatte er sie so erzogen, daß er sie Prinzen an die Hand geben konnte. Und in Malagueta herrschte kein Mangel an Freiern. Trotzdem hatte Alphonso Grund zur Beunruhigung: Seine Töchter weigerten sich strikt, auch nur einen der Freier, die sich aus den Söhnen der führenden Ärzte und Rechtsanwälte Malaguetas rekrutierten, ernsthaft ins Auge zu fassen. Weit mehr schien ihnen am Herzen zu liegen, die Spannungen zu entschärfen, die durch einen Bericht entstanden waren, nach dem der Gouverneur die Absicht hegte, aus Gründen der Abschreckung einige gefangene Rebellen zu hängen. Sie wußten, wie sehr ihrem Vater an ihrer Meinung lag, daß er ihnen – als sie noch jünger waren – nie einen Wunsch abgeschlagen hatte, nicht einmal den Wunsch nach den teuren portugiesischen Puppen, die ihre Lider bewegen konnten, oder nach der Einstellung persönlicher Bediensteter, die ihnen die Kleider zu waschen, die Nägel zu beschneiden und sie anzukleiden hatten. Das ging so lange, bis ihre Mutter mit dem Vorwurf protestierte, der Vater verzöge die Mädchen. Die beiden drangen in ihn und brachten ihn soweit, daß er den Gouverneur darum bat, die Urteil aufzuheben.

»Hängt sie, und ihr habt ein Dutzend Aufstände am Hals«, argumentierte Arabella.

Insgeheim freute er sich über ihre Argumentation, die Hingabe, mit der sie ihre Studien vorantrieben, und als sich am Ende seines ersten Jahres als Bürgermeister nichts ereignet hatte, das sein Glück störte, spielte er mit dem Gedanken, sie nach England zu schicken, damit sie dort ihre Studien abschließen könnten.

Dennoch gab es im Lebensgewebe des Alphonso Garrison eine Masche, die aufzunehmen er sich vergeblich bemühte, seit er zum Bürgermeister berufen worden war: All seine dringenden Einladungen an Jeanette Cromantine und die beiden anderen Witwen, die aufgrund ihrer Familiennamen in der Stadt in aller Munde waren, waren abgelehnt worden. Nicht ein einziges Mal hatten sie die Einladungen geöffnet, und einmal hatte Jeanette Cromantine sogar ihren Hund auf den Boten gehetzt, der ihr eine Einladung zu einem Ball anläßlich des Geburtstages der Königin überbringen wollte. Sie stand mitten vor ihrem Haus, drückte das Kreuz durch und gab dem Boten so laut, daß die Nachbarn es hören mußten, eine unmißverständliche Botschaft an den Bürgermeister mit auf den Weg.

»Sag de Mann, er soll de alte Dame hier in Ruhe lassn, weil mir mein kleines Stückchn Fisch mit meinem eignen Salz und Pfeffer lieber is als alle Steaks, de er in seinem Haus auftischt.«

Jeanette Cromantine gingen aber ganz andere Dinge durch den Kopf als nur Salz und Pfeffer. Das junge Mädchen, das sie als Hausmädchen bei sich aufgenommen hatte, bewahrte die alte Frau davor, vor Kummer über den Verlust ihres Sohnes verrückt zu werden. Der Tod hatte ihre Familie so oft heimgesucht, daß ihr die Wunden ganz vertraut waren, die er schlug: Da war die blaue Narbe der Jugend, mit der Rodrigos Tod sie gezeichnet hatte, die graue Asche verbrannten Holzes, in dem Gustavius umgekommen war. Dadurch war sie mit einem Durchhaltevermögen gewappnet, das ihr in den Strudeln ihres Lebens zugewachsen war. Aus ihm bezog sie ihr Wissen, das alles, was wächst, letzten Endes auch zugrunde geht und stirbt. Wohlstand und Besitz waren ihr und Sebastian beschieden gewesen, Freude hatte den Garten erhellt, in dem Emmanuel gespielt hatte, und auch das Dach erleuchtet, auf das sie seine Milchzähne geworfen hatte, als ihm die bleibenden Zähne des Erwachsenen wuchsen. Deshalb versammelte sie nun all ihre menschlichen Schätze unter dem Dach des alten Hauses, unter dem sie soviel Glück erfahren hatte, unter dem sie so viele Proben bestanden hatte, in der Hoffnung, daß diese sie überleben würden.

Vierzig Tage nach dem Tode ihres Sohnes ließ sie das Haus strahlend weiß anstreichen, wechselte die Blumen auf der Veranda und nahm die weißen Vorhänge ab, die vor den Fenstern gehangen hatten. Binta, das treue Dienstmädchen, das lange Jahre bei ihnen geblieben und erst in ihre »Heimat« zurückgegangen war, als Emmanuel Cromantine aus dem Exil zurückkehrte, schickte, als die Nachricht von seinem Tode sie erreichte, den Cromantines ein junges Mädchen ins Haus. In der ersten Nacht brannte sie fast das Haus ab, weil sie vergaß, vor dem Schlafengehen die Kerze zu löschen

Nach Emmanuel Cromantines Tod wandte sich Louisa wieder ihrer Arbeit als Lehrerin zu. Jeanette Cromantine hatte sie dazu gedrängt.

»Geh nur zurück ins Klassenzimmer, mein Kind, dort habt ihr zwei euch getroffn, und ich bin mir sicher, daß er dasein wird und lächelt, wenn ich mein'n Sohn richtig kenn.«

Auch Isatu Martins trug dazu bei, daß sie sich wieder dem Leben stellte.

»Wir drei Fraun habn zwar unsre Männer nicht mehr, aber ihre Liebe geht uns nicht verlorn«, meinte sie. »Drum wolln wir uns an sie erinnern, indem wir in ihrm Gedenkn lebn.«

*

Schon bald, nachdem Louisa wieder als Lehrerin zu arbeiten angefangen hatte, tauchten in den Straßen Malaguetas die ersten Brougham-Kutschen auf. In den Oberschulen mischten sich die Kinder der neuen Reichen mit den wenigen Söhnen der Angestellten der Kolonialverwaltung. An ihren teuren Sakkos und Krawatten war abzulesen, daß sie einem auserwählten Geschlecht angehörten. Sie fielen auf wie kostbare Zuchtbullen: stolz, starrsinnig, dumm und selbstherrlich. Sie legten eine Unverschämtheit und Überheblichkeit an den Tag, die von einem Anspruch auf die Welt herrührten, wie ihn nur jene entäußern, die die Macht in den Händen halten und über das Recht herrschen. War den Kindern der alten Familien das Leben ein Rätsel, dann bedeutete es den Kindern der neuen Familien ein gewaltiges Festmahl, das in einem Gang verzehrt werden mußte.

Manchmal beklagte Louisa sich bei ihrer Schwiegermutter, wie schwierig es sei, die neue Generation zu unterrichten. Jeanette Cromantine war um eine Antwort nicht verlegen:

»Zerbrich dir darüber mal nicht de Kopf«, sagte sie. »Das is wie ne Vernunftehe. Also wartn wir ab, wie langs gut geht.«

So mancher Enkel der ursprünglichen Gründer der Stadt wurde in alle möglichen Ehen mit den neuen Machthabern gezwungen. Doch gleichzeitig ließen sie sich auch von der Aussicht blenden, in die Häuser der Engländer geladen zu werden, so daß sie beim Notar ihren Namen von einem afrikanischen in einen »christlichen« umändern ließen, damit sich die Engländer nicht die Zunge brächen, wenn man sich auf Bällen begegnete. Alphonso Garrison nahm seine Töchter bisweilen zu diesen Empfängen mit. Zur Musik der Streicher – einer Kapelle aus Afrikanern, denen man beigebracht hatte, »klassische« Musik zu spielen – zwangen sie ihre ganz unklassischen Körper, sich den marternden Spannungen einer Taufe aus dem »Eingeborenen« zum »Zivilisierten« hinzugeben, während das Östrogen in ihren unreifen Körpern sich mit einer energiegeladenen Sexualität paarte und vervielfältigte.

Auf der anderen Seiten ertrugen die jungen Männer standhaft das sommerliche Gefängnis ihrer Dinnerjacketts und die Fallgruben ihrer Patentschuhe. Sie lernten, sich anständig und gebildet zu benehmen, sich vor den Damen zu verneigen, welchen Fuß man beim Foxtrott zuerst vorsetzen muß, wie man anständig mit Messer und Gabel ißt und daß man sich selbst nie als »Eingeborenen« bezeichnet.

»Das sind immer die anderen«, sagte ein junger Rechtsanwalt, der sich seit drei Jahren ohne sichtbaren Erfolg um Matilda Garrison bemühte.

Regina Garrison gefielen diese Veranstaltungen nicht. Sie bezeichnete sie als Promeniergehabe der neuen herrschenden Klasse. Sie mochte sich nicht mit der Vorstellung abfinden, ihre Töchter bei den Soirees »wie die Pfauen« einherstolzieren zu sehen.

»Was bist du bloß für ein Vater«, zankte sie mit ihrem Mann, »daß du diesen anstandslosen engländischen Kerlen und den Söhnen dieser Krämer gestattest, deine Töchter zu begutachten wie billiges Porzellan?«

»Schon gut, Regina«, erwiderte Alphonso Garrison. »Aber sogar das kostbarste Porzellan muß man von Zeit zu Zeit aus dem Schrank holen.«

Dann beschränkte sie sich auf die Rolle der unendlich leidenden Ehefrau, die es ihrem Ehemann gezwungenermaßen gestattete, lange

Jahre auf den großspurigen Wellen des bürgermeisterlichen Meeres zu reiten, ihre frühere Unabhängigkeit auf den Kapverden zu vergessen und seine Zeitung in ein Sensationsblatt für die Veröffentlichung des anmaßenden »Unsinns« aller möglichen »Dahergelaufenen und Halsabschneider« zu verwandeln, die ihrer Meinung nach, »dort, wo sie herkommen«, nichts darstellten, »wenn du mich fragst«.

Im Laufe der Zeit zog Malagueta immer neue Siedler an, die aus den benachbarten Orten kamen: leuchtend bunt gekleidete Männer mit Glasperlenketten um den Hals, einer Frontlücke in den Zähnen, und Frauen, die man an ihrer terrakottafarbenen Schönheit erkannte. Große Bündel auf dem Kopf, hielten sie in Malagueta Einzug und ließen sich am Stadtrand nieder, suchten sich Arbeit als Hausdiener, Hilfsarbeiter und Docker oder ließen sich in der neugeschaffenen Armee einschreiben, die die Verwaltung zum Dienst an der Königin aufstellte. Einer dieser Freiwilligen hieß Sheku Masimiara. Fünfundsiebzig Jahre später sollte sein Enkelsohn erfolglos gegen den korrupten Präsidenten des Landes putschen.

Unerwartet starb, wie ein Wesen aus längst vergessener Zeit, Richard Farmer, der alte Besitzer der Buchhandlung. Fünfundsiebzig Jahre war er alt und hatte sich seit dem Tode seines Bruders Gabriel in der Buchhandlung vergraben, in der Spinnweben, Eidechsenkot und Schaben den Büchern unersetzlichen Schaden zugefügten. Die leidenschaftlichen Liebesbriefe, die in den frühen Tagen der Stadt so manches Mal in diesem Liebesnest geschrieben worden waren, zogen noch immer viele junge Leute in ihren Bann, obwohl dem Buchhändler nachgesagt wurde, er sei ein streitsüchtiger alter Mann, der jedesmal, wenn ein Kind »gewöhnlicher Leute« seinen Laden aufsuchte, mit kurzem Atem zu fluchen anfing, seine Zeit damit zubrachte, gegen die Spinnen und Eidechsen, die den Laden wie die Höhle eines Zauberers aussehen ließen, den Besen zu schwingen, und immer eine schwarze Kappe auf dem Kopf trug.

»Zeig uns, wie man einen Liebesbrief schreibt, Großväterchen«, sagten sie, wenn sie ihn zum Reden bringen wollten. Auch hielt er ihnen endlose Vorträge über die vielen in Malagueta existierenden Käferarten, darüber, daß sie niemals Schildkröteneier kochen sollten, weil Schlangen ihre Eier mit Vorliebe den Gelegen der Schildkröten unterschieben, über die Treue von Hunden im Vergleich zu der mancher Menschen und über die »liebe Frau« Louisa, die ihre Zeit an den Versuch verschwendete, in die Köpfe von Kindern »einzudringen«, die viel zu verwöhnt wären, als daß sie überhaupt etwas hätten lernen wollen.

»Punkt für Punkt, wenn ihr mich fragt«, sagte er immer, »würde ich lieber ein Maultier etwas lehren als einige dieser Kinder.«

Bei der Testamentseröffnung stellte sich heraus, daß er Garbage sein Haus und die Buchhandlung vererbt hatte. In feiner, leicht schräg gestellter Schrift dankte er Garbage dafür, daß er das Andenken seines Bruders am Leben gehalten hatte, indem er wieder und wieder zu ihm nach Hause gekommen war und sämtliche Bücher über die mittelalterliche Dichtung und Shakespeare sowie solch seltene Werke wie die astronomischen Entdeckungen des Kopernikus und die Haikus der Japaner gelesen hatte. Die Literatur, so schrieb er, »könnte diesen Ort vielleicht vor den ›Barbaren‹ erretten, auch wenn ich nicht überzeugt bin, daß jene die literarischen Feinheiten den abgedroschenen und zweifelhaften Freuden des religiösen Dogmas vorziehen«.

»Mach mit unserem gemeinsamen Besitz, was du willst, aber erhalte mir die Schönheit der Literatur am Leben«, riet er Garbage.

Drei Monate später, nachdem er seine Mutter davon überzeugt hatte, daß sich ein junges Dienstmädchen besser um sie kümmern könnte als ein junger Mann, der »lernen mußte, auf eigenen Füßen zu stehen«, zog Garbage gegen ihren Willen in das Farmersche Haus. Bald machte er es sich zur Gewohnheit, jeden Tag zum Essen bei seiner Mutter vorbeizuschauen, am Abend aber bei sich zu Hause zu sein und zu lesen.

Niemand hatte eine Vorstellung davon, womit er dort seine Zeit verbrachte. Er wachte wie ein Einsiedlerkrebs über seine Privatsphäre, und außer seiner Mutter wurde nie jemand beobachtet, der ihn besucht hätte. Manchmal kam er hervor und kaufte beim Lebensmittelhändler eine Lammkeule, ein Pfund Kartoffeln oder Räucheringe, die er dann seiner Mutter brachte. Dort blieb er eine Weile und unterhielt sich mit ihr. Er wurde nie krank, war nie beim Zahnarzt gewesen und aß nur sehr wenig. Seine Nachbarn hätten schwören mögen, daß er alles, aber auch alles, im Hause erledigte, wenn er nicht manchmal zur Latrine im Schuppen gegangen wäre, wo er dann fast eine Stunde blieb, bevor er schweißüberströmt wieder hervorkam.

»Bestimmt liest er in de Gestank da drin Bücher. De Kerl is mit Sicherheit verrückt, wenn du mich fragst«, meinte ein Nachbar in dem Versuch, Garbages langes Verweilen im Schuppen zu erklären.

Bei der Durchsicht von Gabriel Farmers Papieren stieß Garbage auf die Gedichte, die der liebeskranke Mann vor mehr als vierzig Jahren an Phyllis geschrieben hatte. Sie waren trotz der Feuchtigkeit unversehrt geblieben und fanden sich in einem braunen Umschlag. Zweiundzwanzig Gedichte auf zehn Blatt Papier, dem noch immer ein letzter Hauch Kampfer anhing, mit dem der unglückliche Dichter einst einen Wattebausch tränkte, welchen er dem Umschlag beigelegt hatte, um seine Klagegesänge vor der Freßgier der Termiten zu schützen.

Garbage las die Gedichte ganz langsam. So, als wollte er die Seele des Mannes ergründen, der so schöne, wenn auch unerwidert gebliebene Zeilen zu schreiben vermocht hatte. Nachtigallen sangen in Gabriel Farmers Seele, Orchideen blühten und verwelkten in seinen Gedichten, ohne daß die Frau je davon erfuhr, wohingegen die Nächte des Dichters mit dem tiefsten Verlangen nach ihr ausgefüllt waren, obwohl er doch wußte, daß sie sein Haus niemals betreten würde, zumal er sie nicht ein einziges Mal dazu eingeladen hatte.

Als er zwölf Gedichte gelesen hatte, legte Garbage den Rest beiseite und fing an, auf der Okarina ein langsames, trauriges Lied zu spielen, das er bei dem Hausmädchen seiner Mutter gelernt hatte. Das Instrument hatte ihm der Mann gebaut, der einmal in der Woche kam, um das Haus sauberzuhalten. Der hatte zu ihm gesagt:

»Du siehst so ernst aus. Du brauchst was, was dich von der Welt ablenkt.«

Er spielte die Okarina bis spät in die Nacht hinein, zunächst mit tiefem Ernst, bevor er sich einem Anflug von Freude überließ, der aber nicht lange andauerte, weil das Instrument die Sterblichkeit der Freude nicht aushielt, deren Sprache Garbage noch nicht erlernt hatte. Viel später, als er die Möglichkeiten der Musik erschöpft sah, packte Garbage das Instrument weg und ging schlafen. Anders als in den vielen unruhigen Nächten der Vergangenheit, schlief er diesmal tief und friedlich, und als er sieben Stunden später erwachte, hatte sich seine Seele von der Beize des Todes Emmanuel Cromantines befreit, vom schwer faßbaren, geheimnisvollen Zauber des Alusine Dunbar und sogar von der Unruhe, die er bei der Entscheidung seiner Mutter empfunden hatte, weiterhin im großen Haus wohnen zu bleiben, wo es doch kein Problem für sie gewesen wäre, bei Jeanette und Louisa einzuziehen. Er bereitete sich ein kräftiges Frühstück aus Bohnen und Maisbrot, trank zwei Tassen Tee, aus dem Lande eingeführt, das Emmanuel im Exil Heimat gewesen war, und nachdem er den Teller weggeräumt hatte, begann er im Wohnzimmer auf- und abzugehen.

Mit einem Mal, als wiese ein strahlendes Licht ihm den Weg, setzte er sich an den Schreibtisch, zog ein Blatt Papier aus einer Schublade und fing an, ein Gedicht niederzuschreiben. Zu Anfang glich es einem träge strömenden Fluß, in seinem Lauf gehindert vom Laub der Bäume voll kreischender Affen und rhapsodisch trillernder Bartvögel, deren Gesänge das Lied ertränkten, um das der Dichter kämpfte. Ein Damm hielt den Fluß auf, hemmte seinen Lauf, doch Garbage rang mit der Kraft der Worte und sprang über den felsigen Grund und die stählernen Rohre. Dann tauchten Turbulenzen auf, und nachdem er die frischen Farne der Lieder eingesammelt hatte, segelte er auf den Schwingen der Worte dahin. In den stürmischen Meeren vergangener Zeitlast, in denen seit dem ersten Krieg die Krusten, die die Steine ihrer Geburt ansetzten, vom Plankton der Vergessenheit umfangen wurden, suchte er nach Malagueta. Vom unergründlichen Boden der See holte er den Quastenflosser ans Licht, der einst Sebastian und Jeanette Cromantine geleitet hatte, als sie unsicher ihren Weg ins gelobte Land steuerten. Als er sie mit zitternden Knien an Land gebracht und sie mit Girlanden von Seelilien willkommen geheißen hatte, gab er ihnen aus einem Schlauch mit altem, gereiftem Wein zu trinken, damit ihre aufgesprungenen Lippen auf immer heilten. Er schrieb weitere Gedichte, Gedichte über seine Mutter aus dem Blickwinkel seiner Kindheit, als sie einander beim Seelenblues seines toten Vaters nahegekommen waren, Gedichte gar für die Jungfrauen, die es in der Farblosigkeit ihrer Kleider und der Strenge ihres Betragens gut mit Malagueta gemeint hatten. Mit dem leidenschaftlichen Sturmvogel seiner Dichterseele ließ er Thomas Bookerman und Phyllis Dundas dem Ort ihrer Verbannung an der Goldküste entfliehen und in die Neue Welt gehen, damit sie den Enkeln derer, die einst zurückgeblieben waren, erzählten, daß der Traum von Malagueta trotz des Unwesens von David Hammerstone und des Verrats der Quislinge, die für ihn gekämpft hatten, Wirklichkeit geworden war.

Als er mit seinen Gedichten zufrieden war, marschierte Garbage zu den Büros des *Malaguetan Star* und verlangte den Herausgeber zu sprechen, der gleichzeitig Bürgermeister der Stadt war. Man führte ihn in das Büro, und Alphonso Garrison begrüßte den jungen Dichter wie einen lange verloren geglaubten Freund. Er erkundigte sich nach seiner Mutter und fragte, ob sie die Einladung zu der Feierstunde erhalten habe, bei der ihr verstorbener Gatte und andere, die soviel zur Gründung der Stadt beigetragen hatten, geehrt werden sollten. Worauf er auf die Papiere zeigte, die Garbage in den Händen hielt.

»Was haben Sie da?«

»Meine Gedichte.«

Während der Bürgermeister zwei Gedichte las, watete Garbage durch den Treibsand der Furcht. Wenn Alphonso Garrison begriff, daß Garbage auf den Seiten den Tanz der geflügelten Schlange entfesselt hatte, dann war seinem Gesicht nichts davon anzumerken. Er versprach dem Dichter vielmehr, sich bald wieder bei ihm zu melden, um mit ihm über die Veröffentlichung zu reden.

Abends nahm der Bürgermeister die Gedichte mit nach Hause und zeigte sie seiner Frau und Arabella, seiner älteren Tochter.

»Die sind von dem jungen Mann mit dem unglaublichen Namen eines Mülleimers«, erläuterte er.

Regina Garrison las ein Gedicht und war von dessen beunruhigender Kraft so erschüttert, daß sie keinen Versuch mehr machte, ein zweites zu lesen, sondern sie gleich ihrer Tochter übergab.

»Ja, er ist ein Dichter«, meinte die Frau des Bürgermeisters, »doch was leidet er für Qualen.«

Arabella ging nach dem Abendessen mit den Gedichten in ihr Zimmer, öffnete ihr Fenster der warmen Nacht und begann zu lesen, nachdem sie die Lampe auf ihrem Schreibtisch angezündet hatte. Garbages außerordentliche Leidenschaft, die tiefe Fülle seiner Nachdenklichkeit und der mit allen erdenklichen Wesen bevölkerte Hain seiner Bilder, die Regina Garrison so erschreckt hatten, riefen in Arabella, nachdem sie die ersten fünf Gedichte gelesen hatte, eine solche körperliche Verwirrung hervor, daß ihr trotz der kühl hereinstreichenden Brise ein Hitzeschauder über die Haut lief und sie die Haken ihres Mieders lösen mußte, um im Feuer von Garbages Versen atmen zu können. In der Schule wie auch in der holzgetäfelten Bibliothek des viktorianischen Hauses, in dem Alphonso Garrison seine Töchter erzogen hatte, auf daß sie des sehnenden Flehens angesehener Männer teilhaftig würden, war Arabella mit der Schönheit der englischen Dichtung in Berührung gekommen, hatte die paradiesischen Gärten Spaniens und die arabeskengleichen Brunnen Roms kennengelernt und bewundert. Und sie hatte so oft von den anderen betörenden Wundern jener Länder geträumt, daß ihr deren Namen ganz vertraut klangen und sie nur darauf wartete, daß ihr Vater das – wie sie meinte – undankbare Geschäft aufgab, eine verrückte und aus den Fugen geratene Stadt zu führen, in der niemand ihm seine Anstrengungen dankte, und mit ihr auf Urlaubsreise ging. Doch nichts, was sie in all den Tausendundeine-Nacht-Geschichten gelesen hatte, hatte sie bis zu dem Gefühl erschüttert, sich von diesem Kleidungsstück, dem Zeichen ihrer anständigen Erziehung, befreien zu müssen.

Als sie nun die Gedichte beiseite legte, um zu schlafen, spürte sie noch immer, wie ihr die spitze Feder des Dichters das Herz durchbohrte. Sie versuchte, sich daran zu erinnern, was sie an dem Tag empfunden hatte, als der Priester ihr bei der Erstkommunion die Hand auf den Kopf legte, ob sie überhaupt etwas empfunden hatte, vielleicht die Übertragung des Heiligen Geistes. Als sie in ihrem warmen Bett lag, wich die Hitze aus ihrem Körper, und sie merkte, wie sie zu frösteln anfing, sagte sich aber, daß sie sich ziemlich albern verhielte, wenn sie sich von den gequälten Kritzeleien eines Mannes verwirren ließe, der nicht einmal ihrer Klasse angehörte und an ihresgleichen vielleicht gar nicht interessiert war.

Um sechs Uhr in der Früh sahen die ersten Strahlen des erwachenden Morgens, wie Arabella ihren ruhelosen Körper noch immer auf den zerwühlten Laken hin und her warf. Die ganze Nacht über war es ihr nicht gelungen, die widersprüchlichen Gefühle, die sie für den Dichter empfand, miteinander in Einklang zu bringen. Seine Qualen bewirkten, daß sie sich zu ihm hingezogen fühlte, die nackt lodernden Feuer seiner Leidenschaft aber ließen sie vor ihm zurückschrecken, denn ihr war, als strichen die spinnengleichen Finger dieses Mannes über ihren Körper, den zu erwecken bis jetzt der herausfordernden Leidenschaftlichkeit anderer Dichter nicht vergönnt gewesen war. Als der Hausdiener um sieben Uhr die Frühstücksglocke läutete, lag sie noch immer im Bett. Nachdem sie sich gewaschen und ihren müden Körper in Kleider gehüllt hatte, ging Arabella Garrison in den langgestreckten, reich geschmückten Raum hinunter, in dem ihre Eltern mit dem Frühstück auf sie warteten. Ihre Schwester, mit der sie sonst ihre Gefühle teilte, war im College. Sie verbrachte das Wochenende bei ihrer Englischlehrerin, mit der sie ihre Rolle im *Mittsommernachtstraum* für die Neujahrsaufführung proben wollte.

Die Zauberkraft der Morgensonne erfüllte das warme Zimmer mit dem Geruch frischer Früchte. Arabella setzte sich, um mit ihren Eltern zu frühstücken, deren Haut im goldenen Licht braun und gesund schimmerte, wie bei Leuten zu erwarten, die sich häufig in der Sonne aufhalten.

»Nun, hast du dir eine Meinung zu unserem Dichter gebildet?« wollte der Verleger von seiner Tochter wissen, nachdem er den letzten Löffel Porridge in den Mund geschoben hatte.

»Ein paar seiner Gedichte mag ich schon, obwohl ich nicht mit Sicherheit behaupten möchte, sie zu verstehen«, erwiderte sie bescheiden und zurückhaltend.

»Und sind sie nicht umstürzlerisch?« wollte die bürgermeisterliche Stimme wissen.

»Soweit ich das beurteilen kann, nein. In manchen Gedichten scheint er unsereinen allerdings regelrecht widerlich zu finden. Wegen unserer beharrlichen Versessenheit auf gesellschaftlichen Status und so weiter«, antwortete sie.

Regina Garrison mischte sich in die Unterhaltung ein.

»Wenn du mich fragst«, sagte sie, »dann hat vieles von dem, was der junge Mann äußert, schon einen Sinn, denn es sieht ja tatsächlich so aus, als hätten wir jede Selbstachtung verloren. Denk nur daran, was wir alles auf uns genommen haben und noch auf uns nehmen, um unseren Töchtern die richtigen Verbindungen zu sichern.«

Alphonso Garrison schmetterte die Kritik seiner Frau mit einem Stirnrunzeln ab. Ihre Ehe, die in den ersten Jahren köstliche Freuden gekannt hatte, war in den letzten Jahren an den Felsen Malaguetas auf

Grund gelaufen, da der Verleger immer nur mit der Erweiterung seines Geschäftes beschäftigt war, eine Menge neuer Häuser gebaut und Leuten Geld geliehen hatte, die ihre Häuser als Sicherheit einsetzten und sich manchmal außer Stande sahen, sie auszulösen. Er faßte den Entschluß, Garbages Gedichte zu veröffentlichen, um seiner Frau zu beweisen, daß sein Herz noch immer am rechten Fleck schlug.

Die Öffentlichkeit war außer sich, als die Gedichte in der Zeitung abgedruckt wurden. Isatu Martins wurde mit Fragen nach der Kindheit des Dichters überhäuft, da die führenden Männer der Feder, allesamt Dichterlinge aus der alten Schule der Romantik, Aufsätze über ihn zu schreiben wünschten. Andere Vertreter der Oberschicht Malaguetas hielten einige Gedichte für unüberlegt und gefährlich und beschlossen, den jungen Mann im Auge zu behalten. Zu seiner großen Überraschung erhielt Garbage viele Einladungen seitens der führenden Bürger Malaguetas. Einige nahm er an. Die Männer behandelten ihn wie den Vertreter einer seltenen Gattung, ihre juwelenbehangenen Frauen verschlangen ihn mit lüsternen Augen. Er verhöhnte die Männer und scherzte mit den Frauen, ließ sich jedoch nie dazu überreden, eine Rede zu halten. Wenn er sie in ihren Häusern besuchte, kleidete er sich ausgefallen wie ein Bohemien, was sehr zu seinem Ruf als sonderlicher Einzelgänger beitrug. In der Farmerschen Buchhandlung und im College, wo Arabella und Matilda Garrison in der vordersten Reihe saßen, um seiner leidenschaftlichen Stimme zu lauschen, trug er seine Gedichte vor.

Ein paar Monate später gestand Arabella ihrer Schwester, daß sie für den Dichter etwas übrig hatte.

Die beiden Schwestern hatten sich sehr unterschiedlich entwickelt. Die ältere hatte sich die dunkle Hautfarbe ihrer Kindheit bewahrt, trug langes, welliges Haar, hatte leicht hervortretende Wangenknochen, war von freundlicher Natur und liebte die Musik. Matilda hingegen war das Fett nicht losgeworden, daß sie schon seit ihrer Kinderzeit mit sich herumschleppte. Dennoch war sie auf hochnäsige Weise anziehend, hatte einen sehr hellen Teint und bestand darauf, daß die Dienerschaft sie mit »Miss« anredete, ganz anders als ihre Schwester, der es genügte, mit dem Vornamen angesprochen zu werden. Noch immer ließ sie jeden Morgen ihr Nachtgeschirr ungeleert unter dem Bett stehen, bis ihr Dienstmädchen kam, die Fenster öffnete und den Behälter mit hinausnahm. Im Einklang mit der hohen Meinung, die sie von sich selbst hatte, betrachtete sie die Enkel der Gründer Malaguetas als ungehobelte Barbaren – und obwohl sie vor Garbage aufgrund seiner hohen Begabung und dem verachtungsvollen Feuer seiner Worte riesige Ehrfurcht empfand, würde sie sich doch nie soweit erniedrigen, ihn ihrer Beachtung für würdig zu halten. Deshalb war sie entsetzt, als sie die Beichte ihrer Schwester vernahm.

»Er mag ja Dichter sein«, sagte sie, »aber du darfst nicht vergessen, daß er der Sohn eines Steinmetzen ist.«

Arabella waren solch eigenartige Vorurteile fremd. Ihr gütiges Wesen, ihre umfassende Menschlichkeit und ihre Bewunderung aller schöpferischen Geister reichten aus, alle Bedenken zu überwinden, die sie Garbage gegenüber empfunden hatte, als sie zum erstenmal seine Gedichte las. Sie beschloß, ihm zu schreiben.

Zwei Wochen später brachte ein Dienstmädchen, dem Arabella den Schwur zu schweigen abgenommen hatte, Garbage einen schönen Briefumschlag, auf dem in Arabella Garrisons zierlich vollendeter Handschrift sein Name geschrieben stand. Der Brief begann mit einer Kritik an der ausladenden Entäußerung seiner Gefühle, die sie furchterregend fand, an seinem Hang, die »christlichen Werte« geringzuschätzen sowie seiner Verachtung jeglicher Autorität.

»Nicht alle sind so schlecht und verachtenswürdig«, versicherte sie ihm, »Sie müssen ihnen nur eine Chance geben.«

Dann gestand sie ihm, wie sehr ihr seine Gedichte gefielen, gab aber zu, daß sie einige nicht verstanden hätte.

»Doch sollten Sie als Mann der Feder uns geringere Sterbliche nicht verachten, wenn wir feststellen, daß Ihnen an den Werten, die uns lieb und teuer sind, nichts liegt.«

Sie hoffe, daß sie, die sie doch beide Künstler waren, einander ihre Meinung über die Schönheit von Musik und Dichtung sagen könnten.

»Sehen Sie in mir eine Schwester im Geiste, und möge Gott sie schützen«, schloß sie.

Garbage wußte nicht, was er von dem Brief halten sollte. Er lebte in einer Welt, in der weibliche Begierden keine Rolle spielten, und schon gar nicht bei Frauen, bei denen er fürchtete, in die Falle der

Ehe zu gehen. Wenn es ihn nach einer Frau verlangte, dann besuchte er das Gelbe Haus, in dem die Frauen ihn willkommen hießen und ihm Wein und Speisen kredenzten, bevor sie mit ihm ins Bett gingen. In ihren Augen war er der mürrischste Mann, den Gott je geschaffen hatte, und brauchte jemanden, der ihn zum Lachen brachte. Daß solch flüchtige Akte der Liebe seiner Arbeit in die Quere kamen, gestattete er sich nicht. Niemals erlaubte er einer Frau aus dem Gelben Haus, ihn zu Hause zu besuchen. Die einzige Frau, die man je in der Nähe seines Hauses gesehen hatte, war seine Mutter.

»Such dir eine Frau«, riet Isatu Martins ihrem Sohn immer, wenn ihr Blick auf die Unordnung in seinem Zimmer fiel. Wie sie sehr wohl wußte, war ihr Sohn mit dem Mal eines unabhängigen Geistes gezeichnet, und zwar von jenem Augenblick an, da er ihr vor langer Zeit geschenkt worden war. Dennoch betete sie darum, daß er sie bald zur Großmutter machen würde, damit sie nicht die gleichen Qualen erdulden müßte, wie sie ihr Vater, der Herr des Bananenhains, in der langen Zeit, bis sie ihm ein Enkelkind schenkte, zu durchleiden gehabt hatte.

Drei Monate lang blieb der Brief unbeantwortet. In dieser Zeit heiratete, zum Entsetzen aller, die sie kannten, Matilda Garrison den wohlhabenden, aber nicht allzu intelligenten Sohn eines Kaufmanns, der einen Posten in der Verwaltung bekleidete. In der Kathedrale in der George Street fand eine teure Trauung statt, der sich ein Empfang im Rathaus anschloß, bei dem die Gäste sechs Dutzend Kisten Wein leerten, den Alphonso Garrison aus einem Weinkeller in Portugal hatte kommen lassen. Arabella spürte in der Hochzeitsnacht ihrer Schwester ein Kratzen in der Kehle. Auch wenn die schwesterlichen Bande zwischen ihnen nie sonderlich stark gewesen waren, empfand sie eine Mischung aus Freude und Trauer, als die Diener die beiden Kisten mit Matildas Aussteuer die Treppe heruntertrugen, die Braut sie zum Abschied küßte und – den Käfig mit dem italienischen Arien-Papagei in der linken Hand – davoneilte, um zu ihrem Mann in den Brougham zu steigen.

Etwas Trost fand Arabella in der Musik. Morgens um sieben erwachte das Haus von den lodernden Flammen einer ungarischen Rhapsodie von Liszt, nachmittags um zwei erklang als Ständchen die zarte Melodie einer Polonaise von Chopin, und wenn der Bürgermeister aus dem Büro nach Hause kam, leistete ihm die brütende Leidenschaft einer Beethoven-Sonate Gesellschaft, wenn er es sich nach dem Abendessen mit Zigarre und Brandy gemütlich machte.

Regina Garrison war eine aufmerksame Mutter, und so blieben ihr die Veränderungen, die mit ihrer Tochter vor sich gingen, nicht verborgen. Allerdings war sie auch diskret genug, ihre Besorgnis nicht zu zeigen. Sie dachte sich ihr Teil, wenn Arabella bis spät in die Nacht munter blieb und Briefe schrieb, die sie nie abschickte, sondern am nächsten Morgen zerriß und in einer Urne verbrannte. Für jemanden, der sich nie der Eitelkeit schuldig gemacht hatte – was zum Beispiel ihrer Schwester vorzuwerfen war –, stand Arabella nun morgens sehr lange vor dem Spiegel im Bad und betrachtete ihr Gesicht. Regina wußte das von dem Dienstmädchen, das ihrer Tochter nachspionierte. Und als Arabella anfing, wie ein Wolf zu essen, wo sie doch vordem immer nur wie ein Hühnchen gespeist hatte, war Regina Garrison endgültig davon überzeugt, daß etwas nicht stimmte. Da sie der Meinung war, eine Reise ins Ausland könnte sie vielleicht aufheitern, schlug sie ihrem Mann vor, die junge Dame auf Reisen zu schicken. Den Grund für ihre Besorgnis verschwieg sie ihm aber, denn ihrer Ansicht nach war das eine Angelegenheit unter Frauen.

Arabella bedankte sich bei ihrer Mutter für den Vorschlag, lehnte die Reise aber ab. Das machte es Regina Garrison noch schwerer, sich im Irrgarten des Unglücks der jungen Frau zurechtzufinden. In letzter Verzweiflung konsultierte sie den Hausarzt der Familie und beschrieb ihm die Symptome der Krankheit ihrer Tochter, wobei sie hinzufügte, daß Arabella, während sie es früher mit den Badesalzen übergenau genommen hatte, sich nun in die Badewanne setzte, in klares, hartes Wasser, so, als wollte sie ihren Körper strafen.

Der Arzt, dessen Augen in den Jahren, die er eine Brille trug, sanft geworden waren und dessen Geduld über den unzähligen Stunden, die er damit zugebracht hatte, weinenden Müttern zuzuhören, nur noch gewachsen war, dachte eine Weile über Reginas Sorgen nach, bevor er sich äußerte und ihr einen Rat gab, der ganz und gar unmedizinisch schien.

»Das ist nichts Besorgniserregendes, Mrs. Garrison«, sagte er. »Manche Leute bestrafen ihren Körper für Sünden, die sie nur im Geiste begangen haben. So, wie sich in katholischen Gegenden die

Büßer geißeln, um religiöse Disziplin zu erlangen. Arabella scheint ihren Körper einer Züchtigung zu unterwerfen, zu der nur eine junge Frau neigt, die kurz davor steht, ihre Beherrschung zu verlieren. Ich kann allerdings nicht sagen, aus welchem Grunde.«

Die Dinge gestalteten sich nicht einfacher, als – während Arabella ruhelos und verzweifelt durch das Haus der Garrisons lief – die Gerüchteküche Malaguetas die Neuigkeit in Umlauf brachte, daß Garbage im botanischen Garten mit der Tochter eines Kirchenführers gesichtet worden wäre oder daß die Frau eines Lehrers aus dem College ihren Mann wegen des Dichters verlassen hätte. Arabella sah noch jammervoller aus und aß mit einer unersättlichen Gier, die ihre Mutter in Angst und Schrecken versetzte. Schließlich faßte Regina Garrison sich ein Herz und sprach sie an.

»Wenn du dich schon umbringen willst, dann tu das gefälligst wie eine Dame und nicht wie ein Schwein.«

Die Wochen gingen ins Land, und Arabella lief weiter herum wie in einem ewigen Traum gefangen. Manchmal begann sie auf dem Klavier ein neues Stück einzuüben, nur um mittendrin wieder aufzuhören. Sie bekam Pickel, drückte sie aber erbarmungslos aus, so daß ihr Gesicht eine ganze Zeit ziemlich verunstaltet aussah. Schließlich ertrug sie es nicht länger. Tagelang schloß sie sich in ihrem Zimmer ein, wurde noch verzagter und überließ sich einer erschreckenden Ungepflegtheit. In ihrer tiefen Verzweiflung ließ sie alle Bedenken in Bezug auf ihren gesellschaftlichen Rang fallen und schrieb Garbage einen wütenden Brief.

Sie bezeichnete ihn als niederträchtigen Kerl, als Schuft »wie alle Eingeborenen«, und machte sich wütende Vorwürfe, ihm als erste geschrieben zu haben. Sie gestand ihm, daß sie ihren Vater überredet hatte, seine Gedichte zu veröffentlichen, auch wenn aus ihnen eindeutig sein grobes Benehmen hervorging und sein mangelndes Verständnis der grammatikalischen Grundregeln.

»Doch obwohl ich Ihnen nun bereits zum zweitenmal schreibe, seien Sie versichert, daß ich in keiner Weise Ihrem Zauber erlegen bin und Sie sich, soweit es mich betrifft, weiterhin mit Frauen verlustieren können, die auch nicht besser sind als Sie selbst, da sie nur Ihre niedersten Bedürfnisse befriedigen. Auf Wiedersehen, und machen Sie sich gar nicht erst die Mühe zu antworten, denn unsere Vorstellungen vom Streben nach künstlerischen Werten werden sich nicht auf dem Altar der künstlerischen Vollkommenheit vereinigen«, schloß sie und schickte ihr Dienstmädchen los, den Brief zu überbringen.

Kurze Zeit später, am Weihnachtsabend, gab der Gouverneur ein Fest, zu dem alle wichtigen Familien Malaguetas eingeladen waren. Arabella weigerte sich, ihre Eltern zu begleiten, schützte Kopfschmerzen vor und ging nicht einmal zur Tür, um ihre Eltern zu verabschieden. Sie nahm ein Bad und begab sich dann in ihr Zimmer. Da sie nicht schlafen konnte, strickte sie an einem Sweater, der sie im Harmattan warmhalten sollte. Sie hatte ihr Fenster offen gelassen, damit die kühle Brise vom Meer zu ihr fand. Unter ihrem Flanellnachthemd war sie nackt. Sie hatte sich gerade mit einer Nadel in den Finger gestochen, als ein Stein, um den ein Fetzen Papier gewickelt war, durch das Fenster in ihr Zimmer flog. Sie ließ das Strickzeug fallen, hob den Stein vom Boden auf und las die Botschaft. Auf dem Papier las sie – geschrieben in der vertrauten Handschrift, die sie an jenem ersten Abend, als ihr Vater die Gedichte mit nach Hause brachte, kennengelernt hatte – Garbages Antwort, die knappste Mitteilung, die sie je gelesen hatte:

»Ich bin hier unten.«

Arabella ging ans Fenster und erkannte im fahlen Licht des Mondes die Umrisse eines Mannes. Eine Hand winkte ihr aus der Dunkelheit, und dann kletterte der Mann die Hauswand empor. Ein riesiger Schrecken erfaßte Arabella Garrison, und obwohl sie den Mund öffnete, um laut loszuschreien, kam kein Ton aus ihrer Kehle, weil ihr Herz sich dagegen wehrte. Vielmehr zog sie sich vom Fenster zurück und wartete wie gebannt, als Garbage durch das Fenster einstieg.

Draußen im Garten bellte ein Hund, und Arabella sah, wie eine schön gezeichnete Eule sich aus den Zweigen eines Guavenbaumes erhob und auf das Dach des Hauses flog. Dann stand Garbage nach zwei kurzen Schritten vor ihr und berührte ihr Gesicht. Als er sie küssen wollte, versteifte sich ihr Rücken, und sie preßte ihre ebenmäßigen Zähne zusammen. Bevor sie sich ihm entziehen konnte, hob er sie sacht empor wie eine Wachspuppe und legte sie auf das Bett.

»Wenn Sie nicht gehen, schreie ich«, drohte sie, wußte aber, daß Garbage, weil er die zerknüllte Einladung noch in der Hand hielt, die Feier des Gouverneurs besucht und dort zweifellos ihre Eltern gesehen hatte. Als er sich über sie beugte, preßte sie die Knie zusammen, biß ihm in die Hand und schrie:

»Nein, nein, nein.«

Doch es war nur ein schwacher Aufschrei, der Arabella so schön aussehen ließen wie nie, seit die Motten des Verlangen sie zu zerfressen begonnen hatten, und sie vom Leid und der Demütigung heilte, die sie in den langen Monaten, in denen sie auf eine Antwort gewartet, erduldet hatte.

Ein grausamer Ausdruck spielte in ihren Zügen, und Arabella Garrison hob die rechte Hand zu einem wohlgezielten Schlag in Garbages Gesicht. Er verfehlte sein Ziel. Garbage fing ihn mit der gleichen Gewandtheit ab, mit der er die schwer greifbaren Sonnenvögel der Muse gefangen hatte, und mit einer Geschicklichkeit, die Arabella unvermittelt traf, entriegelte er die Tore ihrer Jungfernschaft und lähmte ihre Beine. Selbstvergessen ergriff ein stürmisches, freudefieberndes Musikstück von ihrem Körper Besitz, betäubte ihre Sinne mit entzückendem Wein und trug sie fort in ein Land, von dem sie in der Vergangenheit beim Klavierspielen manchmal geträumt hatte. Sie wollte dem Ursprung dieser Musik widerstehen, doch als Garbage sich langsamer bewegte, erblickte er auf Arabellas Gesicht den Ausdruck eines verängstigten Tieres, das fürchtete, die Musik könne aufhören. Wie einen mächtigen Schraubstock schloß sie ihre Arme um Garbages Rücken, erschauerte vor der pulsierenden Kraft der auf- und abschwellenden Wellen, die er in ihr auslöste, wenn er sein Tempo erhöhte. Es war das schönste Musikstück, das Arabella Garrison je gehört hatte, und sie weinte vor Freude und Dankbarkeit, weil Gott ihrem Körper die Geschicklichkeit und ihren Fingern die Feinfühligkeit geschenkt hatte, auf die unvorstellbare Lust und Leidenschaft dieser Musik zu antworten.

14 *Matilda und die sieben Häuser*

Jeanette Cromantine hatte sich vom Verlust ihres Sohnes soweit erholt, daß sie sich niemals wieder gestattete, sich ihrem Schicksal zu ergeben oder im Sumpf des Selbstmitleids zu versinken. Da nur noch wenige Jahre fehlten, bis sie ein Jahrhundert auf ihren Schultern trug, hatte sie Louisa und ihrem Hausmädchen die Oberhoheit über das Haus übertragen. Weder der Verfall ihrer erstaunlichen Kräfte noch die ersten, zaghaften Attacken des Todes vermochten sie von der einen und einzigen Aufgabe abzubringen, die sie nach Emmanuels Tod noch am Leben hielt: Fatmatta-Emilias Erziehung. Schlank, grazil und schüchtern, war das Mädchen unter den wachsamen Augen seiner Großmutter zu einer liebenswerten jungen Frau herangewachsen. Während Louisa den Schmerz, Emmanuel verloren zu haben, abtötete, indem sie als Lehrerin arbeitete und sich in den verschiedensten Wohltätigkeitsorganisationen engagierte, die für die umliegenden Städte und Dörfer alte Kleidung und Arzneimittel sammelten, während Isatu Martins die Erinnerung an Gustavius am Leben hielt, indem sie großzügig die jungen Männer unterstützte, die Baumeister werden wollten, widmete sich Jeanette Cromantine einzig und allein ihrer Enkeltochter. Sie kämpfte mit allen möglichen Mitteln gegen Schüttelfrost an, brachte sie, bis Fatmatta-Emilia das zwölfte Lebensjahr vollendet hatte, jeden Tag zur Schule und lehrte sie, gegen Louisas Willen, rechtzeitig vor der Konfirmation den Katechismus. Als Fatmatta-Emilia dreizehn wurde, langte ihre Großmutter tief in die Truhe mit ihrem Ersparten und richtete ihr eine große Geburtstagsfeier aus, zu der sie fünfzig Gäste einlud.

»Sie is mein Jungbrunn'n, de Grund, warum ich noch leb«, sagte sie allen, die meinten, sie verwöhne ihre Enkeltochter. Sie stritt sich mit einem Lehrer in der Schule, der unbedacht einmal etwas von einer »Rebellentochter« geäußert hatte, und erklärte ihr, wenn nicht Menschen wie ihr Sohn gewesen wären, gäbe es solche wie diesen Lehrer überhaupt nicht. Alle zwei Jahre wechselte sie in Fatmatta-Emilias Zimmer die Möbel, bestellte aus einem in Manchester gedruckten Katalog für sie Schuhe und eine vollständige Ausgabe der Enzyklopädie, »damit meine Enkelin de Welt kennenlernt, wie ich sie nicht kennengelernt hab«. Es machte ihr große Freude, ihrer Enkeltochter zuzuhören, wenn sie ihr von der weiten Welt erzählte: von den Eskimos, die ihr ganzes Leben unter einer dicken Schneedecke begraben waren, vom König der Zulu, der seine Liebe dem Wohle seines Vaterlandes opferte. Das aber fand sogar Jeanette Cromantine »'n bißchn zuviel des Gutn«.

Doch trotz der überschwenglichen und verschwenderischen Liebe ihrer Großmutter war Fatmatta-Emilia kein verzogenes Mädchen, sondern eher ein Bücherwurm, der den Dämmerjahren seiner Großmutter Erinnerungen an den Vater bescherte. Sie verhielt sich überhaupt so pflichtbewußt ihrer Großmutter gegenüber, daß sie niemals Verabredungen annahm, nicht einmal welche unter Aufsicht, sondern es vorzog, zu Hause bei ihrer Großmutter zu bleiben und von der alten Frau zu lernen, wie man einen Schal häkelt. Wenn Jeanette Cromantine sie neckte und fragte, ob sie denn »nen Liebstn« habe, dann wich Fatmatta-Emilia dieser Frage immer aus.

»Ich bin glücklich, wenn ich bei dir sein kann, Oma«, sagte sie.

Als sich schließlich tratschende Zungen daran wetzten, daß Fatmatta-Emilia ein Verhältnis mit Septimus Doherty, dem Ehemann Matilda Garrison habe, mußte Jeanette Cromantine schon alle Selbstbeherrschung aufbringen, um nicht einen Hagel von Flüchen und Verwünschungen über ihrer Enkeltochter auszuschütten, sah sie doch die Hingabe und Liebe der letzten einundzwanzig Jahre in Flammen aufgehen. Tagelang ging sie mit einem langen Stock umher und sprach immer wieder zu sich: »Schlange, Schlange, Schlange«. Als Louisa sie fragte, wo die Schlange sei, damit sie sie töten könnte, wies die alte Frau nur nach draußen ins Freie und stöhnte noch Tage weiter vor sich hin. Sie vermied es, Fatmatta-Emilia anzusehen, bis sich die beiden eines Morgens unvermittelt gegenüberstanden und sie sich so ungewöhnlich verhielt, daß Fatmatta-Emilia schon glaubte, der Altersschwachsinn hätte zu guter Letzt doch noch einen Sieg errungen. Dann aber hatte Jeanette Cromantine aus heiterem Himmel einen glänzenden Einfall. Sie stellte fest, daß sie seit langer Zeit das Haus nicht mehr verlassen hatte, mietete einen Brougham und nahm das Hausmädchen auf eine Fahrt durch die Stadt mit.

»Ich will noch mal sehn, was sie aus de Stadt gemacht habn, bevor es mich ins Grab zieht«, erklärte sie Louisa, während ihre eigentliche Absicht darin bestand, sich den Mann näher anzusehen, auf den sich der Begriff »Schlange« bezog.

Gut verhüllt gegen die Kälte, fuhr sie kreuz und quer durch eine Stadt, die seit dem letzten Krieg so gewachsen war, daß sie sie fast nicht wiedererkannte. Dort, wo sie vor beinahe achtzig Jahren die erste Niederlassung errichtet hatten, erblickte sie nun die für den weißen Gouverneur erbaute Festung. Sie stand unmittelbar neben dem prächtigen Gerichtsgebäude, wo die Herrschenden die Gesetze ihrer Königin zur Anwendung brachten. Die Straßen waren verbreitert worden, damit die Kutschen der neuen Handelsklasse ausreichend Platz fanden, und im Hafen wimmelte es vor Schiffen aus aller Herren Länder, mit denen Malagueta Handel trieb und Geschäfte machte. Vor allem anderen schlug sie das neue Verwaltungsgebäude der Kolonialregierung in seinen Bann: Riesig, Ehrfurcht gebietend und selbstherrlich thronte es über dem Stadtteil, in dem sich einige der heftigsten Kämpfe zugetragen hatten. Jeanette Cromantine beobachtete, wie die weißen Beamten das Gebäude betraten. Vor dem Gebäude saßen schwarze Boten auf dem Erdboden und frühstückten. Die alte Frau stieg aus ihrem Wagen und ging zu ihnen hinüber.

»Sohn«, sprach sie den einen an, »wer von euch is Septimus Doherty?«

Er wies auf ein Zimmer im Erdgeschoß des Gebäudes und erklärte: »Mr. Doherty is einer von de schwarzn Großköpfn mit eignem Büro.«

Jeanette Cromantine ging hinein und fand sich einem kleinen, braunhäutigen Mann gegenüber, der trotz seiner Jugend schon kahl wurde und sie mit den scheuen Augen eines ungeliebten Hundes anschaute. Als die alte Frau sein Büro betrat, erhob er sich von seinem Stuhl und bot ihr Platz an.

Jeanette Cromantine machte es sich in dem großen Stuhl bequem, nahm den Seidenschal vom Kopf und fixierte Septimus Doherty mit durchdringendem, galligem Blick.

»Mista«, begann sie, »dieser weiße Kopf hier vor Ihnen hat ne Menge gesehn, bevor Sie auf de Welt gekommn sind, bevor das Haus hier gebaut wordn is, und de Herr weiß, ich hab zu meiner Zeit mein'n Teil dazu beigetragn, de Stadt hier zu nem lebenswertn Platz zu machn. De Zug de Zeit hat uns überrollt, aber das heißt noch lange nicht, daß ihr Neu'n mit uns machn könnt, was ihr wollt. Und ich schwör beim Gedächtnis meines verstorben'n Sohns Emmanuel Cromantine, daß ich Sie aus de Stadt jagn werd, wenn Sie nicht aufhörn, meine Enkeltochter zu belästign.«

Septimus Doherty hatte, während die alte Frau sprach, die Brille abgenommen. Tränen liefen über sein Gesicht eines ungeliebten

Hundes, das einstmals hübsch gewesen war, aber durch eine Mischung aus Schlaflosigkeit und tiefer Traurigkeit aufgeschwemmt wirkte. Jeanette Cromantine hatte seit jenem Abend vor fast fünfundsiebzig Jahren, als Sebastian auf dem Ehebett zusammengebrochen war, nachdem ihn seine Manneskraft im Stich gelassen hatte, keinen Mann mehr weinen sehen. So war bereits ein Großteil des Zorns von ihr gewichen, als Septimus endlich seine Sprache wiederfand.

»Mama«, antwortete Septimus mit der sanftesten Stimme, die die alte Frau je gehört hatte, »ich würde lieber sterben, als Sie zu verletzen oder das Andenken an ihren berühmten Sohn mit Schande zu bedecken. Mein Wort als Christ: Ich habe Ihre Enkeltochter nicht berührt. Alles, was ich je getan habe, ist, daß ich meiner Frau gegenüber erwähnte, ich hätte, wäre mir nur etwas Verstand zu eigen gewesen, meinem Vater am besten gesagt, er solle sich mit seinem Geld zur Hölle scheren. Und dann hätte ich statt dieser Spitzmaus, die zu heiraten man mich zwang, so eine phantastische Frau wie Ihre Fatmatta-Emilia heiraten sollen, die ich leider immer nur in der Kirche zu Gesicht bekam. Das Gerücht, ich sei mit Ihrer Enkeltochter liiert, hat meine Frau ausgestreut. Und was ich Ihnen jetzt sagte, das ist nichts als die Wahrheit.«

Septimus Doherty war der einzige Sohn eines Witwers, der in der Zeit, da das umliegende Land Malagueta eingemeindet wurde, mit Kaffee- und Kakaoplantagen eine beträchtliche Menge Geld verdient hatte. Für Robert Doherty, einen kräftigen, aggressiven und herrschsüchtigen Mann, war nichts natürlicher, als zwischen seinem Sohn und der willfährigen Tochter des Bürgermeisters eine sogenannte Geschäftsheirat herbeizuführen.

»Wenn der Junge einst mein Geld erbt«, hatte er eines Nachmittags beim Essen zu Alphonso Garrison gesagt, »dann braucht er jemanden wie Ihre Tochter, die darauf achtet, daß das Geld auch gut investiert und ausgegeben wird.«

Die Ehe war von Anfang an eine Katastrophe. Matilda Garrison hatte sich ursprünglich von der Vorstellung betören lassen, einen aufgehenden Stern der Kolonialverwaltung zu heiraten, denn damit verband sich die Aussicht, möglicherweise zur Vervollständigung ihrer Ausbildung nach Übersee zu gehen, worauf vielleicht eine Anstellung beim Gouverneur von Barbados möglich gewesen wäre. In der

Hochzeitsnacht entdeckte sie aber, daß Septimus Doherty nicht der Mann war, den sie sich als Ehemann vorgestellt hatte. Ihre Mutter hatte sie weder aufgeklärt, was sie in der Hochzeitsnacht zu tun hatte, noch, was sie erwartete. So brachte Matilda zunächst eine halbe Stunde darüber zu, eins aus dem halben Dutzend Nachthemden ihrer Aussteuer auszuwählen, das am besten ihren rundlichen Körper verhüllte, dessen sie sich schämte. Dann rieb sie sich, wie seit Wochen schon, eine Mentholsalbe in die Nasenlöcher, um die Auswirkungen einer verschleppten Erkältung zu bekämpfen, zwang ihr Haar unter eine Bischofsmitra und trank ein Glas Wasser mit Epsomer Bittersalz, um für die Nacht gegen alle Darmbewegungen gefeit zu sein. Anschließend kniete sie vor dem großen Spiegel nieder, nahm die Haltung einer Gottesanbeterin an und bat die Jungfrau Maria um ein Zeichen, bevor sie schließlich ins Schlafzimmer hinüber zu ihrem Ehemann ging.

Dort erwartete sie ein entsetzlicher Anblick. Septimus Doherty hatte sich nackt ausgezogen, befand sich in einem Zustand aufgereckter Bereitschaft und harrte seiner Frau. Als Matilda das unheimliche Tier erblickte, das schwellend zwischen seinen Beinen aufragte, versagten ihre Beine den Dienst, und sie fürchtete, ohnmächtig zu werden. Sie hatte sich vorgestellt, daß ihr Mann ihr den Rücken zukehrte, während sie sich im Dunkeln auszog, und daß auch er sich im Dunkeln und mit dem Rücken zu ihr seines Nachtgewandes entledigen würde. In einem Winkel ihres verdrehten Hirns hatte Matilda Garrison die Vereinigung von Mann und Frau immer mit den prüden und bigotten Verboten der Kirche in Zusammenhang gebracht und gemeint, sie vollzöge sich unter doppeltem Laken und nur zum Zwecke der Fortpflanzung. Und aus dem zweiten Grunde wäre sie bereit gewesen, den Akt der Entjungferung zu erdulden. Der tierische Schrecken aber, den die aufgereckte Aufforderung ihres Mannes ihr einjagte, war mehr, als sie ertragen konnte. Sie rannte ins Bad zurück, verriegelte die Tür und fühlte sich, nachdem sie sich bekreuzigt hatte, fürchterlich krank und elend.

Die Ehe wurde nie vollzogen.

Am nächsten Tag besuchte Matilda die Freitagsmesse, weigerte sich aber, den Beichtstuhl aufzusuchen, und als ihre Mutter am Nachmittag mit frischem Obst vorbeikam, sah Matilda so strahlend aus wie nie zuvor. Sie tat so, als sei nichts geschehen, gab dem Koch die Anweisung, für Septimus die Suppe warmzuhalten, und ordnete wieder und wieder die Blumen auf dem Eßtisch.

Als sie sich abends zum Schlafengehen fertigmachte, rüstete sie sich mit vielfältiger Wehr. Eine Kordel, die sie zu einem Altweiberknoten schnürte, sicherte ein Paar enggestrickter Schlüpfer, über denen sie ein vom Kopf bis zum Bauch zugeknöpftes Flanellnachthemd trug.

Septimus Doherty, der, anders als in der vorangegangenen Nacht, seinen Schlafanzug angezogen hatte, machte sich gar nicht erst die Mühe, seine ehelichen Rechte einzufordern, als er sie ins Schlafzimmer kommen sah. Er nahm sein Kopfkissen und verließ das Zimmer, nachdem er von der Tür her noch zu einem letzten Wortschlag gegen seine Frau ausgeholt hatte.

»Mach dir nichts draus«, sagte er, »du kannst dir ja dein eigenes Feuer mit ner Kerze machen. Ich hoffe nur, es brennt durch bis in dein verdrehtes Herz.«

Eine ganze Weile taten sie so, als seien sie glücklich. Wenn ihr Mann seinen Vater oder seine Vorgesetzten aus der Verwaltung einlud, spielte Matilda die vollkommene Gastgeberin. Da sie recht belesen war, konnte sie die Gäste mit ihren Kenntnissen in so ausgefallenen Dingen wie den kürzlich in der Stadt in Mode gekommenen Pferderennen, in der Freude, Rhododendron zu kultivieren, oder der Schwierigkeit beeindrucken, in einer Stadt Lady Macbeth zu spielen, »in der die meisten Frauen mit dieser Rolle nichts anfangen können«. Ziemlich regelmäßig gingen sie sonntags zur Kirche, auch wenn Matilda, die Katholikin, manchmal, wenn sie das Bedürfnis nach größerer geistlicher Läuterung verspürte, allein zur Messe ging.

So wäre es sicher noch lange Zeit weitergegangen, wenn Regina Garrison nicht aufgefallen wäre, daß Matilda Doherty – ganz im Gegensatz zu ihrem augenscheinlichen Glück – die Fähigkeit verlor, sich mit anderen Menschen zu unterhalten, und daß sie unnatürlich blaß aussah, was selbst bei einem so hellhäutigen Menschen auffiel. Wenn sie morgens aufwachte, verrieten große Krähenfüße ihre schlaflosen Nächte. Ihrem Hausmädchen zufolge führte Matilda tagsüber Selbstgespräche und verbrachte einen guten Teil ihrer Zeit damit, dem italienischen Arien-Papagei ein Liedchen aus Puccinis *Manon Lescaut* beizubringen.

»Mach diese unglückliche Frau heute glücklich, mein Liebling«, flüsterte sie eines schwindenden Abends dem Vogel zu, als der Rhododendron sie vor den Blicken anderer verbarg.

Davon überzeugt, daß die Wurzeln ihres übermäßigen Stolzes, die unerträgliche Prüderie ihres Wesens und die Unfähigkeit zuzugeben, daß sie jemals etwas falsch machte, es Matilda verboten, sich ihr anzuvertrauen, beschloß Regina Garrison, ihre Tochter ins Gebet zu nehmen. Sie wartete ab, bis Matildas Mann ins Büro gegangen war, und zwang sie zu einem Gespräch.

»Ich bin vielleicht nicht so helle wie du, junge Dame«, begann sie, »aber ich kann über meine Nasenspitze hinaussehen, und ich weiß, du und dein Mann, ihr schlaft nicht im selben Bett.«

Matilda war entsetzt. Sie hatte geglaubt, daß ihr Problem ein gut gehütetes Geheimnis war, aber nicht mit der Wachsamkeit ihres Dienstmädchens gerechnet, das im Schlafzimmer das Ehebett richtete und, da sie niemals Haare ihres Dienstherrn auf dem Kopfkissen entdeckte, an ihrem freien Tag mit anderen Hausmädchen getratscht und ihnen erzählt hatte, Matilda sei eine »gefühlskalte Frau, die den armen Mann dem Schnaps in die Arme treibt«.

Was nicht der Wahrheit entsprach, denn Septimus hatte die Demütigung, daß er für sie ein ungeliebter Ehehund war, überwunden, indem er die Kälte seiner Frau auf die Arglist seines Vaters und das Mißgeschick eines bösen Traums zurückführte. Wenn er überhaupt trank, dann mehr aus Langeweile und Trägheit als wegen eines Gefühls verletzter Männlichkeit, an dem er aufgrund der züchtigen Strenge seiner Frau hätte leiden können. Während sie sich mit anderen Dingen befaßte als mit denen, derentwegen Robert Doherty die Ehe in die Wege geleitet hatte – »die Fortpflanzung meines Samens« –, fand er durchaus Zeit, den Jungen im Jugendclub des Colleges Unterricht im Schachspiel zu erteilen, für die »Kolonialen« Kricket zu spielen und sich als leitendes Kirchenmitglied für die Belange der Gemeinde einzusetzen. In eben dieser Stellung war er Fatmatta-Emilia begegnet, hatte sie zu einem Tee eingeladen und sie dann, um ihre Ehre zu schützen, nach Hause begleitet. Als seine Frau davon erfuhr, streute sie das Gerücht über das vermeintliche Verhältnis der beiden aus zum Beweis dafür, daß sie einen Lüstling geheiratet hätte, der allein für ihr Unglück verantwortlich war.

Derweil sich also Matilda Doherty Mentholsalbe in die Nasenlöcher rieb und den Keuschheitsgürtel umlegte, bevor sie zu Bett ging, erfreute sich Arabella einer leuchtenden tropischen Blüte des Glücks. Von Garbages verwegener Verführung aus den Fesseln ihrer behüteten Kindheit befreit, entwickelte sie eine derart unerwartete Begabung für die Liebe, daß sie den Dichter schon bald mit den romantischen Feuern ihrer Leidenschaft umgarnt hatte. Verschwiegen, vorsichtig und zu Anfang auch etwas ängstlich, erdachte sie ausgeklügelte Pläne, wie sie das Haus verlassen könnte. Wenn ihre Eltern in den betörenden Sommermonaten mittags einschlummerten, nahm sie ihre Musikbücher und Noten und gab vor, ins Konservatorium zu gehen.

Das ging soweit, daß sie, die sich von den rohen Bildern seiner Phantasie, von den reinigenden Metaphern seines Herzens angezogen gefühlt hatte, nun ihre neu entdeckte Begeisterung für das Liebesspiel in eine ästhetische Berufung verwandelte. Als sie ihre ursprüngliche Schüchternheit erst einmal überwunden hatte, offenbarte sie ein weit bewegenderes, ausgeglicheneres Verständnis der ungezügelten Möglichkeiten und Stellungen des Liebesspiels als der Dichter mit all seiner Erfahrung in der Handhabung der Worte. Sie trieb ihn in der Unordnung seines Zimmers, auf dem mönchsschmalen Bett in eine Stellung pflichtschuldiger Unterwerfung, bevor sie sich über ihn hermachte. Sie überfiel ihn mit dem wollüstigen Hunger ihres sinnlichen Mundes, weil sie nie wieder im Leben nach Liebe hungern wollte und die Würmer, die sie in langen Monaten gepeinigt hatten, auf ewig in den Feuchten ihres Körpers verstummen sollten. Als er so dalag, trugen ihn die Wellen ihres verströmenden Weins, das strahlende Licht ihrer Lust und die beweglichen Bänder ihrer Beine in himmlische Gefilde. Unter den Sturzbächen solch unerhörter Lust lehrte sie ihn, wie es einer Frau möglich ist, ohne Angst zu lieben, nicht in der Finsternis des Hades zu lieben, sondern im gleißenden Licht des Magiers und unter dem Schutz des Schwertes der Diana, weil Racheengel Einbildungen waren in der Vorstellungswelt von verdorbenen alten Jungfern, die man besser in einem Konvent einsperrte.

»Mit dir bin ich richtig hemmungslos«, lachte sie, als sie eine Pause einlegten. »Bei anderen Männern hätte ich mich vielleicht geschämt.

Du aber hast mich gefunden, bevor die Kirche mich verderben konnte.«

Garbage dachte nicht mehr an die marternden Sätze, für die er sich, um sie zu Papier zu bringen, durch die immergrünen Sümpfe der Dichtung geschlagen hatte. Ihn betäubten Arabellas Sinnlichkeit und Wollust, die Überfülle ihrer Fertigkeiten, die bezaubernde Anziehungskraft ihrer Augen und die wollüstig auskostenden Bewegungen ihres Körpers. Sie behandelte die Liebe wie ein bedrohtes Wesen, das sie mit ihren erweckenden Händen, ihrer gurrenden Stimme und der betörenden Kraft ihrer Musik aus den Gefilden der Auslöschung zurückholen mußte, und er erhielt von ihr das Aussehen eines heiteren, gelassenen Mönchs, umgeben von der Aura eines berauschten Mannes und der Zufriedenheit einer wohlgenährten Katze. Sie befreite ihn aus seiner Angst, in den trügerischen Wassern dichterischer Eingebungen auf die Muse zu warten, merzte in seinem Kopf die Vorstellung aus, daß alle Frauen es vorzögen, daß die Männer bei der Liebe die Führung übernähmen, und nur feucht würden, um die Befriedigung der Männer herbeizuführen. Als er einmal am Schreibtisch saß und ihm kaum etwas einfiel, schlich sich Arabella splitternackt von hinten an ihn heran, faßte ihn an der Hand und führte ihn zu dem harten Lager. Eine Stunde darauf, nachdem er das Delta ihrer leidenschaftlichen Liebe durchpflügt hatte, kehrte er an seinen Schreibtisch zurück und schrieb bis zwei Uhr. Da war sie schon lange nach Hause gegangen.

Die Vorgänge im Hause des Dichters konnten dem Mißtrauen von Arabellas Mutter nicht ewig verborgen bleiben. Ihr fiel der Regenbogen aus Schmetterlingen in den Augen ihrer Tochter auf, das Schwellen ihrer Brüste und schließlich die Tatsache, daß Arabella ihrer Musik immer weniger Aufmerksamkeit widmete. Sie fragte sich, was Arabella wohl zu solchen Höhenflügen des Glücks veranlaßte, schienen doch die Lebensfreuden im Herzen ihrer zweiten Tochter erloschen zu sein. Dann wurde Regina Garrisons Welt völlig unerwartet zum Einsturz gebracht, als ob in einer Gesellschaft aus Besitz und Klatsch wie dieser hier das Fundament des Hauses von einem Wirbelsturm erschüttert würde.

Eines Tages machte Regina Garrison eine Entdeckung, die ihr Leben grundlegend verändern sollte. Arabella hielt sich mit einem

Mal und zu jeder Tageszeit ungewöhnlich lange im Bad auf, wo sie sich lange, feste Baumwollbahnen um den Bauch schlang, bevor sie ihr Kleid überzog. Morgens war ihr übel, in der Hitze des Nachmittags schlief sie, und als ihr die Füße anzuschwellen begannen, tauschte sie ihre Damenschuhe gegen die Bequemlichkeit tropischer Sandalen ein. Dabei redete sie ihrer Mutter ein, daß es die Hitze sein müsse, die ihr das Wasser zwischen den Zehen hervortreten ließ. Als sie jedoch ihr Hausmädchen losschickte, grüne Mangos zu kaufen, die sie dann vor ihren Eltern versteckte, kam Regina Garrison ein schrecklicher Verdacht, der ihr den Atem nahm und das Herz stocken ließ. Sie beschloß, der Sache auf den Grund zu gehen. Eines Abends, als ihre Eltern Gäste hatten, zog sich Arabella recht bald zurück. Sie gab vor, sich nicht wohl zu fühlen, ging in ihr Zimmer und aß von den grünen Mangos. Im Glauben, ihre Eltern wären damit beschäftigt, dafür zu sorgen, daß die Gäste sich wohl fühlten, machte sie sich nicht die Mühe, die Tür zu verriegeln.

Leise wie eine Katze schlich Regina Garrison die Treppe hinauf, stieß die Tür zu Arabellas Zimmer auf und ertappte ihre Tochter dabei, wie sie die verbotenen Früchte aß. Mit unerwarteter Gewalttätigkeit packte Regina Garrison ihre Tochter am Genick und zerrte sie ins Bad.

»Brich's aus«, befahl sie der offensichtlich kranken Frau.

Dann sah Regina die schwarzen Brustwarzen ihrer Tochter, fühlte die glühende Hitze ihres Körpers, erblickte die Blässe auf ihren Wangen und wußte, was sie die ganze Zeit schon vermutet und sich nicht zu äußern getraut hatte, weil man in ihrer Familie nicht mit der Möglichkeit rechnete, daß eine unverheiratete junge Frau von ihrer Leidenschaft überwältigt würde und in den embryonischen Bewegungen eines Kindes Erfüllung fände.

*

Während Malagueta sich von den Wogen der Modernisierung mitreißen ließ, war, nachdem Jeanette Cromantines Seele sich an der Keuschheit ihrer Enkeltochter wieder beruhigt hatte, Frieden im Hause der Cromantines eingezogen. Als sie die einhundert Jahre hinter sich gelassen hatte, begann sie, ihre Angelegenheiten zu ordnen, denn, wie sie ihrer Freundin Isatu Martins sagte, »mein Werk is getan«. Sie verfügte einen letzten Willen, in dem sie fündundsiebzig Prozent ihrer Güter ihrer Enkeltochter hinterließ, zwanzig Prozent ihrem Hausmädchen und den Rest der Kirche vermachte, damit »de diebischn Anwälte nicht alles stehln, wofür mein Sebastian und ich in dieser Welt geschuftet habn«. Sich eingestehend, daß die Sterblichkeit ein unermeßliches Geschenk war, und in der Erkenntnis, daß die Verwicklungen der jüngsten Ereignisse ihre Enkeltochter dazu zwingen könnten, diesen Weltenteil zu verlassen, traf sie mit einer Schiffahrtsgesellschaft die Übereinkunft, daß Fatmatta-Emilia jederzeit abreisen könnte, denn »das Land, wo ihr Opa und ich herkommn, hat jetzn College, wo sie junge Fraun unterrichtn, und wenn sie alles gelernt hat, was in de Büchern steht, kann sie nach Malagueta zurückkommn«. Dann gaukelte die Einbildung ihr vor, daß sie ihren verstorbenen Mann im verlorenen Paradies ihrer frühen Tage in Malagueta sähe, zu einer Zeit, da die Welt noch jungfräulich und Captain Hammerstone noch nicht der Verlockung des Meers erlegen war und diesen Winkel der Erde angesegelt hatte. Sie war von der Überzeugung besessen, daß trotz allem, trotz der stachelschweinigen Borsten, die sie von Zeit zu Zeit gepiesackt hatten, ihr Leben schön gewesen war, daß Gott es gut mit ihnen gemeint hatte. Deshalb war sie nun, da Fatmatta-Emilia erwachsen war und für sich selbst sorgen konnte, bereit, vor ihren Schöpfer zu treten. Eine einzige Bitte blieb ihr noch. Sie betete dafür, daß ihre Enkeltochter einen starken Mann fände, einen wie »mein Junge oder de Opa«, der sie glücklich machte. Für den Fall, daß dies nicht geschähe, so erklärte sie Gott, würde Fatmatta-Emilia ihm dienen, und schwor, daß sie, falls sie »das Liebchn von einem dieser Neu'n in de Stadt« werden sollte, »sie aus de Grab raus quäln« würde.

Als sie nun mit den verglimmenden Lichtern ihrer Sterblichkeit ihren Frieden geschlossen hatte, sprach sie mit einer Sehnsucht vom Tod, die bei jedem anderen Menschen und zu jeder anderen Zeit als erstes Anzeichen einsetzenden Altersschwachsinns gedeutet worden wäre.

»Ich weiß, de gütige Herr hat mich hier untn vergessn«, beklagte sie sich bei Isatu Martins, ihrer Freundin, nachdem sie diese damit vertraut gemacht hatte, daß sie vielleicht bald gehen müßte. »Schau dir doch nur all de jungn Leute an, de sterbn müssn. De, de mich eigentlich beerdign solltn. Dabei hab ich doch de ganze Zeit brav in de Reihe gestandn und gewartet, daß er mich zu sich ruft.«

Indem sie das sagte, begann sie im Geiste eine Bittschrift zu verfassen, von der sie hoffte, Gott würde sie erhalten. Sie wollte sie zum Grabe ihres Sohnes tragen, der in »Abrahams Schoß« ruhte, und ihn darum bitten, den Herrn zu ersuchen, sie nach Hause zu berufen. In ihrer Bittschrift dankte sie Gott dafür, daß er ihr ein so langes Leben geschenkt hatte, mit dem sie, trotz allem Auf und Ab, rundherum zufrieden war. Nun aber waren ihre alten Knochen müde, ihre Augen verloren den strahlenden Glanz, und sie wollte nicht bis zu dem Zeitpunkt ausharren, zu dem man sie wie eine Bohne zum Trocknen nach draußen in die Sonne bringen müßte.

»Stell dir mal vor, Herr«, flehte sie ihn an, »wenn ich nicht mehr kann, nicht mehr rumlaufn kann, nur noch dasitz, und de Eidechsn übern Fußbodn flitzn und de Hühner in de Blumentöpfe einfalln. Aber ich weiß, daß du 'n guter Herr bist, und darum wirst du de alte Dame hier nicht zu lange auf de Engel wartn lassn.«

Seit langem auf den Tod vorbereitet, hatte sie die Stelle ausgesucht, wo sie beerdigt werden wollte, gleich neben ihrem Mann. Drei Dutzend Mottenkugeln hatten die Feuchtigkeit, die Geißel aller guten Kleider, aus der Kiste vertrieben, in der sie das Kleid zurechtgelegt hatte, in dem sie aufgebahrt werden wollte. Sie hatte das Kleid wie einen Fisch gefaltet, weil vor ihrem geistigen Auge das Bild erschienen war, wie sie den Jordan durchschwamm und ihren sterblichen Körper reinwusch, denn ihrer Überzeugung nach hatte jeder sauber vor Gott zu treten. In den trübseligen Jahren ihres langen Lebens, da sie ihren Mann dabei unterstützte, im fremden Lande festen Fuß zu fassen, da sie ihren Sohn zum Manne formte, da sie nach beider Tod dem Leben wieder ins Auge blickte, hatte Jeanette Cromantine die Lieder komponiert, die bei ihrer Beerdigung erklingen sollten. Reuevolle Klagen, Grabgesänge über die sündige Welt und weltliche Undankbarkeit waren ihre Sache nicht. Die Petunien des Sonnenlichts sollten die Kirche an dem Tag erstrahlen lassen, an dem die Trauernden für sie sangen. Über ihren Sarg auf dem offenen Wagen, der sie zur Kirche brachte, sollten Lerchen hinwegfliegen und die Posaunen und Trompeten eines in vollen Zügen gelebten Lebens die Fundamente der Kirche erschüttern, in der vier Priester den Gottesdienst feierten. Sie war bereit, zu ihrem Schöpfer einzugehen. Wenn doch nur der Engel erschiene und ihr ins Ohr flüsterte, daß Gott darauf wartete, sie zu empfangen.

*

Es versteht sich von selbst, daß Regina Garrison alles andere als begeistert war, als sie Arabellas Schwangerschaft entdeckte. Sie teilte nicht den Wunsch ihres Ehemanns, daß Arabella den Sohn eines vermögenden Mannes heiraten sollte, wie dies Matilda getan hatte, oder sich zumindest mit einem aufstrebenden jungen Lehrer oder Arzt einließe. Aber eine ungewollte Schwangerschaft in ihrem Hause hatte in ihren Lebensplänen niemals eine Rolle gespielt. Nach dem ersten Schrecken wandten sich ihre Gedanken dem zu, was wohl ihr Mann dazu sagen würde. Sie befürchtete das Schlimmste. Auch bereitete ihr der Skandal großen Kummer, den die Enthüllung der Neuigkeit in der Stadt auslösen würde. Und sie fragte sich, wie sie dem Rektor des Konservatoriums erklären sollte, daß ihre Tochter, die das Zeug zur Konzertpianistin hatte, für eine unsichere Leidenschaft alles über Bord warf. Für einen Augenblick gewann die Wut einer enttäuschten Mutter in ihr die Oberhand, und sie fiel über ihre Tochter her:

»Und wer ist der Hundesohn, für den du dich entehrt hast und wofür man dir den Kopf kahlscheren sollte?«

»Er ist kein Hundesohn, Mutter. Jemand, den ich sehr achte.«

»Den du achtest? Was weißt du schon von Achtung? Ist Achtung etwas, das zu billiger Leidenschaft führt, zu Skandal, Schande und zu der Gefahr, daß dein Vater dich rausschmeißt? Du hättest wenigstens soviel Anstand besitzen und ausreißen können, um mir die Schande zu ersparen, allen Leuten sagen zu müssen, daß meine Tochter eine Hure ist. Also, wer ist der Kerl?«

»Du kannst mir den Kopf scheren, Mutter, mich einsperren, verprügeln oder davonjagen. Aber ich sage es dir nicht.«

»Dann ist es ein verheirateter Mann, jemand, der dich nicht heiraten kann. Das macht deine Schande nur noch größer.«

»Er ist nicht verheiratet, Mutter. Und ich liebe ihn.«

»Sehr gut. Dann nehme ich an, er ist ein Ehrenmann und weiß, was er zu tun hat: nämlich, dich zu heiraten.«

Arabella räumte ein, daß ihr Liebster ein Ehrenmann sei, wenn auch nicht von dem Schlage, den ihre Mutter im Sinn hatte. Doch sie weigerte sich, mehr zu sagen. Sie würde seinen Namen um keinen Preis verraten. Regina drohte, redete ihr gut zu, schrie ihre Tochter an und beschimpfte sie, doch nichts konnte Arabella dazu bringen, den Namen des Mannes zu offenbaren, der ihr solche Lust geschenkt hatte und dessentwegen sie den Zorn und die Ächtung seitens ihrer Eltern wie sogar ihres ganzen gesellschaftlichen Standes ertragen wollte. Eigentümlicherweise war es gerade diese Entschlossenheit, alles für ihre Liebe aufzugeben, die ihre Mutter tief beeindruckte. Denn als sich ihr Zorn verzogen hatte, erkannte Regina Garrison, wie sehr sie diese Tochter liebte, die das ganze Gegenteil von Matilda war, wobei sie sich über die grausamen Verwicklungen des Schicksals wunderte, die Arabella hatten schwanger werden lassen, ohne daß sie überhaupt verheiratet war, während Matilda nicht einmal mit ihrem Ehemann in ein und demselben Bett schlief. Sie erinnerte sich ihrer Kindheit auf jenem paradiesischen Eiland, bevor ihre Mutter sich das Leben genommen hatte, davon überzeugt, ihr Mann liebe sie nicht genügend, um sie vor den Beleidigungen und dem Neid der anderen Frauen zu beschützen. Arabella, das schwor sie sich, sollte nicht das gleiche Schicksal ereilen. Sie wollte sich ihrer Tochter zur Seite stellen, auch in der Hoffnung, daß sie dadurch erfuhr, wer ihr Liebster war, so daß sie dann als Mutter den jungen Mann zu einer Heirat mit Arabella überreden könnte.

Alphonso Garrison reagierte gewalttätig auf die Neuigkeit, daß seine Tochter schwanger war. Er sah seinen Stolz verletzt, sein ganzes Leben von seiner Tochter durch diesen einen Akt »sündiger Lust« ruiniert. Brutal löschte er ihren Namen aus seinem Gedächtnis, strich ihn aus seinem Testament und warf sie aus dem Haus. Regina wagte es, sich einzumischen.

»Wenn sie geht, gehe ich auch«, fand sie Kraft und die Stimme, sich ihrem Mann zu widersetzen.

Alphonso Garrison war verblüfft. Obwohl er ihr vorwarf, Arabella so erzogen zu haben, daß sie nicht den rechten Anstand besaß, hatte er doch nie an der Ergebenheit seiner Frau gezweifelt, an ihrem Pflichtgefühl ihm gegenüber und vor allem an ihrem Respekt im Hinblick auf alle Entscheidungen, die die Zukunft der Kinder betrafen. Er machte seinem Ärger Luft.

»Das geht dich überhaupt nichts an«, fauchte er sie an.

»Das geht mich genausoviel an wie dich, und ich sag dirs noch mal: Wenn sie geht, dann verlasse auch ich auch das Haus.«

»Gut, dann sei es so. Denn in meinem Hause dulde ich kein unmoralisches Mädchen.«

Regina Garrison und Arabella zogen in eines der zahlreichen Häuser, die den Garrisons zu gleichen Teilen gehörten. Regina hatte nicht vergessen, daß vieles ihrem Vater zu verdanken war, der den Grundstein zu ihrem Wohlstand gelegt hatte. Deshalb hatte sie auch keine Angst, daß ihr Mann sich von ihnen lossagen würde.

Erst jetzt, da sie in einem anderen Stadtteil wohnten, weit entfernt vom Nabel der Aktivitäten und den hinterhältigen Messern derjenigen, die beständig ihre Zungen wetzten, erfuhr Garbage über das Hausmädchen von Arabellas Zustand. Die Aussicht, Vater zu werden, erfüllte ihn mit großer Freude, und am nächsten Tag schmückte er sich mit seiner Mütze, die ihn als Dichter auswies, kaufte beim Juwelier einen Ring und erschien, nachdem er die alte Bibel der Farmer-Brüder vom Staub befreit hatte, in Arabellas neuem Heim, um ihr einen Heiratsantrag zu machen.

»Ihnen habe ich also die Schande meiner Tochter zu verdanken«, begrüßte Regina Garrison Garbage, als sie den ersten Schreck wegen der Neuigkeit überwunden hatte.

Da ihre Tochter in ihrer Schande unnachgiebig geblieben war und sich geweigert hatte, den Namen ihres Liebhabers preiszugeben, hatte Regina Garrison Vermutungen angestellt, um wen es sich handeln könnte. Der Name des Dichters hatte allerdings zu keiner Zeit auf der Liste der Verdächtigen gestanden, die mit ihren Verführungskünsten die Kohlen in Arabellas Herz in Brand gesteckt haben mochten. Als sie sich von ihrem ersten Staunen über die Offenbarung erholt hatte, verspürte sie einen Anflug boshafter Freude im Herzen. Die galt ihrem Ehemann mehr als irgend jemand anderem, war doch der Dichter mit dem unsäglichen Namen dafür verantwortlich, daß der Frieden im Hauses Garrison empfindlich gestört wurde. Sie mochte Garbage, achtete sein dichterisches Werk und bewunderte seine starrköpfige Würde wie seinen Stolz, mit dem er sich weigerte, einen anderen Namen anzunehmen. Obwohl sie noch nicht in Malagueta gelebt hatte, als Garbage geboren wurde, war ihr bekannt, wie lange Isatu Martins auf diesen Sohn gewartet hatte, wie achtenswert Gustavius Martins sich gemüht hatte, ihrer beider Leben angenehmer zu machen. Ehre und Edelmut gehörten zu der Tradition, in der sie auf den Kapverden herangewachsen war. Diese Tradition war so ganz anders als die Ruchlosigkeit und Unverschämtheit der Neuen Reichen, als die Trunksucht und das abscheuliche Benehmen seitens einiger Beamter, die ihr alles andere als nahestanden und in denen sie mit Sicherheit nicht den Kreis Menschen sah, aus denen ein möglicher Schwiegersohn kommen sollte.

Garbage hat sich ehrenhaft verhalten, dachte sie, indem er sich zu seiner Vaterschaft bekennt. Wirklich ein Akt der Liebe. Und als Mutter, die auch einmal glücklich gewesen war, die sich daran erinnerte, wie sie selbst einstmals unter den Händen des Mannes, den sie geheiratet hatte, bebend aufgeblüht war, bevor später die Eitelkeiten des Umgangs mit den »besseren« Kreisen der Politik ihre Ehe zerstörten, als Mutter wollte sie dafür sorgen, daß die jungen Leute in der Kirche getraut und glücklich würden.

Deshalb fühlte sich Regina Garrison betrogen, als Arabella die Weigerung aussprach, Garbage zu heiraten.

»Junge Dame«, hielt sie ihrer Tochter mit strenger Stimme einen Vortrag, »ich habe für dich mein Zuhause aufgegeben, deinetwegen vielleicht auch ein paar Freunde verloren – doch das ist mir nicht so wichtig. Wie alle Mütter habe ich davon geträumt, daß du eines Tages den Hauptgang des Mittelschiffs einer Kathedrale entlangschreitest, eine Jungfrau in Weiß. Gut, jetzt bin ich bereit, mich mit einer kleinen Hochzeit in einer kleinen Kirche abzufinden. Und du besitzt die Unverfrorenheit, den Mann hier abzuweisen, der scheinbar mehr Ehrgefühl im Leibe hat als du.«

Doch starrsinnig weigerte Arabella sich, den Heiratsantrag anzunehmen, auch wenn es aussah, als sei sie ihrer Mutter gegenüber undankbar. Sie sah den Mann an, der sie so glücklich gemacht hatte, netzte ihn mit den unverkennbaren Tränen ihrer Liebe und lehnte es trotzdem ab, mit ihm zusammen das Heiligtum der Ehe zu betreten.

»Siehst du nicht«, flehte sie ihn mit den Augen an, »daß ich das nur für dich auf mich nehme? Siehst du nicht, daß du mich eines Tages hassen wirst, wenn ich dich jetzt tun lasse, was du für richtig hältst? Du bist Dichter, Garbage, und du gehörst der Welt bis in alle Ewigkeit. In das Gefängnis der Ehe gehörst du nicht.«

Diese Argumente, so nachvollziehbar die Beweisführung ihrer Tochter war, änderten Reginas Meinung nicht, da die Sorge um das Schicksal einer unverheirateten Mutter, mit dem sie sich herumplagen mußte, alles andere überlagerte. Obwohl Malagueta sich veränderte und ein oder zwei Frauen Kinder von Männern hatten, mit denen sie nicht verheiratet waren, so kamen diese aus einer Bevölkerungsschicht, in der Anstand keine Rolle spielte. Sie bestand weiterhin darauf, daß Arabella Garbage heiratete, doch nichts von alledem, was sie zu bedenken gab, und so sehr sie ihrer Tochter auch zusetzte, brachte Arabella dazu, ihre Meinung zu ändern, nicht einmal, als Regina ihr androhte, sie auf die Kapverden zu dem einzigen Verwandten zu schicken, den die Familie dort hatte.

»Wag das, und ich bringe mich um«, entgegnete Arabella nur.

Regina Garrison fand sich damit ab, Großmutter zu werden. Eine Zeitlang noch machte sie sich Sorgen, was sie dem Priester sagen sollte, wenn Arabellas Zustand sich nicht länger verheimlichen ließe. Um sich für eine Auseinandersetzung mit dem Geistlichen zu stählen, redete sie sich ein, daß Gott selbst das Kind in den Schoß ihrer Tochter gepflanzt hätte. Sie beschloß auch, nicht mehr zur Kirche zu gehen, sollten die kirchlichen Obrigkeiten sich weigern, das Kind zu taufen.

Garbage und Arabella erlebten eine Zeit unendlicher Seligkeit. Er verbrachte die Abende bei ihr, saß auf der Veranda und las Arabella seine neuesten Gedichte vor. Unter dem schwindenden Licht des Tages brachte Regina ihnen Tee. Da Regina Garrison nicht mehr in den gleichen Kreisen wie ihr Ehemann verkehrte, oblag es nun dem Dichter, sie über die jüngsten Entwicklungen in der Stadt auf dem laufenden zu halten, über die wöchentlichen Geschichten davon, wie die überheblichen Anwälte und Beamten sich buchstäblich gegenseitig umbrachten, um in der Gesellschaft aufzusteigen. Sie lebten wie auf einer friedlichen, idyllischen Insel. Manchmal setzte sich Arabella, deren Schwangerschaft jetzt schon deutlich zu sehen war, an das Klavier und spielte ihrer Mutter und ihrem Liebsten ihre Lieblingskompositionen vor. Es war ihr schon schwer, auf dem Rücken zu liegen, und so konnte sie den Dichter nicht mehr besuchen und mit ihm ins Bett gehen. Eines Sonntags, als sie Hand in Hand auf der Veranda saßen und mit den Augen die Farben der Sonne auf den Flügeln der Schmetterlinge tranken, kam es auf den Straßen Malaguetas zu

Gewalttätigkeiten. Die Kolonialpolizei hatte drei Männer verhaften wollen, die dem Auto des Gouverneurs nicht ihre Ehrerbietung erwiesen hatten, als es durch die engen Straßen zu einem Gottesdienst zu Ehren des verstorbenen überseeischen Monarchen raste. Nachdem der Ausbruch der Gefühle sich gelegt hatte, stellte man fest, daß zehn Menschen erschossen worden waren. Andere hatte man inhaftiert und in das örtliche Gefängnis gesteckt. Die aufgebrachten Familien sammelten Geld, um sie auf Kaution freizukaufen oder ihnen wenigstens am nächsten Morgen etwas Essen ins Gefängnis bringen zu können.

Als Garbage von den Verhaftungen und den Ermordeten erfuhr, veranstaltete er auf dem Public Square eine öffentliche Lesung, bei der er die Obrigkeit anklagte. Mit vor Wut zitternder Stimme machte er die neue Obrigkeit für den Aufruhr verantwortlich und zerriß vor den Augen der Menge die Flagge der Kolonialmacht. Ein paar Soldaten, bei der Lesung zugegen, versuchten, den Dichter zu verhaften, doch es gelang ihm mit Hilfe wohlgesonnener Männer, die sich den Soldaten in den Weg stellten, und einiger Frauen, die den Soldaten ihre baumwollenen Kopftücher über den Kopf warfen, im entstehenden Durcheinander zu entkommen. Er versteckte sich bei Freunden und Bewunderern, blieb nirgends länger als zwei Tage. Auch das Haus des Septimus Doherty gehörte zu den Orten, wo er sich versteckte. Septimus Doherty bewunderte den Dichter sehr und drohte seiner Frau für den Fall, daß sie es wagen sollte, seine Anwesenheit der Obrigkeit zu verraten. Es war das erste Mal, daß Matilda Garrison dem Dichter nahekam. Am nächsten Morgen beim Frühstück betrachtete sie ihn aus dem Schutz ihrer Teetasse heraus, sah die erbarmungslose Entschlossenheit seiner Lippen, die furchterregende Intelligenz in seinen Augen und fühlte ein eisiges Rumoren im Magen.

Vier Soldaten fanden schließlich seine Spur und lauerten ihm bei Reginas Haus auf, bis er dort auftauchte, um Arabella zu besuchen. Man mußte die Hälfte aller in der Stadt stationierten Truppen einsetzen, als man ihn als intellektuellen Anstifter des Aufruhrs vor Gericht stellte, ihn des Feuers seiner Gedichte wegen anklagte und zu sechs Monaten Gefängnis verurteilte. Da man einen noch größeren Aufruhr und einen Angriff auf das örtliche Gefängnis fürchtete, brachte man ihn schnellstens in das Gefängnis auf einer Insel vor der Küste Malaguetas, in eben jenes Gefängnis, in dem nicht lange darauf ein schwarzer Präsident General Tamba Masimiara einsperren sollte. Hier mußte Garbage drei Monate absitzen, bevor man ihn ohne eine Erklärung wieder auf freien Fuß setzte. Die Zeit im Gefängnis hatte ihn härter gemacht. Das konnte jeder sehen, als er entlassen wurde. Hatte er sich vor dem Aufruhr noch hier und da dem kolonialen Regime widerspruchslos unterworfen, so wurde er nun, in dem Sturm, der über Malagueta hinwegfegte, zum erbitterten Gegner der Fremdherrschaft. In den nachfolgenden Monaten schrieb er weit aufrüttelndere Verse als je zuvor. Er klagte nicht nur die Obrigkeit, sondern auch den neuen König an, verwahrte sich gegen die Politik des Kolonialregimes, junge, unerfahrene Ärzte nach Malagueta zu entsenden und mit ihnen erfahrene Malaguetaer zu ersetzen, die eine Ausbildung in Übersee erhalten und ihre Sache gut gemacht hatten. Er wütete gegen die Ungerechtigkeit, die Malaguetaer einer bestimmten gesellschaftlichen Schicht in die Armenviertel der Stadt verwies und es den Angehörigen der kolonialen Oberschicht und ihren schwarzen Lakaien erlaubte, sich frei zu bewegen. Als seine Freunde ihm sagten, sie machten sich um ihn Sorgen, schlug er ihre Warnungen in den Wind.

»So lange Gott mir das Feuer schenkt, werde ich für die Sache einstehen, von deren Gerechtigkeit ich überzeugt bin.«

Ab und an nahm er sich die Zeit, Arabella zu besuchen und mit seinem Sohn Faramah zu spielen, der zur Welt gekommen war, während er im Gefängnis saß. Anfangs schenkten ihm die Freuden der Vaterschaft etwas Frieden. Das sachte Flackern des Kerzenlichts, der aromatische Geruch aus Reginas Küche – Arabella konnte nicht kochen – und die Karaffe voll portugiesischen Weins, der dem Mahl die Krone aufsetzte, all das ließ ihn zur Ruhe kommen. Während der friedvollen Ruhepausen trug er Arabella, die sich von der unbändigen Gewalt seiner Vorstellungskraft immer mehr zu ihm hingezogen fühlte, seine neuen Gedichte vor. Fast notwendig schlugen ihrer beider Seelen zusammen, und sie fanden zueinander wie zwei Fische, die durch die undurchdringlichen Korallenriffe seines öffentlichen Lebens aufeinander zuschwammen, drängten ihre Körper gegeneinander, nachdem ihre Wunden wieder verheilt waren, und saßen nackt miteinander im Bett und tranken Ingwertee, während Faramah in seiner Wiege vor sich hin brabbelte.

Doch langsam und unausweichlich trat der Sog des Streitwagens seines öffentlichen Lebens, der ihn, seit er aus dem Gefängnis zurückgekehrt war, immer wieder von Arabella fortgezogen hatte, immer deutlicher zutage. Für viele Oppositionelle, die sich im antikolonialen Widerstand engagierten, wurde er zum Mittelpunkt ihrer Aktionen. Da er der Sohn eines Gründervaters der Stadt war, kamen viele junge Männer zu ihm und baten ihn, einen neuen Aufstand zu organisieren und sie in einen letzten Kampf zu führen. Schrecklicher als alles, was Malagueta bislang durchgemacht hatte, sollte dieser Krieg sein, so daß es gelänge, die Engländer ins Meer zu treiben. Andere baten ihn, die Leitung einer Delegation zu übernehmen, die in London Klage gegen die Ungerechtigkeiten der Kolonialverwaltung führen sollte.

»Sobald Sie sich dazu bereit erklären, sind wir bereit, das Geld zur Verfügung zu stellen«, versprachen die wenigen, die sich das leisten konnten.

Sehr zu ihrer Überraschung ließ er sich nicht überreden, sondern suchte sie davon zu überzeugen, daß die Dichtung eine weit gefährlichere Waffe darstellte als eine ganze Armee.

»Schaut euch nur an, welche Mühe sie sich geben, meine Gedichte zu verbieten!« rief er während einer in seinem Haus stattfindenden Versammlung aus. Und wirklich, je mehr sich die Obrigkeit bemühte, seine Gedichte zu verbieten, desto offener gingen sie von Hand zu Hand. Wie nie zuvor sah er sich in seiner Karriere als Dichter gefordert. Und je mehr die wütenden Arbeiter und Studenten ihn darum baten, sich an die Spitze ihres Kampfes zu stellen, desto seltener hatte er Gelegenheit, mit Arabella zusammen zu sein.

Dennoch, sie hatte von Anfang an gewußt, daß die Lorbeeren seiner Dichtkunst ihn in einem Maße krönen würden, von dem er selbst nie zu träumen wagte. Sie hatte in ihm immer jemanden gesehen, der andere anführen, sich furchtlos den kurzlebigen Flammen der Unterdrückung entgegenstellen würde, denn sie hatte erlebt, wie die Muse ihn hingebungsvoll küßte und ihn auf die unerforschten Straßen der Schöpfung entführte. So war Arabella bereit, ihn mit Malagueta zu teilen, auch mit anderen Frauen. Glücklich wartete sie im Feuer des Zwielichts auf ihn, hielt nach seinen Beinen Ausschau, in der Hoffnung, daß er manchmal wie ein flüchtiger Vogel aus dem kringelnden Laub der Zweige auftauchte und eine Nacht in der Aura ihrer Liebe verbrachte, aus der sie ihn dann wieder in die Wirbel anderer Lieben entließ.

Er wurde ein weiteres Mal Vater: mit einer Frau, die ihm von Lesung zu Lesung folgte und ihn mit dem Zinnober ihrer Bewunderung sowie einer Flut von Geschenken plagte. Sie schickte ihm Obst, parfümierte Taschentücher, marokkanische Lammkeulen, Kaffee aus der Elfenbeinküste und jamaikanischen Rum und versprach, ihn niemals wieder zu belästigen, wenn sie nur ein Kind von ihm bekommen könnte.

Und er zeugte weitere Kinder: Zwillinge mit der mit starkem Willen begabten Tochter eines reichen Fulbe-Viehzüchters, eine Frau, die nicht ein Wort seiner Lyrik begriff. Sie ließ sich aber so sehr vom Zauber seines Vortrags gefangennehmen, daß sie das Risiko auf sich nahm, als Strafe für ihren Fehltritt mit dem »untreuen Halunken« die Kehle aufgeschlitzt zu bekommen.

Noch einmal wurde er Vater: Er bekam ein Kind mit der Enkeltochter des Chinesen, der in den Tagen des Thomas Bookerman mit seinen Fukien-Delikatessen nach Malagueta gekommen war, darauf hoffend, daß der verzierte Stein seines Zaubers ihm Reichtum beschere, der nun aber jeden Morgen vor seinem Haus saß, darauf wartete, daß die kleinen Jungen vorbeikämen und in seine Suppenschüssel pinkelten, damit er glücklich ihren Urin trinken konnte, um seine Nierensteine loszuwerden, und sich konfuzianischer Senilität ergeben hatte.

Ein letztes Mal zeugte er ein Kind: mit einem schottischen Mädchen, das von seinem missionarisch eifernden Herzen nach Malagueta verschlagen worden war und glaubte, er sei der wiedergeborene Ossian, der legendäre gälische Dichter. Wegen ihrer »Indiskretion« schickte ihr Orden, ein irischer, gesegnet sei ihr schottisch Herz, sie per Schiff wieder nach Hause, in ein Heim für ledige Mütter in Belfast, wo sie sich mittels Gift aus dem Leben stahl, weil es ihr das Herz brach, das Kind im Stich lassen zu müssen.

Er heiratete keine dieser Frauen, weil er, wie Arabella Garrison es vorausgesehen hatte, mit der Welt vermählt war.

Keine Frau in Malagueta war glücklicher als Isatu Martins, die die fünfundachtzig hinter sich gelassen hatte, ohne daß sich ihr lang gehegter Wunsch erfüllen ließ, dereinst mit ihrem Mann zusammen im Bett einzuschlafen. Der Gedanke, daß ihr das Schicksal zwar die Erfüllung dieses leidenschaftlichen Begehrens verweigert hatte, ihr Sohn aber ein paar Mädchen glücklich machte und den Müttern der jungen Frauen die alten Tage versauerte, erfüllte sie mit heimlich boshafter Freude. Jenen, die sich bei ihr beklagten, daß ihr berühmter, aber lendengesteuerter Sohn ihre Töchter ruiniert habe, stellte sich Isatu Martins, nachdem sie sich bequem im Korbstuhl zurechtgeräkelt hatte, mit den Pfeilen ihrer Erwiderung entgegen.

»Er muß wohl alles habn, was zu nem Mann gehört«, sagte sie, »wenn sich de Mädchn so um ihn reißn. Und überhaupt, was wär das fürn Sohn, wenn er seine Mutter im Alter nicht damit glücklich machte, daß er ihr viele Enkel beschert.«

Manchmal auch hielt sie ihnen Vorträge über das Laudanum des Kummers, das Gespinst des Todes und wie großartig es war, nach großen Sorgen wieder auf die Beine zu kommen. Sie erzählte ihnen, wie lange sie auf Garbage gewartet hatte, daß sie einst schon Selbstmord begehen wollte, weil er noch nicht auf die Welt gekommen war, und wie sie sich eingeredet hatte, verhext zu sein.

»Also schätzt euch glücklich, daß eure Töchter euch zu Großmüttern machn, auch wenn mir natürlich klar is, daßn paar von euch mit der Hoffnung schwanger gegangn sind, sie an das eine oder andre Aristokratensöhnchn zu verheiratn«, gab sie ihnen schließlich zynisch den Rest.

Völlig unerwartet schlief Jeanette Cromantine eines Sonntagsabends in ihrem Bett friedlich für immer ein, derweil Isatu Martins sich noch immer an dem großmütterlichen Wein berauschte, den ihr Sohn ihr eingeschenkt hatte. Zehn Stunden zuvor war Jeanette Cromantine, wie es ihre Gewohnheit war, früh um sieben aufgewacht und hatte sich lautstark beklagt, daß Fatmatta-Emilia so lange schlief, daß der Preis für die aus England eingeführten Räucherheringe stieg, seit »de Neu'n de Handel übernommn habn«, und sie sich nicht mehr merken könnte, welcher Wochentag gerade war. In der letzten Zeit vergaß sie auch schon einmal einige Namen und Daten verschiedener Ereignisse und Begebenheiten. So erzählte sie Fatmatta-Emilia, daß Thomas Bookerman mit ihrem Mann am vorhergehenden Tag zusammen Angeln gegangen und noch nicht wieder heimgekommen sei.

»Ich wart noch immer, daß de zwei zurückkommn, damit ich de Süßkartoffeln aufsetzn kann«, hatte sie ein paar Tage zuvor gemeint. An jenem Sonntagmorgen jedoch war ihr Geist klar wie je. Nachdem sie zum Frühstück zu einer Tasse Tee Pfannkuchen mit Sirup gegessen hatte, setzte sie sich ins Wohnzimmer, um ihrem Hausmädchen ein paar Dinge zu diktieren, die sie erledigt wissen wollte: So sollte der Zimmermann kommen und ein Loch im Dach reparieren, die Bäume mußten geschnitten werden, um mehr Licht ins Haus zu lassen, und das Hausmädchen sollte vor dem Haus noch mehr Zitronengras aussäen, damit sie sich auf die Veranda setzen konnte, ohne daß die Moskitos sie quälten.

Am Nachmittag um vier beklagte sie sich bei Fatmatta-Emilia, sie sei so müde.

»Hilf de altn Frau ins Bett«, bat sie ihre Enkeltochter. Und dann, als wüßte sie, daß es zu Ende ging, bat sie Fatmatta-Emilia, ihr den Spiegel von der Kommode herüberzugeben.

»Laß schaun, wie de alte Frau aussieht«, scherzte sie. Ein solcher Wunsch sah ihr so wenig ähnlich, daß ihre Enkelin über ihren Anflug von Eitelkeit erschrak, denn Jeanette Cromantine war mittlerweile nicht nur fast blind, auch die Falten und Furchen auf ihrem Gesicht waren längst zum Pergament hohen Alters verschwommen. Es sollte ihrer Enkeltochter für immer ein Rätsel bleiben, was sie im Spiegel zu sehen hoffte, doch nachdem sie sich mit der ledernen Haut ihrer Finger eine Zeitlang über das Gesicht gefahren war und so getan hatte, als schaute sie in den schweigenden Spiegel, streckte sich Jeanette Cromantine auf ihrem Bett aus und fiel bald schon in einen Schwebezustand.

In undeutlich erinnerter Vergangenheit erblickte sie im strahlenden Licht der Morgensonne das Gesicht einer jungen Frau, die darauf wartete, daß ihr Mann an Bord des Schiffes kam, das zu einer Reise in einen Winkel des Erdballs aufbrach, dessen Namen sie gerade erst zu lernen begonnen hatten. Schnell verwehten die Einzelheiten in ihrer Erinnerung, doch sie sah, wie sich eben diese Frau bemühte, aus dem Morast herauszukommen, in dem sie zu versinken drohte, und sie erblickte das Gesicht des Mannes, der sie wie ein Engel aus diesem Hort des Todes herausgeführt hatte. Dann erschien ihr das Gesicht einer alterslosen Frau. Schwierig festzustellen, wer da auf sie zu kam, um ihr zu versichern, daß sie nichts zu fürchten habe, weil sie sich diese Reise gemeinsam vorgenommen hatten, mit dem Ziel, zusammen im Garten des Paradieses auf einer Bank zu sitzen und über die Glasperlen zu reden, die sie beide, in je unterschiedlicher Zeitlast, getragen hatten und wie ihnen das am Anfang geholfen hatte zu verstehen, was um sie herum geschah. Gott hatte die Frauen erschaffen, den Männern Leben und Freude zu schenken, Kinder zu bekommen, sie aufzuziehen und sich, hoffentlich, an diesem Leben, das endlos währte, zu freuen. Und auch, auf daß sie ewig lebten – so sie einmal die Endlosigkeit begriffen hatten, die über solch unverschämten Humbug wie das Leben eines Sklavenhändlers namens Andrew McKinley oder den Piraten Captain Hammerstone hinauswies –, einander mit jener Furchtlosigkeit unterstützend, die Gott ihnen geschenkt hatte, und um Zeugnis abzulegen von der Geburt und dem Wachstum Malaguetas, ihres gemeinsamen Kindes.

Ein friedvolles Lächeln erschien auf Jeanette Cromantines Lippen. Nie vorher hatte sie so heiter und glücklich ausgesehen, als in dem Augenblick, da ihre Enkeltochter das Gesicht der alten Frau mit dem Laken bedeckte.

Jeanette Cromantines Beerdigung führte alle Nachfahren der alten Familien Malaguetas zusammen. Auch ein paar Neuankömmlinge erwiesen ihr die letzte Ehre. An einem strahlenden, sonnendurchfluteten Tag nahmen sie so von ihr Abschied, wie sie es sich immer gewünscht hatte: froh, farbig und lärmend, zu den Klängen einer Blaskapelle, die die Calypsos erklingen ließ, die Malagueta einstmals in eine bezaubernde Musik getaucht hatten. Als der Trauerzug die halbe Wegstrecke zwischen der Kirche und dem Grab auf ihrem Grundstück zurückgelegt hatte, in dem sie nach ihrem Willen neben ihrem Ehemann beerdigt werden wollte, hoben zehn starke Männer den Sarg vom Leichenwagen und begannen mit ihm zu tanzen. Von hier nach dort schwebten sie durch die geschmückten Straßen. Es regnete Münzen, Blumen und Reiskörner auf das Mahagoniholz des Sarges. Die größte Ehre, die man in Malagueta einem Verstorbenen je erwiesen hatte, bestand aber darin, daß viele Ladenbesitzer gegen den Sabbat verstießen und ihre Geschäfte öffneten, jeden einluden, einzutreten, zu essen und ein Glas Rum zu trinken und sich dann wieder dem Karneval anzuschließen, sich nicht nur zur Musik der Blaskapelle zu drehen, sondern sich in die Crescendi der Trommeln, Kastagnetten und Triangeln fallen zu lassen, die der Einfluß des Rums bei den Musikern freisetzte. Am Grab vor dem Haus wartete Isatu Martins, jetzt die älteste Einwohnerin Malaguetas, umringt von ihren Enkeln und Fatmatta-Emilia. Sie lehnte jede Hilfe ab, sagte, sie könne allein stehen, und sang zehn Minuten lang mit ihrer großartigen Altstimme für die Freundin ihres Lebens, rühmte die Großzügigkeit der Verstorbenen, ihre alles übertreffende Freundlichkeit und Treue. Isatu Martins sagte, sie sei bereit, ins Grab zu springen, um ihre Freundin auf ihrer letzten Reise zu begleiten, wisse aber, so ihre Worte, »daß ich nicht springn kann, bevor Gott de Zeit kommn läßt. Un so muß ich wartn, bis ich an de Reihe bin.«

All das sprach sie in fröhlichem Ton, und nachdem sie zum Trommellärm der Musiker den Sarg mit Erde bedeckt hatten, blieben die nächsten Familien, ihre Freunde und ein paar ungeladene, verwegene Eindringlinge die ganze Nacht lang beisammen und ehrten Jeanette Cromantine mit lärmender Feier. Die Feier konnte jeden Lebenden neidisch werden lassen darauf, daß die Verstorbenen soviel Glück ihr eigen nennen durften, während es ihnen so schwer fiel, das Leben zu ertragen.

In jüngster Zeit hatte Matilda Dohertys Leben eine tragikomische Wende genommen. Sie war es leid, einem Haushalt vorzustehen, in dem sie selbst nur ein Möbelstück war. Jeden Monat änderte sie je nach Laune die Anordnung der Möbel in den Zimmern, um Besucher mit ihrem Sinn für Haushaltsführung zu beeindrucken, der sich, so erzählte sie ihnen, nach den neuesten Katalogen aus Manchester richtete. Zudem hatte sie sich angewöhnt, streunende Katzen aufzulesen und ihnen, zum Entsetzen ihrer Hausmädchen, die Küche zu überlassen, wo sie jeden Morgen um sieben mit ihrem hungrigen Miauen und jeden Abend um sieben mit ihrem Paarungsgeheul regelmäßige Konzerte gaben. Sie trieben die Hausmädchen fast in den Wahnsinn, weil sie Vögel und Eidechsen ins Haus schleppten und den Fußboden mit halbverdauter Beute bedeckten. Mehr als fünf Jahre nach ihrer Hochzeit trug Matilda noch immer den Keuschheitsgürtel wie ein Ehrenzeichen, wenn sie abends in ihr einsames Schlafzimmer ging. Aus Furcht, daß Septimus Doherty in ihr Schlafzimmer eindringen könnte, um seine ehelichen Rechte einzufordern, hatte sie von einem Zimmermann ein neues Schloß in die Tür einsetzen lassen und dahinter eine Schulglocke aufgehängt, die sie im Falle einer drohenden Gefahr wecken sollte. Der italienische Arien-Papagei wurde regelrecht hysterisch, als sein Frauchen all die lärmenden Katzen ins Haus schleppte und ihnen die ganze Liebe zuteil werden ließ, die sie ihrem Ehemann nicht hatte geben können. Der Vogel, vorher Matildas einziger Gefährte, der jedesmal folgsam antwortete, wenn sie ihn mit den Worten »Komm, mein kleiner Liebling, sing der einsamen Dame ein hübsches Lied« zum Singen aufforderte, saß nun den ganzen Tag in einer Ecke seines Käfigs, weigerte sich zu fressen und begann, sehr zum Erstaunen seiner Besitzerin, herumzuflattern und Schluckauf zu bekommen, sobald sie sich ihm näherte.

Was sie in ihrer mißlichen Lage tun sollte, wußte Matilda nicht. Wie die meisten Menschen, die sich sehr viel vom Leben erhoffen, dann aber durch die Launen des Schicksals Enttäuschungen hinnehmen müssen, war sie auf die Reaktionen ihres Mannes auf ihre Wutausbrüche und ihr endloses Geschwafel, wie übel ihr das Schicksal mitgespielt hatte, in keiner Weise vorbereitet. Während sie ihre alternde Jungfräulichkeit bewahrte, ihr schrulliges Spiel mit dem Papagei und den Katzen spielte, den Rhododendron schnitt und manchmal, wenn ihr danach zumute war, sich wie eine Königin kleidete und in ihrem Märchenreich die Rolle der Cleopatra in Szene setzte, hatte sich Septimus Doherty gegenüber den Eigenarten seiner Frau eine Art gutmütiger Nachsicht zugelegt. Er zog sie damit auf, daß sie alt werden könnte, ohne sich den Verwüstungen der Geburt eines Kindes aussetzen zu müssen, daß also ihre Schönheit von Ewigkeit wäre und sie stürbe, ohne an ihrem Körper irgendwelche Falten zu entdecken, daß sie für ihre Frömmigkeit und weil sie ihre Jungfernschaft gegen alle Männer verteidigt hatte, bestimmt in den Himmel käme.

»Denk nur an die Freude, die es den Leichenbestattern bereiten wird, wenn sie dich dafür zurechtmachen, daß du vor den Herrn trittst, und wenn sie dich mit all deinem Schmuck vor sich liegen sehen, weil da kein Kind ist, dem du ihn vererben könntest«, sagte er ohne das leiseste Anzeichen von Verbitterung in der Stimme.

Nachdem die Ehe nach sechs Monaten noch immer nicht vollzogen war, hatte sich Septimus Doherty zu der Einsicht durchgerungen, daß seine Frau wohl eine Fee sein müßte und in einer Scheinwelt lebte. Zu seinem Glück hatte sich das Fieber, das an Matildas Herzen fraß, nicht auf das ganze Haus gelegt. Und deshalb war es Septimus Doherty gelungen, obwohl er so aussah wie ein geprügelter Hund – was ja Jeanette Cromantine so sehr gerührt hatte –, mit ihren wechselnden Stimmungen fertig zu werden, die sich zwischen dem Rückzug ins Selbstmitleid und Ausbrüchen von Stolz bewegten, die Matildas eingebildeten Kränkungen als Balsam dienten. Er gewöhnte sich daran, anhören zu müssen, wie sie ihr »Eingesperrtsein« in ein »Haus ohne Sonnenschein« beklagte. Matilda Dohertys Seele folgte nicht der Auffassung, die Glück für ein Geschenk hält, das man teilen muß oder das aus einem selbst heraus entsteht. Nie hörte sie auf, ihren Ehemann daran zu erinnern, daß sie die Tochter eines der reichsten Männer Malaguetas war, daß ihr Haus zu den ersten gehörte, in dem die Diener und Hausmädchen in weiße Tuniken gehüllt wurden, in dem man zum Essen Wein reichte und die Gäste sich nach dem Mahl den Mund mit leinenen Servietten wischten. Vom Gift der Verbitterung in ihrem Herzen überwältigt, weil ihr Ehemann ihr kaum Interesse entgegenbrachte, verspottete sie ihn damit, daß es ihr eigentlich bestimmt gewesen wäre, einen kultivierten Mann zu heiraten, einen Mann, der wußte, wie er sich in der Hochzeitsnacht zu benehmen hatte, einen Mann, mutig genug, auf die Knie zu fallen und seine Frau um Verzeihung dafür zu bitten, daß er die Schamlosigkeit besessen hatte, sich splitternackt den Blicken einer Dame auszusetzen, die noch nie – Gott war ihr Zeuge – einen unbekleideten Mann gesehen hatte. Ein andermal wieder zog sie über ihre Mutter her, die nach Matildas Ansicht zuviel Zeit damit verbrachte, Arabella zu helfen, ihren »Bastard« großzuziehen, und dann Matilda für die undankbare Situation tadelte, in der sie mit ihrem Ehemann lebte. Arabellas Glück war trotz allem, was Matilda als eigensinniges Verhalten ihrer Schwester betrachtete, einer der Gründe ihres unablässigen Grolls auf das Leben. Bei den wenigen Gelegenheiten, zu denen sie ihre Mutter und ihre Schwester besuchte, machte Matilda aus ihrem Unglück keinen Hehl und klagte über eingebildete Krankheiten, wozu sie sich geräuschvoll in ein seidenes Taschentuch schneuzte und sich ein oder zwei Schnäpse genehmigte, was sie sich zu Hause, wo sie Nüchternheit vortäuschte, nicht gestattete. Regina, die, entgegen ihren ursprünglichen Befürchtungen, das Leben mit ihrer unverheirateten Tochter genoß, machte verschiedene Vorschläge, wie Matildas Probleme zu lösen wären, zum Beispiel, daß sich die Dohertys scheiden ließen. Matilda beeilte sich, diese Idee von sich zu weisen.

»Mit diesem Mann zu leben ist zwar, als sei man auf Dornen gebettet. Aber zumindest kommt er jeden Abend nach Hause und schläft in seinem eigenen Bett.«

Die beißende Schärfe ihrer Bemerkung sollte Arabella verletzen, die nie genau wußte, wo Garbage sich aufhielt, wenn er nicht bei ihr war. Arabella war zu jedweder Bosheit dermaßen unfähig, daß sie mit ihrer Schwester nur tiefes Mitleid empfand und sie zu trösten versuchte.

»Matilda«, sagte sie, »laß dir von der Krankheit des Neids nicht das Herz zerstören, wenn Septimus seines für eine andere am Leben hält.«

Und tatsächlich hielt er sein Herz am Leben, nicht für eine andere, wie Arabella Garrison vermutete, sondern mit dem Studium der vielen Baum- und Pflanzenarten im Botanischen Garten. Mit einer Zielstrebigkeit, an der Emmanuel Cromantine seine Freude gehabt hätte, ging er jeden Tag zu den Teichen im Garten, fütterte Enten und Fische oder setzte sich einfach auf eine der vielen Bänke. An diesen Nachmittagen vergaß Septimus Doherty über dem den Ort einhüllenden Zauber, über der wilden Würze im Geruch der Blumen und Bäume, dem Anblick der Lilien und Lotosblumen im Teich seine Frau, so daß, wenn er sich des Abends aus seiner Hochstimmung löste und nach Hause ging, Matilda vom Schatten anderer Bäume, die seine Männlichkeit oder den nackten Körper seiner Liebe nicht in Frage stellten, verdeckt wurde. Denn Septimus Doherty gehörte zu den Männern, die trotz ihrer Schüchternheit nur jemanden oder etwas ganz Natürliches mit der ganzen Reinheit ihres Herzens und ihrer Seele lieben können. Er hatte Matilda begehrt, nicht mit der wollüstigen Gier, ihren Körper zu besitzen, sondern in höherem Sinne. Er hätte sie vielleicht so lieben können, wie er nun die Bäume lieben lernte. Septimus Doherty hatte die hochmütige Frau, die sein Vater ihm ausgesucht hatte, nie geliebt. Aber er hatte mit ihr in einer friedlichen Gegenwart leben wollen und darauf vertraut, daß ihrer beider Leben sich zu einem dauerhaften Muster zueinanderfügen würden, das jedem den Raum ließ, seinen eigenen Träumen nachzuhängen. Und von dem irgendwann ererbten Geld hätten sie in den dankbaren Augen der Malaguetaer, denen so viel an gesellschaftlicher Etikette und Anstand lag, ein sittsames Paar abgegeben. Wenn ihr die Reinheit seiner Absichten nicht deutlich geworden war, dann war sie blind wie eine Fledermaus.

Daß Matildas Seele sich in den Höllenfeuern ihrer Erziehung so stark verformt hatte, daß sie nicht nur prüde geworden, sondern einem leidenschaftlichen Gewitter gegenüber ausgetrocknet war, erschien Septimus Doherty als unheilbare Krankheit. Als er die Namen der Bäume gelernt hatte und von der Stärke, mit der die Bäume auf seine Pflege und Zuwendung reagierten, umfangen wurde, verbannte er Matilda Doherty in einen Misthaufen, in dem sie das Gefühl für Dung lernen und ihr Herz unter seiner ländlich-mistigen Wärme hoffentlich erwärmt würde.

Matilda Doherty holte immer mehr Katzen ins Haus. Völlig unerwartet für jemanden, der in seiner Haushaltsführung so sorgfältig war wie sie, die Stunden über Stunden damit zubrachte, die Blumen in Porzellanvasen zu arrangieren, die Schondeckchen über den Stuhllehnen glattzustreichen, so daß die gestickten Hähne, die ornamentverzierten Pferde und die Landschaften sich gut zu den anderen Möbeln fügten, überließ sie den Katzen das ganze Haus und sich selbst ihrer Todessehnsucht. In kürzester Zeit hatten die Katzen die Sofas ruiniert, Löcher in die marokkanischen Teppiche gerissen, versteckten sie ihre Jungen in den entlegensten Winkeln des Hauses und brachten die Dienstmädchen schier zur Verzweiflung. Der Geruch nach Katzenkot, ihre schlaues Verhalten, die Nachlässigkeit, mit der sie halbverdaute Eidechsen im Wohnzimmer zurückließen, all das war den Dienstmädchen eines Tages zuviel. Eines Morgens erklärte das jüngere Mädchen Matilda, daß sie aus einem Volk stamme, welches Katzen aß, eine Delikatesse, die wie Hühnchen schmecke, und verließ das Haus, so erregt, daß sie nicht einmal den noch ausstehenden Lohn einforderte. Sie ging nicht, ohne ihrer ehemaligen Dienstherrin einen abschließenden Vortrag zu halten.

»Ich überlasse Sie ihren Tieren. Vielleicht bringt ihr Miauen Sie wieder von den Toten ins Reich der Lebenden zurück. Das heißt, wenn Sie sich dann noch Ihren Weg durch all den Unrat bahnen können, den die Viecher auf dem Fußboden verteilt haben.«

In den folgenden Monaten vertieften sich Matilda Dohertys Todeshalluzinationen dermaßen, daß sie sich vor Spiegeln fürchtete. Sie fühlte sich von der Furcht verfolgt, daß ihre Schönheit verblaßte und daß sie fettleibig würde. Tatsächlich aber hatte sie nie verführerischer ausgesehen als jetzt, da sie sich der Gewohnheit ergab, zu Hause nur in einem losen Umhang und ohne Pantoffeln umherzugehen. War aber ihr Mann in der Nähe, dann vergrub sie sich wieder im Gefängnis der hochgeschlossenen Kleider, die sie über dem Keuschheitsgürtel zu tragen pflegte. Sie ließ, mit Ausnahme eines Spiegels im Schlafzimmer ihres Mannes, vor dem er sich rasierte, alle Spiegel von den Wänden entfernen. Von dem in ihrem Herzen fressenden Fieber verzehrt, verbrachte sie gewöhnlich fast den ganzen Vormittag damit, in den neuesten Veröffentlichungen der *Homoeopathic Society of Great Britain* zu blättern, die ihr Vater für sie abonniert hatte. Da ihr nun nur noch ein Dienstmädchen zur Verfügung stand, machte sie sich nicht mehr die Mühe, solch alltäglicher Dinge wie der Küche oder der Zusammenstellung des Menüs, die ihr früher immer ihr oblegen hatte, irgendwelche Beachtung zu schenken. Trotzdem wartete sie jeden Abend, während das Dienstmädchen das Essen auftrug, an der Stirnseite des großen Mahagonitisches auf Septimus Doherty. Der hatte, als die Katzen das Haus in Besitz nahmen, einen Teil seines Schlafzimmers abgetrennt, um in Ruhe schlafen zu können. Kurz darauf blieb er den Mahlzeiten fern, so daß Matilda, allein am Tisch thronend, einsam ihr Hochamt feiern mußte, stolz wie eine Schauspielerin, die wartet, daß sich der Vorhang zu ihrer großen Vorstellung öffnet.

Länger als ein Jahr behielt sie diese Rolle bei, ohne jemals das Drehbuch zu verändern oder sich dabei zu langweilen. Jeden Abend saß sie zur gleichen Stunde am Tisch und wartete, daß das Dienstmädchen sie stets auf gleiche Weise bediente. Niemals beklagte sie sich über das Menü und aß, was immer ihr vorgesetzt wurde. Einen einfachen Fischgulasch verspeiste sie mit der gleichen Teilnahmslosigkeit, mit der sie sich über eine Terrine Rindfleischbrühe oder einen Teller mit Erdnußstew und Reis hermachte. Eines Abends jedoch, als das Dienstmädchen in das Eßzimmer trat, um ihrer Herrin das Abendessen zu servieren, saß Matilda Doherty nicht am Tisch. Das Dienstmädchen ging nach oben in Matildas Zimmer, um nachzusehen, ob sie möglicherweise krank wäre. Doch auch da fanden sich keinerlei Spuren von ihr. Also führte die junge Frau das Fehlen ihrer Herrin auf einen Anfall von Rastlosigkeit zurück, unter dem sie ihr Abendessen vergessen hatte. Vielleicht war sie ja auch bei ihrer Mutter und ihrer Schwester zu Besuch.

Matilda Doherty hatte aber das Abendessen nicht vergessen, sondern genau zu dem Zeitpunkt das Haus verlassen, da ihr Dienstmädchen begann, die Mahlzeit zuzubereiten. Kurz zuvor, als sie sich für ihre Rolle ankleidete und zurechtmachte, war Matilda der Gedanke durch den Kopf geschossen, daß sie an diesem Abend sterben wollte. Da es aber außerhalb ihrer Vorstellungskraft lag, an einem Sonntag zu sterben, ohne daß die Probleme, die ihr das Herz abschnürten, gelöst wären, gedachte sie zunächst einen letzten Blick auf Malagueta zu werfen und dann zum Priester zu gehen und ihm ihre Verbitterung über das Schicksal zu beichten, ihren Neid auf Arabella und die Verzweiflung, in die sie die Vernachlässigung seitens ihres Mannes getrieben hatte.

Wie in einem Akt der Eingebung legte Matilda Doherty für ihre letzte Rolle auf Erden nicht das hochgeschlossene schwarze Kleid an, das sie an so vielen einsamen Abenden vor dem Altar ihres Abendessens getragen hatte, sondern hüllte sich in das kostbar bestickte Musselinkleid ihrer unglückseligen Hochzeit. Als sie das Kleidungsstück berührte, das an jenem erinnerungswürdigen Tage soviel Glückseligkeit versprochen hatte, schauderte ihr. Nachdem sie sich von dem leichten Beben ihres Herzens erholt hatte, fühlte sie, wie sich ihr Körper einer Mattigkeit ergab, unter der ihr das Tragen dieses Kleides wie etwas Alltägliches vorkam. Ein letztes Mal befreite sie sich von ihrer Angst vor Spiegeln und ging hinüber in das Schlafzimmer ihres Mannes, um sich im Spiegel zu betrachten.

Sie achtete darauf, daß sie nicht gesehen wurde, als sie aus dem Haus schlüpfte. Ihr Hochzeitskleid unter einem leichten Regenmantel verbergend, trat sie in einen leuchtenden Abend von der Farbe eines Opals, in dem die Strahlen des Sonne über den Bäumen glühten, als ob sich das Licht mit den Geistern verbündet hätte, um ihren auserwählten Tag, den Wunschtag ihres Todes, zum allerschönsten Tag des Universums zu machen. Das waren nicht die Farben des Todes, auf die Matilda gerechnet hatte, und doch gelang es ihr nicht, die

Trägheit zu überwinden, die sich ihrer bemächtigt hatte, sich aus dem wispernden Gesang der Sirenen zu befreien. Denn der Tod hatte für Matilda Doherty etwas Bezauberndes, Betörendes an sich, genau wie ihr Herz sich seit Jahren mit dem Groll ihres Stolzes und der Selbstverleugnung ihrer Weiblichkeit gegeißelt hatte. Von Lüften getragen, die nur sie allein spürte, trieb sie an den Stadtrand, fest entschlossen, im Wasser des Meeres den Freitod zu suchen, und darauf hoffend, daß ihr Leichnam nie entdeckt werden würde. Als sie sich aber einem von den Wellen an Land gespülten Kadaver einer Seekuh gegenübersah, schreckte Matilda Doherty vor der Fratze des Todes zurück. Im vergehenden Licht des Tages irrte sie eine Stunde lang ziellos umher, suchte unter den weichen, warmen Strahlen der sinkenden Sonne Zeit zu gewinnen, lief an der *Drama School* vorbei, wo die Studenten *Othello* probten und wo ihr Aufstieg zum Ruhm hätte beginnen sollen, wäre sie damals nicht mit einem vielversprechenden Manne verheiratet worden. Doch in ihrem Geisterzustand war sie jenseits aller Sorgen um die Gipfel des Ruhms oder die Tragödie jenes Mohren. Für sie gab es nichts mehr außer dem Gefühl der endlichen Entscheidung, von dem sie sich fortreißen ließ, hinaus aus dem Irrgarten ihres schwierigen Lebens, dessen Kontrolle ihr entglitten war. In diesem Zustand und ohne jede Absicht trat sie nun, angezogen vom Duft der Jakaranden und den abendlichen Liedern der nistenden Vögel, in die friedliche Welt des Botanischen Gartens.

Der sehnsüchtige Wunsch, einen letzten Blick auf die Fische im Teich zu werfen, führte sie in die Mitte des Parks, doch als sie sich dem Wasser näherte, ließ der Anblick zweier Menschen sie innehalten. Sie sah ihren Mann und Fatmatta-Emilia auf einer Bank sitzen, in ein Gespräch vertieft, jedoch in sittsamem Abstand zueinander. Falls ihnen ihre Anwesenheit bewußt war, ließen sie es sich nicht anmerken. Septimus' Gesicht sah friedlich aus, und Matilda Doherty begriff, daß er zu guter Letzt jemanden gefunden hatte, der ihm zuhörte, und daß er sich nie wirklich Gedanken über die Ausschweifungen der Frau gemacht hatte, die unter der Furcht vor seinem Glied versteinert war.

Eine noch größere Mattigkeit erfaßte ihren Körper. Die Last ihrer Erziehung stürzte wie eine Wagenladung Ziegel über ihr zusammen. Die glitzernden Kronleuchter, das Studierzimmer mit den Bücherreihen, die teuren Soirees, auf denen ihr Vater sie vorgeführt hatte, stellten nur einen geringer Ersatz dar für das Unglück, das ihr im Leben widerfuhr. Wenn überhaupt, dann fühlte Matilda Doherty sich von der Enge betrogen, die sie gefangengenommen hatte. Sie wünschte, ihre Mutter hätte ihr beigebracht, daß kein Weg im Leben vorgezeichnet war, daß die Spiegel, vor denen sie sich so fürchtete, nicht unheilvoller waren als das grausige Gesicht des Todes oder daß sie, während sie ihren Körper verwesen ließ, nicht auf einen göttlichen Seelenfrieden hoffen konnte. Mit einem Mal wurde ihr bewußt, daß die Entsagung, mit der sie sich selbst gestraft hatte, eine weit größere Sünde darstellte, als wenn sie von den wilden Erdbeeren genascht hätte, die ihr Mann ihr in der Hochzeitsnacht dargeboten hatte.

Eilends verließ sie den Park, geleitet von einem anderen, neuen Lufthauch, der ihr ins Gesicht blies. Zwei betrunkene Arbeiter waren vor dem Haus einer alten Frau stehengeblieben, um sich zu erleichtern. Die alte Frau forderte sie auf zu verschwinden, doch Matilda Doherty störte sich nicht an so einer Unanständigkeit und bog in eine dunkle Straße ein. Eine Gruppe Mangobäume verhüllte den Mond. Nicht darauf achtend, ob man sie sah oder nicht, trat sie an die Tür eines Hauses, das zwei Träumern gehörte, die lange vor ihrer Zeit nach Malagueta gekommen waren. Zu ihrer Überraschung stand die Tür offen.

Als sie leise sein Zimmer betrat, träumte Garbage von einer Frau, die sich in den Fluten seines Nachsinnens ertränkte, die Farne seiner Dichtung mit dem Schlamm an ihren Schuhen beschmutzte. Wie immer schlief er nackt, weil er gern den Wind über seinen Körper streicheln fühlte. Es war gerade Trockenzeit, und Moskitos, die ihn peinigen konnten, gab es keine.

Matilda Doherty brauchte nur eine Minute, um sich von dem Kleid zu befreien, das sie an dem Tag, an dem sie ihrem ungewissen Schicksal überantwortet worden war, als Zeichen ihrer Keuschheit getragen hatte. Als sich der schlafende Garbage auf den Rücken drehte, erblickte sie einen Mann, ausgestattet mit einer wunderbaren und ungeheuren Wehr, die furchteinflößender an ihm stand als die, vor der sie sich bei ihrem Manne gefürchtet hatte. Sie ließ sich ins Bett gleiten. Garbage schlug die Augen auf und erblickte eine Frau mit einem Körper von Alabaster, weißer als jede, die er je zuvor gesehen hatte.

»Verschwinde«, brummte er, weil er dachte, es handele sich um die ertrinkende Frau, die nun ihre Meinung geändert hätte und in sein Zimmer gekommen wäre.

Matilda gab ihm keine Chance, sich zu bewegen. Sie preßte ihren verderbten Körper gegen seinen und fühlte, wie eine Lanze in sie drang, die sie nicht nur von ihrem unsäglichen Hunger befreite, sondern auch ihre Seele von ihrer Furcht vor dem Unbekannten. In diesem Augenblick hatte Matilda Doherty kein Interesse mehr daran zu sehen, wie das Antlitz des Todes aussah. Ihr Herz wurde von einer Explosion der Erleichterung erschüttert, die sie an die breite Brust ihres Erlösers sinken ließ. Sie grub ihre Nägel in seine Schultern, weil sie anders das Unsagbare nicht ertragen konnte.

*

Einen Monat später fand man Alphonso Garrison tot auf. Der für die Klatschseite seiner Zeitung verantwortliche Redakteur bezeichnete die Umstände seines Todes als »mysteriös«. Der Klatschkolumnist eines kürzlich neugegründeten Konkurrenzblattes aber schrieb, daß die »Schande«, eine Tochter zu haben, die mit dem »abtrünnigen Dichter« ein »uneheliches« Kind hatte, sowie der Kummer, den das »unverzeihliche« Verhalten der Frau des Bürgermeisters, »solch einen anständigen Mann zu verlassen«, über ihn gebracht hatte, für Mr. Garrison ein zu schweres Kreuz geworden wäre. Trotz dieser versteckten Andeutungen von Selbstmord waren, als man seinen Leichnam fand, keinerlei Schußverletzungen zu entdecken, keine aufgeschlitzten Handgelenke, und auch eine Autopsie ergab keinerlei Hinweise darauf, daß Alphonso Garrison sich als Folge der Drangsal vergiftet hatte, die ihm seine Frauen bereitet hatten. Sein Tod blieb ein ungelöstes Rätsel, ein Gesprächsthema bei Dinnerparties, und es war nicht ungewöhnlich, daß einer seiner alten Freunde bei solchen Gelegenheiten einen verbitterten Kommentar zu seinem Schicksal abgab:

»Mit Frauen wie denen«, sagte sein ehemaliger Stellvertreter einmal, »kann man sich auch gleich das Leben nehmen. Die treiben dich sowieso ins Grab. Das ist so sicher, wie es die Hölle gibt.«

Bei der Testamentseröffnung stellte sich heraus, daß Alphonso Garrison Arabella wieder in ihr Erbe eingesetzt hatte und mit neun

Häusern, der Druckerei, der Schnapsbrennerei und einer kleinen Farm den Großteil seines Besitzes seinen beiden Töchtern hinterließ. Allerdings stellte er die Bedingung, daß »weder meine Frau noch Garbage Martins Zugriff auf die Verwaltung desjenigen Teils meines Besitzes haben sollen, über den meine Frau keine Kontrolle hat«. Regina, von seinem Tode sehr erschüttert, zog, obwohl sie voneinander getrennt gelebt hatten, wieder in das gemeinsame Haus, um sich um die Beerdigung zu kümmern. Bei der Trauerzeremonie trug sie ihren Kummer mit einer jeden überzeugenden Aufrichtigkeit und kommentierte die Testamentseröffnung nur mit einem einzigen Satz.

»Armer Mann«, sagte sie, »er war so damit beschäftigt, Reichtum aufzuhäufen, daß sein Herz schon starb, lange bevor sich sein Körper dem Tode überantwortete.«

Matilda Doherty machte sich unverzüglich daran, die schwierige Situation, die durch den Tod ihres Vaters und sein Testament entstanden war, zu ihren Gunsten auszunutzen. Sie erschöpfte die Geduld von einem Dutzend Rechtsanwälten, beschäftigte zwei Richter während der ganzen Gerichtsferien, wurde zu einer Qual im Leben der Gerichtsdiener und schrieb dem Gouverneur drei Dutzend Petitionen. Sie versuchte mit allen Mitteln, sie alle auf ihre Seite zu ziehen, damit sie den besten Teil des Besitzes zugesprochen bekäme. In der *Malaguetan Gazette* veröffentlichte sie einen Artikel, in dem sie schrieb, daß ihr Vater die Absicht gehabt hätte, sie mit der Weiterführung seiner Geschäfte zu betrauen, weil Arabella den Kopf ja in den Wolken trüge und sowieso nicht an alltäglichen Dingen wie der Leitung einer Druckerei interessiert wäre. Daß sie, Matilda, weil sie verheiratet sei, bei den Kunden, mit denen die Familie zu verhandeln hatte, größere Achtung besäße. Mit einer Krämerseele, die nie jemand in ihr vermutet hatte, intrigierte, argumentierte und korrumpierte sie sich in alle Schichten der Malaguetaer Gesellschaft hinein, stellte sich einerseits als die verletzte Tochter dar, andererseits als die immer folgsame Lieblingstochter, die einen Mann geheiratet hatte, den sie nicht liebte, nur weil sie ihrem Vater zu Gefallen sein wollte. Was konnte man mehr von einer liebenden Tochter, einer pflichtbewußten Tochter, verlangen, die den besten Teil des Besitzes ihres Vaters verdiente, auf daß sie den Rest ihres unglückseligen Lebens in Anstand und vor allem in Bequemlichkeit verleben könnte?

Doch als wollten sie Matildas Stolz verletzen, als wollten sie zeigen, daß sie in ihrem Alltag, einem Strom endloser Freuden, keinerlei Rolle spielte, suchten Regina und Arabella den Rechtsanwalt von Alphonso Garrison auf. Zur Bestürzung des alten Mannes baten sie ihn, eine Schenkungsurkunde aufzusetzen, die sie zu unterzeichnen beabsichtigten. Matilda sollte alles bekommen.

»Sie will alles«, sagte Arabella, »dann soll sie auch alles haben und uns in unserem kleinen Haus in Ruhe und Frieden lassen. Mehr wollen wir nicht.«

Der Rechtsanwalt sagte den beiden Frauen, er würde ein derartiges Ansinnen nicht einmal unter Androhung des Todes in Betracht ziehen.

Als er seinen Einspruch geltend machte, klang er mehr wie ein Geistlicher als wie ein Rechtsanwalt.

»In den Augen Gottes«, so sagte er, »ist Gier schlimmer als Mord, schlimmer gar als eheliche Untreue, und da wir nichts mitnehmen können, wenn wir diese Welt verlassen müssen, kann Matilda auch nicht alles bekommen.«

Schließlich einigte man sich darauf, daß Matilda Garrison sieben der neun Häuser sowie die Schnapsbrennerei erhalten sollte. Mit Verschwörermiene machte der Rechtsanwalt Arabella den Vorschlag, die Zeitung zu behalten, damit, so sagte er, »Ihr prächtiger Freund weiterhin seine wunderbaren Gedichte und Aufsätze veröffentlichen kann, und Sie und Ihre Mutter immer die Möglichkeit haben, sich auf die Farm zurückzuziehen und sich dort zu erholen«.

Nach dem unerwarteten und würdelosen Verhalten Matildas in der Auseinandersetzung um Besitztümer, die, wie Regina es nannte, »dem Verstorbenen keine Freude bereitet hätte«, verbot sie Matilda, jemals wieder einen Fuß in ihr Haus zu setzen. Sie schnitt sich ihre Tochter aus dem Leben wie ein Krebsgeschwür, und von jenem Augenblick an sprach Regina Garrison nie wieder von Matilda und erlaubte es niemandem, in ihrer Gegenwart ihren Namen zu erwähnen.

»Für mich ist sie so gut wie gestorben und wird tot bleiben«, meinte sie abschließend.

Doch wenn Matilda Doherty in der Welt ihrer Mutter als tot galt, so war sie doch in der Welt, die sie jüngst für sich entdeckt hatte, sehr lebendig. Das riesige Erbe, das sich wie durch ein Wunder auf ihre neu gewonnene Freiheit von der Anbetung ihrer Jungfernschaft getürmt hatte, machte aus ihr eine Frau, wie sie sich selbst noch nicht gekannt hatte. Sie willigte in eine Scheidung von ihrem Manne ein, damit Septimus Doherty Fatmatta-Emilia heiraten und mit ihr nach England gehen konnte. Als nächstes verbannte sie all die Kleider – und viele waren sehr teuer gewesen – aus ihrem Kleiderschrank, die sie an den Ruhm der Entsagung im Kloster ihrer Ehe erinnerten. Und nachdem sie sich mit ihren zwei Dutzend Katzen in einem ihrer sieben Häuser eingerichtet hatte, war sie bereit, eine neue Rolle zu übernehmen. Nur eins mißfiel ihr zunächst: daß Garbage sich weigerte, ein heimliches Verhältnis mit ihr einzugehen. Denn obwohl sie nach der Nacht ihrer unerwarteten Einkehr in sein Bett wieder und wieder zum Haus des Dichters gekommen war, weigerte sich Garbage rundheraus, noch einmal mit ihr zu schlafen. Als er ihr sagte, daß er jene Nacht am liebsten vergäße, weil sie ihm einen schalen Geschmack im Munde verursache, war Matilda Doherty nicht einmal verletzt. Vielmehr sprach sie wie eine Frau, die wußte, daß sie etwas besaß, das andere Männer nicht zurückweisen würden.

»Andere Frauen mögen dir Kinder geschenkt haben, Garbage«, sagte sie, »denk aber an die sieben Tage der Wollust, die ich dir in meinen sieben Häusern schenken kann.«

Mit der gleichen Entschlossenheit, mit der sie die Rechtsanwälte wegen des Erbes traktiert hatte, mit der gleichen Standhaftigkeit, mit der sie ihre Rolle als ungeliebte Ehefrau verteidigt hatte, mit der gleichen Unbeugsamkeit begann Matilda Doherty nun, unter den Männern anderer Familien zu wildern: verheiratete Männer, Junggesellen, Väter und Liebhaber, keiner war vor ihr sicher. Sie verführte sie mit der Aussicht auf die Bequemlichkeit, in einem Bett mit seidigem Leinen zu liegen, mit den zehn Fässern portugiesischen Weins, die ihr Vater gelagert hatte, mit der angenehmen Aussicht, die Tochter des berühmten Zeitungsbesitzers und Bürgermeisters zu verführen, und mit der verwirrenden Auswahl, sie in einem ihrer sieben Häuser beschlafen zu können. Während Arabella damit zufrieden war, Garbage zu lieben und ihren gemeinsamen Sohn zu erziehen, entwickelte Matilda eine ganz Malagueta erschütternde Gier nach Männern. Wenn die Büros nachmittags um drei schlossen, wartete sie in ihrem neuen Auto darauf, daß ihre Opfer herauskamen. Sie verfolgte sie wie ein Geist, erschien hinter ihnen im Spiegel, wenn sie beim Barbier saßen, und bei denen, die ein wenig in der Angst lebten, daß ihre Ehefrauen ihnen auf die Schliche kämen, ließ sie es so aussehen, als zöge sie sie für eine Arbeit in der Schnapsbrennerei in Erwägung oder brauche ihren Rat bei der Führung ihrer Häuser.

»Ich bin doch nur eine einsame Frau, Liebste, die der Hilfe bedarf«, erzählte sie einer jungen Frau, nachdem sie deren Ehemann über Nacht in einem ihrer Häuser festgehalten hatte, das so weit außerhalb lag, daß er unmöglich noch nach Hause zurückkehren konnte.

Niemals erlaubte sie sich Variationen in der Hautfarbe ihrer Männer, ihrem Alter oder ihrem Körperbau. Immer wählte sie die dunkelhäutigsten aus, als wollte sie einen Ausgleich dafür schaffen, daß sie selbst so hellhäutig war, daß nicht einmal regelmäßiges Sonnenbaden es geschafft hatte, ihr einen Anflug von Bräune zu verleihen. Mit der Eitelkeit einer alternden Frau bevorzugte sie jüngere Männer, die sie mit großzügigen Geschenken, Wein und Zeit überhäufte. Einige, gar zehn Jahre jünger als sie, fühlten sich zunächst von ihrem Wohlstand eingeschüchtert. Hatte sie ihnen aber erst einmal bewiesen, daß sie eine Frau in den besten Jahren war, die eine ganze Menge mehr darüber wußte, wie ein Mann zu befriedigen ist, als all die steifen Mädchen, denen sie in der Sonntagsschule Briefe schrieben, dann labten sie sich an ihr. Matilda gab sich dabei der Täuschung hin, daß sie, weil sie mit jüngeren Männern ins Bett ging, die Zeit ihrer wollüstigen Freude am Sex verlängerte, indem sie ihre jungen Liebhaber die Lust lehrte, sich an einer älteren Frau zu erfreuen.

So lief sie einige Jahre wie eine läufige Hündin Männern hinterher, die adrett gekleidet ins Büro gingen, solchen mit der Unschuld von Choristen auf dem Weg zur Kirche, egozentrischen Rechtsanwälten, die beim Liebesakt die Perücke aufbehielten. Ihrer überdrüssig werdend, sah sich nach einem anderen Typ Mann um. Alternd, eitel und immer noch verführerisch, war sie an einen Punkt gelangt, an dem sie die Männer in zwei Gruppen einteilte: in die »Choristen«, die sie als zu gefühlsduselig abtat, als zu selbstverliebt und gleichzeitig am leichtesten zu verführen, wohingegen die andere Kategorie aus Männern bestand, die wie Schürzenjäger aussahen oder, wie sie sie bezeichnete, »grüne Schlangen«, und denen Frauen nicht über den Weg trauen konnten.

Ein solcher Mann war auch Sonny McKrae, ein Maurer und Zimmermann, der den khakifarbenen Anzug seines Berufsstandes mit Würde trug, billigen Rum trank und in aller Öffentlichkeit zu fluchen pflegte. Matilda hatte ihn sich bei einer Totenwache ausgesucht, weil die rauhen Kadenzen seiner Stimme sie faszinierten und die Schönheit seiner Arbeit, die sie in dem von ihm für den Verstorbenen gezimmerten Sarg entdeckte, sie anzog. Sie vertraute darauf, daß er dankbar wäre, wenn eine Frau aus der Oberklasse ihn eines Blickes würdigte, und lud ihn in ihr Haus ein, in das, das neben dem des Lieutenant Governors stand. Dort konnte sie hoffen, er würde wegen seiner Arbeitskleidung keinerlei Verdacht erregen. Sie führte ihn durch die hell erleuchteten, hübsch geschmückten Zimmer, die Küche mit den weiß gestrichenen Wänden, klagte, wie schwierig es doch sei, die Kakerlaken von den Geschirrschränken fernzuhalten, und daß Kolonnen schwarzer Ameisen durch die Hintertür einfielen, sobald die jährlichen Regenfälle einsetzten. Sie fragte ihn, wo sie auf der Veranda eine Hängematte aufhängen könnte, um ungestört von der Sonne ihren Nachmittagsschlaf zu genießen. All das war nur planloses Geschwätz, mit dem sie den Zimmermann einlullen wollte, darauf wartend, daß der Brandy, den sie getrunken hatten, zu wirken begann. Schließlich bat sie ihn, einen Blick auf die Decke im Bad zu werfen, die ein Loch hatte, und als ein Windstoß vom Meer herüberwehte und sie schwach werden ließ, mußte sie sich an der Zisterne festhalten, um nicht den festen Boden unter den Füßen zu verlieren. Dabei reckte sie ihren Hintern aufreizend in Richtung Tür.

Sonny McKrae brauchte keine weitere Aufforderung. Wie ein wütender, nach einem verzweifelten Aufbäumen dem Opfermesser entronnener Hammel nagelte er sie auf der Zisterne fest, spießte sie mit seinem gewundenen Horn auf und trieb mit rücksichtsloser Gewalt seinen Schaft in ihren Schoß. Matilda Doherty blieb ob seiner pöbelhaften Kühnheit die Luft weg. Hatten sich andere durch ihren Reichtum und ihr edles Aussehen eingeschüchtert gefühlt und sie geliebt, als wäre sie kostbares chinesisches Porzellan, so kannte Sonny McKrae hinsichtlich seines Wertes als Mann keine derartigen Hemmungen. Er brachte Matilda so weit, daß sie in den verkommensten Spelunken der Stadt nach ihm suchte, in den Spielhöllen der Seitenstraßen, in denen er Dame spielte, bei jeder Totenwache, bei der der

Klang seiner Stimme so mächtig ertönte, daß er die Toten zum Leben erweckte. Er machte eine läufige Hündin aus ihr, die bereits abends um sechs sehnsüchtig nach ihm hechelte, und entfachte eine beständig brennende Glut in ihrem Schoß. In einer Woche nimmermüder Vögelei führte sie ihn in alle sieben Häuser, damit er das riesige Ausmaß ihres Reichtums bewundere. Sonny McKrae aber machte sich gar nicht erst die Mühe, der Schönheit der anderen sechs Häuser Beachtung zu schenken, sondern fiel in allen über sie her. Er walkte sie im Rhythmus der an ihrem Strandhaus vorbeifahrenden Kutschen, machte auf dem Terrazzofußboden ihres Hauses in den Bergen einen gerupften Vogel aus ihr und pfählte sie auf dem Tisch in der Bibliothek des Hauses neben dem Museum, an dem Alphonso Garrison einige seiner besten Leitartikel geschrieben hatte.

Einmal nahm sie all ihren Mut zusammen und machte ihm den Vorwurf, daß er zu grob zu ihr wäre. Er aber wies sie in die Schranken, ohne auch nur die Stimme zu heben oder seine plebejische Würde zu verlieren.

»Nun tu dir mal nicht selbst leid, Süße«, sagte er. »De fein'n Pinkel wissn doch gar nicht, wie sies dir richtig besorgn müssn. Und davon abgesehen kommst du auch langsam in de Jahre.«

Wie eine Sklavin erfüllte sie ihm jeden Wunsch, verlor völlig das Zeitgefühl, wünschte sich nichts sehnlicher, als ihren biologischen Rhythmus zu überlisten und schwanger zu werden. Ja, sie begann sogar wieder zu kochen, was sie nach wenigen Monaten ihrer katastrophalen Ehe aufgegeben hatte. Sie brach mit einem strikten Gebot, das sie sich auferlegt hatte, und gab riesige Summen für Sonny McKrae aus. Einmal, als ihr Liebhaber sich in einem Zimmer einer Privatklinik, das sie für ihn bezahlte, von einer kurzen Krankheit erholte, bestach Matilda eine Schwester und ließ sich das angrenzende Zimmer einweisen, um die animalische Kraft dieses Mannes auch an einem anderen Ort als in einem ihrer Häuser zu kosten.

Inmitten solch zügelloser Ausschweifungen beschäftigte sie sich auch noch damit, drei Häuser zu vermieten. Da sich diese aber in einem derart verheerenden Zustand der Verwahrlosung befanden, fiel es ihr schwer, die richtigen Mieter zu finden. Ein ausländischer Arzt, der seinem Land gleichzeitig als Honorarkonsul diente, zeigte Interesse an dem großen Haus, in dem Alphonso Garrison einst Hof gehalten hatte, als er noch der Bürgermeister der Stadt war. Im freundlichen Stil der Oberklasse erbaut, mit französischen Fenstern, Jalousien und großen Veranden für musikalische Sommerabende war es das ideale Haus für einen Konsul und hätte eigentlich eine recht gute Miete einbringen sollen.

Matilda willigte ein, es auf zehn Jahre zu vermieten. Kaum hatte der Konsul das Haus bezogen, begann sie auch schon, ihn mit ihren Vorstellungen heimzusuchen, wie es instand zu halten sei. Sie bestand darauf, die Teppiche in Augenschein zu nehmen, die auf dem Fußboden ausgelegt werden sollten, gab die Anweisung, daß sie zu den Trennwänden zu passen hätten, erklärte ihnen, welche Möbel man hineinstellen dürfte, um die Fußbodenfliesen nicht zu beschädigen. Sie stritt mit den Malern herum, als sie sah, daß es blau angestrichen wurde, wies darauf hin, daß ihr Vater immer weiß bevorzugt hatte, und gab sich alle Mühe, den Konsul, einen Hobbyastrologen, daran zu hindern, im Arbeitszimmer ein großes Teleskop aufzustellen, mit dem er nachts die Sterne beobachten wollte. Schließlich riß dem Konsul der Geduldsfaden, und er besorgte sich einen Gerichtsbeschluß, der es Matilda Garrison verbot, sich in seine Haushaltsführung einzumischen, und für den Rest der zehn Jahre den Frieden einigermaßen wiederherstellte.

Doch das Unheil nahm seinen Lauf. Noch ein weiteres Haus zu vermieten, gelang ihr nicht, denn ihr Name war zum Sinnbild für eine Heimsuchung geworden und jagte möglichen Mietern Schauer über den Rücken. Sie erwachte aus dem Wahn ihrer mittelalterlichen Verderbtheit, in den Sonny McKrae sie gestürzt hatte, ließ die restlichen Häuser wiederherrichten und stellte vor ihnen Schilder mit der Aufschrift »Zu vermieten« auf, doch niemand wollte sie haben.

Regina Garrison erfreute sich einer köstlichen Rache, als sie von Matildas Problemen erfuhr. Ohne ihr Gelübde zu brechen, den Namen ihrer Tochter je wieder zu erwähnen, zwang sie sich bei einer Wohltätigkeitsveranstaltung, bei der sie abgelegte Kleider für die Armen in den umliegenden Ortschaften sortierten, zu der Bemerkung, daß »Kinder, die unbedingt das Kleid ihrer Mutter anziehen wollen, das ihnen aber viel zu groß ist, sich nicht wundern dürfen, wenn sie einen Gürtel brauchen, um es zu schürzen«.

Dann, nach einer endlos scheinenden Affäre, ließ Sonny McKrae seine aristokratische Geliebte fallen wie eine tote Ente und wandte sich wieder den Frauen bei den Totenwachen zu, deren ungehemmtes Lachen und dumpfer Geruch nach Kaffee ihm in der Zeit seiner Beziehung mit Matilda gefehlt hatten. Die Stimmung der Öffentlichkeit Menschen ihrer Klasse gegenüber begann sich zu wandeln. Ein wachsender Groll gegen das Kolonialregime und seine einheimischen Helfershelfer machte sich im Boykott von Geschäften Luft, im Druck auf einheimische Arbeiter, zu streiken, und in unerklärlichen Feuern, die von Zeit zu Zeit an verschiedenen Stellen Malaguetas ausbrachen. In einer Nacht wurden zwei von Matildas Häusern geplündert, die Schnapsbrennerei wurde um die Hälfte ihrer Kornvorräte erleichtert, und jemand kritzelte eine Obszönität auf ihr Auto. Auf Grund des hochmütigen Benehmens ihren Arbeitern gegenüber hatte sie Schwierigkeiten, jemanden zu finden, der die Reparaturen übernahm, und selbst als ihr gelungen war, jemanden zu überreden, konnte sie es nicht lassen, sich einzumischen, so daß die Arbeiter ihre Arbeit einfach liegenließen und weggingen.

Sich selbst überlassen, spürte Matilda, wie etwas von ihrer früheren prüden Lebensweise jetzt, in ihren mittleren Jahren, wiederkehrte. Sie, die solch ein wildes Leben geführt hatte, zog sich plötzlich in eine verbiesterte Launenhaftigkeit zurück, äußerte sich abfällig über die Leute, die ihrer Ansicht nach den Namen ihres Vaters in den Schmutz zogen, indem sie sie damit beleidigten, daß sie sich weigerten, die verfallenden Häuser zu mieten. Bei Basaren verteilte sie Pillen an junge Frauen und warnte sie vor untreuen Männer und den Verwandten, auf die man sich nicht verlassen könnte. Während ihre Häuser dem Wandalismus der Jugendbanden, die aus den umliegenden Ortschaften über Malagueta herfielen, und der unerbittlichen Zerstörung durch die Termiten zum Opfer fielen, zog sie sich in dem einzigen noch intakten Haus in ein einsames Dämmerlicht zurück. In der Leere der Zimmer entdeckte sie die Leere ihrer Seele und die quälenden Schatten ihrer Gier. Schließlich, nachdem auch das letzte Dienstmädchen gekündigt hatte, blieb sie allein mit ihren Katzen zurück, und wenn sie einmal einkaufen ging, wurde sie zur Zielscheibe des Spotts der Leute. Eines Abends, als sie mit einer großen Tasche voll Wäsche zu ihrem Auto zurückging, machte ein junges Mädchen, das ihre Pillen abgelehnt hatte, eine ironische Bemerkung über Matildas Zustand.

»Arme Frau«, ließ sie sich vernehmen, »sie wird einmal froh sein, auf der Straße sterben zu können, damit man ihren Leichnam entdeckt, bevor er verfault ist.«

Sechs Monate später starb sie in ihrem Haus. Erst nach einer Woche, als die Wachen vor dem Haus des Lieutenant Governor merkten, daß die Katzen in ihrem Haus schon tagelang jaulten, und nachsahen, wurde man des beißenden Geruchs der Verwesung gewahr.

15 *Ali Baba und die vierzig Räuber*

Schließlich mußte auch Isatu Martins von ihrem Thron herabsteigen, fast einhundertundzwei Jahre, nachdem Gustavius Martins sie mit seiner Schöpfung und den akrobatischen Affen gekrönt hatte. Garbage gab ihrem Sarg bei, worum sie gebeten hatte – mit einem Dutzend Fächer aus Pfauenfedern wollte sie aufrecht im Sarg stehen, eine Kuhglocke zur Seite, »um mich drübn anzukündign« –, und schlachtete für sie einen Bullen. An demselben Tag, da Garbage den Pflichten eines Sohnes seiner Mutter gegenüber nachkam, wurde das Volk von Malagueta eines seiner Rechte beraubt. Diese Rechnung blieb bis zu dem Tage offenstehen, an dem General Tamba Masimiara, Jahre später, seinen erfolglosen Putsch gegen Präsident Sanka Maru ins Werk setzte. Das Kolonialregime nahm den jüngsten Aufstand zum Vorwand, die Oberhäupter der umliegenden Ortschaften, die jetzt zum Hoheitsgebiet Malaguetas gehörten, einzuladen und einen Vertrag zu schließen, der es den Urenkeln der Gründer Malaguetas untersagte, jemals außerhalb des Gebietes, das Thomas Bookerman so genau kartographiert hatte, Landbesitz zu erwerben.

Garbage war außer sich, als er am nächsten Tag davon erfuhr, und schickte dem Gouverneur ein Protestschreiben, in dem er den Vertrag als Schande und Betrug bezeichnete.

»Es stellt eine Beleidigung des Andenkens an Sebastian Cromantine und die anderen Gründer dieser Stadt dar, daß die Nachfahren derer, die dafür gearbeitet haben, das Gelände rings um Malagueta zu erschließen, dort nicht einmal einen Baum mehr pflanzen dürfen, während die Leute aus der Umgebung in die Stadt kommen können, um sie zu ruinieren.«

Septimus Doherty und Fatmatta-Emilia, die in England das freudlose Dasein Vertriebener führten, schickten eine Bittschrift an das Parlament, um den Vertrag annullieren zu lassen. Nach monatelangem Warten darauf, daß die Politiker aus ihren verschiedenen Ausschüssen wieder zum Vorschein kämen, nachdem sie dem unerträglichen englischen Wetter getrotzt und die Politiker bis vor ihre Clubs verfolgt und vor den Redaktionen der Zeitungen demonstriert hatten, gaben die beiden ihren sinnlosen Versuch auf und gingen eines Tages zum Trafalgar Square. Dort verstreuten sie, nachdem sie die Tauben gefütterten hatten, die zweihundertsiebenunddreißig Kopien der Bittschrift.

»Vielleicht findet eine so ihren Weg zu einem Politiker«, meinte Fatmatta-Emilia, deren Achtung vor diesem Geschlecht der Menschheit nie sonderlich hoch gewesen war.

Malagueta trat in eine Phase innerer Auseinandersetzungen. Die Vernunftehe, oder besser das, was von der Gemeinschaft noch übrig war, begann an den Rändern zu bröckeln. Mit einer Arroganz, die nur von ihrer Furcht vor der schrecklichen Macht der Finsternis gemildert wurde, ihrer Furcht vor der Dunkelheit des Raums und der dunklen Hautfarbe der Menschen, schürzten die Vertreter der Kolonialmacht verächtlich die Lippen und weigerten sich, die Ungerechtigkeit ihres Handelns einzugestehen. Von fragwürdiger Abstammung, waren sie größtenteils am wahnwitzigen Fließband des englischen Klassenbewußtseins ausgemustert worden: Es handelte sich um Männer und zum Teil auch um Frauen, die lieber in Indien eingesetzt worden wären. Dort hätten sie dann in ihren seltsamen Clubs sitzen und Gin-Tonic trinken können, zwergenwüchsige, vor ihren turbangeschmückten Dienern zu Wichten verkümmerte Sahibs. Dort hätten sie vielleicht Bengaltiger jagen oder, wenn ihnen mehr nach Wüste der Sinn stand, sich wenigstens in Arabien der Falkenjagd hingeben können, anstatt im Höllenschlund von Malagueta zu verkommen.

Sie haßten die gleichermaßen hochmütigen Enkel der Stadtgründer, die voller Stolz auf ihr Wissen und voller Verachtung für die Angehörigen der kolonialen Oberschicht und für den einen oder anderen Bewohner der umliegenden Ortschaften aus England heimkehrten. Bei den mittlerweile abnehmenden Festlichkeiten, wo sie sich begegneten, behandelten sie einander mit bewundernswürdiger Gleichgültigkeit, gossen eilig ihren Rum hinunter und eilten nach Hause zu ihren Frauen oder mit ihren Frauen, die unter der Last ihres Schmucks dahinwelkten.

Auf dem Höhepunkt dieses gesellschaftlichen Unfriedens fand die unglaubliche Geschichte von Matilda Garrison und ihren sieben Häusern Eingang in das Repertoire von Man-Friday, dem swingenden Calypso-König jener Tage. Er behauptete, für einen Penny Lohn könne er zu jedem Anlaß ein Lied komponieren, jedem Trost spenden oder die Toten besänftigen. So begab es sich, daß die verstorbene Matilda von Bar zu Bar reiste, daß man ihr hier zuprostete, dort sich ihrer erinnerte, daß einige sie liebten und andere Mitleid mit ihr hatten. Die Gassenjungen, die sich dreier Häuser bemächtigten, die einst ihr gehörten, schworen, daß sie manchmal in den tosenden Stürmen, dem Geschenk des Monats August an Malagueta, sähen, wie Matilda noch immer nach Sonny McKrae suchte, einen Hauch ihres französischen Parfums zurücklassend, den nicht einmal die Regenfälle wegspülen konnten. Nach Malagueta kommende Seeleute, die den Calypso aus Trinidad und Aruba mitbrachten, erzählten von einer weißgekleideten Frau, die sie auf der großen Veranda eines auf einer Hügelkuppe errichteten, hell wie ein Ballsaal erleuchteten Hauses stehen gesehen hätten, wie eine verlassene Königin, eine Fahne schwenkend.

Nach wie vor besuchte Garbage die Frauen, mit denen er Kinder hatte. Sein Ruhm hatte sich unterdessen weit über die Grenzen Malaguetas hinweg ausgebreitet. Doch nur im Hause Arabellas fand er den Frieden, der ihn den größten Teil seines Lebens geflohen hatte und den er nun, da er sich der Lebensmitte näherte, mehr denn alles andere begehrte. Faramah war zum Archäologiestudium nach England gegangen, und so blieb ihnen als Zeugnis ihrer Liebe nur die Tatsache, daß sie jeder füreinander etwas aufgegeben hatten. Garbage war Arabella dankbar dafür, daß sie, obwohl sie niemals geheiratet hatten, ihr Haus zu seinem Heim gemacht hatte, wo er hinkommen konnte, um glücklich zu sein, sich zu entspannen und aus den Schalen ihrer erfrischenden Liebe zu trinken. Nachdem Regina in das

Landhaus umgezogen war, um, wie sie ihrer Tochter sagte, die Jahre zu genießen, die ihr noch auf Erden verblieben, ohne »von euch zwei Turteltäubchen« gestört zu werden, hatte Arabella kochen gelernt, und es war ihr sogar gelungen, Garbage »etwas Häuslichkeit beizubringen«. In den reifenden Feuern ihrer Leidenschaft waren sie an einen Punkt gelangt, an dem sie nicht mehr nackt zu sein brauchten, um einander zu finden, weil sie sich sicher waren, daß ihre Liebe, errichtet auf Zeichen der Zärtlichkeit, von Dauer wäre: Sie sorgten füreinander, wenn einer von beiden einmal krank wurde; sie strickte ihm Sweater, in denen er den Harmattan überstand; und er nahm einiges auf sich, ihr die Schneckenhäuser und Muscheln zu bringen, die das Meer an Land spülte und mit denen sie so gern das Haus verschönerte. Sie war ihm dankbar, daß er, wenn er über sie in der Öffentlichkeit sprach, immer nur höfliche Worte gebrauchte und daß er sie vor allen anderen liebte, trotz der Forderungen anderer Frauen und der Streithaftigkeit seines öffentlichen Lebens.

»Ich habe stets gewußt, daß du, wenn ich dir nur den Raum ließe, mich auf deine Weise zu lieben, immer zu mir zurückfändest und daß wir zusammen alt werden können«, sagte sie eines Abends zu ihm, als sie bei Kuchen und Tee beieinander saßen und die Enten ruhig im warmen, weichen Novemberlicht auf dem Teich schwammen, den er für sie angelegt hatte.

Eines Tages erhielt er einen großen Karton mit Büchern ohne jede Briefmarke, den jemand anonym an seiner Tür abgeliefert hatte. Er trug die Kiste in sein Arbeitszimmer, und als er sie öffnete, reichte ihm ein Blick auf den Inhalt, um zu wissen, wer sie ihm geschickt hatte. Obwohl seither fünfunddreißig Jahre verstrichen waren, erkannte er die tellurischen Bücher wieder, mit denen sich der Mann befaßt hatte, der ihn in die magischen Kräfte des Goldes und die beschwörerischen Fähigkeiten seiner seltsamen Augen eingeweiht hatte. Wie Märchen aus einer Welt, die er sich nie vorgestellt hatte, entdeckte er nun die Dichtung von der Wunderlampe des Weisen, das Trommelgedicht der Ashanti, die Ermahnungen des Hassan von Basra an seine Anhänger und das Lied der Nama für die hinter den Regenwolken verschwindende Sonne. All dies hatten die unmißverständlichen Hände Alusine Dunbars zu einer Gabe der Erkenntnis geordnet. Tagelang verließ Garbage nicht mehr sein Haus und ließ niemanden zu sich, nicht einmal Arabella. Standfest tauchte er in die Geheimnisse dieser Welten ein, in die Klagen der Lieder und die hoffnungsfrohen Feuer am Ende eines Menschenlebens, das niemand je auslöschen konnte. In der Ermahnung an die Anhänger erkannte er, daß auch er nicht vor dem Morast des Lebens gefeit war, sondern daß er als Wahrheitssuchender in der Verantwortung stand, sich aus allen Fallgruben herauszuziehen, in denen geringere Männer als er, Politiker vor allem, ihn zu fangen bestrebt waren. Und so wurde ihm klar, daß Malagueta wie eine Sonne war, die von Zeit zu Zeit in Dunkel gehüllt wurde, doch nach dem Regen immer wiederkehrte. Deshalb lebte er in dem sicheren Gefühl, daß Alusine Dunbar eines Tages nach Malagueta zurückkäme, und er wußte, daß er bereit wäre und den umherstreifenden Seher aufgeregt erwartete wie ein Schüler.

Louisa Turner war keine Seherin. Die vergangenen fünfundzwanzig Jahre hatte sie damit zugebracht, im College Mädchen zu formen, die eines Tages zu den hervorragenden Frauen Malaguetas gehören sollten. Sie alle waren Lehrerinnen mit dem Optimismus junger Lämmer, bereit, ihr Leben zu geben, damit die Frauen in Malagueta und anderswo in den Weiten des Erdballs ein besseres Leben führen könnten, als ihre Mütter es sich erträumt hatten. Vom Beispiel Florence Nightingales beflügelt, gingen sie überallhin und versorgten die verwundeten Männer – es war die Zeit, da Malagueta seine Söhne ausschickte, in der ersten Schlächterei der beiden europäischen Kriege dieses Jahrhunderts ihr Leben zu lassen. Sie gehörten zu den Frauen, die den Leidenschaften der Männer gegenüber offen waren, hatte Louisa Turner sie doch gelehrt, daß sie nicht nur die Schlüssel zum Königreich der Glückseligkeit besäßen, sondern auch über die Fähigkeit verfügten, dieses Glück um unbestimmte Zeit zu verlängern. Sie beschwor sie, ihr Leben niemals von der Verbitterung Männern gegenüber beeinträchtigen zu lassen, denn dies sei der besten Frauen auf der Welt unwürdig. Die Liebe wäre dazu in der Lage, alle Ungerechtigkeiten zu überwinden, und das einzige, was die Bedeutung der Geburt eines Kindes noch überstieg und in seinem Wert gleich nach der Schöpfung rangierte, die in den Händen Gottes lag, wäre die Liebe einer Frau zu einem Mann. So sollten sie also ihr Wissen nicht wie vergiftete Pfeile verwenden und im Kampf gegen die Männer einsetzen, sondern als ergänzende Lieder, die endlos gesungen werden könnten, weil sie ihnen jedesmal, wenn sie sich aufs Neue verliebten, einen neuen Text dichteten.

Deshalb schmückten bei ihrem Tode auch zweitausend Rosen und Gardenien ihr Grab. Sechs Männer, die sich am selben Tag mit ihren Frauen an Bord eines Schiffes nach Fernando Po begeben wollten, wurden von ihren Frauen gezwungen, die Reise zu verschieben, damit sie an der Beerdigung teilnehmen konnten. Der Gouverneur schickte ein Beileidsschreiben, und hinter dem Leichenwagen marschierte eine Abordnung der *Women's Auxiliary and Teachers' Association*. Fatmatta-Emilia und Septimus Doherty trafen erst ein, als die Beerdigung schon vorüber war. Das lag daran, daß die Verspätung des Schiffes erst zu spät gemeldet wurde. Sie blieben eine Woche länger, um bei einem Konzert den Mädchenchor des Colleges »O when the Saints go marchin' in« singen zu hören. Das hätte auch Louisa gefallen, denn sie hatte die Lieder ihres Volkes sehr geliebt.

Garbage schrieb weiter Gedichte und vertiefte sich auch förderhin in die geheimnisvolle Welt des Alusine Dunbar, davon überzeugt, daß es nur eine Frage der Zeit wäre, bevor der fast unbegreifliche Heilige wieder in Malagueta erschiene. Und so begann der Dichter, die Sterne zu deuten: Pferde stellte er sich vor, die an der Venus vorübergaloppierten, von denen eines den alten Mann tragen mochte. Er untersuchte die Ansammlungen der Wolken, betrachtete das Antlitz des Mondes und stand stundenlang an Malaguetas Strand, nach günstigen Bewegungen im Wellenschlag der Gezeiten Ausschau haltend. Ein andermal ging er in eine Bar, in der die Aufregung, die sein Name bei den Gästen hervorrief, die Alten dazu veranlaßte, ihn mit Rum zu bewirten. Sie klopften ihm auf die Schultern, lachten und sagten »Freut mich, Ihre Bekanntschaft zu machen«. Dann sprachen sie dem Dichter davon, wie die Stadt vor seiner Zeit ausgesehen hatte. Während sich das Alter am Rum der Sehnsucht nach der Vergangenheit berauschte, lauschte er ihren Erzählungen, wie die Stadt aus der »unseligen, von Agenten des Kolonialregimes unserer Stadt aufgezwungenen« Verbindung mit jenen Orten zu lösen sei, »wo sie noch immer auf Erleuchtung warten«. Alle, Garbage wie auch die Männer, warteten auf ihre eigene Erleuchtung. Denn in jenen Tagen war Malagueta eine graue Stadt, die von den Feuern seiner Dichtung nur spärlich erhellt wurde.

Eines Abends plötzlich hallten die Straßen Malaguetas, als wären sie in einem Delirium der Vergangenheit gefangen, von der lärmenden Musik der Araber aus den Shouf-Bergen und von den Märkten in Damaskus wider. Garbage und Arabella gingen gerade im Botanischen Garten spazieren, als sie in den nahen Straßen dumpfes Trommeldröhnen hörten und sich dorthin begaben, um herauszufinden, was los war. In der Straße, in der zu Zeiten von Gustavius und Isatu Martins Modibo, der Wahrsager, das akrobatische Können seines Hundes vorgeführt hatte, wurden sie Zeugen eines Schauspiels, berückender als alles, was Malagueta bis zu diesem Tage erlebt hatte: Buntgekleidete Wesen in fremdländischen Kostümen, mit Räubermessern in den roten Schärpen, die sie um die Hüften trugen, mit dem durchdringenden Knoblauchgeruch, der noch immer über der Stadt hängen sollte, als sie schon längst in andere Gegenden gezogen waren, und mit Korallenketten um den Hals. Sie kamen aus dem Nichts, sprachen eine barbarische Sprache, sprangen, nachdem sie eine riesige Menschenmenge auf die Straße gelockt hatten, in die Luft, wirbelten umher wie tanzende Derwische, landeten auf den Köpfen und blieben so fünf Minuten unbeweglich stehen, bevor sie auf den Händen weiterliefen. All das, so hätte die Menge schwören mögen, war der ungewöhnlichste Anblick in Malagueta seit jenem Nachmittag, da man – wie einige Leute behaupteten – eine nackte Frau auf einem Pferd erblickt hatte, der zwei ausgewachsene Kinder saugend an den prachtvollen Brüsten hingen: ein Schicksal, das sie, so berichtete man, auf sich herabgeschworen hatte, indem sie ihren Zwillingen den Familiennamen eines reichen Mannes gab, der zwar nicht ihr Vater war, der Frau aber eine große Summe zugesteckt hatte, damit sie die Mär verbreite, der eigentliche Vater der Zwillinge sei kastriert.

Am Tage der geheimnisvollen Ankunft der Araber erlebten die Malaguetaer noch weitere Wunder. Aus der Ferne tauchte der größte Wohnwagen auf, der je durch die Stadt gezogen war. Er wurde von vier prächtigen Pferden gezogen. Ein kleiner Araber, nicht ganz drei Fuß hoch, mit lächerlich anmutender Nase, aber lebendigen Augen und wohlgeschnittenem Bart, kroch unter dem Wohnwagen hervor, wandte sich mit Gebärden an die Menge und machte deutlich, daß jemand nun die Tür seines Wohnwagens öffnen solle, dann würde etwas außerordentlich Großes daraus hervortreten. Als vier Männer seiner Bitte gefolgt waren, brach in der Menge Panik aus. Einige rannten davon. Andere wiederum standen wie gelähmt von dem Anblick des Wesens, das die Stufen des Wohnwagens herunterschritt.

Das weibliche Wesen hatte das Gesicht einer Kinderpuppe, jedoch einen Körper von der Größe eines Elefantenbabies, und seine Arme waren so stark behaart, daß sechs Kämme an der Behaarung ihre Zinken eingebüßt hätten. Es trug ein aus zwanzig verschiedenen Baumwollstoffen zusammengenähtes Hemd.

Mit den trägen Schritten einer Riesin ging sie hinüber zu einem Mangobaum, lehnte sich gegen seinen Stamm, lüpfte, nachdem der Zwerg ihr ein Kommando zugerufen hatte, ihr vielfarbiges Hemd und gab, sehr zum Erstaunen der Menge, den Blick frei auf zehn kleine Mädchen, die alle gleich aussahen, das gleiche Lächeln lächelten und das gleiche Kleid trugen. Sie hieß Hediza Farouka und wurde eine Stammutter. Dereinst die schönste Frau in ganz Damaskus, hatte sie die Männer in den Tod getrieben, weil sie in der Öffentlichkeit ohne Schleier auftrat und sie damit dazu brachte, sich ihretwegen die Augen auszureißen. Anstatt sie zu Tode zu steinigen, hatten die Hüter der Moral ihrer Mutter angeboten, sie an einen für sein freies und ungebundenes Leben berühmten wie berüchtigten Karawanenführer zu verkaufen. Der hatte versprochen, sie an einen Ort zu führen, an dem sie nicht länger mehr Männer quälen könnte. In der ersten Nacht, als er mit ihr schlafen wollte, wurde er gewahr, daß sie zur Größe eines Elefanten gewachsen war und ihn dadurch aus dem Zelt drückte. Am nächsten Morgen aber nahm sie wieder ihre ursprüngliche Gestalt an. Sechs Tage später beobachtete er unbemerkt, wie sie sich von einer kleinen, braunen Schlange abschlecken ließ. In dem Glauben, die Schlange sei für ihre wundersamen nächtlichen Verwandlungen verantwortlich, tötete er sie und liebte die Frau eine ganze Nacht hindurch. Danach behielt sie für immer ihre riesigen Ausmaße. Er nahm sie in sein Gefolge auf und gedachte sie als Laune der Natur vorzuführen, doch als sie neun Monate darauf die zehn Mädchen gebar, die später, als sie zehn Jahre alt wurden, zu wachsen aufhörten, sagte er mit der Freude eines Mannes, der die Antwort auf ein Grundproblem seines Lebens gefunden hat:

»Allah mag dem Sultan die schönsten Frauen der Welt geschenkt haben, die aber nirgendwohin gehen können«, meinte er. »Mir aber hat er die zauberhaftesten Töchter der ganzen Welt geschenkt, die meine Truhen mit Gold füllen werden.«

Er reiste um die ganze Welt und zeigte seine Feen, stellte sie als die vollkommensten Wesen in der Geschichte der Schöpfung vor: Nymphen, die gleichzeitig stehen und sitzen konnten, zur selben Zeit schlafengingen, zur selben Zeit aufwachten und über die Macht verfügten, einen Mann so lange in den Zustand andauernder Erektion zu versetzen, bis er einwilligte, all sein Gold herzugeben, damit sie den Zauber von ihm nähmen. Einmal trieben sie einen Wüstenprinzen in den Wahnsinn, nachdem sie einen »Wüstennarren« aus ihm gemacht hatten, »der nur wenig über dem Kamel stand«.

Farouk Baba, ihr Vater, wähnte sich glücklich, bis ein Sheikh aus Basra, der sich in der Kunst des Studiums der sylphidischen Geschöpfe auskannte, im Buch der Gnomen nachschlug und feststellte, daß die zehn Sylphiden Wiedergängerinnen von zehn Hexen waren, die man im byzantinischen Jahre 1420 aus den Gärten von Konstantinopel vertrieben hatte. Da die zehn Luftgeister genau fünfhundert Jahre nach diesem Ereignis, während der ruhmlosen Fehde zwischen den korsischen und den sardischen Räubern, das Licht der Welt erblickt und zu allem Überfluß die Gewohnheit angenommen hatten, Schweinefleisch zu essen wie die Nachfahren der Avaren und Magyaren, die Christen waren und damit Ungläubige, und weil sich die zehn Mädchen gegen alle Gesetze der Schwerkraft verschworen und sich weigerten, über eine bestimmte Körpergröße hinaus zu wachsen, sich statt dessen lieber unter dem vielfarbigen Hemd ihrer Mutter versteckten und am Daumen nuckelten, wie die Riesin selbst zugegeben hatte, so ließ alles, was man in Augenschein nahm, darauf schließen, daß sie wirklich Hexen wären. Also empfahl er ihrem Gebieter, sie augenblicklich dem Tode zu überantworten.

In jener Nacht floh Farouk Baba mit seinem Wohnwagen. Zuvor tröstete ihn ein freundlicher Maulana mit dem Gedanken, daß das, was in einem Teil der Welt ein Unglück zu sein scheint, sich woanders als Segen erweisen kann. Der wissensreiche Mann erzählte dem Händler, daß er, Farouk Baba, anders als jener dumme afrikanische Händler im Märchen von der Fata Morgana, der ein Vermögen darauf verwandte, auf der Suche nach Erlösung in den Nahen Osten zu reisen, wo doch geistige Aufklärung und andere Reichtümer in

Afrika längst zur Verfügung ständen, nach Afrika ziehen sollte. Das würde ihn nichts kosten, denn seine Töchter waren sein Kapital.

»Zieh in das Land der Schwarzen. Dort warten sie auf die Zauberei deiner Töchter. Ich kann dies im Buch der Offenbarung sehen.«

Zunächst sah Malagueta im Zauber des Wohnwagens eine Ablenkung von der Langeweile der Regenzeit. An den Tagen, an denen das Sonnenlicht schwach durch die Wolken brach, verwandelten die Araber die Straßen der ehrbaren Jungfrauen in den Schauplatz eines lärmenden Karnevals. Die Männer schlugen die Trommeln, und die Nymphen tanzten über feuerspeienden Flaschenkürbissen und verschluckten Goldmünzen, die die gebannten Malaguetaer ihnen zuwarfen.

Garbage war nicht beeindruckt. Ein kluger Mann, fragte er sich, was eine so seltsame Reisegruppe in diese Stadt auf der anderen Seite des Erdballs geführt haben mochte. Schließlich keimte in ihm der Verdacht, daß die Leute Schwindler waren, marodierende Räuber, die die ahnungslosen Einwohner der Stadt betrügen wollten. Er schickte dem Gouverneur Briefe, in denen er gegen den Einfall der Araber protestierte und ihre Ausweisung verlangte. Sein Ansinnen stieß auf jedoch taube Ohren, und man gestattete den Arabern, dort zu bleiben, wo Jeanette Cromantine und die anderen einst als erste ihr Glück gemacht hatten.

Nachdem sie mit den Vorführungen ihrer akrobatischen Verrenkungen genügend Geld verdient hatten, zogen sie von Tür zu Tür und boten Korallenperlen, billige Ketten und Amulette feil, von denen sie behaupteten, daß auf ihnen der Zauber eines Magiers aus Beirut liege und sie damit weit wirksamer seien als jene Amulette, die die Tuaregs in längst vergangenen Zeiten zum Kauf angeboten hatten. Dann machten sie kleine Läden auf, in denen sie billige Drucke von den Basaren in Damaskus und aus den Druckereien Istanbuls feilboten. Dabei erhielten sie Unterstützung seitens der Kolonialmacht, die den Arabern günstige Konzessionen einräumte, da sie den rebellischen Malaguetaern ablehnend gegenüberstanden, so daß sie ihren Einfluß mehren konnten. Und sie vermehrten sich. Von dem Tage an, da sie einen riesigen Kürbis verspeisten, wuchsen die zehn Mädchen zur Größe erwachsener Frauen heran und brachten einhundert Frauen hervor, die wiederum in kurzer Zeit weitere tausend

Frauen in die Welt setzten, und sich also das Gerücht vom Stolz und dem schmarotzenden Geschlecht der Araber, ihrer kampfeslustigen Konkurrenzsucht und dem Gestank ihres knoblauchgetränkten Atems in nur wenigen Jahren in erschreckendem Maße bewahrheitete.

Farouk Baba wußte gar nicht, welchen Gewinn er aus diesem unerwarteten Glück schlagen sollte, und wenn er der Meinung war, daß die Göttliche Vorsehung ihm mehr als genug beschert hätte, dann machte er seine Rechnung ohne die Gaben, die die Natur jenem Teil der Welt geschenkt hatte, der weit mehr als nur die Hälfte aller Menschen des Erdballs glücklich machen konnte. Während Europa auf die Schlächterei seines zweiten Krieges in diesem Jahrhundert zusteuerte, spielte eine seiner Enkeltöchter, die einen Mann aus einer einhundertfünfzig Meilen von Malagueta entfernten Stadt geheiratet hatte und mit ihm dorthin gezogen war, am Rande eines Sumpfes mit ihrem Sohn Ali Baba. Der Sohn hob einen hellen Kiesel auf. Der war von der Größe eines Enteneis und strahlte in den leuchtenden Farben des Regenbogens.

Der Kolonialbeamte, der den Kiesel in Augenschein nahm, begriff zunächst nicht, was in diesem abgeschiedenen Winkel der Erde geschehen war, doch als man den Kiesel nach London einschickte, sah sich ein Geologe den Stein nur eine Minute lang an, sprang voller Aufregung von seinem Stuhl hoch und rief:

»Das ist ein seltener Diamant!«

Nach jenem Tage wurde Malagueta von Menschen aus aller Welt heimgesucht. In der aufregenden Entdeckerzeit machte die Kolonialmacht Pläne für alle möglichen Entwicklungen. Eine Eisenbahnlinie sollte gebaut und die erforderliche Ausrüstung nach Malagueta gebracht werden, mit der sich das Land ausbeuten ließe. Die Steine sollten dann in die Schmuckgeschäfte Europas gehen. Dem Unternehmergeist der Araber dankbar, setzte man für sie die Gesetze außer Kraft und gab ihnen Kredite von ausländischen und einheimischen Banken, um die weitere Erschließung des Gebietes zu beschleunigen. Gleichzeitig verwehrte man den Malaguetaern den Zutritt zu den betreffenden Orten, und ganz natürlich begann der Zerfall vieler alteingesessener Familien. Die einst so geachteten Geschäftsleute, die mit dem Gouverneur zu Tisch saßen und Zigarren verschenkten, wenn ihre Töchter heirateten oder ihre Söhne mit ihren nagelneuen Abschlußurkunden aus England zurückkehrten, unterzeichnet vom König höchstselbst, dem Oberhaupt aller Studenten aus Übersee zulassenden Universitäten, gerieten mit einem Schlag in den Zwang, ihre Häuser verkaufen zu müssen, ohne dabei zu ahnen, daß sie sich in eine weit schlimmere Sklaverei verkauften als die, der Sebastian und Jeanette Cromantine einstmals entronnen waren. Da sie nichts hatten, wohin sie sich wenden konnten, und da die undankbaren Enkel jener rauhbeinigen Pioniere nach Malagueta zurückgekommen waren und die neue Philosophie des Individualismus mitgebracht hatten, fanden sie nicht zusammen, um der Ausbreitung der Araber zu begegnen, sondern sie gingen vor die Gerichte und zerfleischten sich dort gegenseitig über den Testamenten ihrer Väter, die sich in ihren Gräbern umdrehten und sich grämten, daß sie solch brudermordendes Gewürm von Kindern gezeugt hatten.

Als sie vom Verkauf der alten Anwesen Malaguetas erfuhr, weckte Fatmatta-Emilia, die in England nie sehr glücklich gewesen war, eines Morgens früh um sechs ihren Mann und eröffnete ihm, daß sie packen und nach Malagueta zurückkehren wolle, weil niemand anders als ein Cromantine je im Hause eines Cromantine wohnen sollte, zumal sie ihrem Manne drei gesunde Kinder geschenkt hatte, die den Fortbestand der Familie sicherten. Septimus, nach seiner unglückseligen Verbindung mit Matilda mit Fatmatta-Emilia glücklich, stimmte seiner Frau darin zu, daß England ein entsetzliches Land sei, in dem nur die Truthähne und die Puddings etwas taugten und in dem es kein echter Malaguetaer lange aushalten könnte. Also stand Fatmatta-Emilia eines kalten, windigen Tages mit ihrem Mann und den drei Kindern – Sadatu, einem Mädchen, und den beiden Jungen Henry und Christopher – auf dem Deck eines englischen Schiffes, spannte, wie ihre Großmutter vor über einhundertfünfzig Jahren, den Sonnenschirm auf und fuhr davon, zurück nach Malagueta.

Stück für Stück kauften die Araber Malagueta auf. Sie erinnerten sich ihrer byzantinischen Durchtriebenheit beim Aufkauf von Ruinen und retteten ein paar von Matilda Garrisons Häusern vor der endgültigen Zerstörung durch unersättliche Termiten und das Liebesgeheul streunender Katzen. Sie gaben ihnen den ursprünglichen Zauber zurück, strichen die Wände weiß, hängten gerahmte Porträts ihrer

Vorfahren aus der Wüste mit ihrem wilden, bäuerlichen Blick an den Wänden auf, saßen an den Sonntagen genießerisch im Patio, erfreuten sich der Wirkung des Opiums in ihren Wasserpfeifen und fütterten die Hunde mit Steaks.

Garbage war nicht der einzige, der sich über die Entwicklung Maláguetas verwunderte, die mit dem wachsenden Einfluß der Araber ihren Anfang genommen hatte. Als sie erst einmal die alten Anwesen mit Blick auf das Meer gekauft hatten, schrieben sie Briefe an ihre bäuerlichen Mütter, die ihnen Bräute schickten, wie Mumien eingewickelt, weil sie die stechenden Strahlen der Sonne nicht vertrugen. In einem allerletzten Versuch, ihren Einfluß zu beschneiden, schloß Garbage sich mit ein paar Nationalisten zusammen, die Arabellas Zeitung dazu verwendeten, ihren Enttäuschungen Ausdruck zu verleihen:

»Welch schreckliche Zustände herrschen jetzt in diesem Land«, fauchten sie. »Kolonialherren, die sich wie Räuber benehmen, eine eingleisige Bahnstrecke bauen, mit der sie die besten Diamanten außer Landes schaffen, und ein barbarisches Volk aus der Wüste, das den Rest hinausschmuggelt.«

Neuerlich brachen Tumulte in den Straßen aus. Das Kolonialregime schickte Armee und Polizei, um den Aufruhr zu unterdrücken, doch konnte es nicht verhindern, daß Tausende von Männern, von dem Traum vom schnellen Reichtum erfüllt, in das Bergbaugebiet eindrangen. Ali Baba war dabei. Da er sowohl afrikanische als auch arabische Vorfahren hatte, konnte er ganz natürlich in beiden Lagern Fuß fassen und war dadurch bestens befähigt, das eine Lager gegen das andere auszuspielen: Er rekrutierte eine große Zahl afrikanischer Arbeiter, die sich in den neuerschlossenen Minen die Lungen verätzten oder dem tödlichen Gift Alkohol anheimfielen, während er ihre Diamanten zu seinen arabischen Vorfahren davontrug. Nachdem er auf diese Weise sehr reich geworden war, gründete er eine ganze Reihe von Firmen, bestach Beamte der Kolonialverwaltung und die Dorfoberhäupter. In seinem Haus tummelten sich Araber, um mit jungen, attraktiven afrikanischen Mädchen zu schlafen, weil sie den Anblick ihrer eigenen Ehefrauen nicht länger ertragen mochten, die, nachdem sie zwei Kinder geboren hatten, die elefantische Größe ihrer riesigen Muhme Hediza Farouka annahmen. Seine afrikanische

Großmutter machte ihm einmal Vorhaltungen. »Du treibst dein eigen Fleisch und Blut zur Prostitution«.

»Mach dir darüber keine Gedanken, Granny«, entgegnete er ihr. »Die Mädchen sind so froh, wenn sie Mulatten zur Welt bringen können, daß du bei ihnen nicht mal Vorsichtsmaßnahmen ergreifen mußt.«

In der Zeit, da er sein Imperium aufbaute, lernte Ali Baba Sanka Maru kennen, einen behaarten Riesen, der einst als Hundeführer bei der Kolonialpolizei gedient hatte, bevor er in die Minen gegangen war und dort die Männer ermutigt hatte, sich zu organisieren, besseren Lohn für sie forderte, manchmal auch mit ihnen im Gefängnis landete, nie aber wirklich einer der ihren wurde, weil er von größeren Dingen träumte. Obschon in einer geachteten Malaguetaer Familie aufgewachsen, stammte Sanka Maru aus einem Land im Norden der Stadt. Wenn er in der Sprache der Malaguetaer redete, verriet nichts seine Herkunft. Jahre später, er befand sich auf dem Höhepunkt der Macht, fiel er einem billigen und widerwärtigen Chauvinismus anheim, der alles Gute herabwürdigte, das seine Stiefeltern für ihn getan hatten. Schlimmer noch, er sollte dann für die Zerstörung einiger großer Institutionen Malaguetas verantwortlich zeichnen.

Sanka Maru und Ali Baba sollten, von der Tücke und Habgier des jeweils anderen angezogen, Freunde für das Leben werden. Der Riese beruhigte unter Einsatz seiner wunderbaren Gabe zu hervorragenden Formulierungen und zur Schmeichelei die rebellischen Bergleute, wenn sie mehr Geld von Ali Baba forderten. Hübsch anzusehen, witzig und immer gut gekleidet, wenn er sich nicht in den Bergwerken aufhielt, hatte Sanka Maru seine Freude daran, die zotigen Witze der Sümpfe zu erzählen und die zweideutigen Balladen der Seeleute zu singen. Auch hatte er sich schon durch die Betten sowohl einiger der angesehensten Frauen als auch der großmundigsten Huren in diesem Teil des Landes geschlafen. Er vertrug mehr als jeder andere, aß mit dem Appetit eines Dorftyrannen, und wenn ihm danach war, dann stellte er seine Manneskraft unter Beweis, indem er bei den berüchtigten Drei-Uhr-Gelagen an den Sonnabenden, wenn die Männer ihren Lohn erhielten, ein halbes Dutzend Mädchen in sein Bett holte und wie ein Zuchthengst alle bestieg. Und obwohl er auf der Erfolgsleiter des Lebens nach oben kletterte, so verlor er nie den Habitus des einfachen Mannes, weder sein loses Mundwerk noch seinen Räuberinstinkt, wenn es galt, eine einmalige Gelegenheit beim Schopfe zu fassen. Und so wurde er ganz natürlich ihr Anführer, als die Bergleute und andere Arbeiter sich zu einer Gewerkschaft zusammenschlossen, die sich am selben Tage gegen das Kolonialregime erhob, als amerikanische Soldaten in Korea für eine fragwürdige Demokratie in den Tod gingen, während die glücklicheren in den billigen chinesischen Bordellen Singapurs ihre Männlichkeit unter Beweis stellten – in einer Art Vorspiel zu ihrer Heimkehr nach Nebraska, Omaha und anderen ähnlichen Horten der Christenheit und der anschließenden Hochzeit mit ihrer Liebsten aus der High School.

Binnen einer Woche waren die Eisenbahngeleise von den Schwellen gerissen, was den Abtransport der Diamanten verhinderte. Malaguetas Straßen lagen in gespenstisches Dunkel getaucht, da die Straßenlaternen eingeworfen worden waren. Ein weißer Lieutenant an der Spitze afrikanischer Truppen versuchte, eine aufgebrachte Menge zu hindern, auf das Gelände des Polizeihauptquartiers vorzudringen. Als die Leute seiner Aufforderung stehenzubleiben nicht Folge leisteten, verlor er die Beherrschung, eröffnete das Feuer und tötete einen Arbeiter. An diesem Abend brach in der Stadt ein riesiges Chaos aus. Es endete damit, daß dem unglücklichen Lieutenant die Kehle aufgeschlitzt wurde.

Aus einem Fenster seines Hauses beobachtete ein Junge namens Lookdown Akongo, wie die Männer vor den bedrohlichen Polizeikugeln flohen, sah die Geschwindigkeit ihrer Beine, sah, wie sie ihre Toten und Verwundeten aufsammelten. In einem Bericht wurde das später als »die aufgebrachte Menge unter Kontrolle bringen« bezeichnet. In dieser Nacht starben zweitausend Arbeiter. Sie wurden in Gemeinschaftsgräbern beerdigt, wohingegen man die Anführer des Aufstandes zur Arbeit auf den Kakaoplantagen der krokodilverseuchten Insel Fernando Po verschiffte. Sanka Maru entging einer Verhaftung und floh in das Nachbarland. Dort grübelte er, baute Maniok an und wartete auf die Nachricht, die ihn wieder nach Hause rief.

In der Überzeugung, daß Malagueta nun unregierbar würde, griff das Kolonialregime zu radikalen Maßnahmen, um wenigstens das Gesicht zu wahren. Man wehrte die schlechten Zeichen vorläufig dadurch ab, daß man die englischen Truppen aus den Straßen abzog. Aus Angst, ihre Tage in Malagueta wären gezählt, beförderten sie afrikanische Soldaten zu Offizieren, rekrutierten neue und setzten eine sogenannte Übergangsregierung ein, die ihnen die Geschäfte führen sollte. Der Mann, den sie auserkoren, die Führung der Armee zu übernehmen, war ein stolzer Brigadegeneral mit Brille namens Tamba Masimiara. Als man ihn eiligst zum Generalmajor beförderte, ließen seine Truppen in der Kaserne Blitzknaller los, schmuggelten Schnaps hinein und veranstalteten ein Fest, das eine Woche dauerte. Erst der General selbst konnte der Zecherei ein Ende bereiten.

Nach Jahren herber Enttäuschungen kehrten die Einwohner Malaguetas erstmals wieder auf die unvergeßlichen Wandelstraßen früherer Zeiten zurück. Die zerschmetterten Glühlampen wurden ersetzt, der Park wurde wiedereröffnet, und endlich konnten die Kinder wieder Karussell fahren, den Affen Grimassen schneiden und auf den bronzenen Löwen spielen. Es war ausreichend Geld vorhanden, und die Kinos und Bars blieben bis spät in die Nacht hinein geöffnet, so daß die Kinobesucher die Gegenwart vergessen und sich in den Phantasien ergehen konnten, die von den Kameras in Hollywood erweckt wurden, und von Tarzan, dem Affenmenschen, der es in seinem Leben nie bis nach Afrika schaffte. Keine Bar schloß, bevor nicht der letzte Tropfen Alkohol verkauft war, denn die Besitzer sahen es als Unglück, einen Mann zu seiner zährenden Ehefrau nach Hause zu schicken oder in ein leeres, einsames Zimmer, so lange noch eine gute Pinte Schnaps im Regal stand. In dem Versuch, die Rauschzustände vergangener Gelage wiederauferstehen zu lassen, erlaubte die Obrigkeit die Wiedereröffnung des Gelben Hauses, das jahrelang geschlossen geblieben war. Dieses Haus, das durch viele bedeutende Männer ihrer Zeit, die es mit ihren Besuchen geehrt hatten, berühmt geworden, durch seine exotischen Frauen und die satten Calypsos von Man-Friday zu zweifelhaftem, aber weitreichendem Ansehen gelangt war, wurde mit seinen bunten Neonlichtern und dem dort gebotenen Sex schließlich wieder seinem Ruf gerecht. An den Abenden, an denen die »Aristokratie« in ihren Clubs speiste, kamen junge Männer aus anständigen Familien, Arbeiter und amerikanische Matrosen hierher, zahlten zehn Schillinge für die Wollust, mit einer Sechzehnjährigen zu schlafen, bei einer Älteren die Hälfte, sich erinnernd, wie es Adam und Eva getan hatten. Die Frauen saßen, in ihre aufreizenden Gewänder gehüllt, in engen Blusen, die ihre üppige Figur zur

Geltung brachten, mit billigem indischen Schmuck und grellen Stirnbändern, die sie von den wenigen armen Arabern kauften, in der trägen Haltung der Freudenmädchen vor dem Haus, ließen sich von den trunkenen Texten ihres neuen Idols, Calendar, dem Linkshänder, unterhalten und warteten auf ihre Kunden. Einmal im Innern des Hauses, in Zimmern, mit der wehmütigen Erinnerung an wiedererweckte Männlichkeit – den Geist flüchtiger Lieben – erfüllt und mit Plakaten der Glitzerwelt Hollywoods und billiger afrikanischer Kunst verziert, ließen die Nymphen die amerikanischen Matrosen ihr Beriberi vergessen, das sie plagte, seit sie auf Inseln gestrandet waren, die ihnen ihre Vitamine vorenthielten. Sie führten sie auf den Weg der Genesung zurück, überließen ihnen billige Fotografien und sagten ihnen auf Wiedersehen. Dazu sangen sie »Rum 'n' Coca Cola and a Yankee Dollar«. Die Oberschüler befriedigen sie mit der Hand, nicht ohne sie zu fragen, wie es ihnen besser gefiele: im Liegen? Oder sollte die Frau ihre Zehen berühren? Das würde die Studenten aber fünf Schillinge mehr kosten. Während solcher Riten für Debütanten gaben die Frauen ihnen die ersten Zigaretten ihres jungen Lebens, wischten sie hinterher mit einem Handtuch sauber und schickten sie glücklich zu ihren Müttern nach Hause, denen ihre Söhne manchmal ungewohnt lebhaft vorkamen, die sich aber wohlweislich entschieden, nicht zu fragen, woher sie kämen.

Ali Baba gehörte der »Übergangsregierung« an, von den zukunftsweisenden Fähigkeiten der schnurrbärtigen Fremdlinge ins Leben gerufen, die auf einmal der Moskitos, der unfreundlichen »Eingeborenen«, des unerträglichen Wetters und der fehlenden Zigarren überdrüssig waren. An einem ihm unvergeßlichen Morgen begab es sich, daß er zu einer Versammlung in das Haus des Gouverneurs befohlen wurde, wo außer den Angestellten bereits vierzig Afrikaner warteten.

»Männer«, sagte der Gouverneur mit befehlsgewohnter Stimme, »man könnte sagen, so nehme ich an, Eure Stunde ist gekommen. Nach einer Zeit relativen Friedens, einer guten Regierung und Zivilisierung, ganz zu schweigen von den Segnungen der englischen Gesetze, geben wir Euch das Land zurück. Wir vertrauen darauf, daß Ihr, nachdem wir abgezogen sind, an den kostbaren Dingen wachst, die wir Euch geschenkt haben. Gott segne die Königin.«

Am gleichem Tage, da Ali Baba und seine vierzig Minister die Regierungsgewalt in Malagueta übernahmen, nahm auch die umfassende Plünderung der Stadt ihren Anfang. Nun, da sie sich plötzlich als Herrscher über die ganze Region sahen, vom Norden, wo einst die Tuareg über die Kamelrouten durch die Wüste Gewürze herangebracht hatten, bis hinab in den Süden, wo Sebastian Cromantine Fatmatta, die Vogelfrau, ins Grab gelegt hatte, verloren sie keinen Augenblick, die unglaubliche Lawine ihrer Gier zu entfesseln. Wie Geier fielen sie über Malagueta her, suchten hier, schnüffelten dort, gruben die ganze Erde um und um, fälschten die Bücher, damit es schien, als wäre in Malagueta nicht sonderlich viel zu holen gewesen, bevor sie die Macht übernahmen.

Sie stellten die Behauptung auf, Bildung wäre für das neue Malagueta nicht wichtig, und setzte Männer an die Spitze der entsprechenden Einrichtungen, deren einzige Qualifikation für diese Aufgabe darin bestand, daß sie ihren Abscheu für die alten Werte teilten, derentwegen die Jungfrauen einst das Meer überquerten und Louisa Turner ihr ganzes Leben voller Hingabe gearbeitet hatte. Wieder gingen die alten Malaguetaer schlimmen Zeiten entgegen. Hinter herabgelassenen Vorhängen saßen sie in ihren Wohnzimmern, sich ängstigend, ob sie diese neue Ordnung überleben würden. Sie sahen, wie ihre Kaufkraft vom neuen Geldadel abgeschöpft wurde. Sie sahen, wie die neue Kaste der Herrschenden mit Geld um sich warf, als ob es kein Morgen gäbe, mußten erdulden, daß sie ihnen androhten, ihre Masken in die Kirchen Malaguetas zu bringen und sie dort tanzen zu lassen, um ihnen zu zeigen, daß die alten »Scheißkerle« keinen Cent wert wären.

»Das wäre der Tag der letzten Schlacht«, meinte ein Küster, während er die Glocken läutete, »ich werde auf sie warten und, sollten sie es wagen, erwürge ich sie mit meinen bloßen Händen.«

Fäulnis machte sich breit: Ein alter, ehrbarer Malaguetaer Verwaltungsangestellter beschwerte sich bei Ali Baba über den fehlenden Sachverstand einiger neuer Verwaltungsleiter, die, wie er sich ausdrückte, » das ganze System kaputt machen«.

Ali Baba lief rot an und nahm seine kubanische Zigarre aus dem feisten Mund.

»Sie können sich mit Ihrem System zur Hölle scheren. Wir haben unser System«, fauchte er. »Und falls Sie es vergessen haben sollten, will ich Ihnen gern noch einmal sagen, daß die Leute, die Ihren Vorfahren einst das Land überließen, es wieder in Besitz genommen haben.«

In wenigen Jahren verspielten sie nicht nur einen Großteil des guten Willens, den einige Nachfahren der Stadtgründer ihnen zuzugestehen bereit waren, sondern sie ließen sogar die schrecklichen Tage der Herrschaft Captain Hammerstones verblassen. Während Captain Hammerstone und seine Leute sich bis zu dem Zeitpunkt, da sie die umliegenden Gebiete eingemeindet hatten, der Geschichte der ursprünglichen Stadt gegenüber respektvoll verhalten hatten, verfügten diese Minister weder über das erforderliche Wissen noch die Einsicht, den wertvollen Teil des Erbes Malaguetas zu bewahren. Sie gestatteten, daß der zauberhafte Wald den Sägen der Konzessionsgesellschaften zum Opfer fiel, gestatteten den Bauern, in die Stadt zu kommen und in die Springbrunnen zu pinkeln, überallhin zu spucken und die Fische im Teich des Botanischen Gartens zu wildern, an dessen Ufer einst Septimus Doherty das gepeinigte Gespenst Matilda Garrison vertrieben hatte.

Nicht einmal Captain Hammerstone hätte sich im Namen seines Königs eine solche Eitelkeit wie die der neuen Herrscher erlaubt. An die Automobilhersteller in Deutschland schickten sie lange Telegramme und bestellten die größten und teuersten Autos der Welt, bauten Häuser, die es mit antiken Palästen aufnehmen konnten, und ließen schließlich dort die Wände schwarz werden, weil sie in den Wohnzimmern auf Kohlebecken mit rußender Holzkohle kochten.

Von ihrer Unersättlichkeit und Roheit entsetzt, hatten Garbage und Arabella sich in das Schloß ihrer Liebe zurückgezogen. Von dort aus mußten sie mit ansehen, wie all das, wofür die Gründer der Stadt ihr Leben gegeben hatten, unvermeidlich zerstört wurde. Zwar hatte das Alter nicht Garbages mutigen, unbezwingbaren Geist bewölkt, doch war er in der letzten Zeit nicht zum Schreiben gekommen, weil die rheumatischen Fingergelenke dem ungestümen Protest in seinem Herzen keine Folge mehr leisteten. Also goß Arabella ihre Blumen, gab ihren Freunden gemütliche Essen und lud ein paar Studenten aus dem Konservatorium ein, auf dem Klavier im Wohnzimmer für sie zu spielen. Dann ließ sie sich von dem Gefühl davontragen, daß trotz der Überheblichkeit und des Starrsinns einiger Gründer Malaguetas und ungeachtet der Tatsache, daß manch einer von ihnen sich den

Menschen dieses Landes gegenüber verächtlich verhalten hatte, ein erhabener Idealismus in ihren Herzen gebrannt hatte: ihr Leben lebenswerter zu gestalten, andere dabei zu unterstützen, anständige Menschen zu werden, und einem bleibenden Vermächtnis zu leben, das sich nicht nur den Angehörigen der größer gewordenen Gemeinschaft, die inzwischen zu einem ganzen Land angewachsen war, mitteilen würde, sondern weit darüber hinaus Zeichen setzte.

Garbage wurde weiter von dem Gedanken an Alusine Dunbar heimgesucht. In der Abgeschiedenheit seines Zimmers sann der Dichter darüber nach, wie die Göttliche Vorsehung die Dinge offenbarte, die da kommen sollten, und auf welche Weise er sich darauf vorbereiten könnte. Er wußte, daß ihm die Zeit davonlief. Zwar brauchte man das Alter nicht fürchten, doch sehnte er sich nach tieferer Einsicht und größerer Klarheit, weniger verwirrend als die umschreibenden Verkündigungen des wandernden Heiligen, wo immer der sich im Augenblick auch aufhalten mochte. Wenn er über die Zerstörung Malaguetas durch die neuen Machthaber nachdachte, dann kam er zu dem Schluß, daß es sich bei der Entscheidung, Malagueta Ali Baba und seinen vierzig Ministern, die er nur die »vierzig Räuber« nannte, anzuvertrauen, um einen glatten Betrug handelte, der nur darauf zielte, Malagueta in eine Abhängigkeit zu zwingen, noch schrecklicher als die babylonischen Gefangenschaft.

»Man hat uns betrogen!« rief er eines Abends wütend aus, als er auf der Veranda saß.

Nicht dafür hatte Emmanuel Cromantine den letzten Krieg gegen Captain Hammerstone gefochten! Noch war dies der Grund, aus dem Alusine Dunbar von den unfreiwilligen Bewegungen der Perlen auf dem Boden der Kalebasse erschüttert gewesen war, die ihm vorhersagten, daß Jeanette Cromantine die Süßkartoffeln von Rodrigo, dem Brasilianer, pflanzen würde, bevor die ersten Malaguetaer durch eine grimmige Attacke ihre Nachbarn aus Kasila durch ihre Feuertaufe gehen und von ihrem Land vertrieben werden sollten. Derartiger Heimtücke und Unmenschlichkeit waren nur Menschen fähig, die entweder sehr verunsichert waren oder nicht der Bruderschaft der Menschen angehörten.

Voller Trauer erinnerte er sich seines Vaters Gustavius Martins, eines Menschen zweier Welten, der glücklich war in seiner Heimkehr nach Malagueta. Er dachte an seine Mutter Isatu Martins, die »Eingeborene«, die Gustavius Martins in ihr Herz schloß, obwohl er für ihre Ohren so seltsam sprach. Und schließlich erinnerte er sich der heldenmütigen Freundlichkeit Jeanette Cromantines, die seiner Mutter in der schmerzlichen Zeit ihres Martyriums beigestanden und »de Fraun von Kasila de amerikanischn Kleider« vorgeführt hatte.

Als seine Einsicht ein Stadium erreicht hatte, in dem er mehr Trauer als Wut über das empfand, was im Lande vor sich ging, betete er dafür, daß seine Kinder niemals von den unersättlichen Leidenschaften der Gier und engstirniger Vorstellungen von Rasse zerfressen würden. Sie waren da draußen, irgendwo in der Welt, doch er wußte, daß sie zurückkommen würden, weil sie zu den Menschen gehörten, denen Malagueta im Blut lag.

Ein großer, schöner Adler stieß herab, um sich über die Ameisen am Fuße eines großen Avocadobaumes herzumachen. Garbage erhob sich aus seinem Korbstuhl und ging hinüber, um sich an seinem wunderbaren Federkleid zu erfreuen. Er schaffte es nicht mehr. Ein kleines Beben in seinem Herzen umwölkte seine Sinne, ließ den Fluß des Blutes in den Adern des alten Mannes erstarren und warf ihn zu Boden. Als letztes sah er das Gesicht eines anderen alten Mannes, und es wurde ihm noch einmal warm ums Herz. Er folgte der Spur der Ameisen.

Arabella folgte ihm bald darauf nach. Man beerdigte sie nebeneinander, und der lautstarke Protest einiger früherer Vertreter der Kolonialmacht, die in Malagueta gedient hatten, bewirkte, daß er zum Nationalhelden erklärt und sein Grabstein zum Schrein der Verehrung wurde.

16 *Ein verhängnisvoller Fehler*

An einem winterlichen Tag um drei Uhr morgens erhielt General Tamba Masimiara im sowjetischen Teil Zentralasiens einen Anruf, mit dem man ihn aufforderte, nach Hause zurückzukehren, weil ein paar aufständische Armeeoffiziere die korrupte Regierung des Ali Baba samt seiner vierzig Räuber gestürzt hatten. In einem nachfolgenden Telegramm ernannten sie ihn zum Chef einer Militärregierung und baten ihn, umgehend zu antworten.

Seine Antwort fiel kurz aus:

»Haltet Halunken in Gewahrsam, ankomme morgen sechs Uhr.«

Er kam in eine Stadt, erfüllt vom Jubel über die Wende, die der Lauf der Ereignisse genommen hatte. Junge Studentinnen verschenkten Rosen an die Soldaten, die in offenen Lastwagen vorbeifuhren und die geballte Faust in die Luft reckten. Eine ganze unvergeßliche Woche lang vergaßen die Malaguetaer, die nie viel dafür übrig gehabt hatten, Soldaten in ihrer Stadt zu haben, ihre Vorurteile, veranstalteten Befreiungsfeste und schrieben Briefe an ihre Freunde in fernen Ländern, luden sie zu Besuch ein, weil der Alptraum von den vierzig Räubern endlich vorüber wäre.

Nun stand auf einmal General Tamba Masimiara an der Spitze des Landes, und so versammelte er am nächsten Morgen in seinem Büro die höchsten Dienstgrade, um mit ihnen eine Strategie aufzustellen, wie das Land zu führen sei. Er setzte sich neben seinen Stellvertreter, Colonel Lookdown Akongo, und erläuterte seine Vorstellungen.

»Männer«, begann er, »wir können entweder alles vermasseln oder versuchen, etwas von dem zu bewahren, wofür das Land einmal so berühmt war.«

Seine Männer stimmten seinem Vorschlag zu, und von jenem Nachmittag an erlebte Malagueta eine kurze Atempause nach der wahnwitzigen Ausplünderung durch das gestürzte Regime. Eine Woche, nachdem General Tamba Masimiara die Regierungsgeschäfte übernommen hatte, unterzeichnete er ein Dekret, mit dem er vierzig Prozent der untauglichen, von Ali Baba eingestellten Verwaltungsbeamten entließ. Als er die skandalösen Verträge zu Gesicht bekam, die Ali Baba unterschrieben hatte, wurde er von einem Wutausbruch nach dem anderen geschüttelt. Er ließ sie sämtlich annullieren und unterschrieb einen Haftbefehl gegen den früheren Chef des Diamantenkonzerns, der sich seiner Verhaftung entzogen hatte und dem Vernehmen nach im Libanon lebte. General Tamba Masimiara war ein Soldat, der die Absolutheit seiner Macht nicht genoß und deshalb einen Führungsstil entwickelte, der seinen Stellvertreter in alle das Land betreffenden Entscheidungen mit einbezog. So übertrug er eines Morgens dem Colonel die Verantwortung über den *Rice Distri-*

bution Board, um die Mißstände zu beseitigen, die Ali Baba und die vierzig Räuber dort hinterlassen hatten.

»Colonel«, sagte der General zu seinem Stellvertreter, »der letzte, der diese Stellung innehatte und sich jetzt auf freiem Fuß befindet, behauptet, die Ratten hätten den ganzen Reis mitsamt der Säcke aufgefressen. Sehen Sie also zu, daß sie die Viecher vom Reis fernhalten.«

Nichts hatte General Masimiara auf die Rolle eines Staatsoberhauptes vorbereitet. Die lange Zeit, die er als Soldat Dienst tat, hatte er in der festen Überzeugung gehandelt, daß der Soldatenberuf zu den ehrenwertesten in der ganzen Welt gehörte. Er hatte in Burma gekämpft und sich von der Schönheit des Landes, dem Zauber seiner Frauen und der mönchischen Geruhsamkeit des Lebens dort gefangennehmen lassen. Nach Malagueta zurückgekehrt, war er schnell aufgestiegen, hatte eine hübsche Malaguetaerin geheiratet und sich keine Sorgen darüber zu machen brauchen, daß er zu viele Aufstände niederschlagen müßte, weil man dies für gewöhnlich der Polizei überließ. Wenn es in seinem Leben überhaupt einen Augenblick gegeben hatte, in dem er sich aus dem Gleichgewicht gebracht fühlte, dann war es bei dem militärischen Empfang für einen ausländischen Staatsgast, bei dem er die ehrenwerte Miß Sadatu Agnes Cromantine Doherty getroffen hatte, die Urenkelin von Sebastian und Jeanette Cromantine, den Gründern der Stadt.

Er erlag ihrem Zauber: den Verlockungen ihrer Reize wie der Legende, die sich mit ihrem Namen verband. Er kaufte Bücher über ihre berühmten Großeltern, begann sie zu lesen, gab dann aber auf, weil er kein großer Leser vor dem Herrn war. Bevor er sie traf, war General Tamba Masimiara fünfzehn Jahre lang glücklich mit seiner Frau verheiratet gewesen, und nie, von der Untreue des Soldaten in der Einsamkeit Burmas einmal abgesehen, hatte eine Frau seine Seele so beschäftigt.

Sie brachte ihn so weit, daß er die Senatoren der Universität empfing und Thomas Bookerman zum Nationalhelden kürte. Sie führte ihn in die Freuden der Volksmusik wie der klassischen Musik ein, in die Genüsse einer Landpartie und den köstlichen Geschmack guten Weins. Nachdem sie sich für seine soldatische Entschlossenheit erwärmt hatte, gab sie ihm einen Teil ihrer selbst, hielt aber den größten Teil zurück. Den völligen Zugang zu ihrer Seele gewann er nie, denn Sadatu Doherty hatte ihr Herz einer einzigen Aufgabe geweiht, in der sie die Bestimmung ihres Lebens sah: Sie wollte eine ausführliche Biographie ihres sagenumwobenen Großvaters Emmanuel Cromantine schreiben.

Eines Abends, als sie sich schon seit sechs Monaten trafen, zog sie ihn mit seiner Arbeit auf.

»Wie kannst du all diesen Quatsch nur aushalten – die Militärblaskapellen, die Sirenen und die Heuchelei der Botschafter, die, bevor sie hierherkamen, Malagueta nicht mal auf einer Karte fanden?«

Er hatte sich wegen ihres Hochmuts zu ihr hingezogen gefühlt, wegen der wunderbaren Linien ihrer Lippen, und zeigte, wenn er ihr antwortete, immer sehr viel Geduld.

»Nicht jeder hat legendäre Großväter aufzuweisen, Sadatu, und, ganz nebenbei, ich tue es zum Wohle des Landes.«

Zwei Monate später begannen die peinigenden Worte seiner Geliebten dennoch ihre Wirkung auf den General auszuüben. Wenn er seine Macht des Mantels entkleidete, dann wurde ihm klar, wie wenig er sich um die Fallen seines Amtes scherte. Die langen Telegramme über die Aktivitäten der Schmuggler erschienen ihm langweilig, genauso wie die ewigen Bitten, diese oder jene Fabrik zu eröffnen, bei diesem oder jenem Essen eine Rede zu halten, »unsere Augustversammlung mit Ihrer geschätzten Anwesenheit« zu beehren. Tief in seinem Innern sehnte sich etwas nach Frieden, einem Frieden, den er vermißte, weil er zuviel Zeit fern von seiner Familie verbrachte, und den er bei Sadatu immer nur heimlich genießen konnte.

Ihm gegenüber stand Colonel Lookdown Akongo, dem es immer Freude bereitet hatte, der Stellvertreter des Generals zu sein. Mit soldatischer Härte, die sein Vorgesetzter gleichzeitig bewunderte und verabscheute, gelang es dem Colonel, die Bürokraten zur pünktlichen Abgabe ihrer Berichte zu zwingen, stellte er sich den internationalen Banken entgegen und machte ihnen klar, daß sie, bevor sie ausgezahlt werden konnten, zu warten hätten, bis Malagueta sein Geld von Ali Baba und den vierzig Räubern zurückerhielte.

Die Insignien der Macht, die in seinem Vorgesetzten solchen Abscheu auslösten, waren ganz nach seinem Geschmack. Er ließ im Hof seines Anwesens einen Fahnenmast aufstellen. Jeden Morgen, wenn er ins Büro fuhr, wurde die Flagge gehißt, und wenn er abends nach

Hause kam, wurde sie wieder eingezogen. Während der General zu einer Zeit auf der Bühne erschien, da die Regierungsgewalt über Malagueta keinerlei Ruhm beinhaltete, zweifelte Colonel Lookdown Akongo nie ernstlich daran, daß ihn das Schicksal die ganze Zeit auf seine gegenwärtige militärische Position vorbereitet hätte und daß er, wenn der General in den Ruhestand ginge, die Nummer eins in der Armee würde. Nie hatte er den bitteren Kelch vergessen, den er bis zur Neige leeren mußte, als man ihm damals einen Platz in der Schule verweigert hatte, die nach dem englischen Prinzen, der immer nur hinter den Röcken der Frauen her war, benannt worden war. Nicht einmal die Frauen, die unter ihm stöhnten, um ihren Reis zu bekommen, und den Namen ihrer Männer befleckten, ließen ihn vergessen, daß seine Jugend ein langer Alptraum gewesen war, der ihm zu wenig zu essen bescherte, und daß er bis zum letzten Schuljahr warten mußte, bis seine Mutter, gesegnet sei ihre Seele, es sich leisten konnte, ihm sein erstes anständiges Paar Schuhe zu kaufen.

Neun Monate waren vergangen, seit die Militärregierung die Macht übernommen hatte, als General Tamba Masimiara bei einer regulären Stabssitzung in seinem Büro eine Bombe hochgehen ließ.

»Meine Herren Offiziere, Kameraden«, hob er an, »ich bin Soldat und kein Politiker, und dieser Posten ist nicht meine Sache. Ich trete zurück und überlasse einem anderen die Regierungsgeschäfte.«

Sie drängten ihn, seine Absicht noch einmal zu überdenken, sagten ihm, daß Malagueta ihn brauche und daß das Land, wenn er jetzt zurücktrete, wieder den Räubern und Banditen in die Hände fiele. Er war entsetzt.

»Dann bleiben Sie noch wenigstens sechs Monate im Amt«, argumentierten seine Offiziere. »Dann kann der Colonel sich unter Ihnen in seine Aufgaben einarbeiten.«

Der Rücktritt des Generals traf Colonel Lookdown Akongo wie ein unerwarteter Schock. Zwei Jahre später wäre er darauf vorbereitet gewesen, vor allem, wenn ihn der General im voraus von seinen Absichten in Kenntnis gesetzt hätte. Wütend, daß es nun so aussah, als sei er nur zu erpicht auf die Position des Generals, unternahm er einen flauen Versuch, das Angebot unter Vorspiegelung seiner Treue abzulehnen.

»Niemand in diesem Raum wird der Aufgabe so gut gerecht wie Sie, General«, sagte er.

»Wenn dem so ist«, erwiderte der General, »dann wollen wir den Gewerkschaftsführer Sanka Maru bitten, die Regierungsgeschäfte zu übernehmen.«

Sanka Maru hatte seine Zeit im Exil damit zugebracht, eine von ihm aufgebaute Geflügelfarm zu leiten und die Nachrichten zu verfolgen, die er mit seinem japanischen Billigradio aus Malagueta empfing. In der Zeit, in der er die Eier seiner Hühner gezählt und das Geflügel mit seinem eigenen Kot gefüttert hatte, damit es sich schneller vermehrte, in der er das Geld, das er verdiente, dazu verwendet hatte, zersetzende Literatur nach Malagueta zu schmuggeln, hatte er nie daran gezweifelt, daß seine große Stunde noch kommen würde. Was einst, als er die Bergleute angeführt hatte, nur ein Traum in den sumpfigen Mooren seines Herzens war, hatte sich nun in einem Diamanten verwandelt, den er darauf verwenden wollte, die schamerfüllten Erinnerungen an seine Tage als Hundefänger endgültig auszulöschen.

Die Aufregung, die seine Ankunft auslöste, hielt einen ganzen Monat an und hätte sich sicher noch lange fortgesetzt, wenn nicht die Regenfälle eingesetzt hätten, um die unzähligen Wagenkorsos auszulöschen, die Regattas, die allen Verkehr im Hafen erstickten, so daß die Schiffe nicht einmal mehr anlegen konnten und die Treuebekundungen, die aus allen Landesteilen Malaguetas die Stadt erreichten. Wochenlang weigerte er sich, den ihm von der Armee angebotenen Schutz anzunehmen, und bat General Tamba Masimiara mit den Worten, das Volk würde ihn beschützen, die Wachen vor seinem Haus abzuziehen.

»Es gibt nichts, weswegen ich Angst haben müßte, General. Schließlich bin ich ein Mann aus dem Volk«, sagte er nach seinem Eid als Premierminister der neuen Zivilregierung.

Er brachte die klügsten Köpfe in der Universität zusammen, hörte ihnen mit unendlicher Geduld zu, erbat ihren Rat und gestand ein, daß er, obwohl er in seiner Zeit als Gewerkschafter selbst einige Bildung genossen habe, doch nichts aufweisen könne, was sich mit einer Universitätsausbildung vergleichen ließe. Rasch stellte er die vielen Verwaltungsbeamten wieder ein, die unter der vorhergehenden Regierung entlassen worden waren, und hatte selbst für die schwierigsten Probleme immer ein offenes Ohr, denn schließlich war er derjenige, der durch alle Sümpfe gegangen war, der wußte, was es hieß, andere Menschen zu führen, ihre Schmerzen zu lindern und so zu tun, als sorge man sich um sie.

Er verwandte alle Sorgfalt darauf, nie in Eile gesehen zu werden, denn er, Sanka Maru, hatte ja nicht Jahre in den Bergwerken und den bitteren Tälern des Exils zugebracht, um jetzt am Anfang einer vielversprechend langen Regierungszeit ein falsches Zeichen zu setzen.

Einmal fragte er seinen Protokollchef, was sich die Leute über ihren neuen Führer erzählten.

»Das Sie das Beste sind, was diesem Lande passiert ist, seit es sich von der Kolonialherrschaft befreit hat«, antwortete der Untergebene.

Aus dem französischen Fenster seines Büros blickte Sanka Maru auf das Meer, über die ausgedehnte Stadt und auch auf den langen, ununterbrochenen Sandstrand, für den Malagueta so berühmt war. In einem stillen Winkel seines Herzens dachte er an den harrenden Reichtum seines Landes, die vielen Fischarten im Meer, den jungfräulichen Wald im Hinterland, in Regionen, in die man nie vorgestoßen war, weil das Kolonialregime in seinem Begehren, das Land zu plündern, nicht die Zeit gefunden hatte, sich um andere Quellen möglichen Wohlstands zu kümmern. Die Zeit stand auf seiner Seite, und Sanka Maru ließ große Vorsicht walten. So hatte er, er war bereits zwei Jahre an der Macht, General Tamba Masimiara noch keinen Grund gegeben, zu bereuen, ihn nach Hause geholt zu haben.

Nun hatte sich der General allerdings kaum noch Gedanken um die Regierung Malaguetas gemacht. Einmal von diesem – wie er es nannte – »Schleudersitz« herunter, verfügte er über die Zeit, seinen beiden Leidenschaften zu frönen: dem Reisen und dem Fußball. Wie ein Zugvogel, der die Regen Malaguetas leid war, flog er in die Wärme anderer Länder, dort seine Flügel zu trocknen, in den Geschäften den Reizen eleganter Kleidung zu huldigen und, mit Geschenken für seine Familie beladen, wieder nach Hause zurückzukehren. Während seiner Ausflüge hielt Colonel Lookdown Akongo ihn über den Premierminister, die harmlosen Glücksspiele in den Kasernen, die zwei Fußballspiele der Woche und die obligatorischen sonntäglichen Gottesdienste auf dem laufenden.

»Das Leben hier verläuft so friedlich, General, daß Sie ohne weiteres weiter Urlaub machen können«, schrieb er ihm in einem Telegramm.

Dem Premierminister erteilte Colonel Lookdown Akongo am nächsten Morgen genau entgegengesetzt gerichtete Ratschläge. Als Sanka Maru ihn fragte, wie sich »die Jungs in den Kasernen« verhielten, erklärte er ihm, daß sie ihre Feldlager vermißten, den dreifachen Extrasold, den sie bei solchen Übungen erhielten, und daß es notwendig sei, sie zu beschäftigen.

»Das sind Soldaten, Premierminister, ungezähmte Tiere. Die darf man nicht untätig werden lassen, sonst kommen sie auf dumme Gedanken.«

»Was empfehlen Sie mir, Colonel?« fragte Sanka Maru.

»Daß Sie sich zum Präsidenten der Republik machen und mit ihrem sogenannten demokratischen Führungsstil aufhören, denn den verstehen die Leute sowieso nicht.«

Drei Monate später ließ sich Sanka Maru von einem der brillantesten Rechtsanwälte Malaguetas eine neue Verfassung vorlegen, der der ergebene Kongreß, in dem seine Freunde und Günstlinge zu Hauf saßen, bereitwillig zustimmte. Sie ernannten ihn zum Präsidenten der Republik, zum Obersten Befehlshaber der Streitkräfte und räumten ihm weit mehr Gewalt ein, als er sich je hatte träumen lassen. Gleich nach der Amtseinführung erließ er ein Dekret, indem er befahl, eine Präsidentengarde zu schaffen, damit künftig seine Ankunft durch das Abspielen der Nationalhymne verkündet würde, denn nun war seine Macht ewig und unwiderstehlich. Darüber legte auch die Tatsache Zeugnis ab, daß Sanka Maru, sobald er die Robe des Präsidenten übergestreift hatte, eine Palastgarde aus der Taufe hob, die ihn vor Verschwörern schützen sollte.

Die Studenten erschraken vor dem Ungeheuer, das sich ihnen nun unverhohlen zeigte. Sie stiegen vom Olymp des Wissens herab. Dort, in ihrem Elfenbeinturm, hatten sie ihn nie ernstgenommen. Es war ihm gelungen, sie von seiner Harmlosigkeit zu überzeugen, davon, daß er keiner Fliege etwas zuleide tun konnte, zumal er in Ermangelung einer »ordentlichen Bildung« von ihnen mehr als nur abhängig zu sein schien. Nun, da sich die krakenhafte Gefahr seiner Macht zu entfalten begann, versuchten sie ihn aufzuhalten. Sie brachten den Verkehr zum Erliegen, schleiften den Vizekanzler, der ihm mitteilen sollte, er dürfe das Gesetz nicht mißachten, auch wenn er Präsident wäre, mit dem Gesicht nach unten in sein Büro zurück.

Der Präsident ließ sie mit der Brutalität einer Spezialeinheit des Sicherheitsdienstes, den er, nicht darauf vertrauend, daß dieses Kind der Kolonialzeit ihn wirklich schützte, mit größeren Befugnissen als die Armee ausgestattet hatte, in ihren Zimmern zusammenpferchen.

In seiner Position als Oberkommandierender der Armee brauchte General Tamba Masimiara ziemlich lange, bis er sich davon überzeugt hatte, daß der Präsident eine Gewaltherrschaft vom Zaume brach, noch weit schlimmer als die, die die Soldaten einst gestürzt hatten. Wie gewöhnlich, so war es auch diesmal seine Geliebte, die ihm die Greueltaten des Präsidenten vor Augen führte:

»Schau dir nur an, wie er versucht, der Presse einen Maulkorb anzulegen, indem er seine Schläger losschickt, um die Druckmaschinen zu zerstören«, hielt sie ihrem Geliebten vor. Die letzte unabhängige Zeitung war gerade zur Aufgabe gezwungen worden, weil sie den Präsidenten kritisiert hatte. Wutentbrannt und voller Vorwürfe gegen sich selbst, daß er den Präsidenten aus dem Exil zurückgeholt und ins Amt gesetzt hatte, mußte General Tamba Masimiara mit ansehen, wie der Präsident die Eisenbahnlinie verkaufte, in seinen Augen »nutzloses Zeug«. Er redete mit ihm über den Schaden, den die Wirtschaft des Landes nahm, und über den Verfall der Landeswährung, die auf das Bild, das das Land im Ausland bot, zurückzuführen sei.

Auf Drängen Sadatus betrat General Tamba Masimiara eines Abends das schwer bewachte Büro des Präsidenten.

»Seien Sie vernünftig«, sagte er zu dem Giganten. »Deshalb haben wir Sie nicht zurückgeholt. Dort draußen braut sich ein Sturm zusammen, den die Armee vielleicht nicht aufhalten kann.«

In seiner Machttrunkenheit machte sich Präsident Sanka Maru nicht einmal die Mühe, sein Handeln zu rechtfertigen. Mit einer Bewegung seiner behaarten Hand wischte er den Protest des Generals vom Tisch.

»Machen Sie sich nur keine Sorgen, General«, meinte er. »Was ich begonnen habe, führe ich auch zu Ende.«

Seine Kritiker hatten ihn unterschätzt. Während sie noch über die Willkür seiner Gesetze, die Verschwendungssucht seiner Geliebten und den schamlosen Nepotismus seiner Regierung debattierten, überlistete er sie wie ein Langstreckenläufer und ließ sie, im gleißenden Licht ihrer Machtlosigkeit nach Atem ringend, hinter sich. Er brachte ausländische Universitäten dazu, den Kindern seiner Kritiker Stipendien anzubieten, für die in Wahrheit er zahlte, und als die Universitätsprofessoren Malaguetas protestierten, nahm er ihnen im Schattentheater seiner Politik die Macht, indem er sie als Botschafter zu seinen Freunden schickte, bei denen er sich darauf verlassen konnte, daß sie ein Auge auf sie haben würden.

Nicht jeder erlag seinem Charme oder fürchtete sich vor ihm. Der Journalist Tarik Alkali war so ein mutiger Mann, der sich ihm widersetzte. Da ihm keine einheimische Zeitung mehr offenstand, schrieb er einen haßglühenden Artikel über den Präsidenten und schickte ihn an eine ausländische Zeitung. In diesem Artikel rief er das Volk auf, den Präsidenten bei den nächsten Wahlen aus dem Amt zu jagen. Sanka Maru ließ ihn als Verschwörer hinrichten und den Leichnam als Warnung vor dem Gefängnis zur Schau stellen.

Als seine Frau ihn fragte, wie er denn morden und trotzdem ruhig schlafen könnte, würdigte er sie keinen Blickes, als er ihr zur Antwort gab:

»Ganz einfach«, meinte er, »nicht schlimmer, als wenn du ein Hühnchen schlachtest. Du schneidest ihm die Kehle durch und wartest dann, bis es sich zu Tode getanzt hat.«

Der Hinrichtung des Journalisten folgte ein weltweiter Aufschrei der Empörung. Der Präsident vergaß diese unwesentliche Angelegenheit, nachdem er seinen Botschaftern die Anweisung gegeben hatte, wie mit der internationalen Presse zu verfahren sei. Von den sicheren Wänden seines Büros umgeben, bereiteten Reuegefühle ihm keine schlaflosen Nächte Wie dem auch sei, jedenfalls beklagte er kurze Zeit später seinem Arzt gegenüber, er hätte eine Hautkrankheit.

»Das ist ihre Diät«, erwiderte der Arzt.

Dr. Hamidou Jarim war ein direkter Nachfahre jenes reichen Viehzüchters vom Volk der Fulbe, dessen einzige Tochter sich wegen des ketzerischen Dichters Garbage in die Schande gestürzt hatte, wofür sie von ihrer Familie ins Exil getrieben worden war. Voller Stolz auf seine, wie er meinte, reine Abstammung war Dr. Hamidou Jarim dem Präsidenten bei einem der regelmäßigen Empfänge im Palast begegnet. Sanka Maru, der gerade an der Ergebenheit seines alten Malaguetaer Arztes zu zweifeln begonnen hatte, fand in Dr. Hamidou Jarim einen überheblichen, hochmütigen und rücksichtslosen Partner. Der Arzt hatte die schwierigen Zeiten seines Medizinstudiums nie verwinden können, da seine Kommilitonen ihn verspotteten, weil sie die unglaubliche Hartnäckigkeit eines ehemaligen Hütejungen, der Arzt werden wollte, nicht vertrugen.

Der Präsident stellte ihn umgehend ein, und er erwies sich als derart verläßlicher Arzt, daß er zu seinem engsten Vertrauten wurde. Sie tauschten Informationen aus, nicht nur über Fragen der Gesundheit, auch über das Privatleben der Feinde des Präsidenten. So wandte er sich auch an jenem Tage an ihn und verlangte eine Erklärung dafür, warum sich die Studenten plötzlich gegen ihn wandten.

»Gottverdammt, Doktor«, sagte er zu Hamidou Jarim, »wohin geht die Welt, wenn diese Pisser, diese Kleinkinder, an deren Atem du immer noch den Geruch der Muttermilch riechen kannst, mir sagen wollen, wie ich das Land zu regieren habe? Wo waren sie denn, als wir den englischen Polizeioffizier töteten, der aus nächster Nähe auf unsere Leute, auf die Eisenbahnarbeiter, geschossen hat? Ich selbst hätte ihm die Eier zerquetschen und sein kleines, lilienweißes Hähnchen mit etwas Alligatorpfeffer kitzeln können. Dann hätte er begriffen, wer hier das Kommando zum Feuern gibt, daß wir hier nicht in Kenia sind, sondern in einem Land der Schwarzen, aus dem die Moskitos die Weißen vertrieben haben. Sag mir, Doktor, wo waren diese Jungs und Mädchen damals? Haben noch in ihren Windeln gesteckt und Himmel und Hölle gespielt, während wir uns in den Sümpfen verbargen und für die Rechte der Arbeiter kämpften. Jetzt sind sie auf die Universität gekommen und wollen mir sagen, wie ich das Land zu regieren habe. Diese Hundesöhne, ich scheiße auf ihre Bildung: Ich werde weiterhin sagen, daß Politik nichts für sie ist, sondern etwas für Leute mit gesundem Menschenverstand, wie du und ich ihn haben. Schau dir das Chaos um uns herum nur an, Doktor: sogenannte gebildete Leute, die sich mit ehrlicher Arbeit nicht die Hände schmutzig machen wollen, sondern lieber in einem Büro sitzen.«

»Reg dich nicht auf. Du brauchst Erholung«, erwiderte der Arzt.

»Keine Erholung, mein Freund, sondern jemanden mit genügend Rückgrat, der mir etwas von dieser Elefantenladung abnimmt.«

Drei Monate später holte er in einem wohlüberlegten Handstreich, der selbst seine treuesten Verteidiger in Wut versetzte, den halbblütigen Ali Baba, seinen Partner im Diamantenexport und Hurenimport, aus dem unfreiwilligen Grübeln seines Exils. Die beiden setzen ihr freundschaftliches Verhältnis fort und teilten das Land unter sich auf, so daß den anderen nichts blieb. Sie holten die Trawler der Spanier, die Kapitäne der Koreaner, und ließen sie vor der Küste auf Garnelenfang gehen, denn ihnen gehörte das Meer, und unergründlich war ihre Macht, unergründlich wie der Boden des Meeres.

Ali Baba erwies sich der Freundlichkeit würdig. Am Geburtstag des Präsidenten eilte er in das Büro, eine qualmende Zigarre im Mund.

»Trink einen auf meinen Geburtstag«, meinte Sanka Maru zu seinem Freund.

»Nicht bevor Euer Exzellenz gesehen haben, was ich Ihm mitbringe«, erwiderte der Halbblütige.

Sanka Maru trat an das Fenster mit der wundervollen Aussicht auf das Meer. Zwei Blöcke weiter fiel sein Blick auf einen Wagen, der zwei Dutzend Araberinnen geladen hatte und auf den Präsidentenpalast zufuhr. Als die Frauen seinen massigen Körper sahen, warfen sie ihm Kußhände zu und sangen »Happy Birthday, Mr. President«.

»Ihr Geburtstagsgeschenk, Exzellenz«, sagte Ali Baba. »Das sind die besten Huren aus Beirut. Die kann sich nicht einmal ein Scheich leisten.«

Die Nachricht von der überaus pompösen Geburtstagsfeier des Präsidenten erreichte General Tamba Masimiara in Kalifornien, wo er sich über schwere militärische Ausrüstungen informierte. In jüngster Zeit hatte ihm die Symbolkraft eines Traumes seiner Frau und die beständige Ablehnung, die sein Rat seitens des Präsidenten erfuhr, Sorgen bereitet. Seiner Frau war nichts Seltsames geschehen, seit sie im Traum gesehen hatte, daß Eidechsen in ihrem Kochtopf schwammen. Doch in ihrem Traum lag ein schlechtes Omen, und das hatte den General bis nach Amerika verfolgt, wo er sich entspannen und über seine Stellung im Tollhaus der Regierung Sanka Marus nachdenken wollte. Wie die meisten ehrlichen Menschen hatte er zunächst an Rücktritt gedacht, aber seine Truppen, auf die er sich noch verlassen konnte, hatten ihn dazu überredet, im Amt zu bleiben. Zwölf Stunden vor seinem Rückflug nach Malagueta zeigte ihm jemand einen Zeitungsartikel, in dem er las, daß Präsident Sanka Maru eingewilligt hatte, Giftmüll in Malagueta zu lagern. Eine unbeschreibliche Wut bemächtigte sich des Generals, und nachdem er den Schrecken, den diese Publikation in ihm ausgelöst hatte, überwunden hatte, beschloß er zu handeln. Zwei Wochen darauf befahl er seinen Stellvertreter, Colonel Lookdown Akongo, in sein Büro.

»Colonel«, sagte der grimmig aussehende General. »Wir müssen den Präsidenten aufhalten, ehe er das ganze Land zerstört.«

Ein verhängnisvoller Fehler.

Um sechs Uhr in der Früh, ein Jahr nach seiner Verhaftung, schritt General Tamba Masimiara zum Galgen. Während der letzten Nacht hatte er in seiner Zelle keinen Schlaf gefunden. Nicht, weil er sich vor der Schlinge fürchtete, sondern aufgrund der faszinierenden Vorahnungen, die ihn tags zuvor heimgesucht hatten. Niemand hatte ihm gesagt, zu welcher Stunde sie ihn holen kommen würden, doch zum erstenmal, seit seine Frau ihren Traum gehabt hatte, waren ihm die Eidechsen in der wirbelnden Pein ihres Alptraums in den Sinn gekommen wie das Schicksal eines Toten. Es war, als sähe er sich bereits, glattrasiert wie eine Eidechse, mit verbundenen Augen zum Henker marschieren, unerschrocken wie immer in der regendurchtränkten Einsamkeit seines Martyriums.

Wenn sie gehofft hatten, seinen Willen zu brechen, indem sie ihn ein Jahr in diesem Verließ einkerkerten, dann war ihnen das nicht gelungen. General Tamba Masimiara hatte sich an der durchscheinend klaren Vielfalt seiner Gedanken und der ehrfurchtgebietenden Kraft seiner Überzeugungen aufgerichtet. In dem ganzen Jahr waren ihm niemals Zweifel an der Berechtigung seines Handelns gekommen. Etwas weit Wichtigeres als Altruismus hatte zu seinem Putschversuch geführt: das Gefühl, sein Handeln, sei es nun erfolgreich oder bliebe ihm der Erfolg versagt, stelle lediglich das Vorspiel zu einem unvermeidlichen Sturm dar, der über Malagueta hinwegfegen würde. Er war der festen Überzeugung, daß etwas weit Schrecklicheres geschehen würde als damals, da die Kolonialmacht das Feuer auf die streikenden Arbeiter eröffnete, die die Schienen aus den Geleisen herausbrachen. Da man ihm das Recht verwehrte, mit jemandem zu reden, begnügte er sich damit, auf die riesige Weite des Meers hinauszuschauen, einen Fischadler im Flug zu beobachten, um zu fühlen, wie es ihm gelungen war, ohne Worte das Denken anderer Männer und den Mut und die Ausdauer vergangener Reisen zu verstehen. Dadurch war es ihm vergönnt, mit einer Sache ins Reine zu kommen, die ihm in der jüngsten Vergangenheit Kopfzerbrechen bereitet hatte: Mit der Klarheit einer späten Einsicht erkannte er, daß Thomas Bookerman, mit den unauslöschlichen Spuren seiner Ketten an den Knöcheln, nicht die ganze Entfernung von Kanada nach Malagueta überbrückt hatte, um Sebastian und Jeanette Cromantine zu finden oder der bitteren Verzweiflung gebrochener Versprechen zu entfliehen, daß der Einäugige die von Captain Hammerstone erbaute Garnison nicht angegriffen hatte, um zu verhindern, daß Malagueta einem schwarzen Präsidenten in die Hände fiel, der noch verachtenswerter war als der englische Seeräuber, sondern um der bemerkenswerten Geschichte der Einwohner Malaguetas ein paar Seiten hinzuzufügen.

Ab und an fühlte der General sich einsam. Dann dachte er an die schönsten Augenblicke seines Lebens: an die schwärmerische Zeit seiner Kindheit, voller Glück und sorgloser Morgen, an denen er barfuß mit den Kindern aus der Nachbarschaft spielte, bis er eines Tages von einem Hund gebissen wurde, den man dann erschoß, während man ihn gegen Tollwut impfte. Der Kälte der Insel ausgesetzt, erinnerte sich General Tamba Masimiara an die Lagerfeuer seiner Zeit bei den Pfadfindern, dachte an das Holzkohlebecken, das ihm seine Mutter immer ins Zimmer gestellt hatte, wenn er unter einem Malariaanfall litt. Irgendwo in dem Gobelin der Erinnerungen erblickte er das Gesicht seiner Mutter, sah, wie sie ihn weinend an die Brust drückte, als er nach Hause kam und ihr mitteilte, er habe sich zur Armee gemeldet:

»Mein Sohn, mein Sohn, ich will nicht, daß sie dich mir wegnehmen. Du bist alles, was ich habe.«

Und er kehrte zu ihr zurück, gestählt durch seine Erfahrungen auf den Hügeln Englands, wo sein beispielhafter Mut den Ausbildern Eindruck gemacht hatte. Viel später war er dann anderen Frauen begegnet, die ihn glücklich machen sollten: seiner Frau, die ihm Söhne geschenkt hatte, und seiner bücherklugen Geliebten, die ihn mit der phantastischen Dichtung Garbages bekanntmachte, aus der deutlich wurde, daß ein Land, das solche künstlerische Schönheit und Liebe in der Seele eines Dichters hervorbringt, vom Verrat eines Colonel Lookdown Akongo oder der Eitelkeit eines Sanka Maru nicht zerstört werden kann. Als General Tamba Masimiara nun wahrnahm, wie sich die Eidechsen im Labyrinth seiner Vorahnungen spiegelten, überwältigte ihn der Gedanke, daß die tanzende Bewegung ihrer

Köpfe nichts anderes darstellte als seinen Kopf, wie er an der Schlinge tanzte, und daß sich hinter den bunten Farben ihrer Körper die Verschwörungen verbargen, die Sanka Maru angezettelt hatte, die aber trotz der Tücke des Präsidenten nicht von Erfolg gekrönt sein würden.

»Gottes Augen sehen alles!« rief der General aus, als man ihn zum Galgen führte.

Am Morgen der Hinrichtung zuckte ein furchterregender Blitzstrahl über den Himmel, der die elektrischen Hochspannungsmasten zerschmetterte und die Menge auseinanderjagte, die sich vor dem Gefängnis versammelt hatte, um einen Blick auf den Toten zu erhaschen. Seit Monaten hatte es in Malagueta nicht geregnet, brauner Staub bedeckte die ganze Stadt, und nachts konnte man den Chor der Toten hören, die sich aus ihren Gräbern erhoben, um nach Wasser zu suchen. Als sich dann der Donnerschlag, der dem Blitz nachfolgte, wiederholte, wurden die Menschen nur schwer des bösen Omens gewahr, das sich mit der Ankunft der fürchterlichen Regenfälle offenbarte. In ihrer freudigen Erwartung hörten sie, wie die aufgeregten Hühner die Flügel gegen ihre Käfige schlugen, sahen die hundsgesichtigen Fledermäuse mit Gesichtern ernster als der Tod gegen die Bäume fliegen, und sie spürten, wie der Boden unter ihren Füßen zitterte wie am Anfang eines Erdbebens. Eine gespenstische Stille ergriff von Malagueta Besitz, und als sie von dem einsamen Gipfel des Berges herabstiegen, auf dem Sebastian und Jeanette Cromantine sich nach dem schrecklichen Überfall auf die erste Ansiedlung versteckt hatten, hörten die Einwohner der Stadt, wie der Wind sich zu urgeschichtlicher Stärke sammelte, sahen, wie er seine zweitausend Hände ausstreckte, hierhin fuhr, dorthin wirbelte, mit seinem hundsheuligen Pfeifen und seinem baumfällenden Sägen die Lautbarriere der unaussprechlichen Trockenheit durchbrach.

Als er die Straßen der Stadt mit einer glimmenden Schicht braunen Staubs bedeckt hatte, hielt er ein wenig inne, gewann aber bald seine Kraft zurück. Es war, als feuerten ihn die wütenden Geister der Stadtgründer an, als er jetzt durch Dächer tobte und Fenster zerschmetterte. Da fragte sich Seine Exzellenz, was zur Hölle draußen vor sich ginge, denn General Tamba Masimiara sollte doch längst tot sein.

Präsident Sanka Maru trat an ein Fenster, stieß die Gardine zur

Seite und sah einen Zauberteppich durch die Luft fliegen. Er wußte nicht, daß seine Ankunft von einem jegliches Licht scheuenden Albino vorhergesagt worden war. Von der Erscheinung wie gelähmt, glaubte Sanka Maru schon, er hätte Halluzinationen, als sich ein alter Mann von dem Teppich herabgleiten ließ, ihm zuwinkte und unter einem Baum verschwand.

»Das ist ein Wunder!« sagte der Riese, während er am Fenster stehenblieb.

Sadatu Cromantine-Doherty stand ebenfalls am Fenster und beobachtete, welche Richtung der Wind nahm. Sie betete, daß der Geist ihrer Urgroßmutter ihn an ihrem Hause vorbeiführen würde. Sie hatte ihr Gebet gerade beendet, als sie unter einem Baum einen alten Mann stehen sah, der ihr zuwinkte.

Sie öffnete einen Spalt breit das Fenster und rief.

»Sieh zu, daß du nach Hause kommst, du Narr! Der Wind wird dich in Stücke fetzen.«

Er winkte ihr noch einmal zu und ging davon. Mit einem Mal wurde ihr klar, daß der Zauber des bösen Omens, das der Wind mit sich getragen hatte, von der Hand des alten Mannes aufgehoben worden war. Die Zeiger der Uhr auf ihrem Kaminsims waren um sechs Uhr stehengeblieben waren, und eine Kolonne schwarzer Ameisen drang in ihr Haus ein.

»Er ist tot!« schrie sie auf, und griff zu der gerahmten Fotografie General Tamba Masimiaras, die auf dem Kaminsims stand.

Die Straßen Malaguetas sahen an diesem Abend so aus wie in den Jugendtagen Jeanette Cromantines: Überall lagen abgestorbene Blätter verstreut, Bäume verstopften die Gossen, und die Hunde hielten eine heulende Totenwache. Ein alter Mann bewegte sich durch die Straßen, wie es ihm gutdünkte. Die Hunde sahen ihn nicht. Die Umrisse eines unnatürlich großen Flaschenkürbisses, der zwischen seinen Beinen zu hängen schien, behinderten seinen Schritt. Lange war er nicht in Malagueta gewesen, und dennoch kannte er die Adern dieser Welt weit besser als jeder andere auf der Erde. Denn seit jenem Morgen vor über dreihundert Jahren, da Suleiman, der Nubier, von den Worten eines Goldhändlers ergriffen wurde, der ihm von einem Ort jenseits der verführerischen Wälder erzählte, dessen Straßen mit Gold gepflastert waren und in den der alte Mann sich nun aufgemacht hatte, um die Legenden des Nasreddin und die Erfindung des Kristallspiegels zu übergeben, war es ihm bestimmt, den Fortschritt dieser Stadt zu verfolgen.

Alles war im Kristallspiegel offenbart worden: zunächst die Tochter mit den Augen eines Skorpions, die ein Dutzend Sklavenhalter quälte und auf immer impotent machte, waren doch die Nachfahren Suleimans, des Nubiers, gegen die Unverschämtheiten minderer Wesen gefeit. Danach hatte er erfahren, wann die Leute aus Amerika ankommen, wie Isatu Martins einem von ihnen einen Sohn namens Garbage schenken würde, dem er sich, hatte er, Suleiman, der Nubier, erst seinen Namen in Alusine Dunbar geändert, zu erkennen würde. Nichts war dem gleißenden Licht des Kristallspiegels entgangen und auch nicht den sehenden Hoden, denn es war vorherbestimmt, daß die Araber aus den Shouf-Bergen in Malagueta einfallen und sich, dank ihrer elefantischen Urgroßmutter Hediza Farouka, breitmachen würden, daß es ihnen aber weit schwerer gefallen wäre, alles an sich zu reißen, wenn ihnen nicht die Fügsamkeit und Gier der Einheimischen dabei geholfen hätte.

Und schließlich hatte Alusine Dunbar dank der bemerkenswerten Kraft seiner hellseherischen Fähigkeiten vorausgesehen, zu welcher Stunde General Tamba Masimiara sterben sollte: voller Stolz darauf, daß er als Soldat nicht Ruhm und Ehre gesucht hatte, sondern zu sterben bereit war, auf daß der Stern Malaguetas weiterhin in diesem Winkel der Erde leuchte, in dem die ehrbaren Jungfrauen um Frieden gebetet hatten, in diesem Teil der Erde, in dem trotz der Ausschweifungen der verachtenswertesten Regierung, die die Menschheit je erlebt hatte, die Männer auf ihrer Suche nach Glück weiterhin in das Gelbe Haus gehen würden, in dem die Frauen und Calendar, der Linkshänder, den Satz geprägt hatten, daß das Leben nicht lebenswert wäre, würde es nicht in Liebe gelebt.

Noch einmal ertönte in Malagueta der Klang des bösen Omens, das der Harmattan brachte. Sanka Maru unterzeichnete ein Dekret, das den nationalen Katastrophennotstand ausrief, damit man, sobald der Sturm vorüber wäre, daran ginge, die verendeten Hunde und Vögel aus den Straßen zu beseitigen. Er konzentrierte sich gerade auf die stilvollendete Bewegung seiner Feder, die General Tamba Masimiara zum Tode verurteilte, als er zu Tode erschrak. Ein alter Mann ging plötzlich zwischen den Wachen hindurch, die ihn gar nicht wahrzunehmen schienen, und trat in sein Büro. Der Alte kam geradewegs auf ihn zu. Aus seinen Hoden stieg das blendend grelle Licht seiner Macht auf. Sanka Maru senkte die Hand, um nach seinem Revolver zu greifen. Er wußte nicht, daß auch diese Bewegung seit undenklichen Zeiten, seit den Zeiten, da er noch nicht geboren, in allen Dekreten, die er unterschrieben sollte, vorgezeichnet war. Es war seine letzte Amtshandlung. Mit feurigem Strahlen leuchteten die Hoden auf, und eine Kraft, zu furchterregend, als daß sie sich dem Verstand erschloß, hob ihn aus der schwülstigen Illusion der Macht, warf ihn in den Raum, als sei er ein Zwerg, und machte ihm schrecklich bewußt, daß in der Geschichte der Schöpfung niemand ihm mitgeteilt hatte, das, was in der Göttlichen Vorsehung festgelegt war, könne der Mensch nicht ändern, nicht einmal per Dekret eines Präsidenten. Er schlug mitten auf einer Straße auf, und als sich der Staub gesetzt hatte, blickten die Männer und Frauen nicht in die toten Augen des toten Generals, sondern auf den gebrochenen Leichnam des Sanka Maru.

Colonel Lookdown Akongo wartete die ganze Zeit auf einen Anruf des Präsidenten, der ihm bestätigen sollte, daß General Tamba Masimiara tot wäre. Die Zeit über, da der Sturm tobte, war der Colonel mit einer Frau zusammen, die sich, nachdem sie den Schuldschein über tausend Sack Reis sicher verwahrt hatte, Mühe gab, das schlechte Gewissen zu besänftigen, das den Colonel in jüngster Zeit des öfteren beschlich. Sie schmiegte sich an ihn und war gerade dabei, streichelnd seinen Schaft zum Stehen zu bringen, als dem Colonel ein kalter Schauer über den Rücken jagte.

»Mir ist nicht danach«, sagte er. »Ich habe das Gefühl, als ob uns ein Toter beobachtet.«

Doch wenige Augenblicke später – der Frau war es gelungen, ihn zu beruhigen – verbannte Colonel Lookdown Akongo den Geist seines früheren Vorgesetzten aus seinem Hirn. Von den Beinen seiner grazilen Geliebten umschlungen, dachte er an seine Beförderung zum General, als er spürte, wie ihn die Hand eines machtvollen Wesens in die Luft hob. Er wollte sich noch von der Frau zu lösen, spürte aber schnell, daß sie beide zu einem unauflöslichen Stelldichein jenseits der Sterne gehoben wurden, wo sie wie zwei Hunde auf immer hecken mußten. In seinem Machthunger hatte er nicht erkannt, daß Beziehungen, die auf der Grundlage von Betrug und Gier entstehen, für immer verdammt sind und daß der Anruf, auf den er gewartet hatte, eine Täuschung war, die sich in seinem betrügerischen Hirn breitgemacht hatte. Da er sich nie die Mühe gemacht hatte, die bittersüße Geschichte Malaguetas zu begreifen, begriff er auch nicht, daß Emmanuel Cromantine und Louisa Turner, obwohl sie sich wie Krabben geliebt hatten, doch jederzeit imstande gewesen waren, sich voneinander zu lösen. Er und seine Konkubine aber konnten nicht auf Erlösung von ihrer Lust hoffen, waren sie doch dazu verdammt, als ewiges Beispiel öffentlicher Schande zu dienen. So war es verzeichnet im *Kristallspiegel des Alusine Dunbar*.

Maiduguri – Iowa City – Freetown
1984-1989